Judith Lennox
Die Mädchen mit den dunklen Augen

SERIE PIPER

Zu diesem Buch

Drei Mädchen, wie sie verschiedener kaum sein können: die zielstrebige Katherine, die romantische Liv und Rachel, die Tochter aus gutem Hause, der stets alles in den Schoß fällt. Nichts und niemand soll sie je auseinanderbringen, immer wollen sie füreinander dasein. Bis zu dem Moment, als die schwangere Rachel eine furchtbare Entdeckung macht und ihre Freundinnen zu sich ruft – ausgerechnet als Liv das entscheidende Rendezvous mit ihrer großen Liebe hat und Katherine sich kopfüber in Londons Partyleben stürzen will. Rachel erleidet eine tödliche Frühgeburt, allein und ohne daß die beiden sie noch einmal gesehen haben. Die Schuld lastet schwer auf ihnen ... Im England der Swinging Sixties und Seventies entwirft Bestsellerautorin Judith Lennox einen dichten, mitreißenden Roman – und klärt schließlich das Rätsel auf, das Rachels junges Leben gekostet hat.

Judith Lennox, 1953 in Salisbury geboren, wuchs in Hampshire auf. Gleich mit ihrem ersten Roman »Das Winterhaus« gelang ihr ein großer Erfolg. Heute lebt Judith Lennox mit ihrer Familie in Cambridge und in einem Cottage in Sheffield. Sie liebt Gärtnern und Wandern, alte Häuser und historische Stätten. Zuletzt erschienen »Zeit der Freundschaft« und »Das Erbe des Vaters«.

Judith Lennox
Die Mädchen mit den dunklen Augen

Roman

Aus dem Englischen von
Mechtild Sandberg

Piper München Zürich

Von Judith Lennox liegen in der Serie Piper vor:
Das Winterhaus (2962, 4013, 6135)
Tildas Geheimnis (3219, 4014, 6136)
Serafinas später Sieg (3391)
Der Garten von Schloß Marigny (3398)
Picknick im Schatten (3463, 4015, 6137)
Am Strand von Deauville (3593, 4016, 6138)
Bis der Tag sich neigt (3727)
Die Mädchen mit den dunklen Augen (3903, 6139)
Die geheimen Jahre (4159, 6140)
Zeit der Freundschaft (4249)

Taschenbuchsonderausgabe
Juni 2005

Titel der englischen Originalausgabe:
»The Dark-Eyed Girls«, Macmillan, London 2000

erschienen im Verlagsprogramm Kabel
Umschlag: ZERO, München
Foto Umschlagvorderseite: Mauritius-Images, Mittenwald
Foto Umschlagrückseite: Peter von Felbert
Satz: KCS Buchholz / Hamburg
Druck und Bindung: Clausen & Bosse, Leck
Printed in Germany ISBN 3-492-26139-6

www.piper.de

Für Danielle,
in Erinnerung an jene Zeit

Teil I

FERNE UFER

1960–1969

1

LIV SUCHTE IN den Kieseln nach farbigen Glasstücken. Als sie klein gewesen war, hatte sie geglaubt, es wären Edelsteine: Smaragde, Saphire, Diamanten und – eine Rarität – Rubine. Ihr Vater, Fin, hatte ihr erklärt, daß es vom Meer geschliffene Glasscherben waren. Liv stellte sich vor, die Wellen höben die Scherben zerbrochener Flaschen und eingeschlagener Fensterscheiben auf und das Meer riebe sie mit einem Tuch, bis sie im weichen Schimmer der Perlen glänzten, die Thea um den Hals trug.

Vor ihr schritten Fin und Thea den Strand entlang. Die Kiesel knirschten unter ihren Füßen, sie hielten die Köpfe gesenkt. Fins Mantel bauschte sich hinter ihm zu einem flatternden dunklen Cape, und Theas Seidenschal kräuselte sich wie ein blasses Banner im Wind. Die Schreie der kreisenden Möwen waren ein Echo des zornigen Auf und Ab ihrer Stimmen. Beide hatten sie die Hände tief in die Manteltaschen geschoben, und im Gehen begannen ihre Wege sich zu trennen. Fins nahm die Richtung zum Meer, Theas wandte sich kaum wahrnehmbar landwärts. Liv beachtete weder ihre Eltern noch die Wellen, sondern hielt den Blick fest auf den schmalen Kieselstreifen gerichtet und suchte nach Rubinen und Diamanten.

Ein Jahr später reisten sie von der Küste ins Innere des Landes. Auf der Fahrt regnete es ununterbrochen. Wie Tränenströme, dachte Thea, die in Gedanken versunken zusah, wie die Wassertropfen an den Fensterscheiben des Busses herabglitten. Sie warf einen Blick auf ihre Tochter, die neben ihr saß. »Jetzt sind wir bald da«, sagte sie ermutigend und lächelte.

Liv lächelte nicht. Und sie sagte auch nichts. In den acht Monaten, seit ihr Vater sie und ihre Mutter verlassen hatte, war sie mit Worten immer sparsamer geworden, und der Blick ihrer dunkelbraunen Augen hatte sich zusehends verschlossen. Noch einmal versuchte Thea sie aufzumuntern. »Wir brauchen nicht zu bleiben, wenn es dir nicht gefällt, Schatz.« Wo sie allerdings hingehen sollten, wenn es in Fernhill nicht klappte, das wußte sie selbst nicht.

Der Regen hatte nicht nachgelassen, als sie ihren Bestimmungsort erreichten. Es tropfte von den Kastanien, und die zarten Blütenblätter des Mohns am Straßenrand hingen müde und regenschwer herab. Die Räder des Busses wirbelten braunes Wasser auf, als er abfuhr und Mutter und Tochter allein an der Straße zurückließ. Thea rief sich Dianas Anweisungen ins Gedächtnis. »An der Bushaltestelle hältst du dich rechts, weg vom Dorf. Wir wohnen gleich hinter dem Hügel.«

Thea ging mit gesenktem Kopf. Die Beine waren ihr schwer. Die hektische Energie, die sie dieses grauenvolle vergangene Jahr hindurch aufrechterhalten hatte, schien sie verlassen zu haben. Sie versuchte, sich zu erinnern, wann sie Diana das letzte Mal gesehen hatte. Bei Rachels Taufe natürlich. Aber das war zehn Jahre her. Sie mußten sich dazwischen noch einmal gesehen haben. Mit nassen Fingern rieb sie sich die nasse Stirn.

Auf der Höhe des Hügels blieb sie stehen und blickte, ein wenig außer Atem, auf die Collage aus Feldern, Bächen und Buckeln hinunter, die Landschaft, die das Gebiet an der Grenze zwischen Cambridgeshire und Herfordshire kennzeichnete. Parallel zur Straße erhob sich eine Mauer mit einem prächtigen schmiedeeisernen Tor. Thea las die Inschrift darauf, *Fernhill Grange*, und sah dahinter das große rote Backsteinhaus, das inmitten eines gepflegten Parks stand. »Du meine Güte«, sagte sie verblüfft und hatte einen Moment lang Mühe, sich die praktische, gutmütige Diana ihrer Erinnerung als Herrin eines so imposanten Landsitzes vorzustellen. Aber Diana stammte ja selbst aus guter Familie, sagte sie sich, als sie das Tor aufstieß, und hatte eine gute Partie gemacht. Henry Wyborne saß mittlerweile als Abgeordneter im englischen Parlament. Außerdem war Diana immer schon ein Glückspilz gewesen.

Sie stapften durch den Regen die Auffahrt hinauf. An der Haustür blieb Thea stehen und sah zu ihrer Tochter hinunter. »Ich hatte keine Ahnung, daß es so nobel sein würde«, sagte sie. Behutsam schob sie Liv das nasse dunkle Haar aus den Augen.

Bei Tee und Gebäck erinnerte Diana sie: »Du warst dreiundfünfzig das letzte Mal bei einem unserer Treffen, Thea. Seither haben wir uns nicht mehr gesehen.«

»Vor sieben Jahren? So lang ist das her?«

»Du hättest letztes Jahr kommen sollen.« Diana lachte. »Es war unheimlich nett. Bunty Naylor war da – du erinnerst dich doch an Bunty, sie war immer schon zum Kaputtlachen. Weißt du noch, damals, als ...«

Diana schwelgte in Erinnerungen. Thea hörte nur mit halbem Ohr zu, während ihr Blick durch das große gemütliche Zimmer schweifte. Die beiden kleinen Mädchen hockten auf der Fensterbank. Rachel erzählte; Liv hörte zu und schwieg, wie meistens in letzter Zeit. Rachel war nur wenige Monate älter als Liv. Thea erinnerte sich an die Taufe: Rachel, das vollkommene Kind, das mit dunklen Augen gelassen unter einem Geriesel kostbarer alter Spitze hervorsah. Auch jetzt noch, zehn Jahre später, war Rachel vollkommen, ein schönes kleines Mädchen – anders konnte man es nicht sagen – mit dickem kastanienbraunem Haar und klaren braunen Augen, das Wohlbefinden und Selbstvertrauen ausstrahlte. Theas Blick wanderte von Rachel in ihrem frischen Baumwollkleidchen zu Liv in der braunen Strickjacke mit den geflickten Ellbogen. Die Augen ihrer Tochter unter den allzulangen Stirnfransen wirkten unglücklich und gehetzt. Thea mußte eine plötzliche Aufwallung von Bitterkeit und Liebe unterdrücken.

»Thea?«

Sie fuhr schuldbewußt zusammen. Diana sah sie neugierig an. Sie versuchte, sich zusammenzunehmen. »Entschuldige, Diana. Es ist nur – es scheint alles so weit weg.« Sie krampfte ihre kräftigen hellen Hände ineinander. »Der Krieg, meine ich. Der Erste-Hilfe-Dienst. Diese scheußliche Kaserne, wo wir stationiert waren.«

Eigentlich wollte sie sagen, ich bin nicht mehr das junge Ding von damals. Ich kann mich kaum noch an dieses Mädchen erinnern.

Diana sagte teilnahmsvoll: »Natürlich. Du hast ein schlimmes Jahr hinter dir. Hör einfach nicht hin, Darling, du weißt doch, ich plappere immer ins Blaue hinein.« Den Blick auf die beiden kleinen Mädchen gerichtet, hielt sie inne und sagte leise: »Unsere Mädchen mit den dunklen Augen, Thea.«

Thea biß sich auf die Lippen und preßte die Fingernägel in ihre Handballen. Sie hörte Diana sagen: »Rachel, willst du nicht Olivia dein Zimmer zeigen?« und hielt gerade noch so lange durch, bis die Tür sich hinter den beiden Mädchen schloß, ehe sie zu weinen anfing.

Als sie einmal angefangen hatte, konnte sie nicht mehr aufhören, bis Diana ihr schließlich sanft ein Glas in die Hand drückte und sagte: »Komm, das hilft meiner Erfahrung nach besser als Tee.« Thea trank, von den Nachwehen ihres Ausbruchs geschüttelt, einen großen Schluck Whisky und lehnte sich mit geschlossenen Augen in ihrem Sessel zurück.

Nach einer langen Weile machte sie die Augen wieder auf und sagte leise: »Entschuldige.«

»Hör auf, Thea. Warum sollst du nicht heulen?«

»Es ist doch eine ziemliche Zumutung ...«

»So ein Quatsch. Dafür sind Freundinnen da.«

Thea hatte vergessen, was für eine warmherzige Person Diana war. Ein bißchen wichtigtuerisch manchmal und albern, aber immer voller Güte.

»Du hast wohl nichts gehört ...?«

Thea schüttelte den Kopf. »Es sind jetzt acht Monate. Er hatte mir einen Zettel auf den Küchentisch gelegt. *Es tut mir leid. Du bist ohne mich besser dran. Ich werde Dich nicht mit langen Erklärungen oder Bitten um Verzeihung belästigen, die höchstens eine Beleidigung wären. In Liebe, Fin.* Er kommt nicht zurück«, erklärte sie mit Entschiedenheit. »Meine Ehe ist vorbei. Der Umzug hierher – das war die beste Entscheidung, die ich treffen konnte. Ein klarer Schlußstrich.« Sie holte einmal tief Atem. »Kann ich das Häuschen wirklich haben, Diana?«

»Aber ja. Es ist nur furchtbar klein.« Dianas Miene drückte Zweifel aus. »Aber eigentlich ganz idyllisch. Es hat ein Wohnzimmer, eine Küche und zwei Schlafzimmer. Es müßte eigentlich gerade das Richtige sein für …« Sie sprach nicht weiter.

»… für uns beide«, vollendete Thea für die Freundin. Früher einmal waren sie zu dritt gewesen, jetzt waren sie nur noch zu zweit. Sie hatte sich beinahe schon daran gewöhnt. »Hat das Haus auch ein Bad?«

Diana schnitt eine Grimasse. »Es gibt eine Toilette, aber sie ist draußen im Freien, eine ziemliche Zumutung. Die Seagroves haben sich in der Küche gewaschen und in einer Blechwanne gebadet.«

Mrs. Seagrove, die frühere Bewohnerin des Häuschens, war Dianas Haushaltshilfe gewesen. Sie war vor kurzem zu ihrer Tochter nach Derby übersiedelt.

»Die Miete …« Thea schluckte ihren Stolz hinunter. Das opulente Wohnzimmer der Wybornes sprach von Geld und Wohlstand.

»Sehr preiswert, soviel ich weiß.«

Thea atmete erleichtert auf.

Dann fügte Diana etwas zaghaft hinzu: »Es wäre vielleicht einfacher, Thea, wenn …«

»Ja?«

»Es würde dir das Leben hier vielleicht erleichtern, wenn du die Leute in dem Glauben läßt, du wärst Witwe. Fernhill ist ein kleines Dorf und in vieler Hinsicht ziemlich altmodisch. Und das Häuschen gehört der Kirche, weißt du. Der Pfarrer ist ein sehr guter Freund von uns, und …« Dianas Stimme verklang.

Thea wußte nicht, ob der plötzlich aufflammende Zorn gegen Diana gerichtet war oder gegen Fin. Sie sagte kalt: »Keine Sorge, Diana, ich werde dich nicht in Verlegenheit bringen.«

»Aber so habe ich das doch nicht gemeint …« Dianas Gesicht glühte.

Thea schämte sich plötzlich. »Bitte entschuldige. Ich weiß nicht, warum ich das gesagt habe. Wo du dich so bemühst! Außerdem hast du ganz recht.«

Diana sah auf ihre Uhr. »Wir können uns das Häuschen jetzt ansehen, wenn du Lust hast. Mrs. Nelson paßt solange auf die Kinder auf. Wir nehmen den Wagen – du hättest dich von mir am Bahnhof abholen lassen sollen Thea, anstatt durch den strömenden Regen zu patschen ...«

»Und das ist meine Puppensammlung.« Rachel öffnete den nächsten Schrank. »Daddy bringt mir von jeder Auslandsreise eine Puppe mit, weißt du.«

Liv betrachtete die Puppen: Die kleine Holländerin, die Italienerin, die Japanerin in ihrem pinkfarbenen Kimono.

»Das ist meine Neueste«, sagte Rachel und hielt Liv eine Puppe in bretonischer Tracht hin. Liv berührte sie vorsichtig, um sie nicht in ihrer starren Vollkommenheit zu stören.

»Wir könnten Mensch ärgere dich nicht spielen«, schlug Rachel vor. In ihrer Stimme lag ein Unterton der Verzweiflung, den Liv hörte und verstand. Sie wußte, daß sie langweilig war; sie hatte kaum ein Wort gesprochen, seit Rachel sie nach oben geführt hatte, um ihr die Spielsachen, Bücher und Kleider in ihrem geräumigen Zimmer zu zeigen. Sie wußte, daß sie versuchen sollte, mit Rachel Freundschaft zu schließen. Ihre Mutter würde das von ihr erwarten, wenn sie in Zukunft in Fernhill lebten. Aber die rosa-weiße Pracht des Zimmers und Rachels selbstsichere Liebenswürdigkeit schüchterten sie ein und vertieften das Gefühl, das sie ständig begleitete, seit ihr Vater fortgegangen war: daß alles Vertraute ihr entrissen war und es nichts gab, worauf sie sich verlassen konnte.

»Oder wollen wir in den Garten gehen?« Rachel schaute zum Fenster hinaus. »Es regnet fast gar nicht mehr.«

Liv nickte. Sie gingen ins Freie hinaus. Sie stapften durch nasses Gras und knieten am Teich voll Seerosen und dicker Goldfische nieder. Sie spielten auf der Schaukel und rannten durch die langen Reihen üppiger Rosenbüsche. Rote Tulpen blühten selbstherrlich in großen Beeten; von den Magnolien fielen Blütenblätter wie Porzellan ins kurz gemähte Gras. Liv fühlte sich an die Grünanlagen an der Strandpromenade von Great Yarmouth erinnert.

Rachel zeigte Liv ihr Pony. »Reitest du?« fragte sie.

Liv schüttelte den Kopf.

»Ich reite wahnsinnig gern«, erklärte Rachel. »Aber ich hasse Turniere.«

»Wegen der vielen Menschen?«

»Menschen?«

»Wie wenn man in eine neue Schule kommt. Wenn man das erste Mal in die Klasse kommt und keinen kennt ... da starren einen doch alle an.« Mit den Worten sprudelten Livs lang aufgestaute Ängste heraus.

»Ich werde deine Freundin sein«, sagte Rachel gutmütig. »Und Katherine auch.«

»Wer ist Katherine?«

»Meine beste Freundin. Wie heißt deine beste Freundin?«

»Ich hab gar keine.« Liv, die fürchtete, das könnte bemitleidenswert klingen, erklärte hastig: »Ich war an ganz vielen verschiedenen Schulen. Und manchmal bin ich gar nicht zur Schule gegangen – manchmal hat mein Dad mich zu Hause unterrichtet.«

Rachel riß die Augen auf. »Hast du's gut! Du mußtest nicht zur Schule gehen?«

»Nein. Aber jetzt muß ich sicher gehen.«

»Weil dein Daddy fort ist?«

Liv nickte unglücklich.

»Vielleicht kommt er wieder zurück.«

»Wie soll er zurückkommen, wenn wir jetzt hier wohnen?« fragte sie logisch. »Er weiß ja gar nicht, wohin.«

Rachel runzelte die Stirn. »Wir könnten hexen.«

Liv starrte sie an. »Hexen?«

»Ja, wir könnten machen, daß er zurückkommt.«

»Richtig hexen?«

»Ja, Katherine weiß, wie's geht. Sie hat ein Buch darüber. Einmal haben wir Miss Emblatt krank gehext, damit Katherine keinen Ärger mit ihrer Handarbeit bekam, und sie hat sich tatsächlich den Knöchel verstaucht. Und als Katherine ein neues Fahrrad haben wollte, haben wir auch wieder gehext ...«

»Hat sie eines bekommen?«

»Nein. Wir müssen es noch mal versuchen. Mein Daddy sagt, wenn man was nicht gleich schafft, darf man nicht lockerlassen, sondern muß es immer wieder versuchen.« Rachel kicherte. »Aber meistens hab ich dazu überhaupt keine Lust. Zum Beispiel bei den Reitturnieren.« Sie strich ihrem Pony über die Mähne. »Ich gewinne nie, aber ich probier's auch nicht noch mal. Pokale und Rosetten und das ganze Zeug ... ich verstehe nicht, was das alles soll. Du?«

»Es zeigt wahrscheinlich, daß man irgendwas besser kann als die anderen«, meinte Liv.

»Das sagt Daddy auch, ja. Aber mich interessiert das nicht, verstehst du. Es ist mir egal, ob ich was am besten kann oder nicht.« Rachel schien völlig gelassen. »Daddy sagt immer, es geht nicht ums Gewinnen, sondern nur ums Dabeisein. Und dann lacht er und sagt: ›Aber das Wichtigste ist natürlich der Sieg, Darling.‹«

Nun war endlich die Sonne herausgekommen. Regennasse Wiesen und Felder und ferne Hausdächer glänzten. Liv drehte sich, die Augen gegen das Licht abgeschirmt, einmal langsam im Kreis.

»Was suchst du?«

»Das Meer.« Liv kniff die Augen zusammen. »Ich habe gedacht, ich könnte das Meer sehen.«

»Das ist sehr weit weg von hier. Daddy ist im Sommer mal mit uns hingefahren, und die Fahrt hat stundenlang gedauert. Aber wenn du so machst –« Rachel streckte beide Arme zur Seite aus – »dann kannst du es vielleicht sehen, weil dann nämlich alles anfängt zu schwanken.«

Rachel begann sich zu drehen. Liv sah ihr einen Moment zu, dann begann sie ebenfalls, sich mit ausgebreiteten Armen zu drehen, langsam zunächst, dann immer schneller. Im wirbelnden Kaleidoskop von Farben, zu dem Wiesen, Bäume und Haus verschmolzen, meinte sie, weit, weit weg ein schmales Band silbernen Meeres zu erkennen.

Wie Kreisel, die den Schwung verlieren, gerieten sie nach einer Weile beide aus dem Gleichgewicht und fielen atemlos vor Schwindel und Gelächter zu Boden.

»Was meinst du?« hatte Diana gefragt. »Findest du es sehr gräßlich?«, und Thea hatte aufrichtig antworten können, sie finde es überhaupt nicht gräßlich. Es sei klein, gewiß, aber das störe sie nicht, da würde man wenigstens nicht Unsummen für die Heizung ausgeben müssen, und sie und Liv würden sich nicht verloren vorkommen.

Jetzt endlich allein – Diana war nach Fernhill Grange zurückgefahren, um die Mädchen zu holen –, ging Thea still durch das Haus, besichtigte ein Zimmer nach dem anderen, und stellte sich vor, es gehörte ihr. Draußen im Garten stand – sauber geschrubbt, die Holzwände fast ganz mit ausgeschnittenen Bildern von Küstenlandschaften bedeckt – die Toilette neben dem Kohleverschlag. Der Brunnen in der Mitte der kleinen Rasenfläche belohnte Theas Anstrengungen mit einem dünnen Strom eiskalten Wassers. Der Garten war lang und schmal und besaß mit seinen verschlungenen Wegen und verwilderten Büschen einen unerwarteten Zauber. Thea streifte zwischen rankenden Hundsrosen und früh blühendem Jelängerjelieber hindurch. Sie schloß die Augen und sog den Duft ein. Über ihrem Kopf trafen sich die ausladenden Äste hoher Bäume und umhüllten sie mit dunkelgrünen Schatten, in denen die ersten Glockenblumen und Bärlauchstengel durch die Erde emporstießen. Am Ende des Gartens floß ein kleiner Bach zwischen steilen Ufern. Jenseits weitete sich der Blick auf flaches Land.

Erschöpft von der Reise und den Tränen am Nachmittag setzte Thea sich auf dem Stamm eines umgestürzten Baums nieder und genoß die Stille und den Frieden, die sie umgaben. Der quälende Zorn, der seit Fins Verschwinden keinen Moment nachgelassen hatte, begann sich langsam zu legen. Sie dachte, ich werde ihn mir nur noch einmal ins Gedächtnis rufen und ihn dann vergessen. Sie dachte an den Tag, an dem sie einander zum erstenmal begegnet waren. Es war während der

Luftangriffe auf London gewesen, sie hatte sich gerade zum Krankendienst gemeldet – einundzwanzig Jahre alt, zum erstenmal von zu Hause fort – und befand sich auf der Fahrt zum Standort ihrer Einheit. Der Zug war überfüllt; sie stand eingezwängt irgendwo mitten im Waggon, vor den Augen Uniformknöpfe, die Nase in feuchtem Uniformstoff, der wie nasses Hundefell roch, so erregt und geängstigt bei dem Gedanken an ihr neues Leben, daß ihr flau zu werden begann. Und genau in dem Moment, als die Blamage unvermeidlich schien, schwang plötzlich ein Paar kräftiger Hände sie in die Höhe, eine Stimme rief: »Platz da!«, und sie landete für den Rest der Bahnfahrt im Gepäcknetz.

Er heiße Finley Fairbrother, sagte er. Ein echter Zungenbrecher, fügte er hinzu. Nennen Sie mich einfach Fin. Er hatte lockiges schwarzes Haar und sehr dunkle Augen und war wie die anderen Männer im Waggon in Uniform. Thea konnte sich noch erinnern, wie das Geflecht des Gepäcknetzes in ihre Beine eingeschnitten hatte. Sie konnte sich noch erinnern, wie der Blick seiner dunklen Augen sie fasziniert hatte.

Fin hatte sie verändert. Er hatte eine exzentrische Ader in der Pfarrerstochter entdeckt und sie herausgekitzelt. Thea fand danach nie wieder in das konventionelle Leben zurück, das sie einmal geführt hatte. Während der Kriegsjahre trafen sie sich ab und zu. Er erzählte ihr von den Gegenden, die er gesehen, von den Dingen, die er unternommen hatte. Seine Geschichten voll Farbe und Abenteuer brachten einen tröstlichen Glanz in das triste Grau der Kriegszeit in England. Thea verlor ihre Unschuld in einem schäbigen Hotelzimmer in Paddington, Fins Liebe die einzige Konstante in einer Welt, die in Trümmer zu gehen schien.

Freunde warnten sie vor ihm. »Natürlich, er ist hinreißend, aber er ist *unstet*, Darling. Er ist kein Mann, den man heiratet.« Sie hatte ihn trotzdem geheiratet. 1947 war Fin aus dem Fernen Osten zurückgekehrt; die Hochzeit fand im Jahr darauf statt. In den ersten Jahren ihrer Ehe waren sie unablässig auf Reisen, blieben niemals länger als einige Monate an einem Ort. Es war eine herrliche, aufregende Zeit der Ungewißheiten; sie hüteten Schafe in den walisischen Bergen, eröffneten in einem Londoner Souterrain eine Töpferei, unterrichteten an einer Schule in Lincolnshire. Nichts war von Dauer gewesen, aber immer hatten neue Abenteuer und neue Horizonte gewinkt, so daß Thea dieses Leben anfangs nur genossen hatte. Gerade seine Kreativität, rastlose Energie und Unbeschwertheit hatten sie ja zu Fin hingezogen.

Doch mit der Zeit wurde ihr bewußt, daß sie etwas vermißte: ein Zuhause. Das vage Gefühl des Unbehagens verstärkte sich, als sie entdeckte, daß sie schwanger war. Die Vorstellung, ein neugeborenes Kind von einer provisorischen Unterkunft zur nächsten zu schleppen, erschreckte sie. Sie mieteten ein Haus in Oxford. Dort kam Olivia zur Welt. Thea gefiel das häusliche Leben, und sie liebte ihre kleine dunkeläugige Tochter abgöttisch. Sie hoffte, mit der Geburt des Kindes würde Fin zur Ruhe kommen. Aber schon sechs Monate später verschwand er eines Tages. Auf dem Küchentisch hatte er einen Zettel mit den Worten »Bin in ein paar Tagen wieder da« hinterlassen. Er blieb vierzehn Tage weg. Bei seiner Rückkehr bat er sie um Verzeihung, sie zogen um und machten einen neuen Anfang. Im folgenden Jahr verschwand er wieder, einen ganzen Monat diesmal. Er sei auf Reisen gewesen, erklärte er bei seiner Rückkehr. Nur auf Reisen.

Es war zum Muster ihres gemeinsamen Lebens geworden – Trennungen und Wiedersehen, ständig wechselnde Gelegenheitsarbeiten, ständig wechselnde Wohnorte, immer enger hatte sich die Spirale zusammengezogen. Immer weiter hatten sie sich von der Mitte Englands entfernt und sich schließlich an der Küste Suffolks niedergelassen, als sähe Fin im Meer seine Rettung. Die Mauern des rosafarbenen Hauses, das sie mieteten, konnten das Unglück zwischen ihnen nicht eindämmen. Auf grauen Kiesstränden stehend, blickte Fin zum fernen Horizont. Thea spürte seine Hoffnungslosigkeit; in ihr brodelten Zorn und Unverständnis. »Es ist ja nicht so, daß ich dich nicht liebe«, sagte er, und sie schlug schreiend mit den Fäusten auf ihn ein. Es war keine Überraschung, als sie am folgenden Morgen beim Erwachen sah, daß er fort war. Ein Monat verging –

noch einer und noch einer. Thea konnte sich jetzt nicht mehr an den genauen Moment erinnern, als sie begriffen hatte, daß er für immer fortbleiben würde.

Zorn und Trotz hatten sie anfangs daran gehindert, den praktischen Schwierigkeiten ihrer Situation ins Gesicht zu sehen. Als dann in ein und derselben Woche ein Brief von der Bank kam und einer von ihrem Vermieter, in dem er ihr mitteilte, daß der Mietvertrag für das Haus Ende des Monats auslaufe, mußte sie handeln.

In den Jahren unsteter Wanderschaft mit Fin hatte Thea den Kontakt zu den meisten ihrer Freunde verloren. Ihre Eltern waren seit zehn Jahren tot. Es gab ein paar mißbilligende Verwandte, die sie seit Jahren nicht gesehen hatte, aber, sagte sie sich, lieber würde sie im Straßengraben schlafen als diese Leute um Hilfe zu bitten. Dann war ihr Diana eingefallen.

Diana, deren Freundschaft ihr geholfen hatte, die anfängliche Zeit beim Erste-Hilfe-Dienst zu überstehen; deren Leben – Krankendienst, Heirat, Geburt einer Tochter – dem ihren so ähnlich war; die sich in Henry Wyborne verliebt hatte, einen der Helden von Dünkirchen. Während des Krieges hatten sie einander ihre Hoffnungen und Ängste anvertraut. Später, in den schwierigen Jahren ihrer Ehe, waren ihr Dianas Briefe mit ihren unaufregenden Geschichten vom häuslichen Alltag oft ein Trost gewesen. Und so hatte sich Thea in ihrer Verzweiflung schließlich an sie gewandt.

Sie erinnerte sich ihres Gesprächs vom Nachmittag. »Ich sollte mich vielleicht gleich einmal bei der Schule erkundigen«, hatte sie gesagt, und Diana hatte mit einer Grimasse erwidert: »An der Dorfschule? Plumpsklos und ein chaotischer Stundenplan. Du mußt Olivia in Cambridge zur Schule schicken, Thea, auf die Lady-Margaret-Klosterschule, zusammen mit Rachel. Ich habe schon mit der Direktorin gesprochen. Sie vergeben Stipendien.«

Der Abschied von der silberglänzenden Ferne der Küste Ost-Anglias, der Entwurzelung und Verpflanzung bedeutete, bestätigte die Auflösung der Familie, die sie einmal gewesen waren. Aber die Lady-Margaret-Privatschule – eine Einrichtung, vermutete Thea, wo Zucht und Ordnung herrschten – würde Liv vielleicht einen Teil der Geborgenheit bieten, die sie so dringend brauchte; würde vielleicht auch ein Gegengewicht bilden zu der Impulsivität und den romantischen Neigungen, die sie von ihrem Vater geerbt zu haben schien.

Eine Woche später zogen sie in das Cottage. Liv machte die Aufnahmeprüfung an der Lady-Margaret-Schule und bestand, und Thea bedankte sich zähneknirschend, als Diana ihr ein Bündel gebrauchter Schuluniformen überreichte. Im Sommer trugen die Schülerinnen rot-weiß gestreifte Kleider und rote Strickjacken, eine Tracht, die der zarten dunklen Liv gut zu Gesicht stand.

Thea nahm eine Arbeit beim Zeitungsladen im Dorf an. Die Tätigkeit war nicht anspruchsvoll und merkwürdig beruhigend; Thea mochte den zuckrigen Geruch der Bonbonmischungen, die sie den Schulkindern in kleinen Tütchen verkaufte, und sie blätterte gern in den Zeitschriften mit den Kochrezepten und Strickanleitungen und den anheimelnden Berichten über die königliche Familie. Durch die Arbeit im Zeitungsladen lernte Thea nach und nach die Dorfbewohner kennen. Einmal in der Woche besuchte sie in der Schule einen Abendkurs, wo sie riesige, farbenprächtige Gefäße mit ausgefallenen Mustern töpferte. Im Dorf glaubte man allgemein, sie wäre Witwe. Und wahrscheinlich, dachte Thea manchmal, war Fin ja wirklich tot. Er war nie besonders vorsichtig gewesen.

Nach drei Monaten in Fernhill lernte Thea Richard Thorneycroft kennen. Mr. Thorneycroft erschien eines Tages im Laden, trat an den Verkaufstisch und reichte Thea ein Sechs-Pence-Stück und einen Zettel mit der Bitte, ihn im Schaufenster auszuhängen. »Für zwei Wochen«, blaffte er kurz und ging. Mrs. Jessop, der der Laden gehörte, sagte: »Der kriegt doch niemanden, und wenn wir das ein Jahr aushängen. Mabel Bryant hat's versucht und Dot Pearce auch. Sie hat's nicht länger als eine Woche ausgehalten, obwohl sie eine Engelsgeduld hat.« Sie senkte die Stimme. »Er hat Frau und Kind bei den Bombenangriffen verloren. Schrecklich, aber noch lang keine

Entschuldigung für schlechte Manieren, wenn Sie mich fragen.«

Thea las den Zettel. ›Haushälterin gesucht‹, stand darauf. ›Drei Stunden am Tag. Ruhig und fleißig. Keine dummen Gänse.‹

Am Nachmittag suchte sie Mr. Thorneycroft auf. »Mein Name ist Thea Fairbrother«, sagte sie. »Ich möchte mich um die Stellung als Haushälterin bewerben.«

Er musterte sie mit zusammengekniffenen Augen. Er war groß und dünn und hatte einen abgetragenen Tweedanzug an. In der rechten Hand hielt er einen Spazierstock. »Dann kommen Sie mal rein.«

Sie folgte ihm ins Haus. Es war ein altes Haus, Queen Anne, vermutete Thea, einer der schöneren Bauten im Dorf, obwohl die nüchterne Strenge der Einrichtung seiner gelassenen Schönheit nicht gerecht wurde.

»Was hätte ich denn für Aufgaben?«

»Leichte Hausarbeit. Zweimal die Woche kommt eine Frau zum Reinemachen. Einkaufen. Morgens drei Stunden, vier Schillinge die Stunde.«

»Zwei Stunden nachmittags, fünf Schillinge die Stunde. Ich muß mich nach meiner anderen Arbeit und den Unterrichtsstunden meiner Tochter richten, Mr. Thorneycroft.«

Er runzelte die Stirn, sagte aber: »Tja, in der Not kann man wohl nicht wählerisch sein.«

Im ersten Monat ihrer Tätigkeit bei Mr. Thorneycroft wurde Thea jeden Morgen, wenn sie in den Laden kam, von Mrs. Jessop mit dem gleichen Spruch begrüßt: »Na, haben Sie die Arbeit bei dem alten Griesgram schon aufgegeben?« Worauf Thea kopfschüttelnd zu antworten pflegte: »Nein, ich arbeite gern dort.« Es war ihr ernst mit ihren Worten, sie fühlte sich wohl in dem Haus, das sie, still und heiter, an das Pfarrhaus in Dorset erinnerte, in dem sie groß geworden war. Ihr neuer Arbeitgeber hatte keinen härteren Ton, als ihr Vater oder ihr Einheitsführer beim Krankendienst gehabt hatten. Sie respektierte Mr. Thorneycroft; er verfügte über eine Beharrlichkeit, die Fin letztlich gefehlt hatte. Sein rechtes Bein war infolge einer

Kriegsverletzung, die er sich bei einer Minenexplosion in Süditalien zugezogen hatte, fünf Zentimeter kürzer als das linke, doch er klagte nie, obwohl er, vermutete Thea, gewiß häufig Schmerzen hatte.

Mr. Thorneycroft schrieb an einem Buch über den Dardanellen-Feldzug. Sein Arbeitszimmer war eine düstere Höhle voller Bücher und Dokumente. Als Thea es das erste Mal saubermachte, stand er die ganze Zeit an der Tür und achtete darauf, daß sie alles wieder an den rechten Platz stellte. Sie griff nach einem gerahmten Bild, um es abzustauben. Es war eine Zeichnung, Kreide und Tusche, von blumengesprenkelten Felsen, die zu einem türkisfarbenen Meer abfielen. »Wo ist das?« fragte sie, eine abwehrende Antwort erwartend.

Aber er antwortete: »In Kreta. Dort war ich vor dem Krieg.«

»Es ist wunderschön.«

Er sagte: »Es war das Paradies«, und ging hinkend davon.

Thea wußte, daß es großenteils Rachel zu verdanken war, wie schnell Liv sich an der Schule eingewöhnte. Rachel hatte die Großherzigkeit geerbt, die Thea auch jetzt noch bei Diana erlebte und die es ihr ermöglichte, Dianas Besserwisserei und ihre gönnerhaft-plumpen Anwandlungen zu ertragen. Aus Rachel hätte leicht das typische verwöhnte Einzelkind werden können, aber dazu war es wunderbarerweise nicht gekommen. Sie absolvierte ihre Ballettstunden, Musikstunden und Reitstunden mit einem sonnigen Mangel an Interesse, der Thea insgeheim erheiterte. Sie hielt sich an der Lady-Margaret-Schule hochzufrieden irgendwo im Mittelfeld ihrer Klasse auf, nicht weil es ihr an Intelligenz fehlte, sondern weil sie keinerlei Ehrgeiz besaß. Thea kam zu dem Schluß, daß es Rachel tatsächlich an nichts fehlte, und fragte sich manchmal, was geschehen würde, wenn Rachel je das Wünschen entdecken sollte.

Rachel teilte alles mit Liv: Bücher, Kleider, Malfarben, Kreiden. Und sie teilte Katherine mit ihr. Katherine Constant war schlank und langgliedrig, leidenschaftlich und klug, mit glattem sandblondem Haar, das den dünnen Zöpfen in eigenwilligen Strähnen entschlüpfte, und braunen Augen mit dem

Schmelz von Toffee. Thea wunderte sich über das ungleiche Paar und gelangte schließlich zu der Überzeugung, daß Rachel bei Katherine den Enthusiasmus und die Leidenschaftlichkeit fand, die ihr selbst fehlten. In Katherines dunklem Blick spiegelten sich ein Lebenshunger und eine Ungeduld, die Thea anfangs erschreckten. Bis sie Liv eines Nachmittags ins Dorf begleitete, zu einem Besuch bei Katherines Familie. Sie sah das große, häßliche, unordentliche Haus, in dem Katherines Vater, ein Arzt, seine Praxis hatte, und lernte die erschöpft wirkende Mrs. Constant und Katherines drei Brüder kennen, Michael, den Ältesten, Simon, Katherines Zwillingsbruder, und Philip, den Jüngsten, der nach einer Masernerkrankung mit Komplikationen, die er als Säugling durchgemacht hatte, geistig und körperlich behindert geblieben war. Thea hätte gern zu Katherine gesagt: »Hab Geduld, dann wirst du bekommen, was du willst«, aber sie spürte, daß Geduld eine Eigenschaft war, die Katherine verachtete. Sie hätte Katherine gern öfter einmal in den Arm genommen, um ihr zu geben, was sie offenbar zu Hause nicht bekam. Aber immer wenn sie es tat, spürte sie, wie Katherines magerer Körper in ihrer Umarmung sofort unruhig wurde, als hätte das Mädchen selbst vor diesem flüchtigen Innehalten Angst.

Im Lauf der Monate nahmen Thea und Liv das Häuschen in Besitz. Sie schmückten kahle Wände und leere Konsolen mit Samenschoten und filigranzarten Blattgerippen, die sie auf ihren Spaziergängen fanden, und mit Steinen und Muscheln, die sie in den Jahren am Meer gesammelt hatten. Sie fertigten Vorhänge und Jalousien für die kleinen Fenster und lose Bezüge und Kissen, um die alten Sofas und Stühle aufzuhellen. Die Patchworkvorhänge an den Wohnzimmerfenstern erzählten Thea von Olivias Kindheit: ein Rest von einem Spielhöschen in der einen Ecke, ein Fetzchen von einem geblümten Sommerkleid in einer anderen. Draußen wuchsen Geranien und Lobelien in Theas pinkfarbenen und orangeroten Töpfen; drinnen lagen Berge von Fallobst – Äpfel und Pflaumen – in Schalen und Schüsseln, die mit den Abbildern alter Götter und Göttinnen bemalt waren, Pomona, Diana, Apollo.

Zwei Jahre nach ihrem Einzug in das Häuschen ließ der Hauseigentümer am rückwärtigen Teil ein Badezimmer anbauen. Thea und Liv gaben zur Feier des Abbruchs des alten Außenaborts ein Fest. Sie tranken Cider und Apfelschorle und machten im Garten ein großes Feuer, in dem sie die Holzbretter, den Toilettensitz und die Bilder tropischer Strände verbrannten. Diana und Rachel und die Constant-Zwillinge kamen ebenso zu dem Fest wie Theas Freunde aus dem Töpferkurs und Mrs. Jessop vom Zeitungsladen.

1964 verloren die Konservativen die Wahl. Thea tröstete Diana, obwohl ihr der Machtwechsel gleichgültig war. »Wenigstens hat Henry seinen Sitz behalten.«

»Aber eine sozialistische Regierung – schauderhaft!«

Insgeheim vermutete Thea, daß alles so weitergehen würde wie bisher. Sie stellte sich ans Fenster und sah, die Hände auf den Sims gestützt, in den Garten hinaus, wo die drei Mädchen Arm in Arm im Sonnenschein über den Rasen gingen. Sie hörte schallendes Gelächter. Und sie dachte, eigentlich habe ich meine Sache doch ganz gut gemacht. Ja, Fin, wo auch immer du sein magst, eigentlich habe ich meine Sache ganz gut gemacht. Wir haben ein Zuhause, und ich hab Arbeit. Und Olivia kann wieder lachen.

2

KATHERINE HATTE DIE Anzeige im Lokalblatt entdeckt. ›Statisten für Filmarbeiten am Ort gesucht‹, hieß es da. Sie zeigte Liv und Rachel die Zeitung. »Ein Film! Vielleicht werden wir entdeckt.« Sie fegte alle Einwände beiseite. Liv und Rachel hatten am Mittwoch die letzte Stunde frei; Katherine selbst hatte Latein bei Miss Paul, die man um den Finger wickeln konnte. Es wäre ein Kinderspiel.

Liv spann Phantasien. Sie stellte sich den Regisseur groß und dunkel vor, mit einem ausländischen Akzent vielleicht. Er würde sie unter allen auswählen. »Die ist es«, würde er sagen. »Sie muß meine Muse werden.«

Sie hatten sich verspätet und mußten laufen. Sie zogen ihre roten Mützen und die Schulkrawatten aus und versteckten sie in ihren Taschen. Sie rollten ihre Röcke am Bund auf, um sie kürzer zu machen. Katherine hatte Wimperntusche und Eyeliner mitgebracht und dazu Miner's Make-up in einem orangebraunen Ton, der Liv an die Tontöpfe ihrer Mutter erinnerte, bevor sie gebrannt wurden. Rachel hatte einen hellrosa Lippenstift und eine Flasche Joy von Patou mit, von dem sie sich im Laufen auf Hals und Handgelenke spritzten. Es war Februar, und die schattigen Stellen auf dem Bürgersteig waren gefroren. Liv, die kurz stehenblieb, um einen besonders lästigen Pickel abzudecken, merkte, daß ihre Finger vor Kälte klamm waren. Sie hatte ihre Zweifel, daß das Make-up helfen würde; wahrscheinlich, fürchtete sie, würde es ihr Gesicht eher fleckig machen – blaugefrorene Nase und blasse Haut bis auf die bräunlichen Schminkeflecken.

Die Schlange vor dem Gemeindesaal, wo die Auswahl stattfand, reichte bis auf die Straße hinaus. Es waren ungefähr zehnmal so viele Frauen wie Männer da, größtenteils junge Mädchen wie sie selbst. Manche kämmten sich noch einmal durch langes, glattes Haar, wie Liv es sich immer wünschte und selbst mit riesigen Mengen von Creme Silk, das sie sich über die dicken dunklen Locken kippte, nicht hinbekam. Die meisten Mädchen trugen normale Kleidung, keine Schuluniformen.

»Ich habe jemanden sagen hören«, flüsterte Katherine, »daß es für ›Krieg und Frieden‹ ist.«

»Da bräuchten sie doch Männer – für die Schlachten.«

»Ich hab Simon gefragt, aber er wollte nicht. Er hat gesagt, das wäre garantiert langweilig.«

Liv fand oft, Simon sei das genaue Gegenteil von Katherine: helle Augen und dunkles Haar und ein Temperament, das eher zur Trägheit neigte. Sie stellte sich vor, wie die beiden einander im Schoß ihrer Mutter von Angesicht zu Angesicht gegenübergelegen hatten, einer das Gegenstück des anderen.

Im folgenden Oktober wollten Katherine und Simon zum Studium nach Oxford gehen. Auch Liv hatte sich entschlossen zu studieren, hauptsächlich allerdings, weil sie nicht wußte, was sie sonst tun sollte. Sie hatte sich aus einem Impuls heraus für Lancaster entschieden; das klang neu und aufregend, rauh und kalt. Sie sah sich schon mit weit ausholendem Schritt über Hochmoore streifen oder durch Schneestürme zu den Vorlesungen stapfen. Sie sehnte sich nach einsamen, rauhen Landschaften und nach etwas – einer Sache, einem Menschen oder einer Kunst –, das sie ganz in seinen Bann schlagen würde. Sie mußte einen Ausweg aus der Langeweile finden, die sie zunehmend plagte. Ihr kleines Zimmer war vollgestopft mit den Produkten ihrer ständig wechselnden Leidenschaften – Gobelinstickerei, Papiermachéskulpturen, Smokarbeit –, die meisten nur halb fertig. Nichts befriedigte sie auf die Dauer.

Rachel sagte: »Hab ich's euch schon erzählt? Ich geh im September nach Paris. Daddy hat schon alles arrangiert.«

»Du Glückliche«, sagte Katherine neidisch.

»Nur in ein Mädchenpensionat. Wo man lernt, wie man Soufflés macht und Dankesbriefe schreibt.«

Sie schoben sich langsam die kurze Treppe hinauf in den Saal. Rachel sah Liv und Katherine an. »Ihr vergeßt mich doch nicht, oder?«

»Wie kommst du denn auf die Idee?«

Rachels Kaschmirschal flatterte im frischen Wind. »Na ja, wenn ihr dann auf der Universität seid. Lauter neue Leute. Das wird bestimmt wahnsinnig aufregend. Ihr ruft mich doch an, ja? Ich habe Angst, daß ich mich – daß ich mich ausgeschlossen fühle.«

»Wir sind Blutsschwestern«, sagte Liv. »Oder hast du das vergessen?«

»Unsere Hexenzaubersprüche.« Rachel lächelte. »Ja, die hatte ich tatsächlich vergessen.«

Liv erinnerte sich an ihren gemeinsamen Versuch, Fin, ihren Vater, nach Hause zu hexen: Mondlicht, das in den Weiden am Ende des Gartens spielte, und der Geruch des Feuers, das sie angezündet hatten.

Sie gelangten endlich in den Saal. Zwei Männer und eine Frau saßen mit Klemmbrettern in den Händen an einem Pult. Ein anderer Mann legte die Hände um den Mund und bat laut um Ruhe.

»Es haben sich so viele Bewerber gemeldet, daß wir nur noch eine Person für eine bestimmte Szene brauchen.« Er setzte sich in Bewegung und ging langsam durch den Saal, wobei er sich jedes einzelne Gesicht aufmerksam ansah. Katherine starrte ins Leere, und Liv zupfte hastig an ihren Stirnfransen, um den Pickel zu verstecken. Ihr stand beinahe das Herz still. Wenn er mich auswählt, dachte sie, und stellte sich die Fotografien in den Farbbeilagen der Zeitungen vor: *Die achtzehnjährige Olivia Fairbrother, der Shootingstar des Jahres 1968 ...*

Vor Rachel blieb er stehen. »Sie«, sagte er. »Kommen Sie mit.«

Die anderen Mädchen sanken enttäuscht in sich zusammen und drängten langsam aus dem Saal. Liv hörte Katherine murren: »Immer Rachel!«

Draußen setzten sie sich auf die niedrige Mauer, die die Kirche umgab, und Katherine kramte die Überreste einer Rolle Drops aus ihrer Tasche; rote Wollfasern von ihrer Strickjacke hafteten an den Bonbons, aber sie lutschten sie trotzdem.

»Na ja, wir wollten ja nicht unbedingt Schauspielerinnen werden«, sagte Liv tröstend.

»Mir wäre *alles* recht«, erklärte Katherine heftig. »Alles! Hauptsache ich komm von zu Hause weg. Manchmal krieg ich solche Angst, daß ich am Ende genauso werde wie meine Mutter – eine abgewirtschaftete Hausfrau.« Sie starrte Liv an. »Deine Mutter wird wenigstens dafür bezahlt, daß sie Mr. Thorneycroft versorgt. Meine Mutter tut's umsonst.«

»Du kannst doch nicht erwarten, dafür bezahlt zu werden, daß du deine eigenen Kinder versorgst! Das tut man doch aus Liebe.«

»Liebe!« sagte Katherine geringschätzig. »Du verliebst dich in irgendeinen Kerl und heiratest in so einem kitschigen weißen Kleid, und dann stehst du mit einem Haufen brüllender Fratzen am Schürzenzipfel den ganzen Tag in der Küche. Nein danke, nicht mit mir.«

»Aber glaubst du nicht«, wandte Liv ein, »daß es anders wäre, wenn es *deine* Kinder wären und *dein* Mann? Daß es dir dann gar nichts ausmachen würde?«

Katherine kniff die Augen zusammen. »Meiner Mutter macht es sehr wohl was aus. Sie sagt's zwar nie, aber ich weiß es. So wie sie möchte ich nie werden. Niemals!« Sie blickte auf, als Rachel aus dem Gemeindesaal kam. »Also, ist es eine Hauptrolle, Rachel? Bist du jetzt der große Star?«

»Ich hab denen gesagt, daß ich nicht kann.«

»Was?«

»Sie drehen Ende März. Aber da fahren wir nach Chamonix. Also kann ich nicht.«

»Aber Rachel ...!«

»Es hörte sich sowieso fürchterlich an. Ein Musical, das im mittelalterlichen England spielt.«

Rachel nahm den Weg zur Bushaltestelle, und Katherine folgte ihr mit einem letzten Seufzer der Erbitterung.

Ein paar Wochen später waren Liv und Katherine an einem Samstag abend bei einer Tanzveranstaltung des Jugendklubs in einem der Nachbardörfer verabredet. Der Saal, in dem das Tanzvergnügen stattfand, war riesengroß und zugig, und die Jungen, mit pickeligen Gesichtern und kleinen Zapata-Bärtchen, lümmelten an den Wänden und beobachteten verstohlen die Mädchen, die allein tanzten.

Liv lehnte draußen vor dem Haus an der Mauer und wartete auf die Constant-Zwillinge. Es war nach neun, als sie endlich kamen. »Entschuldige, daß wir so spät dran sind«, sagte Katherine. »Jamie Armstrong hat uns mitgenommen, und er mußte warten, bis sein Vater ihm das Auto gegeben hat.«

Simon sah sich im Saal um. »Nennt man das Tanzen, was diese Trampel da aufführen?«

Katherine zischte: »Wo ist das Klo? Ich mußte nach dem Abendessen abspülen und hatte keine Zeit mehr, mich zu schminken.«

In der engen kleinen Damentoilette spie Katherine in das Kästchen mit der Wimperntusche, starrte dann mit weit aufgerissenen Augen in den mit Fliegendreck gesprenkelten Spiegel und hantierte wie eine Wilde mit dem Bürstchen.

Liv musterte sie. Sie hatte ein Minikleid aus graugrünem Chiffon an.

»Ist das neu?«

»Rachel hat's mir geliehen. Mary Quant. Ist es nicht toll?«

»Schade, daß sie nicht mitkommen konnte.«

»Rachel? In einem Dorfbums?« Katherines Ton war scharf. »Stell dir doch nur mal vor, was man sich da alles holen kann. Stell dir nur vor, mit was für Leuten man da zusammenkommt!«

»Dafür kann sie doch nichts.«

»Nein, ich weiß. Das sind Mami und Daddy. Aber sie sollte mal rebellieren.«

Liv dachte daran, Katherine zu erklären, daß Rachel ihren Eltern folgte, weil sie sie liebte und ihnen keine Schwierigkeiten bereiten wollte, und daß Rachels Eltern überfürsorglich waren, weil sie ihre Tochter mehr als alles auf der Welt liebten; daß Rachel mit Charme und freundlicher Überredung letztlich doch immer erreichte, was sie wollte. Aber statt dessen sagte sie: »Aber nicht gerade heute abend. Ihre Eltern geben eine Party und wollten, daß Rachel da ist.«

»Deine Haare!« sagte Katherine plötzlich und starrte Liv verblüfft an.

»Ich hab sie mir gefärbt. Eigentlich soll es kastanienbraun sein.«

»Sieht mehr wie rote Bete aus.«

»Ich glaub, ich hab die Lösung zu lange drauf gelassen.« Liv warf einen Blick auf ihr Spiegelbild. »Vielleicht könnte ich es hier über dem Waschbecken ausspülen.«

»Du spinnst wohl!« Katherine legte hellen Lippenstift auf. Ihre schwarz umrandeten braunen Augen sprangen aus einem weißen Gesicht hervor. »Es ist sowieso stockdunkel da drüben. Da fällt das überhaupt nicht auf.«

Sie gingen wieder in den Saal hinüber. Katherine glitt in Jamies Arme. Simon Constant bot Liv die Hand. »Liv?«

»Ja?«

»Mach nicht so ein erstauntes Gesicht. Ich will dich nur zum Tanzen auffordern.« Als er sie im Arm hielt, blickte er zu ihr hinunter. »Das kommt alles bloß von dieser Klosterschule. Das ist doch völlig unnatürlich, Mädchen eingesperrt zu halten. Dabei toben die Hormone. Sogar Kitty ist noch Jungfrau, obwohl sie das bestimmt halb zu Tode ärgert.« Er lachte. »Du wirst ja rot, Liv.«

»Es ist so heiß hier.«

»Ist es dir peinlich, über Sex zu reden?«

»Ach wo.« Wichtig war, daß er nicht merkte, wie ahnungslos sie war. In der Theorie wußte sie natürlich über die Sexualität Bescheid, Thea hatte es ihr alles schon vor langem erklärt, aber wie das Ganze ablief, was es für ein Gefühl war und warum alle so ein Buhei darum machten, war ihr schleierhaft. Sie war noch nie von einem Jungen geküßt worden. Die Jungen, die versuchten, sie zu küssen, waren nicht so, daß sie von ihnen geküßt werden wollte. Liv wünschte sich ihren ersten Kuß atemberaubend und ekstatisch, als ein Ereignis, an das sie sich ihr Leben lang erinnern würde.

Als die Musik endete und es wieder hell wurde, ließ Simon sie nicht aus den Armen, sondern hielt sie fest und starrte sie unverwandt an. »Hey, was ist mit deinen Haaren passiert?« sagte er schließlich.

Brennend rot vor Scham trat sie von ihm weg.

Katherine sagte: »Wie rote Bete, stimmt's, Simon?«

»Magenta. Ziemlich prächtig.« Simon lachte. Er sah auf seine Uhr. »Hauen wir ab. Kommst du mit, Liv?«

»Wohin wollt ihr?«

»Nach Cambridge. Bevor die Pubs zumachen.«

»Ich kann nicht.«

»Nur für eine Stunde.«

»Nein, ich hab meiner Mutter versprochen, daß ich den letzten Bus nehme.« Sie sah zur Uhr hinauf.

»Ach komm, sei kein Spielverderber, Liv.«

»Wenn sie sagt, daß sie nicht kann, dann kann sie nicht, Simon«, fuhr Katherine ihren Bruder an.

Mit quietschenden Reifen und immer noch miteinander zankend, brausten sie ab, daß der Kies aufspritzte. Liv holte ihre Strickjacke und ihre Tasche und rannte die Straße hinunter. Als sie um die Ecke bog, sah sie den Bus gerade noch wegfahren. Sie schrie und winkte, aber er hielt nicht an. Sie lief zur Haltestelle und sah sich den Fahrplan an. Es war für heute der letzte Bus gewesen. Der nächste fuhr erst am Sonntag morgen.

Nachdem die erste kopflose Panik sich gelegt hatte, begann sie zu marschieren. Bis Fernhill waren es sechs Kilometer. Wenn sie Tempo machte, sagte sie sich, konnte sie vielleicht in einer guten Stunde zu Hause sein. Mit dem Dorf ließ sie die Straßenlampen und die Lichter der Häuser hinter sich zurück. Sie suchte in ihrer Tasche nach der Taschenlampe, die sie auf Theas Geheiß stets bei sich trug. Der kleine wässrige Lichtkreis huschte schwankend auf der Straße vor ihr her. Es hatte leicht zu regnen begonnen. Sie hoffte, der Regen würde ihr wenigstens die scheußliche Farbe aus den Haaren spülen, und versuchte, nicht an Thea zu denken, die sich immer schlafend stellte, wenn ihre Tochter nach Hause kam, aber in Wirklichkeit, das wußte Liv, stets wach blieb, bis sie da war. Sie wünschte zum hundertstenmal, sie hätten ein Telefon zu Hause, obwohl sie sich Theas Entsetzen vorstellen konnte, wenn sie ihr die Situation erklärte. Du gehst *zu Fuß* nach Hause? Ganz allein? Durch die Dunkelheit?

Sie sang laut vor sich hin, um sich Mut zu machen. »You can't hurry love« und »Pretty Flamingo« und »House of the Rising Sun«. Als ihr die Lieder ausgingen, dachte sie an ihre Lieblingsgestalten aus der Literatur: Max de Winter aus »Rebecca«, Heathcliff und Mr. Darcy natürlich. Und an all die wahnsinnig attraktiven, grüblerischen Helden der historischen Liebesromane, die sie weiterhin zu lesen pflegte, obwohl sie sich mittlerweile schämte, das einzugestehen.

Ihre Phantasien boten ihr Trost und Zuflucht, aber gleichzeitig quälte sie die Tatsache, daß es nur Phantasien waren und sie immer noch auf die echten Abenteuer und die echte Liebe wartete. Sie brauchte Spannung und Herausforderung; sie sehnte sich nach dem Gefühl, mitten im Strom des Lebens zu schwimmen, anstatt immer nur am Rand zu stehen und zuzuschauen. Aber gleichzeitig wünschte sie sich jetzt, als sie durch die Dunkelheit eilte, wo Blätter knisterten und Zweige knarrten und Undefinierbares im Gras raschelte, nur zu Hause zu sein. Die Beine taten ihr weh, und die Brust war ihr eng, und immer wieder meinte sie, hinter sich Schritte zu hören, und sah sich um, gewiß, daß jemand ihr folgte. Aber die Straße war stets leer.

Sie war etwa zwanzig Minuten unterwegs, als ein Auto an ihr vorüberfuhr. Bremsen quietschten, dann wurde krachend der Rückwärtsgang eingelegt, und der Wagen kam schlingernd zu ihr zurück. Das Herz klopfte ihr bis zum Hals, als das Autofenster heruntergekurbelt wurde und ein junger Mann zu ihr heraussah.

»Entschuldigen Sie die Belästigung, aber ich habe mich irgendwie verfahren.« Er schaltete die Innenbeleuchtung ein. Seine Nickelbrille rutschte ihm zur Nasenspitze hinunter, als er eine Karte konsultierte, und eine Haarsträhne fiel ihm lockig in die Stirn. Er hielt Liv die Karte hin. »Können Sie mir vielleicht sagen, wo ich bin?«

Blinzelnd sah sie auf die Karte hinunter. »Genau hier.«

»Oh! Völlig verkehrt natürlich«, stellte er heiter fest. Er sah sie fragend an. »Wohin wollen Sie?«

»Nach Fernhill.« Sie zeigte auf den Punkt auf der Karte.

»Das liegt auf meinem Weg. Steigen Sie ein.«

Liv stand einen Moment reglos, gelähmt von Unschlüssigkeit und Furcht. Sie konnte beinahe Theas Stimme hören: *Laß dich nie von Fremden im Auto mitnehmen, Liv.* Doch dieser Fremde hatte sympathische blaue Augen und eine angenehme Stimme, außerdem war es spät, und sie war müde. Wenn sie sein Angebot annahm, konnte sie in zehn Minuten schon zu Hause sein und nicht erst in einer Stunde.

Als sie die Tür aufzog, sah sie vor sich die Schlagzeilen in der Zeitung: *Grausiger Fund – Mädchen erschlagen im Straßengraben.* Doch auf dem Sitz und im Fußraum war alles voller Bücher und Karten. Das Chaos beruhigte sie ein wenig. Ein Mädchenmörder würde bestimmt nicht in einem kleinen Sportwagen voller Bücher herumfahren.

Er sammelte die Bücher ein und warf sie nach hinten. Als er den Motor anließ, sagte er: »Ich war noch nie in dieser Gegend. Überall diese kleinen Dörfer, von denen eines aussieht wie das andere, wenn man sich hier nicht auskennt.«

»Woher kommen Sie denn?« Sofort bedauerte sie ihre Frage. Viel zu persönlich, dachte sie. Gleich würde er herüberlangen und ihren Oberschenkel tätscheln und sagen, wie wär's, wenn ich dir mal zeige, wo ich herkomme, Kleine?

Aber seine Hände blieben am Lenkrad, und er antwortete höflich: »Aus Northumberland. Waren Sie da schon mal?«

»Nein. Noch nie.«

»Dann sollten Sie das schleunigst nachholen. Es ist die schönste Gegend auf der Welt.« Er warf ihr einen Blick zu. »Im Handschuhfach liegen Pfefferminzpastillen, wenn Sie welche wollen.«

Und nimm niemals von Fremden Süßigkeiten an! »Nein, danke.«

»Ja, ich mag sie auch nicht besonders, sie sind so scharf. Aber ich versuche gerade, das Rauchen aufzugeben. Eine idiotische Angewohnheit – ich habe in der Schule damit angefangen und –« Er brach ab und runzelte die Stirn. Der Wagen hatte zu hoppeln begonnen. »Ach, Mist!« sagte er. »Ich glaube, wir haben eine Reifenpanne.«

Er trat auf die Bremse und hielt am Straßenrand an. Liv biß sich auf die Lippe. Jetzt würde er sich auf sie stürzen. Verzweifelt spähte sie nach draußen. Nirgends Busch noch Baum, weit und breit kein Haus in Sicht. Im Mondlicht konnte sie die gerundeten Kuppen der Kreidehügel erkennen, die sich vereinzelt in der Landschaft erhoben. Sie dachte, wenn er mich anrührt, schrei ich wie am Spieß. Sie wußte, was für entsetzliche Dinge geschehen konnten und tatsächlich geschahen: Sie selbst war von ihrem Vater verlassen worden, und man brauchte ja nur den armen Philip Constant anzuschauen. Nur Menschen wie Rachel hatten einen Glücksstern, der sie immer und überall beschützte.

Aber als er die Fahrertür öffnete, sagte er: »Es tut mir wirklich furchtbar leid. Ich bitte vielmals um Entschuldigung, aber keine Sorge, wir können gleich weiterfahren. Im Reifenflicken bin ich ziemlich gut.«

Liv stieg ebenfalls aus. Die Kofferraumklappe wurde geöffnet, Werkzeug klapperte. Sie hörte ihn vor sich hin summen und war ganz unlogischerweise von neuem beunruhigt. Als er den Reifen repariert hatte, hielt er einen langen Eisennagel hoch.

»Das war die Ursache.« Er runzelte die Stirn. »Meine Hände …« Sie waren ölverschmiert.

Sie bot ihm ihr Taschentuch an. »Schade drum«, sagte er. Das Taschentuch war blütenweiß. In eine Ecke eingestickt war der Buchstabe »O«. »Hm, lassen Sie mich raten …« Er betrachtete sie. »Olga? Oonagh? Ophelia?«

Sie lächelte. »Olivia. Olivia Fairbrother.«

»Und ich bin Hector Seton. Ich würde Ihnen gern die Hand geben, aber Sie sehen ja, wie meine Hände ausschauen.«

Sie fuhren weiter. Als sie sich dem Haus der Wybornes näherten, überlegte Liv rasch. »Könnten Sie mich vielleicht hier absetzen, Mr. Seton?« Besser, sich nicht bis zum Cottage fahren zu lassen. Da würde ihre Mutter nur Erklärungen verlangen.

Fernhill Grange strahlte im Glanz unzähliger Lichter wie ein Märchenschloß. Im Garten war ein Festzelt aufgebaut, und zwischen den Bäumen spannten sich Ketten bunter Lichter. Festlich gekleidete Paare ergingen sich auf dem Rasen, und aus der Ferne vernahm Liv Musik.

Dann sah sie Rachel. Sie trug ein Kleid, das Liv noch nie an ihr gesehen hatte, hell und zart wie ein Hauch. Vor dem eleganten schmiedeeisernen Tor hob Liv sich auf Zehenspitzen und rief ihren Namen.

Jahre später dachte sie manchmal darüber nach, wie es für Hector gewesen sein mußte. Der Duft der Frühlingsblumen nach dem Regen, das Mondlicht, das auf Rachel herabschien, als diese sich herumdrehte und lächelnd herankam, eine silberne Flamme in der Dunkelheit.

Katherine lag auf dem Rücksitz von Jamie Armstrongs Wagen. Jamie sagte: »Mann, das war phantastisch«, und wälzte sich von ihr herunter.

Eine Sekunde war es still, dann sagte Katherine: »Ja, super, nicht?« setzte sich auf und begann, ihre Kleider zu richten.

»Zigarette?«

»Ja, bitte.« Er gab ihr Feuer. Sie rauchten schweigend. Dann sagte sie: »Ich muß nach Hause, sonst regt meine Mutter sich auf«, er antwortete hörbar erleichtert: »Klar«, und sie krochen nach vorn.

Als sie vor dem Haus der Constants anhielten, gab Jamie ihr verlegen einen flüchtigen Kuß auf die Wange. »Wie schaut's nächstes Wochenende aus?«

Katherine lächelte und trat in den Garten. Sie schloß das Törchen sehr leise hinter sich.

Im Haus tappte sie vorsichtig zwischen all den Dingen hindurch, die wie immer im Vestibül herumlagen. Aber sie ging nicht gleich in ihr Zimmer, sondern holte sich aus dem Kühlschrank in der Küche ein Glas Milch, mit dem sie sich ins Wohnzimmer setzte, um zum Fenster hinaus in den mondbeschienen Garten zu blicken. Das Haus war geräumig, trotzdem schien es nicht groß genug für die ganze Familie. Die Schränke quollen über, so daß stets alle verfügbaren Flächen im Haus mit den abenteuerlichsten Gegenständen – Angeln, Fußballstiefeln, Philips Spielsachen – übersät waren. Im Moment leisteten Katherine auf dem Sofa zwei Teddybären, Simons Kricketpulli und der Strickbeutel ihrer Mutter Gesellschaft. Katherine war es schleierhaft, wieso das Haus ständig wie eine Müllhalde aussah, obwohl ihre Mutter jeden Tag vierzehn Stunden schuftete, um es sauber zu halten. Da konnte man mal wieder sehen, daß Hausarbeit die reine Zeitverschwendung war.

Sie spülte das Glas in der Küche aus und ging nach oben. An den Wänden ihres kleinen Zimmers hingen die Plakate, die sie bei Reisebüros zu erbetteln pflegte – der Eiffelturm, die Wasserspiele der Villa d'Este in Tivoli, das Empire State Building – und Abbildungen karibischer Strände und Schweizer Alpenlandschaften, alle aus dem »National Geographic Magazine« ausgeschnitten, das zusammen mit dem »Punch« zur Grundausstattung des Wartezimmers in der Praxis ihres Vaters gehörte.

Beim Auskleiden blickte Katherine mit einem plötzlichen Gefühl der Enttäuschung und der Verwunderung an sich hinunter. Sie hatte geglaubt, sie würde *anders* aussehen hinterher. Mit zusammengekniffenen Augen musterte sie sich im Spiegel. Sie hatte erwartet – ja, was denn? Ein inneres Leuchten ... geheimnisvolle weibliche Ausstrahlung? Sie mußte lachen, als sie ihr Spiegelbild betrachtete, an dem sich nichts verändert hatte durch den Verlust der jungfräulichen Unschuld, nicht die blitzenden braunen Augen, nicht das blasse Gesicht, umrahmt vom glatten aschblonden Haar. Zum hundertstenmal wünschte sie, sie hätte Rachels welliges kastanienbraunes Haar, Rachels milchhellen, von keiner Sommersprosse getrübten Teint. Für Rachel war alles immer so leicht.

Katherine hockte sich auf ihr Bett, umschloß die angezogenen Beine mit beiden Armen und versuchte, sich mit ihrer Verwirrung auseinanderzusetzen. Wozu bloß der ganze Wirbel, dachte sie. Ein paar Augenblicke des Unbehagens und der Verlegenheit, und die Leute schrieben *Gedichte* darüber. Als Jamie zuckend laut aufgestöhnt hatte und dann von ihr hinuntergerollt war, hätte sie beinahe gesagt: Ist das alles? Aber sie hatte es geschafft, den Mund zu halten. Ihm hatte es ja allem Anschein nach gefallen; es mußte daher ihre eigene Schuld sein, daß sie nichts daran finden konnte. In allen Büchern und allen Schlagern hieß es immer, Sex wäre was ganz Tolles.

Aber neben ihrer Verwirrung war sie sich auch eines Gefühls des Triumphs und der Erleichterung bewußt. Sie hatte sich fest vorgenommen, vor ihrem achtzehnten Geburtstag im August auf jeden Fall zwei Dinge zu tun: neue Kleider zu kaufen und endlich mit einem Jungen zu schlafen, um endlich ihre Unschuld loszuwerden. Von dem, was sie sich mit ihrem Samstagsjob verdiente, hatte sie inzwischen elf Pfund für die Klamotten auf die Seite gelegt (den Rest legte sie für die Weltreise zurück, auf die sie schon sparte, seit sie acht war), aber das Projekt Unschuld ade war nicht so leicht zu verwirklichen gewesen. Nur häßliche Mädchen oder brave Mädchen wie Rachel oder hoffnungslose Romantikerinnen wie Liv waren mit achtzehn noch Jungfrau. Doch nun hatte sie ihr Ziel erreicht. Daß es keinen besonderen Spaß gemacht hatte, war unwichtig. Hauptsache, es war geschafft.

Hector Seton wartete vor dem Cottage, als Liv am Dienstag von der Schule nach Hause kam.

»Ich wollte Ihnen das zurückgeben.« Er hielt ihr ihr Taschentuch hin, frisch gewaschen und gebügelt. »Ich habe auf der Post gefragt, wo Sie wohnen – die Familie Fairbrother …« Er fuhr sich mit den Fingern durch das zerzauste Haar. »Sagen Sie, hätten Sie einen Moment Zeit? Ich wollte noch etwas anderes …«

Sie lud ihn zu einer Tasse Tee ein, und er ging mit ihr ins Haus. In der Küche blieb er vor dem Fenster stehen, berührte lächelnd die Schnüre mit den aufgefädelten Muscheln, die als

Jalousie dienten. »Das ist eine tolle Idee. Viel origineller als geblümter Chintz.«

Liv setzte das Wasser auf.

Hector sagte: »Das Mädchen, mit dem Sie mich neulich bekannt gemacht haben ...«

»Rachel?«

»Ja. Ist sie – ich meine, hat sie – Also, sie geht mir einfach nicht mehr aus dem Kopf.«

»Oh.« Liv starrte ihn an. Hector Seton hatte sich also in Rachel verliebt. Es wunderte sie überhaupt nicht, daß jemand sich so mir nichts, dir nichts verlieben konnte; in ihren Büchern passierte das andauernd.

»Es würde mich interessieren, ob es jemanden gibt – ob sie zum Beispiel verlobt ist.«

»Rachel hat keinen Freund. Aber die Jungs laufen ihr natürlich in Scharen hinterher«, fügte Liv eilig hinzu. »Sie hat nur noch nicht den Richtigen getroffen.« Sie reichte ihm eine Tasse Tee. »Wollen wir in den Garten gehen?«

Er öffnete ihr die Tür. Ein paar Schritte weiter war ein kleiner Platz mit zwei wackligen Stühlen und einem Tisch.

»Der ist ja wirklich toll.« Hector bewunderte den Tisch.

»Den hab ich selbst gemacht.«

»Tatsächlich? Hut ab.« Er musterte die Platte: ein in Gips gefaßtes Mosaik aus farbigen Glasstückchen.

»Ich hab sie am Strand gefunden. Wir haben früher am Meer gelebt. Als ich klein war, dachte ich, es wären Edelsteine.«

»Zu Hause war ich auch immer am Strand und habe alles mögliche gesammelt – Fossilien und Muscheln und Treibholz. Ich habe fast ein ganzes Zimmer damit vollgestopft.«

Liv erinnerte sich ihres Gesprächs im Wagen. »In Northumberland?«

Hector zwinkerte ein paarmal, seine Augen hinter den Brillengläsern erinnerten an die einer Eule. »Ich wohne dort schon lange nicht mehr. Ich lebe in London. Aber für mich ist es immer noch mein Zuhause.« Er sah Liv an. »Ihre Freundin Rachel ...«

»Sie haben ihr gefallen.«

Seine Miene, ja, seine ganze Haltung veränderte sich. Er schien von innen heraus aufzuleuchten. »Wirklich?«

»Ja. Sie hat es mir selbst gesagt.« Rachel hatte es allerdings ein wenig anders formuliert. *Weißt du, Liv, es kommt mir ständig so vor, als wäre ich ihm schon einmal irgendwo begegnet. Als ich mit ihm sprach, hatte ich das Gefühl, ihn schon seit Jahren zu kennen. Seitdem zerbreche ich mir den Kopf, aber ich glaube, wir sind uns nie begegnet.* Sie schien verwirrt.

»Ihre Eltern – wie sind sie?«

»Tante Diana ist sehr nett. Mr. Wyborne …« Liv dachte an Rachels tüchtigen, ehrgeizigen Vater – »er ist Parlamentsabgeordneter.«

»Ach so. *Der* Henry Wyborne.« Er lächelte. »Macht er einem angst?«

»Ein bißchen schon.«

Ein Schweigen folgte, dann sagte Hector: »Ich muß sie wiedersehen.« Nicht »Ich würde sie gern wiedersehen« oder »Es wäre schön, sie wiederzusehen«, sondern »Ich *muß* sie wiedersehen.«

Katherine hatte sich einen genauen, wenn auch etwas unordentlichen Plan gemacht, was sie bis zur Prüfung alles wiederholen wollte. Sie hatte die drei Fächer in Themenkreise aufgeteilt und diese in unterschiedlichen Farben gekennzeichnet. Es blieben nur noch sechs Wochen bis zur Prüfung und bisher war nicht eine der grellfarbigen Kategorien abgehakt. Die Hände auf die Ohren gedrückt, starrte Katherine in ihre »Aeneis« und versuchte, das Geschrei, das Läuten des Telefons und vor allem die Stimme, die immer wieder ihren Namen rief, auszublenden. »Tendebantque manus ripae ulterioris amore?« murmelte sie: Sie streckten voll Sehnsucht die Hände nach dem anderen Ufer.

Klopfen an ihrer Zimmertür. »Kitty?« Heftigeres Klopfen. »Kitty!!«

Sie riß die Tür auf. »Was denn?«

»Du sollst zu Mama kommen«, sagte Simon. »Philip führt sich wieder auf, und jemand muß ans Telefon gehen.«

»Warum kannst du das nicht tun?«

»Fahrstunde«, versetzte Simon selbstzufrieden und ging pfeifend, die Hände lässig in den Hosentaschen, durch den Gang davon.

»Ich habe *Prüfungen*!« schrie sie ihm nach.

Er drehte sich um. »Für dich lohnt sich's auch, wenn ich's schaffe. Dann bist du nicht mehr auf Jamie angewiesen.«

Sie spürte, wie sie rot wurde. Sie hatte Jamie Armstrong seit mehr als einem Monat nicht mehr gesehen. Er hatte nicht angerufen. Sie war beinahe erleichtert; sie mußte sich auf die Schule konzentrieren, und sie war insgeheim froh, daß ihr weitere Handgreiflichkeiten auf dem Rücksitz seines Autos erspart bleiben würden. Aber einmal, als sie nachmittags nach Hause gegangen war, hatte Jamie an der Bushaltestelle gestanden. Er hatte sie nicht gegrüßt, sondern weiter mit seinen Freunden geredet, als wäre sie nicht vorhanden. *Flittchen*, hatte sie gehört. Sie war weitergegangen und hatte sich mit aller Willenskraft bemüht, nicht rot zu werden. Doch schon bei der Erinnerung an dieses gemurmelte Wort wurde ihr innerlich kalt.

Barbara Constant war in der Küche und fütterte Philip. Philip war zwölf, aber durch den Gehirnschaden infolge der schweren Masernerkrankung geistig weit zurückgeblieben. Er mußte wie ein kleines Kind versorgt werden. In letzter Zeit hatte Katherine den Eindruck, daß ihre Mutter in dem Maß schrumpfte wie Philip körperlich wuchs, daß sie immer mehr graue Haare bekam, ihre Kleidung immer ungepflegter und ihr Gesicht immer müder wurde.

Barbara sah auf, als Katherine in die Küche kam. »Er ist sehr quengelig heute und will absolut nicht selbst essen. Vielleicht brütet er irgendeine Krankheit aus. Und der Abwasch ist auch noch nicht gemacht, und die Kartoffeln sind nicht geschält. Und das Telefon läutet ununterbrochen.«

»Ich muß Hausaufgaben machen«, erklärte Katherine trotzig. »Kann Michael denn nicht ...?«

Sie sah, daß Philips Gesicht fleckig war vom Weinen. Als er seine Arme ausstreckte, drückte sie ihn an sich, und sein struppiges rotblondes Haar rieb an ihrer Wange. Er sah zu ihr hinauf. Der Blick seiner Augen, so warm und braun wie ihre eigenen, suchte Trost und Beruhigung. Er holte einmal tief und zitternd Atem und lehnte sich dann auf seinem Stuhl zurück, während sie ihm sachte den Rücken tätschelte.

Als Barbara Constant ihm einen Löffel voll Essen hinhielt, schlug er ihn ihr aus der Hand.

»Mein *Gott*, ich ...« Ihre Stimme zitterte vor Spannung.

Das Telefon begann von neuem zu läuten.

Katherine sagte hastig: »Komm, laß, ich mach das schon.« Sie hob den Löffel vom Boden auf und spülte ihn unter dem fließenden Wasser.

Ihre Mutter ging aus dem Zimmer. Es ist immer dasselbe, dachte Katherine, während sie die letzten Reste Eintopf vom Boden wischte. Die Jungen mähten den Rasen und wuschen das Auto, aber das Kartoffelschälen, Bügeln, Tischdecken, Staubsaugen und Staubwischen, das war alles ihre Aufgabe. Jede Minute Zeit für meine eigenen Belange muß ich mir erkämpfen, dachte sie bitter.

Aber während sie Philip einen Löffel mit Gemüse und Kartoffeln in den Mund schob, mußte sie sich doch eingestehen, daß an ihrer ungenügenden Vorbereitung für die Prüfung weniger Zeitmangel schuld war als Mangel an Interesse. Sie haßte Latein, Griechisch und die Geschichte des Altertums. Sie freute sich nicht einmal auf Oxford. An einem reinen Mädchencollege würde es auch nicht anders zugehen als bisher in der Schule.

Nachdem sie Philip das Gesicht abgewischt hatte, führte sie ihn mit viel gutem Zureden vom Stuhl zum durchgesessenen alten Sofa. Sie setzte sich zu ihm und hielt ihn im Arm, wiegte ihn sachte und summte leise dazu, bis ihm die Augen zufielen und er einschlief. Behutsam strich sie ihm die Haare aus der Stirn. Sie erinnerte sich an den Tag seiner Geburt. Sie war auf Zehenspitzen nach oben geschlichen, um ihren neugeborenen kleinen Bruder zu sehen. Eigentlich hatte sie sich eine Schwester gewünscht – eine Verbündete in diesem Männerhaushalt –, aber sie hatte ihn sehr schnell in ihr Herz geschloßen. Er war so ein strahlender kleiner Kerl gewesen. Bis er zugleich mit Michael, Simon und ihr selbst die Masern bekommen hatte. Katherine konnte sich noch erinnern, wie lästig das gewesen war, das dauernde Jucken und die Langeweile; wie ihre Mutter mit kalten Getränken und Zinkkarbonatlösung von Zimmer zu Zimmer geeilt war und ihr Vater immer wieder gesagt hatte: »Nun, mach doch keinen solchen Wirbel, Barbara. Fast alle Kinder in meiner Praxis haben im Moment die Masern.«

Katherine konnte nicht genau sagen, wann die Stimmung im Haus umgeschlagen war von leichter Ungeduld und Gereiztheit zu Angst und Besorgnis, aber sie erinnerte sich lebhaft an den Krankenwagen. Die Sirene hatte sie geweckt, und sie hatte weinend nach ihrer Mutter gerufen. Sie war damals erst sechs gewesen und fühlte sich vernachlässigt in ihrer Verwirrung. Man erklärte ihr, daß Philip ins Krankenhaus gekommen war, aber als er endlich nach Hause zurückkehrte, glaubte sie lange, ihr kleiner Bruder sei gestohlen worden und man habe ihnen an seiner Stelle dieses fremde Kind mit den fahrigen Bewegungen und den stumpfen Augen untergeschoben. Es hatte Jahre gedauert, ehe sie wirklich verstanden hatte, was Philip widerfahren war. Sie hatte in einem medizinischen Fachbuch im Arbeitszimmer ihres Vaters geblättert und gelesen, *Gehirnentzündung kann in selten Fällen zu Krankheiten wie Masern hinzutreten und zu Epilepsie, Gehirnschäden, Taubheit und Erblindung führen.* Erst da hatte sie unter Tränen begriffen, daß Philip niemals mehr als ein paar Worte würde sprechen können, daß er niemals schnell und niemals größere Strecken würde gehen können und daß er – das erschreckte sie am meisten – wohl sein Leben lang an epileptischen Anfällen leiden würde.

Katherine breitete eine Decke über Philip aus und stand auf. Sie ging in die Küche zum Spülbecken, in dem Berge schmutzigen Geschirrs eingeweicht waren. Gerade wollte sie die Arme ins lauwarme Wasser tauchen, als es am Fenster klopfte. Sie drehte sich herum und lachte, als sie Rachel und Liv sah. Den Abwasch vergessend, rannte sie ins Freie hinaus.

Sie liefen unter dicht stehenden Bäumen hindurch bis zu einer kleinen Lichtung. Dort warfen sie sich alle drei der Länge nach auf die Erde.

»Los«, sagte Katherine. »Erzähl, Rachel.«

Am Abend zuvor hatte Rachel sich wieder mit Hector Seton getroffen.

»Hat er dich geküßt?« fragte Liv.

Rachel, die sich aufgesetzt und die Arme um die hochgezogenen Beine geschlungen hatte, nickte.

»Und wie war es?«

»Ach, es war wunderbar. Einfach wunderbar.« Rachel schwieg, und Katherine verspürte einen Anflug von Gereiztheit. Womöglich sah Rachel Hector Seton genauso wie sie ihr Pony, ihre Ballettstunden und ihre schönen Kleider sah: als etwas, das ihr zustand und für das sie Dankbarkeit zeigte, ohne es mit dem brennenden Verlangen zu begehren, mit dem Katherine so vieles begehrte.

Dann sagte Rachel plötzlich: »Ihr müßt mir helfen. Ich muß mir irgendwas einfallen lassen.« Ihre heitere Gelassenheit war verflogen. Sie pflückte ein Gänseblümchen ab und durchbohrte den Stengel mit ihrem Daumennagel. »Hector möchte mir sein Haus in Northumberland zeigen. Er will mit mir übers Wochenende hinfahren.«

»Und deine Eltern?«

»Würden es natürlich nie erlauben.«

»Hast du gefragt?«

»Das brauche ich gar nicht. Ich habe Hector erzählt, ich würde fragen, aber ich hab's nicht getan.«

Sie schwiegen alle drei. Dann sagte Liv: »Du könntest deiner Mutter sagen, daß du das Wochenende bei mir verbringst.«

Rachel pflückte noch ein Gänseblümchen. »Ja, das ginge.«

Katherine sah sie ungläubig an. Die brave, stets folgsame Rachel hatte ernsthaft vor, ihre Eltern zu belügen!

Sie runzelte die Stirn. »Liv wohnt zu nahe. Das würden sie merken. Sag ihnen, du kommst zu mir. Sag einfach, du bist übers Wochenende bei mir.«

Sonnenlicht glänzte auf den Hügeln Northumberlands, und die Luft roch würzig und süß.

»Gefällt es dir?« fragte Hector.

»Es ist eine Pracht.«

»Du solltest es erst im Winter sehen. Alles schwarzweiß, wie eine Tuschezeichnung.«

Sie waren am Morgen von Cambridgeshire heraufgefahren. Rachel hatte Gewissensbisse, wenn sie an die Lügen dachte, die sie ihrer Mutter aufgetischt hatte. Jetzt blickte sie durch das Autofenster zu den aus Steinbrocken aufgeschichteten Mauern, die die Felder umgrenzten, und den Schafen, die auf violetten Hängen weideten. Sie war noch nie so weit im Norden gewesen. Sie war natürlich gereist, aber an Orte wie Cannes und St. Moritz, niemals in den Norden Englands.

Nach einigen Kilometern Fahrt sagte Hector: »Da ist mein Haus. Da ist Bellingford. Hinter den Bäumen dort.«

Hohe Steinmauern mit schmalen Fenstern erhoben sich hinter einem Gürtel von Buchen.

»Hector, das ist ja ein Schloß!«

Er lächelte. »Aber nur ein kleines.«

Sie bogen von der Straße ab und fuhren eine Allee hinauf. Das Haus stand im Schatten alter Bäume, und hinter ihm erhob sich der Höhenzug der Cheviot Hills. Hector hielt den Wagen im Hof an, aber er stieg nicht gleich aus.

Rachel legte ihre Hand auf die seine. »Darling?«

»Ich war seit der Beerdigung meines Vaters nicht mehr hier. Ich habe es nie menschenleer erlebt.«

Sie drückte seine Hand. »Es ist nicht menschenleer. Ich bin doch hier.«

Hector sperrte die Tür auf, und Rachel folgte ihm ins Innere des Hauses. Der erste Eindruck war der von Düsternis und Unerschütterlichkeit; der Vorsaal schien ihr muffig und verstaubt. Als sie fröstelte, zog Hector seine Jacke aus und legte sie ihr um die Schultern.

»Ich hätte dich warnen sollen. Hier ist es immer wie in einem Kühlschrank. Die Mauern sind fast zwei Meter dick.«

Ein gewaltiger offener Kamin beherrschte das eine Ende des

Raums, dunkle, mit Schnitzereien geschmückte Möbelstücke hoben sich wuchtig aus dem Halbdunkel. Die Farben der Gemälde an den Wänden waren gedämpft von der Patina der Zeit. Rachel legte ihre Hand flach auf den kühlen Stein und versuchte, sich vorzustellen, wie es war, einem solchen Ort anzugehören. Man würde, dachte sie, jeden Hügel und jeden Bach kennen. Anderer Menschen Erinnerungen, anderer Menschen Liebe und Haß und Verrat würden in den Stein eingesickert sein.

»Wie lang lebt deine Familie schon hier, Hector?«

»Oh, seit Jahrhunderten«, antwortete er unbestimmt. »Ein Plantagenet – irgendein Heinrich, ich vergesse immer, welcher – hat das Land einem meiner Vorfahren geschenkt. Für geleistete Dienste.«

»Gibt's hier Gespenster?«

Er lachte, sagte: »Ich hab noch nie eines gesehen«, und nahm sie bei der Hand. Er führte sie von Zimmer zu Zimmer. Als er die Vorhänge aufzog, flutete Licht in die stickige Dunkelheit, und Staubkörnchen tanzten auf flirrenden Strahlen. Rachel betrachtete die sepiabraunen Fotografien ernst dreinblickender Setons mit vollen Kinnbacken und strich mit den Fingerspitzen über Eichentische, auf denen das Wachs in Jahrhunderten zu dunkelrotem Firnis gehärtet war. Eine schmale, gewundene Treppe führte in den Turm hinauf, die Fenster waren schmale Schlitze, wie von einem Messer in den Stein geschnitten.

Sie aßen draußen im Hof. Von drei hohen Steinmauern geschützt, saßen sie in der Sonne, deren Licht sich hier sammelte und sie wärmte. Hector hatte Garnelen mitgebracht, die noch in ihren korallfarbenen Schalen lagen, und ein Stück reifen, weichen Brie. Sie spülten die Köstlichkeiten mit Champagner hinunter, Rachels Lieblingsgetränk. Sie liebte es, das Prickeln der kleinen Bläschen am Gaumen zu spüren.

Sie waren beinahe am Ende ihres Picknicks, als Hector am Haus hinaufblickte und sagte: »Ich überlege, was ich tun soll, weißt du. Deshalb habe ich dich mit hierhergenommen, Rachel. Ich muß mich entscheiden – entweder ich komme hierher zurück und lebe hier, oder ich lasse das Haus einfach vor sich hin gammeln, oder ich verkaufe es.«

Sie sah ihn ungläubig an. »Hector, du kannst doch Bellingford nicht verkaufen!«

»Es wäre schwierig – es gibt da alle möglichen Verfügungen und dergleichen. Aber es wäre das Vernünftigste.«

»Es wäre das Falsche. Das Haus gehört doch dir, Hector. Und du gehörst zu ihm.« Rachel sah sich um. »Es ist so schön.«

»Ich würde es ja auch gern so sehen, aber ich muß einen Haufen Erbschaftssteuern bezahlen, und auf der Bank liegt nicht viel Geld. Außerdem lebe ich in London.«

»Du könntest doch umziehen. Auch wenn deine Arbeit ...«

»Ich hasse meine Arbeit.«

»Ja, was hält dich dann?«

»Aber sieh dir das Haus doch einmal an! Es ist nichts als eine riesige Belastung. Was um alles in der Welt soll ich damit anfangen?«

»Wir könnten eine Reitschule aufmachen. Oder wir könnten Hühner halten. Oder –« Rachel kicherte – »wir könnten eine Teestube eröffnen.«

Hector sah sie interessiert an. »*Wir*?«

»Ja, ich denke schon. Du nicht?« Sie erlebte einen Moment der Erschütterung. Zum erstenmal in ihrem Leben wußte sie genau, was sie wollte und wie sehr sie es sich wünschte. Sie hob den Kopf und sah ihn an. »Du hattest doch vor, mir einen Heiratsantrag zu machen, oder nicht, Darling?«

Er sah völlig verdattert aus. »Natürlich – deshalb bin ich ja mit dir hierhergefahren, aber ...«

»Aber was?«

»Rachel, wir kennen uns erst seit ein paar Monaten. Und ich bin sechsundzwanzig – acht Jahre älter als du. Jetzt glaubst du vielleicht, mich zu lieben, aber wer weiß, was du in einem Jahr oder in fünf Jahren für mich empfinden wirst?«

»Genau das gleiche. Ich liebe dich, Hector.« Sie sah ihn forschend an. »Und du? Wirst du mich in einem Jahr noch lieben?«

»Ich werde dich immer lieben, in zehn Jahren genauso wie

in zwanzig«, erklärte er. »Ich habe dich vom ersten Moment an geliebt, Rachel, und ich werde immer dir gehören, bis zu meinem Tod.« Er zog sie an sich und begann, sie zu küssen.

Als Liv am Samstag von ihrem Aushilfsjob nach Hause kam, sah sie gleich das Auto vor dem Haus stehen. Diana Wyborne saß hinter dem Steuer. Liv bekam ein ungutes Gefühl.

»Olivia?«

»Ja, Tante Diana?« Sie war sich bewußt, wie verzweifelt schmeichlerisch ihr Lächeln war.

»Ich würde dich gern einen Moment sprechen.« Diana Wyborne stieg aus ihrem Wagen.

Mit ungeschickter Hand sperrte Liv die Haustür auf, und kaum hatte sie sie hinter sich und Diana geschlossen, sagte diese: »Ich habe recht, nicht wahr? Rachel ist mit diesem Mann zusammen.«

Livs Herz raste. Als sie nicht antwortete, rief Diana: »Du könntest wenigstens den Anstand besitzen, mir zu sagen, daß es nicht nötig ist, die Polizei zu alarmieren.« Ihre Worte hingen zitternd und angstvoll im Raum.

»Rachel ist mit Hector zusammen.«

»Ah!« Nur ein Ausatmen, einem Seufzer gleich. Einen Moment war es still, dann sagte Diana: »Und ihr Mädchen habt es gewußt?«

»Ja.«

Dianas Gesicht wurde bleich. »Es war zweifellos Katherines Idee, mir weiszumachen, Rachel verbrächte das Wochenende bei ihr.«

»Nein, meine«, entgegnete Liv leise. Sie hielt den Blick gesenkt.

»Ich verstehe.« Diana kramte in ihrer Handtasche nach Zigaretten. »Wohin sind sie gefahren?«

»Nach Northumberland. Hector hat dort ein Haus.« Wieder Schweigen, nur unterbrochen vom metallischen Klicken von Dianas Feuerzeug. Liv nahm ihren Mut zusammen. »Die beiden lieben sich, Tante Diana. Rachel und Hector lieben sich.«

»Ach«, zischte Diana, »und damit, meinst du wohl, wäre alles in Ordnung?«

Angesichts solchen Zorns kostete es Liv große Mühe, die Worte über die Lippen zu bringen. »Ja. Ja, genau das meine ich.«

Draußen auf dem Kies knirschten Schritte. Die Haustür wurde geöffnet. Thea sagte: »Diana, das ist aber eine nette Über –« und hielt inne, um von der einen zur anderen zu blicken. »Ist was passiert?«

»Rachel ist über das Wochenende mit einem Mann weggefahren.« Diana spie ihrer Freundin die Worte beinahe ins Gesicht. »Und deine Tochter hat es arrangiert.«

Thea sah ihre Tochter an. »Ist das wahr, Liv?«

Liv nickte unglücklich.

Diana fügte hinzu: »Und sie ist auch noch so töricht zu glauben, nur weil die beiden sich angeblich *lieben*, wäre das völlig in Ordnung.«

»Könnten wir vielleicht ganz von vorn anfangen?« Thea ließ Wasser in den Teekessel laufen. »Und eine Tasse Tee wird vielleicht die Gemüter etwas beruhigen. Also – Rachel ist weggefahren«, wiederholte sie. »Mit ...«

»Mit Hector Seton, Mama.«

»Olivia hat die beiden miteinander bekannt gemacht.« Diana schnippte Asche ins Spülbecken und warf Liv einen wütenden Blick zu.

»Hector Seton? Den Namen habe ich noch nie gehört. Ist er an der Jungenschule in Cambridge?«

O Gott, dachte Liv und sagte: »Er geht nicht mehr zur Schule. Er ist erwachsen. Er lebt in London und arbeitet bei einer Bank.«

»Ich hätte ihn gar nicht in Rachels Nähe gelassen«, erklärte Diana wütend, »aber er sagte, daß er einer von den Northumberland-Setons sei.«

Thea musterte Liv. »Und wo genau hast *du* ihn kennengelernt?«

Livs Mund war wie ausgedörrt. Sie nuschelte: »Er hat mich mal im Auto mitgenommen.«

Thea hielt immer noch den Teekessel in der Hand. »Er hat dich im Auto mitgenommen?«

»Ja. Ich hatte abends den letzten Bus verpaßt, und er war auf der Heimfahrt und hat mir angeboten, mich mitzunehmen.«

Jetzt drückte Theas Blick das gleiche aus wie Dianas.

»Er war wirklich nett!« beteuerte Liv verzweifelt. »Er hat überhaupt nicht ...« Die Worte blieben ihr im Hals stecken, als Thea den Kessel krachend auf den Herd setzte.

Diana rief: »Und als ich Barbara Constant wegen Rachels Hausschuhen anrief und hörte, daß Rachel gar nicht dort ist – nun, du kannst dir wohl vorstellen, was ich dachte!«

Thea holte einmal tief Luft. »Ja, das war sicher ein großer Schreck für dich, Diana. Aber jetzt, wo wir wissen, daß Rachel nichts passiert ist ...«

»Was glaubst du denn, daß die beiden tun?« zischte Diana erbittert. »Spazierengehen? Die Natur beobachten?«

»Ihr ist nichts zugestoßen, und das ist die Hauptsache. Und wenn dieser Hector sie liebt, wie Liv sagt, dann ...«

»Liebe!« rief Diana mit schriller Verachtung. »Wieso entschuldigt Liebe eigentlich alles? Gerade du, Thea, solltest doch wissen, wie naiv es ist, sich auf die Liebe zu verlassen.«

Ihren Worten folgte ein langes, gespanntes Schweigen. Nach einer Weile sagte Thea mit mühsam beherrschter Stimme: »Ich denke, du gehst jetzt besser in dein Zimmer, Liv.«

In ihrem Zimmer warf Liv sich unglücklich und von Schuldgefühlen geplagt auf ihr Bett. Wenige Augenblicke später hörte sie die Haustür zufallen und das Motorgeräusch von Dianas Wagen, als diese davonfuhr. Dann kam jemand die Treppe herauf, und sie setzte sich auf.

Thea trat ins Zimmer. »Jetzt erzähl mir mal, was eigentlich geschehen ist, Liv.«

Sie berichtete, wie sie den Bus verpaßt und Hector sie in seinem Wagen mitgenommen hatte; wie Hector Rachel gesehen und Rachel sechs Wochen später mit diesem eigenartig brennenden Blick gesagt hatte: *Ihr müßt mir helfen.*

»Ich hätte nie gedacht«, jammerte Liv, »daß es solchen Ärger geben würde.«

»Du hättest nie gedacht«, korrigierte Thea scharf, »daß jemand dahinterkommen würde.«

Liv biß auf die Lippe. »Was passiert jetzt?«

»Diana wird vermutlich noch eine Weile schimpfen und wüten, und irgendwann wird ihr einfallen, daß Rachel eine erwachsene Frau ist, und sie wird die Situation akzeptieren.« Theas Blick war unversöhnlich. »Aber inzwischen hast du Ausgangsverbot, Liv. Bis zu den Ferien. Du bleibst abends zu Hause. Du gehst zur Schule und samstags zu deiner Arbeit, und damit basta. Denn ich kann dir offensichtlich nicht vertrauen.« Theas Mund war ein starrer schmaler Strich. »Sich von einem wildfremden Menschen im Auto mitnehmen zu lassen! Lieber Gott, es läuft mir kalt über den Rücken, wenn ich daran denke.«

Am Sonntag fuhren Rachel und Hector zurück. Am Tor von Fernhill Grange fragte Hector: »Kann ich mit reinkommen? Ich finde, ich sollte mit deinen Eltern sprechen.«

»Hector«, begann Rachel, »ich habe ihnen nicht ...«, und dann sah sie ihren Vater die Auffahrt herunterkommen.

Henry Wyborne ließ das Tor aufschwingen. Hector war nach hinten gegangen, um Rachels Reisetasche aus dem Kofferraum zu holen.

»Daddy«, sagte Rachel, aber Henry Wyborne beachtete sie gar nicht, sondern trat zu Hector und sagte: »Ich denke, Sie fahren jetzt besser.«

»Daddy ...«

»Sei still, Rachel.«

»Mr. Wyborne, ich würde Sie gern sprechen.«

Rachel rief klagend: »Hector, ich habe meinen Eltern nicht gesagt, daß ich mit dir wegfahren würde«, aber ihre Worte wurden von der Stimme ihres Vaters ausgelöscht.

»Wie gesagt, ich denke, Sie sollten jetzt fahren, sonst tue ich womöglich etwas, was ich später bereuen muß.«

Hector wurde blaß. Rachel flüsterte: »Bitte, tu, was er sagt, bitte.« Hector drehte sich unschlüssig herum und sah sie an. Sie flüsterte wieder: »Bitte, Darling. Für mich.«

Er sagte: »Wenn du mich brauchst …« und berührte flüchtig ihr Gesicht, indem er die Fingerspitzen einer Hand an ihre Wange drückte. Dann stieg er in seinen Wagen und ließ den Motor an.

Rachel ergriff ihre Reisetasche und ging die Auffahrt hinauf zum Haus. Die Tür stand offen. Sie sah ihre Mutter stehen.

Diana sagte: »Rachel, wie konntest du nur?« und brach in Tränen aus.

Im Wohnzimmer setzte Rachel sich in einen Sessel. Ihre Beine fühlten sich seltsam an, weich und wacklig. »Wie habt ihr es gemerkt?«

»Ich habe Mrs. Constant angerufen.« Diana schneuzte sich geräuschvoll. »Du hattest deine Hausschuhe vergessen, und ich war nicht sicher, ob Katherine dir welche leihen könnte.«

»Es tut mir leid, daß ich euch belogen habe. Aber ihr hättet mich nicht fahren lassen, wenn ihr es gewußt hättet, und ich mußte fahren.« Rachel holte tief Luft. »Hector und ich wollen heiraten, Mama.«

»Das ist doch absurd, Rachel. *Heiraten* – so ein Unsinn! Du kennst ihn ja kaum.«

Sie drückte die Hände ineinander, während sie von einem zum anderen blickte und versuchte, es ihnen begreiflich zu machen. »Mama – Daddy – ich *liebe* ihn.«

»Du bist achtzehn Jahre alt«, versetzte Henry Wyborne kalt. »Noch lange nicht alt genug, um zu wissen, was du willst.«

»Ich bin kein Kind mehr, Daddy.« Rachels Ton war ruhig und bestimmt. »Ich möchte Hector heiraten.«

»Ach, wirklich? Ich bezweifle, daß du das in einem halben Jahr immer noch wollen wirst.«

»Du hast es doch auch gewußt, Daddy«, entgegnete sie drängend. »Du hast gewußt, daß du Mama liebst.«

Er stand auf. Sie sah schweigend zu, wie er sich eine Zigarette aus der Dose auf der Kredenz nahm und sie anzündete. »Ich war sechsundzwanzig, als ich geheiratet habe – deine Mutter war siebenundzwanzig. Neun Jahre älter als du, Rachel. Und diese neun Jahre sind ein gewaltiger Unterschied.«

Sie konnte keinerlei Verständnis in der Miene ihres Vaters erkennen, nur Zorn und halsstarrige Ablehnung. »Ich bin alt genug, um zu heiraten, Daddy«, sagte sie leise.

»Wir haben dir alles gegeben, Rachel, und dich vor allem behütet. Was kannst du an Lebenserfahrung vorweisen? Wie kommst du auf den Gedanken, du hättest ein besseres Urteilsvermögen als ich?« Henry Wyborne kräuselte geringschätzig die Lippen. »Du magst dir einbilden, erwachsen zu sein, aber ich *weiß*, daß man mit achtzehn nicht alt genug ist, um Entscheidungen zu treffen, die den Lauf des ganzen Lebens bestimmen werden.«

Sein Ton war eisig, und was sie in seinen Augen erkannte, machte ihr angst: eine finstere, unerbittliche Härte, eine Grenze der Zuneigung und des Verständnisses, auf die sie bisher nie gestoßen war. Am liebsten hätte sie geweint; zum erstenmal in ihrem Leben hätte sie ihn am liebsten angeschrien. Statt dessen rannte sie hinaus und lief nach oben in ihr Zimmer.

In dem kleinen rosaroten Bad, das sich daran anschloß, ließ Rachel Wasser in die Wanne laufen und kleidete sich aus. Dann hockte sie sich auf die kalten Fliesen und drückte das Gesicht auf die hochgezogenen Knie. Sie konnte noch seinen Duft auf ihrer Haut wahrnehmen. »Ach, Hector«, flüsterte sie, als die ersten Tränen zu fließen begannen.

Nach einer Weile stand sie auf und stieg in die Wanne. Es war, als wüsche sie ihn von sich ab. Ihre Augen brannten; während sie sie mit beiden Händen rieb, fiel ihr Blick auf die Sammlung von Porzellanhäschen und Glasvögeln, die in Dampfwolken gehüllt auf dem Fensterbrett stand. Dies alles – die kleinen Objekte, die Badesalzgläser mit den Blumenmotiven, der kuschelige rosarote Morgenrock – schien mit ihr nichts zu tun zu haben, schien einer anderen Rachel zu gehören, einer Rachel, die sie fast schon vergessen hatte. Sie konnte sich nicht vorstellen, je wieder diese Rachel zu werden.

Es klopfte. Ihre Mutter rief: »Kann ich reinkommen?«

»Ja, Mama.«

Diana setzte sich in den Lloyd-Loom-Sessel. Sie sagte: »*Mußt* du heiraten?«

Rachel brauchte einen Moment, um zu verstehen, was ihre Mutter sie da fragte. Dann wurde sie rot. »Nein. So ist es nicht, Mama.«

»Aber du warst mit ihm im Bett.«

Sie dachte an das massige Himmelbett in Bellingford mit den verwaschenen Kretonnevorhängen und wie sein Körper in den ihren gepaßt hatte. Trotzig sagte sie: »Ja, und es war wunderschön.«

Dianas Augen funkelten. »War er der erste? Oder hattest du vor ihm schon andere Männer?«

Rachel stockte der Atem vor Zorn. »Wie kannst du es wagen?« stieß sie hervor. »Wie kannst du es wagen?« Und die halb erstickten Worte waren spitz und scharf wie Pfeile.

Nach einem kurzen, spannungsgeladenen Schweigen murmelte Diana: »Entschuldige, Darling, das hätte ich nicht sagen sollen.«

Rachel drückte den Schwamm an ihre Brust. »Er wußte nicht, daß ich euch angelogen hatte. Es war nicht seine Schuld. Und wir hatten auch nicht vor, miteinander zu schlafen. Es ist einfach passiert.«

»Aber ich denke, Daddy sagen wir besser nichts davon, meinst du nicht auch? Lassen wir ihn lieber in dem Glauben, daß Hector sich wie ein Gentleman verhalten hat.« Diana tauchte ihre Hand ins Wasser. »Brr! Du bekommst ja schon Gänsehaut, Kind. Schnell raus und abtrocknen, sonst bekommst du eine Erkältung.« Sie ging wieder.

Rachel blieb im kühler werdenden Wasser sitzen. Ihre Glieder fühlten sich schwer an. Der Schaum hatte sich aufgelöst, und sie zog die Hand langsam durch das lauwarme Wasser und beobachtete die Kräuselwellen, die gegen die Wand der Wanne schlugen. Ihr war, als hörte sie Türen zufallen, Tore klirrend zuschlagen. Sie stieg aus dem Wasser, zog ihren Morgenrock über und ging in ihr Zimmer. Zum erstenmal erschien ihr seine rosa-weiße Pracht bedrückend und erniedrigend zugleich, sie fühlte sich wie in einem hübschen Käfig gefangen. Sie stellte sich eine Zeitlang ans Fenster und schaute in den Regen hinaus, ließ ihren Blick vom Garten und von der Straße zu den tiefliegenden, welligen Feldern schweifen und legte sich schließlich auf ihr Bett und schlief ein. Sie träumte, sie stiege den Turm in Bellingford hinauf. Die Treppe schien sich höher und höher hinaufzuschrauben, bis in die Unendlichkeit.

Am Abend klopfte es an ihre Zimmertür. Rachel machte auf. Ihr Vater stand da mit einem Tablett in den Händen.

»Ich finde, wir sollten miteinander reden, Schnuppel.« Daß er den alten Kosenamen aus der Kindheit gebrauchte, beruhigte sie.

Er kam ins Zimmer und stellte das Tablett auf den Tisch. »Kakao«, sagte er. »Von mir gekocht. Ich hoffe, er schmeckt nicht zu scheußlich.«

»Wo ist Mrs. Nelson?« Mrs. Nelson war die Haushälterin.

»Ihre Tochter bekommt wieder einmal ein Kind, da mußte sie natürlich schleunigst nach Hause. Und Mama hat Kopfschmerzen, also muß ich die Stellung halten.«

»Ach, Daddy, es tut mir so leid. Ich wollte euch wirklich keinen Kummer machen.« Ihr kamen die Tränen.

»Ist ja gut.« Er nahm sie in den Arm. »Ich habe mit Hector gesprochen«, sagte er. »Er hat vorhin angerufen. Du hast geschlafen. Er scheint ja ein anständiger Kerl zu sein. Und du bist ihm offensichtlich sehr wichtig, Schnuppel.«

Sie begann wieder zu hoffen. »Er liebt mich.«

»Ja.« Henry stellte seine Tasse nieder. »Aber es gibt noch anderes zu bedenken, Kind.«

»Anderes?«

»Ja.« Er verzog das Gesicht. »Zum Beispiel die finanzielle Situation, so leid es mir tut. Hector hat einen ansehnlichen Besitz geerbt, aber dafür muß man Erbschaftssteuer bezahlen, und verkäufliche Werte sind kaum da.«

Sie machte ein verwirrtes Gesicht.

»Gemälde, Antiquitäten, Ackerland«, erklärte er. »Das sind Dinge, die die Leute verkaufen, wenn sie dem Finanzamt Geld schulden. Oder sie übergeben den ganzen Besitz, wie er liegt und steht, dem *National Trust*. Aber Hector sagte mir, daß ihr dort leben wollt, also kommt das nicht in Frage.«

»Ich würde überall leben, Daddy«, sagte sie heftig, »wenn Hector und ich nur zusammensein können. In einem Bungalow – oder in einer Sozialwohnung, es ist mir egal.«

»Aber *ich* möchte nicht, daß du in einer Sozialwohnung leben mußt, Darling.« Er drückte ihr die Hand. »Ich habe etwas für dich auf die Seite gelegt, Rachel, für den Tag, an dem du heiratest, aber wir möchten natürlich gewiß sein, daß du das Richtige tust. Das kannst du doch verstehen, nicht wahr? Mama und ich möchten gern, daß du noch ein wenig mehr von der Welt kennenlernst, bevor du heiratest und eine Familie gründest. Deshalb schlagen wir vor, ihr wartet noch ein Jahr mit der Heirat. Ich meine, ihr kennt euch doch erst ein paar Monate. Und ein Jahr ist nun wirklich keine lange Zeit, hm, Schnuppel? Komm, sag ja, Mama und mir zuliebe.«

»Aber sehen kann ich ihn doch?«

»Wir halten es für besser, wenn ihr euch in dieser Zeit nicht seht.«

»Aber Daddy ...«

»Ich schlage doch nichts weiter vor als eine Wartezeit von einem Jahr. Keine Briefe, keine Anrufe. Es ist besser so – eine klare Trennung – und leichter, meinst du nicht? Und wenn ihr am Ende dieses Jahres noch genauso empfindet wie jetzt, dann habt ihr unseren Segen.«

»Aber was soll denn Hector denken?« rief sie erregt. »Was soll Hector denken?«

»Er wird es verstehen. Und es ist die beste Lösung, Darling, siehst du das nicht ein? Auf diese Weise brauchen Mama und ich uns keine Sorgen zu machen, und Hector wird nichts dagegen haben zu warten, wenn er dich wirklich liebt.« Henry nahm Rachel die Tasse aus der verkrampften Hand und stellte sie aufs Tablett. »Also – abgemacht, ja?«

Sie nickte stumm.

»Versprochen?« fragte er.

»Versprochen.« Das Wort war kaum vernehmbar.

»Gut«, sagte er, sogleich wieder geschäftig. »Mama und ich sind der Meinung, daß es für dich das Beste wäre, wenn du gleich nach Paris gehst und nicht bis zum Herbst wartest.«

Sie sah ihn verwirrt an. In Paris wartete Madame Joliennes Pensionat. »Und die Schule hier?«

»Es ist ja nur noch ein Trimester, Darling. Wir werden uns doch wegen der dummen Prüfungen keine grauen Haare wachsen lassen. Sie sind ja sowieso unwichtig, nicht wahr?« Ihr Vater lächelte. »Am besten schreibst du nachher gleich an Hector und erklärst ihm alles. Nur ein paar Zeilen. Ich gebe den Brief für dich auf. Du bist ein braves Kind, Rachel. Du weißt, Mama und ich wollen nur dein Bestes.«

Bald danach wurde Rachel eines Morgens in aller Frühe nach Heathrow kutschiert und flog von dort aus nach Paris. Mit ihrer Abreise schien Liv alles verändert. Nur die Mißstimmung zwischen Thea und Diana blieb, unausgesprochen und ungeklärt. Liv vermißte die langen Gespräche mit Rachel an den Wochenenden oder nach der Schule, wenn sie auf der Glasveranda der Wybornes zusammengesessen oder es sich in ihrem Zimmer inmitten von Bildern und Büchern gemütlich gemacht hatten. Sie vermißte die gemeinsamen Spaziergänge, die Fahrradausflüge, die Nachmittage, an denen sie kichernd Kleider anzuprobieren oder mit Make-up zu experimentieren pflegten.

In einem billigen Ramschladen in Cambridge kaufte sie zipfelige Samtröcke, viktorianische Spitzenblusen und lange Perlenschnüre. Die Leute im Dorf starrten sie an. Von einem Teil des Lohns, den sie bei ihrem Samstagsjob verdiente, deckte sie sich mit Shampoo und Haarfärbemittel, Eyeliner und Lippenstiften ein, um das leere Feld ihres Gesichts zu bemalen. Nichts hatte die verheißene Wirkung: ganz gleich, womit sie ihr Haar beim Kämmen bearbeitete, es zerzauste weiterhin, und die Wimperntusche verschmierte unweigerlich und hinterließ schwarze Rinnsale auf ihren Wangen.

Das Cottage wurde ihr eng und bedrückend, und die Freunde und Nachbarn, die sie seit Jahren kannte, erschienen ihr fade und langweilig. Das schlimmste war, daß eine unsichtbare Mauer sich zwischen ihr und Thea aufgerichtet zu haben schien. Sie war der unkritischen Liebe ihrer Kindheit nicht mehr fähig. Sie sah Thea jetzt mit älterem und kälterem Blick.

Ein Teil von ihr – ein Teil, den sie nicht besonders mochte – beobachtete Theas exzentrische selbstgenähte Kleider, das strähnige ergrauende Haar, das sie mit der Küchenschere zu schneiden pflegte, die ganze Enge ihres Lebens und verurteilte das alles in Bausch und Bogen. Eine hämische, wertende Stimme in ihr sagte, Kein Wunder, daß er dich verlassen hat. Du könntest dich wenigstens *bemühen*.

Sie warf ihre historischen Liebesromane weg und las statt dessen Jack Kerouac und Vladimir Nabokov, Iris Murdoch und Margaret Drabble. Im Lesen entfloh sie. In der Schule dauerte jeder Tag eine Ewigkeit. Der Unterricht hatte allen Reiz verloren, war so fade und beengend wie ein zu klein gewordenes Kleid. Ganze Unterrichtsstunden vergingen, in denen sie nur hinten in ihrer Bank saß und Männchen malte, von einer Langeweile gequält, die sie selbst erschreckte. Zum erstenmal hatte sie Ärger in der Schule – wegen nicht abgegebener Arbeiten und mangelnder Mitarbeit. Sie und Katherine bildeten eine aufmüpfige kleine Zelle, die sich von den anderen absonderte.

Als ihre Klassenlehrerin Thea einen Brief schrieb, in dem sie ihre Besorgnis über Livs abfallende Leistungen äußerte, gab Liv auf die Fragen ihrer Mutter nur widerwillige Antworten, die nichts klärten. Die Engelsgeduld ihrer Mutter machte sie wütend und rief Schuldgefühle hervor. Thea, die sich bemühte, Liv zu verstehen, sagte liebevoll: »Du brauchst ja nicht zu studieren, wenn du nicht willst, Schatz. Du kannst hierbleiben und dir eine Arbeit suchen, wenn dir das lieber ist.«

»Hierbleiben?« gab Liv schnippisch zurück. »Kannst du mir mal sagen, was ich in diesem Kaff anfangen soll? Hier gibt's doch überhaupt nichts zu tun, und alle sind so langweilig.« Sie flüchtete ganz hinten in den Garten, an den Platz, wo die Weiden sich über den Bach neigten und sie und Rachel und Katherine vor Jahren ihre kindischen und unwirksamen Hexenzauber geübt hatten. Sie hockte sich auf einen Baumstumpf und drückte das Gesicht in ihre Hände. Sie haßte die Schule, sie haßte Fernhill, aber am meisten haßte sie sich selbst. Was hatte sie schon für Sorgen! Sie war kein hungerndes Kind in Indien, sie war kein vietnamesischer Flüchtling.

Nach einer Weile ging sie langsam zum Haus zurück. In der Küche umarmte sie Thea und entschuldigte sich, dann ging sie in ihr Zimmer hinauf, holte ihre Bücher heraus und arbeitete stundenlang. Die Universität war der einzige Ausweg; sie konnte es sich nicht erlauben, die Prüfungen zu vermasseln.

Anfang Mai erlebte sie am Fernsehapparat, was in Paris geschah: die Demonstrationen und Festnahmen an der Sorbonne, die Straßensperren, die brutalen Zusammenstöße zwischen Studenten und Polizei. Den Blick auf die flimmernden Schwarzweißbilder gerichtet, fühlte sie sich von plötzlichem Optimismus gepackt. Als wäre in diesen Tagen alles möglich. Als wäre auch, wenn sie nur ein wenig länger Geduld hatte, für sie alles möglich.

Als sie an diesem Abend in der Küche stand und das Geschirr spülte, sah sie draußen Hector Setons Sportwagen vorfahren. Thea war im Garten. Liv wischte sich die Hände an ihrer Jeans ab und lief hinaus.

»Hector!«

»Liv. Hallo! Hast du Lust auf eine Spritztour?«

»Ich kann nicht. Ich hab Ausgangssperre.«

»Oh.« Er fuhr sich mit der Hand durch das widerspenstige Haar. »Ich wollte mit dir reden.«

»Über Rachel?«

»Bin ich so leicht zu durchschauen?«

Sie lächelte. »Ehrlich gesagt, ja.«

»Sie ist in Paris, stimmt's?«

»In einem Mädchenpensionat, ja. Es hört sich ganz furchtbar an.«

Er sah Liv forschend an. »Ihr Vater hat mir gesagt, daß Rachel von sich aus früher als ursprünglich geplant nach Paris wollte. Ist das wahr?«

»Nein, natürlich nicht.« Sie sah ihn perplex an. Henry Wyborne hatte Hector belogen. Rachels Briefe aus Paris klangen todunglücklich.

»Hector«, sagte sie, »Rachel wollte überhaupt nicht nach Paris. Ihr Vater hat sie gezwungen.«

Er sah sie groß an. »Weißt du, wo sie ist?«

Rachel hatte ihr geschrieben, *Ich mußte Daddy versprechen, keinen Kontakt mit Hector aufzunehmen.*

Sie nannte ihm die Adresse.

Rachel haßte Paris. Sie konnte sich vorstellen, daß es unter anderen Umständen vielleicht nicht so gewesen wäre, aber in ihrer jetzigen Situation, verbannt und in Ungnade, konnte sie nichts Schönes an der Stadt entdecken. Zum erstenmal in ihrem Leben erfuhr sie, was es hieß, einsam zu sein. Sie vermißte Fernhill; sie vermißte Liv und Katherine. Am meisten vermißte sie Hector.

Sie paßte nicht in das vornehme Pensionat. In der kleinen Welt von Fernhill und der Lady-Margaret-Schule war sie etwas Besonderes gewesen, die privilegierte Tochter aus gutem Hause, hier jedoch, das entdeckte sie rasch, konnte sie einen solchen Status nicht in Anspruch nehmen. Im Vergleich zu den anderen jungen Mädchen in Madame Joliennes Mädchenpensionat – Töchter von Botschaftern, vertriebenen europäischen Fürsten und dergleichen mehr – war sie nur ein sehr kleiner Fisch. Sie konnte ihre Familie nicht vierhundert Jahre zurückverfolgen, sie konnte nicht in fünf Sprachen mit gleicher Gewandtheit parlieren. Eine Woche bei Madame Jolienne reichte aus, um ihr zu zeigen, daß sie von Eleganz keine Ahnung hatte und ihre tägliche Toilette – ein Band ins Haar und rasch die Lippen nachgezogen – völlig ungenügend war. Das dritte Trimester des Schuljahres hatte bereits begonnen, als Rachel am Pensionat eintraf. Viele der anderen jungen Damen kannten einander seit Jahren, waren schon vorher in teuren Schweizer Internaten Klassenkameradinnen gewesen. Kleine Cliquen hatten sich gebildet. Rachel gehört zu keiner.

Der Unterricht – die ganze Litanei der Etikette, die Zusammenstellung raffinierter Menüs für große festliche Abendessen – erschien ihr albern und sinnlos. Sie lernte aus einem Sportwagen aussteigen, ohne zuviel Bein zu zeigen; sie lernte, wie man Coquilles St. Jacques zubereitete. Bei dem Wort »Sportwagen« sah sie sich neben Hector sitzend durch die Landschaft Northumberlands brausen. Beim Anblick der bleich schimmernden Jakobsmuscheln drehte es ihr den Magen um.

Sie begann, den Unterricht zu schwänzen, und stromerte statt dessen in Paris herum. »Flanieren«, nannte sie es vor sich selbst. Wenn sie in den Büchern der Bouquinisten am Rive Gauche stöberte oder durch die Tuileriengärten streifte, konnte sie ungestört an ihn denken. Sie hätte es nicht für möglich gehalten, daß man einen Menschen so sehr vermissen konnte. Ihr Körper sehnte sich schmerzlich nach ihm. Manchmal wußte sie nicht, wie sie noch einen Monat, eine Woche, einen Tag, auch nur eine Stunde ohne ihn aushalten sollte. Wenn sie sich bewußt machte, daß sie ihn ein ganzes Jahr lang nicht sehen würde, krampfte sich etwas in ihr in Panik zusammen. Manchmal machte die Heftigkeit ihres sehnsüchtigen Verlangens ihr angst. Es war, als wären bei ihr, dem einst zufriedenen, selbstgenügsamen Kind, mit dem Erwachsenwerden alle Dämme eingerissen worden, so daß ihr Selbst nun in die Welt überfließen mußte.

Anfangs nahm sie nicht viel von dem wahr, was sich in diesem Mai in Paris ereignete. Aber allmählich begannen die Schlagzeilen in den Zeitungen und die erregten Berichte in Radio und Fernsehen doch zu ihr durchzudringen. Das Wort »Revolution« schien in der Luft zu hängen, je nach Einstellung flüsterte man es sich aufgeregt, erwartungsvoll oder ängstlich zu. Man hörte von Studentendemonstrationen und Straßenschlachten im Quartier Latin. Parolen an den Hausmauern verkündeten: *Der Traum ist die Wirklichkeit.* Oder *Der Agressor ist nicht der, welcher rebelliert, sondern der, welcher die Macht der Autorität aufrechterhält.* Rachel gefielen diese Parolen, sie sagte sie sich gern laut vor, wenn sie den Anweisungen ihrer Lehrer, das Schulgebäude und ihre Unterkunft nicht zu verlassen, zuwider handelte. Sie begann die Zeitungen zu lesen, Nachrichten zu hören. Insgeheim wartete sie ungeduldig darauf, daß der Sturm endlich lostoben und die Demonstranten sich sammeln würden, um wie eine zerstörerische Flutwelle über die eleganten Boulevards und die stattlichen alten Häuser der Stadt hereinzubrechen.

Nochmals wurden sie streng ermahnt, sich nicht in die Innenstadt zu begeben. Eines Abends auf dem Heimweg von der Schule erzählte eine von Rachels Mitschülerinnen aufgeregt, sie habe gehört, daß ganz in der Nähe, am Boul' Mich, zur Stunde eine Demonstration stattfinde. Der frühe Abend war warm, die Luft stickig. Vor der Pension angekommen, sagte Rachel, der vor dem Drei-Gänge-Abendessen, auf das sie keinen Appetit hatte, ebenso graute wie vor dem langen Abend in ihrem engen kleinen Zimmer: »Ich glaube, ich gehe noch ein bißchen spazieren.«

»Rachel! Madame hat doch gesagt ...«

»Ich bleibe ja nicht lange weg.«

Sie eilte die Straße hinunter. Es zog sie zum Boulevard Saint-Michel. Die ganze Stadt schien dorthin auf den Beinen. Sie war sich klar, als sie sich in die Menge mischte, daß sie mit ihrem adretten, frischgebügelten Baumwollkleid, der pinkfarbenen Strickjacke und den hochhackigen Schuhen nicht ins Bild paßte. Ein Königreich für Jeans und einen Pulli, dachte sie.

Die Straßensperren, die man auf dem Boulevard Saint-Michel aus Kartons, Blumentöpfen und Kisten errichtet hatte, waren von französischen Flaggen gekrönt. Irgend jemand begann die Marseillaise zu singen, und Sekunden später sang die ganze Straße. Als Rachel einstimmte, hatte sie das Gefühl, daß etwas in ihr sich rührte, etwas lebendig wurde, was seit ihrer Abreise aus England verschüttet, ja, beinahe tot gewesen war.

Dann rückten die Polizeieinheiten an. Die Menschenmenge drängte nach vorne, wich zurück, als die Polizisten die Wasserwerfer in Betrieb setzten, und wogte dann mit zornigem Gebrüll von neuem vorwärts. Geschosse flogen durch die Luft. Die Demonstranten hoben Pflastersteine auf und schleuderten sie auf die Polizisten. Nicht weit entfernt von Rachel erscholl ein gewaltiges Krachen. Sie drückte die Hände auf die Ohren. »Granaten«, schrie jemand. »Die werfen mit Granaten.«

Sie bekam Angst. Sie erkannte, daß sie als Teil der Menge nicht nur unbedeutend war wie in Madame Joliennes Pensionat, sondern anonym. Sie war weder Henry Wybornes Tochter noch Hector Setons Verlobte; sie war ein Nichts, und sie war niemandem wichtig. Sie versuchte, sich irgendwie durch die Menschenmassen an den Rand des Gewoges durchzuarbeiten. Dort, sagte sie sich, würde sie sicherer sein und eher eine Chance haben, irgendwie nach Hause zu kommen. Fremde stießen und pufften sie, Schreie und Flüche brandeten an ihre Ohren, als sie sich durch das Gedränge schob. Ihre Strümpfe waren von Laufmaschen übersät, sie war vom Wasser durchnäßt und voller Furcht vor den Granaten. Splitter von Pflastersteinen fielen rund um sie herab wie Hagelkörner. Sie wollte nach Hause. Sie wollte oben auf dem Turm von Bellingford stehen und, Hectors Arm um sich, auf die weiten, leeren Hügel hinausblicken.

Als sie den Bürgersteig erreichte, begann sie sich mühsam gegen den Strom der Menschen vorzukämpfen, um von den Straßensperren wegzukommen. Die Menge stellte sich ihr entgegen wie ein tausendköpfiges Ungeheuer. Irgend jemand grölte die Internationale, und ein Polizist, der von einem Pflasterstein getroffen wurde, schrie laut auf. Sie meinte, im Getöse jemanden ihren Namen rufen zu hören. Hector, dachte sie und fragte sich, ob er, so weit weg von ihr, irgendwie spürte, daß sie ihn brauchte. Tränen sprangen ihr in die Augen. Sie wischte sie mit den Fingern weg. Wenige Schritte von ihr entfernt schlug ein Pflasterstein zu Boden, und sie preßte sich an die Hausmauer. Als sie den Kopf hob, sah sie ihn. Groß, blond, unverkennbar englisch in grauem Flanell und weißem Hemd. Als er plötzlich verschwand, wußte sie, daß er nur eine Ausgeburt ihrer Phantasie gewesen war. Sie hätte weinen mögen; sie war so schwach vor Erschöpfung. Am liebsten hätte sie sich auf dem Boden zusammengerollt und die Finger in die Ohren gesteckt, um das Getöse auszublenden.

Ihr war daher die Schwärze, die sie plötzlich umfing, als der Splitter eines Pflastersteins sie an der Stirn traf, beinahe willkommen. Das Letzte, was sie vernahm, bevor sie das Bewußtsein verlor, war Hectors Stimme, die ihren Namen sprach.

Am 15. Mai erhielt Liv einen Brief von Rachel. Der Umschlag war in London abgestempelt.

Wir heiraten, Liv! Hector und ich! Daddy hat zugestimmt, ist das nicht herrlich?

Ich war in Paris am Rive Gauche in eine Demonstration geraten, und irgendein Wurfgeschoß hat mich am Kopf getroffen. Ich war ein paar Minuten lang bewußtlos, und als ich zu mir kam, war er da. Ich konnte es nicht fassen, Liv. Es war genau so, wie es in deinen Romanen immer beschrieben wird. Er hatte durch die Nachrichten mitbekommen, was in Paris los war, und machte sich Sorgen, und da ist er einfach hergekommen, um nach mir zu sehen. Ich war nicht schwer verletzt, es war wirklich nur eine kleine Schramme. Wir waren uns beide einig, daß wir ohne einander nicht leben können und daß ein ganzes Jahr eine viel zu lange Wartezeit ist, und da haben wir beschlossen, daß Hector zu Daddy gehen und ihm unsere Entscheidung mitteilen sollte. Wir sind dann nach London zurückgeflogen, und Hector ist sofort ins Parlament gefahren und hat mit Daddy gesprochen. Daddy war so erschrocken über das, was mir in Paris passiert war, und so dankbar, daß Hector mich gerettet hatte, daß er gegen unsere Heirat nichts mehr einzuwenden hatte. Ist es nicht wunderbar?

Im Juni fuhr Katherine zur Feier ihrer abgeschlossenen Prüfungen nach London. Vom Liverpool-Street-Bahnhof aus nahm sie die Untergrundbahn. Auf der Fahrt betrachtete sie die anderen jungen Frauen im Waggon und fand alles an ihnen beneidenswert, ihre Kleider, die Frisuren, die gewandte, kühle Selbstsicherheit, die sie an den Tag legten. Als sie später mit ihren Ersparnissen in der Tasche durch Chelsea streifte, fühlte sie sich frei und unbeschwert.

Bei Biba kaufte sie sich ein pflaumenfarbenes Minikleid und kniehohe Wildlederstiefel. Sie ließ die neuen Sachen gleich an und bat die Verkäuferin, ihr die alten einzupacken. Wieder auf der Straße, überlegte sie, was sie Rachel zur Hochzeit schenken könnte. Womit konnte man einer Frau, die alles hatte, eine Freude machen? Am Ende ging sie in einen Antiquitätenladen und nahm einen kleinen Krug mit blauen Blumen am Schnabel. Er würde Rachel bestimmt gefallen. Die kleine angeschlagene Stelle am Henkel fiel kaum auf.

Vor einem Friseurgeschäft in der King's Road blieb Katherine stehen und las das Schild im Fenster. Sie stieß die Tür auf. Das Mädchen am Empfang sagte mit gelangweilter Miene: »Ja bitte?«

»Ich komme wegen der Anzeige im Fenster. Ich wollte mich als Modell zur Verfügung stellen.«

Das Mädchen glitt träge vom Hocker. »Ich hol Jeremy.«

Jeremy trug einen Anzug aus lilafarbenem Pannesamt, hatte schulterlanges schwarzes Haar und einen schwarzen Schnäuzer. Er zog Katherines sandblonden Zopf zwischen seinen Fingern hindurch, behandelte ihn, fand Katherine, wie einen Gegenstand, der mit ihr gar nichts zu tun hatte. »Ach, du meine Güte«, sagte er und kräuselte die Lippen unter dem Schnurrbart. »Das sieht ja traurig aus. Dieser *Spliß*!«

Sie wurde zu einem Becken geführt, wo man ihr die Haare wusch, und dann mit einem Handtuch um den Kopf wieder zu Jeremy gebracht. Der zog den Kamm voller Verachtung durch ihre langen, nassen Haare. Dann ergriff er die Schere.

»Sie schneiden ja alles ab!« rief Katherine erschrocken.

»Sie bezahlen nichts, dafür lassen Sie mir freie Hand mit Ihrem Haar. Das ist die Abmachung.«

Jeremy schnitt, bürstete, föhnte. Katherine grub die Zähne in die Unterlippe und mied den Blick in den Spiegel.

Nach zwanzig Minuten sagte er: »So, das wär's« und trat zurück.

Sie schaute auf. In weichem Fall umrahmte ihr blondes Haar mit rötlichem Schimmer ihr Gesicht. Ihre dunklen Augen wurden von langen Stirnfransen betont. »Toll«, sagte sie glücklich.

»Es ist auf jeden Fall was ganz anderes als dieser scheußliche Zopf.«

Katherine fühlte sich wie ein Schmetterling, der der Puppe entschlüpft ist. Das Kleid, die Stiefel, die Haare. Immer wieder schaute sie im Vorübergehen in die Schaufenster der Geschäfte, als könnte sie nicht glauben, daß das Spiegelbild, das sie sah, wirklich ihres war. Zur Krönung dieses erfolgreichen Bummels setzte sie sich in ein Café und bestellte ein Mittagessen.

Während sie auf ihr Omelett wartete, schaute sie sich um. Auf den Tischen lagen karierte Plastikdecken, und die Sitzbänke waren mit orangefarbenem Kunststoff überzogen. An den Wänden hingen neben Postern, die Che Guevara und Jimi Hendrix zeigten, Ankündigungen von Rock-Konzerten und politischen Versammlungen. Zwei junge Männer saßen ins Gespräch vertieft am Nachbartisch. Katherine beobachtete sie verstohlen. Der eine war klein, mit glattrasiertem Gesicht, seidigem dunklen Haar und seelenvollen dunklen Augen – wie ein Spaniel, dachte sie. Der andere hatte einen Schnurrbart und krauses rotes Haar, das nach allen Richtungen von seinem Kopf abstand. Beide trugen sie Samtjacken mit massenweise Abzeichen wie »Stoppt die Atombombe!« und »Gandalf lebt!« auf den Revers.

Der Rothaarige zog eine Packung Zigaretten heraus. »Hast du vielleicht Feuer?«

Als Katherine begriff, daß er mit ihr sprach, suchte sie in ihrer Tasche nach Streichhölzern.

»Nimm dir auch eine.« Katherine nahm eine Zigarette an. »Du hast doch nichts dagegen, wenn wir uns zu dir setzen?« Sie warteten nicht auf ihre Einladung.

Nachdem sie sich gesetzt hatten, stellten sie sich vor. Der Rothaarige hieß Stuart, der Dunkle Toby. Stuart kam aus Glasgow; Toby war Londoner.

»Mhm, Frühstück«, sagte Toby, als zwei Teller mit Schinken und Eiern gebracht wurden.

»Frühstück?« fragte Katherine. Es war drei Uhr nachmittags.

»Lange Nacht, weißt du. Wir starten gerade eine neue Zeitschrift. Gestern abend war unsere erste Redaktionssitzung«, erklärte Stuart.

»›Frodo's Finger‹, ja, bissiger als ›Black Dwarf‹ und frecher als ›Oz‹«, behauptete Toby optimistisch. Er sah Katherine lächelnd an. »Du hättest wohl nicht Lust, bei uns zu arbeiten?«

Beinahe hätte sie gesagt, Bei euch arbeiten?, aber sie schluckte es hinunter. »Was für Arbeit wäre das denn?«

»Ach, so ziemlich alles eigentlich«, antwortete Toby unbestimmt. »Wenn das Blatt erst anfängt zu laufen, wird uns die Arbeit garantiert zuviel. Ich habe die Kontakte und mache die Finanzen, und Stuart ist für das Layout zuständig. Und wir schreiben natürlich beide. Und Felix liefert die Karikaturen. Aber wir könnten noch jemanden gebrauchen – am liebsten eine Frau – für – na ja, dies und jenes eben.« Mit seinen seelenvollen Hundeaugen sah er Katherine bittend an.

»Sekretariatsarbeiten«, erklärte Stuart, einer plötzlichen Erleuchtung folgend.

»Ja. Und am Empfang.«

»Schreiben auch?« fragte Katherine.

»Klar, natürlich.« Stuart drückte seine Zigarette aus. »Ehrlich, Katherine, du hättest genau die richtigen Qualifikationen.« Er starrte ihren Busen an. »Stimmt's nicht, Toby?«

»Doch, absolut«, bestätigte Toby und strahlte sie an.

Rachel und Hector heirateten Anfang August, an einem der heißesten Tage des Jahres. Die Gemeindekirche von Fernhill war bis auf den letzten Platz gefüllt mit Freunden und Verwandten der Wybornes. Breitkrempige Strohhüte gerieten einander ins Gehege. Die Ensembles der Damen sorgten für Farbenpracht. Wachsblumen und Lilien schmückten die Kirche und schwängerten die Luft im Raum mit ihrem starken Duft. Henry Wybornes Haltung, als er neben seiner Tochter stand, war kerzengerade wie die eines Militärs. Diana weinte während der Trauung. Hector ließ den Ring fallen, den der Brautführer dann unter einem Kirchenstuhl hervorholen mußte. Nur Rachel, bleich und schön in weißer Seide, blieb ruhig und gelassen.

Der Hochzeitsempfang fand im Haus der Wybornes statt. Mit einem Blick auf das pompöse Festzelt im Garten sagte Katherine spöttisch zu Liv, da erwarte man ja jeden Moment eine Herde dressierte Elefanten oder mindestens ein Rudel Akrobaten. Sie stellten sich im Speisesaal in die Schlange am Büfett.

Direkt hinter Katherine bemerkte jemand: »Wachteleier in Aspik. Das soll ja ein besonderer Genuß sein, ich weiß, aber …«

»Sie schauen aus wie Augäpfel«, sagte Katherine.

»Ja, stimmt.«

Sie sah sich nach ihm um. Er war viel älter als sie, aber er sah sehr gut aus – hellbraunes Haar, ein römisches Profil und kühle graue Augen.

»Ich finde«, erklärte sie, während sie mit trotziger Entschlossenheit einen Löffel voll Eier auf ihren Teller lud, »man sollte alles wenigstens einmal probieren.«

»Eine bewundernswerte Einstellung, solange man gewisse Erfahrungen ausschließt.«

»Zum Beispiel?« Sie erwartete einen öden Erwachsenenvortrag.

»Oh – Cream Sherry und gekochten Kohl und Leute, die ständig auf den Preis sehen.« Er lächelte. »Darf ich Ihnen helfen? Sie sind doch ziemlich schwer beladen.«

Sie überließ ihm ihren Teller, auf dem sie einen Berg von Speisen aufgetürmt hatte, und folgte ihm ins Zimmer nebenan. An den Tischen drängten sich die Gäste, und viele, die keinen Platz mehr gefunden hatten, waren auf die Terrasse hinausgegangen.

Er sagte mit gesenkter Stimme: »Wir können uns jetzt irgendwo hierhersetzen und eine unheimlich langweilige Diskussion über die Abwertung des Pfunds oder das Pro und Kontra des Beitritts zum Gemeinsamen Markt über uns ergehen lassen, oder wir verschwinden und suchen uns ein stilles Plätzchen.«

»Draußen gibt es ein Gartenhaus.«

Er steckte eine Flasche Champagner und zwei Gläser in die Taschen seines Jacketts. »Sie sprühen vor guten Einfällen, Miss …«

»Constant.« Sie schoben sich durch das Gewühl zum Garten hinaus. »Katherine Constant.«

»Ich bin Jordan Aymes.«

Der Name kam ihr bekannt vor, aber sie konnte ihn nicht

einordnen. Er öffnete die Tür zum Gartenhaus. »Katherine Constant«, meinte er nachdenklich, während er den Champagner öffnete. »Gibt es da Abkürzungen?«

»Mein Zwillingsbruder nennt mich Kitty. Aber alle anderen sagen Katherine.«

»Sie haben einen Zwillingsbruder? Stehen Sie einander nahe? Teilen Sie alle Ihre Gedanken miteinander, wie Zwillinge das angeblich tun?«

»O Gott, was für eine gräßliche Vorstellung. Ganz bestimmt nicht. Ich würde nie wollen, daß Simon meine Gedanken kennt, und seine interessieren mich überhaupt nicht.«

»Das kann ich verstehen. Solche Nähe muß erstickend sein. Intimität muß durch Distanz und Überraschung ausgeglichen werden, finden Sie nicht auch? Sonst verliert sich der Zauber.«

Er hatte sie nicht berührt, hatte ihr nicht einmal die Hand gegeben, und doch verspürte sie ein leichtes Prickeln der Erregung.

Sie sah zu ihrem Teller hinunter. »Also dann – Wachteleier. Jetzt muß ich sie wohl auch essen.«

»Ich denke schon.«

Sie biß in eines der glitschigen kleinen Dinger hinein. Es schmeckte besser als erwartet. Sie verspeiste ein halbes Dutzend Wachteleier und spülte mit Champagner nach.

Als sie fertig war, bemerkte Jordan Aymes: »Sie sind eine ungewöhnliche Frau, Katherine Constant«, und füllte ihr Glas auf. »Erzählen Sie mir von sich.«

»Da gibt es nicht viel zu erzählen.«

»Ein schlechter Anfang. Versuchen Sie es noch einmal.«

»Mein Vater ist Arzt. Ich habe drei Brüder.«

»Älter oder jünger?«

»Einer ist älter, einer jünger.«

»Und einer gleich alt wie Sie. Sie sind also genau in der Mitte.«

»Richtig«, bestätigte sie mit Bitterkeit. »Das Sandwich-Kind.« Er zog eine Augenbraue hoch. »Das, was Sie vorhin über das Erstickende von Nähe gesagt haben, stimmt genau«, erklärte sie. »In einer Familie erstickt man. Ich will nur weg.«

»Sie leben noch zu Hause?«

»Im Moment, ja.«

»Ich dachte ...« Er sah sie aufmerksam an. »Wie alt sind Sie, Katherine?«

»Siebzehn.«

»Ah.« Seine Augen weiteten sich ein klein wenig, und um die Mundwinkel zuckte es.

»Aber ich werde nächste Woche achtzehn«, fügte sie eilig hinzu. »Rachel und ich sind zusammen zur Schule gegangen.«

»Zur Schule ...« Er stand auf. »Ich denke, es ist besser, ich gehe jetzt und beende meine Mahlzeit im Speisezimmer.«

»Warum denn? Habe ich Sie durch irgendwas verärgert?«

Er lächelte. »Wenn Sie das getan hätten, wäre es leichter.«

Sie war verwirrt. »Ich verstehe nicht.«

»Ich bin dreiunddreißig«, erklärte er. »Beinahe doppelt so alt wie Sie. Es gibt Grenzen. Ach, Katherine, ich würde Sie gern ein paar Jahre auf Eis legen ...« Seine Lippen streiften leicht ihren Handrücken. »Da das nicht möglich ist, sage ich Ihnen jetzt mit Bedauern Lebewohl und wünsche Ihnen das Allerbeste für Ihr weiteres Leben, wie immer Sie es auch gestalten mögen.«

Als er davonging, fiel ihr ein, woher sie seinen Namen kannte. Sie hatte ihn in der Zeitung gelesen: *Schockergebnis bei Nachwahl – Tory erobert Sitz in sozialistischem Kerngebiet.* Sie setzte sich wieder, den Blick auf seine sich entfernende Gestalt gerichtet, während sie mit der Fingerspitze einen Rest Mayonnaise von ihrem Teller wischte.

Die Schatten der drei Mädchen verschmolzen auf dem Rasen, als sie durch den Rosengarten hinter dem Haus gingen.

»Und – irgendwelche nachträglichen Bedenken, Rachel?« fragte Katherine. »Vor dem Altar, als du dich freiwillig lebenslänglich an die Kette hast legen lassen ...«

Rachel trug das königsblaue Kostüm für die Hochzeitsreise. »Überhaupt keine. Obwohl ...«

»Obwohl was?« fragte Katherine prompt.

»Es hat sich ja wirklich mit einem Schlag alles verändert,

oder nicht? Hier ist jetzt nicht mehr mein Zuhause. Ich heiße nicht mehr Wyborne. Ich bin jetzt Mrs. Seton, aber mir kommt es trotzdem so vor, als müßte ich nächsten Monat wieder zur Schule gehen.« Rachel blickte rasch von einer zur anderen. »Ihr kommt mich doch besuchen?«

»Na klar«, versicherte Katherine und lächelte. »Und jetzt muß ich euch beiden etwas mitteilen. Was ganz Aufregendes. Ich habe einen Job.«

»Einen Job? Katherine! Wo denn? Was für einen?«

»In London. Bei einer Zeitschrift.« Sie erzählte ihnen von Toby und Stuart.

»Ein Ferienjob?«

»Nein. Es ist eine ganz reguläre Arbeit.«

»Aber was wird aus Oxford?«

»Das wäre sowieso nicht das Richtige für mich gewesen. Diese ganzen Regeln und Vorschriften, und wegen jeder Kleinigkeit muß man um Erlaubnis fragen. Da würde es mich keine zwei Wochen halten.«

»Und was sagen deine Eltern?«

»Das Verrückte daran ist, daß meine Mutter was dagegen hatte. Dabei war Dad doch derjenige, der in Oxford studiert hat, nicht Mama – sie hat nur geheiratet. Sie wollte mich unbedingt umstimmen. Aber ich hab nicht nachgegeben. Ihr freut euch doch mit mir, oder?«

»Aber natürlich.« Rachel umarmte sie. »Wann fängst du an?«

»Gleich am Montag. Am Montag morgen fahre ich nach London.«

»Am Montag. Und du hast uns kein Wort davon gesagt, Katherine.«

Liv stand ein wenig abseits von den beiden anderen. Sie hatte den Eindruck, daß sie ihr fremd geworden waren: Rachel mit ihrem französischen Kostümchen und dem raffiniert geschminkten Gesicht, und Katherine, die ihre Unzufriedenheit gegen einen Pagenkopf und ein Biba-Kleid und eine ganz neue Zuversicht eingetauscht hatte. Es war, als wären sie ihr enteilt und hätten sie, unsicher, welche Richtung sie einschlagen sollte, an der Weggabelung stehengelassen. Sie als einzige hatte noch keinen Liebhaber gehabt. Sie hatte keine Ahnung, was sie nach dem Studium anfangen würde.

Jemand rief Rachels Namen. Diana kam ihnen auf dem Kiesweg entgegen. »Ich habe dich überall gesucht, Darling. Der Wagen ist da.«

Die Gäste versammelten sich im Hof. Thea hatte sich Richard Thorneycrofts Fotoapparat ausgeliehen. Der Verschluß klickte, und Rachel, Katherine und Liv waren für immer aufs Bild gebannt, wie sie Arm in Arm über den Rasen kamen. »Unsere Mädchen mit den dunklen Augen«, sagte Thea, sich mit einem zärtlichen Lächeln erinnernd.

Katherine verschwand in der Menge. Eine kleine Gruppe – Hector, Henry und Diana Wyborne, Henrys Tante Clare – versammelte sich um Rachel. Über den Rasen zog sich ein Pfad aus roten Rosenblättern. Rachel warf ihren Brautstrauß in die Luft, und eine mollige Brautjungfer in gelbem Satin fing ihn auf. Das Taxi, das das junge Paar davontrug, verschwand am Ende der Auffahrt. Die Gäste fanden sich in Gruppen auf dem Rasen zusammen, aber der Tag hatte nur noch einen müden Glanz, als hätten die Festlichkeiten zu lange gedauert.

Liv ging zum Cottage zurück. Sie mußte jetzt eine Weile allein sein. Drinnen fand sie auf der Matte eine Ansichtskarte mit einem Bild von blauem Himmel, weißen Stränden und Palmen. Sie fühlte sich leer und müde. Ihr Kleid klebte ihr klamm am Rücken. Sie ging in die Küche und machte sich ein Glas Orangensaft. Bevor sie trank, ließ sie sich das kalte Wasser über die Hände laufen und benetzte ihr heißes Gesicht. Der Sommer dehnte sich vor ihr, lang und trübselig, ein Sommer ohne Katherine und ohne Rachel.

Sie drehte die Ansichtskarte herum und las das Geschriebene auf der Rückseite. Sie begann so heftig zu zittern, daß sie ihr Glas auf der Arbeitsplatte absetzen mußte. Hastig lief sie in den Garten hinaus, zu den Weiden am Bach. Erst als sie sich auf dem bemoosten alten Baumstumpf niedergesetzt hatte, las sie die Karte ein zweites Mal.

Meiner lieben Tochter Olivia alles Gute zum achtzehnten

Geburtstag. Es tut mir leid, wenn diese Wünsche verspätet kommen. In Liebe, dein Vater Finley Fairbrother.

Sie mußte die Knie aneinanderpressen, um ihr Zittern zu stillen. Das Licht des frühen Abends fiel durch das Blätterdach und sprenkelte den Erdboden wie mit goldenen Regentropfen. Sie mußte unverwandt die Karte und die Unterschrift anschauen, um sich zu vergewissern, daß sie nicht Einbildung waren. Ihre Tränen verschmierten die Handschrift ihres Vaters.

Vor acht Jahren hatten sich drei kleine Mädchen an diesem Platz bei den Weiden getroffen, um einen Zauber zu wirken. Aus Stöcken und trockenem Laub hatten sie einen Scheiterhaufen errichtet. Katherine hatte Streichhölzer gehabt und ein Taschenmesser; Liv hatte eine Gänsefeder angespitzt, und Rachel hatte die kleine Bretonin in Flügelhaube und Tracht herausgebracht. Sie hatten sich die Fingerspitzen mit dem Taschenmesser geritzt und ihr Blut sich vermengen lassen. »Blutsschwestern«, hatte Katherine leise gesagt. Dann hatte Liv den Federkiel in das Blut getaucht und den Namen ihres Vaters auf ein Blatt Papier geschrieben. Sie hatte es dreimal gefaltet und in der Mitte des Scheiterhaufens vergraben. Danach hatten sie die kleine Bretonin obenauf gestellt und ein Streichholz angerissen. Die Äste und Blätter hatten sofort Feuer gefangen, und die kleine Bretonin war samt ihrer Flügelhaube in lodernden Flammen aufgegangen. Die rosigen Plastikglieder und das rosige Plastikgesicht hatten sich verzogen und waren geschmolzen. Und irgendwo im Herzen des Feuers hatte hellleuchtend der in Blut geschriebene Name Finley Fairbrother gebrannt.

Sie hatte erwartet, daß ihr Vater noch in dieser Nacht nach Hause kommen würde. Die ganze Nacht hatte sie wach gelegen und in Erwartung seiner Schritte auf dem Gartenweg, seines Klopfens an der Tür, nach draußen gehorcht. Aber er war nicht gekommen, und mit dem Verstreichen der Tage, der Wochen, Monate und Jahre war die Hoffnung erloschen. Sie hatte sich in Phantasien geflüchtet, sich vorgestellt, er wäre irgendwo schuldlos im Gefängnis eingesperrt, würde mit Gewalt daran gehindert, zu seiner Familie zurückzukehren, oder sei mit irgendeiner geheimen heroischen Mission betraut, die von ihm verlangte, daß er incognito blieb. Aber mit der Zeit hatte sie sich eingestanden, daß das nichts als Hirngespinste waren, die sie nur spann, um den Tag hinauszuschieben, an dem sie würde akzeptieren müssen, daß er, gleich aus welchen Gründen, sich dafür entschieden hatte, fern von ihr zu leben. Vergessen aber hatte sie ihn nicht, und er nahm immer noch einen wichtigen Platz in ihrem Herzen ein.

Noch einmal sah sie zu der Postkarte hinunter. Wenn sie die Augen zusammenkniff, schien seine Unterschrift aufzuleuchten, schien wieder wie mit Feuer geschrieben und in ihren Schleifen und Schnörkeln sie drei – Fin, Thea und sie selbst – zusammenzuhalten.

3

KATHERINE WAR BEGEISTERT von London. Sie sah es als ein Konglomerat unterschiedlicher Welten, die einander berührten und abstießen wie die bunten Glasperlen an einer Halskette. Sie liebte die geschäftigen Straßen, auf denen bei Sonne der Staub lag und nach einem Regenschauer der Glanz der Nässe. Sie liebte die ehrwürdigen Plätze mit ihren von Platanen und Lorbeerbäumen beschatteten Grünanlagen, die wie geheimnisvoller, grüner Jade im Steinmeer der Häuser schimmerten. Sie liebte die großen Warenhäuser, Harrods und Harvey Nichols, Dickins and Jones. Sie kaufte nie etwas, aber sie liebte es, durch die Abteilungen zu streifen und sich dabei zu denken, eines Tages …

Stuart und Toby rümpften die Nase über Harrods und Harvey Nichols. »Tempel der bürgerlichen Konsumgesellschaft, Katherine«, pflegte Stuart mit seinem harten Glasgower Akzent zu sagen. Und Toby, der eine Privatschule besucht hatte, stimmte ihm zu.

Die Arbeit bei »Frodo's Finger« machte Katherine Spaß. Anfangs war sie enttäuscht zu entdecken, daß ihre Aufgabe vor allem darin bestand, Manuskripte zu tippen und Tee zu kochen, während das Schreiben viel zu kurz kam; aber sie sagte sich, daß jeder ganz unten anfangen müsse, und legte es darauf an, sich unentbehrlich zu machen. Da für Stuart die Rechtschreibung ein Buch mit sieben Siegeln war und Toby ständig unter nervöser Spannung litt, war es nicht schwer, dieses Ziel zu erreichen, und bald hatte sie es so weit gebracht, daß sie selbst Artikel schrieb und die Termine für Interviews mit bekannten Persönlichkeiten vereinbarte. Ihr gefiel die hektische

Betriebsamkeit, die mit der Arbeit bei der Zeitschrift einherging – das unaufhörliche Läuten des Telefons, der endlose Strom von Leuten, die in der Redaktion vorsprachen. Sie hatte ihren Spaß daran, verzwickte Fahrten mit U-Bahn und Bus in Teile Londons zu unternehmen, die sie noch nie gesehen hatte, und es war eine wunderbare Genugtuung für sie, als sie Toby zu einem möglichen Inserenten sagen hörte: »Ach, da sprechen Sie am besten mit Katherine. Die erledigt hier alles. Wir wüßten gar nicht, was wir ohne sie anfangen sollten.«

Durch Toby lernte sie Felix Corcoran kennen. Er war mit Toby zusammen zur Schule gegangen, ein großer magerer Junge mit lockigem nußbraunem Haar. Mit den leicht schräg stehenden grünlich braunen Augen und dem schmalwangigen Gesicht sah er, fand Katherine, ein bißchen wie ein schlaksiger, hintergründiger Kobold aus. Er trug Jeans, die an Knien und Saum durchgescheuert waren, und an seinen Hemden fehlte stets irgendwo ein Knopf. Im Winter hüllte er seinen hochaufgeschossenen, langgliedrigen Körper in einen weiten grauen Militärmantel, der, so vermutete Katherine, schon in Rußland an der Front gewesen war. Abends zapfte er Bier in einem Pub in der Nähe, dem »White Hart«; tagsüber arbeitete er als Fahrer für ein Geschäft im East End und zeichnete Karikaturen für »Frodo's Finger«. Als Katherine ihm erzählte, daß sie dringend eine Wohnung suchte, besorgte er ihr ein Einzimmerapartment in einem verwahrlosten alten Mietshaus in Earl's Court, gleich neben einem Restaurant. Nachts räuberten die Katzen die Mülltonnen des Restaurants und fraßen die eroberten Reste mit Freudengeheul hinten im kleinen betonierten Hof.

Katherines Zimmer war groß und quadratisch, mit Schiebefenstern, durch die es ständig zog. Sie hätte es auch geliebt, wenn es nur halb so groß und noch lauter und kälter gewesen wäre. Sie ließ den Abwasch stehen, bis ihr die Teller ausgingen, und sprintete zum Waschsalon, wenn sie nichts Frisches mehr zum Anziehen hatte. Sie lebte von weißem Toastbrot, Beutelsuppen und Äpfeln, die sie im Laden gegenüber einkaufte. Den größten Teil ihres Geldes gab sie für Kleider und Kosmetika aus, den Rest für Bücher und Poster für ihr Zimmer.

Sie lernte die anderen Mieter im Haus kennen. Mrs. Mandeville wohnte im Erdgeschoß. Sie lud Katherine in ihre düsteren, überladenen Räume ein und erzählte vom Krieg. Mrs. Mandeville ergänzte die Kost der Restaurantkatzen durch Gaben von Dosenfutter. Im ersten Stockwerk, neben Katherine, teilten sich zwei junge Frauen namens Denise und Heather eine Einzimmerwohnung. Sie waren Stenotypistinnen wie Katherine, wollten aber Models werden. Sie zeigten Katherine, wie man falsche Wimpern einzeln anklebte – »Wie Twiggy«, erklärte Heather. Katherine fehlte dazu die Geduld. Nachdem sie sich mit der Pinzette ins Auge gepikst hatte, mußte sie eine Woche lang eine Augenklappe tragen, sehr zur Erheiterung von Stuart und Toby. Danach kehrte sie zu alten Gewohnheiten zurück, tuschte sich die Wimpern aus dem Kästchen und zog sich mit Miner's marineblauem Eyeliner einen dicken Lidstrich. Mr. und Mrs. Mossop, ein junges australisches Ehepaar, wohnte in der Wohnung über Katherine, und Felix hatte sein Zimmer neben den Mossops.

Toby, Stuart und Felix wurden Katherines Freunde. Sie ging abends mit ihnen ins Pub, saß mit ihnen zusammen vor dem Fernseher, diskutierte und stritt mit ihnen. Es war eine unbeschwerte, anspruchslose Beziehung, und sie achtete darauf, daß nicht mehr daraus wurde. Mit schöner Regelmäßigkeit machte entweder Toby oder Stuart den Versuch, sie zu verführen, den sie stets freundlich, aber entschieden zurückwies. Sie wußte, daß es ihren Job gefährden würde, wenn sie sich mit einem von ihnen einließe, und ganz gewiß die Freundschaft zwischen den beiden jungen Männern, die Rivalität vermutlich nur in Grenzen aushalten konnte. Und was Felix anging – nun, Felix zeigte ihr, wie sie das Schloß ihrer Wohnungstür öffnen konnte, als sie wieder einmal ihren Schlüssel verloren hatte. Felix erklärte ihr, wie man am besten mit dem unberechenbaren Gasherd zurechtkam. Felix zeigte ihr, wie man einen Joint baute, Felix lehrte sie in seinem verbeulten Lieferwagen das Autofahren. Und Felix besorgte ihr einen Job im »White Hart«, als sie merkte, daß sie mit ihrem Gehalt von »Frodo's Finger« nicht auskam.

Es war nicht so, daß Felix sie kaltließ; manchmal, wenn sie bis in die Nacht hinein mit ihm redete und rauchte, stellte sie sich vor, sie würde ihn morgens beim Aufwachen neben sich im Bett finden. Aber irgend etwas hinderte sie daran, zu versuchen, aus ihrer Phantasie Wirklichkeit zu machen. Die Männer, mit denen sie ins Bett ging, schienen einer anderen Kategorie anzugehören als die Männer, die ihre Freunde waren. Obwohl sie Liebhaber genug hatte, blieb der Sex eine gezwungene Angelegenheit, die mit Lust wenig zu tun hatte. Katherine verstand es nicht. Für alle anderen schien Sex etwas Herrliches zu sein, warum nicht auch für sie? Sie las Bücher und Artikel darüber, aber sie schien nicht in der Lage zu sein, die Theorie in die Praxis umzusetzen.

Sie war viel zu stolz, um sich mit ihrem Problem irgend jemandem anzuvertrauen, sei es der glücklich verheirateten Rachel oder der naiven Romantikerin Liv. Zwar dachte sie flüchtig daran, sich an Denise und Heather zu wenden, aber auch das brachte sie nicht über sich, und sie beschloß am Ende, die Sache einfach für sich zu behalten. Sie würde bestimmt bald lernen, im Bett Spaß zu haben, ganz bestimmt. Und eines war ihr klar, während ihre Beziehungen eine nach der anderen entweder im Sand verliefen oder mit Getöse zu Bruch gingen, sie hatte Felix viel zu gern, um seine Freundschaft für ein Abenteuer mit ihm aufs Spiel zu setzen.

Wie der kalte Wind, der über die Betonwege auf dem Campus der Universität von Lancaster fegte, packte das Universitätsleben Liv beim Schopf, schüttelte sie kräftig durch und weckte sie aus ihrem Dornröschenschlaf. Sie war gleich auf den ersten Blick hingerissen von ihrem Zimmer im Wohnheim, das zwar karg eingerichtet war – Bett, Stuhl, Schreibtisch, Kleiderschrank –, jedoch dank Vorhängen und einem Teppich in leuchtendem Orange in ein kräftiges warmes Licht getaucht schien. Mit Zeichnungen, Postkarten und Fotografien, die sie an die Pinnwand heftete, drückte sie dem Zimmer ihren eigenen Stempel auf: sie, Katherine und Rachel Arm in Arm am Tag von Rachels Hochzeit; Thea mit einem selbstgemachten

Federhut, die Lesebrille auf der Nasenspitze; und natürlich die Ansichtskarte ihres Vaters aus Tahiti.

In der ersten Nacht lag sie frierend und von Heimweh geplagt in ihrem Bett und lauschte dem Gegröle und den polternden Schritten der jungen Männer, die nach ihren Kneipenausflügen durch die Korridore tobten. Am nächsten Tag kaufte sie sich eine Wärmflasche, einen gestreiften Wollschal und ein Paar dicke Socken und ging, wenn nötig, mit diesen Utensilien zu Bett. Sie schrieb sich in Geschichte, englischer Literatur und Kulturkunde ein, saß Tag für Tag in zugigen Seminarräumen und machte sich fleißig Notizen. An den Wochenenden fuhr sie nach Lancaster oder Morecambe, glücklich, wieder in der Nähe des Meeres zu sein, und voll der Erinnerungen an das rosarote Haus, in dem sie als Kind gelebt hatte.

Sie lernte die Mädchen in ihrem Wohnheim kennen und die Leute, die bei ihr in den Seminaren waren. Sie trat der Theatergruppe, dem Filmkreis und der historischen Gesellschaft bei. Sie sah sich Stücke des Aktionstheaters und des absurden Theaters an; sie hörte Folksänger, die ihr Blut mit Protestliedern und irischen Rebellenliedern in Wallung brachten. Sie trank Guinness und Cider und wachte eines Morgens auf dem Fußboden im Zimmer einer Freundin auf, immer noch im Dufflecoat und mit höllischen Kopfschmerzen. Sie verbrachte einen Abend mit einem bleichen, ausgezehrten Jüngling, den sie im Literaturseminar kennengelernt hatte. Auf dem Altar einer Velvet-Underground-Platte baute er mit heiliger Gewissenhaftigkeit einen Joint. Sie nahm versuchsweise ein paar Züge und wartete dann, im Halbdunkel hockend, auf den Glückstaumel und den neuen Blick auf das Leben und die Welt. Aber es blieb alles unverändert, und sie mußte sich über ihre Enttäuschung hinwegtrösten, indem sie sich sagte, hier wenigstens habe sie eine Grenze überschritten.

Andere Grenzen blieben bestehen. Die Tatsache, daß sie sexuell immer noch ein unbeschriebenes Blatt war, war ihr peinlich. Die Männer, in die sie sich verliebte, verliebten sich nicht in sie; die Männer, die ihr nachstellten, interessierten sie nicht. Manche schienen so linkisch, so unausgegoren, daß sie dachte, sie hätten ihr vielleicht als Cousin oder Bruder, die sie nie gehabt hatte, gefallen, aber sich in so jemanden verlieben, nein, das konnte sie nicht, auch wenn sie sich noch so sehr bemühte. Andere waren laut und eingebildet, und sie fand ihr übersteigertes Selbstbewußtsein abstoßend. Eine nach der anderen fanden die Mädchen auf der Etage Liebhaber. Sie sah sie morgens vor dem Neun-Uhr-Seminar, wenn sie demonstrativ zwei Tassen mit Kaffee füllten und in ihre Zimmer trugen.

Am Ende des ersten Semesters schüttete sie Katherine ihr Herz aus, die schnippisch sagte: »Du trägst ja auch immer den Kopf in den Wolken, Liv. Die meiste Zeit machst du ein Gesicht, als würdest du gleich ausflippen, wenn ein Kerl dich anspricht, und den Rest der Zeit schaust du aus, als würdest du nur absolute Vollkommenheit gelten lassen. Solche Frauen wollen die Männer nicht. Sie wollen Frauen, die erreichbar sind.«

Liv fragte Katherine, wie viele Liebhaber sie schon gehabt habe.

»Fünf«, antwortete Katherine selbstzufrieden.

Im Frühjahrssemester lernte Liv Carl kennen. Er war groß und dünn und hatte sanfte blaugraue Augen und schulterlanges blondes Haar. Er nannte eine abgegriffene Gitarre sein eigen, auf der er stockend »Gilgarry Mountain« und »Blowin' In The Wind« spielte. Liv war sich nicht ganz sicher, ob Carl sie als seine Freundin betrachtete. Ihre Beziehung bestand aus einer Folge von Scheinattacken und Rückzugsmanövern, die, dachte sie später, auf beiden Seiten von mangelnder Überzeugung getragen waren. An einem Frühlingsnachmittag küßten sie sich, auf der Treppe vor dem Hauptgebäude sitzend, stundenlang. Als sie sich schließlich von ihm trennte, war sie sich einer Mischung aus Glückseligkeit, Erleichterung und Erregung bewußt. Endlich war es soweit. Sie war verliebt.

Aber die folgenden drei Tage bekam sie ihn nicht zu Gesicht. Als sie ihn in seinem Zimmer anrufen wollte, teilte ihr einer seiner Freunde mit, daß er nach Barrow gefahren war, um seine Eltern zu besuchen. Ein paar Tage später sah sie ihn bei einem Disko-Abend des Filmkreises, wo er mit einem Mädchen tanzte, das sie aus ihrem Wissenschaftsgeschichte-Seminar kannte. Sie tanzten sehr eng miteinander, und seine mageren, bleichen Hände spielten mit dem langen braunen Haar des Mädchens.

Am nächsten Tag rief sie bei Katherine an, die sie über das Wochenende zu sich nach London einlud. Liv packte ihren Rucksack und kaufte sich ein Busbillett. Als sie an der Endstation am Victoria Bahnhof aus dem Busfenster schaute, fiel ihr in der Menschenmenge draußen Katherine sofort ins Auge. Sie trug einen weißen bestickten afghanischen Mantel und ihre pflaumenfarbenen Wildlederstiefel. Begeistert winkten sie einander zu.

Sie fuhren mit der Untergrundbahn nach Earl's Court, wo Katherine ihre Wohnung hatte. Katherine bewegte sich schnell und gewandt durch das Chaos in ihrem Zimmer, setzte Teewasser auf, bestrich glitschiges Weißbrot mit Margarine, hielt sich bald eine Bluse, bald ein Kleid vor und musterte sich damit im Spiegel, während sie redete. Die Monate in London hatten sie, so schien es Liv, mit einer Art oberflächlichem Glanz versehen, einem Gleißen, das die Männer veranlaßte, die Köpfe zu drehen, wenn sie vorüberging.

An diesem Abend gab Toby, der während der Abwesenheit seiner Eltern deren Haus in Chelsea hütete, eine Party. Er hatte die Lampen mit pinkfarbenem Seidenpapier umhüllt – »Wegen der Stimmung« –, so daß die Räume wie warme, rosige Höhlen wirkten. Ab und zu begann das Seidenpapier zu schwelen, und die beginnende Glut mußte schleunigst ausgetreten werden, was jedesmal Rußflecken auf den Orientteppichen hinterließ. Die Ölgemälde waren mit der Vorderseite zur Wand gedreht, Poster waren auf gestreifte Regency-Tapeten aufgeklebt, und jemand hatte neben der Treppe ein Gemälde voll wirbelnder psychedelischer Impressionen an die Wand gezaubert. Leere Flaschen, Päckchen mit Zigarettenpapier, überquellende Aschenbecher und schmutzige Gläser gab es in Hülle und Fülle.

Die Fete hatte sich auf alle vier Stockwerke des Hauses ausgedehnt. Im Souterrain wurde getanzt, im Wohnzimmer spielte ein junger Mann in Kaftan und langen Perlenschnüren den Sitar. Überall auf den Treppen saßen Leute und rauchten und tranken; Liv wäre beinahe über eine Frau gefallen, die vor einem Packen Tarotkarten hockte und jedem, der es hören wollte, die Karten las.

In den frühen Morgenstunden begann die Gesellschaft sich aufzulösen. Liv und Katherine machten es sich Seite an Seite auf Sitzsäcken bequem, während Toby in der verwüsteten Küche Kaffee kochte.

»Eindeutig die beste Ausgabe bis jetzt, meinst du nicht auch?« Toby goß kochendes Wasser auf den gemahlenen Kaffee. »Mein Aufsatz über Castro – und der Leitartikel.«

»Einsame Spitze.« Stuart lag auf dem Sofa und rauchte.

»Du glaubst doch nicht wirklich, daß die Revolution für alles die Lösung ist, oder, Toby?«

Toby riß ein Paket Zucker auf. »Doch, Felix, das glaube ich.«

Felix trug ein »Stoppt-die-Bombe«-T-Shirt mit diversen Löchern und eine abgewetzte Samtjeans. Asche fiel von seiner Zigarette herab, als er gestikulierend zu Toby sagte: »Willst du den Armen damit helfen, daß du sie auf die Barrikaden treibst? Die würden sich doch nur blutige Nasen holen oder Schlimmeres.«

»Was würdest du denn als Alternative vorschlagen?« Toby runzelte die Stirn. »Keine Kaffeelöffel ...« Er kippte die Zuckertüte über den Kaffeetassen. »Aber vielleicht bist du ja der Meinung, alles soll beim alten bleiben. Sollen doch die Arbeiter ruhig um ein bißchen mehr Geld betteln, damit sie ihre Kinder ernähren können, Hauptsache, der Boß lebt wie Gott in Frankreich.«

»Ausbeuterei liegt in der Familie, stimmt's, Felix?« Stuart grinste. »Dein Vater hat doch eine Fabrik.«

»Felix!« rief Katherine. »Das hast du mir nie erzählt.«

»Nur eine ganz kleine, nicht wahr, Felix?«

Liv fand, Felix sähe verlegen aus. »Was stellt ihr denn her?«

»Tapeten«, antwortete Felix kurz.

Stuart lachte. »Und da beruhigst du dein Gewissen damit, daß du den Armen ein Bröckchen von des Reichen Tisch zukommen läßt. Stinkt ein bißchen sehr nach Marie Antoinette, findest du nicht? Ein Stückchen Obstkuchen hier, eine Biskuitrolle dort ...«

Felix lachte. »Wir verkaufen keine Biskuitrolle. Viel zu dekadent.«

»Viel zu wohlschmeckend«, sagte Toby.

»Biskuitrolle?« Liv setzte sich auf, als Toby ihr eine Tasse Kaffee reichte.

»Ja, weißt du, ich fahre einen Lieferwagen, Liv«, erklärte Felix. »Für eine Vollwertkooperative in Bethnal Green. Wir kaufen die Lebensmittel in großen Mengen, gute Ware – Obst und Gemüse, Vollkornbrot und Hülsenfrüchte – und verkaufen sie zu zivilen Preisen.«

»An geldige Hausfrauen in Chelsea ...«

»Na ja, wir können uns die Kunden nicht aussuchen, Stuart.«

»... während das Lumpenproletariat bei den Bohnen aus der Dose und dem vorgeschnittenen Weißbrot bleibt.«

»Es ist ein Versuch, praktisch zu helfen. Viel praktischer geht's ja wohl nicht.«

»›Frodo's Finger‹ mischt sich ein«, erklärte Stuart hochtrabend, und Felix lachte prustend.

In den frühen Morgenstunden brachte Felix Liv nach Hause, während Katherine in Chelsea blieb, um Toby beim Versand der Zeitschrift zu helfen. Das Licht des Vollmonds versilberte die Hausdächer und bleichte die immergrünen Pflanzen in den Gärten. Die Welt schlief, die verhangenen Fenster der Häuser sahen aus wie träumend geschlossene Augen. Selbst die Tauben auf den Dächern schlummerten, die Köpfe unter die Flügel geschoben. Feine Wolken zogen über das Angesicht des Mondes.

Felix fragte Liv nach ihrer Familie. »Die ganze Familie besteht aus meiner Mutter und mir«, erklärte sie. »Obwohl man sagen könnte, daß Katherine und Rachel für mich wie Schwestern sind.«

»Ah, die schöne Rachel«, sagte Felix träumerisch. »Sie und ihr Mann waren zu Weihnachten auf Besuch hier.«

Liv dachte, alle verlieben sich immer in Rachel. »Rachel erwartet ein Kind«, sagte sie. »Im Juni.«

»Dann wirst du also gewissermaßen Tante.«

»Rachel ist überzeugt, daß es ein Mädchen wird, obwohl ich mir vorstellen könnte, daß Hector gern einen Sohn als Erben von Bellingford hätte. Rachel ist wirklich ein Glückspilz«, sagte Liv mit einem Seufzer. »In einem richtigen Schloß zu wohnen!«

»Findest du das so erstrebenswert?«

»Du nicht? Es ist so romantisch.«

»Aber solche Dinge – Häuser und Namen – können solche Fesseln sein.«

Sie dachte an das rosarote Haus am Meer. »Als ich klein war, habe ich nie lange am selben Ort gelebt, und ich dachte mir immer, wie schön es sein müßte, irgendwo hinzugehören.«

»Zu jemandem zu gehören ist gut«, sagte er, »solange man sich nicht besitzen läßt.«

In diesem Moment war sie ganz unerwartet vollkommen glücklich. Der Mond hatte einen besonderen Glanz, und über den städtischen Straßen lag eine trübe, staubige Schönheit. Sie überlegte, ob sie sich vielleicht in Felix verliebt hatte, aber nein, das konnte nicht sein, so bald nach Carl.

»Ich habe mir immer eine richtige Familie gewünscht«, sagte sie wehmütig. »Eine große, komplizierte Familie mit vielen Geschwistern und Vettern und Cousinen und sonstigen Verwandten. Hast du so eine Familie, Felix?«

»Ich habe einen Vater, eine Stiefmutter und eine Schwester.«

Sie stellte sich ein lang aufgeschossenes, mageres, grünäugiges Mädchen vor; lachend, liebevoll. »Wie ist deine Schwester?«

»Rose ist total verrückt. Sie pflegt verletzte Karnickel gesund und redet mit ihren Kuschelschnecken.«

Liv kicherte. »Niemand hat *Kuschelschnecken*.«

»Rose schon. Schnecken mit und ohne Haus. Der Gärtner vergiftet sie, weil sie den Salat fressen. Und da rettet Rose sie vor dem sicheren Tod und pflegt sie wieder gesund.« Er warf einen Blick auf sie. »Du siehst ganz erfroren aus.«

Sie fröstelte; sie hatte ihren Mantel nicht mitgenommen, aber die Luft war beißend kalt.

»Nimm meine Jacke.« Er hängte ihr sie um die Schultern, eine abgerissene khakifarbene Safarijacke, die ihr viel zu groß war. »Und wir könnten laufen.« Seine Augen blitzten in der Dunkelheit. »Als ich klein war, ist meine Mutter in den kurzen Ferien immer mit mir nach London gefahren. Aus irgendeinem Grund hatte ich jedesmal einen Heidenrespekt vor den Dinosauriern im Museum für Naturgeschichte und bin immer mit vollem Tempo an ihnen vorbeigerannt. Wenn ich es schaffte, bevor ich bis zwanzig gezählt hatte, konnte mir nichts passieren.«

»Und wenn du's nicht geschafft hättest?«

Er lachte. »Ein grusliges Zusammentreffen mit dem Tyrannosaurus Rex, vermute ich.«

Er nahm sie bei der Hand, und sie begannen zu laufen. Sie hielt seine Jacke am Hals zusammen. Sie hörte ihn zählen: »Eins – zwei – drei ...« und bemühte sich, mit ihm Schritt zu halten. Straßen und Häuser blieben zurück; die Sterne am nachtblauen Himmel verschwammen. »Dreizehn – vierzehn – fünfzehn ... Komm, Liv, komm schnell, der Stegosaurus ...« Sie hatten die Straßenecke erreicht. Das Herz klopfte ihr bis zum Hals, aber sie fühlte sich leicht und beschwingt, als er sie die Treppe zum Haus hinaufzog. »Neunzehn ...«, keuchte sie und ließ sich hilflos vor Lachen an ihn fallen, als er seinen Schlüssel ins Schloß schob.

Wenn Rachel morgens erwachte, konnte sie vom Fenster ihres Schlafzimmers aus die Cheviot Hills sehen. Sie hatte die Veränderungen beobachtet, die sich im Lauf der Monate an ihnen vollzogen hatten: sommerliches Grün in den ersten Wochen ihrer Ehe, violette Schleier mit dem Nahen des Herbstes, und kühles Weiß mit dem ersten Schnee des Winters. Jetzt, im späten Frühjahr, waren sie wieder grün.

Wie die Hügel veränderte sich ihr Körper. Morgens pflegte sie, noch ehe sie die Augen öffnete, beide Hände auf ihren Leib zu legen und auf die erste beruhigende Bewegung zu warten.

Der Stoß eines scharfen kleinen Ellbogens unter der gewölbten Decke ihres Schoßes oder ein plötzliches Sichwenden wie das eines Fisches unter Wasser. Ihr Körper war ihr fremd geworden, überraschte sie wie das Haus, in dem sie jetzt lebte, mit unvermuteten Veränderungen von Form und Farbe, seltsamen Launen und unerwarteten Anblicken. Neun Monate nach ihrer Hochzeit entdeckte sie noch immer jeden Tag etwas Neues in Bellingford: in eine Mauer gemeißelte Initialen, die nur sichtbar wurden, wenn das Licht in einem bestimmten Winkel einfiel; oder blaßblaue Sternhyazinthen, die in einem stillen Eckchen des Gartens wuchsen.

Ähnlich überraschten sie, als sie sich dem achten Monat ihrer Schwangerschaft näherte, die silbrig schimmernden Schwangerschaftsstreifen, die sich plötzlich auf ihrer gespannten Haut zeigten, und die Krämpfe bei Nacht.

»Ich schaue aus wie ein Pudding«, sagte sie, als sie eines Morgens ihr Nachthemd ablegte und die weißen Wölbungen ihrer Brüste und ihres Bauches betrachtete. »Du hast einen Pudding geheiratet, Hector.«

Er küßte sie. »Einen ganz köstlichen Pudding.«

»Aber trotzdem einen Pudding.« Sie seufzte. »Ich wollte, es wäre schon Juni. Ich wollte, sie wäre schon da. Du nicht auch?«

Er trat hinter sie und umschloß sie mit beiden Armen. »Manchmal wünschte ich ...«

»Was, Darling?«

»Ich hätte dich noch ein bißchen länger für mich allein.«

»Aber du hast doch nichts *dagegen*?«

»Nein, natürlich nicht. Wie könnte ich etwas dagegen haben.« Seine Lippen liebkosten die Mulde am Übergang von Hals zu Schulter.

»Na ja, geplant haben wir es ja nicht gerade.« Rachel mußte lächeln, als sie an die ersten Wochen ihrer Ehe dachte; ganze Tage hatten sie in diesem Zimmer verbracht, in diesem Bett ...

Hector gab ihr einen Kuß auf die Schulter. »Zieh dich an, Darling, dir ist kalt. Ich rufe noch heute morgen diese fürchterlichen Heizungsleute an.«

Sie waren dabei, in Bellingford Zentralheizung installieren zu lassen, beinahe ein Mammutunternehmen. Dank Henry Wybornes Hochzeitsgeschenk konnten sie es sich erlauben, mit der Restaurierung des Hauses zu beginnen. Der Arbeiten war kein Ende: Dächer mußten neu gedeckt werden, Kamine ausgekleidet, faulende Balken und Fensterstöcke erneuert, Wände und Zimmerdecken abgetragen und neu verputzt werden. Und auch der Garten, der ganz verwildert war, mußte von einem Fachmann bearbeitet werden.

Während Hector seine Krawatte band, sagte er zu Rachel: »Wir sollten uns langsam einen Namen überlegen.«

»Noch nicht.« Rachel war nicht einmal Hector gegenüber bereit, von ihrem Aberglauben zu sprechen, daß es Unglück bringen würde, die Götter versuchen hieße, dem Kind vor der Geburt einen Namen zu geben. »Erst wenn sie da ist.«

Hector hatte Rachel ein Auto gekauft und ihr das Fahren beigebracht. Einige Leute aus der Umgebung hatten ihren Besuch gemacht, aber obwohl sie alle durchaus sympathisch gewesen waren, hatte Rachel bisher in Northumberland keine Freundschaft geschlossen. Hector arbeitete in einer Bank in Newcastle. Damit Rachel sich in dem großen Haus ohne Nachbarn nicht einsam fühlte, hatte er ihr einen Hund gekauft, einen Cockerspaniel namens Charlie, und rief sie täglich mehrmals an. Aber in Bellingford gab es für Rachel genug zu tun, um nicht ins Grübeln zu verfallen. Sie lernte mit Farben und Pinsel umgehen wie ein alterfahrener Malermeister. An den Wochenenden renovierte sie zusammen mit Hector die Räume, die keine größeren Reparaturen brauchten. Im Frühjahr entdeckte sie bei sich eine unerwartete Leidenschaft für den Garten und verlor alles Zeitgefühl, wenn sie draußen grub und jätete, das Unterholz lichtete und darunter zarte Schneeglöckchen und goldene Krokusse entdeckte. Einmal in der Woche fuhr sie nach Alnwick zum Einkaufen und traf sich mit Hector zum Mittagessen. Manchmal, wenn Hector geschäftlich nach London mußte, begleitete sie ihn. Etwa einmal im Monat verbrachte sie ein Wochenende bei ihren Eltern.

Ihre Mutter machte sich Sorgen. »Ich mag gar nicht daran denken, daß du ganz allein in dem großen Haus bist, mein Schatz. Und keine Nachbarn in der Nähe. Was ist, wenn etwas passiert?«

Rachel versuchte, sie zu beruhigen. Beim ersten Kind dauerten die Wehen erfahrungsgemäß Ewigkeiten, sie würde also ausreichend Zeit haben, ins Krankenhaus zu kommen. Ihre Mutter bestätigte bei näherem Befragen, daß auch Rachel selbst einen ganzen Tag gebraucht hatte, um den Weg ans Licht der Welt zu finden.

Rachel wollte viele Kinder haben. Mindestens vier. Das große Haus mit dem herrlichen Garten brauchte Kinder, und Kinder würden sich hier wohl fühlen. Sie stellte sich Kinderzimmer mit farbenfrohen Bildern und Möbeln vor und das Trippeln kleiner Füße in den jetzt so stillen Korridoren. Sie hatte eigentlich der Familientradition folgend zu Hause entbinden wollen, aber der Arzt, der irgend etwas von Erstgeburt gebrummelt hatte, war dagegen gewesen, und auch Hector hatte sich von der Idee nicht begeistert gezeigt. Den beiden Männern zuliebe hatte sich Rachel deshalb in einer Privatklinik angemeldet.

In den frühen Monaten der Schwangerschaft war das kommende Kind für sie noch etwas Unwirkliches gewesen, ein Störfaktor, der bewirkte, daß ihr jeden Morgen übel war und ihre Brüste unangenehm spannten und schmerzten. Aber eines Abends, als sie am Feuer saß, bewegte sich das Kind zum erstenmal; es war nur ein sanftes Flattern wie das eines Vogels im Käfig, und da begann sie es zu lieben und seine Ankunft herbeizusehnen. Sie schwankte zwischen ungestümer, euphorischer Glückseligkeit und der Angst, es könnte etwas Schreckliches geschehen und das Kind würde ihr genommen. Im siebten Monat ihrer Schwangerschaft atmete Rachel insgeheim auf. Von diesem Zeitpunkt an, hatte sie in diversen Büchern gelesen, konnten Frühgeburten überleben. Sie hatte bereits einen riesigen Vorrat an Babykleidung gesammelt: weiße Nachthemdchen von Harrods, Schlafanzüge und kleine Mäntelchen aus exklusiven französischen Kindergeschäften, Jäckchen und

Fausthandschuhe, die ihre Mutter und Hectors Tante gestrickt hatten.

Hector holte aus dem Speicher ein holzgeschnitztes Kinderbettchen, das seit Generationen in der Familie war. Diana erinnerte Rachel an ihre eigenen Babysachen, die in einem Zimmer in Fernhill Grange aufbewahrt waren. Rachel strich das Kinderzimmer in einem zarten hellen Rosa und hängte Bilder und Mobiles auf. Hector sagte: »Und wenn es nun ein Junge wird, so ein richtiger Brocken?« Doch Rachel umschloß ihren Leib mit den Armen und lächelte in sich hinein und sehnte sich nach der Ankunft ihrer Tochter.

Der Seminarraum war voll. Während Liv sich mühsam ihren Weg zwischen Menschen und gedrängt stehenden Pulten suchte, geriet ihre Handtasche, die unsicher auf dem Stapel Bücher und Hefte in ihrem Arm lag, ins Rutschen und drohte zu Boden zu fallen. Als sie hastig nach ihr grapschte, kippte der Bücherstapel, und Tasche, Stifte, Bücher und Hefte fielen krachend zu Boden.

Sie bückte sich, um die Sachen einzusammeln. Einzelne Blätter waren unter Stühle und Pulte gerutscht. Sie hörte jemanden sagen: »Warten Sie, ich helfe Ihnen.«

Sie blickte auf. Er war dunkelhaarig, Mitte zwanzig, ihrer Schätzung nach. »Ich würde Ihnen gern die Hand geben«, sagte er, »aber das geht im Moment leider nicht.« Er hielt ihr Buch und ihr Ringheft. »Mein Name ist Stefan Galenski«, stellte er sich vor. »Ich bin Dr. Langleys wissenschaftlicher Assistent. Dr. Langley geht es im Moment nicht gut, darum helfe ich dieses Semester aus.«

Sie nannte ihm ihren Namen. Wenn er lächelte, zogen sich seine dunkelblauen Augen zusammen, und an ihren Außenwinkeln bildete sich ein Kranz von Fältchen. Er deklamierte mit gesenkter Stimme: »›Oh, da zuerst mein Aug' Olivien sah, schien mir die Luft durch ihren Hauch gereinigt …‹«

Das Seminar war zur Hälfte um, als sie endlich ihre Fassung wiederfand und fähig war, aufmerksam zuzuhören. Stefan Galenski hatte eine volltönende, angenehme Stimme und einen ganz leichten Akzent. Sie warf ihm scheue Blicke zu und zeichnete an den Rand ihres Blatts die Geste einer Hand, ein plötzlich aufblitzendes Lächeln. Als einmal sein Blick dem ihren begegnete, senkte sie rasch die Lider, und das Blut schoß ihr ins Gesicht.

In der folgenden Woche kam sie früh und glitt inmitten einer größeren Gruppe von Leuten in den Raum. Stefan Galenskis Seminare waren nicht wie die von Dr. Langley nüchterne Analysen des Vortragsgegenstands, sie waren ein ungestüm sprudelnder Strom von Ideen und Vorstellungen, eine Erforschung neuer Denkweisen, und Liv fand sie ungeheuer aufregend und spannend. Dabei pflegte Stefan im Saal auf und ab zu gehen und seine Worte mit großen, nachdrücklichen Gesten zu begleiten. Hin und wieder fiel ihm eine Haarsträhne in die Stirn, die er dann jedesmal mit ungeduldiger Bewegung zurückstrich. Liv bemerkte, daß seine Cordjacke an den Ellbogen abgewetzt war, und sie sah, wie sein plötzlich aufblühendes Lächeln seine Gesichtszüge erhellte.

Am Ende des Seminars blieben einige Studenten zurück und scharten sich um ihn. Liv, die hastig aus dem Zimmer ging, war sich eines Gefühls des Ausgeschlossenseins und der Enttäuschung über sich selbst bewußt. Sie hatte bei der Diskussion kaum ein Wort gesagt, obwohl sie in anderen Seminaren stets etwas beizutragen hatte. Wieso war sie in Stefan Galenskis Seminar so sprachlos gewesen? Zwei Semester an der Uni, dachte sie zornig, und ich hab's immer noch nicht geschafft, diese fürchterliche Ungewandtheit, diese peinliche Schüchternheit zu überwinden.

Einige Tage später saß sie abends in der Bar und wartete auf eine Freundin, als sie in der anderen Ecke des Raums Stefan entdeckte, der in einer großen Clique von Leuten beinahe verloren wirkte. Sie kannte einige von ihnen aus ihrem Kurs: das Mädchen mit dem Afghanenmantel, den Jungen mit dem rotbraunen Haar und der goldgeränderten Brille. Aber sie gesellte sich nicht zu ihnen; sie war überzeugt, daß er sich an sie, die unscheinbare, stumme Olivia, nicht erinnern würde. Aber sie schaute immer wieder zu ihm hin, und als ihre Blicke sich trafen, winkte er. Ihre Hand, die das Glas hielt, zitterte so stark, daß Bier über den Rand schwappte, als er durch den Saal zu ihr kam.

»Liv«, sagte er, »ich habe neulich nach dem Seminar versucht, Sie zu erwischen, aber Sie waren schon weg.« Er sah sie lächelnd an. »Ich habe für Samstag nachmittag ein paar meiner Studenten zu mir nach Hause eingeladen. Sie kommen doch auch, ja? Ich wohne in der Nähe von Caton. Ein bißchen umständlich, ich weiß, aber es gibt einen Bus, der bis fast vor die Tür fährt.«

Sie brauchte gar nicht zu überlegen. »Ich komme gern.«

»Dann erklär ich Ihnen jetzt am besten gleich, wie Sie hinkommen.« Er kramte in seinen Taschen und zog einen Filzstift heraus. »Haben Sie einen Zettel?«

Sie schüttelte den Kopf.

»Dann geben Sie mir Ihre Hand.«

Auf ihren Handrücken zeichnete er einen Plan. Caton und Quernmore und die Höhenstraße, die sich zwischen den beiden Orten schlängelte. Und einen kleinen Platz mit einem Baum. »Das ist mein Haus«, erläuterte er. »Die Holm Edge Farm.«

Blaue, mit Filzstift gezeichnete Linien, wie ein Abbild der helleren blauen Linien ihrer Adern. Die Wärme seiner Hand, die die ihre umschlossen hielt, und der Plan auf ihrer Haut, der die künftige Gestalt ihres Lebens wiedergab.

Der Bus keuchte schmale, gewundene Straßen hinauf, die sich zu den fernen Hügeln hinaufschraubten. Die Kuppen der Hügel, dunkel im Lila der Heide oder grell leuchtend von giftgrünem Moos, waren mit grauen Steinabbrüchen und Felsbrocken gesprenkelt. Vom Wind geformte Weißdornbäume kauerten an den unteren Hängen.

In der Nähe von Crossgill stieg Liv aus dem Bus. Die enge, kurvige Littledale Road führte weiter in die Hügel. Es war Anfang Mai, die Luft war kühl und klar, der Himmel glänzte in einem reinen, wolkenlosen Blau. Der Wind zupfte an ihren Haaren. Auf den lose aufgeschichteten Steinmauern sangen

Amseln, und Veilchen zitterten am Wiesenrand in der Brise. Anderthalb Kilometer straßaufwärts begann sie nach dem Fußweg Ausschau zu halten, der von der Straße zu Stefans Haus führte. Sie zog ein Holztor auf und sah vor sich einen Bauernhof liegen. Ein Schäferhund bellte sie zornig an, und sie kehrte eilig um, schlug einen von Ebereschen beschatteten Trampelpfad ein, der zur Straße zurückführte. Am Rand einer Weide hielt sie an, um die Lämmer zu beobachten, und vergaß die Zeit. Auf dem Rückweg zur Straße sank sie bis zu den Knöcheln in schwammigem, vom Regen durchweichtem Sumpfmoos ein. Bäche sprangen den Hang hinunter, Hinterlassenschaft der Regengüsse der vergangenen Nacht. Als sie, die Augen mit der Hand beschattend, aufwärts blickte, sah sie das Haus auf dem Hügel und den dunkelgrünen Baum daneben.

Sonnenlicht funkelte auf dem grauen Dach und brach sich in den Fensterscheiben. Das Haus lag eingebettet in eine Mulde des Hügels, der sich wie eine gewaltige, violett schimmernde Woge hinter ihm erhob. Sie dachte, wie wunderbar es sein müßte, an einem solchen Ort zu leben, jeden Morgen, wenn man die Augen aufschlug, solche Schönheit zu erblicken, seine Tage in solcher Stille und Schönheit zu verbringen.

Ein Blick auf ihre Uhr sagte ihr, daß sie sich beinahe eine Stunde verspätet hatte. Sie eilte den steilen Pfad hinauf zum Tor. Schon draußen hörte sie Stimmen und Gelächter. Ein halbes Dutzend Studenten saß um einen Tisch auf dem buckligen Rasen. Stefan hatte den Platz am Kopfende inne. Er sprach, und sie lachten, und die Strahlen der Sonne fielen durch das stachlige Laub der Stechpalme auf den Rasen, auf den sie flirrende Scherenschnittmuster legten.

Liv hockte auf einer Bank und hörte den Gesprächen mit halbem Ohr zu.

»Achtundsechzig lag die bürgerliche Gesellschaft in den letzten Zuckungen.«

»Es war der Beginn der Revolution.«

»Moment mal, Andy«, dies von einem Mädchen mit einer gehäkelten Mütze, »ich sehe nirgends Anzeichen des Zusammenbruchs, du vielleicht? Die Polizei rückt bei jeder Demonstration immer noch in voller Stärke an, und das Universitäts-Establishment schreibt uns immer noch vor, was und wann wir zu lernen haben.«

»Aber Gillian ...«

Ihre Stimmen verschwammen im Hintergrund, und Livs Blick schweifte von den Höhen der Hügel über Felder und Weiden mit wolligen grauen Schafen und dann zurück zum Haus. Es hatte steinerne Mauern und ein Schieferdach. Auf der einen Seite stand ein altersschwacher Citroën 2CV, auf der anderen war ein ehemaliger Stall, ein windschiefes altes Gebäude. Die langen, niedrigen Linien des an den Hügelhang geschmiegten Hauses fügten sich harmonisch in das Kreuz und Quer der Mauern, die die Felder durchzogen.

»Olivia?«

Sie schreckte ein wenig zusammen und blickte auf.

Stefan Galenski sagte: »Es würde mich interessieren, wie Sie darüber denken.«

»Worüber?« Die anderen lachten. Sie sagte hastig: »Entschuldigung, ich habe gerade die Aussicht bewundert.«

»Wir sprachen über den Tod des Autors. Aber Sie haben natürlich recht, das ist ein ziemlich steriles Thema für so einen schönen Tag.« Stefan stand auf. »Darf ich Ihnen das Haus zeigen?«

Sie folgte ihm über die Wiese zur Haustür. Drinnen mußte sie ein paarmal zwinkern, ehe ihre Augen sich auf das Dämmerlicht eingestellt hatten. Die Fenster waren kleine, in dicke Steinmauern gehauene Rechtecke, auf ihren Simsen stapelten sich Bücher und Papiere. Die Unregelmäßigkeiten in den Wänden wurden durch den Verputz nicht ausgeglichen, und an manchen Stellen war die weiße Tünche abgeblättert oder vergilbt. In einem großen offenen Kamin am einen Ende des Raums stand ein gußeiserner Ofen. Auf den Fliesen lagen ausgeblichene Flickenteppiche, und auf Tischen, Stühlen und Schränken türmten sich wie auf den Fensterbänken Bücherstapel. Eine schmale steinerne Stiege führte ins obere Stockwerk.

Allein mit Stefan, verlor sie ihre Scheu.

»Gefällt Ihnen mein Haus, Liv?« fragte er.

»Es ist wunderschön. So ...«, sie suchte nach den richtigen Worten, »so abgeschieden, wie verzaubert. Wie lange wohnen Sie schon hier?«

»Ich habe es Anfang des Monats gemietet. Vorher habe ich auf dem Campus gewohnt, aber das war unerträglich. Der Lärm ... ständig die Störungen ... Ich konnte überhaupt nicht arbeiten.« Er zog ein wenig die Augen zusammen. »Es ist so wichtig, daß man wirklich alles geben kann – daß man mit ganzem Herzen und ganzer Seele bei der Sache ist –, ganz gleich, für welche Tätigkeit man sich entscheidet, finden Sie nicht auch?«

»Doch«, antwortete sie und verspürte einen Moment innerer Beklemmung, als hätte jemand ihr Herz in die Hand genommen und kurz zusammengedrückt. »Ich habe nur Schwierigkeiten, mich überhaupt zu entscheiden«, platzte sie unglücklich heraus.

»Ach, Sie haben noch so viel Zeit.«

»Das sagen alle.«

»Tut mir leid. Es war nicht gönnerhaft gemeint.«

»Eine meiner besten Freundinnen ist verheiratet«, erzählte sie, »und erwartet ein Kind. Die andere hat immer genau gewußt, was sie wollte, und ist entschlossen, es auch zu erreichen. Wieso kann ich mich nicht entscheiden, wenn es anderen offenbar so leichtfällt?«

Er runzelte die Stirn. Dann ergriff er plötzlich ihre Hand. »Der Plan, den ich aufgezeichnet habe ...«

Sie spürte beinahe die Intensität seines Blicks. Sie hatte die dunkelblauen Linien nicht abgewaschen, sie waren immer noch sichtbar, wenn auch die Farbe verblaßt und die Zeichnung verwischt war.

Er führte sie zum Fenster. »Schauen Sie«, sagte er. Vor ihr stiegen die Berge in die Höhe, grau und violett, hier und dort mit grünen Sumpfwiesen gefleckt. Wie von selbst glitt ihr Blick von den Hängen ab und richtete sich statt dessen auf sein Profil – die hohe Stirn und die schräg liegenden Wangenknochen, die schmale hervorspringende Nase, die etwas vom Schnabel eines Raubvogels hatte, und die dunkelblauen schwerlidrigen Augen.

»Wenn ich unglücklich bin«, sagte er gedämpft, »schaue ich da hinaus. Früher haben Gletscher diese Berge bedeckt, wußten Sie das, Liv? Hohe Meere aus Eis. Im Stein kann man hier winzige versteinerte Meerestiere finden. Und wenn Ozeane sich in Berge verwandeln können, wer weiß, was dann noch alles geschehen kann.«

Zwei Tage später stand sie vor einem Regal in dem kleinen Supermarkt auf dem Campus, als sie ihn ihren Namen sagen hörte. Wie der Wind drehte sie sich herum. »Stefan!«

»Weit sind Sie mit Ihren Einkäufen ja nicht gekommen, Liv.« Er warf einen Blick auf ihren leeren Einkaufskorb.

»Ich versuche, mich zwischen Fischstäbchen und Tomatensuppe zu entscheiden.«

»Weder noch. Da ist eines so scheußlich wie das andere. Ich habe eine bessere Idee. Ich koche für Sie. Gulasch.« Als sie zögerte, sah er sie fragend an. »Sie kommen doch mit, Liv? Ich brauche ein wenig Aufheiterung, wissen Sie.« Im Gehen nahm er dies und jenes von den Borden und warf es in seinen Korb.

»Hatten Sie einen schlechten Tag?«

»Entsetzlich.« Er schnitt eine Grimasse. »Ich erzähl's Ihnen im Auto.«

Er fuhr schnell. Hohe Bäume traten ihnen aus der Dunkelheit entgegen, als der 2CV schwankend um Kurven raste, hügelauf und hügelab schaukelte. »Wir hatten gestern nacht einen schweren Sturm«, berichtete er. »Er hat das Fenster meines Arbeitszimmers aufgerissen. Ich habe es erst heute morgen bemerkt. Meine ganzen Aufzeichnungen waren in alle Winde verstreut.«

»Ihre Recherchen?«

»Einiges fehlt ganz – ist wahrscheinlich irgendwo in Quernmore gelandet –, und der Rest ist teilweise völlig durchweicht und eigentlich nur noch für den Müll geeignet.«

»Haben Sie Kopien?«

»Nicht von allem.«

»Das ist ja furchtbar.«

Er zuckte die Achseln. »Ich muß eben versuchen zu retten, was zu retten ist.«

»Ich helfe Ihnen, wenn Sie wollen.«

Er sah sie an. »Wie lieb von Ihnen, Liv.«

Sie wandte sich ab und blickte zum Fenster hinaus, froh, daß es im Wagen dunkel war. Sie fühlte sich seltsam verkrampft und hatte Mühe, Luft zu bekommen. Die Höhe wahrscheinlich, dachte sie. Sie war das Tiefland gewöhnt, die sanfte Ebene. Nicht diese schneidende, dünne Luft. Nicht diese Hügel, die aus dem Meer entstanden waren.

»Wenn man so lebt wie ich«, sagte Stefan, als er den Wagen um eine Kurve zog, »muß man mit gewissen Unannehmlichkeiten rechnen. Aber ich finde den Preis nicht zu hoch. Holm Edge ist so elementar! Wenn ich Zentralheizung und Spannteppiche und den ganzen übrigen beengenden Krempel wollte, hätte ich mir das Haus nicht ausgesucht.« Er warf Liv einen Blick zu. »Es hat zwei Jahre leer gestanden, bevor ich es gemietet habe. Den meisten Leuten ist es zu einsam, nehme ich an. Aber ich habe es vom ersten Moment an geliebt. Manchmal weiß man einfach, das ist es, nicht wahr?«

Sie faltete die Hände im Schoß und drückte sie bis auf die Knochen zusammen. Draußen flog das Land vorbei, durch die Geschwindigkeit des Wagens verwischt.

»Warum heißt es Holm Edge?«

»›Holm‹ heißt Stechpalme. Früher standen rund um die Wiese Stechpalmen. Mein Vorgänger hat sie alle bis auf eine gefällt – und ist natürlich bald darauf eines grausamen Todes gestorben.«

Der Wagen rumpelte den schmalen Trampelpfad zum Haus hinauf.

»Warum ›natürlich‹?«

»Es bringt Unglück, Stechpalmen umzuschlagen. Da rächen sich die Hexen.« Stefan lenkte den Wagen durch das Tor und stellte ihn vor dem Haus ab.

In der Küche machte er Feuer, um den Raum zu wärmen,

und schnitt Zwiebeln und Rindfleisch auf. Während das Gulasch auf dem Herd köchelte, schenkte er zwei Gläser Wein ein und holte seine Unterlagen aus dem Arbeitszimmer.

»Dann wollen wir doch mal sehen, was wir retten können.«

Er begann die Blätter zu ordnen. Viele waren noch feucht vom Regen. Wörter, ganze Sätze, waren unleserlich geworden. Es wurde still im Raum, nur das Knistern des Feuers und das Geräusch von Livs Stift auf Papier waren zu hören.

Beim Abendessen erzählte Stefan ihr von sich. Seine Mutter war halb Französin, halb Engländerin gewesen. Nach dem Krieg hatte sie einen kanadischen Soldaten polnischer Abstammung geheiratet.

»Ich bin also eine Mischung aus vier Nationalitäten«, sagte er. »Ein *olla podrida*.« Er lachte. »Ein Gulasch.« Liv lachte auch.

Nachdem Stefans Vater aus dem Militärdienst entlassen worden war, waren die Galenskis nach Kanada gegangen. Stefan war 1946 geboren. Ein Jahr später war sein Vater an Tuberkulose gestorben, die er sich im Krieg zugezogen hatte. Nach dem Tod ihres Mannes hatte Stefans Mutter keine Ruhe mehr gefunden. Sie war mit ihrem Sohn nach Europa zurückgekehrt, zuerst nach Frankreich, dann nach England. Stefan erinnerte sich an eine Reihe von Städten und Wohnungen. Und an eine Reihe von Stiefvätern. Seine Mutter war gestorben, als er einundzwanzig geworden war. Seit ihrem Tod lebte er in England.

»Ich mußte ihre Wohnung auflösen«, erzählte er. »Es war armselig – ein Dutzend Taschenbücher, ein paar wertlose Schmuckstücke, eine Handvoll Fotos. Ich fragte mich, ob sie je etwas besessen hatte oder ob sie ihre Besitztümer auf unserer rastlosen Wanderung von Ort zu Ort verloren hatte.«

Liv mußte an das rosarote Haus am Meer denken.

Stefan lächelte. »Und wenn Sie jetzt genug zu essen gehabt haben, Liv, müssen wir dafür sorgen, daß die Hexen heute nacht nicht wieder ins Haus einbrechen und meine Papiere durcheinanderbringen.«

»Wie denn?«

»Wir hängen einen Stechpalmenzweig über dem Kaminsims auf. Das wirkt. Dann wird uns nie wieder etwas Böses widerfahren.«

Katherine holte Simon am Paddington Bahnhof ab. Als sie ihn den Bahnsteig entlangkommen sah, tat ihr Herz einen kleinen Freudensprung. Mochten sie noch so verschieden sein, er war ihr Zwillingsbruder, ihre zweite Hälfte.

Er nahm sie in die Arme und drückte sie an sich, dann trat er einen Schritt zurück und musterte sie. »Du siehst aus wie ein Vamp aus einem Theda-Bara-Film, Kitty.«

Sie hatte sehr helles Make-up aufgelegt, dazu kastanienbraunen Lippenstift, und hatte die Augen mit Schwarz umrandet.

»Und du siehst aus wie immer, Simon.«

»Tweedjacke, Hemd und Krawatte«, sagte er selbstironisch. »Du kennst mich doch. Ich halte die Festung der Konvention.«

Sie hakte sich bei ihm ein, als sie zur Untergrundbahn gingen. In der Schlange vor dem Fahrkartenschalter fragte sie: »Wie geht es in Oxford?«

»Ach … goldene Türme … Kahnfahrten auf dem Fluß – du weißt nicht, was du versäumst.«

Sie traten auf die Rolltreppe. »Ich liebe London«, sagte sie mit Entschiedenheit. »Ich möchte hier nie wieder weg.«

Abfallhaufen lagen an der Bahnsteigkante, und der Zug war überfüllt, als er endlich kam. Katherine bemerkte den Widerwillen in Simons Gesicht.

»Hauptverkehrszeit«, sagte sie erklärend.

Er machte das gleiche Gesicht, als sie ihm ihr Zimmer zeigte. Zum erstenmal sah sie es, wie andere es vielleicht sahen – die Kleiderberge auf Sessel und Bett, das schmutzige Geschirr, das altbackene Brot und die saure Milch – und schämte sich ein wenig.

»Tut mir leid, daß es hier so ausschaut. Ich wollte eigentlich noch aufräumen.«

Sie hatte vorgehabt, zum Abendessen Omeletts zu braten, aber in der Bratpfanne hatte sich irgend etwas Hartes, Schwarzes festgesetzt, das nicht zu entfernen war, und als sie den

Kühlschrank aufmachte, stellte sie fest, daß sowieso keine Eier da waren. Sie aßen dafür Fisch und Chips auf einer Bank auf dem Friedhof in Brompton und gingen danach ins »White Hart«, um sich mit Toby und Stuart zu treffen.

Toby hatte mehrere Druckseiten vor sich auf dem Tisch ausgebreitet. »Die Illustrationen von Felix sind super geworden«, sagte er und wies auf die Figuren, die sich an den fetten Lettern der Überschrift auf der Titelseite der Zeitschrift emporrankten.

»›Der Kampf um ein freies Schottland‹«, las Simon.

»Das war Stuarts Idee«, erklärte Toby.

Simon lachte verächtlich. Stuart neigte sich über den Tisch ihm entgegen. »Hast du was dagegen, daß Schottland sich vom englischen Joch befreit?«

Simons helle Augen glitzerten. »Das hört sich an, als ginge es um Stalins Rußland – oder die Tschechoslowakei nach dem Einzug der russischen Panzer ...«

»Es gibt gewisse Ähnlichkeiten.«

»Ach was?« Simon grinste. »Dann nenn sie mir doch mal.«

»Das Land gehört nicht den Menschen, sondern aufgeblasenen Plutokraten des Establishments. Die Einwohner meiner Heimatstadt Glasgow leben in den übelsten Slums von Europa ...«

»Ach, drum bist du nach England geflüchtet – weil sich's beim Feind bequemer lebt.«

Katherine, die bemerkte, wie Stuarts Hände sich verkrampften, sagte Simon, er solle die Klappe halten, und winkte Felix zu, der hinter dem Tresen Gläser trocknete. »Die Illustrationen sind toll!«

Er kam hinter der Bar hervor zu ihnen. »Nehmt ihr sie?«

»Das übliche Honorar«, sagte Toby.

»Ich dachte«, warf Simon ein, »das wäre so eine Art *rotes* Blatt. Nicht von Kapitalismus und schmutzigen finanziellen Machenschaften besudelt. ›Jeder nach seinem Bedürfnis‹ et cetera.«

»›Das übliche Honorar‹«, klärte ihn Felix freundlich auf, »heißt zwei Bier und eine Packung Player's Nummer sechs.«

Simon warf einen geringschätzigen Blick auf die Blätter auf dem Tisch. »Wie finanziert ihr denn das Käseblatt?«

»Durch Abonnements«, antwortete Stuart, »Inserate und Spenden von Gleichgesinnten.«

»Ich steck fast meinen ganzen Wechsel rein«, fügte Toby hinzu.

»Oh.« Simon riß die Augen auf. »Du meinst, Mama und Daddy zahlen für dieses radikale Machwerk?«

»Du beschissener kleiner ...« Mit geballten Fäusten sprang Stuart auf.

Felix stellte sich zwischen die beiden Kampfhähne. »Nicht in meiner Schicht. Wenn du Streit suchst, Simon, dann warte bis morgen, da hab ich frei. Stuart, setz dich wieder hin oder hau ab.«

Stuart nahm seine Jacke und ging. Toby sagte, um das Thema zu wechseln: »Machst du Urlaub, Felix?«

»Ich fahr ein paar Tage nach Hause. Mein Vater hat Geburtstag.«

»Ich hol noch was zu trinken.« Toby wühlte in seinen Taschen nach Kleingeld.

Als sie allein waren, sagte Katherine: »Simon!«, und Simon erwiderte: »Ich weiß, tut mir leid.«

»Was ist los?«

»Was soll los sein? Nichts.«

»Das glaub ich dir nicht. Ich kenn dich doch. Wir haben schließlich dasselbe Fruchtwasser getrunken.«

Er lachte. Dann sagte er: »Ich glaube, die schmeißen mich in Oxford raus.«

Sie warf ihm einen scharfen Blick zu.

»Ich fall todsicher bei den Prüfungen durch, verstehst du«, erklärte er. »Ich hab keinen Strich gearbeitet.«

»Du könntest doch jetzt noch anfangen. Wenn sie den Eindruck haben, daß du dich bemühst ...«

»Es wäre sinnlos. Ich hasse das Medizinstudium. Es macht mir überhaupt keinen Spaß. Diese ständige Fleischbeschau und das viele Blut. Wenn ich schon die Toten nicht sehen kann, wie soll ich dann mit den Lebenden zurechtkommen?«

»Dann studier doch was anderes. Irgendwas Geisteswissenschaftliches.«

»Damit ich dann endlos irgendwelche alten Schinken durchackern muß? Nein danke.« Er lächelte, aber sein Blick war trübe. »Das Gemeine ist, daß mir das Unileben wirklich gefällt. Das *gesellschaftliche* Leben, meine ich.« Er zündete sich eine Zigarette an und sagte unbekümmert: »Dad wird enttäuscht sein. Noch ein Sohn, der die Erwartungen nicht erfüllt. Jetzt liegt die ganze Last auf Michaels Schultern.«

»Und was ist mit mir?« fragte Katherine. »Du hast mich vergessen, Simon«, aber noch während sie sprach, war ihr klar, daß Töchter für ihren Vater nicht zählten, nie gezählt hatten. Ganz gleich, was sie erreichte, ihrem Vater würde es niemals Entschädigung für den faulen Sohn oder den geschädigten sein.

4

DIE CORCORANS LEBTEN in Norfolk in einem großen, weitläufigen Haus, das den Namen Wyatts trug und in einer Landschaft idyllischer kleiner Landstraßen und sanft gewellter Hügel stand. Felix' Großvater, Silas Corcoran, hatte es am Ende des neunzehnten Jahrhunderts erbaut, mit dem Gewinn aus der Tapetenfabrik, die er gegründet hatte. Edward Lutyens hatte das Haus entworfen und Gertrude Jekyll den Park. Felix war in dem großen, hellen Zimmer geboren, das zum Park hinaus blickte. Er kannte das Labyrinth der Gänge im Haus und die vielen exzentrischen Räume von ungewöhnlicher Form. Er kannte die Felder und Wiesen, die das Haus umgaben; er hatte in den Bächen geangelt und im Wald Höhlen gebaut. Mit seinem Vater zusammen hatte er das Werk in Norwich besucht und staunend zugesehen, wie die Papierbahnen auf den Rotationsmaschinen mit den vielfältigsten Mustern in den verschiedensten Farben bedruckt wurden.

Seine Mutter war bei einem Autounfall ums Leben gekommen, als er neunzehn gewesen war. Sieben Monate später hatte sein Vater, Bernard Corcoran, ein zweites Mal geheiratet, eine Frau, die zwanzig Jahre jünger war als er. Mia Heathcote war damals fünfunddreißig gewesen, braunhaarig, mit einem glücklichen, unbekümmerten Temperament ausgestattet. In ihrer Gesellschaft hatte Bernard seinen Kummer vergessen können. Wenn er dennoch manchmal des Nachts erwachte und Schmerz ihn überfiel, der in den Schatten lauerte, so deshalb, weil er ein treuer und integrer Mensch war; doch er hielt diesen Schmerz vor der Welt wohl verborgen.

Mia liebte das Landleben. Sie müsse Ponys haben, sagte sie.

Und Hunde. Darum standen jetzt zwei Pferde und ein Esel auf der Weide, und ein halbes Dutzend große, zottelige Hunde lungerte im Haus herum. Unter Mias Herrschaft war Wyatts nicht mehr so gepflegt wie früher, es geriet beinahe an den Rand der Verwahrlosung.

Felix' jüngere Schwester Rose liebte die Pferde und die Hunde. Sie allein machten es ihr möglich, das Zusammenleben mit Mia zu ertragen. Bald gesellten sich ein Dutzend Hühner, einige Pekingenten und eine dicke Perserkatze zu der Menagerie. Aber die Realität des Landlebens, wo das Töten von Tieren – bei der Fuchsjagd, der Fasanenjagd, der Fallenstellerei zum Schutz gegen kleine Raubtiere – zum Alltag gehörte, wurde Rose, als sie ins Jungmädchenalter kam, zur unerträglichen Qual. Felix hatte, wenn er in den Semesterferien nach Hause kam, den Eindruck, daß Rose nicht weniger weinte als in den dunklen Tagen nach dem Tod ihrer Mutter. Der einzige Unterschied war, daß ihre Tränen jetzt jungen Füchsen galten oder Kälbern, die zum Schlachthof gebracht wurden. Ihre Tränen und die schreckliche Bedürftigkeit, mit der sie sich an ihn klammerte, weckten bei ihm eine Mischung aus Mitleid, Groll und Schuldgefühlen, die so bedrückend war, daß er kurz nach dem Abschluß seines Studiums Wyatts verlassen hatte und nach London gegangen war, wo er nun seit etwas mehr als einem Jahr lebte.

Er sah Rose wartend auf dem Zaun sitzen, als er die Straße herunterkam. Sie rannte ihm entgegen. »Wo bist du so lange geblieben? Ich warte schon seit einer halben Ewigkeit.«

»Der Lieferwagen ist kaputt, da mußte ich den Zug nehmen.« Er umarmte sie. »Du meine Güte, wie bist du denn angezogen?« Der zarte kleine Körper seiner fünfzehnjährigen Schwester steckte in einem Sack, auf dem Federn aufgenäht waren.

»Ich tu so, als wäre ich eine Krähe oder Dohle. Sie schießen sie alle tot, Felix. Erst letzte Woche habe ich eine gefunden, ihr Flügel war voller Schrot. Das hier –« Sie rieb über den Sack – »ist mein Protest. Ich stelle mich so aufs Feld, wenn sie das nächste Mal losziehen, um die Vögel abzuschießen. Dann komm ich in die Zeitung. Oder findest du«, fragte sie, von plötzlichem Zweifel gepackt, »daß es nur albern aussieht?«

»Ich finde es höchst beeindruckend, aber ich habe Angst, daß du auch Schrotkugeln abbekommst.«

Rose hakte sich bei ihm ein, als sie die Auffahrt hinaufgingen. Auf halbem Weg hielt Felix an. Fremdartige, schrille Schreie zerrissen die Stille. »Mann o Mann, was ist denn das?«

»Pfauen. Mia hat sie Dad zum Geburtstag geschenkt. Sind sie nicht wunderschön?« Er sah flüchtig blau-grün schillerndes Gefieder hinter einem Rhododendronbusch aufleuchten. »Bryn und Maeve hassen sie und knurren sie immer an, wenn sie sie sehen.« Bryn und Maeve waren Mias irische Wolfshunde.

»Wo ist Dad?«

»Auf der Wiese, glaub ich.« Rose fröstelte und schmiegte sich enger an Felix. Es war ein kühler Tag, und ihre nackten Arme und Beine schimmerten bläulich.

»Du frierst ja, Rosy.«

»Ach, das macht mir nichts aus.« Sie sah zu ihm hinauf. »Es ist so schön, daß du wieder da bist, Felix. Du warst so lang nicht mehr zu Hause.«

»Ich hatte viel zu tun«, sagte er vage und mit schlechtem Gewissen.

»Du hast mir so gefehlt. Mia ist einfach gräßlich. Ich hasse sie.«

Er seufzte im stillen. Laut sagte er: »Weißt du was, du gehst jetzt rein und ziehst dich um, und ich schaue inzwischen zu Dad. Und dann leih ich mir vielleicht sein Auto, und wir machen eine Spritztour.«

»Ans Meer?«

»Wenn du möchtest.«

Roses traurige Augen leuchteten auf, und sie rannte ins Haus.

Felix fand seinen Vater im Garten, wo er dabei war, einen Zaun zu errichten.

»Diese verdammten Vögel sind gestern nacht ausgebüxt und fast bis nach Burnham Market marschiert«, erklärte er, während er einen Pfahl in den Boden schlug. »Hast du mal versucht, zwei Pfauen in einen Austin Cambridge zu bugsieren? Ziemlich mühsam, das kann ich dir sagen. Darum habe ich beschlossen, ein Gehege zu bauen.« Erst jetzt sah er Felix richtig an. »Es ist schön, dich zu sehen, mein Junge. Du siehst gut aus.«

Felix fand, daß sein Vater müde aussah. Die tägliche Arbeit in der Fabrik und die nächtliche Pfauenjagd hatten ihren Tribut gefordert. Aber er sagte nur: »Ja, es geht mir auch gut. Alles Gute zum Geburtstag, Dad.« Er überreichte seinem Vater ein Päckchen.

Bernard packte die Flasche Scotch aus. »Genau das Richtige. Vielen Dank. Heute abend trinken wir ein Glas zusammen. Oder auch zwei.« Er wirkte erfreut. »Hast du Mia schon gesehen?«

»Nein, nur Rose.«

Bernards Lächeln trübte sich. »Sie hat wieder mal Schwierigkeiten in der Schule, hat sie dir davon erzählt?« Felix verspürte Beklommenheit. »Vielleicht kannst du mal mit ihr reden. Ich hab's versucht, aber ...« Seit dem Tod ihrer Mutter hatte Rose bereits dreimal die Schule gewechselt.

»Was ist es denn diesmal, Dad?«

Bernard bückte sich, um U-Haken aus einer Dose heraus zu suchen. »Die Direktorin ist der Meinung, sie hätte einen schlechten Einfluß auf die anderen Mädchen.«

»Du lieber Gott!« Felix war ärgerlich. Rose konnte lästig sein, das wußte er, aber jeder, der Augen im Kopf hatte, mußte doch erkennen, was für ein tiefes Unglück sich hinter ihrer Aufmüpfigkeit verbarg.

»Sie möchte mit der Schule aufhören«, sagte Bernard.

»Für immer?«

»Ich habe natürlich versucht, es ihr auszureden, aber du kennst sie ja, wenn sie sich etwas in den Kopf gesetzt hat.«

»Ja.« Felix zuckte die Achseln. »Ich werd's versuchen, wenn du willst, Dad.«

Er pflegte sie zu bitten, nach dem Seminar auf ihn zu warten, und sie lehnte sich dann draußen im Korridor an die Wand und tat so, als läse sie ein Buch, bis die anderen Studenten sich zerstreut hatten. »Also, Liv«, pflegte er zu sagen, »wohin geht's heute?« Und dann fuhr er mit ihr zum Trough of Bowland, einer Schlucht, wo sie zusahen, wie der Fluß sich zischend und schäumend seinen Weg zwischen bemoosten Ufern bahnte; oder sie fuhren zum High Cross Moor und stiegen auf den Jubilee Tower hinauf, um über die Hügel hinweg den Blick zur Küste schweifen zu lassen und zum fernen leuchtenden Meer. Manchmal, wenn sie auf dem Weg über den Platz auf dem Campus oder den langen, überdachten Gang hinunter, der das Universitätsgelände in der Mitte durchschnitt, den Kopf hob, sah sie ihn plötzlich. Zuerst war er weit weg, nur ein kleines schwarzes Strichmännchen, aber sie erkannte ihn immer auf den ersten Blick und wußte, daß auch er sie erkannt hatte. In Menschenmengen, im Gedränge voller Geschäfte und Vorlesungssäle gewahrten sie einander sofort. Es war, dachte sie manchmal, als seien sie durch einen unsichtbaren Faden miteinander verbunden. Er war unablässig in ihren Gedanken, sein Bild füllte die leeren Blätter ihres Hefts und die ungewendeten Seiten ihrer Bücher. Liv fragte sich manchmal, ob es das war, was sie zueinander zog, ihre Konzentration, ihre Faszination. Ob ihre Gedanken sein Leitstrahl waren.

Sie erzählte Rachel von Stefan. »Ich glaube, ich bin krank, Rachel. Ich kann nicht richtig essen, ich wache morgens in aller Frühe auf und liege nur da und kann fast mein Herz schlagen sehen.«

»Hast du Temperatur?«

»Nein.«

»Vielleicht arbeitest du zuviel, Liv.«

»Ich arbeite fast gar nichts. Ich gehe in die Bibliothek und sollte eigentlich den ganzen Stoff wiederholen, weil ich nächste Woche Prüfungen habe, aber ich schreibe nicht eine Zeile. Ich denke die ganze Zeit nur an Stefan.«

»Erzähl mir von ihm.«

»Er spricht drei Sprachen und hat in den verschiedensten Gegenden der Welt gelebt. Er ist wahnsinnig klug und schreibt eine Dissertation über den Einfluß der Landschaft auf Fabel und Sage. Er plant nie im voraus. Wenn er morgens aufsteht, und das Wetter ist schön und er hat Lust, in den Lake District zu fahren, dann fährt er einfach los. Er wohnt in einem wunderschönen Haus direkt am Berg und lacht über den ganzen modernen Komfort, um den die Leute so einen Wirbel machen, Kühlschränke und Fernsehapparate und so. Er hat nichts dergleichen in seinem Haus, aber er hat vor, einen großen Gemüsegarten anzulegen, und er will Hühner halten und ...« Sie brach ab. »Rachel? Rachel, bist du noch dran?«

»Das ist keine Krankheit, Liv«, erklärte Rachel ruhig. »Das ist Liebe. Du liebst diesen Mann.«

Sie war überzeugt, daß Rachel sich irrte. Das konnte keine Liebe sein. Sie und Stefan hatten einander nie berührt. Ja, gut, flüchtig natürlich – seine Hand hatte die ihre gestreift, als er ihr die Wagentür geöffnet hatte, oder sie waren gegeneinander gestoßen, wenn sie durch einen Korridor voller Leute gegangen waren, kleine zufällige Begegnungen, bei denen es geknistert hatte – aber er hatte nie ihre Hand genommen, nie den Arm um ihre Taille gelegt. Sie hatten sich nie geküßt.

Ein plötzlich aufschießender Gedanke stürzte sie in schwarze Hoffnungslosigkeit. Vielleicht liebte sie ihn, aber er sie nicht. Vielleicht hatte sie sich wieder einmal in einen Mann verliebt, der für sie gar nichts übrig hatte. Sie war verzweifelt und fühlte sich tief gedemütigt. Von nun an hielt sie beim Ausgehen die Hände fest in den Jackentaschen und den Blick gesenkt. Ihr graute vor dem nächsten Seminar bei dem Gedanken, daß sie in seinem Blick womöglich Mitleid oder gar Spott erkennen würde. Sie vermutete, daß Stefan nur nett zu ihr gewesen war, weil sie ihm wegen ihrer Ungewandtheit in seinen Seminaren leid getan hatte. Oder vielleicht hatte sie ihn auch amüsiert, die tolpatschige Gans, die ihm Bücher und Hefte vor die Füße geworfen hatte. Die Intimität, der Funke, den sie zu spüren gemeint hatte, war vielleicht nichts als Einbildung von ihr gewesen.

In der kulturkundlichen Abteilung fand sie an der Tür zu Stefans Büro einen Zettel: *Stefan Galenski ist derzeit nicht zu erreichen. Bitte wenden Sie sich wegen Terminen und in dringenden Fragen an die Fakultätssekretärin.* Sie wußte, daß sie sich nicht an die Fakultätssekretärin wenden würde; was würde sie denn sagen? Du fehlst mir? Ich möchte in deiner Nähe sein?

Sie schrieb an Katherine und Rachel, aber nur Rachel erzählte sie von Stefan. Allzu gut konnte sie sich Katherines trockenen Kommentar vorstellen: Ach, wieder mal verliebt, Liv? Das wievielte Mal in diesem Jahr? Sie sah ja selbst, wie absurd die ganze Sache war. Sie war in einen Mann verliebt, der sechs Jahre älter war als sie, ihr an Bildung und Lebenserfahrung weit überlegen und obendrein, wenn auch nur vorübergehend, einer ihrer Dozenten. In den Briefen an ihre Mutter sprach sie nur von ihrer Arbeit, vom Wetter, der wenig zielstrebigen Suche nach einer Wohnung für das kommende Jahr. Rachel, sagte sie sich, hatte sich geirrt; das war nicht Liebe, das war nichts weiter als verspätete pubertäre Schwärmerei, dumm und peinlich. Sie war zwar von zu Hause weg, aber sie hatte es offensichtlich immer noch nicht geschafft, erwachsen zu werden.

Zwei Wochen vergingen. Sie zwang sich zur Konzentration auf ihre Arbeit und die Suche nach einer Wohnung für das nächste Semester. Sie besichtigte muffige Zimmer und finstere Souterrains in Morecambe und versuchte, nicht an ein weißes Bauernhaus zu denken, das in die Hügelmulde eingebettet lag. Leere schien ihr Herz zu umgeben, oder vielleicht war es auch von Eis eingeschlossen, von einer dünnen, harten, farblosen Hülle, die seinen natürlichen Rhythmus abwürgte? Alles erinnerte an ihn und an seine Abwesenheit: ein Schlager im Radio oder eine Gedichtzeile. Das Sirren von Fasanenschwingen, wenn sie durch den Wald ging, rief ihr den Moment ins Gedächtnis, als er den Wagen angehalten hatte, um eine Entenfamilie über die Straße watscheln zu lassen. Das leuchtende Smaragdgrün des Rocks einer Freundin erinnerte sie an den langen, gefransten Schal, den er sich um den Hals zu werfen pflegte.

An einem Samstag morgen weckte sie die Sonne, die in ihr Zimmer schien, schon zeitig. Sie ging in den Waschsalon und kaufte im Supermarkt ein; wieder zurück im Wohnheim, schlug sie sich ein paar Eier zu einem verspäteten Frühstück in die Pfanne, als das Telefon läutete.

»Liv, für dich!« rief jemand. Es ärgerte sie, daß sie sofort Herzklopfen und Magenflattern bekam.

Sie ging zum Telefon. »Ja?«

»Liv? Hier ist Rachel.«

Ein kleiner Stich der Enttäuschung. »Rachel?« sagte sie. »Wie geht's dir? Alles in Ordnung?«

»Ja.« Schweigen. »Ich meine – nein. Nein, eigentlich nicht.« Rachels Stimme war merkwürdig tonlos, als hätte sie geweint.

»Rachel, was ist denn?«

»Ich muß dich sprechen, Liv.«

Liv stand am Münzfernsprecher und schaute zum Fenster hinaus auf den grasbewachsenen Hof zwischen den Wohngebäuden der Studenten. »Ja, schieß los.«

»Nein, nicht am Telefon. Ich kann am Telefon nicht darüber sprechen. Es ist etwas Schreckliches geschehen.« Ihre Worte kamen in kleinen, kurzen Stößen.

»Bist du krank? Ist mit dem Kind ...«

»Dem Kind geht es gut. Das ist es nicht.«

Und während sie zum Fenster hinausstarrte, sah sie ihn. Stefan ging über den Hof. Ihr Herz schien einen Schlag auszusetzen, ihre Hand krampfte sich um den Hörer.

»Liv?« Rachels Stimme war dünn und müde, schien aus weiter Ferne zu kommen.

»Entschuldige, ich hab dich nicht gehört, Rachel.« Stefan hielt auf die Tür ihres Wohnheims zu. Er blickte in die Höhe und sah sie. Sie drückte ihre Stirn und ihre Hand gegen die Fensterscheibe, als könnte sie ihn durch das Glas hindurch berühren.

»Ich sagte, ich muß dich sprechen. Es ist etwas – könntest du nach Bellingford kommen? Heute noch?« Wieder Rachels Stimme, drängend und unglücklich. »Ich weiß, das ist sehr viel verlangt, aber ich weiß einfach nicht, was ich tun soll. Ich komme damit allein nicht zurecht. Ich brauche dich, Liv.«

»Geht es um Hector? Habt ihr euch gestritten?« Zwei Stockwerke tiefer winkte Stefan ihr zu.

»Nein, nein, das ist es nicht. Es hat nichts mit Hector zu tun. Ich habe Hector nichts davon gesagt.«

»Rachel, ich muß Schluß machen ...«

»Aber du kommst? Du kommst heute noch, ja?«

Sie hörte sich das Versprechen geben und hörte Rachel aufatmen. »Danke, Liv. Vielen Dank. Entschuldige, daß ich so albern bin.«

Sie legte auf und rannte nach unten. Draußen im Hof hob sie die Hand, um ihre Augen zu schützen. Vor der Sonne, dachte sie. Vor Stefan.

Er sei krank gewesen, erklärte er, und danach habe er an einer sehr langweiligen Konferenz teilnehmen müssen. Als er sie ansah, als er ihren Namen aussprach, war es gleichgültig, warum er sie mochte, und es spielte keine Rolle, ob sie ihm leid tat oder ob er sich über sie amüsierte. Er war da, und das Eis um ihr Herz schmolz. Sie war wieder heil.

»Ich hab mir gedacht, wir könnten nach Glasson fahren«, sagte er. »Wir könnten Krebse fangen und sie uns zum Mittagessen kochen.«

Sie waren schon fast an der Mündung der Lune, als Rachel ihr einfiel. *Ich muß dich sprechen. Ich brauche dich, Liv.* Ich fahre morgen nach Bellingford, dachte sie. Ein Tag früher oder später spielt bestimmt keine Rolle.

Glasson lag direkt am Delta und bot einen weiten Blick auf das blasse, flimmernde Meer. Graubraunes Wasser wälzte sich träge zwischen sonnenglitzernden Schlammbänken hindurch, und Kraniche stakten spinnenbeinig auf den Kais umher. Wenn der Wind das Schilf am Ufer bewegte, war es, als wisperten die Halme miteinander.

Immer erschien dieser Tag in der Rückschau im funkelnden Glanz von Sonne und Meer. Sie gingen über die Hubbrücke und ließen ihre Blicke weit hinaus schweifen zum Leuchtturm und über das Wasser; sie zogen ihre Turnschuhe aus und wateten auf der Suche nach Krebsen durch den Schlick, der zwischen ihren Zehen emporquoll. Einmal, als sie beinahe das Gleichgewicht verloren hätte, nahm er sie bei der Hand und hielt sie fest.

Sie fingen nicht einen einzigen Krebs und mußten sich mit

gekauften Sandwiches begnügen, die sie auf einer Wiese liegend aßen. Die Sonne wärmte sie; der Schlamm auf ihrer Haut trocknete und wurde rissig. »Wie der Golem«, sagte Stefan schläfrig. »Wenn wir den wahren Namen Gottes auf ein Stück Papier schreiben und dieses unter unsere Zunge legen, glaubst du, daß wir dann wiedergeboren werden?«

Sie erzählte ihm von ihrem Vater. Von dem Zettel auf dem Küchentisch und der Postkarte acht Jahre später mit der Fotografie eines Strands in Tahiti. Sie hatte an *Finley Fairbrother, postlagernd* in allen Orten Tahitis geschrieben, die sie auf der Landkarte finden konnte. Und an das britische Konsulat. Sie hatte keine Antwort erhalten. Finley war weitergezogen.

Stefan lag mit geschlossenen Augen, den Kopf auf dem abgewinkelten Arm. »Und du bist nicht böse auf ihn? Du haßt ihn nicht?«

»Warum sollte ich ihn hassen?«

»Weil er dich verlassen hat.«

»Meine Mutter hat gesagt, er sei immer unstet gewesen, ein Wanderer. Man kann nicht ändern, was man ist.«

Er drehte sich auf die Seite, den Ellbogen aufgestützt, den Kopf in der offenen Hand. »Ich hätte dich niemals fortgelassen, wenn du mir gehört hättest«, sagte er, sie anblickend.

Sie gingen bis zur Spitze des Kaps hinaus. Er erzählte ihr von seinen Stiefvätern. Der eine hatte ihn ignoriert, der andere hatte ihn in ein dunkles Zimmer eingesperrt, der dritte hatte ihn geschlagen. Er zog den Kragen seines Hemds nach unten und zeigte ihr die blasse Narbe an der Stelle, wo die Gürtelschließe ihn getroffen hatte. Sie hätte das Mal gern weggeküßt. Sie stellte ihn sich vor, ein dunkles, leidenschaftliches Kind, das an der Türklinke seines Gefängnisses rüttelte.

Als sie spät abends in ihr Zimmer zurückkehrte, schien sich die vertraute Umgebung verändert zu haben, das Gewirr von Gängen und Höfen erschien ihr fremd nach dem leuchtenden Tag. Ein-, zweimal nahm sie eine falsche Wendung und mußte innehalten, um sich bewußt zu machen, welche Richtung sie einschlagen mußte. Als sie Schritte hörte, schaute sie sich um, halb in der Erwartung, ihn zu sehen. Aber ein Fremder eilte mit hochgezogenen Schultern und gesenktem Kopf an ihr vorüber. Sie war sich eines Gefühls der Erleichterung bewußt, als hätte sie wieder sicheren Boden unter den Füßen, und gestand sich ein, daß ihr in Stefans Gegenwart manchmal war, als stünde sie am Rand des Abgrunds und blickte in die gähnende Tiefe hinunter, die sie gleich verschlingen würde. Sie mußte sich dann mühsam ins Gedächtnis rufen, wer sie war und was sie war.

An diesem Abend erschien ihr das kleine Zimmer, das sie allein bewohnte, wie eine Zuflucht. Jemand hatte einen Zettel unter der Tür durchgeschoben. Liv faltete ihn auseinander. *Deine Mutter hat angerufen. Sie läßt Dir ausrichten, daß Rachel ein kleines Mädchen zur Welt gebracht hat und daß es Mutter und Kind gutgeht.*

Liv ließ sich auf die Bettkante fallen. Sie zitterte. Rachel, dachte sie, und dann, aber das Kind sollte doch erst in drei Wochen kommen. Sie wollte in Bellingford anrufen oder bei den Wybornes in Fernhill. Aber ein Blick auf die Uhr zeigte ihr, daß es fast Mitternacht war. Sie würde gleich morgen früh Hector anrufen. Oder sie würde den ersten Zug nehmen und Rachel im Krankenhaus besuchen und ihr erklären, warum sie heute nicht gekommen war. Fragmente des seltsamen, erschreckenden Telefongesprächs gingen ihr durch den Kopf und vermischten sich mit Szenen des vergangenen Tages. *Es ist etwas Schreckliches geschehen.* Das sanft wogende Schilf am Flußufer. *Es ist nicht das Kind, Liv.* Neben Stefan im Gras liegend, hatte sie die Handballen auf die Augen gedrückt, um die heiße, farblose Sonne auszublenden …

Sie schlief unruhig, von Träumen verfolgt. Sie stieg mit Stefan zusammen einen Berg hinauf, aber als sie abwärts blickte, erkannte sie, daß das Gras aus Glas war: durchscheinend, grün, kristallin. Sie befand sich in einem kleinen, fensterlosen Haus; sie wußte, daß darin irgendwo ein Baby versteckt war, aber obwohl sie überall suchte, konnte sie es nicht finden. Sie hörte das Weinen des Kindes durch die steinernen Mauern.

Das ferne Läuten des Telefons weckte sie um neun. Sie blieb liegen und wartete darauf, daß jemand hingehen oder der Anrufer aufgeben würde. Als es beharrlich weiter läutete, sprang sie aus dem Bett, zog ihren Morgenrock über und lief nach unten. Der blaue Himmel des vergangenen Tages war bleigrauen Wolken gewichen, die tief über dem Horizont hingen.

Sie hob den Hörer ab. Zuerst konnte sie nicht verstehen, was Thea sagte, weil diese weinte. Die Worte überstürzten sich, schmerztaumelnd, tränennaß.

Dann sagte Thea: »Liv, es ist so furchtbar. Ich kann es immer noch nicht fassen. Es tut mir so leid, dir das sagen zu müssen. Rachel ist tot, Kind. Die arme kleine Rachel ist tot.«

Die Obduktion ergab, daß Rachel an einer Lungenembolie gestorben war. Sie hatte nach vierstündigen Wehen eine gesunde Tochter geboren. Im Lauf der Nacht dann, während sie geschlafen hatte, hatte sich in ihrem Blutstrom ein Gerinnsel gebildet und war durch ihre Venen in die Lunge gewandert. Es erschien Liv so gefährlich einfach, so möglich. Sie ertappte sich dabei, daß sie an sich hinuntersah und sich fragte, wie ihr Herz weiterschlug, wie ihre Lunge so selbstverständlich ihre lebenswichtige Arbeit verrichtete.

Rachel wurde in Fernhill beerdigt. Diana, berichtete Thea, hatte darauf bestanden. Liv nahm den Zug nach Cambridge, und Thea holte sie am Bahnhof ab. Sie umarmte ihre Tochter und hielt sie lange an sich gedrückt, als fürchtete sie, auch Liv könnte von einem Moment zum anderen einfach verschwinden. Zu Hause gingen sie sehr sorgsam miteinander um, als wären sie sich zum erstenmal ihrer Vergänglichkeit bewußt.

Die Trauerfeier – die düstere Kleidung der Trauergäste, die gedämpften Stimmen und die ernsten Gesichter – schien Liv nichts mit der strahlenden, schönen Rachel zu tun zu haben. Sie stand in der Kirche, in der Rachel erst vor zehn Monaten getraut worden war, und versuchte, an etwas Alltägliches, Normales zu denken, was sie ablenken würde. Wenn sie an Rachel dächte, würde sie weinen, und es weinte niemand; keiner der drei Menschen, die Rachel am nächsten gestanden hatten, keiner von den Trauergästen, die sich an Rachels Eltern und ihrem Mann ein Beispiel zu nehmen schienen.

Henry Wyborne stand schwankend, wie durch den Verlust seiner Tochter ruderlos auf stürmischer See ausgesetzt. Diana, bleich und mit rotgeränderten Augen, sang mit der Trauergemeinde, als gälte es ihr Leben. Und Hector … Liv konnte es kaum ertragen, ihn anzusehen. Der Ausdruck seiner Augen machte ihr angst.

Erinnerungen bedrängten sie. Immer wieder hörte sie Rachels Stimme: *Ich muß mit dir sprechen, Liv. Es ist etwas Schreckliches geschehen.* Allzu deutlich klang ihre Antwort ihr in den Ohren, das Versprechen, das sie gebrochen hatte.

Später, auf dem Friedhof, zog sie Katherine auf die Seite.

»Rachel hat mich am Tag vor ihrem Tod angerufen.« Es kostete sie Mühe, die Worte über die Lippen zu bringen, so beschämend war das Geständnis.

»Ja.« Katherine zündete sich eine Zigarette an. »Mich auch.«

Liv hob mit einem Ruck den Kopf. »Was hat sie gesagt?«

Katherines Hand am Feuerzeug zitterte. »Ich habe nicht selbst mit ihr gesprochen. Felix hat den Anruf angenommen. Ich war nicht zu Hause. Aber sie wollte, daß ich zu ihr komme. Sie sagte, sie müsse mit mir sprechen.« Ihr Blick wanderte zu den Trauergästen, die sich jetzt langsam vom Grab entfernten. »Ich halte das nicht aus. Ich gehe jetzt.«

Sie ging aus dem Friedhof hinaus. Liv folgte ihr die schmale Gasse hinunter, die vom Dorf weg zu den Feldern führte. Der Duft des Weißdorns hing in der Luft, und in den Hecken leuchtete der Wiesenkerbel.

Liv stellte die Frage, die ihr seit Tagen auf der Seele brannte. »Worüber wollte Rachel sprechen? Weißt du das?«

Katherines Blick war trostlos. »Sie wollte es Felix nicht sagen. Was hat sie denn zu dir gesagt?«

»So ziemlich das gleiche. Daß sie mit mir sprechen müßte.«

»Aber du hast sie doch bestimmt gefragt, worum es ging.«

»Natürlich. Und darauf sagte sie, es sei etwas Schreckliches geschehen.«

»Was denn?«

»Das ist es ja. Ich weiß es nicht. Am Telefon wollte sie nicht darüber sprechen. Sie wollte, daß ich nach Bellingford komme.« Sie hatten das Tor erreicht, das den Zugang zum Feld versperrte. »Ich habe gesagt, ich würde kommen. Noch am selben Tag.« Die Schuld quälte Liv. »Aber ich bin nicht hingefahren. Ich habe ihr versprochen zu kommen und hab's verschoben. Ich dachte, ein Tag früher oder später würde keine Rolle spielen.«

Weit unter ihnen, im künstlich angelegten Teich auf dem Grund des Tals, spiegelte sich der wolkenlose Himmel.

»Rachel war irgendwie verstört, Katherine«, sagte sie. »Nein – sie hatte Angst.«

»Vielleicht hatte es mit dem Kind zu tun – sie ...«

»Nein. Sie sagte, es hätte nichts mit dem Kind zu tun. Danach habe ich gefragt.«

»Dann – Hector. Vielleicht hatten sie gestritten.«

»Sie sagte, es hätte weder mit dem Kind noch mit Hector zu tun. Aber was kann es gewesen sein, Katherine? Warum war sie so verängstigt?«

Katherine schwieg einen Augenblick, dann sagte sie: »Ich habe Rachels Nachricht erst bekommen, nachdem ich von ihrem Tod erfahren hatte. Das war das Schlimmste.« Ihr flüchtiges Lächeln erreichte die Augen nicht. »Oder mit das Schlimmste – schwer zu sagen. Ich war die ganze Nacht weg – ich bin erst Sonntag mittag nach Hause gekommen, und da fand ich unter der Tür einen Zettel von Mrs. Mandeville, meiner Nachbarin, in dem stand, ich solle zu Hause anrufen. Meine Mutter hat mir das mit Rachel gesagt. Später kam Felix dann aus dem Pub und erzählte mir von Rachels Anruf. Ich kann dir nicht sagen, wie erleichtert ich war! Ich dachte, meine Mutter hätte sich geirrt. Wie konnte Rachel tot sein, wenn sie extra angerufen hatte, um mir zu sagen, daß sie mich sehen wollte? Ich ließ mir von Felix immer wieder erzählen, was sie gesagt hatte. Ich glaubte wirklich, meine Mutter hätte sich geirrt.«

Katherine warf ihren Zigarettenstummel ins Gras und trat ihn aus. »Bis er mir schließlich einen Kognak einflößte und selbst bei meiner Mutter anrief. Da habe ich es geglaubt.« Sie schloß die Augen. Ihre Stimme war sehr leise. »Aber ich glaube es trotzdem nicht. Du, Liv? Ich *kann* es einfach nicht glauben.«

Der Teich verschwamm in ihren Tränen. »Hast du mit Hector gesprochen?« fragte Liv.

»Noch nicht. Ich werd's natürlich tun, aber, lieber Gott, was soll ich nur sagen.«

»Das Baby – hat sie das Baby gesehen?«

»Ja. Hat jedenfalls meine Mutter gesagt. Sie hat es ein paar Augenblicke lang im Arm gehalten. Sie war sehr müde.« Katherine ballte die Hand zur Faust. »Weißt du, was ich nicht ertragen kann? Diese Verschwendung! Diese Sinnlosigkeit. Sie war *neunzehn*!« Ihre Stimme zitterte vor Zorn. »Sie hat ihnen ihr Leben geopfert – ihrem Mann und ihrem Kind. Aber das erwartet man ja von Frauen. Daß sie sich für die Familie opfern.« Sehr schnell ging sie den Hügel hinauf zum Dorf zurück.

Als sich nach einem Mittagessen, das niemandem schmeckte, die ersten Trauergäste verabschiedeten, begab Liv sich auf die Suche nach Hector und fand ihn im Vorgarten des Hauses seiner Schwiegereltern. Die Frage schoß ihr durch den Kopf, ob er sich an jenen Abend erinnerte, als er durch die schmiedeeisernen Schnörkel des imposanten Tors hindurch Rachel, ganz in Silber, das erste Mal gesehen hatte.

Er zündete sich am Stummel seiner letzten Zigarette eine neue an und blickte dann auf seine Hände hinunter, als wäre er überrascht über das, was sie taten. »Ich hatte es aufgegeben«, sagte er unvermittelt. »Wegen des Kindes.«

Sie biß sich auf die Unterlippe. »Wenn ich irgend etwas tun kann ...«, sagte sie leise, aber ihre Worte schienen unbeachtet zu Boden zu fallen, wie die Blütenblätter der frühen Rosen.

Sie berichtete ihm kurz von Rachels Anruf. Es war nicht zu erkennen, ob er ihr überhaupt zuhörte. Er schien in seinen Schmerz eingeschlossen. Sie sagte: »Hast du eine Ahnung, warum sie mich angerufen hat, Hector?« Aber er schüttelte nur den Kopf, nichts als Trostlosigkeit im Blick.

Dann sagte er: »Wenn ich zu Hause gewesen wäre – ich hätte sie niemals allein lassen dürfen.«

»Du warst weg?«

»Ich war geschäftlich in London. Der Entbindungstermin war ja erst in drei Wochen, darum meinten wir beide, es wäre nichts dabei. Aber ich hätte nicht fahren sollen.« Er holte zitternd Atem. »Als ich am Samstag nach Bellingford zurückkam, hatte Rachel schon Wehen. Ich habe sie in die Klinik gefahren. Dort sagten sie, es wäre alles in bester Ordnung. Sie waren sogar ein bißchen sauer und meinten, wir hätten ruhig noch warten können. Ich dachte schon, sie würden uns wieder nach Hause schicken. Aber es ging dann schneller als erwartet.« Er schloß die Augen und rieb sich die Stirn. »Ich hätte sie nicht allein lassen dürfen«, flüsterte er wieder.

Sie streichelte seine Schulter.

»Ich muß dauernd denken«, murmelte er, die Augen immer noch geschlossen, »daß vielleicht das Haus … es war immer so kalt, weißt du … manchmal ist sie im Mantel herumgelaufen. Vielleicht hat die Kälte sie geschwächt. Und die Bauarbeiten, der Krach und der Dreck, das kann nicht gut für sie gewesen sein. Oder vielleicht ist sie gestürzt – es stand ja überall irgendwelches Zeug herum, Farbeimer und so was. Es kann doch sein, daß sie gefallen ist und mir nichts gesagt hat, weil sie mich nicht beunruhigen wollte. O Gott!« Er ballte die Fäuste. »Ich wollte, ich hätte sie nie in das Haus gebracht, Liv. Ich wollte, ich hätte sie nie dorthin gebracht.«

»Hector …«

Er schien sie nicht zu hören. »Ich kann das Haus nicht mehr ausstehen«, sagte er. »Früher habe ich es geliebt, aber jetzt hasse ich es. Die letzte Woche – die paar Tage, die ich allein dort war …« Er nahm seine Brille ab und polierte zerstreut die Gläser mit seinem Taschentuch. Seine Augen wirkten nackt und verletzlich ohne den Schutz der Gläser.

»Ständig bildete ich mir ein, sie zu hören. Ich dachte, wenn ich jetzt um die Ecke biege, dann sehe ich sie. Nachts bin ich aufgewacht und war sicher, sie wäre neben mir. Manchmal habe ich mir gewünscht, ich wäre ihr nie begegnet. Kannst du das verstehen, Liv? Wenn ich ihr nie begegnet wäre, dann wäre sie jetzt noch am Leben.«

Sie nahm ihn in die Arme. »Hector«, sagte sie sanft, »Rachel hat dich geliebt. Sie wollte mit dir zusammensein. Ich habe sie nie so glücklich gesehen wie an dem Tag, an dem sie dich geheiratet hat. Und das Kind – sie war überglücklich und hat sich so sehr auf das Kind gefreut. Ich weiß, das, was geschehen ist, ist unfaßbar und grausam, aber du hast das Kind. Du hast deine kleine Tochter, Hector.«

Er trat von ihr weg und wandte sich zum Haus. Mit einem flüchtigen Blick zu ihr zurück sagte er: »Die Wybornes ziehen das Kind groß. Wußtest du das nicht, Liv?«

Thea kehrte am folgenden Nachmittag nach Fernhill Grange zurück. Die Haushälterin führte sie in den Salon. Henry Wyborne war allein. Er stand am Fenster, die Hände auf dem Rücken.

»Ich hoffe, ihr verzeiht mir die Störung, Henry.«

»Diana schläft, Thea. Sie hat eine Tablette genommen.«

»Dann spreche ich mit dir, wenn es dir recht ist.« Thea holte tief Atem. »Liv hat mir gesagt, daß du und Diana die Absicht habt, Rachels Kind großzuziehen. Ist das wirklich wahr, Henry? Oder hat Liv da etwas mißverstanden?«

»Nein, sie hat nichts mißverstanden. Alice wird hier leben.«

»Alice?«

»Rachels Lieblingsbuch, als sie noch ein kleines Mädchen war, war ›Alice im Wunderland‹.« Henry wandte sich ab. »Diana wollte sie Rachel nennen, aber dagegen habe ich protestiert. Ein Kind braucht seinen eigenen Namen. Nun heißt sie also Alice Rachel.«

»Henry, du kannst nicht zulassen, daß Diana das tut. Es ist nicht recht. Hector ...«

»Er hat sein Einverständnis gegeben.« Henry drehte sich herum und sah sie an. »Er ist bereits nach Northumberland zurückgekehrt.«

Thea hatte das Gefühl, keine Luft zu bekommen. Sie setzte sich in einen der eleganten pinkfarbenen Sessel und versuchte, sich zu sammeln. Henry Wyborne war ihr nie besonders sympathisch gewesen. Sie hatte hinter dem gewandten Auftreten und dem Charme immer den skrupellosen Ehrgeiz des Mannes gespürt, der entschlossen war, sein Ziel zu erreichen, koste es, was es wolle. Um Dianas Willen hatte sie ihn toleriert, aber gemocht hatte sie ihn nie. Jetzt sagte sie ruhig: »Ohne seine Tochter?«

Henry antwortete nicht, aber seine Miene sagte ihr alles. Sie krampfte die Hände ineinander.

»Hector ist überhaupt nicht in der Verfassung, eine so wichtige Entscheidung zu treffen«, erklärte sie. »Das muß dir doch auch klar sein, Henry. Wenn Hector diesem Arrangement zugestimmt hat, dann nur, weil er vor Schmerz besinnungslos ist.«

»Und Diana? Und ich?« Sein Ton war schroff. »Leiden wir etwa nicht?«

Sie sagte behutsam: »Aber ja, natürlich, Henry. Ich wollte nicht unterstellen, daß euer Verlust geringer ist. Aber ihr müßt doch einsehen, daß Hector das Kind *braucht*. Ohne seine Tochter hat er nichts.«

»Und Diana?« sagte er wieder.

»Diana hat dich, Henry. Ihr habt wenigstens einander. Eure Ehe war immer gut.«

Er wandte sich ab und ging zum Barschrank. Whisky floß glucksend in ein Glas und über das Mahagoni des Schranks auf den Teppich. Seine zitternden Hände und sein hochrotes Gesicht verrieten ihr, daß er betrunken war, wahrscheinlich schon seit Tagen.

»Thea?« fragte er mit einer Geste zur Whiskyflasche. Sie schüttelte den Kopf. Er setzte sich zu ihr und sagte leise: »Sie gibt ihm die Schuld, Thea.«

»Diana gibt Hector die Schuld an Rachels Tod?« Thea war entsetzt. »Das kann doch nicht ihr Ernst sein.«

»Doch. Sie haßt ihn. Sie erträgt es nicht, mit ihm in einem Raum zu sein. Wenn er nicht darauf bestanden hätte, Rachel zu heiraten, sagt sie ... Wir haben versucht, es zu verhindern, weißt du ...« Henry nahm einen tiefen Schluck von seinem Whisky. »Ich habe versucht, sie zur Vernunft zu bringen, aber ...« Als er Thea ansah, hatte er Tränen in den Augen.

»Was für ein Recht habe ich, ihr den einzigen Trost zu verweigern, der ihr bleibt?«

Sie dachte, es wird Hector zerstören, aber sie sagte nichts, weil Henry Wyborne weinte, die halb unterdrückten, verlegenen Tränen des Mannes, der es nicht gewöhnt ist, Gefühle zu zeigen. Sie nahm ihm das Glas aus der Hand und legte ihm den Arm um die Schultern, und als er sich entschuldigte, sagte sie: »Sei nicht albern, Henry. Rachel war ein wunderschönes junges Mädchen. Wir alle haben sie geliebt. Keiner von uns kann begreifen, warum es so kommen mußte.«

Er wischte sich die Augen und schneuzte sich. »Ich habe mich immer als Glückspilz betrachtet.« Er wischte sich noch einmal die Augen. »Und mit der Zeit beginnt man zu glauben, man hätte ein Recht darauf, vom Glück begünstigt zu werden. Man hätte es verdient. Als ihr damals hierhergekommen seid, Thea – nachdem Fin dich verlassen hatte –, ich weiß, daß ich da mit einer gewissen Geringschätzung auf dich herabgeschaut habe. In meinen Augen hattest du eine unkluge Wahl getroffen und dir die Suppe selbst eingebrockt. Ich hingegen, meinte ich, hätte mir das, was ich hatte – Diana, Rachel, meine Arbeit und dieses Haus – irgendwie verdient.« Er schloß einen Moment lang die Augen. »Aber so war es nicht. Ich hatte nur eine Zeitlang das Glück auf meiner Seite. Verdient hatte ich mir überhaupt nichts.«

Sie sagte: »Aber Hector ...«

Henry stand vom Sofa auf. Er trat wieder ans Fenster. »Hector ist jetzt ein alleinstehender Mann. Er hat von Kindererziehung keine Ahnung. Bei Diana ist das arme kleine Ding gut aufgehoben. Sie hat die Kleine schon jetzt in ihr Herz geschlossen. Und wer weiß, vielleicht ist es so für alle das Beste.«

»Nein, Henry«, entgegnete sie leise, »es ist *unrecht.*« Aber er antwortete nicht.

Nach einer Weile stand sie auf und ging. In der Auffahrt begann sie zu laufen, als wollte sie so schnell wie möglich der Atmosphäre von Schmerz und Bitterkeit entfliehen, die das Haus umfangen hielt.

Sie war auf dem Weg den Hügel hinunter, als neben ihr ein

Auto anhielt. Richard Thorneycroft kurbelte das Fenster auf der Fahrerseite hinunter.

»Kann ich Sie mitnehmen? Sie werden ja ganz naß.«

Sie hatte gar nicht wahrgenommen, daß es regnete.

»Schreckliche Geschichte«, sagte er unbeholfen, als sie zu ihm in den Wagen gestiegen war. »Das mit der kleinen Wyborne, meine ich.«

»Ja«, bestätigte Thea. »Schrecklich.«

Er gab Gas. Regen prasselte auf die Windschutzscheibe. »Und Beerdigungen«, fügte er hinzu, »sind was Grauenvolles.«

»Ja, und jede erinnert einen an alle vorherigen«, sagte sie heftig.

»Natürlich. Ihr Mann.«

Sie wußte, daß er sich bemühte, Anteilnahme zu zeigen, aber der ohnmächtige Zorn, den das Gespräch mit Henry Wyborne in ihr hervorgerufen hatte, war noch nicht abgeflaut, und sie sagte kalt: »Mein Mann ist nicht tot.«

»Ich dachte ...«

»Ich weiß. *Alle* denken das.«

Als sie sich dem Cottage näherten, fuhr er langsamer. »Darf ich Sie zu einem Glas Wein einladen?«

Sie war so ausgelaugt von den Ereignissen der vergangenen Woche, daß sie nicht einmal imstande war, ihrer Überraschung über diese unerwartete Einladung Ausdruck zu geben. Aber ein Glas Wein, dachte sie, würde ihr jetzt wirklich guttun. »Gern, Richard«, sagte sie darum. »Das ist sehr lieb von Ihnen. Ja, ich würde jetzt gern ein Glas Wein trinken.«

Liv kehrte nach Lancaster zurück. Durch die einwöchige Abwesenheit war sie mit ihrer Arbeit für die bevorstehenden Prüfungen in Verzug geraten und hatte eine Menge nachzuholen. Mit einem Lyrikband setzte sie sich an ihren Schreibtisch und starrte in das aufgeschlagene Buch, aber sie sah nur Rachels Baby, wie es in Fernhill Grange in seinem Bettchen geschlafen hatte. Sie hatte vorsichtig die zerknitterte kleine Wange berührt, die sich wie Samt angefühlt hatte.

Nach einer Weile klappte sie das Buch zu und stand vom Schreibtisch auf. Sie ging zum Fakultätsgebäude der kulturkundlichen Abteilung hinüber, aber als sie vor Stefans Büro stand, dachte sie, er ist sicher nicht hier, er wird in Holm Edge sein. Sie klopfte trotzdem. Es klang dumpf und hohl, und die Tür blieb geschlossen. Das Geräusch ihrer Schritte hallte im leeren Korridor wider, als sie ging.

Beim Seminar am Mittwoch sah Stefan nicht auf, als sie in den Saal trat, sondern fuhr fort, irgendwelche Arbeiten zu korrigieren. Sie glaubte, er hätte sie nicht gesehen. Während der Diskussion blieb sie stumm; sie hatte nichts vorbereitet, sie konnte sich nicht erinnern, was sie hätte vorbereiten sollen. Ihre Hände zitterten vor Nervosität und Erschöpfung, als sie am Ende der Stunde ihre Sachen einpackte. Sie sah, daß seine Anhänger sich schon um ihn geschart hatten; Andy mit der goldgeränderten Brille; Gillian mit der gehäkelten Mütze. Sie bemerkte, wie sein Gesicht lebendig wurde und seine Gestik ausladend, sobald sie mit ihm sprachen. Sie blieb abwartend stehen, die Hände an ihrer griechischen Stofftasche.

»Ach, Olivia. Einen Augenblick bitte.«

Die Kälte seines Tons erschreckte sie. Der Knoten der Spannung, der sich seit Theas Anruf in ihrer Brust festgesetzt hatte, verhärtete sich.

Als die anderen gegangen waren, schloß er die Tür. »Du warst letzte Woche nicht im Seminar.«

Noch immer keine Wärme in seinem Ton. Sie fragte sich, ob sie sich den Tag in Glasson eingebildet hatte oder ob sie ihn falsch interpretiert und Liebe gesehen hatte, wo nur oberflächliche Bekanntschaft gewesen war.

»Ich hatte etwas zu erledigen«, sagte sie leise.

»Alle Studenten sind verpflichtet, ihre Dozenten zu unterrichten, wenn sie an einer Seminarsitzung nicht teilnehmen können.« Stefan lehnte an der Kante seines Pults. Er trommelte mit den Fingerspitzen auf die Holzplatte. »Die Prüfungen beginnen in zwei Wochen. Bist du dir deiner Sache so sicher, daß du meinst, du könntest dir aussuchen, an welchen Veranstaltungen du teilnimmst und an welchen nicht?«

Seine Worte waren wie Schläge, und Erinnerungen, die ihr teuer geworden waren, begannen unter ihnen zu bröckeln: die Erinnerung an den Mann, der an ihrer Seite im Gras gelegen und gesagt hatte, ich hätte dich niemals fortgelassen, wenn du mir gehört hättest.

»Ich konnte nicht – ich mußte nach Hause …« Sie hörte selbst die winselnde Verzweiflung in ihrer Stimme.

Er zog die Brauen zusammen. »Probleme zu Hause?«

Sie nickte.

»Was ist los?«

Es fiel ihr schwer, es auszusprechen. Mit den Worten wurde es Realität. »Eine Freundin von mir – Rachel, meine beste Freundin – ist gestorben.«

Sein starrer, verkrampfter Körper schien sich zu entspannen. »Das tut mir leid.«

»Du siehst also«, sagte sie bitter, »es war nicht etwa so, daß ich nicht kommen wollte.«

»Meine elende Eitelkeit.« Seine Lippen kräuselten sich. »Ich dachte, wir wären Freunde, weißt du. Und dann – als du nicht kamst …«

Sie fühlte sich wie aus Glas. Noch ein kalter Windhauch, nur ein kleiner Stoß, und sie würde in Scherben gehen. Sie schloß die Augen und merkte, daß sie schwankte.

»Komm, setz dich«, sagte er und half ihr zu einem Stuhl. »Bleib da sitzen. Ich hole dir ein Glas Wasser.« Seine Stimme schien aus weiter Ferne zu kommen.

Sie drückte die geballten Fäuste auf ihre Augen, und langsam verging das Schwindelgefühl. Er reichte ihr das Glas, und sie öffnete die Augen. Er kauerte vor ihr und beobachtete sie aufmerksam. Mit den Fingerspitzen streichelte er ihr Gesicht. Erleichterung überwältigte sie. Sie hatte sich nicht geirrt, er liebte sie doch.

Er sagte zart: »Soll ich dich auf dein Zimmer bringen? Oder möchtest du lieber mit mir nach Holm Edge fahren?«

Sie dachte an ihr Zimmer; die Bücher, die sie nicht gelesen, die Aufzeichnungen, die sie nicht durchgesehen hatte; die Fotos an der Pinnwand: sie selbst, Katherine und Rachel an Rachels Hochzeitstag; die Postkarte ihres Vaters aus Tahiti. Die tote Freundin, der abwesende Vater.

»Nimm mich mit nach Holm Edge, Stefan«, sagte sie leise. »Bitte, nimm mich mit nach Holm Edge.«

Er machte ihr Tee und Toast, und danach unternahmen sie einen Spaziergang. Der Wind zerrte an ihr, und mehrmals stolperte sie auf dem unebenen Boden. Stefan bot ihr seinen Arm, und sie hakte sich bei ihm ein. Später, als sie wieder im Haus waren, machte er im Kamin ein großes Feuer. Er setzte sich in den Lehnsessel und sie sich zu seinen Füßen, den Rücken an seine Beine gelehnt. Seine Finger spielten mit ihrem Haar.

»Erzähl mir von ihr«, sagte er. »Erzähl mir von Rachel.«

Und sie erzählte ihm, wie Rachel ihr vor vielen Jahren einen fremden Ort zur Heimat gemacht hatte. Wie sie und Rachel und Katherine sich zusammengefunden und einander Treue geschworen hatten. Blutsschwestern. Das Feuer im Garten und Sonnenschein, der durch die Weiden fiel. Und wie sie vor weniger als einem Jahr auseinandergegangen waren – Katherine nach London und Rachel zu Hector nach Northumberland. Und sie erzählte von dem neugeborenen Kind und Rachels plötzlichem Tod.

»Rachel hat mich letzte Woche noch angerufen«, sagte sie. »Erinnerst du dich, als du ins Wohnheim kamst? Da war sie gerade am Telefon. Sie war verstört – irgend etwas hatte sie erschreckt. Sie bat mich, zu ihr zu kommen, und ich habe es ihr versprochen. Aber ich habe es nicht getan.«

»Warum nicht?«

»Deinetwegen.« Ihre Stimme war brüchig. »Weil ich mit dir zusammensein wollte.«

Seine Hand in ihrem Haar hielt still. Jetzt empfand sie weder Verlegenheit noch Scham, nur eine Mischung aus Erleichterung und Sehnsucht.

»Komm zu mir«, sagte er. »Ich möchte dich halten.«

Sie setzte sich auf seinen Schoß. Als seine Arme sie umschlossen, fühlte sie sich sicher und geborgen.

»Warum wolltest du mit mir zusammensein?« fragte er.

»Weil ich dich liebe.« So unerwartet leicht kam ihr das Bekenntnis über die Lippen.

»Und ich«, sagte er, »ich war nicht sicher, weißt du.«

Sie drehte den Kopf, um ihm ins Gesicht zu blicken. »Wie ist das möglich? Wie konntest du auch nur einen Moment zweifeln? Es muß mir doch ins Gesicht geschrieben sein ... es muß sich doch in allem zeigen, was ich tue ...«

»Sch«, machte er leise und zog sie an sich, so daß ihr Kopf an seiner Schulter zu ruhen kam. »Als du letzte Woche nicht in mein Seminar kamst«, sagte er, »glaubte ich, ich hätte mich getäuscht. Ich dachte, du wärst wie die anderen – viele Studenten bilden sich etwas darauf ein, mit einem Dozenten gesehen zu werden. Sie geben vor ihren Freunden damit an. Es ist so eine Art Statussymbol.«

»Darum ging es mir überhaupt nicht.«

»Das weiß ich, Liv.« Sie spürte seinen Mund in ihrem Haar. »Das weiß ich jetzt.«

Es war still. In seinen Armen geborgen, hätte sie beinahe schlafen können. Aber sie sagte statt dessen: »Als ich dich sah, habe ich Rachel vollkommen vergessen. Ich dachte, ach, es macht ja nichts, ich kann morgen immer noch zu ihr fahren. Aber am nächsten Tag war es zu spät.«

»Du hättest nichts daran ändern können, was geschehen ist, Liv. Es war nicht deine Schuld.«

»Aber ich empfinde es so! Ich habe sie im Stich gelassen. Und ich frage mich andauernd ...«

»Was?«

»Warum sie angerufen hat. Was geschehen war. Ob ich ihr hätte helfen können. Das ist es, was mich quält, Stefan.« Ihre Stimme zitterte. »Mir ist diese schreckliche Frage geblieben, auf die ich wahrscheinlich nie eine Antwort bekommen werde. Immer wieder bin ich es im Geiste durchgegangen. Es ging nicht um das Kind und auch nicht um Hector. Ich fragte mich, ob es mit dem Haus zu tun hatte – es ist ein riesiger, alter Kasten –, ob sie vielleicht meinte, etwas gesehen oder gehört zu haben. Aber das ergibt auch keinen Sinn, nicht wahr? Das hätte sie mir doch am Telefon sagen können. Und dann dachte ich, es wäre vielleicht was Finanzielles – sie hatten nicht viel Geld und ließen eine Menge am Haus renovieren, weißt du. Ich dachte, sie kämen vielleicht nicht zurecht und sie schämte sich, das zuzugeben. Aber das war es sicher auch nicht. Die Wybornes sind wohlhabende Leute – Rachels Vater hätte ihnen bestimmt unter die Arme gegriffen, wenn sie Probleme gehabt hätten.«

Er küßte sie, und sie wurde ruhig. Er küßte ihre Stirn, ihre Wangen, ihren Mund. Sie löste sich von ihm und betrachtete ihn forschend.

»Was ist mit den anderen – Gillian und diesem Mädchen mit dem Afghanenmantel?«

»Sie sind meine Studentinnen. Weiter nichts.« Er umschloß ihr Gesicht mit seinen Händen und sah ihr in die Augen. »Da war niemals mehr. Ich liebe dich, Olivia. Keine andere.«

»Aber – warum? Warum gerade mich?«

Er lächelte. »Es ist so ein Klischee, nicht wahr, diese Sache mit der Liebe auf den ersten Blick. Wenn man sofort weiß, die ist es und keine andere.«

Sie schloß wieder die Augen. Seine Lippen streiften über ihre Augenlider, und er strich mit dem Handrücken über ihre Wange, hinunter zu der seichten Mulde an ihrem Halsansatz. Ihr Körper erwachte, wurde lebendig unter seiner Berührung.

Er sagte leise:

»›*Oh, da zuerst mein Aug' Olivien sah,*
Schien mir die Luft durch ihren Hauch gereinigt;
Den Augenblick ward ich zu einem Hirsch,
Und die Begierden, wie ergrimmte Hunde,
Verfolgen mich seitdem.‹«

Ein Moment in der Schwebe. In der Stille hörte sie das Wispern des Windes.

Dann sagte er: »Heirate mich, Olivia.«

Teil II

DIE STECHPALME

1969–1974

5

DIE VOLLWERTKOOPERATIVE, BEI der Felix arbeitete, schloß Anfang September endgültig. »War von Anfang an eine ziemlich hirnverbrannte Idee, wenn du mich fragst«, meinte Stuart. »Zu erwarten, daß die Leute Karnickelfutter fressen.«

Sie waren im »White Hart« und tranken Bier. Der Abend war grau und trüb, als wäre der Sommer endgültig vorbei.

»Wie läuft die Zeitschrift?« fragte Felix.

»Oh. Gut«, antwortete Toby vage. »Ich glaub, wir sehen allmählich Land. Es heißt ja immer, daß es ein Jahr braucht, um ein Geschäft zum Laufen zu bringen. Ich denke, wir haben das Schlimmste hinter uns.« Tobys abgekaute Fingernägel und die Nervosität, mit der er eine Zigarette nach der anderen rauchte, widersprachen seinem Optimismus. Er schaute sich um. »Hat jemand Katherine gesehen? Ich hatte gehofft, sie wäre heute abend hier. Ich wollte sie nämlich bitten, den Artikel über Nancys Kommune zu übernehmen.«

»Kommune?« fragte Felix.

»Irgendwo in der Pampa«, erklärte Toby. »Eine Freundin von mir – eine nette Frau – hat sie aufgezogen. Ich hab ihr versprochen, was darüber zu bringen. Eigentlich war es Katherines Idee. Sie findet, wir sollten unser Spektrum ein bißchen erweitern, ab und zu auch mal was fürs Herz. Nancy sucht noch Leute für ihre Gemeinschaft. Möglichst Gleichgesinnte.« Er hob sein Glas und sah, daß es leer war. »Meine Runde, richtig?« Er ging zum Tresen.

»Kommunen sind doch genau dein Ding, Felix.« Stuart drückte seine Zigarette aus.

»Ich bewundere jeden, für den Geld nicht sein ein und alles

ist.« Er merkte selbst, daß er ziemlich betrunken war, sonst, dachte er, hätte er hoffentlich nicht so hochgestochen dahergeredet.

»Aber *leben* würdest du in so einem Haufen bestimmt nicht.«

Stuarts Zynismus ärgerte ihn. »Ich würde es auf jeden Fall ausprobieren.«

»Sex in Hülle und Fülle«, sagte Toby, der in diesem Moment von der Bar zurückkam. »Die leben in diesen Kommunen alle in offenen Beziehungen, da kann jeder mit jedem schlafen.« Er stellte die Gläser auf den Tisch. »Weißt du was, schreib du doch den Artikel für uns, Felix.«

»Du würdest es da garantiert nicht aushalten«, sagte Stuart herausfordernd. »Wetten, daß du schon nach einem Tag drum betteln würdest, in die Zivilisation zurückkehren zu dürfen?«

»Blödsinn.«

»Na gut, dann wetten wir doch«, schlug Stuart vor. »Um einen Fünfer, daß du keine Woche durchhältst.«

»In Ordnung«, sagte Felix.

Als er am nächsten Morgen mit einem Brummschädel und trockenem Mund erwachte, erinnerte er sich zunächst nicht an das Gespräch vom vorigen Abend. Dann bemerkte er den Zettel, den ihm jemand unter der Tür hindurchgeschoben hatte. Er hob ihn auf. *Felix, meine Freundin heißt Nancy Barnesk*, stand da. *Die Adresse der Kommune ist: Das Alte Pfarrhaus, Great Dransfield, Berkshire. Viel Spaß, Toby.*

Der Lieferwagen hatte den Geist aufgegeben. Felix beschloß darum, per Anhalter zu fahren. Ein Lastwagen nahm ihn bis Newbury mit, danach setzte er die Fahrt in wechselnden Fahrzeugen fort.

Er erreichte Great Dransfield am mittleren Nachmittag. Das Alte Pfarrhaus stand am Rand des Dorfs, ein großer, imposanter Bau – viktorianisch, vermutete er. Spitzbogenfenster eines ziemlich bizarren gotischen Stils prangten in den grauen Steinmauern. Wilder Wein, der sich an den Mauern emporzog, hellte mit seinen leuchtenden Farben das düstere Gesicht des Hauses auf.

Felix klopfte an die Haustür. Als sich nichts rührte, folgte er dem Fußweg, der unter einer von Clematis überwachsenen Pergola um das Haus nach hinten führte. Buddleia und Rosen, die müde und verstaubt wirkten so spät im Jahr, begleiteten seinen Weg. Er stieß ein windschiefes Tor auf, bog die letzten herabhängenden Ranken auseinander und blieb stehen.

Das Gelände reichte kilometerweit. Lange Rasenflächen, dann Gemüsebeete, eine Obstpflanzung und danach ein Bach, ein kleiner See, ein Wald. Sonnenlicht funkelte auf fernem Wasser, und Äpfel leuchteten rubinrot in den Bäumen. Zwei Kinder spielten am See, die nackten Füße schokoladenbraun vom Schlamm. Eine Frau mit langem Rock und einem Strohhut auf dem Kopf arbeitete im Gemüsegarten. Als sie Felix bemerkte, richtete sie sich auf, legte ihre Hacke weg und ging ihm entgegen.

»Kann ich dir behilflich sein?«

»Ich suche Nancy Barnes.«

»Das bin ich.«

Sie war vielleicht Mitte Dreißig, schätzte er. Groß und gut gebaut, mit rotem, wettergegerbtem Gesicht, das ungeschminkt war. Sie trug das braune Haar in einem langen Zopf, und ihr Lächeln war sympathisch und freundlich.

»Ich bin Felix Corcoran«, erklärte er, »ein Freund von Toby Walsh.«

»Ach, ja, Toby hat gesagt, daß er jemanden schicken würde.« Nancy strahlte ihn an. »Es ist wirklich nett von dir, daß du gekommen bist. Das Interesse tut gut.«

Er schämte sich ein wenig bei der Erinnerung an die Wette, die er volltrunken im Pub eingegangen war. »Toby meinte, du hättest nichts dagegen, wenn ich ein paar Tage bleibe.«

»Überhaupt nicht. Bleib, so lange du Lust hast. Wie bist du hergekommen?«

»Autostopp.«

»Da hast du bestimmt Durst. Ich hol dir was zu trinken, und danach zeige ich dir das Haus, wenn du willst.«

Felix folgte ihr in die Küche. Der Kräutertee war dunkel und bitter, aber das selbstgebackene Brot und der Ziegenkäse schmeckten köstlich. Er stellte ihr Fragen über das Haus.

»Mein Vater hat es mir hinterlassen. Er hat es der Kirche abgekauft – die Pfarrer von heute wollen nicht mehr in diesen zugigen alten Kästen ihr Leben fristen. Aber es ist natürlich viel zu groß für eine Person, darum hielt ich es für eine gute Idee, es mit anderen zu teilen.«

»Du bist nicht verheiratet?« Er dachte an die Kinder am See. »Ich hab die Kinder draußen gesehen ...«

»India und Justin sind Claires Kinder. Claire ist eine alte Schulfreundin von mir. Vor sechs Monaten ist ihre Ehe in die Brüche gegangen, und sie wußte nicht, wohin. Eigentlich hat mich das auf die Idee gebracht.«

»Eine Kommune aufzuziehen?«

»Ich bezeichne es lieber als ›Gemeinschaft‹.« Nancy richtete die sanften braunen Augen auf Felix. »Kommune, das klingt gleich so anspruchsvoll. Genau das, worüber sich die selbsternannten Intellektuellen in der Stadt mokieren.«

Er senkte verlegen den Blick und trank noch einen Schluck Tee. »Wie viele seid ihr hier?«

»Also, da ist zunächst mal Claire mit den Kindern, das sind drei. Dann Martin – er war Lehrer an einem Privatinternat, aber ich glaube, er ist mit den Jungs nicht fertig geworden, drum lebt er jetzt hier. Dann Bryony und Lawrence mit ihrem Baby. Und Saffron und ihre Freunde.« Sie lachte. »Ich weiß, das klingt ziemlich vage, aber Saffron hat eine Menge Freunde. Also ...«, sie zählte an den Fingern ab, »– wir sind hier meistens neun oder zehn Leute.«

»Und ihr wollt noch welche dazunehmen?«

»Das Haus hat zwölf Schlafzimmer, da können wir leicht drei oder vier mehr aufnehmen. Meiner Meinung nach muß die Gemeinschaft schon noch etwas wachsen, um sich wirklich selbst versorgen zu können.«

»Ist das euer Ziel? Selbstversorgung?«

»So weit wie möglich jedenfalls.« Sie stellte ihre Tasse ab. »Komm mit, Felix. Ich zeig dir alles.«

Von der Küche aus, die im Souterrain war, stiegen sie eine schmale Stiege hinauf ins Erdgeschoß. »Wir brauchen Leute mit den verschiedensten Fertigkeiten«, erklärte Nancy, »dann hat jeder etwas zu bieten, und das ist nicht nur für die Gemeinschaft gut, sondern auch für den einzelnen. Es ist sehr wichtig, daß jeder seinen Beitrag leistet. Wir teilen uns hier alles, die Arbeit und das Eigentum. An so vielem, was in der Gesellschaft schiefläuft, sind doch nur Angst und Unsicherheit schuld, meinst du nicht auch, Felix? Die Leute haben ständig Angst zu verlieren, was sie besitzen, deshalb werden sie habgierig und egoistisch.« Sie lächelte. »Aber genug doziert. Komm, wir fangen oben an und arbeiten uns langsam abwärts, okay?«

Die Treppen hinauf redete Nancy schon wieder. »Martin ist ein erstklassiger Schreiner, und Claire die geborene Gärtnerin. Sie hilft mir außerdem mit den Ziegen und den Hühnern. Bryony ist natürlich mit Zak sehr beschäftigt, aber sie macht wunderbare Batikarbeiten, wenn sie Zeit dazu hat. Und Lawrence ist unser Mechaniker, er hält unseren alten Bus am Laufen. Beim Kochen und Saubermachen hilft natürlich jeder, sogar die Kinder machen mit – sie sammeln die Eier ein, pflücken Erbsen und ähnliches.«

Er erinnerte sich des anderen Namens. »Und Saffron?«

Sie standen an einem großen Fenster mit Blick auf den Garten. Nancy schaute hinunter. »Ach ja, Saffron«, sagte sie. »Saffron tut eigentlich nichts Besonderes.«

Sein Auge folgte ihrem Blick. Er sah die Frau, die langsam durch die Obstpflanzung ging. Sie hatte ein langes indigoblaues Kleid an, und ihre Füße waren nackt. Das helle Haar glänzte in der Sonne.

»Saffron *ist* einfach«, sagte Nancy leise.

Beim Abendessen ging es zu wie in einem Tollhaus. Felix war von Wyatts einiges gewöhnt, wo beim Essen regelmäßig die Hunde kläfften, Rose murrte und Mia laut scheppernd mit Töpfen und Pfannen hantierte, aber dies war noch einmal eine andere Kategorie. Die Kinder kreischten, das Baby heulte, und sämtliche Erwachsenen – außer Martin, der kein einziges Wort sagte – redeten laut durcheinander.

Er sah sich die einzelnen Leute an, während er aß. Martin war seiner Schätzung nach Anfang Vierzig. Sein Haar, schon von Grau durchzogen, umrahmte ein schmales, intelligentes Gesicht. Lawrence war wesentlich jünger als er, fünfundzwanzig vielleicht, mit gutgeschnittenen Zügen, die allerdings durch die beständig herabgezogenen Mundwinkel einen mürrischen Ausdruck hatten. Bryony, seine Frau, saß mit dem Säugling an der Brust neben ihm. Ihre Augen waren dunkel umschattet, und sie aß hastig, in ihren Bewegungen die krampfartigen Zuckungen des Kindes spiegelnd, das sie gerade stillte.

Justin und India, Claires Kinder, waren acht und neun. Beide hatten langes blondes Haar. India trug eine Stickereibluse, die ihr viel zu groß war, und verwaschene Baumwollshorts; Justin war nackt bis auf eine dünne Schicht trockenen Seeschlamms. »Es ist so wichtig«, erklärte Claire auf Nancys taktvolle Frage, ob es Justin so nicht zu kalt sei, »die Phantasie der Kinder nicht zu beschneiden. Justin ist heute ein alter Britannier, nicht wahr, Schatz?«

Ein Platz am Tisch war leer. Die blonde Frau, Saffron, die Felix vom Fenster aus gesehen hatte, glänzte durch Abwesenheit. Aber als die Mahlzeit fast vorüber war, stand sie plötzlich am Fuß der Treppe.

»Ich hab dir was aufgehoben, Saffron«, sagte Nancy.

»Ich bin nicht hungrig, danke.« Sie trug immer noch das indigoblaue Kleid. Der Saum war schmutzig und aufgerissen.

»Du mußt was essen – du bist viel zu dünn. Sonst wirst du nur wieder krank.«

»Na gut, ein kleines bißchen dann.«

Nancy füllte einen Teller. Saffron stocherte in den Speisen herum, während sie langsam den Tisch umschritt. »Ah, ein Neuling?« sagte sie, als sie Felix bemerkte.

»Nur vorübergehend«, erklärte er. Ihre Augen waren nicht blau, wie er erwartet hatte, sondern grau, dicht umkränzt von dunklen Wimpern. Über ihnen wölbten sich helle Brauen, der etwas schmale Mund war hübsch geschwungen.

»Das ist Felix Corcoran. Felix, darf ich dich mit Saffron Williams bekannt machen. Felix schreibt für Toby Walshs Zeitschrift einen Artikel über die Gemeinschaft«, erklärte Nancy.

»Ah, da werden wir also berühmt«, stellte Saffron unbeeindruckt fest.

»›Frodo's Finger‹«, sagte Felix, »hat nicht gerade eine Riesenauflage.«

»Hat Nancy dir schon alles gezeigt?«

»Nur das Haus«, sagte Nancy.

»Möchtest du den Garten sehen?«

»Dein Abendessen ...«, warf Nancy ein, aber Saffron war schon halb die Treppe hinauf.

Felix folgte ihr. Oben sagte Saffron in vertraulichem Ton: »Ich sehe immer zu, daß ich zum Abendessen zu spät komme. Mir vergeht einfach der Appetit, wenn Bryony von ihren entzündeten Brustwarzen erzählt, und diese Kinder schlingen wie die Schweine.«

Sie öffnete die Tür zum Garten, und sie traten auf die Terrasse hinaus. Zwischen Unmengen von herumliegenden Spielsachen standen ein Webstuhl und ein großer Bottich voll blauer Stoffarbe, in der Wolle eingeweicht war.

»Komm«, sagte sie.

Sie gingen durch die Obstanlage. Die Luft war windstill und mild, und es roch nach reifen Äpfeln und verwelktem Gras. Felix tauchte unter tief hängenden Zweigen hindurch; Brennnesseln und verblühter Löwenzahn streiften seine Knöchel.

»Das ist mein Lieblingsplatz«, sagte Saffron leise.

Felix blickte auf den See hinaus. Über blaßbraunem Schilf schwirrten irisierende Libellen, und über dem glatten Wasserspiegel vollführten Schwalben ihre Kunstflugnummern. Im Westen versank weißglühend die Sonne und setzte einen Moment lang den See in Flammen.

»Wie findest du es?« hörte er sie sagen.

Ihr langes Haar, fand er, hatte die Farbe von Mondlicht, und ihre Augen die unergründliche Tiefe des Sees. Aber er sagte nur: »Es ist wunderschön«, und dann schwieg er.

Morgens wurde Liv vom wäßrigen Licht der Sonne geweckt, das durch die kleinen quadratischen Fenster des Hauses fiel. Dann ging sie leise nach unten und huschte fröstelnd mit nackten Füßen über die kalten Fliesen im Badezimmer. Danach schlüpfte sie wieder ins Bett und kuschelte sich wärmesuchend an Stefan. Fast immer erwachte er von ihrer Berührung, und dann liebten sie sich.

Ende Juni erfuhr Liv, daß sie ihre Prüfungen verpfuscht hatte. Sie erinnerte sich mit Schrecken daran, wie sie verständnislos auf die Blätter mit den Fragen gestarrt hatte, nicht fähig, aus den einzelnen Wörtern, die sie las, einen Satz zu bilden. Wenigstens bin ich mir treu, hatte sie mit bitterer Ironie gedacht, als sie die durchgehend niederschmetternden Resultate am Schwarzen Brett gelesen hatte.

Und sie erfuhr, daß sie schwanger war. Sie waren nicht vorsichtig gewesen; sie hatten nicht den geringsten Versuch gemacht, zu verhüten. Noch einmal bat Stefan sie, ihn zu heiraten. Diesmal schlug sie nicht vor, noch eine Weile zu warten; diesmal meldete sich nicht wie bei seinem ersten Antrag der plötzliche warnende Impuls, der zur Vorsicht mahnte. Sie umschlang ihn mit beiden Armen und flüsterte, die Nähe seines warmen, kräftigen Körpers genießend: »Ja, Stefan. Ja.«

So hatte das mißlungene vergangene Jahr doch noch sein Gutes. Als Ehefrau und Mutter konnte sie sich endlich zu den Erwachsenen zählen. Sie heirateten mit einer Sondergenehmigung. Ihre Trauzeugen waren zwei Fremde. Liv teilte Thea die Neuigkeit mit, und diese nahm den nächsten Zug nach Lancaster.

Liv fuhr mit ihrer Mutter nach Holm Edge und machte sie mit Stefan bekannt. Das Wochenende war schwierig und förmlich. Sie hatte geglaubt, Thea und Stefan bräuchten einander nur kennenzulernen, und alles wäre in Ordnung. Ausgeschlossen, daß sie einander nicht mochten, die beiden Menschen, die sie auf der Welt am meisten liebte. Sie machte eine entsprechende Bemerkung, als sie Thea zum Zug nach Hause brachte.

»Es ist ja nicht so, daß ich ihn nicht mag, Liv.« Thea schien von Zweifeln geplagt.

»Was ist es dann?«

Thea seufzte. »Stefan sieht gut aus, er ist intelligent, er hat Charme, und es ist offensichtlich, daß er dich liebt. Aber irgendwie ...«

»Was denn, Mama?« Liv spürte, wie der Trotz sie packte und sie die Unterlippe vorschob wie früher als Vierzehnjährige.

»Du hast so vieles einfach weggeworfen.« Thea schien eher traurig als verärgert. »Dein Studium – deine Unabhängigkeit – die Unbeschwertheit der Jugend ...«

»Aber ich bin glücklich mit Stefan. Ich war nie glücklicher. Und das Baby wird mich noch glücklicher machen.«

»Ja.« Thea versuchte zu lächeln. »Ja, mein Schatz, das weiß ich.« Sie schwieg einen Moment, dann sagte sie: »Es ist wegen Rachel, nicht wahr?«

Liv blieb keine Zeit zu widersprechen, weil in diesem Moment der Zug einfuhr. Aber später, auf dem Weg zur Bushaltestelle, dachte sie darüber nach und sagte sich, daß ihre Mutter sich irrte. Sie hatte Stefan nicht Rachels wegen geheiratet, sie hatte es in letzter Zeit recht gut geschafft, nicht an Rachel zu denken. Rachel gehörte zu einer Phase voll falscher Ansätze, voller Scheitern und Enttäuschungen, die sie hinter sich gelassen hatte. Ihre Heirat hatte ihr erlaubt, einen neuen Anfang zu machen. Der Umzug von der Universität nach Holm Edge hatte sie befreit.

Die praktischen Schwierigkeiten des Lebens in Holm Edge nahmen jetzt alle ihre Energien in Anspruch. Sie brauchte Wochen, um den Umgang mit dem Kohleherd zu lernen. Immer war das Essen entweder angebrannt oder nicht gar; wenn sie den Ofen schürte, war sie jedesmal von Aschewolken umhüllt. Wenn sich die schmutzige Wäsche sammelte, mußte sie die Sachen entweder von Hand im Spülbecken waschen, oder Stefan nahm sie in Tüten mit in den Waschsalon in Lancaster. Liv bat Thea, ihr per Zug ihr altes Fahrrad zu schicken, damit sie die drei Kilometer bis zu den Geschäften in Caton radeln konnte. Sie hatten sehr wenig Geld – sie bekam kein Stipendium mehr, seit sie ihr Studium aufgegeben hatte, sie mußten von Stefans

Forschungsstipendium leben. Stefan gab ihr zehn Pfund Haushaltsgeld die Woche, aber sie war es von zu Hause gewöhnt, bescheiden zu leben.

Ihre Bücher kauften sie in Antiquariaten und ihre Kleider auf Straßenmärkten. Sie besaßen weder Fernsehapparat noch Telefon. Liv lernte Suppen und Eintopfgerichte kochen, und sie lebten hauptsächlich von Kartoffeln, Spaghetti und Linsen. Als sie infolge der Schwangerschaft dicker wurde, lieh sie sich große Pullis von Stefan aus und nähte sich auf einer museumsreifen Singer-Maschine, die sie einer alten Frau im Dorf abgekauft hatte, weite Kittel.

Ein Kollege von Stefan schlug in seinem Garten einen Baum um, und sie fuhren nach Silverdale, wo er wohnte, und stopften den Kofferraum des Citroën mit Brennholz voll. Ein Bauer in der Nähe versprach ihnen für später im Jahr zwei junge Gänse. Stefan verstand es, andere mit seinem Enthusiasmus und seiner Energie zu bezaubern. Ein beiläufiges Wort in einem halbstündigen Gespräch, und man drängte ihm Geschenke auf, bot ihm großzügig Rat und Hilfe an. Kein Tag glich dem anderen. Manchmal weckte er sie mit einem Kuß, packte sie kurzerhand ins Auto, und sie sausten den Hang hinunter, noch bevor es Tag war. Sie fuhren nach Kendal und Windermere an die Seen, machten Picknick und wateten durch das seichte Uferwasser. Oder sie stiegen weit in die Hügel hinauf. Einmal, als sie müde war, trug er sie huckepack ins Tal hinunter. Er selbst schien Müdigkeit nicht zu kennen. Er stand früh auf und ging spät zu Bett. Oft schlief Liv zum Klang seiner Schritte ein, wenn er auf der Suche nach Inspiration für seine Dissertation im unteren Zimmer auf und ab ging.

Er zeichnete die Entwürfe und Pläne für den Gemüsegarten. Er würde Schönheit und Zweckmäßigkeit in sich vereinigen, so vollkommen in seiner Anlage wie die ausgeklügelten Gärten der Renaissance. Im Herbst gruben sie das erste Teilstück um. Das Erdreich war mager und voller Steine, die zwischen den Zinken der Gabel hängenblieben. Stefan hatte irgendwo gelesen, daß man schlechten Boden mit Seetang anreichern könne, sie fuhren darum an die Küste und sammelten auf einer langen Strandwanderung Plastiktüten voll glänzenden braunen Tangs. Aber daheim in Holm Edge trocknete der Tang und wurde hart, brummende Fliegen umschwirrten den Haufen. Stefan verbrannte ihn und schwatzte dem Bauern im Tal einen Kofferraum voll Mist ab. Im September säten sie die ersten Pflanzen aus.

Abends half Liv Stefan bei seiner Arbeit. Sie ordnete seine Aufzeichnungen und kopierte Passagen aus den Büchern, die in Stapeln im ganzen Wohnzimmer herumstanden. Diese Abende fanden stets ein ähnliches Ende. Sie pflegte am Tisch zu sitzen und zu schreiben, da beugte er sich plötzlich über sie und drückte seine Lippen in ihren Nacken oder legte seine Hand auf die ihre und streichelte mit dem Daumen das weiche Fleisch ihrer Innenhand. Dann wandte sie sich ihm brennend vor Verlangen zu, und er knöpfte ihre Bluse auf, umschloß mit den Händen ihre vollen Brüste und streichelte die weiche Rundung ihres Leibes. Ihre Schenkel schmerzten, und ihr Herz schlug zum Zerspringen. Manchmal liebten sie sich gleich dort, wo sie waren, am Schreibtisch stehend, ihre Kleider zu ihren Füßen. Manchmal hob er sie auf und trug sie zu Bett und küßte und liebkoste sie, bis sie laut aufschrie vor Wonne.

Im Herbst kam Katherine zu Besuch. Stefan holte sie am Bahnhof ab. Liv beobachtete vom Küchenfenster aus, wie Katherine vorsichtig aus dem Auto stieg und sich einen Weg durch den matschigen Garten suchte.

»Meine Schuhe ...« Sie hatte Plateauschuhe aus grauem Wildleder an.

»Ich leih dir ein Paar Gummistiefel.« Liv umarmte sie.

Katherine machte sich los. »Ich hab mir dich viel dicker vorgestellt.«

»Hör auf, ich bin dick genug. Meine Jeans krieg ich nur noch mit einer Sicherheitsnadel zu.«

Sie zeigte Katherine das Haus: die Küche, Stefans Arbeitszimmer, das Schlafzimmer und das kleine Zimmer voller Bücher, wo sie ein Feldbett für Katherine aufgestellt hatten; das Zimmer, das für das Baby vorgesehen war. Das kleine Bad mit der altmodischen gußeisernen Wanne und dem hohen Klosett, das erst später ans Haus angebaut worden war.

Katherine drehte einen Wasserhahn auf. »Na, wenigstens habt ihr fließendes Wasser.«

»Aber natürlich.« Liv war leicht verärgert. »Der letzte Mieter hat es installieren lassen. Er ist kurz danach gestorben.«

»Und woran? An Lungenentzündung?« Katherine hatte ihren Afghanenmantel noch nicht ausgezogen. Sie hatte sogar den Kragen hochgeschlagen.

»Er hat sich erschossen.«

Katherine riß die Augen auf. »Hier?«

»Im Garten.« Liv hielt es für klüger, Katherine nichts von den unglückbringenden Stechpalmen zu erzählen; zu gut konnte sie sich die hochmütige Erheiterung der Städterin über solchen bäuerlichen Aberglauben vorstellen.

Statt dessen sagte sie: »Wie findest du das Haus?«

»Es ist sehr ...« Katherine schaute sich um und schien einen Moment ratlos. Dann sagte sie: »Na ja, es ist ein bißchen wie Emily Brontës ›Sturmhöhe‹, findest du nicht?« Fröstelnd kramte sie in ihrer Manteltasche nach Zigaretten und zündete sich eine an.

Beim Abendessen erzählte Stefan von seinem Gemüsegarten und den Hühnern und Gänsen.

Katherine schnitt eine Grimasse. »Ach, du meine Güte, Selbstversorgung! Ihr seid ja genauso schlimm wie Felix.« Liv erinnerte sich, wie sie mit Felix Corcoran durch das stille nächtliche London gegangen war. Es schien lange her. »Er lebt in einer Kommune«, fügte Katherine erklärend hinzu. »In irgendeinem gottverlassenen Nest auf dem Land.«

Stefan füllte ihre Gläser auf. »Du ziehst wohl die Stadt vor, Katherine?«

»O ja!« Sie sah sich um. »Ich meine, was soll man denn hier den ganzen Tag anfangen?«

»Ich habe meine Arbeit. Ich unterrichte mehrere Tage in der Woche an der Uni. Und ich schreibe an meiner Dissertation.«

»Ich meinte eigentlich Liv.«

»Liv hilft mir, nicht wahr, Liebes?«

»Ich schreibe Stefans Aufzeichnungen ins reine«, erklärte Liv.

»Und bei meiner Klaue ist das eine Heidenarbeit.«

»Ja, aber –« wieder schnitt Katherine ein Gesicht – »wo sind die *Menschen*? Hier ist doch überhaupt nichts los? Mit wem redet ihr den ganzen Tag?«

»Wir haben uns.« Stefan drückte Livs Hand.

Katherine verzog geringschätzig den Mund, und Liv sagte hastig: »Wie geht es Stuart? Und Toby?«

»Ach, Stuart ist wie immer. Er kann einem wahnsinnig auf den Wecker gehen, aber in seinem Job ist er gut. Und Toby, der regt sich über jede Kleinigkeit auf wie ein Wilder. Aber davon abgesehen geht's ihm gut.«

»Und die Zeitschrift?«

»Hält sich einigermaßen.«

»Und deine Familie? Deine Eltern, deine Brüder?«

»Michael ist immer noch in Edinburgh und schreibt ein Superexamen nach dem anderen. Philip ist jetzt die Woche über in einem Heim mit Sonderschule, da hat meine Mutter ein bißchen mehr Ruhe. Simon hat das Studium geschmissen. Er ist in Frankreich, der Glückspilz. Dad hat ihm dort eine Arbeit bei einem Weinexporteur besorgt.«

Stefan trommelte auf den Tisch. Liv stand auf und gab ihm einen Kuß auf den Scheitel. »Ich mache Kaffee und spüle ab. Bleib du sitzen, Darling.«

Stefan ging in sein Arbeitszimmer. Katherine leistete Liv in der Küche Gesellschaft. Sie stand an den Türpfosten gelehnt und rauchte, während Liv Wasser in den Kessel laufen ließ und den Kaffee mahlte.

Sie sagte unvermittelt: »Du schreibst Stefans Aufzeichnungen ins reine, du gräbst seinen Garten um – was tust du eigentlich für *dich*, Liv?«

»Aber so ist es doch gar nicht. Stefan und ich, wir …«

»Ich weiß schon. Was mein ist, ist auch dein und so weiter und so fort. Aber ihr könnt doch nicht ständig hier aufeinanderhocken. Ich meine, er unterrichtet an der Uni. Was tust du in der Zeit?«

»Ich koche, ich lese, ich nähe … Ich geh unheimlich gern auf die Flohmärkte in der Umgebung – wenn es nicht zu weit ist, fahre ich mit dem Rad.«

»Autofahren kannst du nicht? Hat Stefan dir das nicht beigebracht?«

Liv schüttelte den Kopf.

»Warum denn nicht?«

Sie nahm Tassen aus dem Schrank. »Wir haben einfach nicht daran gedacht, nehme ich mal an.«

»Aber dann hättest du doch eine gewisse Freiheit.«

»Ich brauche keine Freiheit«, entgegnete Liv unwirsch. »Ich bin frei. Ich habe mich nie freier gefühlt.«

»Du darfst aber nicht zulassen«, sagte Katherine und drückte ihre Zigarette aus, »daß dein ganzes Leben sich nur um Stefan dreht.«

Liv wurde wütend. »Ach, Herrgott noch mal! Du redest genau wie meine Mutter.«

Einen Moment blieb es still. Dann kicherte Katherine. »Gleich werd ich sagen, wenn du schon nicht brav sein kannst, dann sei wenigstens vorsichtig.«

»Dafür ist es in meinem Fall allerdings ein bißchen spät.« Liv klopfte sich auf den Bauch. Auch sie begann zu lachen. Als sie neben Katherine trat, spürte sie zum erstenmal wieder die alte Vertrautheit.

Dann sagte Katherine: »Denkst du manchmal an sie?«

»An Rachel?« Obwohl sie gar nicht hätte zu fragen brauchen. »Ich versuche, es nicht zu tun, aber ich schaffe es nicht.«

»Ich habe oft so einen merkwürdigen Traum«, sagte Katherine leise. »Ich träume, daß ich aufwache und sie am Fuß meines Betts steht und versucht, mir etwas zu sagen. Aber ich kann nicht hören, was sie spricht, und wenn ich versuche aufzustehen, habe ich ein Riesengewicht auf der Brust, das mich runterdrückt. Dann versuch ich zu schreien, aber es kommt kein Laut aus meinem Mund, und ich habe das Gefühl, ich müßte ersticken.«

Einige Augenblicke lang standen sie schweigend Seite an Seite in der Küche und sahen hinaus in die Landschaft, die sich verdunkelt hatte. Dann runzelte Katherine die Stirn und fragte: »Und Hector? Hast du mal von Hector gehört?«

»Ich habe ihm geschrieben – nach Bellingford –, aber ich habe keine Antwort bekommen.«

»Was ist mit dem Kind?«

»Die Kleine lebt immer noch bei den Wybornes. Meine Mutter sagt, sie sei sehr süß.«

»Ich war lange nicht mehr zu Hause«, sagte Katherine. »Seit – ich muß mal wieder hinfahren, aber ich hatte so viel zu tun.«

Liv lächelte. »Mit jemand Bestimmtem?«

»Ich will niemand Bestimmten. Rachel hatte jemand Bestimmten – und was hat's ihr gebracht? Tod im Kindbett mit ...« Katherine sah Livs Gesicht. »Oh, Liv! Livvy! Entschuldige. Ich bin so blöd. Immer vorn dran mit dem Mundwerk.«

»Es macht nichts.« Liv wandte Katherine den Rücken und schenkte den Kaffee ein.

»Bei dir wird bestimmt alles gutgehen.« Unbeholfen nahm Katherine Liv in den Arm. »Ich weiß es, es geht bestimmt alles gut.«

Felix fand sich mühelos in den täglichen Rhythmus der Gemeinschaft. Morgens stand er früh auf, arbeitete bis Mittag im Haus oder im Garten, machte nach dem Mittagessen ein Nickerchen und arbeitete dann noch einmal bis zum Essen am frühen Abend. Die Tage waren angefüllt mit Tätigkeit. Meistens ging er abends gegen elf in sein Zimmer, las noch ein, zwei Seiten in »Das Glasperlenspiel« und schlief dann todmüde ein.

Nach zwei Wochen faßte er einen Entschluß. Er suchte spät abends Nancy auf, die in der Küche über irgendwelchem Papierkram saß. »Hast du einen Moment Zeit?«

»Natürlich, Felix.« Sie seufzte. »Ich bin, ehrlich gesagt, dankbar für jede Ablenkung.« Sie wies auf die Papiere.

»Was ist das denn?«

»Steuersachen. Es geht um die Erbschaftssteuer. Die Vermögensverhältnisse meines Vaters waren ziemlich kompliziert, und ich bin im Rechnen immer schon ein hoffnungsloser Versager gewesen.«

»Kann ich dir vielleicht helfen?«

»Ich würde es nicht wagen, dich darum zu bitten.«

»Aber warum denn nicht?« Er setzte sich neben sie. »Ich bin mit Gewinn- und Verlustrechnungen aufgewachsen. Zahlen hab ich praktisch mit der Muttermilch eingeflößt bekommen.«

Die scharfe Falte zwischen Nancys Augenbrauen glättete sich einen Moment lang. Sie schob ihm die Papiere hin. »Ich werde dich immer und ewig lieben, Felix, wenn du mir aus diesem Durcheinander raushelfen kannst. Ich weiß, ich sollte einen Steuerberater nehmen, aber Steuerberater kosten Geld, und das ist bei mir leider ziemlich knapp.«

Sie machte Tee, während er arbeitete. Nach einer Weile sagte er: »Du hast nicht viel mehr als das Haus, Nancy. Das restliche Vermögen deines Vaters – die Wertpapiere – werden verkauft werden müssen, damit die Steuer beglichen werden kann. Vorausgesetzt, du hast vor, das Haus zu behalten.«

»Aber ja, natürlich behalte ich es. Ich wollte immer schon hier leben. Und Geld brauchen wir ja nicht, oder?«

Er warf einen Blick auf die deprimierenden Zahlen, sagte aber nur: »Ich wollte dich eigentlich etwas fragen, Nancy.«

»Ob du hierbleiben kannst.«

»Woher weißt du das?«

»Ich hatte so ein Gefühl. Und ich fände es schön, wenn du bliebst, Felix. Ich muß natürlich die anderen fragen. Es ist eine Entscheidung der Gemeinschaft, das weißt du. Aber ...«

»Was denn?«

Nancy schwieg einen Moment, dann sagte sie: »Warum willst du in Great Dransfield bleiben?«

»Weil ich mich hier wohl fühle. Weil ich das Gefühl habe, endlich angekommen zu sein. Einen Ort für mich gefunden zu haben.«

»Oder einen Menschen?«

Er senkte den Blick nicht. »Saffron, meinst du?«

»Du scheinst sie – sehr gern zu haben.«

Er sagte abwehrend: »Und? Ist das etwa schlimm?«

»Nein, natürlich nicht. Und ich will mich auch nicht einmischen.« Nancy schien nach Worten zu suchen. Sie tätschelte flüchtig seine Hand. »Sei einfach vorsichtig, Felix, ja? Liebe verlangt viel Bemühen, und in der ganzen Zeit, die ich Saffron kenne, habe ich noch nie erlebt, daß sie sich um irgend etwas besonders bemüht hat. Hübsche Frauen haben das nicht nötig.«

Felix' Name wurde den Listen hinzugefügt, die Nancy jede Woche ausarbeitete. Er entdeckte, daß er für die Gartenarbeit kein Talent besaß – die Pflanzen wollten unter seiner Pflege nicht so recht gedeihen –, aber er hackte Holz, er baute Regale und turnte wie ein Akrobat auf dem Hausdach herum, um Schindeln zu ersetzen, die bei einem Sturm abgerissen worden waren. Er kochte und putzte und spülte ab, wenn er mit diesen Arbeiten an der Reihe war, und er hütete die Kinder. Den schreienden Zak brachte er zum Schweigen, indem er ihn in seinem Kinderwagen in rasantem Tempo auf holprigem Gelände herumschob, India und Justin versuchte er die Mathematik nahezubringen. Er hatte bemerkt, daß sie praktisch Analphabeten waren. Aber die Unterrichtsstunden verliefen unbefriedigend: India kaute auf ihrem langen wirren Haar und klagte über Magenschmerzen; Justin nutzte die halbe Stunde, um die Flüche zu üben, die ihm die feindseligen Dorfkinder beibrachten. Als Felix mit Claire sprach, sagte die nur: »Ach, weißt du, sie werden es schon lernen, wenn sie dafür reif sind. Es hat doch keinen Sinn, die armen Kleinen zu zwingen.« Felix war froh, als das Unternehmen im Sande verlief.

Nancy nahm sein Angebot, sich um die Buchhaltung zu kümmern, dankbar an. Es brauchte einige Zeit, um Nancys eigenwillige Art der Buchführung zu durchschauen, und weit weniger Zeit, um zu sehen, daß Nancy sich irrte: Sie brauchten sogar sehr dringend Geld. Er brachte das Thema bei der nächsten Versammlung zur Sprache.

»Uns geht das Bargeld aus«, berichtete er. »Es kommen aber Rechnungen auf uns zu, gerade jetzt, wo der Winter vor der

Tür steht. Für Kohle und Strom zum Beispiel. Ich wollte von euch wissen, ob ihr bereit wärt, darüber zu diskutieren, was für Möglichkeiten wir haben, um etwas Geld aufzubringen.«

»Ich denke«, entgegnete Claire verächtlich, »wir sollten uns lieber überlegen, wie wir *ohne* Geld zurechtkommen. Ich dachte, das wäre das Ziel der Gemeinschaft – der Tretmühle des Kapitalismus zu entkommen.«

»Und was schlägst du vor, Claire?« fragte Lawrence. »Daß wir unsere eigene Kohle abbauen?«

»Könnten wir nicht Holz zum Heizen nehmen?« fragte Nancy zaghaft. »Draußen im Wäldchen gibt es mehrere alte Bäume, nicht wahr, Martin?«

»Zuviel Asche«, versetzte er. »Das würde den Ofen verstopfen.«

»Wir brauchen keine Heizkörper. Wir sollten mit offenen Feuern heizen.«

»O Gott, das wäre ja Wahnsinn!« sagte Bryony ängstlich. »Ich würde Zak niemals in einem Raum mit offenem Feuer lassen.«

»Du solltest ihn bei dir im Bett schlafen lassen. Justin und India schlafen auch bei mir. Wir halten uns gegenseitig warm.«

»Aber du weißt doch, was für einen schlechten Schlaf Zak hat.« Bryony schien den Tränen nahe. »Und ich bin immer so müde …«

Saffrons klare Stimme durchschnitt das Hin und Her. »Woran hast du denn gedacht, Felix?«

»Ich dachte, wir könnten vielleicht einen Stand auf dem Markt nehmen.«

Niemand sagte etwas. Aber sie starrten ihn alle an. Felix erklärte hastig: »Wir könnten die Dinge verkaufen, die wir hier selbst produzieren. Marmelade und eingelegtes Gemüse … Eier und Salat. Es wäre doch eine Möglichkeit, mit den Dingen, die wir im Überfluß haben, Geld zu verdienen. Und wir könnten Bryonys Batiken und deine Webarbeiten verkaufen, Claire. Ich bin sicher, es gäbe Käufer genug dafür.« Seine Stimme versickerte im Schweigen. »Wenn jemand einen besseren Einfall hat …«

»Ich hätte mich wohl kaum entschieden, hier zu leben, wenn ich in einem gottverdammten Laden arbeiten wollte.«

»Wieder die alte Hetze. Der ewige Kampf ums Geld.«

»Ich finde«, sagte Nancy mit Entschiedenheit, »daß das ein ganz hervorragender Einfall ist, Felix.«

Er atmete ein wenig auf. »Dann werde ich mich mal kundig machen. Was man an Genehmigungen braucht und so. Markttag ist immer samstags und dienstags. Wenn ihr wollt, probier ich als erster mein Glück. Wenn wir dann tatsächlich auf unserem Zeug sitzenbleiben, habe ich nur *meine* Zeit verschwendet.«

»Ich helfe dir«, sagte Saffron.

Claire hob ruckartig den Kopf. »Du lieber Himmel, *Saffron*! Du meldest dich freiwillig zur Arbeit? Das sieht dir aber gar nicht ähnlich.«

Saffron lächelte zuckersüß. »Jeder tut, was er kann, Claire.«

Der erste Markttag war ein voller Erfolg. Am Samstag mittag waren sie bereits ausverkauft.

»Wir haben uns eine Belohnung verdient«, erklärte Saffron und zog ihn zu dem Wagen, an dem Getränke und kleine Imbisse verkauft wurden. »Komm, eine schöne Tasse Tee«, sagte sie. »*Beuteltee*, nicht dieser gräßliche Kräutersud. Und was Süßes.«

Felix kaufte den Tee. Saffron tunkte ihr Gebäck hinein und sah ihn nachdenklich an. »Ich hätte nicht gedacht, daß du bleiben würdest.«

Er war erstaunt. »Warum nicht?«

»Jemand wie du ... Du brauchst doch nicht so ein Asyl.«

Er ging auf das *Jemand wie du* nicht ein und sagte nur: »Mir gefällt es hier. Alles ist aufs Wesentliche reduziert. Und ich mag die Leute.«

»Alle?« Sie sah ihn verschmitzt an.

»Na ja – Nancy ist jedenfalls eine tolle Person.«

»Ja, okay, Nancy ist echt gut.«

»Woher kennt ihr beide euch eigentlich?«

»Wir haben bei derselben Firma gearbeitet.«

»Ach?« Er war überrascht. »Ich dachte …«

»… wir wären schon als Blumenkinder auf die Welt gekommen? Aber nein! Vor Jahren waren Nancy und ich bei derselben Anwaltskanzlei in Andover. Sie war Chefsekretärin und ich Tippse.«

Der Wind faßte ihr langes helles Haar und blies es ihr ins Gesicht. Sie hatte einen pilzbraunen Samtmantel über einem ockerfarbenen Kleid mit Stickereien an. Felix hatte große Mühe, sie sich in einem Büro vor einer Schreibmaschine vorzustellen.

»Wir sind in Kontakt geblieben, nachdem wir bei der Kanzlei aufgehört hatten«, fuhr Saffron fort, »und dann ging's mir diesen Sommer eine Zeitlang ziemlich schlecht. Ich war krank gewesen und konnte nicht arbeiten, und da schlug Nancy mir vor, nach Great Dransfield zu kommen.« Saffron blickte durch den Kranz ihrer Wimpern zu ihm hinauf. »Du magst doch nicht *alle* hier, oder, Felix? Das ist unmöglich. Claire ist natürlich hier, weil sie von ihrem Mann weg wollte – oder er von ihr, der arme Kerl.« Sie hob die schmalen Schultern. »Ich kann nicht verstehen, warum gerade reizlose Frauen wie Claire sich immer besondere Mühe zu geben scheinen, um noch reizloser zu wirken. Sie rasieren sich die Beine nicht, sie zupfen ihre Augenbrauen nicht – und sie schminken sich natürlich nie.«

»Claire ist doch nicht reizlos.«

»Also, hör mal!«

»Sie hat schöne Augen. Und schöne Haare.«

Sie zog ein wenig die Mundwinkel herab. »Bist du scharf auf sie, Felix? Ich hoffe nicht. Um deinetwillen. Stell dir vor, du mußt die nächsten zehn Jahre morgens beim Frühstück diesen reizenden Kleinen gegenübersitzen! Kein Wunder, daß der Ehemann und Vater abgehauen ist.«

»Ich meinte doch nicht …«

Saffron stand auf und klatschte zweimal kurz in die Hände. »Oder vielleicht liegt Bryony dir mehr.« Sie verzog das Gesicht und äffte Bryonys Jammerton nach. »Bei mir im Zimmer ist es so kalt … und ich bin immer so müde … und Zak hat mich schon wieder von oben bis unten vollgekotzt.«

Felix mußte lachen. »Ich verspreche dir, daß ich nicht in Bryony verliebt bin. Und auch nicht in Claire. Im übrigen hat Bryony ja ihren Lawrence.«

»Im Augenblick«, sagte Saffron.

Er hatte begonnen, Körbe und Kisten in den alten Lieferwagen zu laden. »Wie meinst du das?«

»Na, der bleibt doch bestimmt nicht auf Dauer bei ihr.«

»Er ist ihr Mann. Er liebt sie.«

»Mein Gott, bist du ein Romantiker, Felix. Lawrence hat die Nase restlos voll von Bryony. Wenn er auch nur einen Funken Eigeninitiative besäße, hätte er sich schon längst eine andere gesucht.«

Er wollte etwas sagen, aber sie ließ ihn nicht zu Wort kommen. »Die einzigen Menschen«, erklärte sie, »die an Monogamie glauben, sind Frauen wie Bryony, die einen Mann haben wollen, um ein Kind nach dem anderen zu gebären. Ich bin überzeugt, kein Mensch wäre freiwillig monogam.«

»Wieso nicht? Wenn man den anderen liebt.«

»Das heißt noch lange nicht, daß er einem *gehört*.«

Felix warf die Orangenkisten und die Körbe zum Klapptisch in den Wagen. »Nein, natürlich nicht.«

»Wenn wir das glauben würden, erginge es uns am Ende wie unseren Eltern – wir würden streiten wie Hund und Katz, uns hassen bis aufs Blut, aber zusammenbleiben, weil wir einen Trauring tragen.« Saffrons graue Augen blitzten. »Diese Heuchelei!«

Felix sagte milde: »Tja, da hatte ich wohl Glück. Meine Eltern haben sich nie gestritten.«

»Und sind sie noch zusammen?«

Er schüttelte den Kopf, und sie sagte: »Na also.«

»Meine Mutter ist vor fast drei Jahren gestorben«, erklärte er.

Sie stellte ihre leere Tasse nieder. »Ach, Felix, das tut mir leid. Wie schrecklich. Was ist denn passiert?«

»Sie war mit dem Auto auf einer Landstraße unterwegs, um meine Schwester von einer Party abzuholen. Es waren nur ein paar Kilometer. Jemand fuhr direkt vor ihr in die Kreuzung.«

Der Marktplatz und Saffron traten einen Moment lang in den Hintergrund, und es war wieder jener stürmische Winterabend, und Rose schrie verzweifelt: »Es ist meine Schuld! Sie wollte *mich* abholen. Es ist meine Schuld.« Er schauderte. Dann sah er Saffron an. »Bist du deshalb hier? Um dem Kriegsschauplatz Familie zu entkommen?«

»Zum Teil. Und weil es sich in Great Dransfield angenehm leben läßt. Man braucht nicht jeden Morgen mit den Hühnern aufzustehen und sich in einem überfüllten Bus in irgendein tristes Büro zu quälen. Keine Schreibmaschine. Das Tippen hab ich wirklich gehaßt. Ich konnte es kaum erwarten, aus der Kanzlei wegzukommen.«

»Warum hast du dir denn nicht was anderes gesucht?«

»Ich war fünfzehn, als ich von der Schule abgegangen bin. Ich konnte nur Kurzschrift und Maschineschreiben. Ich bin kein kluger Kopf wie du, Felix. Meine Lehrer erklärten mir, ich könnte Stenotypistin oder Friseuse oder Verkäuferin werden. Da hab ich eben einen Sekretärinnenkurs gemacht. Die Arbeit habe ich vom ersten Tag an gehaßt. Gräßliche alte Kerle, die meinten, sie könnten einen in den Hintern kneifen, und zickige alte Jungfern, die einen rumkommandierten. Nein, danke.«

»Du könntest Schauspielerin werden … oder Model …«

»Lieb von dir, aber, ganz ehrlich gesagt, ich will gar nichts Besonderes werden. Ich will einfach nur ich sein. Ist das so schlimm?«

»Überhaupt nicht«, sagte er. »Im Gegenteil. Es ist perfekt.«

Sie sah ihn von der Seite an. »Ist das dein Ernst?« Er nickte. »Gut«, sagte Saffron und lächelte in sich hinein. »Ich war mir nämlich nicht sicher.«

Felix bewohnte eines der Mansardenzimmer des Alten Pfarrhauses. Von seinem schmalen Spitzbogenfenster aus konnte er die Wiese und die Obstpflanzung sehen und dahinter den See. Abends pflegte eine Schleiereule vom Dach zum Baum zu schweben, ein grauer Geist, dessen unheimlicher Ruf die Stille durchbohrte.

Er hatte seine Schuhe ausgezogen und sein Hemd abgelegt

und wollte gerade einen Stapel Bücher vom Bett auf den Fußboden befördern, als jemand leise an seine Zimmertür klopfte. Als er öffnete, stand Saffron vor ihm.

Er wollte etwas sagen, aber sie legte ihm den Finger auf den Mund. Ganz von selbst streckte er den Arm aus, um ihr silberhelles Haar zu berühren. Es rieselte wie Seide zwischen seinen Fingern hindurch. Als er Saffron küßte, schoß ihre kleine Zunge flink zwischen seinen Zähnen hindurch, und er zog sie an sich und drückte seinen Mund auf ihre kühle, saubere Haut. Seine Hände folgten den Konturen ihres Körpers, er fühlte, daß sie unter ihrem Kleid nackt war. Sie griff nach rückwärts, zog einen Haken aus der Öse, und das Kleid glitt an ihrem Körper herab zu Boden. Er stöhnte auf bei ihrem Anblick, und sie legte ihre flache Hand an sein Gesicht und lächelte. Er wußte, daß er drauf und dran war, sich in ihr zu verlieren. Er war atemlos, hatte das Gefühl zu ertrinken.

Viel später, als sie endlich reglos in der Dunkelheit lagen, sagte sie: »Ich bleibe nicht über Nacht, Felix. Ich schlafe lieber allein. Das ist immer so.«

Er sagte nichts. Aber er drückte sie fester an sich und schmiegte seinen Kopf in die Krümmung ihres Halses, als ihm die Lider schwer wurden.

»Viele Männer schnarchen«, sagte sie. »Ich kann nicht schlafen, wenn jemand schnarcht. Schnarchst du, Felix?«

»Ich weiß es nicht. Ich habe mir noch nie zugehört.«

Sie lachte leise. Dann sagte sie: »Mein Mann hat geschnarcht.«

Er war plötzlich hellwach. »Dein Mann? Du warst verheiratet?«

»Ich bin es noch, wenn er nicht von einem Bus überfahren worden ist. Hoffen kann man ja, oder nicht?«

»Ich hatte keine Ahnung.«

»Wie auch? Sein Name ist schließlich nicht in meine Stirn eingebrannt – obwohl ihm das bestimmt gefallen hätte. Ich habe ihn seit fast einem Jahr nicht mehr gesehen. Er weiß nicht, wo ich bin, und mich interessiert nicht im geringsten, wo *er* ist.«

»Seit wann bist du verheiratet?« fragte er. »Wo hast du ihn kennengelernt? Wie heißt er?«

Aber sie gähnte, ohne zu antworten, und glitt aus seiner Umarmung. Als er protestierte, neigte sie sich über ihn und streifte ganz leicht seine Lippen mit den ihren. »Ich hab's dir doch eben gesagt. Ich bleibe nie über Nacht.«

Sie zog ihr Kleid über den Kopf und ging.

Katherine sorgte dafür, daß sie keine freie Minute hatte. Wenn sie sich keine Muße gönnte, wenn sie nie allein war, hatte sie auch keine Zeit zu grübeln. Tagsüber arbeitete sie hart, und abends ging sie aus. In ihre Wohnung in der Capricorn Street kehrte sie erst zurück, wenn sie vom Tanzen so müde und von Cola mit Rum so benebelt war, daß sie nur noch den Kopf auf dem Kissen niederzulegen brauchte, um einzuschlafen. In den ersten Wochen nach Rachels Beerdigung hatte sie sich nächtelang ruhelos gewälzt, während sie dem Knacken der Rohre und dem Knarren der Fußbodendielen lauschte. Unablässig hatten ihre Gedanken sie gequält und geängstigt.

Felix fehlte ihr. Als sie seinen Brief öffnete – *es ist ein wunderbarer Ort, Katherine, das reinste Paradies, und Nancy ist der netteste Mensch, den man sich vorstellen kann* –, hätte sie, so lächerlich es schien, am liebsten geweint. Sie vermißte die leidenschaftlichen Auseinandersetzungen mit ihm und den Klang seiner Schritte. Sie wußte, daß auch Toby Felix jetzt gebraucht hätte.

Sie machte sich Sorgen um Toby. Er rauchte seinen ersten Joint schon morgens zum Kaffee und seinen letzten beim Zubettgehen in den frühen Morgenstunden. Nur selten verließ er das Haus in Chelsea, schlurfte den ganzen Tag nur zwischen seinem Schlafzimmer in der zweiten Etage und dem Redaktionsbüro von »Frodo's Finger« im Souterrain hin und her. Wenn er überhaupt einmal mit geblendeten Augen blinzelnd ins Freie ging, dann höchstens, um Aspirin, Bier oder Zigarettenpapier für seine Joints zu besorgen. Manchmal kam er nicht einmal ins Büro hinunter, sondern saß von früh bis abends in einem der oberen Räume vor dem Fernsehapparat. Er hatte sich angewöhnt, zerschlissene Jeans und einen bestickten seidenen Morgenrock zu tragen, der seinem Vater gehört hatte. Der Morgenrock schlotterte viel zu groß um seine schmächtige, abgemagerte Gestalt. Einmal war Katherine so heftig erschrocken beim Anblick des ausgezehrten Körpers, daß sie ihm einen Riesenteller Eier mit Schinken machte. Aber er stocherte nur lustlos darin herum.

»Ich hab Schulden«, erklärte er, auf der Stuhlkante hockend, und zerriß das Brot zwischen seinen Fingern, während er furchtsame Blicke aus dem Fenster warf. »Ich weiß, daß diese Leute mich beobachten.«

Der größte Teil der Antiquitäten und Gemälde im Haus war verschwunden, entweder von Toby, der Geld gebraucht hatte, verkauft, oder von skrupellosen Leuten aus seiner Bekanntschaft gestohlen. In den Perserteppichen waren Brandlöcher von Zigaretten und umgestoßenen Kerzen. In der kältesten Zeit des Winters wurde der Strom abgestellt; Toby behalf sich, indem er Stühle und Teile des Treppengeländers verfeuerte. Das Haus war immer voller Leute, schläfrige Gestalten, die auf der Treppe herumlungerten, oder, in alte Militärmäntel eingehüllt, auf den Sofas lagen. Katherine flößten sie Unbehagen ein. Das Haus hatte einen merkwürdigen Geruch angenommen, eine aufdringliche Mischung aus der Ausdünstung ungewaschener Körper, dem Gestank faulenden Gemüses, Zigarettenqualm und dem Duft nach Räucherstäbchen. Die Räucherstäbchen pflegte Toby abzubrennen, um andere verräterische Gerüche zu überdecken. Katherine vertraute er seinen Verdacht an, daß einige der Leute, die zu ihm ins Haus kamen, verdeckte Ermittler der Polizei seien. Katherine war überzeugt, daß kein verdeckter Ermittler es geschafft hätte, so dreckig und heruntergekommen auszusehen wie Tobys Freunde. Im Vergleich zu ihnen kam sie sich richtig adrett vor.

Sie versuchte, mit Stuart über Toby zu sprechen, aber der war unbekümmert. »Ach, Toby hat doch immer irgendeinen Floh im Ohr. Es gibt solche Leute. Die sind nicht glücklich, wenn sie sich nicht über irgendwas aufregen können.«

»Stuart!« sagte Katherine streng: »Toby klebt Haare über

die Bürotür. Wie in Spionagefilmen. Er ist felsenfest davon überzeugt, daß jemand bei ihm einbrechen will.«

Stuart lachte geringschätzig. »Als ob's da was zu holen gäbe!«

»Er ißt nichts. Ich hab neulich für ihn gekocht – *ich*, Stuart! Ich habe tatsächlich für einen Mann gekocht.«

Stuart sah sie mit einem Augenaufschlag unter hellen, dünnen Wimpern hervor an. »Ach, mach mir doch ein Brot, Süße, hm? Ich hab solchen Hunger!«

Katherine warf ein Kissen nach ihm und setzte sich wieder an ihre Schreibmaschine.

Weihnachten fuhr sie nach Hause. Sie hatte vorgehabt, die ganze Woche zu bleiben, aber schon nach zwei Tagen hätte sie am liebsten laut geschrien vor Langeweile. Simon war in Frankreich geblieben, Liv hockte mit ihrem gutaussehenden finsteren Ehemann in dieser eiskalten Kate und Rachel war – nein, sie würde nicht an Rachel denken. Blieben ihre Eltern und Michael, den sie immer schon ziemlich fade gefunden hatte. Und Philip natürlich, der mittlerweile zwölf war, aber zu Weihnachten immer noch Holzbauklötze und Plüschtiere bekam. Katherines Mutter hetzte sich ab, kochte und putzte vom frühen Morgen an, aber der Truthahn war in der Mitte nicht durch, und die Vanillesoße hatte Klumpen.

Am zweiten Feiertag radelte Katherine nachmittags nach Fernhill Grange hinüber. Vor dem Tor zögerte sie. Am liebsten wäre sie umgekehrt und wieder gefahren. Aber da war das Päckchen in ihrer Hand, und da war die Erinnerung an Rachels Worte, *Ihr vergeßt mich doch nicht?* Sie ging die Auffahrt hinauf und läutete.

Die Haushälterin öffnete ihr. Katherine sagte: »Ich wollte zu Alice. Ich habe ein kleines Geschenk für sie«, und wurde eingelassen.

Sie erschrak, als sie die Wybornes sah. Der Schmerz hatte Dianas einst weiche, runde Züge ausgehöhlt, und Henrys ehemals markant geschnittenes Gesicht war rot und schwammig. Katherine brachte hastig ihr Anliegen vor und wurde ins Kinderzimmer geführt.

Als sie das Kind sah, rief sie erstaunt: »Sie ist ja schon so groß!« In ihrer Vorstellung war Alice Seton ein winziges Neugeborenes geblieben.

»Sie ist sieben Monate alt«, sagte Diana.

Katherine trat ans Kinderbett. Alice richtete sich auf alle viere auf und schaute interessiert zu ihr hinauf. Sie hatte feines helles Haar, aber die Augen waren dunkelbraun wie Rachels.

»Ist sie …« Katherine geriet ins Stocken. Wonach fragte man überhaupt bei Babys?«

»Sie ist kerngesund. Ich war mit ihr bei einem Kinderarzt in der Harley Street, um nichts zu versäumen.« Als Diana an das Gitterbettchen trat, verzog sich Alices kleines Gesicht zu einem breiten Lächeln. In dem halb geöffneten Mündchen waren wie Perlen zwei kleine Zähne zu erkennen. »Sie ist ein sehr braves Kind – sie hat schon mit einem Monat nachts durchgeschlafen. Genau wie Rachel.« Diana nahm Alice auf den Arm. »Du bist mein braves Mädchen, nicht wahr, Schatz?« Sie küßte das Kind auf den Scheitel.

Katherine fiel auf, wie müde Diana aussah und wie ihre Arme unter der Last des Kindes zitterten.

»Möchtest du sie einmal halten, Katherine?«

»Ich kann nicht bleiben«, sagte Katherine rasch. »Ich muß gehen. Ich wollte Alice nur ihr Weihnachtsgeschenk bringen.«

Wieder im Freien, radelte sie sehr schnell den Hang hinunter ins Dorf. Vor dem Cottage der Fairbrothers hielt sie an. Sie hatte plötzlich große Sehnsucht, Thea zu sehen. Die ruhige, zuverlässige Thea, bei der man sich immer geborgen fühlte. Aber als sie vom Fahrrad stieg und durchs Fenster spähte, sah sie, daß Thea nicht allein war. Dieser sonderbare Mann, dem sie den Haushalt führte, stand mit einem Sherryglas bei ihr in der Küche. Katherine wollte ans Fenster klopfen, aber irgend etwas hielt sie davon ab. Die Szene hatte etwas so Intimes, daß sie schnell und leise zum Weg zurücklief und auf ihrem Fahrrad nach Hause fuhr. Am nächsten Tag packte sie ihre Sachen und reiste nach London zurück.

Stefan hatte die Idee, Thea zum neuen Jahr einen Überraschungsbesuch abzustatten. Am letzten Tag des Jahres stopfte er gleich nach dem Aufstehen ein paar Sachen in eine Reisetasche, packte Liv ins Auto und war um zehn Uhr schon mit ihr auf der Schnellstraße. Schneeregen klatschte auf die Windschutzscheibe des 2 CV, und Liv saß unbequem in ihrem Sitz, zusätzlich beengt von den Geschenken für Thea – einem Korb Eier, einer großen Tüte Rosenkohl und einer zerschlissenen Erstausgabe von »The Arthur Rackham Book of Fairytales«, die Stefan in einem Antiquariat in Keswick entdeckt hatte.

Sie erreichten Fernhill am frühen Abend. Thea öffnete ihnen. Sie sah Liv nur an, und ein Lächeln erleuchtete ihr ganzes Gesicht. Dann nahm sie ihre Tochter fest in den Arm.

»So eine lange Fahrt – kommt rein, wärmt euch erst mal auf ... Stefan, das ist wirklich eine herrliche Überraschung ... Komm, Liv, du bist sicher todmüde ...«

Im Haus wurde gerade gefeiert, eine der Partys, wie Thea sie gerne veranstaltete, zwanglos und mit allen ihren Freunden. Die meisten Mitglieder ihres Keramikkurses waren da, Mrs. Jessop vom Zeitungsladen, die Nachbarn und Mr. Thorneycroft. Es erstaunte Liv, Mr. Thorneycroft zu sehen, den sie bislang eher für einen eigenbrötlerischen Menschen gehalten hatte; er trug wie immer seinen Tweedanzug und seinen Spazierstock, aber er hatte sich, wohl als Konzession an die Feiertage, ein Stechpalmenzweiglein ins Knopfloch gesteckt.

Anfangs war die Gesellschaft ziemlich gesetzt, die Töpfer unterhielten sich über Glasuren und Brenntechniken, die Nachbarn vergnügten sich mit Klatschgeschichten. Dann machte Stefan den Vorschlag, Scharade zu spielen, und nach einer Weile ging es gar nicht mehr so gesetzt zu, sondern dank Theas Glühwein und Stefans Einfallsreichtum wurde die Stimmung eher ausgelassen, akzentuiert von lautem Gelächter und dem Triumphgeschrei der gegnerischen Parteien. Die Party endete nach Mitternacht. »Auld Lang Syne« schallte durch die Nacht, als die Töpfer sich gemeinsam in ein Taxi zwängten und die Nachbarn leicht lallend zur Tür hinaustorkelten.

Stefan und Liv schliefen dicht aneinander geschmiegt in Livs altem Einzelbett. Als sie erwachte, war sie allein. Sie legte ihre flache Hand auf ihren Leib und genoß einen Moment die kleinen schnellen Bewegungen des Kindes, bevor sie sich in ihrem Zimmer umsah. Alles war so, wie sie es zurückgelassen hatte: Poster und Bilder an den Wänden, jede Fläche mit Stickereien, Patchwork, Papierblumen und Phantasiegeschöpfen aus Muscheln bedeckt.

Thea brachte ihr den Tee ans Bett. »Stefan ist im Garten«, sagte sie. »Eine der Weiden ist beim letzten Sturm umgestürzt. Er macht jetzt Feuerholz daraus.«

Nach dem Frühstück ging sie in den Garten. Stefan lächelte ihr kurz zu und kehrte an seine Arbeit zurück. Glitzernd sauste die Axt durch die Luft, und auf dem Boden häuften sich die Scheite. Sie sah ihm eine Weile zu, aber seine intensive Konzentration auf seine Arbeit schloß sie aus. Drinnen im Haus fühlte sie sich unbehaglich: Überall umgaben sie hier die Erzeugnisse ihrer jugendlichen Hobbys und Leidenschaften und erinnerten sie an das junge Mädchen, das sie einmal gewesen war, ziellos und ihrer selbst unsicher.

Sie ging zum Friedhof, legte die kleinen Schätze, die sie aufbewahrt hatte – ein vollendet geformtes versteinertes Ammonshorn, die saphirblaue Feder eines Hähers, einen Mistelzweig – auf Rachels Grab, aber auch dies schien nur eine leere Geste, die ohne Resonanz blieb. Kein tröstender Geist erschien ihr unter den tropfenden Zweigen der Eiben, kein vertrauliches Flüstern oder leises Gelächter brach sich an den alten Flintsteinmauern. Nur Erde, Stein und Baum waren hier und eine Landschaft, der sie entwachsen war, der Meer und Hügel fehlten. Sie begegnete nur den Erinnerungen, denen sie ins Auge zu sehen wagte. Sie sah Rachel, die sich mit ausgebreiteten Armen im Garten drehte. *Wenn du so machst, kannst du vielleicht das Meer sehen.* Liv breitete ihre Arme aus und begann sich zu drehen. Aber ihr wurde sofort schwindlig, und sie mußte anhalten. Die Hände auf ihren gewölbten Leib gelegt, spürte sie das Hämmern ihres Herzens und die protestierenden Bewegungen des Kindes.

Als sie am folgenden Tag wieder nach Norden fuhren, verdichtete sich der Graupelregen zu Schnee. Flocken trieben gegen die Windschutzscheibe des Wagens, und die gelben Scheinwerfer der Lastwagen auf der Schnellstraße glommen wie böse Augen im trüben Grau. In einen Stau von Fahrzeugen eingekeilt, die vorsichtig durch das Schneetreiben krochen, kamen sie nur im Schrittempo vorwärts. Stefan wurde unruhig. Sie waren am Abend zu einer Party bei seinem Professor in Lancashire eingeladen.

Liv versuchte, ihn zu beschwichtigen. »Professor Samuels wird das bestimmt verstehen. Es macht doch nichts, wenn wir uns ein bißchen verspäten.

»Natürlich macht es was! Ich brauch den Job.« Stefan hatte sich um eine Festanstellung in der Fakultät beworben.

»Wir könnten ja anrufen.«

Er saß tief über das Lenkrad gebeugt und spähte angestrengt durch das kleine Stück Scheibe, das die schwachen Scheinwerfer des 2 CV frei hielten. Er sah müde aus. Die lange Fahrt nach Fernhill, die Party, die bis spät in die Nacht hinein gedauert hatte, die anstrengenden Holzfällerarbeiten verlangten jetzt ihren Tribut. Ein kleiner Muskel neben seinem Mund zuckte unkontrollierbar.

Um neun Uhr waren sie in Galgate. Sie müßten direkt zu Professor Samuels fahren, sagte Stefan. Die Zeit reiche nicht, um vorher noch nach Hause zu fahren. Aber mein Haar, mein Kleid, dachte Liv. Sie versuchte, in den Rückspiegel zu sehen, zog einen Kamm durch ihr Haar und legte frischen Lippenstift auf.

In einem dreistöckigen edwardianischen Haus in Lancaster streifte sie durch Räume voller Menschen, berührte hier einen heißen Heizkörper, dort einen schwer fallenden Brokatvorhang. Sie trug den grünen Samtkittel, den Thea ihr zu Weihnachten geschenkt hatte; die Jeans, die sie darunter anhatte, war mit einem Stück Gummiband zusammengehalten. Alle anderen Frauen waren im Abendkleid oder im kleinen Schwarzen, sorgfältig frisiert und geschminkt. Liv taten die Beine weh, sie hätte sich gern einen Moment gesetzt, aber Sofa und Sessel waren von einer beängstigenden Schar von Professorengattinnen belegt. Stefans Stimme und Gelächter erhoben sich nicht weit von ihr über höflich gedämpfte Gespräche.

Eine elegante junge Frau machte sich mit ihr bekannt. »Ich bin Camilla Green. Ich glaube, wir kennen uns noch nicht.«

»Olivia Galenski.«

»Oh! Sie haben sich also unseren heißverehrten Stefan geschnappt ...« Scharfe blaue Augen musterten Liv neugierig. »Sie waren Studentin bei ihm, nicht wahr? Sehr romantisch, wenn auch Samuels nicht unbedingt beglückt war, wie ich höre.« Camilla Green lächelte. »Manch eine von uns hat ein Tränchen zerdrückt, als sie hörte, daß Stefan in festen Händen ist. Es ist wirklich absurd, nicht wahr, wie viele Frauen immer noch auf den dunklen, grüblerischen Typ fliegen.«

Vom anderen Ende des Raums schallte lautes Gelächter herüber. Liv sah sich um. Stefan war der Mittelpunkt einer Gruppe von Leuten; sie hörte die raschen Hebungen und Senkungen seiner Stimme. Er hatte begonnen, ein Kartenhaus zu bauen. Seine Finger griffen Karte um Karte auf und errichteten Dreieck über Dreieck. Ein paar Leute applaudierten und spornten ihn mit aufmunternden Worten an. Herz, Karo, Kreuz und Pik türmten sich in luftige Höhen, bis Stefan sogar auf einen Stuhl stieg, um das Gebäude zu krönen. Als er die letzten beiden Karten vorsichtig aneinanderlegte, geriet das ganze kunstvolle Bauwerk ins Wanken und stürzte ein. Der Ausdruck seines Gesichts verwandelte sich schlagartig. Er taumelte und wäre beinahe gestürzt, als er vom Stuhl herabstieg. Ein Glas fiel um und rollte vom Tisch. Klirrend zersprang es auf dem Parkettboden. Jemand bemerkte mit gesenkter Stimme: »Ein bißchen zuviel vom weihnachtlichen Geist vielleicht«, als Liv sich durch das Gedränge zu ihm schob.

»Stefan«, flüsterte sie, »wir gehen jetzt besser.«

»Es ist noch viel zu früh.« Mit zusammengekniffenen Augen starrte er auf seine Uhr.

»Ich bin müde, Darling.«

Mrs. Samuels kehrte mit verkniffenem Mund die Scherben auf dem Boden zusammen.

Die Kälte draußen war schneidend, der Himmel klar und

voller Sterne nach dem Schneesturm. Sie hatten fast die Stadtgrenze erreicht, als der Wagen plötzlich auf die falsche Straßenseite hinüberschoß. Liv schrie, und Stefan riß die Augen auf. Fluchend zog er das Steuer herum und bremste den Wagen ab. Der 2CV kam wenige Zentimeter von einem geparkten Wagen entfernt zum Stehen.

Liv zitterte vor Schreck. Einen Moment lang tastete Stefan über die Armaturen, als hätte er vergessen, wozu sie da waren. »Du Idiot, Galenski«, beschimpfte er sich mit leiser wütender Stimme, während er den Rückwärtsgang einlegte und den Wagen wendete. »Du wahnsinniger Idiot.«

Livs Herz raste. »Du bist müde, Darling, das ist alles. Ich sollte Auto fahren lernen, dann könnten wir uns auf längeren Fahrten abwechseln. Ich muß es lernen.«

»Was redest du da, Liv?« Er sah sie wütend an. »Daß ich unfähig bin?«

»Aber nein! Ich meine doch nur, daß es praktisch wäre – zum Einkaufen ...«

»Glaubst du vielleicht, ich würde dich allein durch die Gegend kutschieren lassen?« Sein Ton war schroff, er hatte die Hände zu Fäusten geballt. »Bild dir das bloß nicht ein!«

Den Rest der Fahrt schwiegen sie beide. Liv starrte zum Fenster hinaus und versuchte, die Tränen zurückzudrängen. Im Haus, als sie Handschuhe und Schal ablegte, kam Stefan zu ihr. »Es tut mir leid. Es tut mir so leid, Darling.«

Sie drehte sich nach ihm um und sah die Zeichen der Erschöpfung in seinem Gesicht: die dunklen Schatten unter seinen Augen, die Blässe seines Gesichts.

»Ich habe die Beherrschung verloren. Ich sollte meinen Zorn nicht an dir auslassen. Aber ich habe so vieles im Kopf.«

»Was denn?« fragte sie leise.

Sein Blick verdunkelte sich. »Meine Arbeit. Dauernd muß ich denken, daß sie vielleicht gar nicht gut ist. Daß vielleicht alles, was ich schreibe, Quatsch ist.«

»Aber Stefan, wie kannst du nur so was sagen?«

»Ich finde kein Ende, ich weiß selbst nicht, warum.« Er drückte die Augen zu und rieb sich mit den Fingern die Stirn.

»Vielleicht finde ich kein Ende, weil das Thema einer längeren Erörterung gar nicht wert ist. Aber ich muß etwas veröffentlichen, verstehst du. Ich bekomme keine Festanstellung, wenn ich keine Veröffentlichungen vorweisen kann.« Er sah verzweifelt aus. »Es sind so viele andere da – alle wollen sie den Posten haben.«

Sie legte beide Arme um ihn. Seine Stimmung schlug plötzlich um. »Wegen des Wagens«, sagte er. »Du weißt, ich brauche den Wagen, um zur Uni zu fahren, Liv. Und wenn ich zu Hause bin, kann ich dich jederzeit zum Einkaufen fahren, das weißt du auch, nicht wahr, Schatz?« Als sie etwas sagen wollte, kam er ihr zuvor. »Ich hätte keine ruhige Minute, wenn du jetzt Auto fahren lerntest. Stell dir nur vor, du hättest einen Unfall. Nein, vielleicht wenn das Kind da ist. Ja, dann können wir es uns überlegen. Wenn das Kind auf der Welt ist.«

6

WENN DAS KIND da ist, hatte Stefan gesagt. Dann können wir es uns überlegen. Liv hatte den Eindruck, daß alles auf die Geburt des Kindes wartete. Es schien ihr keinen Teil ihres Lebens mehr zu geben, der nicht von der bevorstehenden Ankunft des Kindes bestimmt war. Sie konnte nicht mehr ohne Stefans Hilfe aus der altmodischen gußeisernen Wanne mit den hohen Wänden steigen; das drückende Gewicht des Kindes auf ihre Blase trieb sie jede Nacht mehrmals aus dem Bett. Auf dem Weg zur Bushaltestelle mußte sie jeden Moment scharf aufpassen, um auf dem vereisten, von Furchen durchzogenen Pfad nicht zu stürzen. Sie sehnte den errechneten Geburtstermin Mitte März herbei, konnte es kaum erwarten, daß das Leben sich endlich wieder normalisieren würde.

Der Januar war gekennzeichnet von bitterkaltem Winterwetter und einer Folge häuslicher Katastrophen. Ein Teil der Sämlinge im Gemüsegarten fiel dem starken Frost zum Opfer. Der Wagen streikte, und Stefan mußte mit dem Bus zur Arbeit fahren; als er mit Verspätung im College eintraf, mußte er feststellen, daß Professor Samuels persönlich sein Seminar übernommen hatte.

Dann wollte Stefan eines Morgens Kohle holen und sah, daß der Verschlag leer war. Er rief Liv heraus. »War denn Chapman nicht hier?« Chapman war der Kohlenhändler. Er kam einmal im Monat mit seinem LKW nach Holm Edge herauf, um Kohlen zu liefern.

Liv blickte in den Verschlag. Bis auf ein paar Kohlesplitter, die in den Ecken lagen, war er leer. »Ich kann mich nicht erinnern – ich glaube nicht.«

»Du *glaubst* nicht? Ja, weißt du es denn nicht?«

Sie konnten sich eine tägliche Zeitung nicht leisten, sie hatten kein Fernsehgerät, und die Batterien des Radios waren leer. Livs Tage, die alle gleich aussahen, hatten begonnen, miteinander zu verschmelzen.

»Lieber Gott, kein Wunder, daß ich die verdammte Arbeit immer noch nicht abgeschlossen habe«, zischte Stefan wütend. »Wie soll ein Mensch bei dieser Kälte arbeiten ...« Er sah auf seine Uhr. »Ach, verdammt, ich muß mich beeilen, sonst komme ich wieder zu spät.«

Liv ging zu Fuß die anderthalb Kilometer bis zur Telefonzelle und rief in der Kohlenhandlung an. Die letzte Rechnung war noch nicht bezahlt, erfuhr sie. Zurück im Haus, fand sie die unbezahlte Rechnung in dem Wust von Zetteln und Büchern auf Stefans Schreibtisch. Sie leerte ihre Geldbörse, suchte alle lose in ihrer Handtasche herumliegenden Münzen zusammen, legte dann noch das Geld darauf, das Thea ihr zu Weihnachten geschenkt hatte, und fuhr mit dem Bus nach Lancaster. Die freundliche mütterliche Frau in der Buchhaltung bei Chapman versprach ihr, daß die Kohlen noch am Nachmittag geliefert würden.

Noch vier Wochen bis zum Geburtstermin. Liv hetzte sich ab, um alles für das Kind bereitzumachen. Sie strickte Jäckchen und Schühchen, sie nähte Nachthemdchen und arbeitete an einer Patchworkdecke für den Kinderwagen. Im Postamt hing am Fenster ein Inserat, in dem ein Kinderwagen mit abnehmbarer Tragetasche aus zweiter Hand angeboten wurde. Sie kaufte ihn und schob ihn eines Nachmittags den steilen Fußweg zum Haus hinauf. Auf der Liste, die die Hebamme ihr gegeben hatte, waren Windeln, Strampelanzüge, Plastikhöschen, Flaschen und Sterilisator aufgeführt. Liv selbst würde der Liste zufolge für das Krankenhaus drei Nachthemden brauchen, drei Stillbüstenhalter und einen Morgenrock. Bisher hatte sie nachts ausrangierte T-Shirts von Stefan getragen, und ihr Morgenrock war immer noch der, den ihre Mutter ihr zum vierzehnten Geburtstag geschenkt hatte. Da sie mit ihrem Weihnachtsgeld die Kohlen bezahlt hatte, besaß sie nun nicht einen

Penny mehr für sich. Sie zeigte Stefan ihre Liste. Er runzelte die Stirn, versprach aber, am nächsten Tag auf die Bank zu gehen. Mit den zwanzig Pfund, die er ihr gab, kaufte sie Windeln, Flaschen und Bettdecken, für sich zwei Stillbüstenhalter und auf dem Markt in Lancaster ein Stück Stoff, um sich Nachthemden daraus zu nähen. Der Morgenrock würde warten müssen.

Noch zwei Wochen bis zum Termin. Liv meinte, dicker könne sie nicht mehr werden, sonst würde sie platzen. Ihr Nabel stand aus der gewaltigen Wölbung ihres Leibes hervor wie die Kirsche auf einem Kuchen. Sie konnte sich nur noch watschelnd fortbewegen. Beim Kartoffelschälen und Wäscheaufhängen plagten sie Kreuzschmerzen, und sie bewegte sich langsam und schwerfällig.

Eines Morgens erwachte sie sehr früh. Die Fensterscheiben waren an den Rändern mit Eisblumen überfroren, und es lag eine merkwürdige Stille in der Luft, als wäre das Haus in Kälte erstarrt. Sie stand auf und ging leise die Treppe hinunter. Fast unten angekommen, blieb sie entsetzt stehen. Küche und Wohnzimmer standen unter Wasser. Teppiche, Möbel und Bücher waren in Wasser getaucht. Am Rande der Überschwemmung hatte sich Eis gebildet.

Sie weckte Stefan. Nachdem er sich hastig etwas übergezogen hatte, rannte er nach unten. Durch das etwa drei Zentimeter tiefe Wasser watend, bückte er sich und hob ein Buch auf. Als er darin blätterte, zerfiel das Papier in graue, breiige Brösel. Er wurde blaß. »Meine Bücher«, murmelte er. »Meine Bücher.« Und dann schleuderte er mit einer weit ausholenden Armbewegung den beschädigten Band quer durch den Raum an die Wand. Er schlug gegen ein Bord. Ein Glas Stechpalmenbeeren, eine Handvoll Stifte und ein Knäuel Wolle, in dem zwei Nadeln steckten, fielen zu Boden.

»Stefan!« rief sie und hielt seinen Arm fest. Doch er schüttelte sie zornig ab und lief aus dem Haus. Die Tür fiel krachend hinter ihm zu.

Als sie das Rattern des Autos hörte, rannte sie zum Fenster. Der 2CV rumpelte den Weg hinunter. Sie konnte es kaum fassen, daß er so einfach abgefahren war. Was ist, wenn jetzt das Kind kommt? dachte sie. Es gab kein Telefon im Haus, und sie hatte kein Transportmittel. Sie stellte sich vor, die Wehen begännen: Sie würde mit ihrem Köfferchen in der Hand zu Fuß den holprigen Weg zur Littledale Road und zur nächsten Bushaltestelle hinuntergehen müssen. Plötzlich mußte sie an Rachel denken, die um Hilfe gerufen und keine Hilfe bekommen hatte. Die Stille und die Einsamkeit von Holm Edge machten ihr panische Angst. Sie fuhr sich mit zitternder Hand durch das Haar und zwang sich, tief und regelmäßig zu atmen, um sich zu beruhigen. Stefan war sicher nur weggefahren, um einen Installateur zu holen. Er würde bald zurück sein.

Ihr wurde kalt. Sie schloß das Fenster und sah sich in der Küche um. Der Rohrbruch, stellte sie fest, war unter dem Spülbecken. Auf Händen und Knien kroch sie im kalten Wasser umher, Nachthemd und Morgenrock trieften vor Nässe, aber sie schaffte es, den Haupthahn zuzudrehen. Der Wasserstrom wurde dünner und versiegte schließlich. Sie kleidete sich an und begann sauberzumachen. Nur die Gegenstände im Wohnzimmer hatten Schaden genommen; die Bücher und Unterlagen in Stefans Arbeitszimmer hatte das Wasser nicht erreicht.

Während sie die Böden wischte, horchte sie, in der Hoffnung, das Auto zu hören, ständig nach draußen. Sie konnte nicht glauben, daß er nicht zurückkommen würde; daß er sie gerade jetzt, wo sie ihn am dringendsten brauchte, einfach im Stich lassen würde. Während sie die kleinen, harten Ilexbeeren aus dem durchweichten Teppich zupfte, erinnerte sie sich, daß es Unglück brachte, Weihnachtsgrün über den Dreikönigstag hinaus im Haus zu behalten. Sie dachte daran, daß sie schon einmal verlassen worden war; sie dachte an das rosarote Haus und die bunten Glasstücke am Strand.

Als sie mit dem Saubermachen fertig war, sah sie auf die Uhr. Stefan war schon seit vier Stunden weg. Die Vernunft sagte ihr, daß sie etwas essen sollte, aber die innere Spannung machte es unmöglich. Sie erinnerte sich der Wut in Stefans Blick und der Gewalt, mit der er das Buch an die Wand geschleudert hatte. Im Badezimmer erblickte sie sich im Spiegel, ein schwerfälliges, dickleibiges Geschöpf, nicht das gertenschlanke Mädchen, das Stefan geheiratet hatte. Sie ging nach oben, ins halbfertige Kinderzimmer, suchte sich einen Pinsel und begann, die Wände zu streichen.

Endlich hörte sie unten auf dem Weg das Auto. Liv biß sich auf die Lippe und blieb bei ihrer Arbeit. Sie war ihr plötzlich zur dringenden Aufgabe geworden, die Vollendung verlangte. Unten rief Stefan ihren Namen, dann hörte sie seine Schritte auf der Treppe.

Er kam ins Zimmer.

»Wo bist du gewesen?« Ihre Stimme zitterte.

»Herumgefahren. Ich bin nur herumgefahren. Ohne Ziel. Hier, die sind für dich.« Er hielt einen großen Blumenstrauß umklammert. »Es tut mir leid, Liv«, sagte er leise. »Es tut mir so leid. Bitte, verzeih mir. Ich verstehe nicht, wie ich so die Beherrschung verlieren konnte.«

»Mich einfach allein zu lassen … wie konntest du nur?« Sie drängte sich an ihm vorbei und ließ sich schwer auf einen Stuhl sinken. Die Reaktion auf Angst und Schrecken schüttelte sie, und ihre Beine schmerzten vor Anspannung.

Er kniete vor ihr nieder, Qual und Bedauern im Blick. »Ich werde nie wieder die Beherrschung verlieren, Liv«, versprach er leise. »Ich werde dich nie wieder allein lassen. Ich werde immer bei dir sein. Immer, das schwöre ich.«

Er legte den Blumenstrauß auf ihren Schoß. Sie schloß die Augen und drückte ihr Gesicht in die Treibhauslilien und die Rosen, aber sie dufteten nicht.

Erschöpft ging sie zu Bett. Stefan machte das Abendessen. Liv trank ihren Tee, aß lustlos ein paar Bissen und schlief ein. Sie träumte von Meereswellen, die durch das Haus fluteten und hinter sich eine Spur bunter Kiesel, wie Edelsteine, zurückließen. Dann puffte Rachel sie mit harter Hand in den Rücken und sagte laut: »Wach auf, Liv!«, und sie erwachte.

Es war ganz dunkel, nur das trübe Licht aus dem Korridor erhellte das Zimmer ein wenig. In der Ferne konnte sie das Klappern von Stefans Schreibmaschine ausmachen. Sie spürte, daß eine Veränderung eingetreten war, aber sie wußte nicht, welcher Art. Da war er wieder, dieser zupackende Schmerz im Rücken. Sie mußte sich einen Muskel gezerrt haben, als sie all diese Bücher herumgeschleppt hatte. Sie versuchte, ihren Körper in eine bequemere Position zu bringen, aber als sie sich aufsetzte, schoß ein Schwall warmer Flüssigkeit über die Innenseiten ihrer Oberschenkel. Einen Moment lang dachte sie, sie hätte ins Bett gemacht, aber dann wurde ihr klar, daß ihre Fruchtblase geplatzt war und daß der Schmerz im Rücken nicht von einem gezerrten Muskel herrührte, sondern von den Kontraktionen ihrer Gebärmutter. Aber es ist doch erst in zwei Wochen soweit, dachte sie, und ich habe das Umschlagtuch noch gar nicht fertig gestrickt. Dann rief sie nach Stefan.

Obwohl er sich bemühte, auf dem holprigen Ziehweg vorsichtig zu fahren, wurde sie auf ihrem Sitz hin und her geworfen und mußte die Zähne zusammenbeißen, um nicht zu schreien. Sie hatte Angst, das Kind könnte zur Welt kommen, bevor sie Lancaster erreichten, aber als sie in der Klinik ankamen, sagte die Hebamme nach der Untersuchung: »Drei Zentimeter erweitert, Mrs. Galenski. Das Kind kommt frühestens morgen vormittag.« Liv bekam Angst. Die Schmerzen waren schon jetzt kaum erträglich; wie sollte sie das noch zwölf Stunden aushalten?

Später erinnerte sie sich vor allem an ihr ungläubiges Entsetzen: daß etwas solche Schmerzen bereiten und diese Schmerzen sich über eine so lange Zeit erstrecken konnten. Die Hebamme, bei der sie einen Kurs zur Vorbereitung auf die Entbindung mitgemacht hatte, hatte von »unangenehm« gesprochen; aber dies waren höllische Schmerzen. Eine Zeitlang dachte Liv, es müßte ihre Schuld sein – sie hatte wahrscheinlich die Atemübungen nicht richtig gemacht. Dann gaben sie ihr ein Schmerzmittel, und sie dachte nichts mehr.

Freya wurde tags darauf um ein Uhr mittags geboren. »Ich sehe schon den Kopf«, sagte die Hebamme. »Nur noch einmal pressen, Kind.« Liv wußte, wenn sie noch einmal preßte, würde es ihren Körper zerreißen, aber sie fürchtete, wenn sie es nicht täte, würde sie für immer in diesem Schmerz steckenbleiben. Sie preßte und schrie laut auf, Stefan hielt ihre Hand, und dann war das Kind da, befreite sich mit einer letzten großen Anstrengung aus ihrem Körper. Ein dünner, zitternder Schrei, und die Hebamme sagte: »Sie haben eine wunderschöne kleine Tochter zur Welt gebracht.« Benebelt von den Schmerzmitteln und trunken vor Erleichterung darüber, daß nun alles vorbei war, ließ sie sich in die Kissen zurücksinken, so erschöpft, daß sie nicht einmal die Augen öffnen konnte.

Nach einigen Minuten legte ihr eine Schwester das Kind in die Arme. Sie sah zu ihm hinunter. Ein Blick aus weit geöffneten tiefblauen Augen traf sie und glitt von ihr ab. Ein roter zerknitterter kleiner Mund öffnete und schloß sich. Ein Händchen wie ein Stern griff suchend in die Luft. Liv betrachtete ihre Tochter und erkannte in dem kleinen Gesicht einen Ausdruck weltfremder Verwunderung, als wäre ihre Tochter von weither gekommen und hätte nun Mühe, sich an diesem neuen Ort zurechtzufinden.

Manchmal dachte Katherine daran, einfach auf und davon zu gehen und sich ihren Kindheitstraum einer Reise um die Welt zu erfüllen. Aber sie machte sich Sorgen um Toby, was würde aus ihm werden, wenn sie nicht da wäre, um auf ihn achtzugeben, und sie fühlte sich für die Zeitschrift verantwortlich, auch wenn diese in den letzten Zuckungen lag. Manche ihrer Freunde, wie Liv und Felix, waren weit fort, und andere, wie Rachel und Toby, waren unerreichbar geworden. Die Leute, die sie sich als Ersatz gesucht hatte – Leute, mit denen sie auf Partys ging, mit denen sie sich die Nächte um die Ohren schlug –, waren Eintagsfliegen, völlig unverbindlich. Sie konnte nie darauf vertrauen, daß sie am nächsten Tag noch da sein würden.

Im Mai lieh sie sich Tobys Wagen und fuhr nach Norden zu Liv. Sie hatte ein Geschenk für die kleine Freya mit, ein Lapislazuli-Armband, das sie in einer Boutique in der King's Road entdeckt hatte. »Es ist wunderschön«, sagte Liv und ließ die Schnur tiefblauer Steine zwischen ihren Fingern hindurchlaufen. »Es wird ihr bestimmt gefallen, wenn sie erst alt genug ist, es zu tragen.«

Im warmen Frühlingssonnenschein auf der Wiese liegend, verbrachten sie einen idyllischen Nachmittag in Holm Edge. Das Baby schlief in seinem Kinderwagen, und über die Hügel zogen schwebend die Schatten weißer Federwölkchen. Katherine stellte sich vor, sie ginge, einen Kinderwagen vor sich herschiebend, durch die Straße und an ihrer Seite schritte voll väterlichen Stolzes einer der langhaarigen, unzuverlässigen Jünglinge, mit denen sie ihre Zeit vertat.

Dann kam Stefan nach Hause, und plötzlich lag Spannung in der Luft. Die Stimmung wandelte sich mit dem dumpfen Klang seiner Schritte im Gras und dem leisen Klicken des Schlosses, als die Tür zu seinem Arbeitszimmer zufiel. Liv begann das Abendessen vorzubereiten, das Kind fing an zu weinen. Katherines flüchtige Phantasie von trautem Heim und Mutterglück verflog. Sie bemühte sich, Liv mit dem Abendessen und dem Kind zu helfen, aber sie war noch nie eine glänzende Köchin gewesen, und Freya schrie nur um so lauter, als sie sie auf den Arm nahm. Die ganze Szene erinnerte Katherine allzusehr an ihre eigene Kindheit, und sie kehrte gleich am nächsten Tag nach London zurück.

In der Woche darauf klopfte es an ihre Apartmenttür, als sie sich gerade die Haare föhnte. Sie öffnete, und da stand Felix vor ihr. »Warum hast du mir nicht Bescheid gegeben, daß du kommst?« rief sie strahlend vor Freude.

»Kein Telefon. Außerdem hab ich mich erst gestern entschlossen.« Er umarmte sie. »Darf ich reinkommen?«

»Wenn's dich nicht stört, wie es bei mir ausschaut.« Allein sein Anblick munterte sie auf. Kleiderhaufen beiseite schiebend, machte sie einen Weg durch das Zimmer frei. Sie setzte sich aufs Bett und bürstete ihr Haar, und Felix brachte seine langen Glieder irgendwie in einem Korbsessel unter.

»Was ist das?« fragte sie und deutete auf zwei Pakete, die Felix mitgebracht hatte.

»Ich will versuchen, hier antiquarisch ein paar Bücher loszuschlagen. Wir brauchen Geld für die Gemeinschaft – die Bücher haben Nancys Vater gehört, aber jetzt liest sie kein Mensch mehr. Ich dachte, sie könnten für einen Sammler von

Interesse sein. Es sind vor allem militärhistorische Werke.« Er übergab Katherine das kleinere Paket. »Und das ist ein Geschenk für dich.«

»Doch hoffentlich nicht irgendeine kunstgewerbliche Scheußlichkeit aus der Werkstatt deiner Kommune?« Katherine riß das Papier auf und stieß auf eine Dose selbstgemachter Plätzchen. Sie dufteten köstlich.

»Die hat Nancy gebacken«, bemerkte Felix. »Ich wollte eigentlich Toby die Hälfte schenken, aber er war nicht da. Ist er verreist?«

»Er macht oft nicht auf. Ich muß mich immer mit unserem Klopfzeichen melden, wenn ich komme.«

»Was?« Felix war verblüfft. »Warum denn das?«

»Er ist fest davon überzeugt, daß er verfolgt wird. Und er behauptet, das Telefon wäre verwanzt.«

»Wie kommt er denn auf solche Ideen?«

»Wegen der Zeitschrift. Unsere linken Kontakte. Du weißt schon, M15.«

»Du lieber Gott!« Felix zog die Augenbrauen hoch, und Katherine seufzte.

»Ich weiß. Und Stuart ist nach Schottland zurückgegangen. Er heiratet.«

»Wie bitte?«

Katherine lächelte. »Der große Revolutionär, ja. Aber die Frau gibt's anscheinend schon ganz lange, und da es mit Toby und der Zeitschrift immer steiler bergab geht, hat er beschlossen, lieber abzuhauen.« Sie musterte ihn aufmerksam. »Du siehst gut aus, Felix.« Er wirkte älter, fand sie, breiter und kräftiger. »Naturreis und Sandalen scheinen dir zu bekommen.«

»Und du, Katherine? Wie geht's dir?«

»Ach, gut«, antwortete sie leichthin. »Ganz prima eigentlich.«

Beim Essen in einer Kaschemme in der Brompton Road fragte Katherine Felix über die Gemeinschaft aus. »Ist es für dich immer noch das Paradies? Sind die Leute dort immer noch so wunderbar.«

Er stocherte mit der Messerspitze in seinem Spiegelei herum. »Na ja, da ist diese Frau«, sagte er.

»Das dachte ich mir fast.« Katherines Ton war schnodderig, aber sie war sich eines plötzlichen Gefühls der Schalheit bewußt, einer Mischung aus Enttäuschung und Einsamkeit. Alle finden sie jemanden, dachte sie: Stuart seine schottische Liebe, Liv ihren dunklen, grüblerischen Stefan. Sogar Thea hatte in Richard Thorneycroft einen Partner gefunden. Sie wußte selbst nicht, warum es ihr so viel ausmachte. Felix war nie mehr gewesen als ein Freund. Wie töricht von ihr anzunehmen, er würde ungebunden bleiben wie sie selbst. Aber sie sagte nur: »Dann erzähl mal von ihr.«

Und er erzählte, des langen und breiten. Sie hieß Saffron – du meine Güte, wie prätentiös, dachte Katherine –, und sie war natürlich das schönste Geschöpf auf Erden. Aber nach einer Weile versiegte der Wortschwall. Felix sah unglücklich aus.

Sie berührte seine Hand. »Was ist denn?«

»Saffron ist der Meinung, jeder sollte dem anderen seine Freiheit lassen. Das finde ich natürlich auch. Ich meine, allein die Tatsache, daß man mit jemandem schläft, gibt einem noch lange nicht das Recht, ihn oder sie als Eigentum zu betrachten.«

»Es sei denn, beide wollen es so.«

»Aber ich – ich halte es nicht aus, sie mit anderen – mit anderen Männern zu sehen. Ich hätte nie geglaubt, daß ich so einer bin.« Sein Blick war trübe.

»Was für einer?«

»Na, so ein eifersüchtiger Kerl. Ich hätte nie gedacht, daß ich zur eifersüchtigen Sorte Mann gehöre.«

»Gibt es die denn?«

Er sah sie an. »Wie meinst du das?«

»Wenn man einen Menschen liebt, gehört es dann nicht dazu, daß man mit ihm zusammensein möchte?« Sie schnitt eine Grimasse. »Eigentlich darf gerade ich zu diesem Thema gar nichts sagen. Ich bin nie länger als drei Monate mit jemandem zusammengewesen.« Ich habe nie jemanden geliebt, dachte sie, sprach es aber nicht aus.

»Es muß doch möglich sein«, meinte er verdrossen, »einen anderen ohne diesen ganzen Rattenschwanz von Besitzgier, Mißtrauen und Eifersucht zu lieben. Genau das war der Sinn der Gemeinschaft – eine neue Lebensform zu finden –, man teilt sich die Dinge, man verfolgt ein gemeinsames Ziel und läßt sich nicht vom Geld unterjochen.«

Sie sagte liebevoll: »Ach, du warst immer schon ein Idealist, Felix.«

»Wenn die Leute ›Idealist‹ sagen, meinen sie im allgemeinen ›Idiot‹.«

Sie drückte seine Hand. »Ich nicht. Ich beneide dich eher.«

»Unsinn.«

»Doch. Es muß schön sein, an etwas glauben zu können. Viel positiver.« Katherine wurde plötzlich traurig bei dem Gedanken an ihre Familie. »Meine Eltern vertrauen einander, aber ich glaube nicht, daß sie einander lieben. Meine Mutter ist immer total fertig und gereizt, und mein Vater ist fast nie zu Hause. Er dankt meiner Mutter nie dafür, daß sie ihm sein Essen kocht und seine Hemden bügelt. Ich vermute, sie bleibt bei ihm, weil sie nichts kann. Sie ist ja nur Hausfrau, und das ist kein Beruf.«

Felix machte ein ernstes Gesicht. Er sagte: »Meine Eltern haben einander geliebt. Man hat es gespürt, sobald man zur Tür hereinkam. Es machte das ganze Haus warm.«

Liv hatte geglaubt, nach der Geburt des Kindes würde sich das Leben wieder normalisieren. Aber sie brauchte keinen Monat, um zu erkennen, daß nichts wieder so werden würde, wie es einmal gewesen war. Die Ankunft ihrer Tochter hatte ihr Leben auf eine Weise verändert, wie sie es nie für möglich gehalten hätte.

Daß ein so kleines Wesen es schaffte, einen so großen Teil ihrer Zeit in Anspruch zu nehmen, erstaunte sie jeden Tag aufs neue. Freya verlangte beinahe ständige Aufmerksamkeit, bei Tag und bei Nacht. Liv blieb kaum genug Freiraum, um zu kochen oder zu waschen, geschweige denn ein Buch zu lesen oder Briefe zu schreiben. Die Gemeindeschwester, die in dieser ländlichen Gegend Familien zu besuchen pflegte, die gesundheitlichen Rat brauchten, ermahnte sie, ihre Tochter nicht zu verwöhnen und sie im Vier-Stunden-Turnus zu füttern. »Stellen Sie den Kinderwagen einfach ganz hinten in den Garten, junge Frau, dann hören Sie sie nicht.« Aber Freyas Weinen zerriß Liv fast das Herz, und sie hatte Milch genug. Vom schlechten Gewissen darüber geplagt, was für ein Ungeheuer sie da heranzog, fütterte sie das Kind, wann immer es sich meldete. Vier Stunden zwischen den Mahlzeiten hielt Freya nie durch. Dreieinhalb waren das höchste der Gefühle.

Die Nächte waren schlimmer. Liv konnte sich nicht daran gewöhnen, mitten in der Nacht aus dem Schlaf gerissen zu werden. Schlaftrunken pflegte sie ins Kinderzimmer zu wanken, schlief manchmal im Gehen wieder ein und taumelte dabei einmal so heftig, daß sie mit dem Kopf gegen den Türpfosten schlug. Im Kinderzimmer nahm sie Freya aus dem Waschkorb und ließ sich in einen Sessel sinken, worauf die Kleine augenblicklich wie verhungert zu saugen begann. Manchmal nickte Liv ein und fuhr dann plötzlich hoch, voll Angst, sie könnte das Kind fallen gelassen haben. Aber Freya pflegte sich durch nichts stören zu lassen, stets lag sie, wenn Liv aufschreckte, mit geschlossenen Augen selig saugend an der Brust ihrer Mutter. Wenn sie gestillt war, wickelte Liv sie und legte sie in ihren Waschkorb, um dann auf Zehenspitzen zu ihrem eigenen Bett zurückzuschleichen. Manchmal schlief Freya gleich ein; meistens tat sie es nicht. Aus Sorge, das Kind könnte Stefan stören, trug Liv es nach unten und legte es in den Kinderwagen. Dort schaukelte sie es sachte, bis es eingeschlafen war. Viele Nächte saß sie allein in der kalten, stillen Dunkelheit, die eine Hand unter dem Kinn, die andere am Griff des Kinderwagens.

Trotzdem war sie nicht unglücklich. Dem Frühling folgte der Sommer, und wenn sie morgens ihre kleine Tochter fütterte, sangen draußen die Vögel, und die ersten Sonnenstrahlen entzündeten jeden Grashalm zu weißem Feuer.

Als Stefan erfuhr, daß sein Aufsatz zur Veröffentlichung angenommen war, feierten sie bei Gulasch und einer Flasche billigem Rotwein. Er wisse, daß Professor Samuels ihn auffordern würde, an der Uni zu bleiben, sagte er. Er habe es einfach im Gefühl.

Nachmittags pflegte Liv das Kind nach dem Stillen in den Garten hinauszubringen. Wenn sie dann in das zufriedene kleine Gesicht ihrer Tochter blickte, verspürte sie jedesmal ein vollkommenes, nie gekanntes Glück. Hormone, hätte Katherine wegwerfend gesagt. Aber Liv wußte es besser; sie wußte, daß sie die Liebe gefunden hatte.

Sie kannte Stefan mittlerweile so gut, daß sie seine jeweilige Stimmung an seinem Verhalten bei der Heimkehr ablesen konnte: ob er schnell oder gemächlich den Ziehweg herauffuhr; ob er das Tor leise hinter sich schloß oder krachend zuschlug; ob er schweigend oder heiter vor sich hin summend über die Wiese kam.

An diesem Abend schlug er die Haustür mit solcher Wucht zu, daß es durchs ganze Haus schallte. Seine Stirn war gefurcht, und seine Augen blickten finster. »Ich bin nächstes Jahr nicht mehr an der Uni«, sagte er kurz. »Sie stellen nur für eine Assistentenstelle die Mittel bereit, und sie haben sich für Camilla Green entschieden.« Seine Hände waren zu Fäusten geballt, und sein Gesicht war blaß. »Ich hatte fest mit der Anstellung gerechnet. Ich war so sicher, daß ich den Posten bekommen würde. Eine verdammte Ungerechtigkeit ist das.«

Er trat zum Fenster und blieb dort stehen, Liv den Rücken zugewandt, vom Licht der Spätnachmittagssonne umrissen. »Ganz gleich, wie schwierig alles andere war«, sagte er leise, »darauf konnte ich mich immer verlassen. Auf meine Intelligenz. Die Examen, die Urkunden, die Preise – das alles war ein Kinderspiel. Alles andere war schwierig, aber *das* nie. Aber jetzt ...« Er drehte sich herum und sah sie an. »Ich hätte nie geglaubt, daß ich scheitern könnte, Liv«, sagte er. Sein Gesicht spiegelte seine Verwirrung. »Niemals hätte ich das geglaubt.«

Als Liv irgendwann in der Nacht erwachte, weil Freya gefüttert werden wollte, sah sie, daß der Platz neben ihr im Bett leer war. Nachdem sie Freya gestillt und wieder hingelegt hatte, ging sie leise nach unten. In Stefans Arbeitszimmer brannte Licht. Sie hörte, daß er drinnen hin und her ging. Schubladen wurden krachend aufgerissen und wieder zugestoßen. Als sie die Tür öffnete, sah sie, daß Stefan Schreibtisch und Aktenschrank geleert hatte. Das Zimmer sah aus, als schwämme es in einem Meer von Papier.

»Stefan?« flüsterte sie ungläubig. »Was tust du da?«

»Wonach sieht es denn aus? Ich räume auf.«

»Aber deine Arbeit ...«

»Reine Zeitverschwendung!« Er trat wütend nach den Papierhaufen.

»Das stimmt nicht. Deine Arbeit wird veröffentlicht, und es gibt auch noch andere Stellen.«

Aber er fuhr fort, die Blätter aus seinen Heften zu reißen. Wie hypnotisiert sah sie zu, wie er mit seinen kräftigen, wohlgeformten Händen ein Blatt nach dem anderen zerfetzte und zusammenknüllte.

»Du könntest an einer anderen Universität unterrichten«, sagte sie flehend. Ihre Stimme klang dumpf im Chaos des Raums. »In Manchester oder Leeds ...« Als sie seine Hand berührte, zuckte er zusammen und trat von ihr weg.

»Der Wagen pfeift auf dem letzten Loch, das weißt du. So eine lange Strecke packt der nicht mehr.«

»Wir könnten doch umziehen.«

»Umziehen? Niemals!«

»Warum nicht?«

»Weil hier mein Zuhause ist. Wie komme ich dazu, mich von diesen Leuten aus meinem Zuhause vertreiben zu lassen?«

Sie hatte ganz automatisch begonnen, die zerknüllten Papiere aufzuheben und wieder zu glätten. »Aber wenn du hier keine Arbeit findest ...«

»Aus Holm Edge gehe ich nicht weg, Liv. Niemals.« Er sah sie starr an. »Und laß diese verdammten Papiere!«

»Stefan ...«

»Laß sie, hab ich gesagt.« Er riß ihr ein dünnes Bündel Blätter aus der Hand und schleuderte es zu Boden. Dann sagte er leise: »Du weißt nicht, wovon du sprichst, Liv. Du solltest lernen, dich nicht in Dinge einzumischen, von denen du keine Ahnung hast. Und jetzt geh raus!« Er umfaßte ihre Schultern, drehte sie herum und stieß sie zur Tür. »Warum verschwindest du nicht einfach?«

Sie ging wieder zu Bett und fiel nach einer Weile in einen unruhigen Schlaf. Am Morgen stellte sie fest, daß Stefan sich in seinem Arbeitszimmer eingeschlossen hatte. Als sie an die Tür klopfte, rührte er sich nicht. Sie hatte Kopfschmerzen und ein Gefühl, als würde sie unweigerlich in einen Alptraum hineingezogen. Am späten Vormittag packte sie die quengelige Freya in den Kinderwagen und machte einen Spaziergang zu ihrem Lieblingsfleckchen, einem hochgelegenen Aussichtsplatz an der Littledale Road. Ein schmaler Fußweg führte aufwärts zu einer felsigen, mit Ginster bewachsenen Hügelkuppe. Oben wurde der Weg so schmal, daß sie das Kinderwagengestell stehenließ und Freya das letzte Stück in der Tragetasche hinaufschleppte. Auf einem Felsbrocken setzte sie sich nieder, neben sich das schlafende Kind.

Von ihrem Sitzplatz aus konnte sie das ganze Tal bis nach Morecambe Bay und zum Meer sehen. Während sie schaute, aß sie langsam, Stück für Stück, einen Rest Schokolade, den sie in ihrer Tasche gefunden hatte. Ihr Leben, so schien ihr, war ihr in diesem letzten Jahr enteilt. In einem Zeitraum von zwölf Monaten hatte sie sich verliebt, hatte ihr Studium aufgegeben, geheiratet und ein Kind bekommen. Und es kam ihr vor, als wäre sie die ganze Zeit gerannt, auf der Flucht vor irgendeinem namenlosen Schrecken.

Sie mußte ihren ganzen Mut zusammennehmen, um nach Holm Edge zurückzukehren. Doch als sie das Tor öffnete, kam Stefan ihr lächelnd entgegen, und sie war zutiefst erleichtert. Der finstere, zornige Fremde war fort, ihr heiterer, liebevoller Stefan war wieder da.

Er nahm ihr den Kinderwagen ab und stellte ihn vor die Haustür. »Ich habe einen Geistesblitz gehabt«, sagte er. »Ich konnte es kaum erwarten, es dir zu sagen.« Er hatte eine Flasche selbstgekelterten Wein aufgemacht und goß zwei Gläser ein. »Du hast vollkommen recht gehabt, Darling. Ich darf meine Arbeit auf keinen Fall aufgeben. Darum habe ich beschlossen, ein Buch zu schreiben.«

Er reichte Liv ein Glas. »Denen werd ich's zeigen! Der Aufsatz war bei weitem nicht umfassend genug, um meinen Gedanken gerecht zu werden. Und auf diese Weise kann ich zu Hause arbeiten – hier, in Holm Edge –, und wir können die ganze Zeit zusammensein.«

Er ging in den Garten hinaus. »Das ist nicht der einzige Einfall, denn ich hatte«, fuhr er fort. »Wir müssen noch mehr anpflanzen – nicht nur Gemüse, sondern auch Obst. Und wir müssen uns Tiere halten – ein Schwein vielleicht, oder Ziegen. Außerdem werde ich anfangen, das Stallgebäude zu reparieren.« Er blieb vor dem baufälligen Schuppen stehen. »Das kann ich jetzt, wo ich mehr Zeit habe, wunderbar in Angriff nehmen.« Als er sich ihr zuwandte, sah sie die Siegessicherheit in seinem Blick. »Es wird alles gut, Liv«, sagte er. »Ich verspreche es dir, mein Liebes, es wird alles gut.«

Felix spürte, daß Saffron sich von ihm entfernte. Es hatte eine Zeit gegeben, da hatten ihre Umarmungen für ihre Abwesenheiten entschädigt; jetzt war ihm ihre lässige Unverbindlichkeit eine ständige Qual und machte im Lauf der Wochen einen Menschen aus ihm, den er nicht besonders mochte; einen Menschen, der aufrechnete, anklagende Fragen stellte und jeden ihrer Freunde mit Mißtrauen betrachtete. Eines Tages ging er sogar so weit, an ihrer Zimmertür zu lauschen. Was er zu hören erwartete, wußte er selbst nicht – eine Männerstimme, die ihren Namen murmelte; den kleinen Seufzer der Befriedigung, der ihm so vertraut war? Angewidert von sich selbst, ging er in sein Zimmer.

Manchmal träumte er von ihr. Er träumte, daß er sie bei den Oberarmen packte, so fest, daß seine Nägel sich in ihr Fleisch bohrten, und sie schüttelte. Ihr Gesicht blieb stets unverändert, der Blick ihrer grauen Augen ruhig und heiter, ungerührt von seiner Wut. Wenn er erwachte, fühlte er sich zutiefst abgestoßen von der nachhallenden Hitze seiner Aggressivität.

An einem heißen Junitag half er Martin bei der Renovierung

der Zimmerdecke in einem der hinteren Räume des Hauses. Als Martin nach Newbury fuhr, um Zement zu besorgen, legte Felix oben auf seiner Leiter eine Arbeitspause ein. Die Arme taten ihm weh, und er war von oben bis unten weiß bestäubt. Es war unerträglich heiß im Zimmer, obwohl sie das Fenster sperrangelweit geöffnet hatten. Eine Weile hockte er auf seiner Leiter und schaute zum See hinaus, der infolge des Gewitters der vergangenen Nacht an einigen Stellen über die Ufer getreten war. Das Schilf stand tief im Wasser, und nur die Spitzen der Gräser glänzten wie gefiederte Kerzen über der spiegelglatten Wasseroberfläche. Drüben, auf der anderen Seite des Sees, konnte Felix eine Bewegung ausmachen und erkannte Justin, der einen Baum hinaufkletterte, um dessen weit über den See hinausragenden Ast die Stricke einer Schaukel geschlungen waren. Mit den Augen suchte Felix die Seeufer ab, aber er entdeckte niemanden sonst. Justin schien allein zu sein. Es war Dienstag, Markttag, Nancy und Claire hatten diesmal Dienst am Stand. Justin war dabei, die Schaukel herunterzulassen. Felix wurde unbehaglich, als er den Jungen über dem Wasser hängen sah, und tatsächlich verlor Justin im selben Moment das Gleichgewicht. Zuerst dachte Felix, er würde es irgendwie schaffen, sich zu halten, aber dann sah er, wie er mit wedelnden Armen in die Tiefe stürzte.

Er kann schwimmen, sagte sich Felix. Er kann bestimmt schwimmen. Der blonde Kopf verschwand unter Wasser und schoß wieder in die Höhe. Wild um sich schlagende Arme peitschten das Wasser auf. Felix kletterte wie rasend die Leiter hinunter; Justin konnte weder lesen noch rechnen, konnte kaum einen vernünftigen Satz bilden – wieso sollte er ausgerechnet schwimmen können?

Er stürzte aus dem Haus in die glühende Hitze hinaus. Laut Justins Namen rufend, rannte er die Terrasse hinunter, über die Wiese, durch die Obstpflanzung, warf seine Schuhe ab, als er unter den letzten Bäumen hindurchjagte. Die Ufer des Sees waren leer. Er sprang ins Wasser.

Die Kälte nahm ihm einen Moment die Luft. Er tauchte und tauchte wieder, suchte verzweifelt im trüben aufgewühlten

Schlamm, bekam Büschel von Laichkraut und mit Wasser vollgesogene Äste zu fassen, die unter der Oberfläche trieben wie träge Schlangen. Etwas Seidiges, Zartes glitt zwischen seinen Fingern hindurch. Er packte fest zu und zog Justin an seinem langen blonden Haar aus dem Wasser. Stolpernd schleppte er den Jungen ans Ufer. Tang und Schilf waren beinahe undurchdringlich, und er versank immer wieder im Schlamm. Als er Stimmen hörte, rief er um Hilfe. Justin lag schwer und reglos in seinen Armen.

Jemand nahm ihm das Kind ab. Er sah Claire und wußte, daß er dieses Gesicht niemals vergessen würde. Nancy beugte sich über den Jungen und drückte ihren Mund auf den seinen. Felix kämpfte sich taumelnd aus dem Wasser und ließ sich am Ufer niederfallen; den Kopf nach hinten geworfen, sog er keuchend Luft ein und hielt den Blick unverwandt auf den Jungen gerichtet. Atme, verdammt noch mal, dachte er, atme! Die Zeit schien stillzustehen, während er auf eine Bewegung von Justins Brustkorb wartete, und wäre es nur ein Hauch. Als er die Geräusche hörte – ein würgendes Husten, dann einen Schrei –, drückte er die Fäuste auf die Augen. Später, als er fähig war, wieder hinzuschauen, sah er, daß Claire Justin in den Armen hielt und Nancy dem heftig zitternden Jungen ihr Umschlagtuch umlegte. Überkommen von einer plötzlichen Aufwallung der Angst und des Zorns angesichts der nur knapp verhinderten Katastrophe, sprang Felix auf und ging zum Haus zurück. Hinter sich hörte er die beiden Frauen und den Jungen. Justin schluchzte, und die Angst in Claires Stimme war wie ein Echo seiner eigenen Angst. »Was hast du dort getan, Justin? Du solltest doch nicht allein auf der Schaukel spielen. Wer sollte auf dich achtgeben?«

Wer sollte auf dich achtgeben? Felix sah sie an der steinernen Balustrade der Terrasse stehen. Das lange silberhelle Haar floß ihr über die Schultern, und sie hatte ihr indigoblaues Kleid an. Lawrence stand neben ihr. Felix hörte Nancys leises: »Saffron ...« Dann folgte das Geräusch eilender Schritte.

»Du warst es, du egoistische Kuh!« Claire rannte über den Rasen.

Saffron sah sie verwundert an. »Wovon redest du?«

»Du solltest auf die Kinder aufpassen, oder etwa nicht?«

»Ich hatte zu tun.«

»Du hattest zu *tun*!« Die Holzsohlen der Clogs schlugen knallend auf den Stein, als Claire die Stufen hinaufstürmte. »Ist dir eigentlich klar, was du angestellt hast, du blödes Luder? Ist dir das klar?«

Claire schlug Saffron mitten ins Gesicht. Es klang wie ein Gewehrschuß. Saffron schnappte taumelnd nach Luft. In ihrem kreideweißen Gesicht zeigte sich ein rotes Mal.

»Wegen dir wäre Justin beinahe ums Leben gekommen!« schrie Claire. »Er wäre um ein Haar ertrunken.«

»Claire ...«

»Halt den Mund, Lawrence. Du solltest auf ihn aufpassen, du dumme Gans, aber das war dir natürlich viel zuviel Mühe!«

»Ertrunken?« Bryony war mit Zak auf dem Arm aus einem der unteren Räume getreten.

»Nein, nein, es ist nichts passiert. Aber ihr ist das nicht zu verdanken. Wenn Felix ihn nicht gesehen hätte ...« Claire packte Saffron bei den schmalen Schultern und begann, sie zu schütteln. Felix erinnerte sich, wie er sie im Traum geschüttelt hatte.

»Beruhig dich doch, Claire!«

»Halt den Mund, Lawrence.«

»Vielleicht sollten wir einen Krankenwagen rufen.«

»Du denkst immer nur an dich selbst.«

»Wenn Justin gefolgt hätte ...«

»Du hättest ihm das Schwimmen beibringen sollen.«

»Halt den Mund, Lawrence.«

Felix drängte sich zwischen Claire und Saffron, legte Saffron den Arm um die Schultern und führte sie zum Haus. Er ging mit ihr in die Bibliothek und schloß die Tür. Sie war blaß und zitterte. Er drückte sie in einen Sessel. Er selbst blieb stehen. Von seinen nassen Kleidern tropfte es auf den Boden.

Sie sagte mit bebender Stimme: »Justin ...?«

»Dem geht's schon wieder ganz gut.« Er versuchte zu lächeln. »Vielleicht war ihm der Schrecken sogar eine Lehre.« Er schwieg einen Moment. »Solltest du auf sie aufpassen?«

»Ja. Ich dachte, Justin wäre mit India im Spielzimmer. Da hatte ich ihn zuletzt gesehen.«

»Du hast ihn nicht aus dem Haus gehen sehen?«

»Nein.« Ihre grauen Augen waren trotzig. »Ich war oben.«

Er wollte nicht fragen, aber er tat es trotzdem. »In deinem Zimmer?«

»Nein.« Sie saß sehr gerade, aber er bemerkte, wie sie die Hände zusammenschob, um sie ruhig zu halten. »Bei Lawrence im Zimmer.«

»Oh«, sagte er nur. Er wußte, daß in diesem Moment etwas zu Ende gegangen war. Ein Traum vielleicht. Er trat ans Fenster und schaute hinaus. Unten waren der Hof und die Straße. Ein grüner Mini Cooper näherte sich und hielt am Bordstein.

Er sagte: »Liebst du Lawrence?«

»Aber nein!«

»Aber du schläfst mit ihm?«

»Ich habe dir doch gesagt, Felix, ich schlafe nie mit einem Mann.«

»Aber …«

»Wir bumsen, wir vögeln, nenn es, wie du willst.« Ihr Ton war schroff.

Er schloß die Augen und sagte: »Ich verstehe.«

»Wirklich? Das bezweifle ich. Ich wollte …« Sie brach ab. Dann fügte sie leise hinzu: »Ich wollte, es wäre anders gewesen. Wirklich. Ich wollte, *ich* wäre anders gewesen.«

Als er die Augen öffnete, sah er unten Katherine aus dem grünen Mini Cooper steigen. Er verspürte nicht einmal Überraschung, so ausgelaugt war er seelisch und körperlich.

Schon auf dem Weg hinaus, blieb er noch einmal kurz stehen. »Wirst du hierbleiben?«

»Nach dieser Geschichte wird das kaum möglich sein.«

»Und Lawrence?«

Sie zuckte die Achseln. »Keine Ahnung. Er ist unwichtig.« Plötzlich ergriff sie seine Hand. »Es tut mir leid, Felix.« Dann ließ sie ihn los. »Es tut mir wirklich leid.«

Katherine sagte: »Du mußt mit mir nach London kommen, Felix.«

»Ja«, sagte er. Ihr fiel auf, daß seine Kleider klatschnaß waren. »Warum?«

»Tobys wegen«, erklärte sie. »Sie haben ihn festgenommen.«

»Mist!«

»Kommst du mit?«

»Natürlich.«

Sie musterte ihn. »Brauchst du irgendwas? Ein Handtuch? Oder möchtest du dich erst noch umziehen?«

Er antwortete ihr nicht, folgte ihr nur schweigend aus dem Haus und durch den Garten zu Tobys Wagen. Als sie die Straße hinunterfuhren und Great Dransfield hinter ihnen zurückblieb, sagte Katherine: »Du bist patschnaß.«

»Ich war beim Schwimmen.« Er schob sich das tropfende Haar aus der Stirn.

»Willst du darüber reden?«

»Jetzt nicht.« Seine Augen waren harte grüne Kiesel. »Vielleicht nie.«

Sie berichtete ihm von Toby. Toby hatte in den letzten Wochen das Haus in Chelsea nur noch bei Nacht verlassen. An diesem Morgen war er in aller Frühe zum Zigarettenautomaten gegangen und war dabei einem Polizisten aufgefallen, der ihm dann nach Hause gefolgt war. Das Haus war durchsucht worden.

»Er hat noch Riesenglück gehabt, weißt du. Sie haben kaum was gefunden. Er hat in letzter Zeit irre Mengen Acid genommen, aber von dem Zeug war Gott sei Dank überhaupt nichts im Haus. Nur ein bißchen Gras. Sie haben ihn trotzdem festgenommen und unter Anklage gestellt. Er hat mich angerufen.«

Katherine ging vom Gas, als sie sich einer Kreuzung näherten. »Er ist krank, Felix. Er ist total ausgeflippt. Er bildet sich ein, daß die Verkehrsampeln mit ihm reden, und wenn die Rohre im Haus knacken, behauptet er, daß außerirdische Wesen von anderen Sternen mit ihm Kontakt aufzunehmen versuchen.« Wieder musterte sie Felix. Er sah aus, als wäre er mitsamt den Kleidern ins Wasser gesprungen. Und sein Haar hatte eine merkwürdige Farbe – so ein schlammiges Graubraun mit grünem Zeug drin.

Er saß vorgebeugt und drückte Wasser aus den Enden seiner Ärmel in den Fußraum des Wagens. »Der arme Kerl«, sagte er stirnrunzelnd. »Hat er einen Anwalt?«

»Die Polizei hat ihm einen gestellt. Ich habe heute morgen mit ihm gesprochen. Er wirkt völlig niedergeschlagen.« Katherine griff nach ihren Zigaretten, die auf dem Armaturenbrett lagen. »Zündest du mir eine an?«

Er zündete zwei an, eine für jeden. Dann sagte er: »Ich rufe meinen Vater an und frage ihn nach seinem Anwalt. Und danach überlegen wir, was wir als nächstes tun.«

In den frühen Morgenstunden des nächsten Tages brachte Felix Toby in das Haus nach Chelsea zurück. Katherine, die unten in der verwüsteten Küche Kaffee kochte, hörte ihn die Treppe herunterkommen.

»Er ist jetzt eingeschlafen, Gott sei Dank.« Felix ließ sich schwer auf das Sofa fallen. »Ich habe seine Eltern in Hongkong angerufen. Seine Mutter nimmt die nächste Maschine.«

Das Haus gehörte Tobys Eltern. Katherine stellte sich vor, was ihre Mutter beim Anblick dieser Küche sagen würde. Es gab nicht einen einzigen sauberen Teller, und im schmutzig braunen Wasser im Spülbecken schwammen Zigarettenstummel. Der Inhalt sämtlicher Schubladen war auf den Boden gekippt – das Werk der Polizei, vermutete Katherine –, und an der Decke waren Brandflecken.

»Vielleicht sollte ich besser aufräumen.«

»Laß uns das morgen früh zusammen machen.«

»Willst du nicht nach Hause?«

Felix sah sie so verständnislos an, als hätte er vergessen, wo zu Hause war. Er schüttelte den Kopf. »Nein, eigentlich nicht.«

Sie dachte, und Saffron?, sagte aber nichts, sondern ging schweigend in der Küche umher, um schmutzige Teller und Tassen einzusammeln, die sie neben dem Spülbecken stapelte.

»Was tust du da?«

»Ich fang schon mal mit dem Aufräumen an.«

»Das ist doch Quatsch, Katherine. Du schaust total geschafft aus.«

Sie wußte, daß sie erschöpft war, sie war seit fast 24 Stunden ununterbrochen auf den Beinen, aber sie sagte störrisch: »Ich kann sowieso nicht schlafen.«

Er klopfte neben sich auf das Sofa. »Komm schon.«

Sie setzte sich an seine Seite. »Du kannst nicht im Ernst glauben, daß ich unlautere Absichten habe«, sagte er. »Ich hab in den letzten vierundzwanzig Stunden eine Zimmerdecke verputzt, ich hab ein Bad genommen, das ich gar nicht nehmen wollte, und ich habe den ganzen Abend mit Anwälten und Polizisten gequatscht. Glaubst du wirklich, ich hätte noch einen Funken Energie übrig?«

Sie mußte lächeln.

»Schau mal«, erklärte er, »wenn ich dich in den Arm nehme, können wir hier nebeneinander auf dem Sofa schlafen. Es gibt zwar Betten genug im Haus, aber so wie die aussehen, möchte ich da mein Haupt lieber nicht niederlegen.«

»Felix ...«

»Pscht, Schluß jetzt mit dem Gequassel.« Er zog eine Decke über sie beide. »Schlaf einfach.«

Katherine lag eine Weile still da und starrte in die Dunkelheit, während vor ihrem inneren Auge wie im Film die Ereignisse des letzten Tages abliefen. Der Anruf in den frühen Morgenstunden. Der Besuch bei Toby auf dem Polizeirevier. Die Fahrt nach Berkshire, um Felix zu holen.

Allmählich ließ die innere Anspannung nach. Felix schnarchte einmal kurz und leise. Sein Arm rutschte noch etwas weiter um ihre Taille. Sie schob ihn nicht weg, sondern schloß die Augen, und nach einer Weile schlief auch sie ein.

7

STEFAN NAHM EINE Teilzeitstelle an einem Schüler-Kolleg in Lancaster an. Dort gab er Schülern, die die Abschlußprüfung der höheren Schule nicht geschafft hatten, Französischunterricht. Anfangs war er voller Optimismus. Die jungen Leute sprachen alle mit grauenhaftem Akzent, und ihr Interesse am Französischen ging nicht tief, aber Stefan war überzeugt, es würde ihm gelingen, sie Liebe zur französischen Sprache und Kultur zu lehren. Er würde sie inspirieren, sagte er zu Liv. Aber schon nach wenigen Monaten erhielt sein Enthusiasmus einen Dämpfer. Den Schülern nämlich ging es – wie ihren Eltern und dem Leiter des Paukstudios – einzig um die erfolgreich abgelegte Prüfung. Die Schönheit der Sprache interessierte keinen; eine Stunde, die nicht ausschließlich den im Lehrplan festgelegten Lernzielen gewidmet war, war in aller außer Stefans Augen vergeudete Zeit. Der Direktor tat Stefan seinen Unmut kund. Man habe Beschwerden erhalten, teilte er mit. Wenn Mr. Galenski der am Kolleg herrschende Geist nicht passe, solle er bitte seine Position überdenken. Man dürfe ihn allerdings daran erinnern, daß er als Teilzeitkraft keinen festen Vertrag habe. Stefan beschränkte sich fortan darauf, die unregelmäßigen Verben und das wortgetreue Übersetzen zu pauken.

Derweilen begann er mit den Recherchen für das geplante Buch. Nachschlagewerke, verstaubte, antiquarisch erstandene Bände aus abgelegenen mitteleuropäischen Ländern, die geographisch einzuordnen Liv Mühe gehabt hätte, stapelten sich auf Tischen und Regalen. Liv half bei der Erstellung der Kartei zu Ursprung, Gegenstand und Alter der verschiedenen

Mythenkreise. Das Buch, hoffte Stefan, würde seinen Namen bekannt machen, und angesichts seines Erfolges würden die Leute an der Universität erkennen, daß sie bei ihrer Entscheidung für Camilla Green vollkommen danebengegriffen hatten. Abend für Abend saß er bis in die Nacht hinein über seiner Arbeit.

Was er im Paukstudio verdiente, reichte gerade für die Notwendigkeiten des täglichen Lebens – Miete, Strom und Lebensmittel; von seinen bescheidenen Ersparnissen kauften sie Kleidung für Freya und ein Kinderbett aus zweiter Hand, um den Korb zu ersetzen, in dem sie bisher geschlafen hatte und der ihr jetzt nicht mehr ausreichte. An den Tagen, an denen Stefan nicht unterrichtete, arbeitete er in Haus und Garten. Sie müßten soweit wie möglich von ihrem eigenen Grund und Boden leben, erklärte er Liv immer wieder und pflanzte Kartoffeln, Rüben, Rosenkohl und Weißkohl. Er half Ted Marwick, dem Bauern im Tal, einen Zaun zu reparieren, und erhielt zum Lohn dafür sechs junge Hühner. Die Gänse, die mittlerweile zu stattlicher Größe herangewachsen waren, watschelten schnatternd im Garten umher, fauchten den Briefträger an und schossen mit langgereckten Hälsen auf sein Fahrrad los, wenn er es wagte, das Gartentor zu öffnen.

Stefan begann mit den Reparaturarbeiten am alten Stall. Hoch oben auf der Leiter balancierend, entfernte er die Überreste des alten Dachs; die Möbelstücke, die drinnen in Feuchtigkeit und Fäulnis verrotteten, verbrannte er. Während der Herbst allmählich in den Winter überging, wuchs Freya ein Kranz feiner schwarzer Haare, der ihren Kopf wie eine Mönchstonsur umschloß. Sie war langgliedrig und dünn, ein lebhaftes kleines Energiebündel, das mit den dicken, stoischen Kindern, die Liv einmal im Monat in der Klinik in Caton zu sehen bekam, nichts gemein hatte. Mit fünfeinhalb Monaten begann sie zu krabbeln, bewegte sich in wackligen kleinen Rucken auf Händen und Knien vorwärts und schrie wie am Spieß vor Ungeduld, wenn sie das Ziel, das sie im Auge hatte, nicht gleich erreichte.

Freya vergötterte Stefan, und Stefan vergötterte sie. Oft,

wenn sie mit hochrotem Kopf ihrem ohnmächtigen Zorn in lautem Geschrei Luft machte, packte Stefan sie kurzerhand in Mäntelchen und Mützchen und trug sie in Haus und Garten herum. Der Anblick der Hühner, die gackernd im Gras nach Körnern pickten, lenkte sie ab. Sie beobachtete sie mit großen Augen und staunend geöffnetem Mund. Dann krähte sie vor Vergnügen und grapschte lachend nach Stefans Haar.

Liv begann, Pläne zu machen. Wenn Freya erst ein wenig älter wäre, könnte sie sie jede Woche ein paar Stunden in Stefans Obhut lassen und einen Teilzeitjob in Caton oder Lancaster annehmen. So könnte sie nicht nur ihre kargen Finanzen aufbessern, sondern käme auch ab und zu wieder unter Menschen. Seit Stefan nicht mehr an der Universität tätig war, besuchten die Freunde aus der Fakultät sie überhaupt nicht mehr. »Ich lass' mich doch nicht von denen verhöhnen«, hatte Stefan wütend gesagt, als Liv den Vorschlag machte, seine ehemaligen Kollegen zum Abendessen einzuladen. »Ich lass' mich doch nicht bemitleiden!«

Im Sommer hatten zwei ehemalige Kommilitoninnen Livs die lange und umständliche Fahrt nach Holm Edge auf sich genommen, um Liv zu besuchen, aber durch nun völlig unterschiedliche Lebensumstände einander entfremdet, hatten die drei Frauen sich nicht mehr viel zu sagen gehabt, und der Besuch wurde nicht wiederholt.

Einmal lud Liv eine Frau, die sie in der Klinik kennengelernt hatte, zum Kaffee nach Holm Edge ein. Der Nachmittag wurde ein Desaster. Der Kinderwagen der Frau blieb im Matsch auf dem Weg zum Haus stecken, und Liv mußte ihn mit der Schaufel ausgraben, und das Gesicht der Besucherin, als sie das Innere des Hauses sah, war so entsetzt, daß Liv nicht wußte, ob sie darüber lachen oder weinen sollte. Zum erstenmal wurde ihr bewußt, wie andere vielleicht das Haus sahen, die weiß gekalkten, unebenen Wände, die Steinböden, den uralten Kohleherd. Sie selbst hatte beinahe vergessen, daß es so etwas wie Elektroherde und Telefone gab. Sie hatte beinahe vergessen, daß die meisten Leute sich nicht mit einem Überwurf behalfen, wenn das Sofa Löcher hatte, sondern ein neues Sofa kauften;

daß sie Vorhänge und Kissenbezüge nicht aus Resten alter Kleidungsstücke zusammenflickten, sondern eigens Stoff besorgten und sie anfertigen ließen. Aber so hatten Thea und sie immer gelebt. Kauf nichts Neues, sondern nutze, was du hast. Mit Kitt und Phantasie läßt sich aus fast jedem Rest noch etwas machen. Wie meine Ehe, dachte Liv. Die muß auch immer wieder mal gekittet werden.

Seit »Frodo's Finger« eingegangen war, verdiente sich Katherine ihren Lebensunterhalt mit Zeitarbeit. Die Agentur zahlte recht gut, sie verdiente mehr als vorher bei Toby und Stuart. Allerdings war die Tätigkeit nicht sehr interessant, und dadurch, daß sie von Firma zu Firma wanderte, hatte sie keine Gelegenheit, neue Freundschaften zu schließen.

Tobys Eltern waren rechtzeitig zur Gerichtsverhandlung aus Hongkong nach Hause gekommen. Er war mit knapper Not einer Gefängnisstrafe entgangen, und seine Eltern hatten die ihm auferlegte Geldstrafe bezahlt. Danach war er in eine sündteure Privatklinik irgendwo auf dem Land verfrachtet worden. Katherine hatte ihn dort besucht und sehr verändert gefunden; zwar hörte er keine Stimmen aus den Heizkörpern mehr, aber er wirkte in seinem gestreiften Pyjama und dem königsblauen Morgenrock ungewohnt gedämpft und gedrückt.

Sie wußte, daß Felix die Kommune verlassen hatte. Er hatte ihr eine Karte geschrieben: *Paradies eindeutig verloren. Gehe eine Weile fort.* Sie hatte Stuart angerufen, um mit ihm über Toby zu sprechen; der hatte sich teilnehmend gegeben und vage einen Besuch versprochen, aber sie hatte gleich gewußt, daß es dazu nicht kommen würde. Die Wintermonate verflogen in einer endlosen, atemberaubenden Folge von großen und kleinen Festen, Restaurantbesuchen und Kneipenbummeln. Katherine versuchte sich einzureden, genau das habe sie sich immer gewünscht, ein aufregendes Leben in der Großstadt anstelle der provinziellen Langeweile, die sie von zu Hause kannte. Aber keine Beziehung zu einem Mann war von längerer Dauer, und mit den Frauen, die sie durch ihre Arbeit kennenlernte, hatte sie wenig gemeinsam. In Momenten der Niedergeschlagenheit hegte sie den Verdacht, daß sie nur deshalb ständig unterwegs war, weil sie nicht allein sein konnte. Wenn sie allein war, flogen ihre Gedanken auch jetzt noch manchmal zu Rachel, und sie spürte die Leere, die durch die Abwesenheit der Freundin entstanden war, und mußte unweigerlich daran denken, wie schnell und gnadenlos der Tod alles beenden konnte.

Das australische Ehepaar über ihr, Kerry und Jane Mossop, gaben ständig Feste, zu denen Katherine stets eingeladen war. Auf einer dieser Feten lernte sie Graham kennen. Kerry Mossop machte sie mit ihm bekannt. »Kathy –« er nannte sie immer Kathy, und sie hatte längst alle Versuche aufgegeben, ihn dazu zu bewegen, sie bei ihrem richtigen Namen zu nennen – »Kathy, ich möchte dir Graham Cotterell-Jones vorstellen. Er hat eine Kunstgalerie.«

Graham war blond, gepflegt und gutaussehend. Anders als die meisten Partygäste, die in Jeans erschienen waren, trug er einen dunklen Anzug mit Nehru-Kragen. Brüllend, um die Musik aus der Stereoanlage und die Gespräche von fünfzig Leuten in einem einzigen kleinen Raum zu übertönen, versuchte Katherine, sich mit ihm zu unterhalten. Er erzählte von seiner Galerie in Soho, füllte ihr Glas auf, versorgte sie mit Gitanes. Dann tanzten sie, er mit der Hand auf ihrem Gesäß, seine Brust fest an ihren Busen gedrückt. Irgendwann im Lauf des Abends stand für sie fest, daß sie mit diesem Mann nicht ins Bett gehen würde. Er hatte etwas Abschreckendes, irgendwie Reptilartiges an sich. Gegen ein Uhr tanzte sie das letzte Mal mit ihm und sagte dann betont munter: »Es war wirklich nett, dich kennengelernt zu haben, Graham. Aber ich muß jetzt leider gehen. Morgen früh ruft die Arbeit.«

»Gehen?« wiederholte er.

»Ja. Es ist spät. Morgen früh ruft ...«

»Das sagtest du schon.« In seinem Auge war ein Ausdruck kalter Ablehnung, bei dessen Anblick sie froh war, sich gegen eine Nacht mit ihm entschieden zu haben.

Sie drängte sich zu Kerry und Jane durch, dankte ihnen für die Einladung und ging dann nach unten in ihre kleine Wohnung. Ihr Gesicht war erhitzt, wie ein Blick in den Spiegel ihr zeigte, und ihre Augenschminke verschmiert. Sie sah ziemlich grell aus. Im Bad erfrischte sie sich mit kaltem Wasser. Sie merkte, daß sie nicht mehr nüchtern war. In den Ohren summten ihr noch die Musik und das Stimmengewirr der Party.

Als es draußen klopfte, ging sie hinaus und öffnete. Graham stand vor ihr.

»Ja?« sagte sie.

»Wir haben noch was zu erledigen, Katherine.«

Sie bekam Angst und wollte die Tür zuschlagen, aber er hatte den Fuß in den Spalt geschoben. »Du Luder«, zischte er leise. Dann gab er ihr einen Stoß mit der flachen Hand gegen die Brust, daß sie nach rückwärts ins Zimmer taumelte.

Sie hörte, wie die Tür zugeschlagen wurde. Sie kauerte auf dem Boden. Er sah zu ihr hinunter. »Na also«, sagte er lächelnd. »Ich lass' mich nämlich nicht gern abservieren, weißt du, Katherine.«

»Raus!« sagte sie. »Mach, daß du raus kommst!« Aber die Worte hatten nicht den Ton, den sie ihnen hatte geben wollen; sie klangen unsicher und jämmerlich.

»Moment mal.« Er sah voll höhnischer Verachtung zu ihr hinunter. »Ich sagte doch, wir haben noch was zu erledigen.«

»Was soll das heißen?« Das Herz schlug ihr bis zum Hals.

»Ich hab was gegen Frauen, die sich einbilden, sie könnten mich an der Nase herumführen, Katherine. Und so eine bist du doch, stimmt's?« Er zerrte sie in die Höhe, während er sprach. Als sie aufschrie, schlug er ihr ins Gesicht, immer wieder, bis sie zu Boden stürzte, betäubt vor Schmerz und Scham.

Dann hockte er neben ihr nieder. »Das ist wohl so deine Art, hm, Katherine?« flüsterte er. Sein Gesicht war dem ihren sehr nahe, und seine Augen glitzerten. »Den Männern erst alles versprechen, und dann die Beine zusammenkneifen. Das törnt dich an, hm? Aber bei mir kannst du damit nicht landen.« Mit einem schnellen Handgriff riß er ihre Bluse von oben bis unten auf, und als sie die Lust in seinen hellen Augen gewahrte, war ihr klar, daß er dies nicht das erste Mal tat, daß er es nicht einmal für unrecht hielt.

Sie sagte: »Bitte ...«, und da schlug er wieder zu.

»Mich den ganzen Abend anzumachen und mir dann die kalte Schulter zu zeigen. Du bist ein echtes Luder. Eine frigide kleine Schlampe.«

Er schob ihren Rock bis zur Taille hoch. Sie hörte ihr eigenes Wimmern, als seine Finger über ihren Körper krochen. »Bitte nicht ... bitte nicht ...« Seine Haut klebte feucht und warm auf der ihren. Sie hatte das Gefühl, sich übergeben zu müssen. Sie konnte sich schluchzen hören. Verzweifelt schlug sie mit den Armen, als könnte sie sich so von ihm befreien. »Halt still, du Schlampe!« zischte er sie an, und da berührte sie mit den Fingerspitzen wunderbarerweise etwas Kaltes, Glattes; eine Suppenschale, die sie nach einem hastig verschlungenen Abendessen stehengelassen hatte, bevor sie zur Party gegangen war. Sie griff danach und schlug zu. Die irdene Schale traf ihn seitlich am Kopf, und als die Umklammerung seiner Hände sich einen Moment lockerte, nutzte sie die Gelegenheit und rollte sich unter ihm auf die Seite. Mit einem Sprung war sie auf den Beinen und stürzte stolpernd zur Tür. Ihre Muskeln schienen so kraftlos und unnütz wie in einem Alptraum, aber es gelang ihr, den Türknauf zu drehen und sich ins Badezimmer zu retten. Sie schob den Riegel vor, bevor er sie daran hindern konnte.

Dann hockte sie sich auf den Boden und blieb so, die Knie an die Brust gedrückt, die Hände auf den Ohren, während er draußen schrie und tobte und am Türknauf rüttelte. Nach langer Zeit hörte sie Schritte, deren Klang sich treppabwärts entfernte. Sie getraute sich nicht aus dem Bad heraus; niemals, meinte sie, würde sie den Mut finden, den Raum zu verlassen. Sie zwang sich, auf ihre Uhr zu sehen. Zwanzig Minuten würde sie warten, nahm sie sich vor. Zitternd unter den Nachwirkungen des Schreckens, wund an Gesicht und Händen, hockte sie da und starrte auf das Zifferblatt ihrer Uhr. Als die zwanzig Minuten um waren, stand sie auf und öffnete die Tür vorsichtig einen kleinen Spalt, um hastig nach rechts und nach links zu blicken. Die Hand, die am Türpfosten lag, zitterte heftig. Sie versuchte, in ihr Zimmer zu sehen. Es brannte Licht, aber rund um die einzelnen Möbelstücke war schwarze Dunkelheit. Sie durchsuchte das Zimmer – sie schaute in den Kleiderschrank, unter das Bett, in den Schrank unter dem Spülbecken –, dann sperrte sie die Tür ab und schob den Sessel unter den Knauf.

Danach machte sie Ordnung. Alles schmutzige Geschirr stapelte sie im Spülbecken, Essensreste warf sie in den Mülleimer. Sie hängte alle ihre Kleider in den Schrank und richtete die Bücher im Regal. Auf dem Boden kniend schrubbte sie die Tomatensuppe vom Linoleum, rieb immer wieder mit dem Lappen über den Fleck. Dabei sah sie ständig seine von Rot gesprenkelte weiße Haut vor sich. Sie hörte erst auf zu putzen, als sie vor Tränen nichts mehr sehen konnte. Sie zog ihre Kleider aus und warf sie in den Wäschekorb, ließ heißes Wasser ins Waschbecken laufen und wusch weinend ihren Körper.

Als sie fertig war, legte sie sich aufs Bett. Tiefer Ekel vor sich selbst und ein Gefühl abgrundtiefer Einsamkeit quälten sie. Sie war sicher, daß sie kein Auge zutun würde – jedes Knacken eines Rohrs war ein Schritt, jedes gedämpfte Geräusch von der Straße sein keuchender Atem an ihrem Ohr –, aber schließlich schlief sie doch ein.

Sie träumte. Rachel stand am Fußende ihres Betts und versuchte, ihr etwas zu sagen. Aber sie konnte sie nicht hören, weil ein Gewicht auf ihre Brust drückte, so schwer, daß es sie zu ersticken drohte. Krampfhaft um Atem ringend, öffnete sie die Augen und sah, daß durch die Fensterscheiben das blasse Licht des frühen Morgens fiel.

Drei Tage lang ging sie nicht aus dem Haus. Die blauen Flecken der Blutergüsse im Gesicht und an den Händen begannen zu verblassen. Als schließlich der Hunger sie aus der Wohnung trieb und sie in das nächste Lebensmittelgeschäft ging, um etwas einzukaufen, meinte sie bei jedem Schritt seinen verächtlichen Blick auf sich zu spüren. Jede plötzliche Bewegung, jedes unerwartete Geräusch erschreckten sie fast zu Tode. Bei der Agentur meldete sie sich krank und brachte an der Innenseite ihrer Wohnungstür eine Sicherheitskette an.

Sie dachte daran, nach Hause zu fahren. Vielleicht würde sie sich in ihrem vertrauten kleinen Zimmer mit den allmählich vergilbenden Fotos ausländischer Städte und den Postern aus »The Man from U.N.C.L.E.« wieder sicher zu fühlen beginnen. Sie wußte, daß ihr zu Hause niemand Fragen stellen würde. Die Constants fragen nicht, dachte sie mit Bitterkeit. Die Constants waren mit einem einmaligen Mangel an Neugier gesegnet. Sie konnte bis heute nicht sagen, ob dahinter Taktgefühl oder Gleichgültigkeit steckte, oder ob einfach das tägliche Leben in diesem Haus – die ständige zornige Müdigkeit ihrer Mutter und die Zerstreutheit ihres Vaters, der nur seine Arbeit im Kopf hatte – zu solchem Desinteresse zwang. Es war, als müßten die Gefühle unter Verschluß gehalten werden, weil ständig Explosionsgefahr bestand. Sie wußte nicht, ob es ihr diesmal gelingen würde zu verbergen, was ihr widerfahren war; sie fürchtete, man würde ihr das innere Elend von den Augen ablesen können.

Sie fuhr nicht zu ihren Eltern, sondern packte ihren Beutel und nahm den Zug nach Lancaster. Eigentlich erwartete sie, als sie Livs Haus betrat, einen Anflug von Neid – auf häusliches Glück und Mutterschaft – wie bei ihrem ersten Besuch, aber sie empfand nichts dergleichen, lediglich eine vage Erleichterung darüber, nicht in London zu sein.

Liv empfing sie mit Umarmungen, setzte ihr Gemüsesuppe und selbstgebackene *scones* vor und legte frische Scheite aufs Feuer, damit ihr nicht kalt würde. Katherine redete wie ein Wasserfall über Gott und die Welt, nur nicht über das beängstigende Erlebnis, das sie aufwühlte. Am Abend zog Stefan sich in sein Arbeitszimmer zurück, und Liv stillte Freya noch einmal, bevor sie sie zur Nacht schlafen legte. Katherine ging ruhelos im Zimmer umher, nahm wahllos bald dieses, bald jenes Buch zur Hand und stellte es wieder ins Regal. Als sie bemerkte, daß Liv sie beobachtete, sagte sie hastig: »Stefan als *Lehrer*! Das macht ihm doch bestimmt überhaupt keinen Spaß ...«

Liv runzelte die Stirn. »Na ja, die Uni war ihm lieber.«

»Will er denn dabeibleiben?«

»Er muß«, antwortete Liv unumwunden. »Wir haben sonst kein Geld.«

Katherine brauchte einen Moment, um zu begreifen, daß Liv ihre Bemerkung wörtlich meinte: daß Stefans Teilzeitjob als Lehrer die einzige Einkommensquelle der Familie war. Sie sagte unsicher: »Kleine Kinder kosten ja wahrscheinlich nicht viel, oder? Ich meine – sie brauchen nicht viel zu essen und zum Anziehen.«

Liv setzte zu einer Entgegnung an, aber dann sagte sie nur: »Kannst du sie mal einen Moment halten? Dann hol ich von oben schnell einen Strampelanzug.« Sie legte Katherine das Kind in den Arm und lief nach oben.

Katherine hielt die Kleine mit unbeholfenen Händen und war einen Moment entsetzt, als sie merkte, daß sie aufstieß. Ach, du lieber Gott, mein neues T-Shirt, dachte sie, sah aber dann mit einem Blick über die Schulter, daß alles sauber war. Freyas Köpfchen sank an ihre Schulter, und der warme kleine Körper entspannte sich. Katherine streichelte mit einem Finger vorsichtig Freyas Wange, und über das zarte kleine Gesicht huschte ein so seliges Lächeln, daß Katherine dahinschmolz. Eine Träne rann ihr aus dem Auge über die Wange, aber sie wagte nicht, die Hand zu heben, um sie fortzuwischen, weil sie fürchtete, Freya fallen zu lassen.

Dann kam Liv wieder herunter, nahm ihr die Kleine ab und sagte: »Also, erzähl.«

»Erzählen? Was denn?« Ihre Stimme war brüchig.

Liv hatte Freya auf die Decke gelegt und begann sie zu wickeln. »Erzähl mir, was dich so fürchterlich quält.«

Katherine wollte sagen, nichts quält mich! oder, ist doch ganz egal, aber die Worte wollten ihr nicht über die Lippen. Sie drückte die Handballen auf ihre brennenden Augen. Schließlich sagte sie leise: »Es ist etwas Entsetzliches … Ich kann nicht …« Sie brach ab.

Liv hob den Kopf und sah sie an. »Hat es mit der Arbeit zu tun?«

Katherine schüttelte den Kopf.

»Mit deiner Familie? Simon – oder Philip?«

Wieder Kopfschütteln.

»Mit einem Mann?« Als Katherine nichts antwortete, sagte Liv leise: »Vergiß nicht, wir sind Blutsschwestern.«

Katherine mußte an das Feuer im Garten denken und an Rachels Puppe. Als kleines Mädchen hatte sie Rachel um ihre Puppensammlung beneidet und sie gleichzeitig dafür verachtet. Es war ihr eine besondere Genugtuung gewesen, die schmucke kleine Bretonin in Flammen aufgehen zu sehen.

Sie versuchte zu lächeln. »Gilt das denn jetzt auch noch, wo wir nur noch zu zweit sind?«

»Aber natürlich. Jetzt erst recht.«

Liv saß zurückgelehnt im Sessel, Freya an der Brust.

Katherine sagte: »Ich komme mir so unglaublich *dumm* vor ... und so *schmutzig* ...« Dann begann sie zu sprechen, zuerst stockend, dann immer flüssiger und schneller, als wäre ein Damm gebrochen. Sie berichtete von der Party und von Graham, der es innerhalb von Minuten geschafft hatte, ihr die Würde, die Selbstachtung und das Vertrauen zu rauben.

Natürlich sagte sie nicht alles. Sie sagte Liv nicht, daß ihr an Sex noch nie viel gelegen hatte; ein solches Eingeständnis wäre zu beschämend gewesen. Zum Ende ihres Berichts gekommen, versuchte sie, die Sache ins Lächerliche zu ziehen – »*Getan* hat er ja eigentlich nichts, und du kannst dir nicht vorstellen, wie komisch er ausgesehen hat, von oben bis unten voll Tomatensuppe« –, aber sie konnte Liv nicht hinters Licht führen, das merkte sie. Sie war so sehr daran gewöhnt, immer die Starke zu sein, diejenige, die prima selbst auf sich aufpassen konnte, daß es ihr schwerfiel, sich einzugestehen, wie tief verwundet sie war.

Liv sah sie an. »Bist du zur Polizei gegangen?«

»Natürlich nicht! Was hätte das gebracht?«

»Er wollte dich vergewaltigen.«

»Er hätte doch nur gesagt, ich hätte ihn provoziert. Ich bin ja schließlich kein unschuldiges Häschen.«

»Das spielt doch überhaupt keine Rolle ...«

»O doch, und das weißt du auch, Liv«, unterbrach Katherine sie hitzig. »Ich habe für die Zeitschrift einen Artikel über

Vergewaltigung geschrieben. Als Frau muß man praktisch wie eine Nonne gelebt haben, wenn man eine Chance haben will, vor Gericht zu siegen.« Sie sah zu ihren Händen hinunter. »Aber das ist es gar nicht. Das kann ich ertragen. Das Schlimme ist das andere.«

Liv drückte das schlafende Kind an ihre Schulter. »Welches andere?«

Katherine stieß ein merkwürdiges kleines Lachen aus. »Ich denke unaufhörlich, daß es meine Schuld sein muß. Ich weiß, das ist idiotisch, aber ich kann nicht dagegen an. Er sagte, ich wäre eine – ich hätte mich herausfordernd benommen. Und irgendwie muß ich ihm recht geben. Ich hatte einen sehr kurzen Rock an, ich war ganz schön betrunken, und ich mag es, wenn die Männer hinter mir her sind und ...«

»Katherine«, sagte Liv leise und liebevoll, und Katherine preßte die Lippen zusammen und schwieg.

Dann sagte sie ruhig: »Weißt du, manchmal denke ich, daß ich irgendwie bis heute nicht kapiert hab, wie man als Frau zu sein hat. Immer sag oder tu ich das Verkehrte. Es ist, als gäbe es feste Regeln, von denen ich keinen Schimmer habe. Ich glaubte, ich hätte alles im Griff, als ich nach London ging. Ich hatte eine Arbeit, die mir Spaß machte, und Freunde und flippige Klamotten und eine eigene Wohnung. Alles, was ich mir immer gewünscht hatte. Aber jetzt ist irgendwie alles den Bach runter gegangen, und außerdem, was hab ich von dem ganzen Krempel, wenn ich ständig Angst habe? Wenn mich jeder Mann zwingen kann, zu tun, was er will, nur weil er mir körperlich überlegen ist?«

»So sind nicht alle Männer«, sagte Liv.

»Ja, aber woran *merke* ich, wie sie sind, Liv?« Katherine schlug sich mit der Faust in die offene Hand. »Ich habe meine kleine Wohnung geliebt, weißt du, aber jetzt hasse ich sie. Sie macht mir angst. Jeden Abend muß ich unters Bett und in den Kleiderschrank schauen. Total blöd, ich weiß, aber sonst kann ich nicht einschlafen. Aber ausgehen mag ich auch nicht. Ich fühle mich nicht sicher. Nichts ist mehr in Ordnung ...« Sie sah aus, als würde sie gleich anfangen zu weinen.

»Du solltest ins Ausland gehen«, meinte Liv, und Katherine hob den Kopf mit einem Ruck.

»Was?«

»Ins Ausland. Du solltest reisen. Das wolltest du doch immer.«

Sie dachte an das gesparte Geld für die Weltreise, das unberührt auf der Sparkasse lag. Dann sagte sie: »Ich kann nicht.«

»Klar kannst du.«

»Du verstehst das nicht.« Sie nahm es Liv übel, daß diese so wenig Verständnis und Teilnahme aufbrachte. »Wie soll ich ins Ausland gehen, wenn ich es kaum schaffe, den Fuß vor meine Wohnungstür zu setzen.«

»Du schaffst es schon.« Liv streichelte Freyas runden kleinen Rücken. »Du schaffst es, weil du mußt, Katherine. Es geht nur darum, es zu machen. Und im Machen warst du immer schon gut.«

Zum erstenmal sah sie es als eine Möglichkeit: einfach in ein Flugzeug zu steigen oder auf ein Schiff zu gehen und alles hinter sich zu lassen.

»Eine von uns muß doch reisen«, fuhr Liv fort. »Eine von uns muß die Welt sehen und Abenteuer erleben. Ich werde es nicht sein, das ist ja wohl klar. Und Rachel war es auch nicht. Also liegt es jetzt bei dir.« Sie stand auf. »Außerdem mußt du es für mich tun. Irgend jemand muß doch nach meinem Vater Ausschau halten.«

Zu Weihnachten kam Thea. Gleich am ersten Tag ihres Besuchs hatte Liv den Eindruck, daß zwischen ihnen eine Distanz gewachsen sei. Thea war schweigsam, beinahe als hätte sie etwas zu verbergen. Als sie am Abend zusammen abspülten, konnte Liv sich nicht länger zurückhalten. »Was ist los, Mama?« platzte sie heraus. »Irgendwas stimmt doch nicht.«

Thea sah sie verblüfft an. »Wie kommst du denn darauf?« Sie lächelte. »Es ist alles in bester Ordnung, Liv. Es ist alles wunderbar.« Sie holte einmal tief Atem. »Aber ich muß etwas Wichtiges mit dir besprechen. Ich muß mit dir über Richard sprechen.«

Im ersten Moment begriff Liv nicht, wen sie meinte, dann sagte sie verwirrt: »Du meinst Mr. Thorneycroft?«

Thea war verlegen. »Ich hätte schon längst mit dir sprechen sollen, ich weiß, aber ich war im Zweifel, wie du darüber denken würdest. Und du warst selbst so beschäftigt – erst die Hochzeit, dann Freya –, daß ich nicht – am Telefon ist immer alles so umständlich, und ein Brief wäre so förmlich gewesen …«

»Mama, wovon redest du überhaupt?«

Thea rieb sich die Stirn. »Mein Gott, ja, das geht wirklich durcheinander wie Kraut und Rüben! Liv, Richard und ich lieben uns.«

Der Teller, den Liv gerade spülte, glitt ins Seifenwasser zurück. *Richard und ich lieben uns.* Aber, wollte sie sagen, du bist *fünfzig*, Mama, und Mr. Thorneycroft läuft in Tweedjacken mit Lederflicken auf den Ellbogen herum. Außerdem hinkt er und …

»Aber du kennst ihn doch seit Ewigkeiten«, sagte sie schwach, »und ich hätte nie geglaubt …«

»Ich habe Richard immer gemocht. Und ich habe ihn immer respektiert. Er hat sehr viel durchgemacht – den Krieg und den Tod seiner Frau und seines Kindes bei den Luftangriffen. Aber er hat das alles mit Würde getragen. Und dafür bewundere ich ihn. Für diese Standhaftigkeit.«

»Du meinst, im Gegensatz zu meinem Vater.«

Thea legte das Geschirrtuch weg. »Da hast du recht, Liv, wie dein Vater ist Richard nicht.« Sie verschränkte die Hände. »Als ich damals als Haushälterin bei ihm anfing, war ich froh, daß er so anders war, eher wortkarg und zurückhaltend, während dein Vater jeden mit seiner Redegewandtheit und Spontaneität bestochen hatte. Lange war Richard für mich nicht mehr als mein Arbeitgeber. Aber mit der Zeit wurde er mir, beinahe ohne daß ich es merkte, ein Freund. Er war mir gegenüber sehr feinfühlig, als damals die arme kleine Rachel starb.« Sie seufzte. »Ich habe festgestellt, daß mir Feinfühligkeit, Beständigkeit und Zuverlässigkeit heute weit wichtiger sind als in meiner Jugend. Unromantisch, ich weiß, aber schreib es einfach meinem hohen Alter zu.« Thea sah Liv an und sagte: »Ich habe deinen

Vater lange geliebt. Aber es wurde so ermüdend und so erniedrigend. Dieses ständige Hoffen und Enttäuschtwerden. Jedesmal, wenn er fortging, glaubte ich, ich hätte ihn für immer verloren. Jedesmal, wenn er zurückkam, glaubte ich, jetzt ist es vorbei, nun wird er mich nie wieder verlassen. Aber er tat es doch immer wieder. Am Ende kümmerte es mich nicht mehr. Ich hatte gar nicht mehr die Kraft dazu. Und ich war beinahe froh, daß es vorüber war.«

»Wollt ihr heiraten?«

»Nein, das haben wir nicht vor. Wir wollten …«

»Denn es könnte ja sein, daß Dad nach Hause kommt.«

Schweigen. Dann sagte Thea liebevoll: »Darling, das glaube ich nicht.«

»Aber du weißt, daß er mir eine Karte geschrieben hat.« Vor zweieinhalb Jahren. Seither hatte sie nichts mehr von ihm gehört. Sie spürte einen dumpfen Schmerz in ihrem Inneren, wie von einer Wunde, die nicht heilen wollte.

»Und du weißt, daß ich mich schon vor Jahren von deinem Vater habe scheiden lassen.«

»Trotzdem …«

»Weißt du, Kind, ich glaube, wenn er vorgehabt hätte, wieder nach Hause zurückzukehren, hätte er das längst getan.«

Meiner lieben Tochter Olivia … Sie hätte nicht geglaubt, daß es ihr immer noch so naheging.

»Ich habe deinen Vater sehr geliebt«, setzte Thea sinnend hinzu. »Und in gewisser Weise liebe ich ihn immer noch. Aber wir konnten nicht miteinander leben – ich glaube, das war mir schon klargeworden, bevor er fortging. Und Liebe allein reicht nicht immer.«

Doch, dachte Liv. Sie muß reichen. Sie ergriff einen schmutzigen Kochtopf und begann, ihn mit einem harten Topfkratzer zu bearbeiten.

»Irgendwann wird man es einfach müde, immer allein zu leben. Fernhill ist für mich sehr still geworden, seit du von zu Hause fort bist, Liv.«

»Du hast doch Diana«, entgegnete Liv trotzig. »Und Katherines Mutter.«

»Wenn du den Topf weiter so malträtierst, wirst du noch ein Loch hineinschrubben.« Thea seufzte wieder. »Du weißt doch selbst, daß Barbara Constant nie Zeit hat. Und Diana und ich haben in letzter Zeit wenig miteinander zu tun. Ich kann nicht mit ansehen, was sie mit Rachels Tochter anstellt.«

Liv sah ihre Mutter erschrocken an. »Mit Alice?«

»Sie zieht ihr Rachels alte Kleider an – gibt ihr Rachels Spielsachen ...« Theas Stimme war zornig. »Sie hat das arme kleine Ding sogar schon an der Lady-Margaret-Schule eingeschrieben – und wahrscheinlich auch schon beim Ballett und zum Reiten angemeldet. Und Henry unternimmt nichts, um Diana klarzumachen, daß Alice nicht einfach eine zweite Rachel ist. Es bricht mir das Herz, das ansehen zu müssen – Alices wegen und Hectors wegen. Und auch Dianas wegen«, fügte sie in weicherem Ton hinzu. »Sie sieht gar nicht gut aus. Sie ist gerade mal dreiundfünfzig, aber sie sieht zehn Jahre älter aus.«

Liv blickte zum Fenster hinaus. Den ganzen Tag hatte sie gehofft, daß es zu Freyas erstem Weihnachtsfest schneien würde, aber der Himmel blieb eigensinnig strahlend blau und wolkenlos. Sie sagte vorsichtig: »Wenn du und Mr. Thorneycroft nicht heiraten wollt ...«

»Wir haben beschlossen, zusammenzuleben. Das ist heute schließlich gang und gäbe.«

»Mama!«

»Du bist doch nicht etwa schockiert?«

»Aber nein, natürlich nicht.«

»Und –« noch einmal holte Thea tief Atem – »wir haben vor, ein Haus in Kreta zu mieten.«

»In Kreta!« Der Topf fiel Liv aus der Hand und schlug klirrend zu Boden.

»Richard liebt Kreta, und das Klima dort ist seiner Gesundheit viel zuträglicher.« Thea lächelte. »Es wird vielleicht so etwas wie eine ausgedehnte Hochzeitsreise. Was meinst du, darf man eine Hochzeitsreise machen, wenn man nur zusammenlebt?«

Liv schaffte es zu sagen: »Ich wüßte nicht, warum nicht.«

»Dann haben wir deinen Segen?«

»Aber Mama, ihr braucht meinen Segen nicht.«

»Trotzdem …«

Liv nahm ihre Mutter in die Arme und drängte die aufsteigenden Tränen zurück. »Natürlich habt ihr ihn.«

An einem dunklen Abend kehrte Felix nach sechs Monaten im Ausland nach Wyatts zurück. Das froststarre Gras knirschte leise unter seinen Füßen, als er über den Rasen ging. Unter den karminroten Samtvorhängen im Speisezimmer schimmerte Licht hervor, und er hörte, durch das Glas gedämpft, Stimmengemurmel. Die Seitentür des Hauses war nicht abgeschlossen. Er ging hinein und trat ins Speisezimmer. Schlagartig wurde es still.

Dann sprang Rose mit einem Freudenschrei von ihrem Stuhl auf, Mia verzog den schön geschwungenen Mund zu einem strahlenden Lächeln, und sein Vater sagte: »Mach die Tür zu, mein Junge, und wärm dich erst einmal auf.«

Rose klammerte sich an seinen Arm und umschloß mit ihren kleinen Händen seine eiskalten Finger. Er nahm sie in den Arm und hielt sie an sich gedrückt, als sie ihr Gesicht an seine Schulter preßte.

Beim Abendessen hatte er Zeit und Gelegenheit, sie alle zu beobachten. Rose hatte sich das Haar geschnitten – mit einer Gartenschere, wie es aussah. In kurzen braunen Büscheln stand es rund um ihr spitzes kleines Gesicht vom Kopf ab, sie sah aus wie ein Straßenjunge aus viktorianischer Zeit. Das Licht der Kerzen, auf die seine Stiefmutter beim Abendessen niemals verzichtete, lag schimmernd auf Mias langem, rotbraunem Haar und ihrem klassisch schönen Gesicht, hob aber auch die Schatten um Bernard Corcorans müde Augen hervor und die tiefen Furchen, die sich von seinen Nasenflügeln zum Kinn hinunterzogen.

Sie fragten ihn über seine Reisen aus, und Felix erzählte von dem Café in Amsterdam, in dem er eine Weile als Tellerwäscher gejobbt hatte, von der Traubenernte in Südfrankreich und von seinen Wanderungen durch Florenz.

Geschlafen hatte er auf einer Bank in den Boboli-Gärten.

»Aber nach einiger Zeit begann es doch kalt zu werden«, erzählte er, »und meine ganze Barschaft bestand aus einem einzigen Tausend-Lire-Schein. Dann hatte ich Glück – ich kam eines Abends in einer Bar mit jemandem ins Gespräch, und es endete damit, daß ich den drei kleinen dicken Töchtern einer Contessa Englischunterricht gab.« Er lachte. »Das heißt, ich hab's *versucht*. Die drei saßen die meiste Zeit nur da und verdrückten Schokolade. Gesprochen haben sie kaum ein Wort, sondern mich nur mit ihren großen braunen Augen angestarrt. Ich hatte immer das Gefühl, ich hätte drei Kälbchen vor mir sitzen.«

»Wie heißen sie?« fragte Rose.

»Marietta, Constanza und Fiametta«, antwortete Felix.

Rose wiederholte mit leiser Stimme. »Das sind wirklich schöne Namen. Wenn Bridie Junge kriegt, nenne ich sie Marietta, Constanza und Fiametta.«

»Wer ist denn Bridie?«

»Mein Meerschweinchen. Felix, die haben sie auf dem Jahrmarkt verkauft. Es war ganz schrecklich – sechs Meerschweinchen in einem Schuhkarton. Sie konnten sich überhaupt nicht rühren. Mein Geld hat nur für zwei gereicht. Ich darf gar nicht dran denken, was aus den andern geworden ist ...«

»Wie geht's den Hunden?« fragte Felix, bemüht, eilig das Thema zu wechseln. »Was machen Bryn und Maeve, hm? Und die Pferde«, fügte er hinzu, weil er den warnenden Blick seines Vaters zu spät bemerkte.

»Beauty ist kurz vor Weihnachten gestorben.« Rose begann lautlos zu weinen, Beauty war ihr Pony gewesen.

»Aber sie war doch schon alt, nicht?« meinte Felix tröstend.

»Siebenundsiebzig in Pferdejahren.« Rose wischte sich die Nase am Ärmel.

Mia, die mit der Nachspeise hereinkam, sorgte für Ablenkung. Mia hielt sich stets nur ungefähr an die Angaben von Kochrezepten. Hatte sie irgendeine verlangte Zutat gerade nicht zur Hand, so ersetzte sie sie einfach durch etwas, was da war. Paprika statt Zimt, Melasse statt Honig. Unvereinbare Aromen explodierten zischend auf der Zunge, brannten im

Hals und lagen dann stundenlang unangenehm brodelnd im Magen.

»Es sollte eigentlich ein Zitrone-Ingwer-Pudding werden«, erklärte sie, während sie jedem eine Portion bräunlich gefärbten Glibbers auf den Teller klatschte, »aber ich hatte keine Zitronen, nur Orangen, und der Ingwer war hinter den Kühlschrank gerutscht, drum mußte ich Kaffee nehmen. Und statt Grand Marnier ist Tia Maria drin.«

»Köstlich«, sagte Bernard im Brustton der Überzeugung.

»Sind auch Eier drin?« erkundigte sich Rose mißtrauisch.

»Ein halbes Dutzend.«

»Ich eß keine Eier.«

»Rose ist unter die Vegetarier gegangen.«

»Veganer, Daddy. Ich esse weder Eier, Käse noch Milch. Und natürlich auch keine ermordeten Tiere.«

»Aber Schokolade ißt du noch, oder?« fragte Felix. »Ich hab dir nämlich aus der Schweiz welche mitgebracht.« Roses Augen leuchteten auf. »Sie ist draußen in meinem Rucksack.«

Rose flitzte schon aus dem Zimmer. Mia stand auf, um die Katzen zu füttern, Felix blieb mit seinem Vater allein zurück. Er erkundigte sich nach den Geschäften.

»Das letzte halbe Jahr war sehr schwer für uns«, antwortete Bernard Corcoran mit zusammengezogenen Brauen. »Aber ich hoffe, die Talsohle ist überwunden.« Er schob Felix seine Zigaretten hin und zündete sich selbst eine an. »Wir sind plötzlich nicht mehr ›in‹, weißt du. All die vielen neuen Firmen – diese schicken Londoner Designerläden – verderben uns das Geschäft.«

Die Firma Corcoran war auf handgedruckte historische Tapeten spezialisiert. Seit seiner Gründung vor hundert Jahren hatte das Unternehmen einen riesigen Bestand an Modeln alter Muster erworben: elegante Regency-Streifen, Blütenmuster im Stil der Art nouveau und zarte Chinoiserien.

»Wir haben offenbar das falsche Image«, erklärte Bernard grimmig. »Entsprechend hat mich jedenfalls einer dieser Londoner Schlauberger aufgeklärt. Er wurde mir von irgend jemandem empfohlen. Ein entsetzlicher kleiner Angeber – mit

Schmuck behangen wie ein Zirkuspferd! Kurz und gut, er machte mir klar, daß wir Dinosaurier sind, hoffnungslos veraltet. – Ach, hol doch mal den Scotch, Felix. Ich brauche jetzt dringend einen und du doch sicher auch nach der langen Reise.«

Felix goß zwei Gläser ein, indes sein Vater sagte: »Er hat mir geraten, in neue Muster zu investieren, *billigere* Muster.« Bernards Widerwille war deutlich zu spüren. »Für diese kleinen Popelhäuser, die heute überall in die Landschaft gestellt und zu weit überhöhten Preisen verkauft werden, vermute ich.« Bernard seufzte. »Ich mußte ein Darlehen aufnehmen – die Anlagekosten, du verstehst.«

Felix sah seinen Vater an. »Aber du bist doch immer dagegen gewesen, Geld zu leihen. Du hast immer gesagt …«

»… mit fremder Leute Geld soll man nicht arbeiten, ich weiß. Aber ich habe keine Wahl, Felix. Wir haben zwar Vermögenswerte, aber im Moment sind wir eben nicht flüssig.« Bernard schenkte sich noch einen Whisky ein und strengte sich sichtlich an, Zuversicht zu zeigen. »Ach was«, sagte er, »lassen wir das. Das ist ein langweiliges Thema. Ich freue mich, daß du wieder da bist, Felix.«

»Ja, ich mich auch.« Es war die Wahrheit. Er war selbst erstaunt darüber, wie glücklich es ihn machte, wieder zu Hause zu sein.

»Schade, daß du es zu Weihnachten nicht geschafft hast. Da waren wir drei hier ganz allein, richtig verloren in dem großen Haus.«

»Ich konnte Weihnachten nicht weg, Dad. Ich hatte versprochen, bis zum neuen Jahr zu bleiben.« Das stimmte nicht ganz; er war froh gewesen, über Weihnachten, eine Zeit, da einem Veränderungen und Verluste besonders schmerzlich bewußt zu werden pflegten, in Italien bleiben zu können.

»Hast du vor, in diese Hippie-Kommune zurückzukehren?«

»Nach Great Dransfield? Nein. Ich habe eigentlich noch gar keine Pläne. Wahrscheinlich werd ich erst einmal für ein paar Tage nach London fahren – alte Freunde besuchen … und mir überlegen, was ich weiter tun will …«

»Du weißt, daß hier immer Platz für dich ist, mein Junge. Und selbstverständlich auch in der Fabrik. Ich könnte, ehrlich gesagt, Hilfe gut gebrauchen.«

Später am Abend suchte er auf einem Rundgang durch das Haus seine alten Lieblingsplätze auf: die Mansarde mit den Bullaugenfenstern unter den geschwungenen Dachgauben; den Treppenabsatz im Zwischenstock mit dem bunten Artdeco-Fenster, das zum vorderen Garten hinausblickte; die Pergola, die das Haus mit dem Garten verband. Das Haus war von einer harmonischen Schönheit, ohne prätentiös zu sein. Die Tapeten stammten natürlich von der Firma Corcoran, und Mobiliar und Ausstattung, vieles davon eigens für Wyatts entworfen, entsprachen dem Grundsatz William Morris', daß Schönheit sich mit Zweckmäßigkeit paaren muß.

Er legte seinen Rucksack in sein Zimmer und machte sich auf die Suche nach Rose. Er fand sie in ihrem Zimmer, wo sie auf der Fensterbank hockte und Schokolade naschte.

»Gibt es für mich auch noch ein Plätzchen?«

»Klar.« Sie zog die Beine hoch, und er setzte sich neben sie. Den Kopf an seine Schulter gelehnt, sagte sie: »Das war gemein von dir, daß du Weihnachten nicht gekommen bist, Felix! Mich mit der gräßlichen Mia allein zu lassen.«

»Tut mir leid.« Er drückte sie kurz. »Dafür hab ich dir was mitgebracht.« Er reichte ihr ein Päckchen.

»Der ist ja toll!« rief sie hingerissen, als sie den handbemalten seidenen Schal sah, der in Grün-, Blau- und Goldtönen leuchtete, und schlang ihn sich sogleich um die Schultern. Seine Pracht, fand Felix, erdrückte sie beinahe, ließ sie noch zerbrechlicher wirken.

»Was macht die Schule?« erkundigte er sich vorsichtig.

»Furchtbar! Ich möchte am liebsten sofort aufhören. Das kann ich doch, wenn ich will, nicht wahr? Ich bin fast siebzehn – da ist man doch erwachsen, oder?«

Weder ihr Aussehen noch ihr Verhalten, fand er, entsprachen ihrem Alter. Sie wirkte weit jünger. Er hielt ihr seine offene Hand hin, und sie legte ein Stück Schokolade darauf. »Was willst du denn tun, wenn du von der Schule abgehst?« fragte er.

»Daddy meint, ich soll auf die Handelsschule in Norwich gehen.«

»Und du, Rosy? Was willst du?«

»Ich weiß nicht«, nuschelte sie kleinlaut.

»Möchtest du hierbleiben?«

»Ja, wenn *sie* nicht hier wäre.«

Ihre unversöhnliche Feindseligkeit Mia gegenüber deprimierte ihn. Er sagte: »Mia ist Dads Frau. Es wäre vielleicht einfacher, wenn du versuchtest, sie zu akzeptieren.«

»*Mama* ist Dads Frau.« Sie schob die Unterlippe vor. »Und sie läßt Dad ja keinen Moment aus ihren Klauen – ich hab ihn nie mal für mich allein –, und außerdem kann sie überhaupt nicht kochen.«

Er lächelte. »Stimmt.« Er versuchte es noch einmal. »Weißt du Rosy, ganz gleich, was du in Zukunft machen willst, du wirst es leichter erreichen, wenn du noch ein Jahr oder so auf der Schule bleibst. Angenommen zum Beispiel, du möchtest später mal mit Tieren arbeiten.«

Mit widerwilliger Miene sah sie ihn an. »Ist das wirklich wahr?«

»Ja, du kannst es mir glauben. Weißt du was, du hältst noch ein Jahr durch, und dafür lad ich dich zu einem Wochenende nach London ein. Wir gehen hin, wo du willst – zu Harrods, ins Theater oder Kino – ganz gleich.«

Ihr trauriges kleines Gesicht hellte sich auf. »Ehrlich?«

»Ehrlich«, sagte er. »Ich verspreche es hoch und heilig.«

In der folgenden Woche traf er sich in einem Café in Soho mit Nancy. Nachdem sie Kaffee bestellt hatten, fragte Nancy ihn über Italien aus, und er erzählte ihr von den drei dicken kleinen Töchtern der Contessa.

Nancy mußte lachen. »So anstrengend wie India und Justin waren sie sicher nicht.«

Er lächelte. Er wußte, daß von der ursprünglichen Gemeinschaft nur noch Claire und ihre Kinder in Great Dransfield waren.

»Wie geht es ihnen denn?«

»Oh, sie sind jetzt auf der Dorfschule. Und sie haben sich gut eingewöhnt.«

Er zwang sich zu fragen: »Und Saffron? Ist sie noch mit Lawrence zusammen?«

»Nein.« Nancy berührte flüchtig Felix' Hand. »Saffron hat sich nie was aus Lawrence gemacht.«

»Ich glaube, ehrlich gesagt, daß sie sich aus niemandem was gemacht hat. Mich eingeschlossen.«

Nancy sagte stirnrunzelnd: »Als ich Susan damals kennenlernte ...«

Er sah sie scharf an.

»Saffron heißt mit richtigem Namen Susan«, erklärte Nancy. »Wußtest du das nicht, Felix?«

»Nein, sie hat mir nicht viel von sich erzählt. Nur daß sie die Prüfung auf eine höhere Schule nicht geschafft hat und mit fünfzehn von der Schule abgegangen ist. Und daß sie verheiratet war.«

»Sie heiratete einen der Anwälte in der Kanzlei, bei der wir gearbeitet haben. Sie war achtzehn, und er war einundvierzig.« Nancy machte ein nachdenkliches Gesicht. »Männer, die wesentlich jüngere Frauen heiraten, sind mir nie recht geheuer gewesen. Das stinkt doch nach Machtgier, findest du nicht? Und nachdem sie das Kind verloren hatte ...«

»Das Kind?« Er starrte sie ungläubig an.

»Hat sie dir das auch nicht erzählt? Sie hatte eine Fehlgeburt. Ziemlich spät in der Schwangerschaft. Sie war danach sehr krank. Das war etwa zu der Zeit, als mein Vater starb und ich die Idee mit der Gemeinschaft hatte. Den Rest kennst du.« Nancy seufzte. »Saffron hat ihren Mann nicht geliebt. Ich nehme an, sie hat ihn aus den üblichen Gründen geheiratet – aus Sicherheitsstreben vielleicht.«

»Oder des Geldes wegen«, bemerkte Felix.

Nancy sah ihn mit kühlen braunen Augen an. »Sie ist nicht *käuflich*«, sagte sie leise und bestimmt, und er entsann sich Saffrons in ihrem ausgefransten indigoblauen Kleid und den Pelzen von Oxfam.

»Nein«, stimmte er zu, »das war sie nie.«

»Sie hat Ronald nicht geliebt, aber sie wünschte sich dieses Kind und war todtraurig, als sie es verlor. Das war es, was ich dir sagen wollte, Felix, daß jeder Mensch auf einen schweren Verlust anders reagiert. Die einen versuchen, die Leere irgendwie zu füllen, die anderen schrecken vor Bindungen zurück.«

Er hatte den Verdacht, daß er selbst gar nicht so anders war als Saffron. In den Jahren nach dem Tod seiner Mutter war er jeder Verantwortung aus dem Weg gegangen. Mit Unbehagen gedachte er der vielen verschiedenen Jobs, die er seit dem Ende seines Studiums gehabt hatte, der vielen Orte, an denen er gelebt hatte, der Folge aussichtsloser Beziehungen. Seine gesamte Habe paßte in einen Rucksack. Er war stolz gewesen auf seine Ungebundenheit; jetzt begann er, seine Motive in Zweifel zu ziehen.

Später, nachdem er sich von Nancy verabschiedet hatte, stellte er sich die Frage, welcher Traum für ihn den Anstoß gegeben hatte, sich der Gemeinschaft anzuschließen. Vielleicht hatte er geglaubt, dort wiederzufinden, was er verloren hatte: die Geborgenheit und Wärme der Familie, die ihm an jenem stürmischen Dezemberabend, als seine Mutter ums Leben kam, für immer genommen worden war.

Auf dem Weg über den Piccadilly fühlte er sich plötzlich frei, als hätte er eine Last abgeschüttelt, die er lange mit sich herumgeschleppt hatte. *Saffron heißt mit richtigem Namen Susan*. Mit dem Austausch des Exotischen gegen das Alltägliche verlor sich etwas von ihrer Flüchtigkeit und ihrem Geheimnis, und er konnte sie realistischer sehen, als einen Menschen mit verzeihlichen Fehlern und Schwächen.

Am Rand des Piccadilly Circus blieb er stehen, glücklich im Donnern des Verkehrs und der vertrauten schmutzigen Londoner Luft. Morgen, sagte er sich, würde er losgehen und sich eine Arbeit und eine Wohnung suchen. Er wußte, daß er nicht nach Wyatts zurückkehren würde; zu lange war er schon seinen eigenen Weg gegangen. Außerdem gab es kein Zurück. Aber er würde sich bemühen, ein besserer Bruder und ein besserer Sohn zu sein. Durch die Menschenmenge machte er sich auf den Weg zum U-Bahnhof.

Die Wintermonate hindurch brachte der Briefträger Karten von Katherine aus Amerika: Ansichten roter und ockerbrauner Wüstenlandschaften, blauer Bergketten mit weißen Gipfeln und des hochgespannten Bogens einer goldenen Brücke. Liv stellte die Karten auf dem Kaminsims auf, wo die blauen Himmel einen leuchtenden Gegensatz zu den grauen Winterwolken draußen bildeten. Sie waren eine Verbindung zu einer Außenwelt, die immer ferner rückte.

Stefan stürzte sich mit großer Energie in die Arbeiten im Garten und am alten Stall, aber all sein Bemühen wurde von einem regnerischen Frühjahr zunichte gemacht. Unablässig prasselte ihm der Regen auf Kopf und Rücken, wenn er draußen im Garten die Erde umgrub, und der Humus verwandelte sich in Schlamm, der sich träge den Hang hinunterwälzte. Als die Plane, mit der er vorübergehend das Stallgebäude abgedeckt hatte, nach einem schweren Gewitter unter der Last der Wassermassen nachgab und die frisch verputzten Mauern völlig durchnäßt wurden, sperrte er sich in seinem Arbeitszimmer ein und kam nur noch zu den Mahlzeiten heraus. Er sah krank aus, bleich und erschöpft. Er war fahrig in seinen Bewegungen, ständig gereizt und fuhr beim geringsten Anlaß aus der Haut; es reichte schon eine angebrannte Mahlzeit oder ein vergessenes Spielzeug auf der Treppe. Liv bedachte jedes Wort, wenn sie mit ihm sprach; als sie ihm vorschlug, sich etwas mehr Ruhe zu gönnen, herrschte er sie wütend an.

Eines Nachts Ende März wurden sie vom aufgeregten Geschnatter der Gänse geweckt. Stefan warf seinen Mantel über und rannte hinaus, wo er gerade noch einen Fuchs mit blutverschmierter Schnauze durch das Gartentor hinausschlüpfen sah. Das Hühnerhaus war ein Schlachtfeld geköpfter Kadaver, die im blutigen Stroh lagen.

»Die Tür – wie zum Teufel ist er reingekommen?« Stefans Gesicht war bleich im Licht der Taschenlampe.

Sie sah den Vorwurf in seinem Blick. »Ich habe den Riegel vorgelegt, Stefan. Da bin ich ganz sicher.«

»Kann man sich denn auf dich überhaupt nicht verlassen?«

Mit brüsker Bewegung drängte er sich an ihr vorbei, ergriff einen Spaten und eine Hacke und begann, in der durchweichten Erde ein Loch auszuheben, um die toten Vögel zu verscharren.

Danach sprach er zwei Tage lang kein Wort mit ihr. Bei den Mahlzeiten hüllte er sich in eisiges Schweigen und trommelte mit den Fingerspitzen auf die Tischplatte. Liv kochte ihm seine Lieblingsgerichte, sorgte dafür, daß Freya ihn nicht bei der Arbeit störte, stopfte sämtliche Löcher in seinen Pullis und backte Kuchen. Sie war fest entschlossen, ihm zu zeigen, wie sehr sie ihn liebte, dann, dachte sie, würde auch er sie wieder lieben. Sie würde alles ganz richtig machen, dann würde er nie wieder böse auf sie sein.

Als Stefan am Montag morgen aus dem Haus ging, um nach Lancaster zu fahren, meinte sie, die Spannung, die sich in den letzten Tagen aufgebaut hatte, nicht mehr ertragen zu können. Das Haus mit seinen drückend niedrigen Decken und kleinen Fenstern nahm ihr die Luft. Sie mußte hinaus, sie brauchte Weite und Licht. Ein Tag fern von Holm Edge würde ihr guttun. Sie beschloß, mit Freya nach Lancaster zu fahren und dem Kind Schuhe zu kaufen.

Für gewöhnlich steckte Stefan das Haushaltsgeld hinter die Uhr auf dem Kaminsims, aber als sie dort nachsah, fand sie nichts als die Postkarten mit ihren blauen Himmeln und prächtigen Landschaften. Nachdem sie alles Bargeld aus Börsen und Taschen zusammengesucht hatte, packte sie Freya in den Buggy und machte sich auf den Weg. Noch während sie an der Haltestelle auf den Bus wartete, begann es wieder zu regnen. Die Nässe schlug ihr kalt und schneidend ins Gesicht. Der Bus hatte Verspätung, und Freya, die immer leicht ungeduldig wurde, wenn sich nichts rührte, begann zu quengeln. Liv nahm sie hoch und schob sie zum Schutz gegen Regen und Kälte unter ihren Dufflecoat. Aber damit war Freya nicht einverstanden, sie wollte hinunter und versuchte strampelnd, sich den Händen ihrer Mutter zu entwinden. Schon stieg ihr die Zornesröte ins Gesicht, da kam zum Glück der Bus um die Ecke, und sie strahlte wieder.

Im Schuhgeschäft war Hochbetrieb. Kinder aller Altersstufen probierten, von ihren Müttern begleitet, Schuhe an, Verkäuferinnen liefen hin und her. Freya blieb ein paar Augenblicke lang brav auf Livs Schoß sitzen, dann rutschte sie abwärts und begab sich auf Forschungsreise, indem sie sich von Stuhl zu Stuhl zog. Neue Kunden drängten in den kleinen Laden. In der Zeit, die Liv brauchte, um den Buggy zusammenzuklappen und ihre Taschen unter den Sitz zu schieben, damit andere Leute sich hinsetzen konnten, hatte Freya eines der offenen Ausstellungsregale erreicht. Sie griff nach einem kleinen Schuh, der ihr besonders gut gefiel, und rutschte, schon auf Strümpfen wegen der Anprobe, auf dem blank polierten Boden aus. Schuhe und Preisschilder mit sich reißend, schlug sie der Länge nach hin.

Das Kind brüllte, und die Verkäuferin machte ein pikiertes Gesicht. Auf Freyas Stirn prangte ein rotes Mal von der Größe eines Pennystücks. Als die Verkäuferin ihren Fuß umfaßte, um Maß zu nehmen, zog sie blitzschnell ihr Bein zurück und begann zu weinen. Danach ging die Verkäuferin nach hinten, und es dauerte eine Ewigkeit, bis sie, mit mehreren Kartons beladen, zurückkehrte. Freya, die sich gerade ein wenig beruhigt hatte, begann von neuem zu jammern, als die Verkäuferin ihr einen kleinen roten Schuh über den Fuß schieben wollte. Strampelnd rollte sie die Zehen ein und schrie, was das Zeug hielt. Die Schuhe kosteten, wie Liv auf ihre Frage erfuhr, neun Pfund zehn Shilling. Sie hatte genau sieben Pfund zwei Shilling und acht Pence in ihrer Börse. Sie war überhaupt nicht auf den Gedanken gekommen, daß Babyschuhe so teuer sein könnten. Auch ihre verzweifelte Suche in Manteltaschen und Handtasche erbrachte nichts.

»Soll ich Ihnen dieses Paar einpacken, Madam?«

Ihr Gesicht brannte. »Wieviel kosten die Leinensandalen dort?«

»Die empfehlen wir aber nicht als Laufschuhe für Kinder, Madam. Tägliches Tragen kann zu Fußschäden führen.« Die Verkäuferin musterte Liv geringschätzig. »Also – nehmen Sie die, Madam?«

Liv schüttelte den Kopf. »Nein, lassen Sie. Ich überlege es mir noch einmal. Danke.«

Sie nahm ihre Taschen, Freya und den Buggy und rannte aus dem Laden. Draußen kühlte der Regen ihr Gesicht. Tränen der Scham brannten in ihren Augen. Etwa auf halber Höhe der Market Street hörte sie jemanden rufen.

»Olivia? Sie sind doch Olivia Galenski, richtig?« Sie drehte sich herum. »Sie erinnern sich wahrscheinlich nicht an mich. Ich bin Camilla Green. Wir haben uns auf Professor Samuels' Neujahrsfeier getroffen.« Der Blick der scharfen blauen Augen wanderte von Liv zu Freya und wieder zurück zu Liv. »Und das ist wohl … ?«

»Freya. Das ist Freya.«

»Ach, ist die süß!« Camilla Green tätschelte flüchtig Freyas tränennasse Wange. Dann kehrte ihr neugieriger Blick zu Liv zurück. »Ich dachte, Sie wären von hier weggezogen. Stefan hat sich seit einer halben Ewigkeit schon nicht mehr in der Fakultät blicken lassen.«

»Nein, nein, wir leben immer noch in Holm Edge.«

»Tatsächlich? Ich hätte nicht gedacht, daß es Stefan dort auf die Dauer aushält. So isoliert. Für jemanden wie ihn muß das doch unerträglich sein.«

Der Regen rann Liv eiskalt den Nacken hinunter und sickerte unter den Kragen ihres Dufflecoats. Wenn sie sich jetzt nicht beeilte, würde sie den nächsten Bus verpassen. Aber erst mußte sie es wissen. »Was meinen Sie mit ›für jemanden wie ihn‹?«

Camilla Green schob eine Haarsträhne, die sich gelöst hatte, unter ihren Samthut. »Sie wissen doch selbst, daß Stefan immer Publikum braucht. Er muß sich spiegeln können. Es ist beinahe so, als würde er sonst an seiner Existenz zweifeln.« Sie lachte ein wenig. »Diese kleinen Gänse, die ihn nach den Seminaren immer umschwärmt haben – wir nannten sie seine Mänaden … Anfangs glaubten wir, er ginge mit ihnen ins Bett, aber dem war natürlich nicht so. Er brauchte sie nur zur Selbstbestätigung.«

»Stefan geht es gut«, sagte Liv mühsam. »Wir sind sehr

glücklich in Holm Edge. Aber jetzt muß ich gehen.« Damit eilte sie davon.

Den Bus verpaßten sie trotzdem. In einem Café bestellte sie Tee für sich und Kekse für Freya. Zorn erwachte in ihr, während sie in den Regen starrte, der an das Fenster schlug. Diese gräßliche Schuhverkäuferin ... diese Schmach, nicht genug Geld zu haben, um die Schuhe kaufen zu können ... Dann auch noch Camilla Green. Sie erinnerte sich Katherines leicht dahin gesagter Worte, *Na ja, kleine Kinder kosten wahrscheinlich nicht viel?*, und dachte an all die Dinge, von denen sie Katherine nichts gesagt hatte: daß sie manchmal wochenlang nur von Linsen und Kartoffeln lebten; daß sie – Liv – umständliche Wege von Laden zu Laden auf sich nahm, nur um den billigsten Laib Brot, das preiswerteste Päckchen Tee zu ergattern. Daß sie ihre Kleider auf Flohmärkten kaufte, war nicht schlimm; aber daß sie Freya nicht einmal ein Paar neue Schuhe kaufen konnte, das war wirklich schlimm.

Und die Einsamkeit. Die war auch schlimm. Zum erstenmal gestand sie sich ihre abgrundtiefe Einsamkeit ein. Durch die Abgeschiedenheit, in der sie lebten, durch ihre Armut und durch Stefans Stolz war sie immer tiefer in die Isolation geraten. Es machte ihr nichts aus, allein zu sein; als Einzelkind war sie das gewöhnt. Aber Einsamkeit war sie nicht gewöhnt. Zuerst waren ihre Eltern dagewesen, dann Rachel und Katherine. Nun war ihr Vater fort, und Rachel war tot, Katherine war in Amerika und Thea in Kreta. Liv wußte, wenn sie sich Thea anvertraute, würde diese sich in die erste Maschine nach England setzen. Aber genau das wollte sie nicht. Sie wollte das Glück nicht stören, von dem Theas Briefe so deutlich sprachen. Es fiel ihr schwer genug, sich selbst einzugestehen, daß Stefans Liebe doch nicht, wie sie einst fest geglaubt hatte, das einzige war, was sie brauchte.

Als sie das Tor aufzog, sah sie Stefan am Küchenfenster stehen. Sie winkte ihm zu, aber er reagierte nicht.

»Wo bist du gewesen?« fragte er, als sie ins Haus kam. Seine Stimme war schroff und kalt.

»In Lancaster. Ich war in Lancaster.«

»Mit wem?«

Enttäuschung und Erschöpfung schlugen in Zorn um. »Die einzigen Menschen, mit denen ich heute gesprochen habe, waren der Busfahrer, eine Verkäuferin und Camilla Green. Ach ja, und die Bedienung im Café.«

»Camilla Green?« wiederholte er scharf. »Wie kommst du dazu, mit Camilla Green zu sprechen?«

»Weil ich sie zufällig auf der Straße getroffen habe. Wir haben uns ungefähr fünf Minuten unterhalten. Höchstens. Im übrigen ist das wohl meine Sache, Stefan. Ich denke, ich kann kommen und gehen, wie ich Lust habe, und ich kann mich unterhalten, mit wem ich will.«

Er sagte: »Dann wirst du nächste Woche auch ohne Haushaltsgeld auskommen müssen«, und ihr wurde eiskalt vor Erbitterung.

»Ich dachte, du hättest *vergessen*, es mir hinzulegen«, sagte sie leise und ungläubig.

»Ich vergesse nie«, entgegnete er und lächelte. »Nie, Liv.«

Das Gemetzel im Hühnerhaus fiel ihr ein und daß Stefan ihr die Schuld daran gegeben hatte. »Du wolltest mich bestrafen …«

»Ich wollte dir helfen! Damit du dir merkst, in Zukunft nicht mehr so leichtsinnig zu sein. Es war als Lektion gemeint, Liv.«

Damit ging er aus dem Haus. Sie lauschte auf das leiser werdende Rattern des 2CV, der den Berg hinunterrumpelte. Die Arme fest um den Oberkörper geschlungen, blieb sie stehen, wo sie war. Freya war im Buggy eingeschlafen. Die Stille des Hauses umgab sie. Sie hörte nichts als den rasenden Schlag ihres Herzens.

Nach einer Weile zog sie ihren nassen Mantel aus und hängte ihn an den Haken; legte Handschuhe und Schal zum Trocknen an den Ofen. Sie bewegte sich sehr langsam, beinahe als wäre sie krank, während sie einen schmutzigen Teller hier, ein paar Spielsachen dort aufräumte. Mit einem Stoß Bücher, den Stefan auf dem Tisch zurückgelassen hatte, ging sie in sein Arbeitszimmer.

Er hatte riesige Bögen Papier an die Wände gepinnt. Ein kompliziertes Spinnennetz aus Linien und Strichen, alle mit bunten Filzstiften eingezeichnet, breitete sich auf dem Papier aus. Es war die schematische Darstellung der Gliederung seines Buchs. Als Liv sie sich näher ansah, erkannte sie, daß die farbigen Linien ein Thema mit einem anderen verbanden und dabei die Entwicklung bestimmter Sagen und ihre Verbreitung von Land zu Land nachzeichneten. Ihr war, als wäre sie selbst in diesem grellfarbigen Netz gefangen.

Sie sah sich Stefans Schreibtisch an in der Hoffnung, ein paar abgeschlossene Kapitel vorzufinden, aber es lagen nur einige Dutzend Manuskriptseiten da, die sich vor allem durch wütende Durchstreichungen auszeichneten. Als sie sich noch einmal umsah, hatte sie das Gefühl, die farbigen Linien umschlängen das Zimmer wie ein Gewirr von Stricken, die unlösbar miteinander verknüpft waren.

8

KATHERINE WAR SEIT sieben Monaten im Ausland, als ein Angebot, wie sie es sich immer erträumt hatte, sie im Juli 1971 nach England zurücklockte. Sie hatte Netta Parker, die Chefredakteurin der Zeitschrift »Glitz« in San Francisco kennengelernt. Netta war da schon auf dem Sprung von den USA nach London gewesen, um dort eine englische Ausgabe des Magazins ins Leben zu rufen. »Glitz« verkaufte sich in Amerika seit mehr als zwei Jahren mit großem Erfolg. Es war, wie Netta Katherine bei zahlreichen Whisky Sours erklärt hatte, eine Frauenzeitschrift mit Power. Freche Mode, respektlose Interviews und reichlich Sex ohne Tabus. Und selbstverständlich keine Zeile über Kinder, Küche, Kirche. Am Ende des Abends hatte Netta Katherine dafür gewonnen, eine wöchentliche Kolumne über ihre amerikanischen Reisen zu schreiben. Wenig später hatte sie ihr, mit ihrer Arbeit hochzufrieden, eine Anstellung bei der Zeitschrift in London angeboten.

Katherine fuhr für ein verhetztes Wochenende nach Hause, wo sie viel Wirbel um Philip machte und ihrer Mutter einen Vortrag über Feminismus hielt, während sie ihr beim Kochen und bei der Hausarbeit half. Sie rief Toby an, der jetzt in der Firma seiner Eltern, einem Unternehmen für Innenausstattung, arbeitete, und Felix, der bei einer Wohnungsgenossenschaft in Hoxton tätig war, und verbrachte mit den beiden einen ausgelassenen Abend im Pub.

Eine Woche nach ihrer Rückkehr nach England trat sie ihre neue Stellung an. Ihr Schreibtisch stand in einem Großraumbüro, einer von zwanzig in einem Saal voll unablässig läutender Telefone und klappernder Schreibmaschinen. Sie fand in

Islington eine kleine Wohnung – zwei Zimmer und separate Küche, also kein schmutziges Geschirr mehr auf dem Bett. Das Alleinsein fürchtete sie nicht mehr; die Monate im Ausland, von allem Vertrauten abgeschnitten, hatten sie gelehrt, damit zurechtzukommen.

In der bröckelnden Schönheit europäischer Städte, in der grellen Weite Amerikas hatte Katherine sich vorgenommen, ganz neu anzufangen. In Zukunft würde sie sich stets schützen. Sie gewöhnte sich an, auf ihre Sicherheit zu achten – nachts nicht durch schlecht beleuchtete Straßen zu gehen; Autotüren von innen zu verriegeln, wenn sie am Steuer saß; die Zimmer, in denen sie übernachtete, zu prüfen, um keine unangenehmen Überraschungen zu erleben. Sie beschloß, sich eine gutbezahlte Stellung zu suchen, weil nur ein anständiges Gehalt ihr erlauben würde, sich eine ordentliche Wohnung zu nehmen und sich ein Auto zu leisten. Die Liebe hatte sie für sich abgeschrieben. Es war wirklich die reinste Ironie, dachte sie manchmal, daß gerade sie für eine Zeitschrift arbeitete, in der praktisch auf jeder Seite die Vorteile eines aktiven Sexuallebens propagiert wurden; ausgerechnet sie, die seit beinahe einem Jahr wie eine Nonne lebte.

Anfang September warf ihre Chefin ihr eine Handvoll Fotografien auf den Schreibtisch.

»Ein Job für Sie, Katherine. Nettas Idee – ein Artikel über erfolgreiche Männer – Geschäftsleute, Schauspieler, Sportler – möglichst *sexy*. Ein kurzes Interview und ein Bild, Sie wissen schon. Eigentlich wollte Sally das machen, aber sie hat die Windpocken, ob Sie's glauben oder nicht.«

Es war ein halbes Dutzend Porträtaufnahmen. Katherine sah sie durch.

»Sally hat sie ausgesucht. Toll, nicht? Aber Sie müssen Dampf machen – wir brauchen den Artikel bis Ende der Woche. Also dann, ich muß los.«

Wieder allein, sah Katherine sich eine der Aufnahmen genauer an. Kurzes hellbraunes Haar, granitgraue Augen, ein Grübchen im Kinn.

Als sie das Bild herumdrehte und den mit Bleistift vermerkten Namen las, war sie plötzlich wieder siebzehn, in ihrem Biba-Kleid und ihren pflaumenfarbenen Stiefeln auf Rachels Hochzeit. *Ach, Katherine*, sagte eine amüsierte Stimme, *ich würde Sie gern ein paar Jahre auf Eis legen …*

Katherine verabredete sich mit Jordan Aymes in einem Pub in der Nähe des St. James's Park. Sie hatte etwas Mühe gehabt, an ihn heranzukommen – es waren gerade Parlamentsferien –, und seine Sekretärin hatte bezweifelt, ob er sich für den Artikel zur Verfügung stellen würde. »Was ist das denn für eine Zeitschrift? ›Glitz‹? Mr. Aymes ist sehr beschäftigt, wissen Sie.«

Aber es war eine Verabredung zustande gekommen, und nun wartete Katherine an einem Tisch im Restaurant des Pubs. Sie hatte ein blaßblaues Seersuckerkostüm an und trug das Haar in einer lockeren, leicht zerzaust wirkenden Kurzhaarfrisur. Sie wußte, daß er, auch wenn sie die Begegnung mit ihm noch lebhaft im Gedächtnis hatte, sich ihrer nicht erinnern würde, daß sie für ihn nicht mehr als ein netter, aber flüchtiger Zeitvertreib bei einer langweiligen Pflichtveranstaltung gewesen war. Während sie wartete und ab und zu von ihrem Tonic water trank, hielt sie sich vor Augen, wie sie damals gewesen war, eine naive Siebzehnjährige, die sich zutiefst geschmeichelt gefühlt hatte, daß ein so unverkennbar weltgewandter Mann sie beachtete. Liv, dachte sie mit Erheiterung, hätte danach monatelang Phantasien um Jordan Aymes gesponnen, sich eingebildet, sie liebte ihn, und von Zufallsbegegnungen und heimlichen Stelldicheins geträumt. Aber sie selbst war nie eine Träumerin gewesen; sie hatte immer mit beiden Füßen fest auf dem Boden der Tatsachen gestanden.

Sie sah ihn, als er zur Tür hereinkam, eine dunkle, von Licht umrissene Gestalt, etwas über mittelgroß, breitschultrig, mit einem klassischen Profil. Er schien sich seit ihrer letzten Begegnung nicht verändert zu haben. Als er sich herumdrehte und sie bemerkte, stand sie auf und bot ihm die Hand. »Mr. Aymes, ich danke Ihnen, daß Sie sich die Zeit genommen haben.«

»Guten Abend, Miss Constant. Es ist mir ein Vergnügen. Kann ich Ihnen etwas zu trinken holen?«

»Ein Tonic water bitte.« Er ging zur Bar, und sie sah ihm nach. Als sie schreiben wollte, zitterte ihre Hand. Spinnenbeine, dachte sie und erinnerte sich an ein warmes Gartenhaus und Spinnweben.

Sie sagte: »Ist es Ihnen recht, wenn ich zunächst einige Fakten rekapituliere?«

»Aber selbstverständlich, ganz wie Sie meinen, Miss Constant.«

»Sie sind neunzehnhundertfünfunddreißig geboren.«

»Richtig, in Reading.«

»Geschwister haben Sie keine?«

»Ich war das einzige, spät und unerwartet geborene Kind fleißiger, armer Leute ohne viel Phantasie.«

»Hat Ihnen das etwas ausgemacht?« fragte sie. »Ich meine, daß Sie keine Geschwister hatten?«

»Ich weiß nicht. Hätte es mir denn etwas ausmachen sollen?«

Sie dachte an Rachel, die sie als Kind darum beneidet hatte, daß sie die einzige war und nicht teilen mußte. Sie zuckte die Achseln. »Vielleicht. Manchen Leuten macht es etwas aus, denke ich.«

»Ich glaube, bei mir war es nicht so.« Um seine Mundwinkel zuckte es ein wenig, während er sie ansah. »Ich stand leider immer schon gern im Mittelpunkt der Aufmerksamkeit.«

Sie blickte zu ihren Notizen hinunter. »Sie haben nach der Grundschule eine höhere Schule besucht und den humanistischen Zweig gewählt. Hat Ihnen die Schule Spaß gemacht?«

»Sehr. Ich hatte einen klaren Verstand, und ich war gut im Sport, was mir sicher zu Hilfe kam.«

»Dann zwei Jahre Militärdienst ...«

»Auch hier keinerlei Probleme.«

»Danach Oxford und dann die City.«

»So wie Sie das herunterleiern, Miss Constant, hört es sich an, als wäre ich ein fürchterlicher Langweiler.«

Sie hob den Blick und sah ihn an. »Ihr Leben war aber gar

nicht *langweilig*, Mr. Aymes. Eher vom Glück begünstigt, würde ich sagen.«

»Wären Ihnen Elendsgeschichten lieber?«

»Wenn Sie welche anzubieten haben.«

»Tut mir leid.« Lächelnd lehnte er sich auf seinem Stuhl zurück. »Mir sind nur die banalsten Schicksalsschläge widerfahren: Eltern, die bei meiner Geburt bereits in mittlerem Alter waren und sich an meinem Erfolg nicht mehr freuen konnten. Die Erfahrung, die vielen von uns Aufsteigern bekannt ist, daß man sich in keiner Umgebung so richtig zu Hause fühlt. Solche Dinge.«

»Keine enttäuschten Ambitionen?«

»Oh, ich habe Ambitionen, aber ich denke, es ist ein wenig zu früh, um von Enttäuschung zu sprechen. Und ich bin überzeugt, diese unverständlichen Kritzeleien, die Sie da vor sich haben, geben ein detailliertes Bild meiner Karriere, Miss Constant.«

Sie las ihm vor: »Sie haben neunzehnhundertsechsundsechzig im Alter von einunddreißig Jahren die Nachwahl im Kreis Litchampton East gewonnen. Als neunzehnhundertsiebzig Heath mit seiner Truppe an die Macht kam, wurden Sie zum parlamentarischen Staatssekretär im Ministerium für Handel und Verkehr ernannt. Neunzehnhundertzweiundsechzig haben Sie Patricia de Vaux geheiratet. Sie haben keine Kinder, und Sie leben in Hertfordshire.« Sie hob den Kopf und blickte ihm ins Gesicht. »Sie haben also alles, was man sich wünschen kann, Mr. Aymes.«

»Oh«, versetzte er leise, mit einem kurzen Blick zu ihr, »*das* würde ich nun wieder nicht sagen.«

»Na schön – dann kommen wir zur Zukunft ... Würden Sie gern Premierminister werden?« Sie war sich völlig im klaren, daß sie nur quasselte.

»Wenn ich das beantwortete, würde ich mir ja in die Karten schauen lassen.«

Sie bemerkte das Lachen in seinen Augen und fragte sich, ob er sich über sie lustig machte.

»›Glitz‹, sagte er, »ist das nicht die Zeitschrift, die sich damit einen Namen gemacht hat, daß sie mehrere schlecht beratene Herren dazu überredet hat, sich in Adamskostüm und neckischer Pose hinter einem Rosenbusch fotografieren zu lassen?«

»Bestimmt nicht hinter einem *Rosenbusch*«, murmelte Katherine. Sie zwang sich, ihm in die Augen zu blicken. »Die Dornen ...«

Er lachte schallend. »Sonst noch Fragen, Miss Constant? Wollen Ihre Leser nichts über den Geschmack der interviewten Persönlichkeiten wissen? Was für ein Lieblingsauto sie haben? Ich fahre einen Jaguar E-Type. Welche Gegend sie im Urlaub bevorzugen? Meine Frau liebt Portofino; mir ist, offen gestanden, Schottland lieber. Lieblingsspeisen? Nun, auf jeden Fall keine Wachteleier ...«

Mit einem Ruck hob sie den Kopf und starrte ihn an. »Mr. Aymes ...«

»Miss Constant. Oder, da wir ja alte Bekannte sind, darf ich Sie vielleicht Katherine nennen.«

Sie erinnerte sich des kalten Glitschgefühls, als die Wachteleier ihre Kehle hinuntergerutscht waren. Sie hatte sie nur gegessen, weil sie sich von seinem taxierenden Blick herausgefordert gefühlt hatte.

Zornig sagte sie jetzt: »Sie haben sich an mich erinnert. Sie haben die ganze Zeit gewußt, wer ich bin.«

»Aber natürlich. Ich vergesse nie ein Gesicht. Schon gar nicht ein Gesicht wie das Ihre.«

Er machte sich tatsächlich über sie lustig. »Warum haben Sie keinen Ton gesagt?«

»Weil ich nicht sicher war, ob *Sie* sich an *mich* erinnern.«

»Das ist doch was ganz anderes. Natürlich habe ich mich an Sie erinnert.« *Sie* sind jemand, an den man sich erinnert, *ich* nicht, hätte sie am liebsten hinzugefügt. Verärgert stopfte sie ihren Block und ihre Stifte in die Tasche.

Er sagte behutsam: »Ich wollte Sie nicht kränken, Katherine. Bitte bleiben Sie. Trinken wir noch ein Glas zusammen.«

»Nein danke«, versetzte sie steif. »Ich habe alles, was ich brauche. Ich danke Ihnen nochmals, daß Sie mir Ihre kostbare Zeit geopfert haben, Mr. Aymes.« Damit ging sie.

Zwei Tage später wurde Katherine in der Redaktion ein Brief mit dem Vermerk *Persönlich* gebracht. Sie warf einen Blick auf die Unterschrift, holte tief Atem und zündete sich eine Zigarette an.

Liebe Miss Constant, sich schriftlich zu entschuldigen ist feiges Benehmen, darum hoffe ich, Sie werden so großzügig sein, mir zu gestatten, persönlich Wiedergutmachung zu leisten. Ich habe für morgen abend, zwanzig Uhr, einen Tisch im »Terrazza« in der Romilly Street reserviert. Ich würde es als großes Entgegenkommen schätzen, wenn Sie sich dort mit mir träfen.

Das Schreiben war mit *Jordan Aymes* unterzeichnet.

Katherine dachte mit Unbehagen an den Abend im Pub. Allerdings war es nur ihr eigenes Verhalten bei dieser Gelegenheit, das ihr peinlich war: Ihr Zorn erschien ihr in der Rückschau ungerechtfertigt. Jordan Aymes hatte erklärt, daß er nicht sicher gewesen war, ob sie sich seiner erinnerte. Alles andere hätte auf Arroganz schließen lassen.

Sie kleidete sich mit großer Sorgfalt an, wählte ein schwarzes Midi-Kleid und schwarze Lackschuhe. Jordan Aymes wartete schon an einem Ecktisch, als sie das Restaurant betrat, und stand auf, um sie zu begrüßen.

»Miss Constant ...«

»Katherine«, sagte sie. »Bitte, nennen Sie mich Katherine. Und diese ›Entschuldigung‹ ist wirklich ganz überflüssig. Eigentlich müßte ich mich entschuldigen – meine Verstimmung war völlig ungerechtfertigt, zumal da Sie sich netterweise zu dem Interview bereit erklärt hatten.«

»Aber da Sie nun schon einmal hier sind«, sagte er, »werden Sie mir doch die Freude machen, mit mir zu essen, ja?«

Jetzt abzulehnen, wäre ungezogen gewesen. »Gern«, sagte sie darum und setzte sich zu ihm.

Das Essen schmeckte köstlich, und Jordan Aymes war ein geistreicher und witziger Gesprächspartner. Sie waren beim Kaffee angelangt, als er sagte: »Neulich sind Sie meinen Lebenslauf von A bis Z durchgegangen, Katherine. Jetzt bin ich an der Reihe. Mal sehen, was ich noch im Kopf habe. Sie sind die einzige Tochter eines Landarztes und seiner Frau. Sie haben drei Brüder – einen älteren, einen jüngeren, und der dritte ist ihr Zwilling.« Er reichte ihr den Teller mit den Pralinen. »Wie geht es den Brüdern?«

»Michael ist Assistenzarzt im Aldenbrookes Hospital in Cambridge. Simon arbeitet bei einem Antiquitätenhändler in Edinburgh. Und Philip – da ist alles unverändert.«

Er warf ihr einen fragenden Blick zu.

»Philip ist behindert«, sagte sie kurz. »Er hatte als Säugling eine Gehirnhautentzündung.« Sie schwieg. Sie wußte nicht, warum sie Jordan Aymes, den sie kaum kannte, von Philip erzählt hatte.

»Das tut mir leid«, sagte er. »Das muß für Sie alle sehr schwer sein.«

Ihre Augen blitzten zornig. »Er ist keine *Bürde*, falls Sie das meinen sollten. Im Gegenteil, er macht es einem leichter als die meisten anderen Menschen.«

Er berührte ihre Hand. »Ich wollte nicht …«

Sie nahm sich zusammen. »Entschuldigen Sie. Es tut mir leid.« Und mit einem Lächeln: »Ich habe das Gefühl, einer von uns beiden entschuldigt sich immer. Natürlich ist die Betreuung von Philip schwierig, besonders für meine Mutter. Aber es ärgert mich einfach, wenn die Leute immer gleich annehmen …« Sie wandte sich ab.

»Sie treten für Ihren Bruder ein, Katherine. Das kann Ihnen doch keiner übelnehmen.« Er zog die kühlen grauen Augen zusammen. »Aber jetzt habe ich es heraus: Achtundsechzig waren Sie fast achtzehn. Das heißt, Sie sind neunzehnhundertfünfzig geboren. Folglich sind Sie jetzt einundzwanzig.«

»Ich hatte letzten Monat Geburtstag.«

»Wenn ich das gewußt hätte! Herzlichen Glückwunsch. Sie tragen keinen Ring, daraus schließe ich, daß Sie nicht verheiratet sind … Was weiß ich sonst noch von Ihnen? Daß Sie Champagner und Wachteleier mögen, natürlich. Daß Sie Journalistin sind, und daß wir einen gemeinsamen Bekannten haben – Henry Wyborne.« Er runzelte die Stirn. »Drei Jahre ist das jetzt her, nicht wahr? Die Hochzeit des armen Dings.«

Sie sah Rachel in ihrem königsblauen Kostüm vor sich. *Ich bin jetzt Mrs. Seton und fühle mich, als müßte ich nächsten Monat wieder zur Schule gehen.*

»Eine entzückende junge Frau«, sagte Jordan leise. »Der arme Wyborne ist seitdem völlig verändert. Er war mir, ehrlich gesagt, nie besonders sympathisch, aber seit dem Tod seiner Tochter – na ja, manchmal tut er mir richtig leid.«

»Ich habe Mr. Wyborne schon ewig nicht mehr gesehen. Und von Hector habe ich seit der Beerdigung nichts mehr gehört. Es würde mich interessieren, wie es ihm geht – was aus ihm geworden ist. Ob er Rachels Tod je verwunden hat.« Katherine schnitt ein Gesicht. »Das ist das Tragische an solchen schlimmen Ereignissen, nicht wahr? Man sollte meinen, es bliebe nur diese schreckliche Lücke – der Verlust –, aber das ist nicht alles. Es ist wie – wie gesprungenes Glas.«

»Sie meinen, man bleibt angeschlagen zurück?« Jordan machte ein nachdenkliches Gesicht. »Henry Wybornes politischer Stern war kurz vor dem Tod seiner Tochter im Aufgehen begriffen. Er wurde als zukünftiges Kabinettsmitglied gehandelt. Aber seitdem ist er nicht mehr mit dem Herzen dabei. Er funktioniert nur noch.« Er zuckte die Achseln. »Was natürlich für Leute wie mich eine Chance ist.«

Katherine dachte an ihr chaotisches Leben nach Rachels Tod: die Ziellosigkeit und das hektische Bemühen, jede Stunde des Tages mit Aktivität zu füllen. Sie sagte: »Ich glaube, nach ihrem Tod bin ich irgendwie vom Weg abgekommen.«

»Und, haben Sie ihn wiedergefunden?«

Sein Blick brachte sie aus der Fassung. »Ich hoffe es«, antwortete sie leise. »Ich glaube, ja.«

Oft hatte Liv den Eindruck, daß das Land selbst sich ihnen entgegenstellte. Der Gemüsegarten, der Größe nach noch immer erst ein Bruchteil dessen, was Stefan vorschwebte, schien ewig von Krankheit und Ungeziefer geplagt. Würmer wanden sich im Fleisch der klein gebliebenen, verschrumpelten Früchte der Apfel- und Pflaumenbäume; die Blätter von Kohl und Salat wurden von Heeren von Schnecken und Raupen bis auf das

Gerippe abgefressen. Im Frühjahr peitschten Wind und Regen die Pflanzen, und die zarten Schößlinge ertranken in einem Meer von Schlamm. Im Sommer fiel vier Wochen am Stück nicht ein Tropfen Regen, so daß Liv und Stefan ohne Pause, wie ihnen schien, mit der Gießkanne zwischen Haus und Garten unterwegs waren. Nichts wuchs je zu seiner normalen Größe heran; sie ernährten sich von runzligen Minifrüchten.

Sie hatte mittlerweile begriffen, daß Stefan ihr die Schuld an allen ihren Mißgeschicken gab, weil er nicht imstande war, die Schuld bei sich selbst oder in ihrer Situation zu suchen. Und es gab in diesem Jahr der Mißgeschicke genug. Jedes einzelne – der Brand im Kamin, der im rußverstopften Abzug entstand, der Rohrbruch im Bad, bei dem der ganze Boden überschwemmt wurde, das wochenlange Verschwinden der Gänse, die sie schließlich auf einem Gelege unbefruchteter Eier hockend fanden – brachte ihr Vorwürfe und Beschuldigungen ein. Wenn sie versuchte, sich dagegen zu wehren, wurde Stefan entweder wütend, oder er schloß sich in sein Arbeitszimmer ein, bis seine Stimmung wieder umschlug, und machte ihr dann jedesmal unerwünschte und viel zu teure Versöhnungsgeschenke – einen Blumenstrauß aus dem Laden, einen Kanarienvogel mitsamt Käfig, eine viktorianische Glasperlenkette aus einem Antiquitätengeschäft in Lancaster.

Im Laufe der Monate sanken sie langsam, aber unerbittlich immer tiefer in den Sumpf der Armut. Liv versuchte, sich mit Provisorien zu behelfen und zu flicken, was zu flicken war, aber ein großer Teil ihres gemeinsamen Besitzes war nicht mehr zu reparieren. Krägen und Manschetten waren bereits gewendet, die Laken hoffnungslos durchgescheuert, sie stopfte Gestopftes und setzte Flicken auf Flicken. Daß ihre eigenen Kleider fadenscheinig und abgewetzt waren, machte ihr nichts aus, auch wenn sie bei Besuchen in Lancaster sehnsüchtige Blicke in die Schaufenster warf; aber daß sie Freya nicht hübsch kleiden konnte, das war schlimm für sie. Einmal, als ihr das Haushaltsgeld ausgegangen war, aßen sie und Freya eine Woche lang nur Pommes frites. Oft ertappte sie sich dabei, wie sie aufaß, was von Freyas Mahlzeit übrig war. Apfelkompott,

Vanillepudding, Milchreis, Kartoffelpüree und Gemüse, sie schlang es, ob warm oder kalt, in der Küche stehend hinunter, viel zu müde am Ende eines langen Tages, um noch für sich selbst zu kochen.

Im Juli half sie Stefan bei der Überarbeitung seiner Kartei für das Buch. Wenn das erledigt sei, erklärte er ihr, könne er endlich zu schreiben beginnen. Während sie tief in der Nacht bei der Arbeit saß, erinnerte sie sich an ihren ersten Besuch in Holm Edge, an die Nähe zwischen ihnen, die so leicht und ungezwungen gewesen war, an Stefans Charme und Heiterkeit. Bei Morgengrauen hatten sie es geschafft. Sie gingen zu Bett und liebten sich. In seinen Armen liegend, glaubte sie, sie hätten einen neuen Anfang gemacht.

Aber in den folgenden Wochen blieb das Chaos aus Papieren und Zetteln, zerschnittenen und geklebten Manuskriptseiten auf Stefans Schreibtisch unverändert. Das Spinnennetz an den Wänden begann sich über die Zimmerdecke auszudehnen. Stefans Aufbruchstimmung verflog, wich nervöser Gereiztheit. Es war August, Ferienzeit, und er unterrichtete nicht. Wenn morgens mit der Post die Rechnungen kamen, nahm er sie an sich und verschwand in seinem Arbeitszimmer.

Sie seien nachlässig geworden, verkündete er eines Tages. Sie hätten es nicht geschafft, ihre Pläne zur Selbstversorgung zu verwirklichen, und seien daher weiterhin von der Gnade anderer abhängig. Sie würden Nesseln pflücken, um Suppe zu kochen, und für die Wintermonate Beeren und Früchte einmachen. Alte Einmachgläser, die seit langem vergessen im Schuppen standen, wurden geschrubbt. Eine dicke dunkelgrüne Brühe brodelte unappetitlich auf dem Herd. Sie kochte Zwiebeln, Karotten, Blumenkohl und rote Bete ein; auf den Borden im alten Stall aufgereiht erinnerten die Gläser Liv an die gruseligen eingelegten Objekte im Biologielabor der Lady-Margaret-Schule. Sie brauchte sie nur anzusehen, und schon wurde ihr übel. Sie hörte sogar auf, Freyas Reste zu essen, und angesichts einer Schale Quark, in die Freya mehrere Stückchen einer Wurst gespien hatte, die ihr nicht geschmeckt hatte, mußte sie sich übergeben.

Am Südende des Gartens von Holm Edge wuchs ein wildes Gewirr von Brombeersträuchern. Sie würden die Beeren abernten, erklärte Stefan an einem heißen Nachmittag Ende August, und Marmelade und Gelee daraus kochen. Viel Vitamin C, so gesund für Freya. Sie schleppten Körbe, die Trittleiter und die Gartenschere zum Ende des Gartens hinunter. Das Gestrüpp war dicht, die Dornen an den Ranken waren lang und spitz, und die schönsten Beeren schienen immer gerade außer Reichweite zu sein. Die Sonne brannte, und als Liv sich einmal niedersetzte, um zu rasten, rief Stefan sofort gereizt: »Herrgott noch mal, Liv, du hast doch eben erst angefangen.« Seine Stimme hatte den gefährlichen Unterton, der vor kommenden Ausbrüchen warnte.

Sie pflückte weiter. Freya pikste sich an einem Dorn und begann zu weinen. Liv blieb an einer Ranke hängen und zerriß sich den Rock. Ihre Finger waren schwarzblau gefärbt vom Saft der Beeren, und Wespen umschwirrten die Früchte in den Körben. Manche der Beeren waren schon matschig, andere noch unreif. Stefan kletterte auf die Trittleiter, um die ganz oben in den Sträuchern zu erreichen. »Das sind ja Massen«, sagte er. »Liv, du übersiehst dauernd die unten bei deinen Füßen – du mußt besser aufpassen. Komm, Freya, pflück du sie. So eine dumme Mama, die so schöne Beeren nicht sieht. Wenn wir hier fertig sind, nehmen wir uns die Haselnüsse vor. Ich habe ein Rezept für Haselnußaufstrich entdeckt – massenhaft Vitamin D. Wenn wir Vorräte anlegen, die uns den Winter durch reichen, kann ich das verdammte Paukstudio aufgeben …«

An diesem Abend lag Liv lange wach und starrte in die Dunkelheit. Sie sah alles so deutlich vor sich: sich selbst im zerrissenen Kleid, wie sie nur aus Angst vor Stefan pflückte; Freya mit blauen Händen und blau verschmiertem Gesicht, Kratzer an Armen und Beinen; und Stefan hoch oben auf der Trittleiter, sie zu vermehrter Anstrengung antreibend. Sie hatten erst zu pflücken aufgehört, als die Sonne untergegangen war. Freya war mit dem Daumen im Mund im Gras eingeschlafen. Liv war zu müde gewesen, um sich zu baden, zu müde, um noch etwas zu essen, zu müde, um etwas anderes zu tun, als sich mit zitternden Gliedern im Bett auszustrecken und zu versuchen, die beängstigenden Gedanken von sich fernzuhalten.

… Vorräte, die uns über den Winter reichen … dann kann ich das verdammte Paukstudio aufgeben … als nächstes die Haselnüsse … massenhaft Vitamin D …

In der Dunkelheit hörte sie Stefans Stimme, den irrationalen Klang seiner Worte, und schauderte. Ich habe Angst vor ihm, dachte sie. Es war das erste Mal, daß sie sich das eingestand. Sie blickte zu den Sternen hinaus und dachte, ich habe Angst vor Stefan.

An einem Wochenende fuhr Katherine nach Norden, um Liv zu besuchen. Als sie den Ziehweg heraufkam und draußen vor dem Grundstück ihren Wagen abstellte, betrachtete sie das Haus und fand es traurig und verwahrlost aussehend; im Dach fehlten Schindeln, und das Gras war nicht gemäht. Stefan stand auf der Stufe vor der Haustür. Katherine winkte ihm zu, aber als er ihr durch den Garten entgegenging, war nichts Herzliches in seinem Blick, so daß sie unsicher sagte: »Ich bin's, Stefan, Katherine.«

»Liv hat mir nicht gesagt, daß du kommst.«

»Ich bin ganz spontan losgefahren. Ich hoffe, ich störe euch nicht.«

Es folgte ein absurder und bestürzender Moment, in dem sie den Eindruck hatte, er würde gleich sagen, doch, tust du, und sie ihres Wegs schicken. Aber dann öffnete er das Tor. »Komm rein.«

Als sie ins Haus trat, rief sie nach Liv und hörte gleich darauf ihre schnellen Schritte auf der Treppe.

»Katherine!«

»Livvy!« Katherine nahm sie in den Arm, aber Liv blieb steif und abwehrend. »Du freust dich doch, daß ich gekommen bin?«

»Aber natürlich.« Doch sie wirkte angespannt. »Ich habe nur nicht erwartet …«

»Na hör mal«, sagte Katherine, bemüht, das Ganze ins

Scherzhafte zu ziehen. »Du bist beinahe so schlimm wie Stefan. Ich dachte schon, er würde mich postwendend nach London zurückschicken.«

Liv trat hastig ans Fenster und sah hinaus. »War er böse?«

»Warum hätte er böse sein sollen?«

Liv lächelte, aber das Lächeln wirkte gezwungen, nicht überzeugend. »Es ist wirklich schön, daß du da bist, Katherine. Komm, ich mach uns eine Tasse Tee.«

Während Liv den Tee kochte, erzählte Katherine von Amerika und schaute sich um. Sie erschrak, als sie sah, wie sehr das Haus seit ihrem letzten Besuch vor einem Jahr heruntergekommen war. Durch den zerschlissenen Bezug des Sofas bohrten sich die Sprungfedern, auf dem kleinen Teppich waren Brandflecken, vermutlich von aus dem Herd gefallenen Kohlestücken. Bücher – abgegriffene antiquarische Bände, deren Papier brüchig und vergilbt war – standen in Stapeln an den Wänden und hüllten das ganze Haus in ihren muffigen Modergeruch. Katherine brauchte einen Moment, um sich darüber klarzuwerden, was an diesem Raum sie so sonderbar berührte, dann aber hatte sie es: Bei den Galenskis lag nirgends etwas herum, kein Krimskrams, keine Zeitungen, keine Zigarettenpackungen, Bonbons oder Schokolade. Es gab kein Fernsehgerät und keinen Plattenspieler. Der Raum, und bei dem Gedanken schauderte Katherine, war zugleich asketisch und niederdrückend schäbig. Sie mußte unwillkürlich an das Cottage der Fairbrothers in Fernhill denken, farbenfroh und gemütlich dank Theas origineller Keramiken und Livs Gemälden und Postern. Das Häuschen war die reinste Schatzkammer gewesen, der lange schmale Garten eine kleine Wildnis voller Geheimnisse. Liv und Thea waren immer arm gewesen; sie waren exzentrisch gewesen, gewiß, aber nie schäbig oder verwahrlost. Und Katherine wußte, daß Liv ein Leben wie dieses hier niemals freiwillig gewählt hätte.

Sie betrachtete Liv, während diese den Tee einschenkte, und nahm zum erstenmal wahr, wie mager und ausgezehrt sie war, mit tiefliegenden, umschatteten Augen und eingefallenen Wangen. Sie war ungeschminkt – Katherine erinnerte sich, wie sie, Rachel und Liv oft stundenlang kichernd vor dem Spiegel gestanden und mit Eyeliner und Lippenstift experimentiert hatten –, und ihr langes indisches Kleid war am Saum geflickt.

Katherine fragte: »Wo ist denn Freya?«

Liv stellte ihr eine Tasse Tee hin. »Sie macht gerade ihren Mittagsschlaf. Sie zahnt, weißt du – die Backenzähne …« Ihr Blick flog wieder zum Fenster. »Ich bringe nur rasch Stefan eine Tasse Tee.« Sie ging hinaus.

Der Tee war irgendein Kräutersud, in dem noch Blätter schwammen. Katherine trank ihn eher widerstrebend.

Dann kam Liv zurück. Immer noch mit der Tasse in der Hand. »Er wollte keinen.«

Das gleiche gezwungene Lächeln. Katherine bemerkte, daß Livs Hand zitterte, als sie die Tasse auf den Tisch stellte.

»Du mußt dir von Stefan mehr helfen lassen, Liv. Du siehst krank aus.«

Liv sagte: »Ich bin nicht krank, ich bin schwanger.«

Katherine war fassungslos. »Schwanger?«

»Ja.«

»Aber Freya ist doch erst …«

»Sie ist achtzehn Monate alt.« Livs Ton war ruhig.

»Und dieses Haus hier – euch geht's offensichtlich finanziell ziemlich dreckig – ihr habt nicht mal ein Telefon.« Katherine hörte sich taktlos drauflosreden, ohne aufhören zu können. »Wie könnt ihr da auch nur an ein zweites Kind denken?«

»Ich *bekomme* ein zweites Kind, Katherine, da ist mit Denken nichts mehr getan. Geplant war es nicht, falls es dich interessieren sollte. So was ist nicht immer geplant.«

Livs Stimme war so dünn und brüchig, daß Katherine ihren Zorn hinunterschluckte und weniger schroff sagte: »Aber die Pille, Liv! Warum hast du denn nicht die Pille genommen?«

»Das hab ich ja versucht. Aber mir war jeden Morgen speiübel. Na ja, und jetzt bin ich eben vom Regen in die Traufe gekommen.« Sie lachte ohne Erheiterung. »Wir haben es mit Kondom probiert. Aber einmal haben wir es vergessen – nur einmal …« Sie zuckte die Achseln. »Ich werde offenbar unheimlich leicht schwanger. Wenn man bedenkt, daß manche Frauen Jahre warten.«

»Willst du es denn behalten?«

Liv zog unwillig die Brauen zusammen. »Du kannst nicht im Ernst glauben, daß nicht!« Ihr Ton war verärgert.

»Ich dachte ja nur ...«

»Ich möchte dieses Kind haben.«

Es blieb einen Moment still. Katherine bemühte sich um Verständnis. »Natürlich«, sagte sie. »Ich wollte dich nicht kränken, Liv. Ich meinte nur ...« Sie brach ab. Ich meinte nur, du siehst so elend aus, als wäre dir ein Kind schon zuviel, geschweige denn zwei. Ich meinte nur, ihr scheint hier ja immer mehr wie im *Mittelalter* zu leben. Ich meinte nur, daß du im Begriff bist, für diesen Mann und diese Ehe dich selbst aufzugeben, Liv, deine Jugend und deine besonderen Talente.

Liv schaute schon wieder aus dem Fenster. Katherine hörte, wie sie in gelassenerem Ton sagte: »Freya ist das Beste, was mir je widerfahren ist, Katherine. Absolut das Beste.« Ihre Hände waren ineinandergekrampft. »Weißt du, manchmal frage ich mich, ob ich dieses zweite Kind überhaupt im gleichen Maß lieben kann, wie ich Freya liebe. Ich kann mir nicht vorstellen, jemanden so sehr zu lieben wie Freya.«

»Aber Liebe ist nicht das einzige ...«

»Es ist das einzig Wichtige!« rief Liv heftig.

Aber was ist mit dir, Liv? hätte Katherine gern entgegnet. Statt dessen fragte sie: »Was sagt denn Thea dazu?«

Liv schaute weg. »Ich habe es ihr noch nicht gesagt.«

»Warum nicht?«

»Ich hatte keine Zeit zu schreiben. Sie lebt jetzt in Kreta, weißt du.«

»In Kreta?« Katherine war perplex. Es ist, als wäre ich *jahrelang* weg gewesen, dachte sie. Nichts schien mehr so zu sein, wie es bei ihrer Abreise gewesen war.

»Und Stefan?« fragte sie. »Wie denkt er über das zweite Kind?«

»Oh, er freut sich natürlich.« Aber Livs Stimme war tonlos. Sie begann abzudecken und das Geschirr einzuweichen. Wieder sah sie zum Fenster hinaus. »Ist das dein Auto, Katherine?«

»Ja, ich hab's mir vor ein paar Tagen gekauft. Und du? Hast du den Führerschein schon gemacht?«

»Nein.«

»Du solltest dir von Stefan das Fahren beibringen lassen.«

»Das tut er nicht.« Liv schien noch etwas sagen zu wollen, unterließ es aber dann.

»Er tut es nicht?« wiederholte Katherine fragend.

Liv lachte dünn. »Es soll ja nicht so gut sein, wenn ein Mann seiner Frau das Autofahren beibringt.«

»Dann nimm Stunden.«

»Das kann ich mir nicht leisten.«

»Aber Stefan unterrichtet doch? Davon könntest du es doch bezahlen.«

»Er will es nicht.«

»Dann sag's ihm nicht«, versetzte Katherine ungeduldig. »Er braucht es ja nicht zu wissen. Nimm Stunden, wenn er bei der Arbeit ist. Es wäre so gut für dich, Liv! Ich weiß es, denn als ich Fahren gelernt habe ...«

Sie brach ab, als sie Livs Gesicht sah, und sagte fragend: »Du hast doch dein eigenes Geld, oder nicht?« Liv war bleich. Sie schüttelte den Kopf.

»Aber ihr habt doch ein gemeinsames Konto ...?«

Liv sagte nichts. Katherine sah Livs ungeschminktes Gesicht, ihre abgetragene Kleidung und das schäbige Zimmer plötzlich mit anderen Augen.

»Du hast kein eigenes Geld, und du hast keinen Zugang zu Stefans Konto«, sagte sie. »Aber irgend etwas mußt du doch haben ...« Mit gerunzelter Stirn überlegte sie. »Kindergeld ...?«

»Für das erste Kind bekommt man noch keines.«

»Du läßt dich also von ihm wie eine *Sklavin* behandeln.«

»Aber so ist es nicht.«

»Ach nein? Schau dich doch bloß mal an – schau dir das Haus an, mitten in der Wildnis ...«

»Mir gefällt es hier.« Livs Augen in dem weißen Gesicht waren sehr dunkel. »Zugegeben, zur Zeit ist es nicht ganz einfach, aber es wird bestimmt besser werden.«

»Hat Stefan schon eine Ganztagsanstellung?«

»Nein. Aber er schreibt ein Buch.«

»Hat er einen Verlag – oder einen Vertrag?«

Wieder Kopfschütteln. Katherine sagte scharf: »Man braucht ewig, um einen Verleger zu finden, und dann dauert es noch mal ewig, bis so ein Buch veröffentlicht wird und bis es Geld einbringt, wenn überhaupt. Das gilt besonders bei Fachbüchern. Darauf kann er sich nun weiß Gott nicht verlassen.«

Aber ein Blick durch die Küche mit den Bücherstößen an den Wänden genügte ihr, um zu erkennen, daß der ganze Haushalt sich einzig um Stefan und seine Arbeit drehte.

»Außerdem versuchen wir, so weit zu kommen, daß wir uns selbst versorgen können«, fügte Liv trotzig hinzu. »Wir bauen unser ganzes Gemüse selbst an.«

»Ach, das ist sicher auch Stefans Idee, wie? Als nächstes wird er dich wohl Weizen mahlen lassen, damit ihr euer eigenes Mehl herstellen könnt.«

»Ja, wir ...« Liv brach ab.

Katherine erinnerte sich ihrer kurzen Begegnung mit Stefan am Tor und ihres bestürzenden Eindrucks, daß er sie fortschicken würde, ohne sie Liv sehen zu lassen. Das Schlimme war, daß sie ihm so etwas ohne weiteres zutraute. Und sie erinnerte sich auch, wie Liv zum Fenster hinausgeschaut und gefragt hatte: *War er böse?*

Ihr Zorn und ihre Ungeduld verflogen. Sie bekam plötzlich Angst um Liv. »Liv«, sagte sie, »ist zwischen dir und Stefan alles in Ordnung?«

»Aber natürlich.«

Gern hätte sie so getan, als glaubte sie Liv, aber sie konnte nicht, sie mußte nachhaken. »Ich meine, er tut dir doch nicht weh oder so was?«

»Er hat mich nie geschlagen.« Liv sah Katherine nicht an.

»Aber er will nicht, daß du Autofahren lernst – er läßt dich nicht an sein Bankkonto – und du hast mich seit deiner Hochzeit nicht ein einziges Mal in London besucht.«

»Sei still, Katherine.« Livs leise Stimme klang beinahe drohend.

»Deine Kleider schauen aus, als stammten sie aus der Altkleidersammlung – und ihr habt offenbar nichts zu essen im Haus ...«

»Katherine, ich hab gesagt, du sollst still sein!« Livs Hände waren zu Fäusten geballt. Als sie sich herumdrehte, erkannte Katherine die Wut in ihrem Blick. »Du verschwindest monatelang einfach im Ausland, kreuzt dann, ohne vorher Bescheid zu sagen, hier auf ... Wie kommst ausgerechnet du dazu, mich und mein Leben zu kritisieren? Was für eine Rolle spielst du denn noch in meinem Leben? Was weißt du schon von Ehe oder Kindern?«

Einen Moment blieb es still nach ihren heftigen Worten. Dann sagte Katherine leise und drängend: »Liv, komm jetzt mit zu mir nach Hause. Pack Freya und deine Sachen und komm mit mir nach London.«

Da ging die Tür auf. Stefan stand auf der Schwelle, und Katherine hörte, wie Liv hastig sagte: »Katherine wollte gerade gehen, Stefan. Sie wollte gerade wieder fahren.«

Die ganze Fahrt über sah Katherine Livs Gesicht vor sich, wie es in dem Moment ausgesehen hatte, als Stefan hereingekommen war. Sie hatte Mühe, sich aufs Fahren zu konzentrieren, nicht zu vergessen, in den Rückspiegel zu blicken und die nötigen Zeichen zu geben.

Als sie spät am Abend in London eintraf, fuhr sie nicht nach Hause, sondern nach einem Abstecher zu einem Spirituosengeschäft nach Hoxton, wo Felix wohnte.

»Ich weiß, es ist spät«, entschuldigte sie sich, »aber ich hab eine Flasche Wein mit, und du gehst doch nie zeitig zu Bett.«

»Ich bin gerade dabei, das vordere Zimmer zu tapezieren«, sagte er und gab ihr einen Kuß auf die Wange.

Er hatte das Erdgeschoß eines ehemals hochherrschaftlichen Hauses aus dem achtzehnten Jahrhundert gemietet und führte Katherine in ein großes Zimmer mit Erkerfenster. Der Raum war leer bis auf eine Leiter, eine nackte Glühbirne, einen Eimer

Kleister und mehrere Rollen Tapete. Eine der Wände war schon fertig, mit einer dunkelroten Tapete mit goldenem Fleur-du-Lis-Muster bespannt.

»Die Tapete hat mein Vater mir überlassen«, erklärte Felix. »Beschädigte Ware. Ziemlich edel, findest du nicht auch?«

Katherine strich mit den Fingern über die Bourbonenlilien. »Hat so ein bißchen was von verblichener Pracht.«

»Nicht nur verblichen, verfallen! Die Wände werden nur noch von der Tapete zusammengehalten. Eigentlich hätte ich das ganze Zimmer neu verputzen lassen müssen. Aber das kann ich mir nicht leisten.« Er packte den Rotwein aus. »Ich hol den Korkenzieher und Gläser.«

Sie tranken den Wein in dem halb renovierten Zimmer, weil es, wie Felix behauptete, der schönste Raum in der Wohnung war. Felix legte eine Joni-Mitchell-Platte auf, dann machten sie es sich auf Sitzkissen bequem, und Katherine stürzte sich ausgehungert auf eine Packung Kekse, die Felix noch irgendwo gefunden hatte. Er erzählte ihr von seiner Arbeit bei einem Unternehmen, das alte Häuser, vornehmlich viktorianische Reihenhäuser, aufkaufte und renovierte, und sie erzählte ihm von der letzten Reportage, die sie für ›Glitz‹ gemacht hatte. Dann sagte sie: »Ich war übrigens heute schon in Lancaster.«

»Was? Hin und zurück an einem Tag? Das ist ja Wahnsinn!« Er sah sie an. »Warum denn?«

»Ich wollte Liv besuchen.«

»Ah, Liv – ein wunderschönes Lächeln – ungefähr eins sechzig groß – dunkle Kirschaugen.«

»Genau.«

»Eine Freundin deiner anderen Freundin, die gestorben ist.«

»Ja. Sie ist verheiratet und gerade dabei, völlig im häuslichen Einerlei zu versumpfen. Du kannst es dir nicht vorstellen – ein Kind hat sie schon, und jetzt ist das zweite unterwegs.«

»Vielleicht mag sie Kinder«, meinte Felix milde.

»Aber diese *Verschwendung*, Felix. Liv war gerade am Anfang ihres Studiums, als sie Stefan kennenlernte – und hat es seinetwegen an den Nagel gehängt. Einfach so. Sie konnte immer so gut nähen und war so geschickt in allem und hatte einen ausgeprägten Schönheitssinn – und jetzt lebt sie in dieser grauenvollen Bruchbude jwd, ohne Zentralheizung und ohne Telefon. Nur weil *er* es so will und ...«

»Er?«

»Stefan, ihr Mann.« Katherine machte ein finsteres Gesicht.

»Was ist mit ihm? Sammelt er Briefmarken? Ist er ein reicher Angeber? Schielt er? Oder ist er einfach stinklangweilig?«

Sie lachte und füllte die Weingläser auf. »Nichts von alledem. Stefan sieht toll aus, ist gebildet und überhaupt nicht langweilig.«

»Wo liegt dann das Problem?«

Katherine zog fröstelnd die Schultern zusammen. »Ich kann ihn nicht ausstehen.«

Er zündete zwei Zigaretten an, reichte ihr eine und sagte: »Erzähl.«

»Wenn er nicht im Mittelpunkt steht, ist er eingeschnappt.«

»Viele Männer sind so. Ein typisches Merkmal unseres Geschlechts.«

»Aber du bist nicht so, Felix. Und er schleicht rum wie ...« Sie suchte nach einem passenden Vergleich, »... wie Heathcliff.«

»Ah, der düster brütende Typ, hm?«

»Genau. Er ist unberechenbar – weißt du, irgendwie wartet man ständig auf die Explosion. Man ist immer angespannt. Und er interessiert sich nicht im entferntesten für *mich*. Damit will ich nicht sagen, daß ich besonders interessant bin, aber ich finde, er könnte es Liv zuliebe doch wenigstens *versuchen*. Als ich ihn kennenlernte, fand ich ihn sehr charmant, aber wenn ich mir den Tag jetzt ins Gedächtnis rufe, seh ich ganz klar, daß es ihm einzig darum ging, *meine* Aufmerksamkeit zu gewinnen. Aber ich bin dem Zauber wohl nicht verfallen, darum liegt ihm seither nichts mehr daran, mich zu beeindrucken. Und heute –« wieder fröstelte sie – »heute war er furchtbar.«

»Unfreundlich?«

»Schlimmer. Die meisten Leute tun doch wenigstens so als ob; sie *bemühen* sich, selbst wenn es ihnen mies geht. Toby zum Beispiel, der hat immer versucht, sich den Anschein zu geben, es ginge ihm gut, auch noch als er kurz vorm Durchdrehen war. Es hat natürlich nicht funktioniert, aber er hat sich wenigstens bemüht. Aber Stefan –« Katherine biß sich auf die Lippe – »der kann mich auf den Tod nicht leiden, das merke ich genau. Und er hat nicht einmal versucht, es zu verbergen.«

Sie nahm sich noch ein Keks und starrte in die Dunkelheit hinaus. Das Fenster hatte keine Vorhänge, gelb leuchtend lag die Mondsichel im tintenschwarzen Himmel. »Liv hat kein eigenes Geld«, fuhr sie langsam fort. »Keinen Penny. Sie kann wegen Freya nicht arbeiten gehen, und zu Stefans Bankkonto hat sie keinen Zugang. Ich hab den Eindruck, er gibt ihr Geld, wie es ihm gerade paßt.«

»Manchen Leuten macht das nichts aus.« Felix' Profil war scharf umrissen vom blassen Kerzenlicht. »Ich weiß, es gilt als altmodisch – manche behaupten sogar, das wären Unterdrückermethoden –, aber diese Leute empfinden es nicht unbedingt so.«

»Liv ist völlig abhängig von Stefan. Sie ist gefangen, und ich glaube, genau das will er. Ich bin nicht mal sicher, daß sie genug zu essen hat. Und ich glaube, sie hat keinen Menschen, dem sie mal ihr Herz ausschütten oder den sie um Hilfe bitten kann. Sie haben anscheinend überhaupt keine Freunde. Livs Mutter ist im Ausland, und ihren Vater hat sie seit Ewigkeiten nicht gesehen. Wahrscheinlich ist er tot. Rachel ist auch tot, und ich – na ja, ich hab mich auch nicht groß um sie gekümmert. Und nach meinem heutigen Besuch bin ich dort vermutlich Persona non grata.«

Sie rieb sich die Stirn bei der Erinnerung an die kurze unerquickliche Szene am Ende ihres Besuchs. Stefan war in die Küche gekommen und hatte sie beim Ellbogen genommen, um sie hinauszubringen – hatte sie tatsächlich beim Ellbogen genommen, um sie zur Tür hinauszuführen. Sie hatte seine Hand abgeschüttelt, und Liv hatte nur weggesehen. Hatte nicht protestiert; nicht auf ihr Recht gepocht, sich von einer alten Schulfreundin besuchen zu lassen; hatte sich nur zur Seite gedreht, so daß ihr das lange Haar ins Gesicht gefallen war und ihre Augen verborgen hatte.

»Ich hab ihr gesagt, sie soll abhauen.« Katherine zerbröselte den Rest ihres Kekses zwischen ihren Fingern. »Ich hab ihr vorgeschlagen, mit zu mir nach London zu kommen.«

»Und was meinte sie dazu?«

»Nichts. Genau in dem Moment ist Stefan reingekommen. Ich weiß nicht, ob er mich gehört hat.«

»Wenn sie ein Kind hat ...«, sagte Felix bedächtig. »Es ist nicht so einfach, alle Brücken hinter sich abzubrechen – neu anzufangen –, wenn man ein Kind hat.«

»Und als ich sie gefragt hab, ob er ihr weh tut, hat sie gesagt, er hätte sie nie geschlagen. Das ist doch keine Antwort, oder? Es gibt andere Methoden, einem Menschen weh zu tun.«

Er widersprach nicht.

Nach einer Weile fuhr sie fort: »Das Schlimmste ist, daß ich keine Möglichkeit habe, ihr zu helfen. Sie selbst hat mir klar zu verstehen gegeben, daß es ihr lieber gewesen wäre, ich hätte sie nicht besucht, und daß ich sie in Zukunft am besten in Ruhe lasse. Sie hat natürlich recht. Was weiß ich schon von Ehe und Kindern?« Katherine lächelte ein wenig bitter. »Genau deswegen hab ich sie eigentlich besucht, weil ich mir von ihr einen Rat erhoffte. Aber meine Probleme sind Lappalien im Vergleich zu ihren.«

Felix stützte den Kopf in die offene Hand und sah sie lächelnd an. »Was kannst du für Probleme haben, Katherine? Du hast eine tolle Stellung bei der Zeitschrift, eine Wohnung mit ordnungsgemäß verputzten Wänden ...«

»Vor ein paar Jahren«, sagte sie, »hab ich mal einen Mann kennengelernt ...«

»Ach!« rief er. »Endlich hat's dich auch mal erwischt. Weißt du eigentlich, wie Stuart und der arme Toby nach dir geschmachtet haben?«

»Unsinn. Und mich hat's nicht erwischt.«

Er machte ein skeptisches Gesicht. »Was dann?«

»Also, erstens mal ist er verheiratet.«

Am Tag zuvor hatte sie einen Brief von Jordan Aymes erhalten. Seine Frau sei auf Urlaubsreise, hatte er geschrieben, und er habe unerwartet zwei Theaterkarten geschenkt bekommen. Ob Katherine ihm das Vergnügen bereiten würde, ihn zu einer Aufführung von »Warten auf Godot« zu begleiten. Er sei kein ausgesprochener Fan des zeitgenössischen Theaters und würde sich freuen, wenn sie ihm mit ihrer Gesellschaft den Abend versüßen würde. Der Brief lag immer noch unbeantwortet auf ihrem Toilettentisch.

»*Dagegen* habe ich nichts – du weißt, ich bin nicht der Typ, der unbedingt unter die Haube will. Aber ich frage mich, warum er sich ausgerechnet für *mich* interessiert. Ich bin mir nicht sicher, was er von mir will.«

Felix ließ sich auf den Rücken rollen und prustete spöttisch.

Katherine stand auf und trat ans Fenster. Sie sah auf ihre Uhr. Es war Viertel vor zwei. Sie war plötzlich todmüde, ausgepumpt von dem langen Tag mit all seinen Schwierigkeiten. Sie sagte: »Ich habe viel zuviel getrunken, um jetzt noch Auto zu fahren. Kann ich vielleicht bei dir übernachten, Felix?«

Liv hatte manchmal das Gefühl, sie wäre im Begriff, in einen tiefen, schwarzen Brunnen hinunterzustürzen. Im Augenblick schaffte sie es noch, sich am steinernen Rand festzukrallen, aber es kostete sie ständige keuchende Anstrengung, den Absturz zu verhindern. Die Fiktion, die sie so hartnäckig aufrechterhalten hatte, ihre Ehe sei gut, wenn vielleicht auch etwas stürmisch, ihr Lebensstil vertretbar, wenn auch unkonventionell, war von Katherine zerstört worden. Sie hatte die schönen Bilder, mit denen Liv sich getröstet hatte, eines nach dem anderen ans Licht gezerrt und als das entlarvt, was sie waren – Selbsttäuschungen. Das Ideal der Selbstversorgung würden sie nie erreichen, dazu war der Boden von Holm Edge nicht fruchtbar genug, und sie selber besaßen weder das nötige Fachwissen noch die erforderlichen Fertigkeiten. Das Haus verwahrloste immer mehr. Stefans Buch war der Vollendung keinen Deut näher als vor einem Jahr. Und Stefans obsessives und irrationales Verhalten war keine Folge irgendwelcher vorübergehender Probleme, sondern ein tief verwurzelter Teil seiner Persönlichkeit.

Unglücklicherweise brachte die Anerkennung der Situation keine Lösung. Jeder Ausweg war Liv versperrt – entweder von Stefan oder Freya oder vom Schicksal. Auf ihren Vorschlag, sich in Caton eine Halbtagsarbeit zu suchen, hatte Stefan mit einem Wutausbruch und zornigem Verbot reagiert. Sich über sein Verbot hinwegzusetzen ging nicht, weil sie ihn zur Betreuung Freyas brauchte. Sie hatte sich überlegt, Näh- und Schneiderarbeiten ins Haus zu nehmen, aber da hatte ihr die Schwangerschaft einen Strich durch die Rechnung gemacht. So gut es ihr gegangen war, als sie Freya erwartet hatte, so elend fühlte sie sich praktisch von Beginn dieser zweiten Schwangerschaft an. Die Erschöpfung, die sie lähmte, stand in keinem Verhältnis zu dem Maß an Energie, das der Fötus, der in ihr heranwuchs, beanspruchte. Die Übelkeit, die angeblich nur in den Morgenstunden vorübergehend auftrat, konnte sie zu jeder Tageszeit überkommen. Freya, die besorgt neben ihr stand, wenn sie vor der Toilette kniete, pflegte ihr den Kopf zu streicheln und immer wieder tröstend zu sagen: »Arme Mami. Arme Mami.«

Wut und Scham darüber, daß Katherine sie in so elender Verfassung angetroffen hatte, ließen ihr keine Ruhe. Katherine hätte zu keinem ungünstigeren Zeitpunkt kommen können. Stefan war, von ihrer Eröffnung, daß sie wieder schwanger sei, überrascht, seit Tagen gereizt und mißlaunig gewesen. Er hatte ihr gegenüber nur ausgesprochen, was sie beide wußten: daß sie sich ein zweites Kind nicht leisten konnten. Die Tatsache, daß er ihr die alleinige Schuld an der unwillkommenen Schwangerschaft gab, ertrug sie zunächst mit müder Resignation. Aber am Morgen vor Katherines Besuch hatte sie einen erbitterten Streit mit Stefan, bei dem sie ihm vorhielt, daß er mit der Zurückhaltung des Haushaltsgeldes weniger ihr schadete als Freya, worauf Stefan prompt behauptete, schuld sei nur sie, weil sie ihn ständig so sehr reize, daß er die Beherrschung verliere.

Am selben Abend jedoch, nachdem Katherine wieder gefahren war, lösten sich seine Wut und Feindseligkeit in Selbstvorwürfen und Zerknirschung auf. Er hatte sie angefleht, ihm zu vergeben. Sie sei zu gut für ihn, sagte er, und er fürchte ständig, sie zu verlieren. Bleich und angespannt hatte er mit seinen Händen die ihren umschlossen und versprochen, sie nie wieder mit seinem Jähzorn zu quälen. Sie hatten einander umarmt und geküßt, und einen Moment lang hatte sie sich selbstvergessen der beruhigenden Stärke und Wärme seines Körpers hingegeben. Aber sie hatte gewußt, daß diese Versöhnung nur Teil eines Kreislaufs war, der ihr mittlerweile allzu vertraut war. Auf den ersten wilden Überschwang folgte unweigerlich das Scheitern, das zunächst von Wut und Depression begleitet wurde und in Erschöpfung und Selbstekel endete. Liv fürchtete inzwischen die Hochstimmung so sehr wie die Wut.

Ihr schien, daß alle ihre Schwierigkeiten ihren Ursprung in Holm Edge hatten und durch es verstärkt wurden. Es war nicht so, wie sie Katherine gesagt hatte – sie liebte Holm Edge nicht. Früher einmal, ja, da hatte sie es geliebt, jetzt aber war die Liebe in Haß umgeschlagen. Manchmal hatte sie das Gefühl, die Mauern des Hauses rückten immer näher zusammen und schlössen sie gnadenlos ein. Sie hatte bis zu diesem Moment nie daran gedacht, daß man Stein und Schiefer hassen könnte. Sie erinnerte sich an Camilla Greens Worte. *Für jemanden wie Stefan muß das doch unerträglich sein.* Holm Edge selbst in seiner unbezwingbaren Widerspenstigkeit war es, das immer wieder Stefans Wut herausforderte: die Stürme, die die Schindeln vom Dach rissen; der Fuchs, der die Hühner riß; der Herd, der nicht brennen wollte. Ihre eigene Ermüdung wurde verschlimmert durch die große Entfernung des Hauses von Dorf und Stadt, wo es Menschen, Geschäfte und Betriebsamkeit gab. Oft bekam sie tagelang außer Freya und Stefan keine Menschenseele zu sehen. Sie fragte sich, ob sie eines Tages vergessen haben würde, wie man mit anderen Menschen umging: Manchmal hatte sie den Eindruck, daß man sie in den Geschäften oder in der Klinik mit neugierigen Blicken ansah, als verrieten ihr Gesicht und ihr Verhalten die Exzentrik und Isolation ihres Lebens.

Aber sie wußte, daß Stefan Holm Edge freiwillig niemals verlassen würde. Stimmen drangen auf sie ein. Katherines: *Komm mit zu mir nach Hause, Liv. Komm mit nach London.* Und Theas: *Liebe allein reicht nicht immer.* Zum erstenmal stellte sie sich die Frage, ob sie, wenn Stefan sich weigerte, aus Holm Edge wegzugehen, eines Tages ohne ihn würde gehen müssen.

9

IM DEZEMBER 1971 wurden Katherine und Jordan ein Liebespaar, nachdem sie mehrere Monate lang miteinander befreundet gewesen waren oder sich Freundschaft vorgemacht hatten. Katherine jedenfalls hatte tief im Innern von Anfang an gewußt, daß die Freundschaft, wenn nicht Selbstbetrug, so doch nur ein Zwischenstadium war. Sie sahen einander in unregelmäßigen Abständen, wobei die Häufigkeit ihrer Zusammentreffen von ihren beruflichen Tätigkeiten und, natürlich, Jordans Ehe diktiert wurde. In den Zwischenzeiten dachte Katherine, wenn sie nicht Berufliches im Kopf hatte, fast ausschließlich an ihn – dieses Gesicht mit den klassischen Zügen, die grauen Augen, das spontane Lächeln.

Jordan hatte beim St. James's Park eine kleine Wohnung, wo er wohnte, wenn das Parlament tagte. Kurz vor Weihnachten lud er Katherine dorthin zum Abendessen ein. Sie aßen Meeresfrüchtesalat und Baguette und tranken eine Flasche Frascati dazu. Alles Fortnum and Mason, bemerkte Jordan, als sie beim Käse angelangt waren. Er koche nie selbst; in der Küche habe er zwei linke Hände.

Sie lächelte. »Und du gibst natürlich deine Hemden in die Wäscherei und hast eine Putzfrau?«

»Ich muß es leider zugeben, ja. Und du?« Er sah sie an. »Ich kann mir dich nicht als Heimchen am Herd vorstellen, Katherine.«

»Früher war ich wahnsinnig chaotisch. Man könnte beinahe sagen, aus Prinzip. Aber in letzter Zeit habe ich gemerkt, daß mir eine gewisse Ordnung doch ganz angenehm ist. Daß das Leben einfacher wäre, wenn man nicht morgens beim Aufstehen feststellen muß, daß nichts zu essen im Haus ist und nur noch Strumpfhosen mit Laufmaschen in der Schublade sind.«

Er stand auf, verschwand kurz im Zimmer nebenan und kam mit einem Päckchen wieder zu ihr. »Fröhliche Weihnachten!« Er legte das Paket vor sie auf den Tisch.

»Jordan!«

»Komm, mach es auf! Wir tun so, als wäre schon Weihnachten.«

Eine rehbraune Seidenbluse schimmerte weich im gedämpften Licht. »Jordan!« sagte sie gerührt. »Die ist ja wunderschön.«

»Ich habe sie genommen, weil sie die gleiche Farbe hat wie deine Augen.«

»Du hättest nicht ...« Sie brach ab, als seine Lippen ihren Nacken berührten.

»Das sollte ich wohl auch nicht tun, hm?«

Sie hielt sich ganz still und sagte nichts. Nach ein paar Augenblicken trat er neben sie. »Katherine?«

»So ein schönes Geschenk ...« Sie hatte heftiges Herzklopfen und konnte nicht weitersprechen.

»Aber?« sagte er. »Auf diesen Anfang muß doch ein ›aber‹ folgen.«

Als sie nicht antwortete, sagte er: »Gut, dann werde ich den Satz für dich vollenden. Vielleicht – aber du findest mich nicht anziehend.«

»*Das* ist es nicht«, sagte sie leise.

»Dann vielleicht – aber du mußt die Avancen eines verheirateten Mannes verständlicherweise zurückweisen.«

Jetzt zu nicken wäre das Einfachste gewesen. Aber sie hatte das Gefühl, ihm gegenüber aufrichtig sein zu müssen. Darum schüttelte sie den Kopf.

Er sah sie stirnrunzelnd an. »Gibt es jemand anderen?«

Sie stand auf und ging zum Fenster, wo sie einen Moment schweigend zum St. James's Park hinuntersah.

Er sagte: »Wenn du das Thema ad acta legen möchtest ...«

Sie hörte den gekränkten Ton, obwohl er ihn zu verbergen suchte, und drehte sich zu ihm herum. »Nein«, erwiderte sie,

»es gibt keinen anderen. Schon eine ganze Weile nicht. Aber es gab natürlich einige.«

»Einen besonderen vielleicht?«

»Na ja«, sagte sie leichthin, »der erste war Jamie – leider wenig originell auf dem Rücksitz seines Autos. Danach bin ich nach London gegangen. Da kamen Mark – er war Dichter –, John – er war Manager einer Popgruppe – und Julian, von Beruf Sohn reicher Eltern. Dann war ich eine Weile mit Sacha zusammen – er war der Drucker von ›Frodo's Finger‹ und meinte offenbar, ich wär die Prämie bei dem Auftrag – und nach ihm mit Gian. Gian mußte ich mal interviewen, im Zusammenhang mit den Studentenprotesten an der Universität in Mailand, wenn ich mich recht erinnere. Darauf folgte Howard – er wollte Pfarrer werden, sehr schüchtern, aber wirklich süß – ach, und noch eine ganze Menge anderer, ich weiß die Namen jetzt nicht mehr.« Sie schwieg eine ganze Weile, bevor sie sagte: »Und zuletzt kam Graham, aber den möchte ich am liebsten aus meinem Gedächtnis löschen. Und nach Graham war niemand mehr. Seit mehr als einem Jahr jetzt.«

»Aber doch sicher nicht, weil es an Angeboten mangelte.«

»Nein.« Sie lächelte. »Ich bin wahrscheinlich die einzige Frau, die nach Amerika gegangen ist, um sich selbst zu finden, und genau das geschafft hat – ich meine, die sich selbst gefunden hat und sonst niemanden.« Leise fügte sie hinzu: »Ich hab eben kein Talent dafür.«

»Ich verstehe nicht.«

Sie drehte die Hände ineinander. »Es macht mir keinen Spaß. Sex, meine ich. Es hat mir noch nie Spaß gemacht.« Endlich war es heraus. Sie hatte gehofft, sie würde sich befreit fühlen, aber ihr war nur elend zumute. Dennoch zwang sie sich weiterzusprechen. »Ich bin eine frigide Frau, Jordan.«

»Wer hat dir denn das erzählt?«

Sie warf ihm einen scharfen Blick zu. »Tut das was zur Sache?«

»Es ist auf jeden Fall genau das, was manche Männer Frauen weismachen, um die eigenen Mängel im Bett zu rechtfertigen.«

»Das würde ich liebend gern glauben, aber findest du es nicht etwas seltsam, daß ich sämtliche Versager erwischt haben soll?«

»Du brauchst doch nur ein oder zwei unerfreuliche Erfahrungen gemacht zu haben – und das erste Mal auf dem Rücksitz eines Autos ist ja weiß Gott nicht besonders toll –, dann kann es leicht geschehen, daß du, bewußt oder unbewußt, eine Abwehr gegen Sex entwickelst. Beim Sex läuft vieles im Kopf ab, Katherine, meine Schöne. Ich weiß, das widerspricht der Ideologie eurer Zeitschrift, die so sehr auf das Körperliche abhebt, aber das, was beim Sex im Kopf vorgeht, kann eine wichtige Rolle spielen.«

»Na, ich hab's jedenfalls immer wieder probiert.« Sie lächelte. »Niemand kann mir vorwerfen, ich hätte es nicht versucht.«

»Und wie wär's dann mit wenigstens noch *einem* Versuch?«

Er war ihr sehr nahe. Sie roch den Duft seines teuren Rasierwassers.

»Könnte dir zum Beispiel das hier gefallen?« sagte er leise, während seine Lippen die Innenseite ihres Handgelenks berührten.

»Jordan, ich weiß nicht ...«

»Oder das hier?« Sein Mund liebkoste ihre Handfläche.

Sie schluckte. »Ein kleines bißchen vielleicht.«

»Und das?« Er küßte die Mulde ihres Ellbogens und ließ seine Lippen zu ihrer Achselhöhle hinaufspazieren.

»Vielleicht, ja«, flüsterte sie. »Wenn ich übe.«

»Und wie ist es damit?« Er zog sie an sich, und sie schloß die Augen, als seine Lippen die ihren berührten. Noch nie hatte sie sich bei einem Kuß ganz ihrem Gefühl hingegeben – immer hatte sie gleichzeitig neben sich gestanden und beobachtet und gewertet. Jetzt, zum erstenmal, überließ sie sich rückhaltlos der süßen Wonne dieses Kusses.

»Was meinst du, Katherine Constant? Besser als Wachteleier?« Seine Hände glitten über ihren Körper, er senkte den Kopf und drückte seinen Mund an ihren Hals.

»Ich bin mir nicht sicher ...«, murmelte sie.

»Dann versuch ich's einfach weiter.« Mit einer Hand zog er

die Vorhänge am Fenster zu und schloß sie beide in der elfenbeinfarbenen Eleganz des Raumes ein. Er schob seine Finger durch ihr kurzes Haar und drückte die feinen Strähnen an sein Gesicht. »Wie Seide«, murmelte er. »Wie die feinste italienische Seide.« Dann begann er, ihre Bluse aufzuknöpfen. Als er ihr Zittern spürte, flüsterte er: »Ganz ruhig, meine Schöne. Alles, was du willst, und nicht mehr, das verspreche ich.«

Er führte sie ins Schlafzimmer. Er streichelte und liebkoste sie, bis das Wunder geschah und ihr Begehren erwachte. Und als er in sie hineinglitt, schrie sie laut auf vor Entzücken und Lust.

Sie hätte nicht sagen können, was lustvoller für sie gewesen war: die erste Umarmung oder die zweite oder die dritte. Am Ende lag sie, von einer wonnigen Mattigkeit umfangen und kaum fähig, eine Bewegung zu machen, still neben ihm, den Kopf auf seiner Schulter, so wunderbar erschöpft, daß sie sich nicht einmal die Mühe machte, die Decke über ihren nackten Körper zu ziehen.

Sie dachte daran, daß sie bei ihrem ersten Liebhaber geglaubt hatte, die Lust würde sich von selbst einstellen; daß sie bei ihrem zweiten und dritten geglaubt hatte, daß sie bald lernen würde, den Sex zu genießen, und immer so weitergemacht hatte, weil ihr die Vorstellung, jemand würde ihr beschämendes Versagen auch nur ahnen, unerträglich gewesen war. Dann war Rachel gestorben, und sie hatte mit Erschrecken erkannt, daß das Leben nicht ewig dauerte. Sie hatte gemeint, sie müßte in die Zeit, die sie vielleicht hatte, alles an Erfahrungen hineinpressen, was das Leben hergab. Sie dachte an die Angst, die sie gejagt hatte, und an ihre selbstzerstörerische Begierde, stets Menschen um sich zu haben. Graham hatte dann dem ganzen Selbstekel, den sie je empfunden hatte, Ausdruck gegeben, und hatte sie, ohne es zu wollen, gezwungen, sich endlich selbst ins Gesicht zu sehen und einen neuen Anfang zu machen.

Jordan küßte sie leicht aufs Haar. »Woran denkst du?«

»An Amerika«, antwortete sie. »Ich habe gerade an Amerika gedacht.«

»Hat es dir gefallen?«

»Ich fand es toll.« Sie lächelte in der Dunkelheit. »Alles war so neu und überwältigend. Ich war eine Woche in den Rocky Mountains. Weißt du, da schien alles zu funkeln. Und die Vögel dort! Und die Schmetterlinge und die Blumen – sie waren alle so groß und schön und farbenprächtig. Man könnte sich vorstellen, daß das Paradies so war.«

Eine Weile lagen sie schweigend beieinander, dann sagte sie: »Ich sollte jetzt besser gehen ...«

»Mußt du?«

Sie setzte sich auf. »Ich muß morgen sehr früh in der Redaktion sein.« Sie lächelte. »Und in dem Fummel kann ich nun wirklich nicht zur Arbeit kommen.«

Sie schlüpfte in ihr ärmelloses schwarzes Crêpekleid. Als er ihr den Reißverschluß zuzog und seine Finger dabei ihre Haut streiften, zitterte sie. »Wann ...?« begann sie und biß sich sogleich auf die Lippe.

Er zog einen dunkelblauen Morgenrock aus Seide über. »Ich fahre morgen nach Hertfordshire. Das Parlament hat Weihnachtsferien. Darum habe ich dir dein Geschenk schon heute abend gegeben.«

Sie verstand genau, was er ihr sagte. »Natürlich«, erwiderte sie scheinbar unbekümmert. »Ruf mich einfach irgendwann an.«

»Katherine ...«

»Wenn du Zeit hast. Ich habe in nächster Zeit allerdings auch wahnsinnig viel zu tun.«

»Katherine.« Er war dicht vor sie getreten. »Tu das nicht.«

Sie schloß fest die Augen und setzte sich auf dem Bett nieder. Sie hatte nicht geglaubt, daß es ihr so viel ausmachen würde.

Er setzte sich neben sie. »Warum bist du mir böse?«

»Ich bin nicht böse.« Die Worte klangen verwischt. Sie versuchte zu lächeln. »›Alles, was du willst, und nicht mehr‹«, wiederholte sie. »Das hast du doch gesagt, nicht wahr, Jordan?«

Er sah sie scharf an. »Was soll das heißen? Daß du glaubst,

mir würde das hier nichts bedeuten? Daß das hier ein – ein Abenteuer für eine Nacht war?«

Nur verschwommen sah sie durch den Schleier ihrer Tränen seine markanten Gesichtszüge. »War es das nicht?«

»Lieber Gott!« Sie hörte den Zorn in seiner Stimme und wischte sich mit dem Handrücken die Augen, als er leise sagte: »Nein. Nein, das war es nicht.«

»Du bist verheiratet, Jordan.« Sie sah die Eintragung im »Who's Who« vor sich. *Jordan Christopher Aymes verh. m. Patricia Mary de Vaux.*

Er seufzte. »Ja.«

»Ich nehme an, du hast schon einige Affären gehabt.«

»Ja«, antwortete er ruhig. »Ich habe einige Affären gehabt.«

Sie sah sich nach ihren Schuhen um.

»Aber das hier ist etwas anderes«, fuhr er fort, und sie richtete sich auf, einen Schuh in der Hand, den anderen am Fuß. Er ging zu ihr und umfaßte ihre Hände. »Katherine«, sagte er, »wärst du für mich nur eines von vielen Abenteuern, hätte ich nicht vier Monate gewartet. Ich hätte dich nach spätestens vierzehn Tagen hierher eingeladen, wir hätten einander gelegentlich gesehen und uns nach einer Weile wieder getrennt. Aber mit dir ist es anders. *Du* bist anders. Das wußte ich schon, als ich dich das erste Mal sah, damals, auf Rachel Wybornes Hochzeit.«

»Oh!« sagte sie leise und atemlos.

Er ging ins andere Zimmer und kam mit zwei Gläsern Kognak wieder. Eines reichte er Katherine.

»Ich muß ehrlich mit dir sein. Ich werde Tricia nie verlassen. Sie hat sich mir gegenüber immer loyal verhalten, und ich schulde ihr viel.«

Tricia, dachte Katherine. Sie stellte sich eine füllige Frau mit Pferdegebiß vor, im Tweedrock, mit Twinset und Perlenkette.

»Ich hoffe, du verstehst das.«

»Aber natürlich.« Sie dachte an Rachels kurze Ehe und an Liv, die Stefan hilflos ausgeliefert war. »Die Ehe hat mich noch nie gereizt, Jordan. Dazu ist mir meine Freiheit zu kostbar.«

»Wenn wir uns in Zukunft wiedersehen wollen ...«, er berührte ihre Hand, »und ich würde dich sehr gern wiedersehen, Katherine, müssen wir diskret sein. Jede Indiskretion würde meiner Karriere schaden. Und außerdem möchte ich, wie ich schon sagte, meiner Frau nicht weh tun. Wäre das so akzeptabel für dich?«

»Vollkommen.«

»Gut«, sagte er. »Ich bin froh, daß du das gesagt hast. Sonst wäre es mir wirklich schwergefallen, die kommenden Feiertage zu genießen. Verdammt schwer.«

Livs zweite Tochter kam Anfang April zur Welt. Sie nannten sie Georgette Thea, nach Stefans Mutter und nach Livs. Da sie bei der Geburt sehr klein war und nur knapp fünf Pfund wog, die Geburt zudem schwierig gewesen war, behielt man Mutter und Kind eine ganze Woche lang im Krankenhaus. Später erkannte Liv, daß diese Woche ein Wendepunkt gewesen war; geradeso wie Katherines Besuch einer gewesen war. Sie hatte in dieser Woche viel Zeit zum Nachdenken und zur klaren Betrachtung der Dinge. Zum erstenmal seit zwei Jahren konnte sie alle Verantwortung abgeben und sich an einem Ort, der warm und sauber und komfortabel war, von anderen umsorgen lassen. Das Essen, über das die anderen Mütter sich beschwerten, fand sie köstlich. Endlich einmal brauchte sie kein selbst eingekochtes Gemüse zu essen, brauchte sich nicht den Kopf darüber zu zerbrechen, wie sie aus einem Lammhals oder einem Stück Schweinebauch etwas Schmackhaftes zubereiten sollte, sondern sich nur bedienen zu lassen. Als es ihr besserging, setzte sie sich im Morgenrock in den Aufenthaltsraum und blätterte in Zeitschriften oder genoß einfach die Ruhe und den Frieden. Georgie war ein zufriedenes Kind, das viel schlief und frühestens nach vier Stunden mit Hunger erwachte. Liv war im Umgang mit ihr nicht nervös und zaghaft wie bei Freya, es entzückte sie, dieses kleine fremde Wesen kennenzulernen. Die Liebe war unbeschwert, nicht von Ängsten getrübt.

Stefan kam jeden Tag mit Freya zu Besuch. Es war auffallend, wie sehr er sich von den anderen Ehemännern unterschied. Früher einmal hätte sie das romantisch gefunden, jetzt bedrückte es sie. Früher einmal hätte sie seine schäbige Cordhose und den flatternden smaragdgrünen Schal originell und unkonventionell gefunden; jetzt bemerkte sie die vielen Flicken auf dem olivgrünen Stoff und die zerschlissenen Enden des Schals und war beunruhigt. Die anderen Ehemänner pflegten ruhig bei Frau und Kind zu sitzen und sich mit gedämpfter Stimme zu unterhalten; Stefan konnte, wenn er dazu in Stimmung war, in Gesang ausbrechen, oder er versuchte, die anderen Familien rundherum ins Gespräch zu ziehen. Manchmal war er der erste, wenn die Schwester zur Besuchszeit die Tür öffnete; an anderen Tagen erschien er ganz am Ende der Stunde. Einmal kam er erst fünf Minuten nach Ende der Besuchszeit im Krankenhaus an. Liv hörte ihn draußen laut mit der Schwester streiten, die ihn wieder hinausführte. Sie zog die Vorhänge rund um ihr Bett zu und weinte.

Als sie nach einer Woche Abwesenheit nach Holm Edge zurückkehrte, war es, als sähe sie auch das Haus mit kälterem, klarerem Blick. Die nackten Fußböden und die feuchten, fleckigen Wände, die schäbigen Möbel und die abgetretenen Teppiche. Sie spürte die Klammheit in den Räumen, und sie sah, wie Stefan mit seinen Büchern, die sich nicht nur im Arbeitszimmer, sondern auch in den anderen Räumen des Hauses an den Wänden türmten, vom ganzen Haus Besitz ergriff.

Eines Abends, als sie Georgie stillte, dachte sie darüber nach, wie sehr die Jahre sie verändert hatten. In der Rückschau konnte sie das Mädchen, das sie einmal gewesen war, nicht mehr verstehen: diese Weltfremdheit und dieses blinde Vertrauen darauf, daß allen warnenden Vorzeichen zum Trotz sich alles zum Besten wenden werde! Es hatte Alarmsignale genug gegeben, aber sie hatte sie nicht beachtet. Sie hatte, neunzehn Jahre alt und in Träume vom Märchenprinzen versponnen, nur einen Blick auf Stefan zu werfen brauchen, um sich einzubilden, sie hörte schon den Hufschlag des weißen Rosses, auf dem er sie in sein Schloß entführen würde. Stefan hatte eine romantische Wunschvorstellung erfüllt – groß, dunkel, gutaussehend, mit einem geheimnisvoll anmutenden fremdländischen Ton in der Stimme war er, wie den Seiten eines romantischen Liebesromans entsprungen, in ihr Leben getreten. In ihm hatte sie alles gesehen, was sie sich gewünscht hatte. Sie war geblendet gewesen von seiner Spontaneität und seinem Charisma, von seiner ungewöhnlichen, heimatlosen Vergangenheit, seiner Verachtung für alles Konventionelle. Und von der Tatsache, daß er sie brauchte. Aber im Lauf der Zeit hatte sie erkannt, daß die unglückliche Kindheit bei Stefan ein Gefühl tiefer Unsicherheit und ein gebrochenes Selbstwertgefühl hinterlassen hatte. Und sie hatte erfahren, daß Bedürftigkeit vereinnahmen und zerstören konnte.

Thea hatte die Vermutung geäußert, ihre Heirat mit Stefan sei eine Reaktion auf Rachels Tod, ein Versuch, die verlorene Freundschaft durch eine neue Liebe zu ersetzen. Jetzt war Liv fähig, sich einzugestehen, daß diese Einschätzung zutraf; gleichzeitig aber erkannte sie, daß sie mit ihrer überstürzten Heirat auch die Lücke hatte füllen wollen, die ein anderer, weit älterer Verlust hinterlassen hatte. Stefan war wie Fin weit gereist, attraktiv und kultiviert gewesen. So wie sie immer geglaubt hatte, ihr Vater würde eines Tages nach Hause kommen, hatte sie geglaubt, daß allein die Liebe zählte. Aber sie wußte jetzt, auch wenn ein Teil von ihr Stefan immer lieben würde, daß er ein in seinem Kern beschädigter und zutiefst verstörter Mensch war und daß es ihre erste Pflicht war, ihre Kinder zu schützen.

In dieser Nacht verbrannte sie die Postkarte ihres Vaters im alten Kohleherd in der Küche. Auf den Steinplatten kniend, sah sie zu, wie blaues Meer und grüne Palmen verkohlten und zu Asche zerfielen. Das Ende eines Traums, dachte sie. Das Ende des Träumens.

Langsam entfernte sie sich von ihm, beinahe unmerklich zu Anfang. Sie begann zu sparen, hier eine Münze, dort eine Münze, fünf Pence oder zehn Pence, die sie vom Haushaltsgeld abzweigte. Die Hälfte des Kindergeldes, das sie jetzt für Georgie bekam, legte sie auf die Seite. Sie wußte noch nicht, wozu das Geld dienen sollte, warum sie es nicht für einige der vielen

Dinge ausgab, die sie brauchten, anstatt es in einer Socke zu sammeln und ganz hinten in ihrer Schublade versteckt aufzubewahren. Aber das Wissen um sein Vorhandensein beruhigte sie.

Die Gemeindeschwester, die sie besuchte, als Georgie sechs Wochen alt war, sagte, bevor sie ging, taktvoll: »Ich lasse Ihnen auf jeden Fall einmal diese Broschüre hier, Mrs. Galenski. Vielleicht sehen Sie sie sich einmal an.«

In der Broschüre wurde erklärt, wie man zusätzliche Unterstützung vom Sozialamt beantragte. Liv warf sie in den Müll, weil sie wußte, daß nichts Stefan dazu bewegen würde, den Staat um Hilfe zum Unterhalt seiner Familie zu bitten.

Ihr ging es in diesen Tagen einzig darum, den unsicheren Frieden im Haus durch nichts stören zu lassen. Nicht weil sie wie früher einmal glaubte, wenn sie fügsam wäre und versuchte, die perfekte Ehefrau zu sein, würde sie Stefans Liebe und Anerkennung gewinnen, sondern weil sie instinktiv wußte, daß sie eine Verschnaufpause brauchte, um Kräfte zu sammeln und die Zukunft scharf in den Blick zu nehmen. Stefan arbeitete jeden Abend an seinem Buch und kam immer später zu Bett. Das Klappern seiner Schreibmaschine klang ihr wie Grabgeläute in den Ohren.

Im alten Stall nisteten sich Ratten ein. Stefan lieh sich von Mr. Marwick ein Gewehr. Liv und Freya mußten hinter ihm stehen, als er sich aus dem Fenster beugte und auf die Ratten anlegte, die aus dem Stall geflitzt kamen, um Futter aus dem Gänsenapf zu stehlen. Gewehrfeuer zerfetzte die Stille, und auf dem Rasen lagen blutige kleine Kadaver. Stefan bewahrte das Gewehr im Stall auf, hoch oben, außer Freyas Reichweite. Aber die flinken grauen Ratten stahlen weiterhin die harten Brotkrusten aus dem Gänsenapf, und die Kartons, die abends für die Müllabfuhr herausgestellt wurden, waren am nächsten Morgen an vielen Stellen von spitzen Zähnen durchbohrt. Einmal war ein ganzer Karton mit Stefans Papieren, den er an der Haustür stehengelassen hatte, zu schwarzweißem Konfetti zerfressen.

Die Ratten wurden Stefan zur Besessenheit, er träumte sogar von ihnen. Er brauchte hinter sich nur den Hauch einer Bewegung wahrzunehmen, schon fuhr er herum und griff zur Flinte. Auf der Leiter stehend, pflegte er mit glitzernden Augen im Stall zu lauern und zu lauschen, stets auf das Zucken eines nackten rosa Schweifs gefaßt. »Ich dachte, ich hätte eine gesehen«, pflegte er zu sagen. »Da war doch was im Gras – schau doch, Liv, siehst du es denn nicht?«

Einmal, als sie nachts erwachte, sah sie ihn am Fenster stehen. Er hielt die Flinte im Arm. Mit einem dünnen Lächeln flüsterte er: »Ich habe etwas gehört.«

»Komm wieder ins Bett, Stefan.«

»Manchmal glaube ich, sie oben im Speicher zu hören.«

»Das ist sicher nur der Wind – oder eine lose Schindel.«

Als Georgie zu weinen begann, fuhr Stefan zusammen. »Wenn sie in den Korb klettern …«

»Stefan, sie klettern nicht in den Korb. Hier im Zimmer ist niemand außer dir, mir und Georgie.« Sie nahm Georgie auf den Arm. »Darling, leg das Gewehr weg und komm wieder zu Bett.«

Stefan riß das Fenster auf. Kalte Luft strömte ins Zimmer, und das Krachen eines Gewehrschusses schallte durch die Stille der Nacht. Georgie erstarrte in Livs Armen, und Freya kam aus ihrem Zimmer gerannt.

»Mami, ich mag das nicht. Mach, daß es aufhört.«

»Geh wieder in dein Zimmer, Schatz.« Liv zitterte vor Schrecken und Entsetzen. »Daddy ist jetzt fertig.« Sie stieg aus dem Bett. »Es ist nichts, Stefan. Du kannst das Gewehr wegtun.«

Er lehnte sich erschöpft ans Fenstersims. Trotz ihrer Angst hatte sie Mitleid mit ihm. »Komm zu Bett, Darling.«

»Ich kann nicht schlafen.«

»Ich mach dir eine Wärmflasche und bring dir was zu trinken.«

Dunkle Schatten lagen um seine Augen, und sein Kinn war unrasiert. »Ich hab's dir doch eben gesagt, Liv. Ich kann nicht schlafen. Ich habe seit Ewigkeiten nicht mehr geschlafen.«

»Wie lange?« Sie berührte sein eingefallenes Gesicht.

»Tage – Wochen – ich kann mich nicht erinnern.«

»Du solltest zum Arzt gehen. Der kann dir ein Beruhigungsmittel oder so was verschreiben.«

»Es ist das Buch, verstehst du. Ich schaffe es nicht. Ich brauche nur meine Augen zuzumachen, dann sehe ich, wie es in alle Richtungen ausufert, und ich kann es nicht zusammenfassen.«

Sie mußte an das Spinnennetz farbiger Linien denken, das die Wände seines Arbeitszimmers bedeckte. »Vielleicht solltest du das Buch mal eine Zeitlang lassen und dir Ruhe gönnen.«

»Ich muß es richtig hinbekommen. Zwei Jahre, Liv. Seit über zwei Jahren arbeite ich jetzt daran und hab nicht mehr als fünf oder sechs Kapitel fertig. Und wenn ich sie lese ...«, Stefan hielt mit geballten Fäusten inne, »wenn ich sie lese, erscheinen sie mir oberflächlich ... leer ... eine Ansammlung von Klischees.«

Sie hatte das Gefühl, alle Hoffnung, diese brüchige, schon zerfallende Ehe noch zu retten, ruhte auf ihrer Fähigkeit, jetzt die richtigen Worte zu finden. »Du könntest doch etwas anderes tun«, sagte sie. »Du brauchst das Buch nicht zu schreiben.«

Er sah sie ungläubig an. »Du meinst, ich soll aufgeben?«

Als sie nickte, lachte er. »Sei nicht albern, Liv – ich kann unmöglich aufgeben.«

»Stefan, es macht dich krank.«

Er antwortete mit einer wegwerfenden Handbewegung. »Ich bin hundemüde, das ist alles. Wenn ich nur mal richtig schlafen könnte ...«

»Stefan, du bist krank. Siehst du das denn nicht?«

Im ersten Moment glaubte sie, er würde sie schlagen, aber dann verpuffte die ganze angespannte Energie, und er sank aufs Bett hinunter, den Kopf in die Hände gestützt. »Wenn ich das Buch nicht fertigmache«, sagte er langsam, »dann war alles, was ich getan habe, umsonst. Was habe ich denn schon erreicht? Ich habe einen Garten angepflanzt, in dem nichts wächst – ich habe ein Haus, in dem es von Ratten wimmelt.« Er hob den Kopf und sah sie an. »Manchmal glaube ich, daß dieser Ort verflucht ist. Glaubst du das auch, Liv? Wegen der Stechpalmen?«

»Stefan ...«

»Es wendet sich doch alles gegen uns.« Er zog die Brauen zusammen. »Ich denke oft an ihn.«

Sie zog die Decke um ihren Körper, aber ihr wurde nicht warm. Die Kälte schien von innen zu kommen. »An wen, Stefan?«

»An den Mann, der vor uns hier lebte. Du erinnerst dich doch. Er hat sich erschossen. Ich würde gern wissen, ob er sich auch so gefühlt hat.« Stefan drückte die Fingerspitzen an die Stirn. Dann sagte er: »Wenn ich doch mal schlafe, dann träume ich. Ich träume, daß ich erwache und das Haus leer ist.« Mit brennendem Blick sah er sie an. »Ich lasse dich niemals gehen, Liv«, flüsterte er. »Das ist dir doch klar? Ich lasse dich niemals gehen.« Seine Augen waren dunkel und undurchsichtig wie vom Meer geschliffene Kiesel.

Die Einschränkungen, denen ihre Beziehung zu Jordan Aymes unterworfen war, kamen Katherine zupaß. »Glitz« war in England auf Anhieb ein großer Erfolg, und Katherine wurde schnell zur stellvertretenden Feuilletonleiterin befördert. Sie arbeitete hart, war häufig auch an den Wochenenden beschäftigt und reiste viel, nach Edinburgh, um eine Rock-Band zu interviewen, oder nach Cornwall, um eine Reportage über einen Hexenkult zu schreiben. Sie liebte ihre Arbeit und langweilte sich nie. Mit Leidenschaft nahm sie an der Planung und Herstellung jeder neuen Ausgabe teil, vom ersten Brainstorming zur Hervorbringung neuer Ideen und diverser Titelentwürfe bis zum Moment ihres Erscheinens an den Zeitungsständen.

Die unregelmäßigen Treffen mit Jordan waren köstliche Bonbons, die um so süßer schmeckten, da niemand außer ihr und Jordan von ihrem Genuß wußte. Es machte ihr nichts aus, daß sie ihre Beziehung geheimhalten mußten und sich manchmal nur eine halbe Stunde in der Mittagspause stehlen konnten, in der sie ohne Umschweife zur Sache kamen und danach völlig ermattet und atemlos voneinander abließen. Für eine

Spätzünderin, dachte sie manchmal mit wehmütigem Spott, hole ich ganz schön auf. Von ihm getrennt, hungerte sie nach ihm und sehnte sich nach der Berührung seines Körpers. Es war, als wäre in ihrem Inneren ein Damm gebrochen. Sie versuchte, sich darüber klarzuwerden, wieso es gerade Jordan Aymes gelungen war, das Feuer in ihr zu entzünden, während keiner ihrer früheren Liebhaber es geschafft hatte, auch nur einen Funken zu schlagen. Es konnte nicht allein daran liegen, daß er ein besserer Liebhaber war – obwohl er das war – oder daß er geduldiger war und ihr Zeit ließ – obwohl er das tat. Es schien beinahe so, als wüßte Jordan um ein geheimes Zaubermittel, das sie nicht identifizieren konnte.

Er gab ihr einen Schlüssel zu seiner Wohnung. Anfangs hatte sie Bedenken, ihn zu benutzen, aber er beruhigte sie. »Tricia kommt nur nach London, wenn es sein muß. Zu offiziellen Veranstaltungen und dergleichen«, erklärte er. »Sie lebt lieber auf dem Land. Überraschend kommt sie nie.«

Wenn Katherine in der Wohnung auf ihn wartete, pflegte sie von den Vorräten in der kleinen Küche zu essen und gönnte sich manchmal ein wohltuendes langes Bad, bevor sie, in Jordans Morgenrock gehüllt, das Gasfeuer anzündete und sich vor dem Fernseher aufs Sofa kuschelte. Bilder von Bombenanschlägen in Nordirland und streikenden Kumpels vor Kohlehalden flimmerten über den Schirm. Umgeben vom cremeweißen Luxus der eleganten Wohnung, fühlte sie sich warm und geborgen, als lebte sie in einer anderen Welt, die mit den gezeigten Unruhen und Katastrophen nichts zu tun hatte.

Wenn sie ihn kommen hörte, begann ihr Herz unweigerlich zu rasen, und eine heftig drängende Spannung ergriff ihren Körper. Oft sprachen sie kein Wort. Berührungen ersetzten die Worte. Manchmal nahmen sie nicht einmal den Weg ins Schlafzimmer auf sich, sondern liebten sich, wo sie zusammentrafen, auf dem flauschigen weichen Teppich, die Wärme des Feuers auf ihren nackten Gliedern. Erst hinterher, wenn die Begierde gestillt und alle Leidenschaft erschöpft war und sie wohlig entspannt beieinanderlagen, begannen sie miteinander zu sprechen.

Einmal kam es dabei fast zum Streit. Jordan war nach einer langen Sitzung im Parlament spät gekommen; sie hatten sich nicht einmal die Zeit genommen, den Fernsehapparat auszuschalten, ehe sie ihrer Leidenschaft nachgaben. Als sie sich später voneinander lösten und Katherine mit geschlossenen Augen angenehm schläfrig dalag, drang immer noch die gedämpfte Stimme des Nachrichtensprechers aus dem Apparat. *Ein neuerlicher Preisanstieg bei den Lebenshaltungskosten … Streikposten vor einer Fabrik in Leeds …*

Jordan hob den Kopf. »Lieber Gott, das ist ja zum Verzweifeln.« Er stand auf, schaltete das Gerät aus, und es war still.

»Was ist zum Verzweifeln?«

»Das da!« Mit unwilliger Miene wies er zum Fernsehgerät. »Diese *Gier* …«

»Du findest sie gierig?«

»Was denn sonst? Jetzt ist doch weiß Gott nicht der richtige Moment, um mehr Lohn zu fordern. Die Inflationsrate steigt ja ins Uferlose.«

Katherine nahm sein Hemd, das neben ihr auf dem Boden lag, und legte es sich um die Schultern. »Ich glaube nicht, daß sie an solche Dinge denken. Sie denken bestimmt nur daran, was sie mit ihrem Geld anfangen könnten.«

»Eben! Gierig, kurzsichtig und selbstsüchtig.« Er stieg in seine Hose und ging in die Küche.

»Ich meinte«, erklärte sie, »sie denken darüber nach, was sie fürs Essen brauchen und ob sie sich zum Beispiel einen Urlaub leisten können. Das ist nicht selbstsüchtig, das ist pragmatisch und realistisch.«

»Es ist selbstsüchtig, deswegen eine ganze Nation unter Druck zu setzen.« Jordan versuchte eine Packung Erdnüsse zu öffnen. Sie riß ein, und es hagelte Nüsse auf den Fußboden. »Ach, verdammt!« Er reichte Katherine die Packung mit dem, was noch darin war. »Die Arbeiter haben einen höheren Lebensstandard als je zuvor. Warum können sie dafür nicht einfach dankbar sein? Die Regierung bittet doch lediglich um ein wenig Zurückhaltung.«

Sie zuckte die Achseln. »Das funktioniert doch nicht. Die

Menschen wollen immer das, was andere haben. Bei mir jedenfalls war das so.«

Sein Ärger ließ nach. Er warf ihr einen liebevollen Blick zu. »Stimmt, ja, ich hatte deine Linkstendenzen vergessen. Du hast immerhin jahrelang bei diesem verschrobenen Blättchen gearbeitet.«

»Ich weiß nicht, ob ich stärkere Linkstendenzen habe als andere, Jordan. Aber ich weiß, daß ich mir von Kindheit an immer irgendwas gewünscht habe – das größte Zimmer, das bei uns Michael hatte, oder schöne Kleider wie Rachel –, und ich weiß auch, daß ich nicht bereit war, mich zu bescheiden. Warum sollte das bei anderen Menschen anders sein?«

Sie schaute sich um. Die verschütteten Erdnüsse lagen immer noch auf dem Boden und würden da wahrscheinlich liegenbleiben, bis seine Putzfrau sie wegfegte. Die ganze Wohnung atmete Wohlstand und Selbstsicherheit. »Und du bist genauso, Jordan«, fuhr sie fort. »Gib es doch zu! Du bist vielleicht in einem Reihenhaus in Reading aufgewachsen, aber dort bleiben wolltest du um keinen Preis.«

Er stand mit dem Rücken zu ihr und goß zwei Gläser Scotch ein. »Das ist wahr. Aber ich habe es alles aus eigener Kraft geschafft. Mir ist nichts geschenkt worden.«

Sie dachte, aber das Schicksal hat dich mit Klugheit, Begabung und gutem Aussehen ausgestattet. Und du bist ein Mann; für Männer war der Erfolg immer schon leichter zu haben. Und du hast eine gute Partie gemacht. Aber diesen Gedanken drängte sie zurück; wenn sie nicht an Tricia dachte, blieb diese schattenhaft und unbedeutend.

Statt also ihre Gedanken zu äußern, sagte sie: »Das, was *du* kannst, ist immer geschätzt worden. Das, was *sie* können, ist immer unterschätzt worden. Wer bestimmt eigentlich, was mehr wert ist oder welche Arbeit die schwierigere ist – die des Parlamentsabgeordneten oder die des Bergmanns?«

»Du willst doch nicht im Ernst behaupten, daß körperliche Arbeit genauso bewertet werden sollte wie geistige.« Jordan reichte ihr ein Glas. »Das ist ja absurd. Was käme da als nächstes? Daß wir alle gleich viel verdienen sollen – der Oberste

Richter, der Herzchirurg, die Putzfrau und der Müllmann. Dann hätte keiner von uns einen Ansporn, mehr oder Besseres zu leisten.«

Katherine schwieg. Mit einem Seufzer setzte er sich zu ihr. »Entschuldige! Entschuldige, Liebes.« Er nahm ihre Hände in die seinen, und sie bemerkte, wie müde er aussah.

»Hattest du einen harten Tag?«

»Ja, und daß dein Freund Henry Wyborne sich stundenlang über irgendwelche Lappalien ausgelassen hat, hat's auch nicht leichter gemacht.«

»Henry Wyborne ist nicht mein Freund«, entgegnete sie ruhig. Sie sah ihn fragend an. »Warum magst du ihn eigentlich nicht?«

Er trank von seinem Scotch. »Weil er ein selbstgerechter Wichtigtuer ist. Und humorlos dazu. Und weil er die Menschen manipuliert. Alle Politiker tun das mehr oder weniger stark, das weiß ich, aber Henry Wyborne treibt es auf die Spitze.«

Katherine erinnerte sich des aufgeweckten Kindes im Kinderbettchen und des Schmerzes in Henry Wybornes Zügen.

»Er hatte einen Riesenbonus in der Partei. Henry Wyborne, einer der Helden von Dünkirchen und so weiter. Ich habe diese Generation immer ein wenig beneidet. Gut und Böse hatten damals viel klarere Konturen, nicht wahr, es war viel einfacher, sich auf diese oder jene Seite zu schlagen.«

»Darüber habe ich eigentlich noch nie nachgedacht. Der Krieg schien mir immer so weit weg.«

»Wyborne trinkt, wußtest du das? Seit dem Tod seiner Tochter. Alle wissen es, aber es spricht natürlich keiner darüber.«

Katherines Lächeln erlosch. »Nach Rachels Tod wollte ich eigentlich ihren Vater fragen, ob er weiß, worüber sie damals mit uns sprechen wollte. Aber ich hab's nicht geschafft. Er sah so – so gequält aus.«

Sie berichtete von Rachels Anrufen am Tag vor ihrem Tod bei Liv und ihr selbst. »Es belastet mich heute noch«, sagte sie. »Immer denke ich – ach –« sie seufzte – »wäre ich nur an dem

Tag nach Hause gegangen. Wäre ich nur nicht über Nacht weggeblieben. Der Mann, mit dem ich zusammen war, hat mir überhaupt nichts bedeutet. Ich kann mich nicht mal mehr an seinen Namen erinnern. Ich weiß, daß es Liv ähnlich geht wie mir. Es war so eine schreckliche Situation, wo man sich später immer wünscht, man könnte die Uhr zurückdrehen.«

Sie schwieg. Mehrmals hatte sie in den vergangenen Monaten daran gedacht, nach Lancashire zu fahren, um Liv und die Kinder aus diesem grauenvollen Haus zu lotsen und nach London mitzunehmen. Sie hatte es natürlich nicht getan; man konnte eine solche Entscheidung nicht mit Gewalt herbeiführen. Sie mußte von selbst kommen. Deshalb hatte sie sich darauf beschränkt, Briefe zu schreiben und zu Freyas Geburtstag und der Geburt des zweiten Kindes großzügige Geschenke zu schicken. Auf ihre Briefe hatte sie keine Antwort bekommen – sie fragte sich manchmal, ob Stefan sie unterschlagen und vernichtet hatte; zuzutrauen war es ihm – und für die Geschenke nur einige kurze höfliche Zeilen des Danks. Ein- oder zweimal hatte sie mit dem Gedanken gespielt, an Thea zu schreiben. Aber auch das hatte sie nicht getan. Es wäre ihr wie Verrat erschienen. Aber sie blieb unruhig, und die Vorstellung quälte sie, daß sie sich vielleicht zuwenig einsetzte und wieder zu spät käme.

Im Juni nach den abgeschlossenen Prüfungen wurde Stefans Stundenzahl am Paukstudio erneut beschnitten. In den vorangegangenen Jahren hatte er den Verdienstausfall durch privaten Nachhilfeunterricht wettgemacht; in diesem Jahr tat er das nicht. Er hatte beschlossen, den alten Stall zu einem abgeschlossenen Wohntrakt umzubauen, um, wie er Liv erklärte, in Zukunft zahlende Gäste aufnehmen zu können. Mit Frühstück oder vielleicht auch mit Halbpension. Von neuem machte er sich an die Arbeit und begann mit dem Streichen der Wände. Dann schleppte er Möbel aus dem Haus in den Stall – »nur um mal zu sehen, wie es aussieht«, wie er zu Liv sagte. Das Wohnzimmer war jetzt leer bis auf die Bücherstöße und ein paar Polster.

Das Gewehr blieb im Stall. Es war, so empfand es Liv, wie die Ruhe vor dem Sturm, und das warme Sommerwetter trug dazu bei, die Atmosphäre noch bedrohlicher zu machen. Als sie eines Tages mit Georgie zur Routineuntersuchung bei der Ärztin war, fragte sie, ob man von Schlaflosigkeit ernstlich krank werden könne.

Die Ärztin sah sie forschend an. »Sprechen Sie von sich, Mrs. Galenski?«

»Nein, von meinem Mann.«

»Länger anhaltende Schlaflosigkeit kann durchaus zu seelischen Störungen führen. Sie kann aber natürlich auch der Ausdruck seelischer Störungen sein.«

»Und was für Störungen sind das?« Ihr Mund war trocken.

»Reizbarkeit – Konzentrationsmangel – Stimmungsschwankungen – und in Extremfällen, psychotische Schübe.«

»Würden Schlaftabletten da helfen?«

»Möglicherweise, ja. Aber wenn Ihr Mann Schlafstörungen hat, sollte er selbst einmal zu mir kommen.«

Sie wußte, daß Stefan das niemals tun würde. »Ich dachte –« sie räusperte sich – »ich dachte, Sie könnten mir vielleicht etwas für ihn mitgeben.«

»Das kann ich leider nicht, Mrs. Galenski. Ich muß den Patienten selbst gesehen haben.«

Entmutigt wandte sie sich zur Tür.

»Ich könnte einen Hausbesuch machen«, sagte die Ärztin, »wenn Sie ernstlich besorgt sind.«

Sie stellte es sich vor. Wie das Auto der Ärztin den holprigen Weg heraufrumpelte; sie diese freundliche, scharfsichtige Frau in ein Haus führte, das kaum noch ein Möbelstück enthielt; sie mit Stefan bekannt machte. An einem guten Tag würde er sie mit seinem Charme täuschen und jedes Hilfsangebot lachend ablehnen. An einem schlechten Tag... Sie mußte einen Schauder unterdrücken. Sie sah Stefan zum Stall laufen, um die Flinte zu holen und die Ärztin vom Grundstück zu verjagen.

Sie zwang sich zu lächeln. »Nein, nein, das ist nicht nötig. So ernst ist es nicht.«

Auf der Heimfahrt im Bus drückte sie Georgie fest an sich, als ihr klar wurde, in was für eine Falle sie beinahe gegangen wäre. Das Jugendamt nahm Leuten, die als Eltern untauglich waren, die Kinder weg; Vätern, die ihren Kindern eine Gefahr waren, Müttern, die nicht fähig waren, ihre Kinder zu schützen. Dazu durfte es niemals kommen.

Sie begann wieder zu planen. Wenn sie Stefan verließe … *wenn*. Was vor einiger Zeit noch absurd und undenkbar gewesen war, war jetzt zur Möglichkeit geworden. Doch die praktischen Schwierigkeiten der Durchführung eines solchen Plans waren entmutigend. Sie hatte mittlerweile fast zwanzig Pfund gespart, aber wie lange würde das Geld ihr und den Kindern zum Unterhalt reichen? Sie würde sich eine Arbeit suchen müssen, aber was hatte sie denn schon für Fähigkeiten? Sie wäre bereit, jeden Job anzunehmen – als Bedienung, Putzfrau, Barfrau, ganz gleich –, aber dann stellte sich die Frage, wer sich in ihrer Abwesenheit um die Kinder kümmern sollte. Wieviel würde sie für einen Babysitter bezahlen müssen? Und wieviel würde ihr danach von ihrem Verdienst noch bleiben, um die Kosten des täglichen Lebens zu bestreiten.

Und wohin sollte sie überhaupt gehen, wenn sie Holm Edge verließ? So schwierig das Leben hier war, sie hatten wenigstens ein Dach über dem Kopf. Nach Fernhill zurück konnte sie nicht – das Cottage war an fremde Leute vermietet. Außerdem würde Stefan sie dort sofort aufspüren. Katherine hatte sie seit dem vergangenen Jahr nicht mehr gesehen, und damals hatte es Streit zwischen ihnen gegeben. Bei dem Gedanken, mit ihren Töchtern zu Katherine zu flüchten, die Kinder nicht einmal mochte, rebellierte ihr Stolz. Aber sie sah keinen anderen Ausweg.

Allerdings war ihr bis jetzt nicht einmal klar, wie sie die Flucht eigentlich bewerkstelligen sollte. Es war schon unter normalen Umständen ein Riesenunterfangen, mit zwei kleinen Kindern die öffentlichen Verkehrsmittel zu benutzen. Georgie war noch nicht alt genug für den Buggy, das hieß, sie konnte nur im Kinderwagen befördert werden. Um überhaupt in den Bus steigen zu können, mußte Liv zuerst den Kinderwagen auseinandernehmen, das Fahrgestell im Bus verstauen, einen Platz für Freya suchen, dann Georgie in der Tragetasche in den Bus hieven und neben Freya auf den Sitz stellen. Wenn sie Einkaufstüten mithatte, mußte sie ein drittes Mal hinaus, um die Tüten zu holen, ehe sie sich endlich zu ihren Kindern setzen konnte. Sie versuchte sich vorzustellen, wie es wäre, mit Georgie, Freya, dem Kinderwagen und dem Gepäck, das sie mitnehmen mußte, wenn sie für immer aus Holm Edge fortgehen wollte, in einen Bus oder Zug zu steigen. Schon wenn sie nur einen Spaziergang mit den Kindern unternahm, brauchte sie eine halbe Stunde, um die beiden anzuziehen. Wenn sie dann noch für sich und die Kinder packen – Kleider, Windeln, Flaschen – und dabei ständig Angst haben müßte, daß Stefan, bei dem man nie wußte, wie lange er ausblieb, nach Hause kommen könnte ... eine entsetzliche Vorstellung. Und noch entsetzlicher die Vorstellung, er könnte den Fluchtversuch entdecken. *Ich lasse dich niemals gehen, Liv.*

Ich muß Geduld haben, dachte sie, und auf den richtigen Moment warten. Noch ein wenig länger improvisieren. Warten, bis Georgie alt genug war für den Buggy oder bis sie etwas mehr Geld beisammen hatte ...

Am nächsten Tag hängte sie gerade im Garten Wäsche auf, als sie im Haus Rumoren hörte – Türenschlagen und das Knallen von Schubladen, die zornig zugestoßen wurden. Sie lief nach oben und sah, daß die Schlafzimmertür offenstand. Drinnen war Stefan dabei, die Kommode zu durchsuchen. Ihr blieb vor Schreck beinahe das Herz stehen. Haufen von Büchern, Kleidungsstücken und Schuhen lagen überall im Zimmer herum. Gerade hatte er die oberste Schublade der Kommode aufgezogen und schleuderte Pullover und T-Shirts heraus.

»Stefan«, sagte sie mit trockenem Mund, und er drehte sich nach ihr um.

»Barentow – ›Die Mythen Osteuropas‹ – ich kann das Buch nirgends finden.« Er stieß die leere Schublade zu.

»Hier ist es bestimmt nicht.« Sie hörte selbst die panische Angst in ihrer Stimme. »Es muß unten sein. Da bin ich ganz sicher.«

»Irgend jemand hat es weggenommen. Freya vielleicht. Sie hat neulich auch meine Schuhe in den Wäschekorb geworfen.« Er öffnete die zweite Schublade, in der sie ihr Erspartes verwahrte.

Sie bohrte die Fingernägel in ihre Handflächen und betete lautlos.

Handschuhe und Strumpfhosen flogen zu Boden. Es knallte dumpf, als ein Paar Socken auf die Holzdielen schlug. Dann folgten Klimpern und Klirren, als die Münzen kreuz und quer durch das Zimmer rollten.

Stefan hielt inne. Liv sah, wie seine Stirn sich krauste, als er sich bückte, um eine aufzuheben.

»Das ist mein Geburtstagsgeld«, sagte sie hastig.

»Thea hat dir zehn Pfund geschickt. Das hier ist das Doppelte.« Er hielt die Münzen in der offenen Hand.

Sein Blick war hart und kalt, als er auf sie zukam. »Woher hast du das Geld, Liv? Hat es dir jemand geschenkt?«

»Ich hab's gespart. Ehrlich, ich hab es gespart. Es ist für die Kinder – für Weihnachten ...«

»Lüg doch nicht.« Sie hatte überhaupt keine Chance, dem Schlag auszuweichen. Als seine flache Hand ihr Gesicht traf, wäre sie beinahe gestürzt.

»Lüg mich nicht an!« Er riß sie in die Höhe. »Wofür ist das Geld?« Seine Finger gruben sich in ihr Fleisch, als er sie schüttelte. »Was hattest du damit vor?«

»Nichts!« Ihre Wange brannte, und sie schmeckte Blut. Sie war halb betäubt vor Schock. »Ich hab dir doch gesagt«, hörte sie sich selbst stammeln, »daß es für die Kinder ...«

»Warum hast du es dann vor mir versteckt?« Sein Gesicht verzerrte sich plötzlich, sie erkannte die blinde Wut in seinem Blick. »Du wolltest mich verlassen! Du wolltest mich verlassen, stimmt's, Liv?« Er packte sie bei den Haaren und zerrte sie durch das Zimmer. »Bist du zu dumm, um es zu kapieren?« zischte er. »Ich hab's ernst gemeint: Du wirst mich nie verlassen, Liv. Niemals!«

Dann stieß er sie weg. Sie schlug mit dem Hinterkopf gegen die Wand und glitt zu Boden. Tief zusammengekauert, das

Kinn auf die hochgezogenen Knie gedrückt, schlang sie schützend ihre Arme um sich. Sie hörte ihn hinausgehen. Dann das Knirschen des Schlüssels im Schloß. Mit einem Sprung war sie auf den Beinen und rannte zur Tür. Sie rüttelte am Knauf und rief seinen Namen, aber er kam nicht zurück.

Aus dem Garten hörte sie das Tuckern des Autos. Als sie zum Fenster hinausschaute, sah sie unter der Stechpalme den Kinderwagen, in dem Georgie schlief, und den 2CV, der in halsbrecherischem Tempo den Bergweg hinunterraste. Die Hände um die Kante des Fenstersimses geklammert, stand sie da, kaum fähig, die Situation zu erfassen. Sie war im Schlafzimmer eingesperrt, und Stefan war fort. Die Kinder waren allein. In einem Moment heller Panik schoß ihr all das durch den Kopf, was geschehen könnte. Was, wenn Freya auf die Idee kam, Georgie aus dem Kinderwagen zu heben, und die Kleine dann fallen ließ? Oder wenn sie in den Stall ging, auf die Leiter kletterte und das Gewehr vom Bord holte ...?

Irgendwie bekam sie sich wieder in den Griff. Sie wischte sich mit dem Ärmel das Blut vom Mund und zwang sich zur Ruhe, um zu überlegen. Sie hörte Freya, die auf der Treppe spielte, und ging zur Tür zurück. Sie beugte sich hinunter und sah in das Schlüsselloch hinein. Kein Schlüssel. Stefan mußte ihn mitgenommen haben. Aber die Schlüssel im Haus paßten zu allen Türen.

Sie rief Freya, hörte sie mit Trippelschritten durch den Flur laufen.

»Mami?« Der Knauf klapperte, als Freya daran rüttelte, um die Tür zu öffnen.

»Mami? Mami, laß mich rein.« Freyas Stimme zitterte.

Liv holte tief Atem. »Du brauchst keine Angst zu haben, Schatz. Es ist alles in Ordnung. Aber Mami kann dummerweise die Tür nicht aufmachen. Du mußt mir helfen, ja? Also paß auf, du gehst jetzt runter und holst den Schlüssel, der in der Tür von Daddys Arbeitszimmer steckt, und bringst ihn rauf.«

»Mami, ich will zu dir rein.«

»Du mußt erst den Schlüssel holen, Freya, dann kannst du

rein. Dann machen wir die Tür auf. Also, kannst du den Schlüssel holen?«

»Ja, Mami.«

»Und sei vorsichtig auf der Treppe, Süße.«

Einen Moment blieb es still, dann waren wieder Freyas Schritte im Flur zu hören. Eine Ewigkeit schien zu vergehen, bevor das Kind zurückkam. Liv hörte, wie sie den Schlüssel ins Schloß schob, aber er drehte sich nicht. Freya hatte nicht genug Kraft.

»Versuch, den Schlüssel unter der Tür durchzuschieben, Freya.«

Kratzen und Scharren. »Er paßt nicht durch die Ritze, Mami.«

Sie hätte am liebsten laut geschrien vor Frustration und Angst. Noch einmal holte sie tief Luft. »Nimm den Schlüssel, Schatz und geh nach unten. Geh raus in den Garten.«

Wieder lief Freya durch den Flur. Liv öffnete das Fenster. Der Garten – und die Freiheit – waren so nah! Liv kippte den Inhalt ihres Nähkorbs auf den Boden und knotete einen langen Wollfaden an seinem Henkel fest. Als sie Freya unten im Gras stehen sah, ließ sie den Korb hinunter und befahl ihr, den Schlüssel hineinzulegen. Dann zog sie ihn wieder zu sich hoch.

Nachdem sie die Tür aufgesperrt hatte, sammelte sie zuerst in aller Eile das Geld vom Boden auf. Dann lief sie nach unten und in den Garten hinaus. Georgie – die kleine brave Georgie! – schlief immer noch tief und fest. Liv packte zusammen, was an Kleidern und Windeln zur Hand war, und warf alles in eine Tragtüte. Dann schob sie alle ihre alten Briefe, Postkarten und Adreßbücher in ihre Umhängetasche und stopfte eine weitere Tasche mit Flaschen, Schnullern und Freyas liebsten Büchern und Spielsachen voll. Während sie packte, horchte sie angespannt, Stefan konnte schließlich jeden Moment zurückkommen! Sie wußte jetzt, daß es den richtigen Moment niemals geben würde und daß sie nicht fähig war, noch länger zu improvisieren. Sie warf die Tragtüten auf die Ablage des Kinderwagens und schob sich die Umhängetasche über die Schulter. Dann nahm sie Freya bei der Hand.

Nur einmal blickte sie zum Haus zurück. Sonnenlicht fiel durch die Zweige der Stechpalme und malte flirrende Muster ins Gras. Sie erinnerte sich an den Tag, an dem sie Holm Edge zum erstenmal gesehen hatte; wie Stefan lächelnd aufgestanden und ihr über den Rasen entgegengekommen war. Und sie erinnerte sich an einen Plan auf ihrem Handrücken, blaue Linien, die den Lauf ihrer Adern zu spiegeln schienen. Jetzt folgte sie einem anderen Plan und beeilte sich, fortzukommen.

Felix holte Rose am Liverpool-Street-Bahnhof ab. Sie hakte sich bei ihm ein und schmiegte sich an ihn, als sie sich auf den Weg zur Untergrundbahn machten. Sie gingen die King's Road hinunter, wo Rose die Geschäfte bewunderte und Felix sie zum Abendessen in eine Trattoria einlud. Er fragte nach seinem Vater – »ich bekomme ihn kaum zu sehen, Felix. Er ist immer in der Fabrik« –, nach Mia – »stell dir vor, sie hatte neulich tatsächlich Mamas Gummistiefel an. Ich hab's genau gesehen. Es waren Mamas!« – und nach den Tieren – »Fiametta ist trächtig, folglich muß entweder Marietta oder Constanza ein Männchen sein.« Dann erklärte er ihr, daß sie noch zu Katherine gehen würden, weil er dieser versprochen hatte, heute abend in ihrer Wohnung Vorhangstangen anzubringen.

Rose musterte ihn argwöhnisch. »Wer ist Katherine?«

»Eine sehr gute Freundin. Sie gefällt dir bestimmt. Komm jetzt!«

In Katherines Wohnung machte es sich Rose in einem Sessel bequem und las eine Zeitschrift, während Felix mit Dübeln und Bohrer hantierte. Gegen acht Uhr läutete es.

Er rief in die Sprechanlage: »Wer ist da?«

In der Stille, die folgte, hörte er das Weinen eines kleinen Kindes. Dann sagte eine Frau: »Ich bin Liv. Ich wollte zu Katherine.«

Er wollte schon sagen, sie ist noch nicht zu Hause, und sich wieder an die Arbeit machen, als der Name ihn innehalten ließ. *Liv*, dachte er, Liv mit dem eifersüchtigen Ehemann und den zwei kleinen Kindern und dem heruntergekommenen Haus in Lancashire. Was tat Liv in London?

»Augenblick«, sagte er, »ich komme runter.«

Schon auf der Treppe hörte er das jämmerliche Weinen, dann sah er ihre Umrisse im Fenster der Haustür.

Er öffnete. Das eine Kind – ein kleines Mädchen – trug sie auf dem Arm, das andere, noch kleiner, lag im Kinderwagen. Beide weinten. Sie sagte mit zitternder Stimme: »Sie waren so brav, aber jetzt können sie nicht mehr. Ich wußte gar nicht, daß Katherine ...« Ihre Stimme wurde mit jedem Wort zittriger.

»Katherine kommt bald nach Hause«, sagte Felix. »Komm, ich helfe dir mit dem Baby.« Er löste die Tragetasche vom Fahrgestell und trug beides die Treppe hinauf. Das Baby schrie mit hochrotem Gesicht. Hinter sich hörte er Liv mit dem kleinen Mädchen auf dem Arm die Treppe hinaufsteigen. Er brauchte nichts zu fragen, brauchte nicht den Bluterguß auf ihrer Wange zu sehen, der sichtbar wurde, sobald sie ins hellere Licht des Wohnzimmers trat, um zu wissen, daß etwas Dramatisches geschehen war. Er konzentrierte sich auf das Praktische, rief in Katherines Büro an, wo sich niemand meldete, und machte Tee und Brote, während Liv das Baby stillte.

Rose half dem kleinen Mädchen – Freya – aus dem Mantel und trug das Baby herum, nachdem es gefüttert war. Liv war so erschöpft, daß sie kaum fähig war, ein Wort hervorzubringen, geschweige denn zu erklären, was ihr zugestoßen war. Ein tiefer, finsterer Zorn erfaßte Felix beim Anblick ihres geschundenen Gesichts. Als er aber Rose betrachtete, die immer noch das Baby im Arm wiegte, sah er mit Erstaunen, daß aller Groll und aller Unmut aus ihren Zügen gewichen waren und sie mit ungetrübter Freude zu dem Kind hinunterblickte.

Katherine kam um zehn. Georgie war inzwischen in ihrer Tragetasche eingeschlafen, und Freya hatte sich im Schlafzimmer ins Bett gekuschelt. Beim Knirschen des Schlüssels in der Wohnungstür schreckte Liv hoch. Sie sagte: »Ach, Katherine, ich hoffe, es macht dir nichts aus ...« und brach in Tränen aus.

Katherine nahm sie in die Arme. »Aber nein, du Dummerchen, natürlich macht es mir nichts aus. Es macht mir überhaupt nichts aus.«

Felix bemerkte, daß sie Tränen in den Augen hatte.

10

LIV BLIEB NUR drei Tage bei Katherine. Auf die anfängliche Erleichterung darüber, eine Zuflucht gefunden zu haben, folgte bald Furcht – Furcht vor Entdeckung und Furcht vor Vergeltung. Stefan hatte vielleicht schon erraten, daß sie zu Katherine geflüchtet war. Obwohl sie ziemlich sicher war, daß er Katherines Adresse nicht kannte, und wußte, daß Katherine nicht im Telefonbuch stand, obwohl sie sämtliche Briefe, Karten und Adreßbücher an sich genommen hatte, bevor sie aus Holm Edge weggegangen war, ließ ihr die Angst, daß er sie finden könnte, keine Ruhe.

Felix hatte schließlich die rettende Idee. Die Wohnung – im Erdgeschoß eines alten Hauses – lag in der Beckett Street, keinen halben Kilometer von Felix' Wohnung entfernt. Sie war nur vorübergehend zu mieten, da sie in einem halben Jahr von Grund auf renoviert werden sollte.

»Da hast du fürs erste einmal Ruhe und ein bißchen Raum zum Atmen«, sagte er, und sie schaute sich um und sah, daß er recht hatte.

Die Zimmer waren kalt und leer, und der Boden im Badezimmer war dort, wo Feuchtigkeit aus dem Keller eingedrungen war, gewellt. Es gab eine Küche, ein Wohnzimmer und einen kleinen staubigen Garten mit wild treibenden Rosen und von Mehltau befallenem Flieder. An der Rückwand des Hauses wuchs eine Spalierbirne, deren flechtenüberzogene Zweige bei Wind wie Finger an die Fenster der Küche klopften. Liv begann, sich von Angst und Erschöpfung zu erholen, Hoffnung keimte auf. Mochte die Wohnung auch noch so klein und schäbig sein, es war ihre.

Die letzten Mieter hatten einige Möbelstücke hinterlassen: einen alten Elektroherd und einen Tisch mit zerkratzter gelber Resopalplatte in der Küche, und im großen, hellen vorderen Zimmer ein Doppelbett voller Kuhlen und Buckel. In der ersten Nacht schlief Liv mit beiden Kindern in den Armen in diesem Bett. Katherine hatte ihnen Decken und Geschirr geliehen und mehrere Tüten Lebensmittel gespendet.

Am folgenden Tag erschien Felix mit Brettern und einer Säge und baute ein Bett für Freya. Liv hielt die Latten, während er sie verschraubte; als er sich mit dem Hammer versehentlich auf den Daumen schlug, wartete sie starr vor Angst auf den Wutausbruch und die Vorwürfe, die unweigerlich folgen mußten, aber er schnitt nur eine Grimasse und sagte: »Da sieht man's mal wieder, ich habe eben doch zwei linke Hände«, ohne seine Arbeit zu unterbrechen. Sie beobachtete ihn voller Mißtrauen, weil sie nicht glauben konnte, daß seine Gelassenheit echt war. Erst nach langer Zeit löste sich ihre Anspannung.

Statt der Geräusche, die sie von Holm Edge gewöhnt war – Vogelgezwitscher und das Rascheln des Grases im Wind –, begleiteten ihre Tage jetzt das Donnern des Verkehrs und die keifenden Stimmen ihrer Nachbarn, die ihre Streitereien in aller Öffentlichkeit auszutragen pflegten. In der Stadt war man einer anderen Art der Isolation ausgesetzt: gesenkte Blicke in der Untergrundbahn, ein Gewirr fremder Sprachen auf der Straße. Sie war nicht vif genug, hart genug, schlagfertig genug für das Leben in der Stadt. Autos hupten sie an, wenn sie die Fahrbahn überquerte; Betrunkene auf dem Heimweg vom Pub pöbelten sie an. Es gelang ihr nicht, sich ein Bild von der Stadt zu machen. Es gab Straßen mit eisernen Toren und großen, bissigen Hunden, Straßen ohne Geschäfte, in denen nur Bürobauten mit kalten Glasfassaden standen; Straßen, wo abends Mädchen auf den Bürgersteigen standen und von Männern in langsam vorbeirollenden Autos inspiziert und angesprochen wurden. Immer wieder passierte es ihr, daß sie irgendwo falsch abbog und in einer Sackgasse landete. Selbst wenn sie abends zu Bett ging und die Augen schloß, bedrängte die Stadt sie noch in einem Wirbel bruchstückhafter Bilder.

Sie hätte sich gern in der Wohnung versteckt, Sicherheit in ihren eigenen vier Wänden gesucht, aber Freya und Georgie verlangten den Kontakt zur Außenwelt. Eines sonnigen Nachmittags kam Felix mit seiner Schwester Rose zu Besuch. Im Garten spielte Rose mit Freya Verstecken, und Felix lag faul im Gras. »Was hast du vor, Liv?« fragte er. »Suchst du dir eine Arbeit, oder beantragst du Sozialhilfe?«

Bei der Vorstellung, sich durch den Paragraphendschungel der Sozialhilfegesetze kämpfen zu müssen, graute ihr. »Ich würde gern arbeiten«, antwortete sie. »Aber ich weiß nicht, was ich mit den Kindern machen soll.«

»Du mußt dir eben einen Babysitter suchen.« Er setzte sich auf und rief: »Rose!«

Rose kam zu ihnen gelaufen.

»Rose, du kannst doch auf Freya und Georgie aufpassen, wenn Liv arbeiten geht, oder?«

»Klar.« Rose kehrte wieder zu Freya und ihrem Versteckspiel zurück.

»Nein, Felix, du und Rose, ihr habt schon so viel für mich getan. Das kann ich nicht annehmen.«

»Aber warum denn nicht? Du würdest mir einen Gefallen tun. Rose weigert sich strikt, wieder nach Hause zu fahren. Sie ist achtzehn und mit der Schule fertig. Sie will bei mir in London bleiben.« Felix seufzte. »Sie umsorgt mich wie eine Glucke, kocht bombastische Mahlzeiten und paßt auf wie ein Schießhund, daß ich sie auch ja esse. Es ist grauenvoll, Liv. Sie *bügelt meine Sachen.*« Er trug ein T-Shirt mit völlig ausgewaschenem Aufdruck und eine ausgebleichte Blue Jeans. Die Jeans hatte Bügelfalten. »Ich muß eine Beschäftigung für sie finden. Wenn sie auf Freya und Georgie aufpassen könnte, wäre sie wenigstens aus dem Haus.« Er legte sich wieder hin und schloß die Augen, als wäre die Angelegenheit damit erledigt.

Am Montag sah Liv die Stellenangebote in den Lokalzeitungen durch. In einem Café, das nur ein paar Straßen entfernt war, wurde eine Aushilfe gesucht. Sheila, die Wirtin, hatte kurzes graues Haar und trug lange, klirrende Ohrgehänge. Sie rauchte wie ein Schlot und nannte Liv »Kindchen«. Sie bot Liv den Job an, und Liv fing gleich am nächsten Tag an. Sie arbeitete abwechselnd mittags und abends, so daß sie nie allzulange von zu Hause weg war.

Die Arbeit war nicht leicht, aber Liv war froh, sie zu haben. Durch sie bekam sie wieder Kontakt zu ihrer Umwelt. Sie bekam zwar nur fünfzehn Pfund die Woche, aber die Miete für die Wohnung war nicht hoch, und sie war es gewöhnt, bescheiden zu leben. Als sie am Ende der Woche ihre Lohntüte aufmachte und die Scheine zählte, war sie glücklich und stolz. Sie war fähig, auf eigenen Füßen zu stehen und allein für sich und ihre Kinder zu sorgen, sie konnte den Kopf wieder hoch tragen. Als sie mit ihren fünfzehn Pfund in der Tasche nach Hause ging, fühlte sie sich zum erstenmal seit langem frei. Nie wieder würde sie sich von einem Mann abhängig machen!

In einem Laden der Heilsarmee kaufte sie ein Bettchen für Georgie und nähte lose Bezüge für einen Sessel, den sie im Trödelladen erstanden hatte. Eine Kommode, die jemand als Sperrmüll zur Abholung auf die Straße gestellt hatte, schleppte sie kurzerhand nach Hause, schmirgelte sie ab und lackierte sie. Die kahlen, fleckigen Wände des vorderen Zimmers verkleidete sie mit einem riesigen Dschungelgemälde, auf dem Affen sich von Baum zu Baum schwangen und Tiger nach Rousseau-Manier mit gelben Augen durch hohes Gras spähten. Es machte ihr Freude und gab ihr ein Gefühl der Geborgenheit, die Wohnung in Besitz zu nehmen und bei sich die Fertigkeiten wiederzuentdecken, die es ihr erlaubten, sie zu einem gemütlichen Zuhause zu machen. Sehr langsam, Schritt für Schritt, fand sie das Selbstvertrauen wieder, das die Ehe ihr genommen hatte.

Georgie mit ihren erst sechs Monaten stellte sich schnell und mühelos auf das neue Leben ein; Freya, schon zweieinhalb, ein aufgewecktes, lebhaftes und anspruchsvolles Kind, tat sich nicht so leicht. Sie flüchtete sich in Babygewohnheiten. Obwohl sie seit drei Monaten trocken gewesen war, näßte sie jetzt häufig das Bett und machte ihrer Unsicherheit in Wutanfällen Luft, bei denen man sie die ganze Straße hinunter brüllen hören konnte. Sie vermißte ihren Vater, und sie vermißte Holm Edge. Oft saß sie auf dem Fensterbrett und schaute auf die Straße hinaus. Wenn Liv sie fragte, worauf sie warte, sagte sie jedesmal, mit dem Daumen im Mund nuschelnd: »Daddy«.

Montags gingen sie nachmittags alle zusammen in eine Krabbelgruppe der Gemeindekirche. Liv trank wäßrigen Nescafé und schwatzte mit den anderen Müttern über die Dinge, die in einem Kleinkinderleben wichtig sind, die Schlaf- und Eßgewohnheiten, die kleinen Triumphe und Wendepunkte in der Entwicklung, jene Dinge, die, hätte sie Katherine davon erzählt, eine Miene gequälter Langeweile hervorgerufen hätten. Eines Tages fragte eine der anderen Mütter sie, wo sie gelebt habe, bevor sie nach London gekommen war.

»In Lancashire«, antwortete sie und beschrieb Holm Edge.

»Ich kann mir vorstellen, daß Ihnen das sehr fehlt«, sagte die andere Frau anteilnehmend. »Fühlen Sie sich wohl in London?«

Liv bejahte lächelnd, natürlich fühle sie sich wohl, versicherte sie, aber auf dem Heimweg gestand sie sich ein, daß das Wohlgefühl jetzt portioniert war: Georgies Strahlen, wenn sie sie morgens begrüßte; das Vertrauen, mit dem Freyas kleine Hand in der ihren lag, wenn sie zusammen auf der Straße gingen.

Für uneingeschränktes Wohlgefühl war sie zu tief verwundet durch das Vergangene und zu mißtrauisch der Zukunft gegenüber. Es gab Momente, da hatte sie den Eindruck, sie sei so dünnhäutig geworden, daß jede kleinste Berührung bei ihr ein Mal hinterließ. Und es gab Zeiten, wenn Freyas Weinen sie nachts weckte, da lag sie, nachdem sie das Kind getröstet hatte, stundenlang wach in der Dunkelheit, ohne sich ihrer Ängste erwehren zu können. Es gab manche Nacht, in der sie weinte, stets leise, um die Kinder nicht zu stören. Ihre Stimmung schwankte zwischen glücklicher Erleichterung und schwarzer Depression. Jeden Morgen, wenn das Brausen des Verkehrs und die Geräusche eilender Schritte draußen auf dem Pflaster sie weckten, empfand sie, bevor sie die Augen öffnete, tiefe Dankbarkeit dafür, daß sie in London war und nicht in Holm

Edge. Der Knoten ängstlicher Spannung, der sich in den letzten Monaten ihrer Ehe in ihrer Brust zusammengezogen hatte, begann endlich, sich aufzulösen. Sie zuckte nicht mehr in Panik zusammen, wenn sie im Hausflur Schritte hörte. Sie hatte beinahe schon gelernt, nicht mehr zurückzuschrecken, wenn bei einem Blick aus dem Fenster ihr Auge auf einen dunkelhaarigen Mann fiel.

Aus einem Stück Baumwolle, das sie auf dem Markt gekauft hatte, nähte Liv Freya einen kleinen Russenkittel. Eine der Mütter in der Krabbelgruppe sah ihn und bat sie, ihrer Tochter auch einen zu schneidern. Innerhalb von vierzehn Tagen hatte sie ein halbes Dutzend genäht und verkauft.

Mit Felix und Katherine verband sie eine unbefangene Freundschaft. Die Abende und Wochenenden verbrachten sie meist gemeinsam mal in dieser, mal in jener Wohnung, kochten zusammen, hörten Schallplatten, erzählten einander, was sie während des Tages erlebt, worüber sie sich gefreut oder geärgert hatten. Liv kochte Abendessen, die sie von Plastiktellern aßen und mit billigem Rotwein hinunterspülten. Am gelben Resopaltisch in Livs Küche sitzend, debattierten sie bis in die Nacht hinein. Ihre Stimmen wurden laut in der Hitze der Diskussion und wieder leise, wenn ihnen die Kinder einfielen, die im Nebenzimmer schliefen. Die Uhrzeiger rückten gnadenlos weiter, und in den frühen Morgenstunden gähnten Lücken im Gespräch, und man bekam die Gedanken nicht mehr recht zu fassen. Sätze dehnten sich schleppend und verloren sich in Müdigkeit, bis Katherine schließlich aufstand und zur Wohnungstür ging oder Felix nach seiner Jacke griff.

Gelegentlich verschwand Katherine unter gemurmelten Entschuldigungen schon früh am Abend. Einmal, als die Tür hinter ihr zugefallen war, sagte Felix gähnend: »Rose ist überzeugt, daß sie einen heimlichen Liebhaber hat.«

Als Liv ihn ansah, zuckte er die Achseln. »Na ja, Katherine ist nicht der Typ, der mit den Hühnern zu Bett geht, oder?«

Liv dachte daran, wie Katherine an diesem Abend ausgesehen hatte: in einem rehbraunen Samtkleid, das Gesicht sorgfältig geschminkt. »Ist dir auch aufgefallen«, sagte sie zu Felix, »daß sie an den Abenden, an denen sie früher geht, immer ihre schönsten Sachen anhat?«

Felix lachte. »Du glaubst nicht, daß sie sich für uns schön macht, hm?« Er hielt fragend die Weinflasche hoch.

Liv schüttelte den Kopf. »Nein, danke. Ich muß noch abspülen – da lass' ich sonst alles fallen.«

»Ach, es wird schon nichts kaputtgehen«, sagte er und füllte ihr Glas nach.

Liv fühlte sich angenehm benebelt, als hätten sich durch den Wein alle harten Ecken und Kanten dieses neuen Lebens verwischt, an das sie sich gerade erst zu gewöhnen begann.

Sie spülte, und er trocknete ab, und sie tranken den Rest des Weins. Ihre Gespräche glitten, ungebremst von Katherines scharfem Witz, ins Alberne ab. Aus irgendeinem Grund, an den sie sich hinterher nicht erinnern konnte, bestand Felix darauf, ihr seine Schulhymne beizubringen, irgend etwas Nationalistisches auf lateinisch, und sie ließ vor Lachen ein Glas fallen, das auf dem Boden zersprang. Er sagte bekümmert: »Nun ist es doch kaputtgegangen«, während sie, die Hand auf den Mund gedrückt, kichernd auf dem Boden hockte und versuchte, die Scherben einzusammeln.

Sie wurde sich bewußt, daß sie sich an ihn gewöhnt hatte, und nicht mehr fürchtete, er könnte sich unversehens in diesen allzu vertrauten Fremden verwandeln, der sie mit Verachtung im Blick demütigte. Und gleichzeitig fiel ihr auf, daß sie seit Jahren, ja, wirklich seit Jahren, nicht mehr so herzlich gelacht hatte. Seit der Universität nicht mehr, seit Rachel nicht mehr.

Niemals hatte sie mit Stefan so hemmungslos gelacht. Wie seltsam, dachte sie, daß die Freundschaft und nicht die Liebe mir solches Lachen möglich macht.

Am Mittwoch erkannte Katherine, daß sie Jordan Aymes liebte. Es war in ihrer Mittagspause, sie war gerade dabei, das »Glitz«-Quiz, *Ist er Ihre große Liebe?* auszufüllen. Solange sie ihre Kreuzchen in die Kästchen setzte, kicherte sie mit den anderen Frauen, aber als sie ihr Ergebnis errechnet hatte, bekam sie heftiges Herzklopfen. *Glückwunsch! Sie sind rettungslos in ihn verliebt!* Sie riß die Seite aus dem Heft, warf sie in den Papierkorb und kehrte an ihre Schreibmaschine zurück. Absoluter Quatsch! Sie war ganz bestimmt nicht in Jordan Aymes verliebt. Ausgeschlossen, daß Liebe dieses geheime Zaubermittel war, über das er zu verfügen schien.

Am folgenden Tag besuchte sie Liv. Ihre Unsicherheit begleitete sie, trieb sie ruhelos in Livs Küche umher, wo sie bald mit einer Babyrassel, bald mit einem Röhrchen Smarties spielte und dazwischen mit leerem Blick in ein Bilderbuch starrte.

»Was ist los?« fragte Liv.

»Nichts. Was soll los sein?«

Liv sagte obenhin: »Rose ist überzeugt, daß du einen heimlichen Liebhaber hast.« Katherine schnippte Asche auf die Treppe zum Garten. »Katherine?«

Sie erinnerte sich an den Abend, als sie ihm zum erstenmal begegnet war, im Haus der Wybornes. Unvermittelt sagte sie: »Ich glaube tatsächlich, daß ich vielleicht verliebt bin. Obwohl das doch eigentlich gar nicht möglich ist, nicht wahr? Ich meine, ich glaube ja überhaupt nicht an die Liebe.«

Ohne auf eine Erwiderung von Liv zu warten, fuhr sie mit gesenkter Stimme zu sprechen fort. »Ich dachte, ich fände ihn einfach nur nett. Und sexy natürlich.« Sie hörte selbst die Ungläubigkeit in ihrem Ton, die Ungläubigkeit darüber, daß ausgerechnet sie, Katherine Constant, in diese Falle für Dumme getappt sein sollte. Sie versuchte zu lächeln, aber ihr war mehr nach Weinen zumute. »Ich muß ständig an ihn denken ... ich träume von ihm ... Wenn ich vierzehn wäre, würde ich wahrscheinlich seinen Namen auf mein Federmäppchen schreiben. Mist!« sagte sie. »Ich glaub, ich brauch was zu trinken.«

»Es ist leider nur Tee da.« Katherine sah die Anteilnahme in Livs Blick und wandte sich ab.

»Aber wenn du jemanden gefunden hast, dann ist das doch wunderbar, Katherine.«

Katherine drehte sich wieder herum und sah Liv verständnislos an. »Es gibt Sex, und es gibt Freundschaft. Alles andere – Herz, Schmerz und der ganze Blödsinn – ist doch nur ein Trick, um die Frauen an den Herd zu kriegen.«

»Du kannst nicht behaupten, daß es die Liebe nicht gibt. Man kann Gefühle nicht verleugnen – zum Beispiel, wenn man jemanden liebt, mehr noch als sich selbst. Das heißt noch lange nicht, daß man heiraten muß, aber ...«

»Na, in meinem Fall heißt es das ganz bestimmt nicht. Er ist bereits verheiratet.« Katherine zündete sich eine neue Zigarette an. »Erzähl niemandem was davon«, sagte sie ruhiger. »Ich habe Jordan versprochen, es geheimzuhalten. Aber ich mußte – und ich dachte, es würde nicht ...« Sie war sich nicht sicher, ob sie sich jetzt, nachdem sie ihr Geheimnis mit Liv geteilt hatte, besser oder schlechter fühlte. Besser weil sie über ihre innere Ungewißheit hatte sprechen können, oder schlechter, weil sie ihre Verletzlichkeit eingestanden hatte. Sie sagte brüsk: »Er ist Abgeordneter, da darf er sich natürlich nicht den kleinsten Fehltritt leisten. Und seine Frau ist ganz die loyale Gattin, er ist viel zu gut, um sie zu verletzen.«

»Wie lange kennst du ihn schon?«

»Seit einem Jahr. Länger, wenn man unsere erste Begegnung mitrechnet. Er war bei Rachels Hochzeit.«

»Macht es dir etwas aus, daß er verheiratet ist?«

»Natürlich nicht.« Sie ließ sich keine Zeit, darüber nachzudenken, ob das der Wahrheit entsprach. An manche Überlegung verschwendete man am besten nicht mehr als einen flüchtigen Gedanken und packte sie dann weg. »Es ist mir sogar ganz recht so. Du weißt ja, daß *das* nie mein Traum war – meine Unabhängigkeit aufzugeben – Kinder und Hausarbeit ...« Sie brach ab. Livs Gesicht hatte sich verschlossen. »Entschuldige bitte«, sagte Katherine leise. »Ich immer mit meinem losen Mundwerk ...«

Liv begann die Spielsachen einzusammeln, die in der kleinen Küche herumlagen, und warf sie in einen Karton. »Erzähl doch mal, wie ist er? Sieht er gut aus?«

Katherine hatte ein Paßfoto von ihm, das sie stets in ihrer Handtasche bei sich trug. Sie zeigte es Liv. Sie konnte sich vorstellen, daß Jordans distanzierte Art, die selbst auf der Fotografie zum Ausdruck kam, manche Frauen abschreckte; aber sie hatte neben ihm gelegen und ihr Begehren in seinen Augen gespiegelt gesehen, für sie war er vollkommen. Sie fügte hinzu: »Er kennt natürlich Rachels Vater. Kann ihn übrigens nicht ausstehen. Er behauptet, er manipuliere Menschen.«

»Tut er doch auch. Weißt du noch, wie er Hector belogen und ihm erzählt hat, Rachel wäre aus freien Stücken nach Paris gegangen? Nur weil er nicht wollte, daß die beiden heiraten. Wahrscheinlich hat er es ›nur gut gemeint‹«, sagte sie spöttisch. »Er hat wahrscheinlich geglaubt, Rachel damit zu beschützen.«

Liv stand an der Tür und blickte, mit Freyas Puppe in der Hand, in die tintenschwarze Nacht hinaus.

Rose nahm ihre neue Stellung als Babysitterin von Freya und Georgie sehr ernst und las in ihrer Freizeit eigens Dr. Spocks dickes Buch zur Kindererziehung und -heilkunde. Bernard Corcoran hatte gegen den Entschluß seiner Tochter, vorläufig in London zu bleiben, nichts einzuwenden gehabt und schickte ihr jeden Monat ein kleines Taschengeld. Rose tat das Leben in London gut, aus dem übellaunigen, unreifen jungen Ding wurde eine meist fröhliche, verantwortungsbewußte junge Frau. Sie lag nicht mehr bis mittags im Bett und ließ andere für sich springen. Sie schaffte es sogar, hin und wieder ein Telefongespräch mit Mia zu führen. Einen großen Teil ihrer Zeit widmete sie Livs Kindern und einen Teil der restlichen Zeit der Arbeit in einem nahe gelegenen Tierheim. Roses starke Zuneigung zu Freya und Georgie hatte Felix zunächst überrascht, bis er dann verstanden hatte, daß ihre Fürsorglichkeit, die ihm lange auf die Nerven gegangen war, nur das richtige Ziel gebraucht hatte.

Flüchtig war ihm der Gedanke gekommen, daß anderen seine Freundschaft mit Liv und Katherine vielleicht verdächtig oder feige erscheinen würde. Er war fünfundzwanzig, in einem Alter, wo junge Männer sich, wie es so schön hieß, die Hörner abstießen oder nach einer dauerhaften Partnerin suchten. Aber solche Gedanken pflegte er einfach zu vertreiben.

Eines Sonntags lieh er sich den Lieferwagen seiner Firma aus und fuhr mit der ganzen Bande – Rose, Katherine, Liv und deren Kinder – in den Bushey Park. Der Spätherbst hatte ihnen einen strahlenden Tag beschert. Es ging ein leichter Wind, und die gefallenen Blätter drehten sich wirbelnd im Gras.

Die Schatten wurden länger. Georgie schlief im Kinderwagen, und Liv machte sich mit Freya auf die Suche nach einer Toilette.

Rose sah ihnen nach. »Du solltest Liv heiraten, Felix«, sagte sie. »Dann wäre ich Georgies und Freyas Tante.«

»Liv ist schon verheiratet, Rose«, warf Katherine ein.

»Ich weiß. Aber wäre es nicht furchtbar, wenn sie zu ihrem gräßlichen Mann zurückginge? Sie würde mir *so* fehlen.«

»Das ist doch Quatsch, Rose. Liv kehrt nicht zu Stefan zurück.«

»Deswegen brauchst du mich nicht gleich so anzuschnauzen, Felix. Es kommt schließlich vor, daß Frauen zu ihren Männern zurückkehren, selbst wenn es fürchterliche Kerle sind.«

»Sie leben jetzt schon seit fast fünf Monaten getrennt.«

»Aber es kann doch sein, daß sie sich's anders überlegt.«

Felix hörte die Furcht in Roses Stimme. Er schob die Hände in die Jackentaschen und ging weg, weg von ihr und weg von ihren Worten. Er wußte natürlich, daß Liv in der ständigen Angst lebte, Stefan könnte sie in London aufspüren, aber mit dem Verstreichen der Wochen und Monate hatte sich bei ihm die Überzeugung festgesetzt, die Gefahr sei vorüber. Roses Worte beunruhigten ihn. Sie hatte ja recht, es kam vor, daß mißhandelte Frauen zu ihren Ehemännern zurückkehrten. Ihm wurde mit einemmal bewußt, wie sehr er sich an sie gewöhnt hatte; wie sehr sein Leben sich mit dem ihren verstrickt hatte, ohne daß er sich dagegen gewehrt hatte.

Auf der Heimfahrt schliefen die Kinder hinten im Lieferwagen. Felix setzte Katherine vor ihrer Wohnung und Rose beim Tierheim ab. Sie standen vor einer roten Ampel, als er zu Liv sagte: »Hast du dir schon überlegt, was du tust, wenn wir deine Wohnung renovieren? Du weißt ja, daß du dann ausziehen mußt.«

»Nein, ich habe noch gar nicht darüber nachgedacht. Ich plane immer nur für den nächsten Tag.«

»Warum?«

»Weil ich Angst habe, nehme ich an.«

Die bunten Lichter erleuchteten ihr Profil und die dunkle Wolke ihres Haars. »Du findest bestimmt was anderes«, sagte er tröstend. »Ich könnte mich mal für dich umhören, wenn du willst.«

»Nein, nein, das ist es nicht.« Liv biß sich auf die Lippe. »Es ist wegen Stefan. Ich plane immer nur für den nächsten Tag, weil ich dann nicht darüber nachdenken muß, wie ich das mit Stefan regle.«

»Aber da gibt es doch nichts weiter zu regeln. Du hast ihn verlassen, und früher oder später läßt du dich scheiden, nehme ich an, und dann …«

»So einfach ist das nicht, Felix. Mit Stefan ist nichts einfach.« Sie sah zum Fenster hinaus. »Ich kann nicht glauben, daß ich vor ihm sicher bin, verstehst du?«

»Aber natürlich bist du sicher.«

»Glaubst du?« Sie drehte sich zu ihm um.

»Hast du von ihm gehört?« Liv schüttelte den Kopf. »Na also. Er hat sich wahrscheinlich mit der Situation abgefunden.«

Wieder Schweigen. Es hatte leicht zu regnen angefangen. Der Widerschein der Autoscheinwerfer glänzte auf dem nassen Asphalt. Liv sagte: »Manchmal hat er nachgeprüft, wie lange ich zum Einkaufen brauchte. Wenn ich länger gebraucht hatte, als er für richtig hielt, mußte ich ihm über jede Minute Rechenschaft ablegen. Fünf Minuten beim Bäcker, zehn Minuten im Supermarkt und so weiter. Einmal, als ich nicht jeden Augenblick belegen konnte – ich war zwölf Minuten unterwegs gewesen, glaube ich – kippte er den gesamten Inhalt meiner Handtasche ins Brombeergestrüpp. Zur Strafe, verstehst du.« Der Ausdruck ihrer Augen, als sie sich ihm zuwandte, war kühl und taxierend. »Glaubst du im Ernst, daß ein solcher Mensch sich einfach mit der Situation *abfinden* wird, Felix?«

Der Regen war dichter geworden; er schaltete die Scheibenwischer ein. Die innere Zufriedenheit, die sich von ihm beinahe unbemerkt eingestellt hatte, geriet ins Wanken. Er zwang sich zu fragen: »Du glaubst also, er sucht immer noch nach dir?«

»Ich bin sicher, daß er das tut.« Liv schloß einen Moment die Augen. »An guten Tagen sage ich mir, daß es in London neun Millionen Menschen gibt und er uns drei unmöglich aufstöbern kann. Aber an anderen Tagen muß ich ständig daran denken, wie schlau Stefan ist und daß er niemals lockerläßt, wenn er von etwas besessen ist. Er wird Tag und Nacht suchen, bis er uns gefunden hat.« Ihr Blick war starr auf die sich rhythmisch hin- und herbewegenden Wischer gerichtet. »Ich glaube nicht, daß er Katherines Adresse weiß – sonst hätte er uns schon gefunden. Und meine Mutter würde ihm bestimmt nicht sagen, wo wir sind. Und außer ihr weiß niemand Bescheid. Also müßte ich mich doch eigentlich sicher fühlen, nicht wahr? Es gibt keinen vernünftigen Grund, es nicht zu tun.«

Mit einer Sicherheit, die er längst nicht mehr empfand, sagte er: »Nein, überhaupt keinen Grund.«

Der Regen prasselte gegen die Windschutzscheibe. Hinter ihnen wimmerte Freya im Schlaf.

Katherine beschloß, ein Abendessen zu geben. Sie lud Liv, Felix und Rose ein, Netta Parker mit ihrem Freund Gavin und das Paar, das über ihr wohnte, Martin und Beth. Während sie das Menü plante, schweiften ihre Gedanken wie so oft zu Jordan. Sie hatte ihm natürlich nicht gesagt, daß sie ihn liebte. Sie wußte, daß ein solches Geständnis die Balance ihrer Beziehung stören würde. Flüchtig stellte sie sich vor, sie würde Jordan zu ihrem kleinen Abendessen einladen und ihn mit ihren Freunden bekannt machen. Aber sie schob den Gedanken gleich wieder weg; sie wußte, daß sie sich damit auf gefährliches Terrain begab und zwang sich deshalb, ihre Überlegungen auf die bevorstehende Einladung zu konzentrieren. Beinahe verstohlen besorgte sie sich eine Frauenzeitschrift, in der Tips und Rezepte für ein Abendessen ohne großen Aufwand für acht Personen versprochen wurden. Für die Einkäufe brauchte sie drei Mittagspausen, und die Vorbereitungen, die sie am Freitag gleich nach der Arbeit in Angriff nahm, beanspruchten weit mehr Zeit, als sie vorgesehen hatte. Als es um halb acht Uhr bei ihr läutete, rannte sie mit rotem Kopf und mehlbestäubten Händen nach unten.

Sie riß die Tür auf. »Ihr seid zu früh«, begann sie. »Ich habe gerade erst mit ... « Sie brach ab. »Simon!«

Mit einer Reisetasche in der Hand stand ihr Zwillingsbruder vor ihr. »Willst du mich nicht reinlassen, Kitty?«

Sie führte ihn nach oben, direkt in die Küche. Er sah sich verblüfft um, registrierte die gerupften Hühner, die Gemüseabfälle, die graue klebrige Masse, aus der die Pastete werden sollte, und sagte: »Wahnsinn! Was tust du denn hier?«

»Ich hab ein paar Leute zum Abendessen eingeladen. Aber die Kocherei dauert viel länger, als ich dachte, und außerdem mach ich, glaub ich, alles falsch.« Sie sah ihn forschend an. »Was machst du in London, Simon? Ich dachte, du wärst in Edinburgh.«

»Ich hab die Nase voll. Kalt und scheußlich, und meine Wirtin war eine Xanthippe.« Er ahmte einen schottischen Akzent nach. »Keine Damenbesuche, Mr. Constant. Ich führe ein anständiges Haus.«

Simon lachte; oberflächlich gesehen schien er ganz der alte zu sein, frech und leichtsinnig, aber Katherine, die ihn so gut kannte, nahm eine ungewohnte Nervosität an ihm wahr.

»Und da hast du gekündigt?«

»Nicht direkt.«

»Was soll das heißen?«

»Genaugenommen hat der alte Scheißkerl mich rausgeschmissen«, sagte er scheinbar unbekümmert. Er sah sie an. »Kann ich vielleicht was zu trinken haben, wenn du mich hier schon ins Verhör nimmst, Kitty? Dann würde ich mich wenigstens nicht so an zu Hause erinnert fühlen.«

Sie schenkte ihm ein Glas Wein ein. »Was ist denn passiert?«

Er trank das erste Glas hastig hinunter, und als er das zweite geleert hatte, wußte sie genug, um sich ein Bild zu machen.

Die Bezahlung in dem Antiquitätengeschäft war bescheiden gewesen. Simon, noch nie bescheiden, hatte auf eigene Faust für eine kleine Gehaltszulage gesorgt. Zuerst hatte er Kleinigkeiten aus dem Büro mitgehen lassen, Papier, Kugelschreiber und Ähnliches, dann Geld aus der Portokasse und schließlich zwei Stücke aus dem Laden. Daraufhin war er fristlos entlassen worden.

»Es waren zwei absolut häßliche kleine Minton-Figuren«, erklärte Simon in entrüstetem Ton. »Sie standen schon seit Jahren ganz hinten im Schrank. Ich dachte, Gerald würde ihr Verschwinden gar nicht bemerken.« Gerald war der Eigentümer des Antiquitätengeschäfts. »Aber er hat einen Tobsuchtsanfall bekommen.« Er zuckte die Achseln. »Der Laden läuft nicht allzu gut. Ich glaube, in Wahrheit suchte er nur nach einem Vorwand, um mich loszuwerden.«

Katherine dachte, du weißt doch gar nicht, was Wahrheit ist. Sie war innerlich wie erstarrt vor Kälte. »Simon, das war *Diebstahl*«, sagte sie, und er sah sie mit seinen blauen Augen groß an.

»So ein Quatsch! Wieso tust du denn auf einmal so unschuldig, Kitty? Das machen doch alle. Das sind die kleinen Extras. Wie soll man denn sonst über die Runden kommen?«

Ihr fiel keine Antwort ein. »Hast du mit Mama und Dad darüber gesprochen?«

»Die haben natürlich nur die zensierte Version bekommen.« Simon goß sich noch ein Glas ein, und sie fragte sich, während sie ihn betrachtete, ob er recht hatte und sie tatsächlich päpstlicher war als der Papst. Aber dann dachte sie an ihre Freunde – Jordan, Liv, Felix – und wußte, daß keiner von ihnen je tun würde, was Simon getan hatte.

Simon sagte mit seinem routiniert unwiderstehlichen Lächeln: »Sag mal, Kitty, kann ich vielleicht bei dir auf dem Sofa nächtigen? Nur für ein paar Tage, bis ich mir was überlegt habe.«

»Natürlich.« Wieder läutete es, und wieder rannte Katherine mit rotem Kopf nach unten. Sie ließ Liv und die Kinder herein.

»Ich habe noch nicht mal angefangen, die Kartoffeln zu schälen«, sagte sie, als sie ihr nach oben folgten. »Und die Crème Brûlée muß ich auch noch machen.«

Liv riß die Augen auf, als sie das Chaos in der Küche sah. »Mach Reis anstelle von Kartoffeln, da brauchst du nicht zu schälen. Und laß die Crème Brûlée – Obstsalat tut's auch.« Ihr Blick fiel auf Simon. »Oh, hallo Simon! Ich wußte gar nicht, daß du auch kommst.«

Sie ging in Katherines Schlafzimmer, um die Kinder hinzulegen.

Simon sagte: »Das war *Liv*?«

»Ja, sie lebt jetzt in London. Hab ich dir das nicht geschrieben? Sie hat ihren Mann verlassen.«

Simon machte ein erstauntes Gesicht. »Sie hat sich sehr verändert«, sagte er, und Katherine bemerkte, daß er die Tür anstarrte, als wollte er mit seinem Blick das Holz durchbohren, um die Frau dahinter sehen zu können.

Felix und Rose trafen mit Verspätung ein. Einer der Hunde im Tierheim hatte eingeschläfert werden müssen, und Rose, die in Tränen aufgelöst nach Hause gekommen war, hatte viel Trost und Zuspruch gebraucht; dann war auf der Fahrt zu Katherine ein Reifen geplatzt. Felix hatte mit knapper Not verhindern können, daß sie mit dem Lieferwagen in ein Schaufenster donnerten, und hatte danach im strömenden Regen den Reifen wechseln müssen.

Er entschuldigte sich. Katherine, die erhitzt und nervös war, reichte ihm ein Handtuch für die Haare. »Du bist völlig durchnäßt, Felix. Vielleicht kann Simon dir ein Hemd leihen.«

Simon versetzte mit einem kurzen Blick zu Felix: »Ich hab nur einmal zum Wechseln mit«, und Felix, der die Abfuhr natürlich bemerkte, sah Katherine lächelnd an.

»Laß nur, ich werde schon wieder trocken.«

Beim Abendessen wollte keine rechte Stimmung aufkommen. Der Reis war pappig und das Hühnchen zäh. Felix, der immer hungrig war, aß mit herzhaftem Appetit, Simon jedoch säbelte mit theatralischem Getue an seinem Fleisch herum und sagte: »Na, ganz taufrisch war der Vogel auch nicht mehr, was, Kitty?« Felix fand, die Gäste waren alle nett und interessant (mit Ausnahme von Katherines Zwillingsbruder, diesem Ekel), aber sie paßten irgendwie nicht zusammen.

Rose erzählte von dem eingeschläferten Hund. »Er war so lieb ... er war bei ganz furchtbaren Leuten, die ihn dauernd mißhandelt haben, und trotzdem hatte er so einen guten Charakter ...«

»Was für ein Hund war es denn?« erkundigte sich Netta teilnahmsvoll. »Ach – ein Mischling ... aus Collie und Labrador und Setter ...« Rose brach in Tränen aus.

»Na, eindeutig kein Rassehund«, murmelte Simon.

Tränen tropften von Roses Nase auf den Teller. Sie sprang auf, stieß ihren Stuhl zurück und rannte aus dem Zimmer.

»Ich seh mal nach ihr.« Liv lief ebenfalls hinaus.

»Die arme Kleine«, sagte Netta. »Und sie hat keinen Bissen gegessen.«

»Ich könnte ihr Essen im Rohr warm stellen«, meinte Katherine. »Aber der Salat ...« Ihr Blick ruhte zweifelnd auf dem Reis und dem Salat auf Roses Teller. »Ich hatte ganz vergessen, daß sie Vegetarierin ist.«

Felix schenkte sich Wein nach. »Veganerin.«

Simon lachte spöttisch.

Netta sah ihn an. »Findest du das nicht gut?«

»Mit diesem heiklen Getue wollen sich die Leute doch nur wichtig machen.«

»Es gibt viele Leute, die kein Fleisch essen«, entgegnete Felix mit Schärfe. »Oder willst du behaupten, daß ganze Völker vegetarisch leben, nur um sich wichtig zu machen, Simon?«

»Ich rede doch gar nicht von den Hungernden in Indien. Die essen fleischlos, weil sie keine andere Wahl haben. Wenn man sich dort Fleisch leisten könnte, wäre es wahrscheinlich voller Maden oder so was.«

Liv kam an den Tisch zurück. »Es geht ihr schon wieder viel besser. Sie kommt gleich wieder – sie macht sich nur noch frisch.«

»Wir haben gerade über vegetarische Lebensweise gesprochen«, sagte Felix. »Simon ist der Meinung, daß alle Vegetarier Wichtigtuer sind.«

»Ganz so hab ich das nicht gesagt. Ich bewundere es, wenn jemand Prinzipien hat. Ich finde nur, daß manche dieser Fimmel – na ja, im Grunde geht's doch nur darum zu beweisen, daß man was Besseres ist als die anderen.« Simon lehnte sich zurück. »Ich wette, diese sogenannten Veganer stopfen sich heimlich mit Süßigkeiten und anderem Krempel voll. Schnell mal einen Schokoriegel, wenn's keiner sieht, oder einen Hamburger ...«

»Du schließt doch nur von dir auf andere«, unterbrach Katherine ihn.

»Mensch, Kitty, sei doch nicht so naiv. Ich bin einfach nicht so scheinheilig wie die meisten. Ich stehe zu dem, was ich tu – im Gegensatz zu anderen.«

»Es gibt viele Menschen, die wirklich nach ihren Prinzipien leben.«

»Ach ja? Wer denn? Wetten, du kannst mir nicht ein Beispiel nennen?«

»Nancy Barnes«, sagte Felix. »Ich habe eine Zeitlang in ihrem Haus gelebt, in einer Kommune in Hampshire. Sie hat sich bemüht, nach ihren Überzeugungen zu leben. Es war nicht leicht, aber sie hat's versucht.«

»Und, war das Gemeinschaftsexperiment ein Erfolg?«

Als er mit Simon sprach, wurde ihm bewußt, daß er seit Wochen – vielleicht seit Monaten – nicht mehr an Saffron gedacht hatte. Sie war in die Vergangenheit entschwunden, eine bittersüße Liebesgeschichte, die mit seinem jetzigen Leben nichts mehr zu tun zu haben schien.

»Nein, leider nicht«, bekannte er. »Es gab – Schwierigkeiten. Persönliche Konflikte, vermute ich.«

Simon zuckte die Achseln, als wäre damit seine Auffassung bestätigt.

Katherine sagte hastig: »Ich hole den Nachtisch.«

Felix sammelte die Teller ein und trug sie hinaus. Er fürchtete, wenn er am Tisch sitzen blieb, würde er Simon Constant eine runterhauen. Er selbst würde sich danach vielleicht besser fühlen, aber den anderen würde es den Abend verderben.

In der Küche sagte Katherine: »Tut mir leid.«

»Was?«

»Daß Simon so eklig ist und das Essen so mißlungen.«

»Das Essen war hervorragend.«

»Gar nicht wahr. Es ist scheußlich. Und schau dir den an.« Sie hatte den Apfelkuchen aus dem Rohr gezogen. Die Äpfel waren grau wie Beton, der Kuchenrand schwarz verbrannt. »Ich glaube, ich hab ihn zu lang drin gelassen.«

Felix schaute durch die offene Tür ins andere Zimmer. Simon redete auf Liv ein. Er hatte den Arm besitzergreifend auf die Rückenlehne ihres Stuhls gelegt und berührte, während er sprach, mit den Fingerspitzen immer wieder ihre Schulter, wie um seinen Worten Nachdruck zu verleihen.

»Felix!« Er fuhr herum.

»Ich hab gefragt, ob du mal die Bananenstücke aus dem Obstsalat fischen kannst«, sagte Katherine, deren Blick dem seinen gefolgt war. »Sie sind ganz braun. Sie schauen aus wie Nacktschnecken.«

Ein paar Tage später ging Liv abends nach der Arbeit bei Katherine vorbei. Da die Wohnungstür angelehnt war, stieß sie sie einfach auf. Simon lag auf dem Sofa.

»Ist Katherine schon zu Hause?« fragte sie, nachdem sie ihn begrüßt hatte. Er schüttelte den Kopf. »Würdest du ihr sagen, daß ich hier war«, bat sie, »und ihr die hier geben …«, sie hatte einen Strauß Chrysanthemen mitgebracht, »zum Dank für Samstag abend.«

»Du brauchst doch nicht gleich wieder zu verschwinden, Liv.« Simon war vom Sofa aufgestanden und ging in die Küche. »Es ist bestimmt ein Glas Wein da.« Er öffnete den Kühlschrank.

»Ich kann nicht. Ich muß zu den Kindern.«

»Ach so. Hast du heute abend schon was vor?«

Gutenachtgeschichten vorlesen und bügeln, dachte sie.

»Wir könnten doch ins Kino gehen.«

»Ich habe keinen Babysitter.«

»Dann morgen abend. Die kleine Heulsuse – die Schwester von *Na du weißt schon* –, die babysittet doch für dich, oder nicht?«

Seine Art, Rose zu beschreiben, ärgerte sie. Sie sagte: »Ja, Rose hilft mir manchmal.«

»Na also, wir können uns einen Film anschauen und hinterher was essen gehen. Oder ich weiß da in der Wardour Street eine Nachtbar ...« Er sah sie an. »Dir muß dieses Hausfrauenleben doch zum Hals raushängen, Liv.«

Er wollte mit ihr ausgehen. Es war so lange her, daß jemand sie um eine Verabredung gebeten hatte, daß sie beinahe nicht gemerkt hätte, worum es ging. Sie hatte vergessen, daß Männer Frauen einzuladen pflegten, und sie hatte vergessen, wie man eine unerwünschte Einladung freundlich, aber bestimmt ausschlug.

»Simon, ich kann wirklich nicht.«

Er machte ein unwilliges Gesicht. »Wieso nicht?«

»Weil – weil ich verheiratet bin.«

»Aber du hast ihn doch verlassen.«

»Trotzdem ...«

»Du wirst doch mal ausgehen können ...«

»Es ist noch zu früh. Ich bin noch nicht so weit, daß ich mich auf jemand anderen einlassen kann. Außerdem brauchen die Kinder meine ganze Zeit und Energie.«

Mit dem Abendessen und den Kindern beschäftigt, vergaß sie das Gespräch mit Simon Constant. Aber später, als die Mädchen lange eingeschlafen waren und sie nach dem Bügeln ins Bad ging, um sich fürs Bett fertigzumachen, schien ihr beim Anblick ihres Spiegelbilds, sie hätte sich seit dem Morgen, als sie das letzte Mal in den Spiegel geschaut hatte, verändert. Es war, als könnte sie sich plötzlich wieder klar sehen: dunkle Augen, helle Haut, die Wolke widerspenstigen dunklen Haars. Sie hob eine Hand zu ihrem Gesicht und berührte es, als wäre es ihr fremd geworden.

Sie hatte sich in den letzten Jahren jener Kategorie von Frauen, zu denen Katherine und Rose zählten, nicht mehr zugehörig gefühlt. Sie war Stefans Ehefrau gewesen, die Mutter von Freya und Georgie. Jetzt aber begann sie, von neuem ihre eigene Persönlichkeit zu leben, sich wiederzuentdecken, indem sie Schichten abtrug, unter denen die halb vergessene Liv verborgen war.

Einen Monat nach seinem unerwarteten Erscheinen in London nächtigte Simon immer noch auf Katherines Sofa. Sie hatte keine Ahnung, wie er seine Tage zubrachte; wenn sie fragte, wies er auf die Zeitungen, die sich auf dem Boden stapelten, und die paar gespülten Teller und Tassen auf dem Abtropfbrett in der Küche. Er behauptete, er sei auf Arbeitssuche (daher die Zeitungen), aber obwohl er immer irgendwelche Jobs »in Aussicht« hatte, rekelte er sich stets auf dem Sofa, wenn sie morgens zur Arbeit ging, und rekelte sich dort immer noch, wenn sie abends nach Hause kam.

Sie hatte nicht geahnt, wie unerträglich es ihr werden würde, ihre Wohnung mit jemandem zu teilen. Ihre eigene Unordnung fiel ihr gar nicht auf, aber jedes Stück, das Simon herumliegen ließ, störte sie maßlos. Schlimmer noch war, daß Simons Anwesenheit ihr täglich zu Bewußtsein brachte, wie eingeengt sie in ihrer Beziehung zu Jordan war. Sie hatte daran gedacht, Simon von Jordan zu erzählen, den Gedanken jedoch sofort verworfen. Sie kannte die Schwächen ihres Bruders so gut wie ihre eigenen und wußte, daß Verschwiegenheit nicht zu seinen Stärken gehörte. Wenn man ihn in ein Geheimnis einweihte, benutzte er sein Wissen fast immer als Waffe, um zu spotten, zu provozieren oder andere zu blamieren. Die langen abendlichen Telefongespräche, die sie und Jordan regelmäßig geführt hatten, mußten ausfallen, weil das Telefon im Wohnzimmer stand, wo Simon schlief. Katherine gewöhnte es sich an, Jordan abends von der Telefonzelle an der Ecke aus anzurufen. Der schale, metallische Geruch der öffentlichen Telefonzelle würde sie immer an die Intensität erster Liebe erinnern.

Sie und Jordan hatten ein paar Treffpunkte, die für sie untrennbar mit ihrer Beziehung verbunden waren: ein Curryrestaurant in der Fulham Road; ein verqualmtes Pub in einer wenig schicken Gegend Londons; und ein kleiner Park – kaum mehr als ein Goldfischteich und ein paar Kastanienbäume –, den sonst kein Mensch zu kennen schien. Im Sommer hatten sie zweimal einen ganzen Tag miteinander verbracht. Sie waren in Jordans Wagen aufs Land gefahren und hatten in einem Dorfgasthaus gegessen. Diese Ausflüge waren von einem herrlichen Gefühl der Unbekümmertheit begleitet gewesen; als wären sie, meinte Jordan, in den Ferien.

Doch seit Ende August hatte sie ihn seltener gesehen. Höhere Arbeitsbelastung, sagte er, und wenn sie die Zeitungen mit ihren niederschmetternden Berichten von Streiks, Bombenanschlägen und Entführungen las, glaubte sie das ohne weiteres. Früher hatte sie die Unvorhersehbarkeit ihrer heimlichen Treffen spannend gefunden; in letzter Zeit begann diese sogenannte Spontaneität sie zu quälen. Immer wartete sie auf seinen Anruf, nie war es umgekehrt. Früher hatte ihr das nichts ausgemacht; jetzt sah sie darin eine Abhängigkeit, die sich mit ihrer vermeintlichen Emanzipiertheit schlecht vertrug.

Daß sie ihn liebte, behielt sie für sich, ein Geheimnis, das ihr teuer war. Sie sprachen von Sympathie, von Begehren und Verlangen, aber niemals von Liebe. Kam ihr, wenn sie ihn eine Woche oder vierzehn Tage lang nicht gesehen hatte, unversehens die Frage in den Kopf, was er eigentlich für sie empfand, so ließ sie sie unbeantwortet und sagte sich, sie wäre ohne Bedeutung. Er suchte ihre Gesellschaft, er lachte über ihre Scherze, er war ein guter Liebhaber – was wollte sie mehr? Wäre er ungebunden gewesen, hätte sie ihn dann geheiratet? Sie glaubte es nicht; eine Ehe mit Jordan Aymes hätte sie zu einer Figur gemacht, für die sie nur spöttische Geringschätzung übrig hatte – die brave Gattin eines konservativen Parlamentsabgeordneten. Sie sah sich in Faltenrock und Twinset und mußte lachen. Als sie versuchte, sich ihre Rolle bei irgendwelchen offiziellen Anlässe vorzustellen – wie sie höflich der Rede des Parteivorsitzenden applaudierte und mit den anderen Gattinnen plauderte –, versagte ihre Phantasie. Sie wußte, daß sie und Jordan in vielem unterschiedlicher politischer Ansicht waren und daß sie, hätte sie Repräsentationspflichten an seiner Seite wahrnehmen müssen, nicht fähig gewesen wäre, mit ihrer Meinung hinter dem Berg zu halten. Nein, sagte sie sich, das Arrangement, so wie es bestand, war ideal. Jordan war ein interessanter, intelligenter und attraktiver Mann – was kümmerte es sie, daß ihre Überzeugungen nicht übereinstimmten? Im Bett verstanden sie sich glänzend.

Die meiste Zeit war sie überzeugt, daß sie für ihn die Nummer eins war. Wenn in seinen grauen Augen das Begehren flammte und er nach einigen Tagen Trennung sagte: »Ich mußte unbedingt deine Stimme hören«, war sie sicher, daß ihr der erste Platz gehörte. Sie fragte sich, warum es für sie so notwendig war, die erste zu sein. Vielleicht weil sie das dritte von vier Kindern war; weil sie die einzige Tochter in einer Familie von Söhnen war; weil sie ein Zwilling und daher niemals die einzige gewesen war.

Jeden Samstagabend rief Felix seinen Vater an. Sie sprachen über die Kricket- oder die Rugbyspiele, je nach Saison, über die Unfähigkeit der Regierung und über das Geschäft. An einem Samstag Anfang Dezember jedoch war Bernard Corcoran einsilbig und auffallend zerstreut. Lücken klafften zwischen seinen Wörtern und Sätzen, und schließlich legte er mit einem abrupten »Also, bis bald«, einfach auf. Beim Erwachen am folgenden Morgen beschloß Felix, nach Wyatts zu fahren.

Um zehn Uhr kam er an. Mia war in der Küche und öffnete gerade eine Dose Hundefutter. Sie blickte auf, als er hereinkam. »Felix! Das ist aber eine Überraschung!«

Er gab ihr einen Kuß auf die Wange. »Hallo, Mia, wie geht's dir?«

»Gut, danke. Kaffee?«

»Gern.« Sie schenkte ihm eine Tasse ein. »Wo ist Dad?«

»In der Firma.«

Er rührte Zucker in den Kaffee. Sein Vater war noch nie sonntags in die Firma gegangen. Noch nie!

»Möchtest du was essen, Felix?« Mia schaute sich etwas ratlos in der Küche um. »Ein Brot vielleicht?«

Bryn und Maeve, die beiden Hunde, fraßen geräuschvoll.

»Nein, nein, danke«, antwortete Felix. »Dad war gestern am Telefon ein bißchen merkwürdig. Ist er krank? Oder hat er Sorgen?«

Mia strich sich eine lange Strähne ihres hellbraunen Haars aus dem Gesicht. »Ich habe keine Ahnung. Mit mir spricht er ja nicht.« Sie zündete sich eine Zigarette an. »Du weißt, daß dein Vater während des Krieges in einem japanischen Kriegsgefangenenlager war, nicht wahr? Kannst du dir vorstellen, daß er mir das nie erzählt hat? Ich habe es nur durch Zufall erfahren – weil einer seiner Golffreunde es erwähnte.« Sie blies Rauch in die Luft. »Ich habe ihn gefragt, ob etwas nicht in Ordnung ist«, sagte sie leise, »aber er sagt immer nur, ich solle mir keine Sorgen machen. Als wäre ich ein *Kind*.«

Er konnte sich nicht erinnern, Mia je zuvor ärgerlich gesehen zu haben. »Ich bin sicher, er meint es nicht ...«, begann er. »Er würde es dir sagen, wenn ...« Er verstummte.

»Ja, meinst du?« Sie beugte sich zu einem der Hunde hinunter und kraulte den langen, scheckigen Kopf.

Felix stand auf. »Ich seh mal nach, ob ich ihn in der Firma erwische.«

»Du bleibst doch ein paar Tage?«

Er erkannte plötzlich, wie einsam sie sein mußte, mitten auf dem Land mit einem wortkargen Ehemann in einem großen, leeren Haus, in dem sie auf Schritt und Tritt den Spuren ihrer Vorgängerin begegnete.

»Natürlich.« Er hatte sowieso noch Urlaub.

Er fuhr nach Norwich. Die Fabrik war ein großer viktorianischer Bau am Stadtrand, umgeben von Reihenhaussiedlungen. Die roten Backsteinmauern waren von hohen Bogenfenstern durchbrochen, die dem Gebäude etwas von der Majestät einer Kathedrale verliehen. Als Felix in der Grundschule das Gedicht »Kubla Khan« hatte auswendig lernen müssen, hatte er sich den Palast von Xanadu vorgestellt wie die Fabrik seines Vaters: gewaltige, lichtdurchflutete Räume, durchzogen vom Surren der Fließbänder und den Gerüchen von Farben und Papier.

Er ging zum Büro. Hinter der halb geöffneten Tür sah er die

Stapel von Papieren und Bilanzbüchern auf dem Schreibtisch. Dann sah er seinen Vater. Er saß ganz reglos, mit dem Rücken zur Tür, aber in der Krümmung des Rückens, in der Schwere des Kopfs, der in der offenen Hand ruhte, war etwas, das Felix angst machte. Als er seinen Vater anrief, drehte dieser sich jedoch lächelnd herum und stand auf. »Felix! Das ist aber ein unerwartetes Vergnügen. Was führt dich denn hierher, mein Junge? Ich freue mich natürlich, dich zu sehen.«

»Ich hab mir Sorgen um dich gemacht, Dad.«

Bernard Corcoran wandte sich wieder dem Schreibtisch zu. »Sorgen?«

»Ja. Als wir telefoniert haben – du warst so – ich weiß auch nicht, so zerstreut.« Felix wies auf den Papierhaufen. »Kann ich dir da irgendwie helfen?«

»Nein, nein, das ist nicht nötig. Ich habe eine viel bessere Idee. Wir gehen zusammen Mittag essen. In dieses nette kleine Pub ...«

Sie gingen ins »Rose and Crown« nur ein paar Straßen weiter. Nachdem sie am Tresen bestellt hatten, holte Bernard zwei Whisky. Dann setzten sie sich an einen Tisch in die Ecke des Raums.

Felix versuchte es von neuem. »Du gehst doch normalerweise sonntags nie in die Firma, Dad. Ist was los?«

Bernard schnitt ein Gesicht. »Kleine Unstimmigkeiten mit den Freunden vom Finanzamt, weiter nichts. Ich wollte die Zahlen noch mal nachprüfen. Sonntags hat man wenigstens seine Ruhe.« Er stellte sein leeres Glas nieder. »Willst du auch noch einen?«

»Nein, danke. Ich bin mit dem Wagen hier.« Er runzelte die Stirn. »Wie läuft die Firma? Ein bißchen besser jetzt?«

»Na ja, wir wursteln uns so durch.« Als Bernard Corcoran aufstand, um zur Bar zu gehen, schwankte er und hätte beinahe den Tisch umgestoßen.

Felix griff nach seinem Arm, um ihn zu stützen. »Dad ...«

»Es geht schon!« Bernards Ton war scharf. Er schüttelte Felix' Hand ab. Einen Moment war es still, dann sagte Bernard: »Entschuldige, mein Junge. Ich sollte es wirklich nicht an dir auslassen.« Er setzte sich wieder. Nach einer Weile sagte er: »Weißt du, der Zahlungseingang ist schleppend. Manche unserer großen Kunden zahlen ihre Rechnungen ewig nicht. Sie wissen genau, daß sie sich das leisten können – was können wir denn schon dagegen unternehmen? Sie wissen, daß wir auf sie angewiesen sind. Ich mußte zur Überbrückung ein Darlehen aufnehmen, und bei den gegenwärtigen hohen Zinsen ...« Er sprach nicht weiter.

Felix wußte nicht, was ihm mehr Sorge machte: die ungesunde bläuliche Gesichtsfarbe seines Vaters oder die Hoffnungslosigkeit in seiner Stimme.

»Du mußtest also noch einmal einen Kredit aufnehmen?« hakte er nach.

Bernard nickte. Als er zum Sprechen ansetzte, kam die Kellnerin und brachte ihr Essen. Felix wartete, bis sie wieder gegangen war, dann sagte er vorsichtig: »Hast du Angst, daß du die Rückzahlungen nicht schaffst, Dad?«

Bernard kippte reichlich Salz auf seine Fleischpastete. Er sah Felix nicht an. »Nein, nichts dergleichen. Es dauert nur etwas länger, als ich dachte, die Firma wieder auf Vordermann zu bringen. Du weißt, ich hasse es, Geld zu leihen.«

»Die Firma ist also nicht in ...«, es fiel ihm schwer, die Möglichkeit überhaupt in Betracht zu ziehen, »in *Gefahr*?«

»In Gefahr?« Bernard lächelte und sah Felix mit seinen großen blauen Augen erstaunt an. »Natürlich nicht. Wie kannst du so etwas denken? Natürlich nicht.«

Als sie am Montag nachmittag von der Krabbelgruppe nach Hause gingen, hielt Freya das Bild hoch, das sie gemalt hatte. »Das ist ein grüner Drache, Mami.«

»Er ist ganz toll, Schatz. Weißt du was, wenn wir zu Hause sind, hängen wir ihn an die Wand.«

»An den Schrank. Aber Georgies Bild nicht.« Freya warf einen geringschätzigen Blick auf das Kreidegekrakel ihrer kleinen Schwester.

»Georgies Bild hängen wir neben ihrem Bett auf«, sagte Liv diplomatisch.

Sie waren beinahe zu Hause. Plötzlich blieb Freya wie angewurzelt stehen und begann zu jubeln.

»Freya, komm, Schatz, beeil dich. Es ist Zeit zum Abendessen.«

Dann blickte sie Freyas ausgestrecktem Arm nach zum Haus hinüber und erstarrte.

»Daddy!« jubelte Freya und klatschte in die Hände.

11

STEFAN KAM ÜBER die Straße. Freya lief ihm entgegen, und er hob sie hoch und schwang sie herum.

Liv schlang beide Arme fest um ihren Oberkörper, um das Zittern ihrer Glieder zu unterdrücken. Ihr Gesicht erschien ihr wie gefroren. »Wie hast du uns gefunden?«

Er lächelte. Sie fand ihn verändert, er war dünner, seine Gesichtszüge waren eingefallen und hager. »Ich hatte Glück«, sagte er. »Ich fuhr mit dem Zug, und jemand hatte auf dem Platz neben mir eine Zeitschrift liegengelassen. Als ich sie durchblätterte, stieß ich auf den Namen deiner Freundin Katherine. Katherine Constant, Stellvertretende Leiterin des Feuilletons. Da wußte ich natürlich, wo sie beschäftigt ist.«

Ihr Verstand schien nur schleppend zu arbeiten, trotzdem begriff sie, wie es abgelaufen sein mußte. »Und du hast sie beobachtet?«

»Vor ein paar Tagen kam sie abends hierher. Ich hab dich gesehen, wie du ihr aufgemacht hast.« Er drückte Freya an sich. »Meine Prinzessin … mein schönes kleines Mädchen.«

»Ich hab ein Bild gemalt, Daddy.«

»Ach ja, Süße? Zeig mal.«

Liv gab Stefan das Blatt. Es zitterte in ihrer Hand. Sie stellte sich Stefan vor, wie er draußen vor der Redaktion von »Glitz« in der Fleet Street gewartet hatte, bis Katherine aus dem Haus gekommen war, und ihr zu ihrer Wohnung gefolgt war; wie er Katherine in die Beckett Street verfolgt hatte. Und gewartet und gelauert hatte.

Freya war Stefans Armen entschlüpft und hatte ihn bei der Hand genommen, um ihn ins Haus zu führen. Liv folgte den beiden. An der Haustür zögerte Stefan. »Kann ich mit reinkommen? Nur einen Augenblick?«

Die kalte, trockene Dezemberluft durchdrang ihre Kleider bis auf die Haut.

Er sagte leise: »Ich weiß, ich habe kein Recht … Ich erwarte – nichts.«

Sie sperrte die Tür auf, und er folgte ihr ins Haus. Mit kalten Händen mühte sie sich ungeschickt, die Gurte von Georgies Buggy zu öffnen. Er beugte sich neben ihr hinunter, löste die Gurte und hob Georgie aus dem Buggy. Sie sah, wie er seine kleine Tochter an seine Schulter drückte und voll Glück die Augen schloß.

Sie setzte Teewasser auf. Das tat man, wenn man ein Gefühl der Normalität herstellen wollte. Freya überbrückte mit ihrem Geplapper das Schweigen.

Stefan zog aus seiner Manteltasche eine Puppe mit gelben Haaren und Elfenflügeln. »Die ist für dich, Freya, meine Süße. Nimm sie mit raus und zeig ihr den Garten. Mama und ich müssen miteinander reden.«

Freya lief in den Garten. Georgie waren die Augen zugefallen. Liv legte sie in ihr Bettchen. Allein im vorderen Zimmer drückte sie die Fingerspitzen an ihre pochenden Schläfen.

Als sie wieder in die Küche kam, sagte er: »Ich weiß nicht, wo ich anfangen soll.«

Sie goß den Tee auf. Schwarz, ohne Zucker; so furchtbar vertraut seine Vorlieben.

»Ich weiß nicht, wie du mir je vergeben solltest, Liv«, sagte er, »denn ich kann mir selbst nicht vergeben. Wenn ich daran denke, was ich getan habe, hasse ich mich.«

Der Knall, wie ein Schuß, als seine flache Hand in ihr Gesicht geschlagen hatte. Er hatte sie bei den Haaren gepackt und durch das Zimmer gezerrt, wie einen Fisch, der eingeholt wird.

»Du hast mich mißhandelt.«

Er senkte den Kopf. »Wenn ich die Vergangenheit ändern könnte, würde ich es tun, Liv. Aber ich kann es nicht. Ich kann dich nur um Verzeihung bitten und dir versprechen, daß so etwas nie wieder geschehen wird.«

Erwartete er, daß sie sich jetzt lächelnd von ihm in die Arme nehmen, ihre Kinder, ihre Habe und das neue Leben, das sie sich geschaffen hatte, zusammenpacken würde, um mit ihm nach Holm Edge zurückzukehren? Sie zog mit dem Fingernagel eine dünne Linie in das helle Holz der Arbeitsplatte. »Es wird nicht wieder geschehen«, sagte sie, »weil ich es nicht zulassen werde. Darum habe ich dich verlassen, Stefan, damit ich keine Angst zu haben brauche, daß so etwas noch einmal geschieht. Ich bin heute eine andere.«

Sie bemerkte, wie er sich in dem schäbigen Raum umblickte und sein Blick dann zu Freya flog, die im Garten spielte.

»Ich habe mich auch geändert, Liv. Um dir das zu sagen, bin ich gekommen.«

Sie legte ihre kalten Finger um die warme Tasse. Die Lider waren ihr schwer, als wollten ihr wie zuvor Georgie die Augen zufallen.

»Möchtest du nicht wissen, wie ich mich geändert habe, Liv?«

»Wenn du es mir sagen möchtest.«

»Ich habe eine feste Anstellung.«

In ihrer Erinnerung prallten all die großen Pläne, die Stefan gehabt hatte, krachend zusammen, schoben sich übereinander wie Baumstämme, die durch eine enge Schlucht stürzten. Das Buch, der Gemüsegarten, das Gästehaus …

Als könnte er ihre Gedanken lesen, sagte er: »Diesmal ist es anders. Es ist eine richtige, geregelte Arbeit. In drei Wochen fange ich an. Bei einer Exportfirma in Manchester. Sie brauchten jemanden mit guten Fremdsprachenkenntnissen. Vollzeit. Ich muß sogar Anzug und Krawatte tragen.« Er lachte.

Sie fragte sich, was er wollte. Anerkennung? Glückwünsche? *Stefan, das ist ja großartig! Ich hole nur schnell die Kinder, dann können wir nach Hause fahren …*

»Das freut mich für dich, Stefan. Ich hoffe, es klappt.«

»Ich habe über alles nachgedacht, Liv. Ich hatte in den letzten Monaten viel Zeit zum Nachdenken. Wir hatten nie Glück, wir beide. Man kann wirklich nicht sagen, daß wir

Glück hatten.« Er runzelte die Stirn. »Der Fuchs – die Ratten – die Stürme ... Das machte alles so schwierig. Und eigentlich waren wir noch gar nicht reif für die Kinder, nicht wahr? Klar, sobald sie da sind, liebt man sie mehr als alles auf der Welt, aber ich denke oft, daß vieles sich vielleicht anders entwickelt hätte, wenn wir mehr Zeit gehabt hätten, uns aneinander zu gewöhnen, Verständnis füreinander aufzubauen. Und wenn ich die Stellung an der Uni bekommen hätte, wäre das bestimmt auch eine Hilfe gewesen. Alles wäre anders geworden, wenn wir nur ein bißchen Glück gehabt hätten, meinst du nicht auch?«

»Stefan«, sagte sie und fühlte sich ungeheuer müde, »warum bist du gekommen?«

»Um euch zu sehen«, sagte er einfach.

Sie schloß einen Moment die Augen. »Ich habe mir ein neues Leben aufgebaut.«

Er schwieg. Dann sagte er: »Ich habe nichts anderes erwartet, Liv.«

»Ich habe ein Heim, Arbeit, Freunde ...«

»Katherine«, sagte er.

»Ja, Katherine hat mir sehr geholfen. Ohne sie wäre ich aufgeschmissen gewesen.«

Er war zur Gartentür gegangen und dort stehengeblieben. Sie betrachtete sein Gesicht, suchte nach Zeichen von Eifersucht oder Wut, aber die Schatten des Spalierbaums verhüllten seine Züge.

»Ich bitte dich um nichts, Liv. Das heißt – doch, eines: daß ich die Kinder sehen darf. Sie haben mir sehr gefehlt. Besonders Freya.«

Es schien nur fair, darauf zu sagen: »Du hast ihr auch gefehlt, Stefan.«

»Ich war kein schlechter Vater, oder?«

Sie schüttelte den Kopf.

»Darf ich sie also sehen?« fragte er. »Nur während dieser paar Wochen, wo ich in London bin?«

Sie nickte.

Als er gegangen war, blieb sie reglos in der Küche stehen und blickte, die Hände ineinander gekrampft, in den Garten hinaus. Das kleine Fleckchen Gras und Gebüsch schien jetzt voller Schatten. Windstöße schüttelten den Birnbaum, und seine Zweige schlugen gegen die Fenster. Es klang, als klopfte jemand um Einlaß.

Sie begann, das Abendessen zu richten. Bei jedem Handgriff mußte sie sich bewußt machen, was sie tat: den Zug des Messers beim Kartoffelschälen, die Drehung des Hahns, als sie das Becken mit Wasser füllte. Ihre Hände waren ohne Gefühl, und sie ertappte sich bei der Vorstellung, sie drückte die Messerspitze in ihren Handballen und sähe zu, wie das Blut sich auf der blassen Haut sammelte. Nur um den Schmerz zu empfinden. Nur um etwas zu fühlen. Um durch Schmerz und Schock den Wirbel in ihrem Kopf zum Stillstand zu bringen. *Blutsschwestern.*

Aber sie war jetzt allein. Im übrigen hatte sie den Glauben an die geordnete Welt ihrer Kindheit schon vor langer Zeit verloren. Stefan stand für einen dunkleren Zauber, eine Welt, in der nichts ganz das war, was es zu sein schien, in der sie ihren Instinkten nicht trauen konnte. Mauern sprangen plötzlich vor ihr auf, Irrwege verzweigten sich unberechenbar. Wie leicht zu glauben, er habe sich geändert! Wieviel weniger schmerzhaft und beschämend, sein Angebot der Wiedergutmachung anzunehmen.

Aber sie dachte daran, wie die Stunden ihres Lebens abgelaufen waren, während er drüben auf der anderen Straßenseite im Schatten gestanden und gewartet und gelauert hatte. Und als wieder ein Zweig gegen das Fenster schlug, fuhr sie herum und starrte mit klopfendem Herzen in die Dunkelheit hinaus.

Rose saß in der Küche, aß Maltesers und las »Honey«, als Felix nach Hause kam.

»Mußt du nicht bei Liv babysitten?« Er öffnete den Kühlschrank, der leer war bis auf eine Flasche Milch und eine gewellte Scheibe Schinken.

»Sie braucht mich nicht«, sagte Rose niedergeschlagen. »Ihr Mann paßt auf die Kinder auf.«

Mit einem Ruck fuhr Felix herum. »Ihr Mann? Bist du sicher?«

»Morgen mittag paßt er auch auf sie auf. Da krieg ich sie wieder nicht zu sehen.«

Er stellte die Milchflasche hin. Er hatte plötzlich keinen Hunger mehr. »Hast du ihn gesehen?« fragte er seine Schwester. »Wie ist er?«

Sie schnitt eine Grimasse. »Wie der Saure Tom.« Rose hatte einmal einen Kater namens Saurer Tom gehabt. »Weißt du noch, Felix? Man glaubte, er wäre nicht da, und dann drehte man sich um, und er hockte unter dem Sofa und ließ einen nicht aus den Augen. Und wenn es ihm in den Kram paßte, schnurrte er wie eine Nähmaschine, aber wehe, es lief nicht wie er wollte, dann hat er gleich die Krallen ausgefahren.« Sie ahmte es mit einer Bewegung ihrer Hände nach.

Katherine führte Felix in ihr Schlafzimmer. Auf dem Bett lagen Kleiderhaufen, und eines ihrer Augenlider glitzerte türkisgrün, während das andere ungeschminkt war.

»Simon ist nicht da«, sagte sie und musterte Felix aufmerksam. »Du siehst aus, als wärst du stinksauer, Felix.« Sie setzte sich an ihren Toilettentisch und griff zum Lidschatten.

»Wußtest du, daß Livs Mann in London ist?« fragte Felix aufgebracht. »Ich konnte es nicht fassen, als Rose es mir erzählte ... Und sie läßt ihn tatsächlich auf die Kinder aufpassen ...«

»Es sind auch seine Kinder.«

Er starrte sie an: »Du findest das also in Ordnung? Er prügelt sie, er sperrt sie ein, und dann kreuzt er einfach hier auf und bildet sich ein, er kann einen auf heile Welt machen.«

»Nein, natürlich finde ich es nicht in Ordnung. Hör auf, so hin und her zu rennen, Felix. Mir wird ja ganz schwindlig.«

»Weißt du, wie lange er bleiben will?«

»Ein paar Wochen, hat Liv gesagt.«

»Und dann?«

»Er hat anscheinend eine Stellung in Manchester.«

»Er hat also nicht die Absicht, ganz hierzubleiben? Er ist nicht hergekommen, um – na ja, um sie zu überreden, zu ihm zurückzukehren?«

»Stefan hat Liv erklärt, er wolle nur die Kinder sehen.« Aber, dachte Katherine, Stefan ist schlau und hinterhältig. Er hatte sie beobachtet; sie war durch die dunkle Straße gegangen, ohne zu wissen, daß er ihr auf den Fersen gewesen war, die Vorstellung beunruhigte sie. Wie lange hatte er sich im Dunklen versteckt gehalten, um sie zu beobachten?

Sie legte das Wimpernbürstchen nieder und drehte sich nach Felix um. »Kaffee? Oder lieber ein Bier?«

»Nein, danke. Ich werd mal sehen, ob ich Liv im Café erwische.«

Katherine musterte sich im Spiegel und verzog unwillig das Gesicht. »Ich möchte gern wissen, wie es kommt, daß ein Fummel, der vor einer Woche noch supertoll aussah, plötzlich *unmöglich* ist.« Sie trug ein langes Kleid aus einem zarten schwarzen Stoff mit Stickerei an Kragen und Manschetten.

Er blieb an der Tür stehen. »Du siehst umwerfend aus. Wie immer.«

»Haha, du Schmeichler.« Sie stand auf und küßte ihn auf die Wange. »Ich muß mich umziehen.« Sie schickte sich an, das Kleid über den Kopf zu ziehen. »Ab mit dir. Ich muß in zehn Minuten los und bin noch längst nicht fertig.«

Sie tauschte das schwarze Kleid gegen einen Rock aus silbernem Pannesamt und ein türkisfarbenes Top. Sie war gerade dabei, sich die Haare zu bürsten, als sie Simon nach Hause kommen hörte.

»Was ist denn mit – na wie heißt er gleich? – los? Der hätte mich beinahe umgestoßen, so ist er die Treppe runtergerannt.«

»Felix? Nichts. Was soll los sein?« Doch das Gespräch mit Felix beschäftigte sie noch. Während sie einen Ohrring anlegte, fügte sie mehr zu sich selbst hinzu: »Er hat mich nach Stefan gefragt. Er war ziemlich wütend. Ich hätte nicht gedacht ...« Als sie aufsah, bemerkte sie den Blick ihres Bruders und schwieg.

»Was?« fragte Simon. »Was hättest du nicht gedacht?«

»Ach, nichts. Er war einfach schlecht gelaunt.«

Das Telefon läutete. Simon nahm ab. »Kitty?« Er reichte ihr den Hörer.

Es war Jordan. »Ich schaffe es nicht, Liebes. Es ist etwas dazwischengekommen.«

Simon beobachtete sie. Sie bemühte sich, sich nichts anmerken zu lassen, und sagte nur: »Mußt du arbeiten?«

»Ich bin zu Hause«, antwortete Jordan. »Ich rufe von einer Zelle aus an – ich habe Tricia gesagt, ich wollte mir Zigaretten holen. Ich muß sausen, Darling …«

Sie legte auf. Am liebsten hätte sie sich das schicke Ensemble vom Leib gerissen und ihr perfektes Makeup verschmiert, aber sie tat nichts dergleichen, sondern drehte sich äußerlich unbekümmert nach Simon um und sagte: »Meine Verabredung ist geplatzt. Machen wir was zusammen? Wir können ins Kino gehen … oder zum Essen …«

Als Felix in das Café kam, in dem Liv arbeitete, war gerade ihre Schicht zu Ende. Der schnellste Weg zur Beckett Street führte sie durch den Park. Es war schneidend kalt, und Nebelfetzen schwammen zwischen Büschen und Bäumen. Verschnörkelte altmodische Lampen leuchteten an den gewundenen Wegen.

Eine Zeitlang gingen sie schweigend nebeneinander, dann sagte er: »Rose hat mir erzählt, daß dein Mann hier ist. Und daß du ihm erlaubst, sich um die Kinder zu kümmern.«

»Natürlich. Es sind ja auch Stefans Kinder.« Sie drehte den Kopf, um ihm ins Gesicht zu sehen. »Diese Verbindung wird immer bleiben. Ich kann nicht einfach so tun, als hätte es meine Ehe nie gegeben.« Ihre Haut war rot von der Kälte, ihre Lippen schimmerten bläulich, und in der Dunkelheit wirkten ihre Augen hart und schwarz wie Obsidian. »Ich kann es nicht mal bereuen, ihn geheiratet zu haben.« Ihr Ton war bitter. »Wenn ich Stefan nicht geheiratet hätte, hätte ich Freya und Georgie nicht.«

Er zwang sich zu fragen: »Hast du vor, zu ihm zurückzukehren?«

»Niemals!« sagte sie zu seiner tiefen Erleichterung. »Wie kannst du so etwas auch nur denken?«

»Na ja, du hast doch selbst gesagt, Stefan ist dein Mann. Er ist der Vater deiner Kinder.«

»Das heißt noch lange nicht, daß ich wieder mit ihm zusammenleben würde.«

»Dann wohnt er nicht bei dir?«

»Natürlich nicht.«

»Ich dachte nur …«

»Daß er nur mit den Fingern schnippen braucht, und ich springe?«

Er erwiderte nichts, aber er faßte ihre Hand und zog sie unter seinem Arm hindurch, während sie durch ein Gewölbe schmutziger Rhododendren schritten. Nach einer Weile sagte er: »Als Rose mir von Stefan erzählte, hab ich überlegt, ob …« An der Kreuzung, wo vier Fußwege zusammenliefen, blieb er stehen und sah zu ihr hinunter. Wassertröpfchen hingen wie schimmernde Perlen in ihrem Haar und an ihren Wimpern. »Manchmal«, sagte er, »schlagen die Gefühle plötzlich um, wenn man einen Menschen wiedersieht. Das Alte kommt wieder hervor, und man erinnert sich, was man ursprünglich in ihm gesehen hat.«

Sie stieß mit der Stiefelspitze in den Boden. Dann hob sie den Kopf und sah ihn an. »Ich hatte Angst, als ich Stefan sah.« Ihre Stimme war tonlos. »Das war alles, Felix. Ich hatte nur Angst.«

»Weißt du«, sagte er, »du würdest mir fehlen, wenn du weggingst.«

»Ich gehe nicht weg«, entgegnete sie mit grimmiger Entschlossenheit.

»Liv«, sagte er sehr leise. Seine Hände ruhten leicht in der Einbuchtung ihrer Taille. Als er sie küßte, entzog sie sich ihm nicht und machte keine der erwarteten Bemerkungen darüber, daß dies nicht der rechte Moment, der rechte Ort, die rechte Gelegenheit sei. Vielmehr schob sie ihre Finger in sein Haar, um ihn näher zu sich zu ziehen, und ihre Lippen drängten so leidenschaftlich wie die seinen.

Schritte in der Dunkelheit. Sie löste sich von ihm. Eine ältere Frau, die ihren Hund spazierenführte, ging an ihnen vorüber.

»Liv …«, begann er, aber sie hob abwehrend die Hand.

»Sag jetzt nichts. Bitte! Sag – jetzt – nichts.« Sie schob mit heftiger Bewegung ihre Hände in die Manteltaschen und ging weiter. Er glaubte, in ihren Augen einen trotzigen, ja, beinahe kriegerischen Glanz wahrzunehmen.

Als er sich von ihr getrennt hatte, wurde ihm schlagartig klar, wie töricht es von ihm gewesen war, sich selbst zu seiner lockeren, völlig platonischen Freundschaft mit Katherine und Liv zu beglückwünschen. Er wußte jetzt, warum er Liv geküßt hatte; warum er so lange nicht mehr an Saffron gedacht hatte; warum es ihn bei Katherines Essen wütend gemacht hatte, Simon Constant mit Liv flirten zu sehen. Und vor allem, warum er Stefans Rückkehr gefürchtet hatte. Er liebte Liv Galenski, schon seit Wochen, vielleicht sogar seit Monaten. Und ihm ging der Gedanke durch den Kopf, daß diese Art der Liebe, diese unerwartete, schleichende Liebe ihn wie Efeu umschlingen und vielleicht niemals loslassen würde.

Die Beschaffenheit der Tage schien verändert. Wenn Liv auf die fünf Monate der Trennung von Stefan zurückblickte, hatte sie den Eindruck, sie lösten sich auf und zerfielen unter ihren Augen. Sie gewannen etwas Unwirkliches, so als wären sie nie gewesen. Roses Blick, als sie ihr wiederum sagen mußte, daß ihre Hilfe nicht gebraucht wurde, machte sie traurig. Stefan ging, wenn er die Kinder hütete, ganz anders als Rose mit ihnen um. Stets unternahmen sie etwas, machten Ausflüge – eine Fahrt hoch oben im Doppeldeckerbus oder einen Besuch bei Harrods, um die jungen Hündchen zu besichtigen. Manchmal gingen sie in den Park und ließen Drachen steigen, oder Stefan zog Freya ihre Gummistiefel an und ließ sie nach Herzenslust durch Pfützen planschen. Hops, hinein und hops, wieder heraus, eine ganze Stunde lang, während er sie bei der Hand hielt, bis seine Jeans und ihr Regenmantel durchnäßt waren und ihre Augen glasig vor Wonne und Erschöpfung.

Stefan störte den eingespielten Ablauf ihres Lebens, warf feste Gewohnheiten um. Sie sah Katherine selten und Felix noch seltener. Felix kam nur einmal vorbei, solange Stefan in London war. Sie waren in der Küche; Stefan schnitt gerade mit Freya zusammen Papierengel aus. Der ganze Boden lag voller Schnipsel. Liv machte die beiden Männer miteinander bekannt. Sie tauschten einen kurzen Händedruck, ein paar förmliche Worte. Die Schere kroch durch das Papier, schnipp, schnapp. Liv hatte den Eindruck, sie umkreisten einander wie feindselige Hunde, und sie fröstelte, als sie sich der Berührung von Felix' Lippen erinnerte, so kühl und flüchtig wie der Nebel.

Stefan war in der Küche, als Liv von der Arbeit nach Hause kam. Er blickte auf. »Du kommst spät.«

Sie sah zur Uhr. »Nur zehn Minuten später als sonst. Wir hatten viel zu tun.«

»Wir müssen reden.« Er fuhr sich mit einer Hand durch das Haar. »Ich denke, wir sollten über die Zukunft sprechen, Liv.«

Ihr flatterte der Magen. »Über die Zukunft?«

»Ich bin der Meinung, wir sollten es noch einmal miteinander versuchen.« Als sie etwas entgegnen wollte, hob er die Hand, um sie zum Schweigen zu bringen. »Nein, laß mich bitte ausreden.« Sie nahm automatisch ihren Schal ab und öffnete die Verschlüsse ihres Dufflecoats, während er weitersprach. »Es geht doch nicht nur um uns. Ganz gleich, wie wir zueinander stehen, wir müssen an die Kinder denken.«

Ihr Herz raste, aber sie zwang sich zur Ruhe. »Du weißt, daß es für mich nichts Wichtigeres gibt als das Wohl der Kinder.«

»Und bei mir ist es genauso.«

Ihr Mund war wie ausgedörrt. »Stefan, ich habe dich verlassen, um den Kindern ein besseres Leben zu bieten.«

»Besser? Das hier? Zwei Zimmer und ein Garten von der Größe eines Taschentuchs?«

»Der Park ist auch noch da.« Sie ärgerte sich, daß sie sich von ihm in die Defensive drängen ließ.

»Du kannst sie doch hier keinen Moment aus den Augen lassen. Hast du das einmal bedacht? Bei dieser verkehrsreichen Straße direkt vor eurer Tür.« Stefan musterte ostentativ den zerschrammten Fensterrahmen und die feuchten Flecken an der Wand. »Holm Edge war vielleicht nicht gerade der reine Luxus, aber es war wenigstens solide. Diese Bude hier schaut aus, als würde sie kein Jahr mehr halten.«

»Sie wird bald renoviert«, erklärte sie und sah im selben Moment die Falle.

»Und wo willst du während der Renovierung mit den Kindern leben?«

»Wir finden schon etwas.« Aber in seinen Augen blitzte Triumph, und sie sagte leise: »Ich weiß nicht.«

Er lächelte. »Sieh doch den Tatsachen endlich mal ins Auge, Liv. Du lebst vielleicht lieber in der Stadt, aber für Freya und Georgie war Holm Edge eindeutig besser.«

»Ich werde arbeiten und ...«

»Ein abwesender Vater und eine Mutter, die nie da ist, weil sie arbeiten muß! Ist es *das*, was du für unsere Kinder willst?«

»Ich finde schon was für uns. Felix hat gesagt, daß er uns hilft.«

»Felix?« Er trommelte mit den Fingern auf die Tischplatte.

»Er arbeitet bei einer Wohnungsgenossenschaft ... Er sagte, daß er uns was besorgen kann.«

Sie war sich bewußt, daß sie zu hastig sprach und ihre Nervosität offenkundig war. Sie dachte an den Park; an diesen unerwarteten Moment der Offenheit und der Lust.

Stefan legte seine Hand auf ihre Schulter. Um sie zu trösten, fragte sie sich, oder um Besitzrechte geltend zu machen? »Ich will es dir nicht schwermachen, Liv«, sagte er. »Das ist das letzte, was ich möchte. Ich will dir nur sagen, daß ich dich immer noch liebe. Ich habe dich immer geliebt, und ich werde dich immer lieben.«

Sie trat von ihm weg. »Du sprichst von Liebe? Du hast mich eingesperrt – geschlagen! –, nennst du das *Liebe*, Stefan?«

»Ich habe dir doch gesagt, daß ich mich geändert habe. Das mußt du mir glauben.« Seine Stimme war gedämpft, und seine

Worte hatten etwas Hypnotisches, wie ein Mantra. »Ich habe dir gesagt, daß so etwas nie wieder vorkommen wird. Wie soll ich dich überzeugen? Wie kann ich dich dazu bewegen, mir eine zweite Chance zu geben?«

Sie dachte, ich habe dir eine zweite Chance gegeben. Und eine dritte, eine vierte, eine zehnte, eine zwanzigste.

»Ich meine, wir haben schließlich beide Fehler gemacht, Liv. Wenn du nicht ganz so sehr von den Kindern absorbiert gewesen wärst ... wenn du mehr Zeit für mich gehabt hättest ... Wenn ich manchmal das Gefühl gehabt hätte, daß ich nicht nur an der Peripherie deines Lebens existiere ...«

Ein kleines Lächeln kräuselte seinen Mund. Seine Stimme schmeichelte. Sie fragte sich, ob er die Wahrheit sprach, ob sie von Freyas und Georgies Bedürfnissen in Anspruch genommen, die ihres Mannes vernachlässigt hatte.

»Aber aus Fehlern kann man lernen. Es war doch einmal gut, Liv, das mußt du zugeben. Weißt du nicht mehr, wie wunderbar es war, als du das erste Mal nach Holm Edge kamst? Erinnerst du dich nicht mehr, was wir alles zusammen unternommen haben – wir waren uns selbst genug. Wir brauchten keine anderen Menschen. Und so kann es wieder sein, das weiß ich. Es kann alles wieder gut werden.«

Er war hinter sie getreten. Sie zitterte, als er seinen Arm um sie legte. Um sie zu beschützen? Um sie zu fesseln? Seine Stimme war leise und beschwörend, als er ihr ins Ohr flüsterte: »Ich möchte dich etwas fragen, Liv. Was ist das Wichtigste, was man einem Kind geben kann?«

»Liebe«, sagte sie mit spröder Stimme.

»Und die Liebe zweier Eltern ist doch besser als die nur eines Elternteils, meinst du nicht auch?«

Sie mußte an ein kleines Mädchen denken, das am Meer entlanggging; das sah, wie die Wege der Eltern sich trennten, und das unendlich unter dieser Trennung gelitten hatte. Sie erinnerte sich ihres durch nichts begründeten kindlichen Glaubens, daß am Ende die Liebe siegen und ihr Vater zu ihr heimkehren würde. Ihre ganze Kindheit und Jugend hatte dieser Glaube sie nicht verlassen.

»Ganz gleich, wie du über mich denkst, Liv, ganz gleich, wie wenig dir an mir liegt, ist jetzt nicht der Moment, an Freya und Georgie zu denken? Wäre es nicht ziemlich – ziemlich egoistisch, das nicht zu tun?« Mit jeder Silbe schien etwas in ihr zu sterben. »Findest du nicht, daß sie es wert sind?« Sie fühlte die Wärme seines Körpers; seine Lippen streiften ihr Ohr. »Sind sie nicht wenigstens noch einen Versuch wert?«

Oft kamen Felix, wenn er bei der Arbeit war, wenn er mit Freunden zusammensaß oder allein zu Hause war, Bruchstücke des Gesprächs mit seinem Vater in den Sinn. *Der Zahlungseingang ist schleppend ... ich mußte zur Überbrückung ein Darlehen aufnehmen ...* Oft sah er vor sich den Blick in den Augen seines Vaters, hörte wieder die überraschende Wut in seiner Stimme, als er getaumelt war und beinahe den Tisch umgestoßen hätte. Er versuchte, seine Besorgnis zu beschwichtigen, indem er sich die Beruhigungen seines Vaters ins Gedächtnis rief, aber es blieb eine Beklemmung.

Er fuhr ein paar Tage nach Hause, aber der Besuch war enttäuschend. Bernard mied das Alleinsein mit Felix, und wenn er doch mit ihm allein war, tat er seine Fragen nach der Firma mit wegwerfender Nonchalance ab. Außerdem wuchs fern von London Felix' Unsicherheit in bezug auf Liv ins Qualvolle. In Wyatts hatte er zuviel Zeit zum Nachdenken. Zuviel Zeit, der Möglichkeit ins Gesicht zu sehen, daß Liv vielleicht doch zu ihrem Mann zurückkehren könnte.

Er hatte Stefan Galenski mit eigenen Augen sehen müssen und hatte festgestellt, daß er in nichts dem Bild entsprach, das er sich von ihm gemacht hatte. Er hatte sich Livs Mann als einen brutalen, ungehobelten Menschen vorgestellt, den stiernackigen Primitiven, der seine Frau prügelte. Die Wirklichkeit war ein Schock gewesen. Ein gut geschnittenes Gesicht, Intelligenz und Charme, den Stefan, so empfand es Felix, nach Belieben ein- und ausschalten konnte. Bei ihrem kurzen Gespräch hatte Stefan mit einer Hand die Schulter seiner kleinen Tochter umfaßt gehalten, eine Geste, die eine deutliche Sprache sprach.

Felix war ständig zwischen diesen oder jenen Ängsten hin- und hergerissen. Der Angst um seinen Vater; der Angst um Liv. Die Tage vergingen. Eines Tages dann, als er gerade nach Hause fahren wollte, rief Mia im Büro der Wohnungsgenossenschaft an. »Felix«, sagte sie, »bitte komm sofort nach Hause.«

»Was ist denn passiert?« fragte er scharf.

»Komm einfach. Bitte.«

Er fuhr direkt nach Wyatts, fuhr schnell in seiner Angst und Ungewißheit, überholte auf jedem Stück gerader Straße. Scheinwerfer tauchten wie Gespensteraugen aus der Dunkelheit auf, und die ausladenden Äste alter Bäume schienen nach ihm zu greifen, als wollten sie ihn von der Straße zerren.

Mia war im Wohnzimmer, als er in Wyatts ankam. Die Vorhänge waren nicht zugezogen. Durch die großen Fenster konnte Felix den Rasen sehen, auf dem hell das Mondlicht lag. Die Hunde schliefen zusammengerollt neben Mia auf dem Sofa, und auf dem Tisch stand eine Flasche Scotch.

»Bernard ist schon zu Bett gegangen«, sagte sie. »Ich habe ihm gesagt, er soll eine Schlaftablette nehmen. Hol dir ein Glas.«

»Nein, danke«, erwiderte er. »Ich will jetzt nicht ...«

»O doch, gleich wirst du wollen, Felix, glaub mir.« Ihre Stimme war leise und hart.

Er holte sich ein Glas. »Es ist die Firma, stimmt's?« fragte er, und sie warf ihm einen kurzen Blick zu.

»Du hast es gewußt?«

»Ich – konnte es mir zusammenreimen.«

Sie lachte bitter. »Das ist mehr, als ich geschafft habe. Aber Bernard hat mich ja wohl auch nicht meines messerscharfen Verstandes wegen geheiratet.«

»Mia ...«

Die Tür ging auf, und sein Vater trat ins Zimmer. »Ich habe den Wagen gehört.« Bernard sah Mia an. »Findest du nicht, daß es meine Aufgabe ist, meinem Sohn zu sagen, was ich getan habe?«

Nach einem kurzen, gespannten Schweigen stand Mia auf und ging aus dem Zimmer. Die Hunde folgten ihr.

Als sich die Tür geschlossen hatte, sagte Felix: »Was willst du mir sagen, Dad?«

Sein Vater stand mit dem Rücken zu ihm und sah zur Terrassentür hinaus. »Ich hätte schon vor Monaten mit dir sprechen müssen, aber ich habe nicht den Mut dazu gefunden.« Er drehte sich herum und sah Felix an. »Mir fehlte der Mut«, wiederholte er, »meinem einzigen Sohn zu sagen, daß ich alles verloren habe.«

»Die Firma …?«

»Ist bankrott.«

Die Worte trafen wie Hammerschläge. Felix war, als schrumpfte sein Herz unter den Schlägen.

»Die Geschäfte liefen schon seit Jahren nicht mehr richtig«, sagte sein Vater. »Du weißt, daß ich ein Darlehen aufnehmen mußte, um die Firma über Wasser zu halten. Die Bank und …« Er hielt einen Moment inne. »Ich habe einige Fehlentscheidungen getroffen. Ich habe mir bei einem Mann Geld geliehen, von dem ich glaubte, ich könnte ihm vertrauen. Ich bin mit seinem Vater zusammen zur Schule gegangen. Ich dachte, das wäre von Bedeutung. Aber – die Welt hat sich verändert.«

Eine beinahe unerträgliche Kälte hielt Felix umfangen, und eine Ahnung erwachte in ihm, daß sein Leben in diesem Moment auf der Kippe stand. Er erinnerte sich, daß er in der Nacht des Todes seiner Mutter im oberen Stockwerk gewesen war. Er hatte zum Fenster im Treppenflur hinausgeschaut und das Polizeifahrzeug gesehen, das die Auffahrt herauf zum Haus gekommen war. Aber er war nicht zur Tür hinuntergelaufen, sondern hatte abgewartet, um den Moment der Gewißheit hinauszuschieben. Den gleichen Impuls verspürte er jetzt.

»Wir haben alles verloren.« Bernard holte zitternd Atem. »Alles. Denn als ich Geld brauchte, um in die Firma zu investieren, habe ich das Haus als Sicherheit angeboten.«

Das Haus als Sicherheit angeboten, dachte Felix. Er hatte Mühe zu begreifen. »Wyatts?« fragte er leise.

Bernard nickte. Er sah aus, als hätte er große Angst.

»Wir haben das Haus verloren?« Er hörte selbst, wie fremd seine Stimme klang.

»Ja.«

Er wollte sagen: Das ist doch nicht möglich, Dad. Statt dessen sagte er: »Aber es gehört *uns*.«

»Jetzt nicht mehr.«

»Aber die würden dir doch bestimmt eine Fristverlängerung geben, wenn du darum bätest. Wenn du ihnen erklärst, daß wir die Firma wieder auf die Beine bringen.«

»Unsere Gläubiger wollen gar nicht, daß die Firma wieder auf die Beine kommt.« Bernards Hand zitterte stark, als er sich einen Scotch einschenkte. »Die Firma interessiert sie einen Dreck. Die holen den Liquidator und schließen das Geschäft. Dann verschachern sie den Grund an irgendwelche Baulöwen und machen ein Vermögen dabei.« Er verzog den Mund zu einem bitteren Lächeln.

»Aber ganz gleich, was das für dich und mich bedeutet«, fuhr er dann fort, »denk daran, wieviel schlimmer es für unsere Leute ist. Viele sind fünfzig oder sechzig Jahre alt – die finden keine Arbeit mehr. Einige der Facharbeiter, Drucker und Färber, sind schon seit vierzig Jahren bei uns.« Bernards Gesicht war fahl, der Blick seiner Augen leer und glasig.

»Ich habe immer gehofft, daß du eines Tages die Firma übernehmen würdest, Felix. Sie hätte dein Erbe sein sollen. Es war schlimm genug für dich, deine Mutter so früh verlieren zu müssen und noch dazu auf so tragische Weise. Nun habe auch ich dich enttäuscht«, sagte Bernard leise. »Alle habe ich enttäuscht.«

Die »Glitz« brachte einen Artikel mit dem Titel »Die Geliebte«. Das dazugehörige Foto zeigte eine Frau im schwarzen Negligé und in Pantöffelchen mit Straußenfederbesatz. Das Haar, das ihr schwer ins Gesicht fiel, verbarg ihre Augen und verlieh ihr einen Ausdruck der Verstohlenheit. Oder der Blindheit. Katherine war sich nicht sicher. Sie gab sich die größte Mühe, den weniger trivialen Tagesereignissen – den Streiks, den terroristischen Greueltaten, dem ewigen Geunke von Untergang und Verderben – das ihnen zustehende Interesse einzuräumen, aber irgendwie hatte sie das Gefühl, daß ihr

Verlangen nach Jordan wichtiger war. Sie brauchte die Berührung seiner Hände. Sie brauchte es, ihm von den kleinen Geschehnissen ihres Tages erzählen zu können. Sie brauchte es, ihn sagen zu hören, daß sie schön war. Sie versuchte, sich damit zu trösten, daß ihre Trennung ja nur vorübergehend sei. Aber es war kurz vor Weihnachten, und es ärgerte und kränkte sie, daß Jordan mit seiner spießigen Frau in Hertfordshire festsaß und sich heimlich aus dem Haus schleichen mußte, um sie wenigstens hin und wieder von einer Zelle aus anrufen zu können.

Ein Kurier brachte ihr eine Nachricht in die Redaktion. Jordan bat sie, ihn in seiner Wohnung zu treffen. *Es wird leider nur für ein Stündchen reichen. Gegen sechs. Du fehlst mir, Darling.* Sie frischte in der Damentoilette mit Sorgfalt ihr Make-up auf, ehe sie früher als sonst die Redaktion verließ.

In der Wohnung am St. James's Park machte sie sich einen Gin Tonic und wartete. Sie war ungewöhnlich nervös. Anstatt ein Bad zu nehmen und es sich dann im Bett bequem zu machen, wie sie das sonst häufig tat, ging sie ruhelos in der Wohnung umher.

Sie konnte später nicht sagen, was sie veranlaßte, aus dem Fenster zu sehen. Und sie konnte sich nicht vorstellen – alle denkbaren Möglichkeiten waren grauenvoll –, was geschehen wäre, wenn sie es nicht getan hätte. Als sie den Vorhang zur Seite schob und zur Straße hinunterblickte, sah sie Jordan aus einem Taxi aussteigen. Eine Frau folgte ihm. Dunkler Pagenkopf, schmaler pelzbesetzter Mantel, eine schlanke, elegante Erscheinung. Der Mantel war geöffnet. Jordan bot der Frau die Hand, um ihr aus dem Wagen zu helfen. Das Taxi brauste davon. Die Frau drehte sich zur Seite, und Katherine sah sie im Profil. Der Vorhang entglitt ihrer plötzlich leblosen Hand.

Nur einen Augenblick schockierten Begreifens, dann goß sie den Rest des Drinks ins Spülbecken und säuberte das Glas. Sie nahm Handtasche und Handschuhe, schüttelte die Kissen auf dem Sofa auf und knipste alle Lichter aus. Eilig trat sie in den Hausflur hinaus.

Seine Stimme schallte durch das Treppenhaus. »Du lieber Gott, Tricia, doch nicht die *Dawsons*! Ausgerechnet die Dawsons!« Sie mußte an ihnen vorüber, als sie nach unten ging. Sie sah ihn nicht an, warf aber einen raschen Blick auf die Frau an seinem Arm. Automatisch registrierte sie das lange, fein gezeichnete Gesicht und die teure, elegant geschnittene Kleidung.

In der Untergrundbahn starrte sie auf die Fensterscheibe und sah die Gesichtszüge Tricia Aymes' im dunklen Glas gespiegelt. Sie klappte ihren Kragen hoch und schloß die Arme um ihren Oberkörper. Ihr war kalt. Sie fröstelte, als wäre sie krank. Die eisige Dezemberluft schien bis in ihr Innerstes einzudringen, und das Gefühl der Demütigung war wie ein bohrender Schmerz.

Sie fuhr nach Hause. Sie hatte Simon ganz vergessen, aber als sie die Wohnungstür öffnete, sah sie ihn lang ausgestreckt auf dem Sofa vor dem Fernseher liegen, in dem irgendeine Show mit kreischendem Publikum lief. Katherine starrte verständnislos auf den Bildschirm. Dann fiel ihr Blick auf die schmutzigen Kaffeetassen und Teller, die Zeitschriften und Romane, die auf dem Boden herumlagen und -standen.

Als das Telefon zu läuten begann, fuhr sie zusammen. Simon hob ab; sie mußte sich zusammennehmen, um ihn nicht anzuschreien. Er reichte ihr den Hörer. »Katherine«, sagte Jordan, und sie legte krachend auf.

»Verwählt.« Sie starrte Simon an. Er hatte es sich schon wieder auf dem Sofa bequem gemacht. Auf *ihrem* Sofa. Auf der einen Armlehne stand unsicher ein Aschenbecher, und daneben lagen seine Zigaretten; auf der anderen hatte er die Reste seines Abendessens deponiert.

Er lachte, den Blick auf den Bildschirm gerichtet. »Idioten ...«, murmelte er.

All ihr Zorn und ihre Enttäuschung zogen sich zu einem Punkt zusammen. Sie sagte: »Hast du eigentlich vor, *irgendwann* mal anzufangen zu arbeiten?«

»Du nicht auch noch, Kitty! Hör bloß auf. Ich hab gerade heute morgen einen Brief von den Eltern ...«

»Und nenn mich gefälligst nicht Kitty! Ich hasse das. Das klingt so – so billig und dumm.«

»Oh, so empfindlich. Entschuldige!« sagte er spöttisch.

Sie hatte plötzlich genug. »Oder beabsichtigst du, bis ans Ende deiner Tage hier herumzuliegen und von mir zu schnorren? Bist du schon mal auf die Idee gekommen, daß ich meine Wohnung gern für mich allein hätte? Und überhaupt nicht scharf drauf bin, daß mein Bruder, der Penner, hier rumlungert, wenn ich Freunde mitbringe?«

»Halt die Klappe, Kitty!«

Aber es verschaffte ihr eine gewisse Erleichterung, ihren Zorn und ihre Enttäuschung an Simon auszulassen. »Du bist jetzt seit sechs Wochen hier und hast nicht einen Penny zum Haushalt beigesteuert. Du ißt mein Essen, du trinkst meinen Wein, du blockierst stundenlang mein Bad. Wenn du auch nur einen Funken Selbstachtung besäßest – oder einen Funken Ehrlichkeit –, würdest du lieber in einem miesen kleinen Café jobben wie Liv, anstatt hier rumzuhängen und dich von mir aushalten zu lassen. Felix hätte dir jederzeit einen Job verschafft, das weißt du doch genau. Aber du hattest keine Lust, dir die Hände dreckig zu machen, stimmt's?«

Alle Farbe war aus seinem Gesicht gewichen. »Ich hab gesagt, du sollst den Mund halten!«

»Ach, hau doch einfach ab!« zischte sie. »Hau einfach ab und laß mich in Frieden.«

Dann rannte sie hinaus und schlug krachend die Tür hinter sich zu. Das Echo folgte ihr die Treppe hinunter.

Vor der Abfahrt aus Wyatts ging Felix noch einmal durch das Haus. Hier war er geboren; und hier war sieben Jahre später Rose, seine Schwester, zur Welt gekommen. Immer war er sicher gewesen, daß er hierher zurückkehren, daß Wyatts eines Tages sein Eigentum sein würde. Denn nach seinem Empfinden gehörte es zu ihm wie seine grünen Augen oder seine besondere Begabung für die Mathematik. Nun wanderte er von Raum zu Raum und nahm Abschied. Als er zum Fenster hinausschaute, sah er, daß Nebel sich auf das Land gesenkt hatte.

Die Buchsbaumhecken und die Rosenlauben waren grau verhüllt, als trügen sie Trauer.

Er fuhr nach London zurück. Rose war schließlich auch noch da. Aber sie war nicht zu Hause, und er ging gleich wieder hinüber in die Beckett Street.

Liv schloß gerade die Haustür hinter sich ab, als er kam. »Rose ist mit den Kindern in den Park gegangen«, erklärte sie auf dem Weg zum Einkaufen. Sie ging schnell durch die belebte Straße und mied seinen Blick. Unvermittelt sagte sie dann: »Stefan hat mich gebeten, zu ihm zurückzukehren.«

Er sah sie an, aber sie hielt den Blick starr auf die Straße gerichtet. »Und was hast du gesagt?«

»Daß ich es mir überlegen werde.«

Die Kälte drang ihm bis auf die Knochen. Er schob die Hände in die Manteltaschen. Zum zweitenmal innerhalb von vierundzwanzig Stunden hatte er das seltsame Gefühl, sein Herz schrumpfte. Er sagte hitzig: »Du denkst allen Ernstes daran, zu Stefan zurückzukehren?«

»Ich weiß es nicht ...« Sie wandte sich ab. Ihre Hände in den Wollhandschuhen flatterten in der frostigen Luft. »Ich muß es mir überlegen.«

»Was gibt es da zu überlegen?« Wut kam wie Galle hoch. »Er hat dich geschlagen, Liv. Hast du das vergessen?«

»Aber die Kinder! Du vergißt die Kinder.«

»Lieber Gott!« Zornig drehte er sich zu ihr herum. »Wie kann es für Freya und Georgie gut sein, mit einem solchen Menschen zusammenzuleben?«

»Stefan sagt, daß er sich geändert hat. Er hat es mir geschworen.«

Er faßte ihren Arm und zwang sie, stehenzubleiben. »Und du glaubst ihm?«

»Ich weiß es nicht.« Sie schüttelte seine Hand ab und ging in den kleinen Supermarkt.

Er folgte ihr. »Solche Menschen ändern sich nicht«, sagte er.

Ihr dunkler Blick traf ihn. »Ach, du bist da wohl Fachmann, Felix?« sagte sie scharf und spöttisch. »In Eheangelegenheiten – und was Kinder angeht?«

In Unverbindlichkeit, hätte sie hinzufügen können und damit genau den Punkt getroffen, der ihm seit vierundzwanzig Stunden die tiefste Scham bereitete. Die Firma, das Haus, sein Vater – in den letzten Jahren hatte er sie sich alle vom Leib gehalten, immer mit der Entschuldigung, er müsse seinen Idealen treu sein, während er in Wirklichkeit nur Engagement und Verantwortung vermieden hatte.

»Ich muß über alles, was Stefan gesagt hat, gründlich nachdenken.« Sie nahm einen Einkaufskorb. »Er ist der Vater der Kinder. Freya liebt ihn abgöttisch. Ich kann nicht einfach so tun, als zählte das nicht.«

Er hätte sie am liebsten bei den Schultern gepackt und geschüttelt, um sie zu zwingen, ihm zuzuhören. Der Laden war voller Leute, die nach der Arbeit noch rasch etwas einkaufen wollten. Männer in Anzügen stießen und pufften sie; Frauen mit kleinen Kindern drängten sich zwischen sie. Liv schien völlig willkürlich irgendwelche Dinge von den Regalen zu nehmen: eine Dose Schuhcreme, eine Packung Puddingpulver, ein Päckchen Seifenflocken.

Ruhiger sagte sie: »Wenn Stefan mit mir redet, komme ich immer völlig durcheinander und kann nicht mehr klar denken. War es vielleicht auch meine Schuld, daß unsere Ehe in die Brüche gegangen ist? Ich war immer der Meinung, Stefan wäre schuld, aber vielleicht irre ich mich. Wenn ich mich anders verhalten hätte, wäre es dann vielleicht gutgegangen?«

Er sagte müde: »Liv, du weißt, daß das Unsinn ist.«

»Glaubst du? Wie soll ich sicher sein? Und sind meine Bedürfnisse wirklich wichtiger als die meiner Kinder?«

Er hatte vergangene Nacht kaum geschlafen. Er war plötzlich vollkommen erschöpft, überwältigt vom Tempo und der Unerbittlichkeit der Ereignisse. Er wollte nur schlafen oder sich sinnlos betrinken. Nur nicht mehr denken müssen. Aber er machte einen letzten Versuch. »Und ich?« sagte er. »Was für eine Rolle spiele ich in diesem Stück?«

Sie sah ihn an, als hätte sie kein Wort verstanden, und er sagte leise: »Ach so, schon kapiert.« Dann machte er auf dem Absatz kehrt und rannte aus dem Laden.

Stefan suchte Katherines Wohnung auf. Simon öffnete ihm die Tür. Er war im Mantel und hatte einen Schal um den Hals. Neben ihm stand eine Reisetasche, so voll, daß der Reißverschluß nicht mehr zuzuziehen war.

»Ich suche meine Frau. Liv«, erklärte Stefan. »Ich dachte, sie wäre vielleicht hier?«

»Liv? Nein, ich hab sie nicht gesehen.« Geringschätzig gekräuselte Lippen. Weiße Finger in seidigem dunklem Haar. Ein Blick unter lang bewimperten Lidern hervor. »Sie ist wahrscheinlich bei – äh, wie heißt er gleich?« sagte Simon plötzlich. »Bei Dingsbums. Felix.« Die Lider hoben sich, und er sah Stefan mit Unschuldsmiene an. »Die beiden sind ja die dicksten Freunde.«

Und was für eine Rolle spiele ich in dem Stück? Während sie durch den Park zum Café ging, drehte und wendete sie unaufhörlich Felix' Worte, rief sich seinen Gesichtsausdruck vor Augen, als er sie ausgesprochen hatte. Als sie die Stelle erreichte, wo die vier Fußwege sich trafen, schloß sie die Augen und erinnerte sich an die Berührung seiner Lippen. Die Entscheidung, die ihr bis zu diesem Moment so schwergefallen war, stand plötzlich fest.

Sie würde nicht zu Stefan zurückkehren, denn sie liebte ihn nicht mehr. Stefan war Teil eines früheren Lebens, dem sie entwachsen war. Sie hatte sich verändert, weil sie begriffen hatte, daß Furcht und Liebe nicht nebeneinander bestehen konnten und daß nichts, nicht einmal die Sorge um die Kinder, einen solchen Mangel an Liebe rechtfertigte. Ganz gleich, wie sehr Stefan sich geändert hatte, sie konnte nicht vergessen, was sie dazu getrieben hatte, ihn zu verlassen. Die bösen Erinnerungen blieben, unvergeßlich und unauslöschlich, und bewirkten, daß sie in seinem Beisein niemals unbefangen war und innerlich ständig den Atem anhielt aus erlernter Furcht. Sie war ja beinahe so weit gewesen, sich mit ihren Ängsten abzufinden, sie als etwas Normales im Zusammenleben mit einem Mann zu betrachten. Erst Felix – ein Freund und eines Tages vielleicht mehr als das – hatte ihr gezeigt, daß das nicht richtig war.

Ich werde morgen mit Stefan sprechen, dachte sie, und flüchtig stieg Mitleid mit ihm auf: mit dem Stefan, der seine Kinder liebte; mit dem Stefan, der nicht allein sein konnte.

Im Café begrüßte sie Sheila, band ihre Schürze um und ging an die Arbeit. Hinter dem Tresen kniend, räumte sie die Schränke auf, als sie das Bimmeln der Türglocke hörte, das einen Gast ankündigte. Sie richtete sich auf.

»Stefan!« Er kam an die Bar. Mit einem Blick über die Schulter stellte Liv fest, daß Sheila im kleinen Hinterzimmer über der Wochenabrechnung saß. »Ich muß arbeiten«, sagte sie. »Ich kann jetzt nicht ...«

»Na, du bist doch im Moment nicht gerade überlastet.«

Die einzigen Gäste waren ein Mann mit Schirmmütze, der schon seit Ewigkeiten bei einer Tasse Tee saß, und zwei halbwüchsige Jungen in Lederjacken, die sich bei Chips und Cola vergnügten.

»Du wirst dir doch die Zeit nehmen können, um mit mir über die Zukunft unserer Töchter zu sprechen? Du glaubst ja wohl nicht im Ernst –« Stefan warf einen verächtlichen Blick in die Runde – »daß das hier wichtiger ist als das Wohlergehen unserer Kinder?« Mit zusammengezogenen Augen musterte er sie taxierend. »Oder ist das Verzögerungstaktik, Liv? Ist das die Revanche? Mich warten zu lassen – um mir zu zeigen, wer hier den Ton angibt?«

Beinahe hätte sie gesagt: Ach mach dich doch nicht lächerlich, Stefan, aber sie schluckte die Worte im letzten Moment hinunter. Keinesfalls durfte dieses Gespräch in Beleidigungen und einen Machtkampf ausarten. Sie mußte Zurückhaltung üben, pragmatisch sein, sich wie eine Erwachsene verhalten.

»Na gut. Wenn du willst, dann laß uns jetzt drüber reden.« Sie sah ihn fragend an. »Möchtest du etwas haben? Etwas zu trinken vielleicht?«

»Nichts.«

Sie kam hinter dem Tresen hervor. »Komm, setzen wir uns.«

Als sie an einem Tisch Platz genommen hatten, lächelte Stefan. »Du hast mich eben gefragt, ob ich etwas haben möchte, Liv. Ich möchte nur eines – ich möchte dich sagen hören, daß du mit mir nach Hause kommst.« Während er sprach, begann er, die Zuckerwürfel in der Dose auszupacken und in der Mitte des Tischs zu einem Turm zu stapeln.

Liv holte tief Atem. »Es tut mir leid, Stefan, das kann ich dir nicht sagen.«

Er schien sie gar nicht zu hören. Er legte vorsichtig den nächsten Zuckerwürfel auf den Turm. »Wir können noch heute abend packen und morgen den ersten Zug nehmen. Ich habe schon im Fahrplan nachgesehen. Um halb elf geht ein Zug nach Carlisle.«

»Stefan, ich komme nicht zu dir zurück.« Ihre Hände waren zu Fäusten geballt. Ich bin hier auf heimischem Terrain, sagte sie sich. Ich brauche keine Angst zu haben. »Ich habe immer wieder darüber nachgedacht, ich kann nicht zu dir zurück.«

Ungläubigkeit, Verwirrung, Schmerz spiegelten sich in rascher Folge in seinem Gesicht. Sie fragte sich, ob nicht jeder Schritt, den er unternommen, jedes Wort, das er während seines Aufenthalts in London gesprochen hatte, einzig dem Ziel gedient hatten, ihre Rückkehr zu sichern. Vielleicht hatte er von Anfang an nur darauf hingearbeitet.

»Du *mußt* aber!« sagte er mit tonloser Stimme. »Warum willst du nicht?«

»Stefan.« Sie berührte seine verkrampfte Hand und spürte unter ihren Fingern die straff gespannten Sehnen. »Bitte versuch, es zu verstehen. Wir waren sehr jung, als wir geheiratet haben. Oder zumindest ich war sehr jung. Erst neunzehn. Ganz sicher noch nicht erwachsen. Ich war kindisch und romantisch, ich hatte keine Ahnung, was Liebe und Ehe bedeuten. Vielleicht hast du ja auch recht gehabt, als du neulich sagtest, daß wir nicht viel Glück hatten. Vielleicht wäre alles anders gekommen, wenn das Leben es uns ein wenig leichter gemacht hätte, wenn die Kinder nicht so bald gekommen wären. Aber ich habe mir wirklich alle Mühe gegeben, dir die Frau zu sein, die du haben wolltest, Stefan – es ist mir nicht gelungen. Und letztendlich denke ich – nein, ich weiß es – habe ich einfach nicht den Mut, es noch einmal zu versuchen. Es tut mir leid, aber so ist es.«

Während sie sprach, veränderte sich sein Gesicht. Es war, als wäre ein Vorhang zerrissen. Kleine Einzelheiten aus den letzten Tagen, die sie wahrgenommen, aber nicht beachtet hatte, kamen ihr plötzlich in den Sinn. Seine Begrüßung, als sie von der Arbeit nach Hause gekommen war. *Du kommst spät!* Wie er mit den Fingern auf den Tisch getrommelt hatte.

»Du kannst selbstverständlich die Kinder sehen«, sagte sie hastig. »Ich werde das über den Anwalt regeln lassen, dann kannst du nach der Scheidung ...«

»Scheidung? Niemals!«

»Aber das ist doch das Beste. Ein klarer Schlußstrich. Das ist für uns beide das Beste.«

»Niemals.« Sie hörte den bedrohlichen Unterton in seiner Stimme. »Du bist meine Frau, Liv. Bis daß der Tod uns scheidet, erinnerst du dich? Du hast es versprochen. Du gehörst mir. Für immer.«

In der nachfolgenden Stille merkte sie, daß sie Kopfschmerzen hatte. Und sie war so müde, daß sie sich kaum noch aufrecht halten konnte.

»Ich habe dich vorhin gesucht«, sagte er plötzlich. »Wo warst du?«

Im ersten Moment war sie überfragt, aber dann fiel ihr der Supermarkt ein, ein Korb voller Einkäufe, die sie nicht gebraucht hatte. Und Felix: *Was für eine Rolle spiele ich in diesem Stück?*

»Ich war spazieren.«

»Allein?«

Sie nickte.

»Lüg mich nicht an!« sagte er, und sie zuckte zusammen.

Im Hinterzimmer sah Sheila von ihren Büchern auf.

»Du warst mit Felix Corcoran zusammen, stimmt's?«

Sie gab sich Mühe, die aufsteigende Panik zu unterdrücken. »Ich habe dir bereits gesagt, Stefan, Felix und ich ...«

»Ja? Na los, sag's schon. ›Felix und ich sind nur Freunde‹«, spottete er, ihre Stimme nachäffend.

»So ist es auch.«

»Das glaube ich dir nicht, Liv. Es wäre nicht das erste Mal, daß du mich belügst. Du versprichst mir, mich niemals zu verlassen, und in Wirklichkeit sparst du die ganze Zeit Geld, um verschwinden zu können.«

»Aber ich sage die Wahrheit. Felix und ich …«

»Ist er dein Liebhaber?«

Soviel Gift in diesem einen Wort. Die Jungen in den Lederjacken sahen grinsend auf. Sheila rief aus dem Hinterzimmer: »Alles in Ordnung, Liv?«

»Ja, ja. Mein Mann wollte gerade gehen.« Ihre Stimme zitterte.

Stefan stand von seinem Stuhl auf. Der Turm aus Zuckerwürfeln wankte und stürzte ein. Die Zuckerstückchen rollten auf den Boden. Liv nahm allen Mut zusammen und sagte: »Ich komme nicht zu dir zurück, weil ich dich nicht mehr liebe, Stefan. Du mußt versuchen, das zu akzeptieren.«

Mit einer kurzen, heftigen Armbewegung fegte er einen Stapel Tassen und Untertassen vom Tresen. Liv sprang zurück, als das Geschirr krachend auf den Boden schlug und Splitter flogen. Aus dem Augenwinkel sah sie, wie Sheila zum Telefonhörer griff.

»Ich gehe hier nicht ohne dich weg, Liv.«

»Stefan, bitte geh jetzt. Bitte.« Sie hörte das Surren der Wählscheibe; Sheilas gedämpfte, eindringliche Stimme.

»Du hast vergessen, was ich dir gesagt habe.« Seine Augen flackerten. »Ich habe dir gesagt, daß ich dich niemals gehen lassen werde. Glaubst du, das habe ich nur zum Spaß gesagt? Oder glaubst du, ich dächte jetzt anders?«

Als nächstes flog ein Korb voll Besteck durch die Luft. Messer, Gabeln, Löffel klirrten, als sie blitzend über das Linoleum sausten. Einer der Jungen fluchte.

Sheila kam aus dem Hinterzimmer. »Das reicht jetzt, Mr. Galenski.«

»Halten Sie den Mund.« Stefan wandte sich wieder Liv zu. »Du hast mir offensichtlich überhaupt nicht zugehört!« Sein Gesicht war wutverzerrt. »Ich hole dich zu mir zurück. Um jeden Preis, hast du gehört.«

»Mr. Galenski …«

»Ich sagte, halten Sie den Mund.«

»Ich habe die Polizei angerufen. Sie ist schon unterwegs.«

»Stefan, du verstehst anscheinend nicht ...«

»Im Gegenteil, *du* verstehst nicht, Liv.« Die Worte waren kalt und klar. »Du verstehst nicht, daß ich vor nichts zurückschrecken werde, um dich zurückzuholen. Denn du gehörst mir.«

Und mit einer blitzschnellen Bewegung schlang er Sheila von hinten den rechten Arm um den Hals und griff ihr mit der freien Hand in die Haare, um ihren Kopf nach rückwärts zu ziehen. »Vor nichts«, sagte er und lächelte.

»Stefan, bitte ...«

»Wenn du mir versprichst, daß du mit mir nach Hause kommst, tue ich ihr nichts.«

Die Tränen sprangen ihr aus den Augen. Sie war wie hypnotisiert von der Angst und dem Entsetzen in Sheilas Augen.

»Versprich es mir«, sagte Stefan wieder, als aus der Ferne schon das Heulen einer Polizeisirene zu hören war.

12

NACH DEM STREIT mit Simon streifte Katherine lange ziellos durch die Straßen. Sie läutete bei Liv, aber Rose, die zum Babysitten da war, sagte, Liv sei noch in der Arbeit. Nach Hause wollte Katherine nicht, darum beschloß sie, ihr Glück bei Felix zu versuchen.

Er öffnete ihr prompt.

»Hast du zu tun?«

»Wahnsinnig viel.« Er hielt ein Glas Whisky hoch. »Willst du auch einen?«

Sie folgte ihm in die Wohnung, die ihr immer gefallen hatte mit den nackten Holzfußböden und den hohen, luftigen Räumen, den bröckelnden Stuckverzierungen und der absurden Pracht der burgunderroten Tapete mit den goldenen Bourbonenlilien.

»Ist dir kalt?« fragte er.

»Ein bißchen.« Sie hielt ihren Mantel fest zusammen. Aber sie wußte, daß die Kälte von innen kam.

»Ich könnte Feuer machen.« Seine Augen waren glasig. Er war, das erkannte sie jetzt, sehr betrunken.

»Hast du was dagegen, wenn ich mich bediene?« Sie machte eine Kopfbewegung zur Whiskyflasche hin.

»Bitte.« Er knüllte Papier zusammen und baute einen kleinen Scheiterhaufen im offenen Kamin.

Sie ließ sich auf eines der Sitzkissen fallen, drückte die Finger gegen die Stirn und versuchte, die Tränen zu unterdrücken. Das Feuer zischte und knackte.

»Katherine?« sagte er fragend, und sie stieß weinend hervor: »Ich war so *dumm*.«

»Dann sind wir schon zu zweit. Obwohl ich bezweifle, daß deine Dummheit an meine heranreicht.«

Sie rieb sich die Augen. »Wie meinst du das?«

Er zählte es an den Fingern ab. »Die Firma ist bankrott. Wir haben das Haus verloren, in dem unsere Familie seit fünfundsiebzig Jahren lebt. Die Frau, die ich liebe, liebt mich nicht.« Er spülte den Rest seines Whiskys hinunter.

»Liv?« fragte sie, und er nickte.

Sie dachte: Liv, die einen Ehemann hat, mag er auch noch so unvollkommen sein, die zwei Kinder hat. Es hatte eine Zeit gegeben, da war Felix *ihr* bester Freund gewesen. Da hatte sie ihn nicht teilen müssen. Ihr Whisky war bitter, als hätte Eifersucht einen Geschmack.

Er sah sie mit einem trüben Lächeln an. »Siehst du? Mit mir kannst du es nicht aufnehmen.«

Sie dachte an Jordan. »Ich habe eine Affäre mit einem verheirateten Mann«, sagte sie abrupt. »Seit über einem Jahr. Aber jetzt ist es vorbei. Aus.« In dürren Worten schilderte sie Felix, wie sie in der Wohnung gewartet und bei einem zufälligen Blick aus dem Fenster zum erstenmal Tricia Aymes gesehen hatte.

»Ich hatte mir eine reizlose Matrone vorgestellt.« Es war ihrer Stimme anzuhören, wie verwirrt sie immer noch war. »Du weißt schon – dicker Hintern und spießige Tweedkostüme. Aber sie war überhaupt nicht so. Und ich hätte es vielleicht sogar schlucken können, wenn es nur ums Aussehen gegangen wäre, aber ...« Sie sah es wieder vor sich: wie Tricia Aymes sich zur Seite drehte und sie im diesigen Licht ihren gewölbten Leib gesehen hatte.

»Sie ist schwanger«, flüsterte sie. Hastig trank sie von ihrem Whisky, um den Schmerz zu betäuben, und mußte unwillkürlich daran denken, wie es gewesen war, Livs Kinder im Arm zu halten. Sie wußte, daß sie niemals ein Kind von Jordan bekommen würde; daß sie niemals sein Kind im Arm halten würde. So war das, wenn man die Geliebte war. Was in der »Glitz« stand, war falsch. Es ging nicht um schwarze Negligés und Satinbettwäsche. Es ging darum, daß man immer nur die zweite Geige spielte.

»Ich dachte, es machte mir nichts aus, ihn mit einer anderen zu teilen«, sagte sie langsam. »Aber das stimmt nicht. Es ist nicht wahr, Felix.«

Sie hatte, dachte sie voll Bitterkeit, nie erfahren, wie es war, nicht teilen zu müssen. Sie hatte nie ungeteilte Liebe erfahren. Vom Moment ihrer Geburt an hatte sich die gebündelte Liebe ihrer Eltern auf Simon gerichtet, den aufgeweckten, hübschen Jungen. Alles, was sie erreicht hatte, hatte sie aus eigener Kraft erreicht. Sie hatte sich daran gewöhnt, keine Anerkennung zu erhalten, kein Lob zu ernten. Sie hatte geglaubt, es machte ihr nichts aus, aber jetzt spürte sie, wie wütend sie war.

Warum konnte nicht auch sie einmal den ersten Platz im Herzen eines anderen einnehmen? Warum sollte nicht auch sie Liebe erwarten – fordern?

Felix war ans Fenster getreten. Sie ging zu ihm. Sein Blick war leicht verschwommen. Er sagte: »Das Schlimme sind die Erinnerungen, nicht wahr?«, und sie nickte voller Verständnis.

»Wie oft habe ich auf Jordan gewartet! Wie oft hat er mich in letzter Minute angerufen, um mir zu sagen, daß er es nicht schafft, weil er so viel zu arbeiten hat. Ich nehme an, in Wirklichkeit war er bei ihr!«

Er zog sie an sich und hielt sie, während sie weinte. Aber ein Teil von ihr blieb unberührt, war sich kühl bewußt, daß er sie trösten würde, wenn sie bei ihm Zuflucht suchte, und aus dem, was sie ihm gäbe, selbst einen gewissen Trost ziehen würde.

»Ich glaube, für mich war es immer selbstverständlich«, hörte sie ihn sagen. »Ich habe mir nie überlegt, wie es wäre, ohne Wyatts dazustehen. Aber jetzt werde ich ja erfahren, wie es ist, nicht wahr?«

»Sch«, sagte sie leise. »Sch.« Sie streichelte seinen Nacken. Sie war sich bewußt, daß sie nach der Auslöschung der Gegenwart verlangte, die der Geschlechtsakt bieten konnte. Und sie war sich auch bewußt, wie dringend sie es in diesem Moment brauchte, begehrt zu werden.

Sie hob den Kopf und sah ihn an. »Ach, Felix«, murmelte sie, »wir sind seit einer Ewigkeit Freunde, nicht wahr?«

»Seit einer Ewigkeit, ja.«

Sie strich mit dem Handrücken zart über sein Gesicht und drängte sich an ihn. Sie fühlte Knochen und Muskeln und den schnellen Schlag seines Herzens.

»Freundschaft ist soviel einfacher ... und die Liebe so eine Zeitverschwendung ...« Als sie das Gesicht zu ihm aufhob, küßte er sie, wie sie es erwartet hatte.

Der Sergeant auf dem Polizeirevier sagte: »Wir ziehen einen Psychiater zu ... wir halten das für das Beste. Hat Ihr Mann schon mal Selbstmordabsichten geäußert, Mrs. Galenski?«

Liv schüttelte den Kopf und unterschrieb das Formular, das man ihr vorlegte.

Als sie später wieder auf der Straße stand, umschlang sie mit beiden Armen ihren Oberkörper, um sich warm zu halten. In der kalten, wolkenlosen Nacht erschienen die Straßen Londons gestochen klar; sie sah die glitzernden Eiskristalle auf dem Pflaster und die geschmückten Christbäume in den Fenstern. Ein Streuwagen rollte langsam die Straße hinunter, und eine schwarze Katze huschte über einen menschenleeren Platz.

Erst waren die Straßen fremd, so daß das Gefühl der Einsamkeit und Isoliertheit noch bedrängender wurde; dann aber erkannte sie die Kreuzung, von der die Straße abbog, in der Felix wohnte. Sie begann schneller zu gehen, versuchte zu laufen und wäre schwerfällig vor Erschöpfung nach dem Schock auf dem glatten Bürgersteig beinahe gestürzt.

Dann sah sie sie, Katherine und Felix, zwei Silhouetten vor dem großen, unverhüllten Fenster. In den vergangenen Wochen hatte sie manchmal geglaubt, er liebte sie. Aber nun, beim Anblick dieses Kusses, war ihr klar, daß sie sich geirrt hatte. Sie trat einen Schritt in die Dunkelheit zurück, als sie erkannte, daß sie hier nicht willkommen war, daß sie alles mißverstanden und falsch interpretiert hatte. Dann eilte sie durch düstere Straßen zu ihren Kindern.

Er mußte eingeschlafen sein. Das Geräusch der zufallenden Wohnungstür weckte ihn. Neben ihm lag Katherine. Auch sie schlief. Leicht erstaunt registrierte er ihre nackte, sommersprossige Haut. Dann schlüpfte er in Hemd und Jeans und ging hinaus, um nach Rose zu sehen.

Sie saß am Küchentisch, die Hände vor dem Gesicht, und weinte. Er berührte ihre schmalen Schultern. »Wer hat es dir gesagt? Hast du mit zu Hause telefoniert?«

Ihre Hände sanken herab. Sie sah ihn mit roten verschwollenen Augen verständnislos an.

»Hast du mit Dad gesprochen?« Sein Verstand war benebelt von Sex und Alkohol; er konnte nicht klar denken. Er setzte Wasser auf und suchte nach dem Nescafé.

»Dad ...?« wiederholte sie.

»Ja. Haben Dad oder Mia dir das mit dem Haus gesagt?«

»Mit welchem Haus?«

»Mit unserem natürlich. Wyatts.«

Sie wischte sich die Nase mit dem Ärmel ab. »Ich weiß nicht, wovon du redest, Felix.«

Da sagte er es ihr; berichtete vom Bankrott der Firma und vom Verlust des Hauses. Als er fertig war, sagte sie nur: »Ach, armer Daddy.«

Er war verwirrt. »Macht es dir denn nichts aus? Ich dachte ...«

»Ach, ein Haus ist mir nicht wichtig. Du weißt doch, daß mir solche Dinge wie Häuser nichts bedeuten.«

Er setzte sich ihr gegenüber und trank schwarzen Kaffee, um einen klaren Kopf zu bekommen. »Wenn du nicht um das Haus geweint hast, warum dann?«

»Ich habe um Freya und Georgie geweint.« Und gleich sprangen ihr wieder die Tränen in die Augen.

Plötzlich verstand er. »Weil sie fortgehen?«

Sie nickte.

Er versuchte, sie zu trösten, obwohl es keinen Trost gab. »Vielleicht kannst du sie in Lancashire besuchen.«

»In Lancashire? Aber sie gehen doch gar nicht nach Lancashire!«

Er sah sie verblüfft an. »Wieso nicht? Stefan ...«

»Liv geht nicht zu Stefan zurück. Die Polizei hat Stefan mitgenommen.«

Auf dem Tisch lag eine Packung Zigaretten; Katherines, vermutete er. Er hatte seit Monaten nicht mehr geraucht. Jetzt zündete er sich eine an. Dann fragte er: »Was ist passiert, Rose?«

»Liv hat Stefan gesagt, daß sie nicht zu ihm zurückkehrt.«

In seinem Inneren schien sich etwas zu lösen. »Ich dachte ...«

»Liv hat ihm gesagt, sie käme nicht zurück, weil sie ihn nicht mehr liebt.«

»Oh«, flüsterte er und saß eine Weile ganz still, während die Zigarette zu seinen Fingern hinunterbrannte. Liv kehrte nicht zu Stefan zurück. Liv liebte Stefan nicht mehr. Einen Moment lang flammte Hoffnung auf. Aber sie erlosch gleich wieder.

Rose erzählte noch. »Da hat er durchgedreht und das ganze Café zusammengeschlagen, und sie haben die Polizei geholt.«

»Mein Gott.« Er starrte sie an. »Hat er ihr etwas getan?«

»Nein, Liv nicht. Aber Sheila. Sheila mußte ins Krankenhaus.«

Er rieb sich die Augen. »Aber du sagtest doch eben, daß sie fortgeht ...«

»Ja, mit Freya und Georgie.« Rose sah tief unglücklich aus. »Ich hab ihr angeboten mitzukommen und ihr mit den Kindern zu helfen. Aber sie sagte, das hielte sie nicht für gut. Und außerdem, jetzt, wo Daddy ...«

»Wohin will sie? Weißt du das?«

»Nein. Sie hat nichts gesagt.«

Hinter sich hörte er ein Geräusch und drehte sich herum. Katherine. Katherine, mit der er geschlafen hatte. Er hatte sie ganz vergessen.

Auf der Straße holte er sie ein. Ihr Gesicht im Licht der Straßenlampe war weiß, ihre Augen waren tief dunkel. Zuerst sagte sie kein Wort, aber dann nahm er sie beim Ellbogen und drehte sie herum, so daß sie ihm ins Gesicht blicken mußte. »Katherine ...«

»Ist schon gut, Felix. Du brauchst mir nichts zu erklären. Und du brauchst mir jetzt auch nichts von ewiger Liebe zu erzählen oder mir womöglich einen Heiratsantrag zu machen.

Das heute abend war einfach eine Riesendummheit von uns beiden.« Ihre hohen Absätze klapperten auf dem eisigen Pflaster. »Aber wenn du nicht gleich heute nacht noch zu Liv laufen würdest … gerade mal eine Stunde, nachdem wir …« Er sah die Tränen in ihren Augen. »Ein bißchen Stolz ist mir nämlich noch geblieben, weißt du«, sagte sie flüsternd. »Ein kleines bißchen wenigstens.«

Dann ging sie davon. Er sah auf seine Uhr. Es war nach elf. Katherines Parfum haftete noch an seiner Haut. Er ging zum Haus zurück.

Liv träumte von dem rosaroten Häuschen am Meer. Schaum lag wie zarte Spitze auf der Anschwemmung farbigen Glases am Meeresrand, und in ihrem Traum fühlte sie sich sicher und geborgen.

Als sie früh am Morgen erwachte, wußte sie, wohin sie wollte. Leise bewegte sie sich durch die Zimmer, leerte Schubladen, holte Bücher und Spielsachen aus Regalen und verstaute sie in Reisetaschen. Als die Mädchen wach wurden, frühstückte sie mit ihnen und packte sie dann in ihre wärmsten Sachen.

Freya fragte, wohin sie verreisten.

»Wir fahren in die Ferien, Liebes. Wir fahren ans Meer.«

Sie sah sich in den Räumen um, die ihnen sechs Monate lang ein Heim gewesen waren, und nahm stillen Abschied von ihnen. Sie hatte nie recht in die Stadt gepaßt, sagte sie sich.

Als sie die Haustür zuzog, sah sie Felix. Er kam über die Straße auf sie zu. Sie hielt ihm die Schlüssel hin. »Ich wollte sie gerade in den Briefkasten werfen.«

»Rose hat mir erzählt, was geschehen ist.«

»Es hat mir Klarheit gebracht«, sagte sie. »Jetzt weiß ich, daß er sich niemals ändern wird.«

»Und du gehst also weg?«

»Na ja, hier kann ich doch nicht bleiben.«

»Du wärst gegangen, ohne auf Wiedersehen zu sagen?«

Sie antwortete nicht, schwang nur die eine Tasche über ihre Schulter und hängte die andere an den Buggy.

»Und Katherine?« sagte er, und sie sah die beiden vor sich,

wie sie am Fenster gestanden und sich geküßt hatten. Sie wandte sich von ihm ab und ging die Straße hinunter.

»Ich dachte, wir wären *Freunde*!« rief er ihr zornig nach.

»Das waren wir.« Die Abgase vorüberfahrender Autos bildeten Wolken in der frostigen Luft. »Aber ich muß weiter, Felix. Ich muß lernen, auf eigenen Füßen zu stehen. Das hier war nur ...«, sie suchte nach dem passenden Wort, »eine Zwischenstation.«

Sie waren fast am U-Bahnhof. Leute rannten zu den Schaltern. Sie hörte ihn fragen: »Aber wohin willst du denn gehen?« und lächelte endlich, als sie antwortete: »Nach Hause, Felix.«

Im Zug sah Freya mit großen Augen aus dem Fenster, und Liv drückte Georgie an sich, während die Stadtsilhouette der backsteinroten Einförmigkeit der Vororte wich. Bilder schoben sich zwischen Liv und den Blick auf adrette Doppelhäuser: die rasende Wut in Stefans Augen, als die Polizisten ins Café kamen; Sheilas schmerzverzerrtes Gesicht, als Stefan sie an die Wand schleuderte; die Stille und Leidenschaft in Felix' Gesicht, als er Katherine küßte; die Ekstase in der Haltung ihres zurückgeworfenen Kopfes und ihrer geschlossenen Augen. Liv schloß selbst die Augen, um die Bilder abzuwehren, aber sie blieben, wie in ihre Lider eingebrannt.

Mittags kaufte sie im Speisewagen Brötchen und etwas zu trinken für Freya und sich und fütterte Georgie aus einem Babygläschen. Der Zug rollte jetzt schnell durch freies Land. Eis glitzerte in den Furchen beackerter Felder. Über sanft gewellten Hügeln kreisten Krähen und ließen sich in Scharen auf kahlen Bäumen nieder. Der Himmel schien Liv eine Leuchtkraft zu besitzen, eine Durchsichtigkeit, an die sie sich aus ihrer Kindheit erinnerte. Sie kündigte die Nähe des Meeres an. Liv dachte daran, wie sie und Rachel sich vor langer Zeit mit ausgebreiteten Armen im Kreis gedreht hatten, weil sie hofften, dann das Meer sehen zu können. *Unsere Mädchen mit den dunklen Augen*, hatte Diana gesagt. Während sie jetzt angestrengt zum Horizont blickte und auf dieses kleine Wunder wartete, drückte sie ihre beiden Töchter an sich. Trotz der schrecklichen Ereignisse der vergangenen vierundzwanzig Stunden hatte sie auf dieser Reise ins Ungewisse ein Gefühl wohltuender Sicherheit. Es war, als hätte sie zum erstenmal seit Jahren den richtigen Weg gewählt. Dann kam die Sonne hinter den Wolken hervor, und der Horizont schimmerte wie eine Perlenkette. »Schau, Freya«, sagte sie. »Das Meer.«

Die Nacht verbrachten sie in einer kleinen Pension. Die Saison war vorüber, die Zimmer waren billig. Sobald wie möglich würde sie etwas mieten, irgendwo, wo es ruhig war und er sie nicht finden würde.

Am folgenden Tag fuhren sie mit dem Bus in das Küstendorf, in dem sie einmal mit ihren Eltern gelebt hatte. Sie wanderte eine ganze Weile umher, während sie versuchte, sich zu orientieren und das rosarote Haus am Meer zu finden. Auf dem Postamt kaufte sie Süßigkeiten für Freya und eine Marke für einen Brief an Thea. Die Postbeamtin war eine grauhaarige, gemütliche Frau.

»Ich habe früher einmal hier gelebt«, sagte Liv. »Als ich noch ein Kind war. Vor ungefähr zwölf Jahren. Da stand vorn am Wasser ein rosarotes kleines Haus.«

»Ein quadratischer kleiner Kasten, wie auf einer Kinderzeichnung?«

Sie erinnerte sich, das Haus selbst gezeichnet zu haben: vier Fenster, eine Tür und einen Kamin, und leuchtende Blumen, die beinahe so hoch waren wie das Haus.

»Ich vermute, Sie meinen das frühere Haus der Küstenwache. Das war rosarot gestrichen und stand direkt am Wasser. Aber das gibt es leider nicht mehr.«

»Wieso?«

»Es wurde weggespült. Bei einem Sturm vor ein paar Jahren … Das kommt hier in der Gegend immer wieder mal vor. Ganze Dörfer werden mit der Zeit unterspült und stürzen ins Meer. Jetzt bekommt man so nah am Meer gar keine Baugenehmigung mehr.«

Sie war wie betäubt von diesem neuen Schlag. Sie hörte die Postbeamtin sagen: »Geht's Ihnen nicht gut, Kind?« und mußte sich gewaltsam zusammennehmen.

»Doch, doch, es geht mir gut, danke.«

Später gingen sie zum Strand hinunter. Der Kreis hat sich geschlossen, dachte Liv. Hier, auf diesem Kiesstrand wandernd, hatte sie mit angesehen, wie die Wege ihrer Mutter und ihres Vaters sich getrennt hatten. Jetzt war sie allein hier. Sie hatte ihre Mutter verlassen, ihren Ehemann, ihre Freunde. Es gab niemanden mehr, der sie behütete. Sie dachte an das Haus unter dem Wasser und stellte sich vor, Fische schwämmen durch seine scheibenlosen Fenster, Muscheln und Tang überzögen sein Dach und seine Mauern.

Die eine Tochter auf dem Arm, beobachtete sie die andere beim Spiel am Strand, wie sie sich immer wieder bückte, um Kiesel und Muscheln zu sammeln, oder plötzlich stehenblieb, wie verzaubert vom unaufhörlichen sachten Schaukeln der endlosen Wellen. Es machte ihr angst zu wissen, daß diese beiden ganz auf sie angewiesen waren, und gleichzeitig gab es ihrem Leben Sinn und Gestalt. Sie allein war für das Glück und Wohlbefinden ihrer Kinder verantwortlich. Meine Mädchen mit den dunklen Augen, dachte sie, den Blick aufs Meer hinaus gerichtet.

Im neuen Jahr kam Jordan zu ihr. »Tricia ist völlig unerwartet hier aufgetaucht«, begann er. »Sie kommt sonst nur nach London, wenn es unbedingt sein muß. Sie haßt die Stadt. Ich hatte keine Ahnung ...«

Katherine sah zum Fenster hinaus ins graue Schneetreiben, ihre Finger krampften sich ineinander.

Er erklärte. Tricia stammte aus einer begüterten Familie mit weitreichenden Beziehungen. Die Heirat mit ihr hatte seiner beruflichen Laufbahn genützt, seinen Erfolg gefördert. Eine Vernunftehe, schien er ihr sagen zu wollen.

»Sie ist *schwanger*, Jordan«, sagte Katherine, die endlich die Worte fand. »*Schwanger*.«

Er senkte den Kopf. Als er wieder aufblickte, gewahrte sie, daß ein Teil der Fassade – aus Selbsttäuschung und Stolz – abgebröckelt war. Sie versuchten seit zehn Jahren ein Kind zu bekommen, erklärte er. Tricia liebte Kinder, hatte sich immer

Kinder gewünscht. Er selbst hatte längst alle Hoffnung aufgegeben gehabt. Da war das Wunder geschehen.

»Ich wußte nicht, wie ich es dir sagen sollte, Katherine«, erklärte er. »Es tut mir so leid.« Er war hinter sie getreten und umschloß mit beiden Armen ihre Taille. »Gerade so, wie ich nie wußte, wie ich dir sagen soll, daß ich dich liebe.«

Sie schloß die Augen. Er drückte seinen Mund in die Mulde ihres Halses und entzündete mit seinen liebkosenden Händen das alte Feuer. Hinter ihren geschlossenen Lidern sah sie nur eine Erinnerung an fallenden Schnee. Und diese Erinnerung – sie mit Jordan im warmen Zimmer und draußen die kalte, weiße Welt – blieb in den folgenden Monaten bestehen.

Sie kehrte zu ihm zurück, weil sie nicht fähig war, anders zu handeln. Es gab ein Maß an Einsamkeit, das unerträglich war. Doch die Balance in ihrer Beziehung hatte sie verlagert: Sie sah sich ihm jetzt gleichgestellt. Sie hielt ihn nicht mehr für vollkommen. Sie kannte seine Makel: die Illusion der Unverletzlichkeit, die Macht und Erfolg verleihen können, und das rücksichtslose Verlangen, von allem das Beste zu haben, koste es, was es wollte. Sie wußte, daß sie sich von einigen dieser Schwächen selbst nicht freisprechen konnte. Aber sie war sich ihrer bewußt, er nicht.

Die Zeit verging. Sie söhnte sich mit Simon aus. Er war ein Teil von ihr – ein Teil, den sie nicht immer mochte, aber nicht verleugnen konnte. Ende Februar 1974 mußten die Konservativen den Sozialisten weichen. Jordan konnte mit knapper Not seinen Sitz verteidigen. Sie liebte ihn noch immer und war überzeugt, daß sie ihn immer lieben würde, aber sie war sich auch einer bleibenden Ernüchterung bewußt, die er durch seine Unehrlichkeit herbeigeführt hatte. Sie achtete darauf, sich ein eigenes Leben aufzubauen, in dem er keine Rolle spielte. Sie besuchte regelmäßig einmal im Monat ihre Familie und verbrachte Abende mit Freunden. Sie kündigte bei der »Glitz« und übernahm eine neue Position in einem Verlag für Frauenliteratur. Sie brauchte eine Veränderung, eine neue Herausforderung. Sie schloß sich einer »Gruppe zur Entwicklung eines neuen Bewußtseins« an, nahm an Demonstrationen für eine menschengerechtere Stadt teil und sammelte für ein Frauenhaus in Islington. Sie zog in eine größere Wohnung um, kaufte sich ein neues Auto und fuhr im Sommer nach Schottland. Eigentlich hatte sie nur Edinburgh kennenlernen und die kulturellen Genüsse der Festspiele erleben wollen, aber bei einem Tagesausflug zum Loch Lomond war sie unversehens bezaubert und fuhr weiter nach Norden. Sie tauschte ihre Plateauschuhe gegen Bergstiefel und machte, nur von Mückenschwärmen begleitet, lange Wanderungen auf Bergeshöhen.

Eines Tages gegen Ende des Jahres saß sie gerade in der U-Bahn zum Piccadilly Circus, als der Zug am Russell Square anhielt, ohne daß die Türen sich öffneten. Ein Mann versuchte erfolglos, sie mit Gewalt aufzuziehen, die Leute schauten verärgert aus den Fenstern und traten ungeduldig auf der Stelle. Fünf Minuten vergingen, ehe es aus dem Lautsprecher ertönte: »Meine Damen und Herren, wegen eines Zwischenfalls am U-Bahnhof Russell Square ist die Weiterfahrt dieses Zuges im Augenblick nicht möglich. Wir bitten Sie um Verständnis für die Verzögerung.«

Ein *Zwischenfall*, dachte Katherine und sah im selben Moment einen Feuerwehrmann die Treppe zum Bahnsteig herunterkommen. Eine Frau hinter ihr sagte: »Es ist eine Bombe. Sie suchen eine Bombe«, und sie starrte mit zusammengebissenen Zähnen zu Boden, als die schreckliche Angst, die sie zum erstenmal nach Rachels Tod kennengelernt hatte, die Angst vor dem Chaos und dem Nichts, erneut an die Oberfläche drängte. Alle Schlagzeilen, die sie je über die Greueltaten der IRA gelesen hatte, fielen ihr ein: Guildford, Birmingham, der Tower. Sie meinte, schon die Wucht der Explosion zu spüren, die zerfetzten Körper zu sehen, die Schreie zu hören.

Zehn Minuten, zwölf Minuten. Ein junges Mädchen in der Ecke des Waggons begann zu weinen, ein dünnes, schrilles Wimmern, das Katherine beinahe wahnsinnig machte. Sie hatte ein Gefühl, als hinge sie im Leeren, zwischen Leben und Tod. Fünfzehn Minuten. Niemand sprach. Das Mädchen hörte nicht auf zu wimmern. Sie hätte sie am liebsten geohrfeigt. Dann fuhr der Zug endlich mit einem Ruck an und rollte schwankend aus dem Bahnhof hinaus. In Holborn drängte sich Katherine aus dem Wagen und rannte Treppen und Rolltreppen hinauf zur Straße.

Und selbst oben im Freien lief sie weiter, bis ein Zusammenstoß mit einem entgegenkommenden Passanten ihre kopflose Flucht beendete. Ihr Gesicht versank in einem Kaschmirschal. Sie schnappte nach Luft und stieß einen erstickten Schrei aus. Dann blickte sie auf.

»Hector!« sagte sie.

Er hatte nicht weit entfernt, in Bloomsbury, eine Wohnung. Nachdem er ihr ihre Aktentasche abgenommen hatte, lotste er sie aus dem Menschengewühl hinaus durch ein Gewirr von Straßen und Gassen zu dem Haus, in dem er wohnte. Sie mußten mehrere Treppen hinauf.

Ein Hund begann zu kläffen, als er seine Wohnungstür aufsperrte. »Ruhig, Charlie«, sagte er zu einem kleinen Jack-Russell-Terrier. Er machte Kaffee und kippte einen ordentlichen Schluck Brandy in beide Becher. Katherine setzte sich auf ein Chesterfield-Sofa, das so alt war, daß Risse im Leder klafften, und umschloß mit beiden Händen den Becher mit dem warmen Kaffee. Während sie die Spannung langsam abfließen ließ, sah sie sich um. Das Zimmer um sie herum war unaufgeräumt und schlecht beleuchtet, vollgestopft mit Büchern und dunklen, schweren Möbeln. Auf der Kredenz und den Bücherborden standen Unmengen gerahmter Fotografien, bis auf einige Aufnahmen von einem kleinen Mädchen – Alice, vermutete Katherine – lauter Fotos von Rachel. Rachel in Bellingford, Rachel in einem Sportwagen, Rachel mit windgepeitschtem Haar auf einem Berg, Rachel strahlend im Hochzeitskleid.

Es war fünf Jahre her, daß Rachel gestorben war. Katherine dachte an die Hochzeit und die Beerdigung knapp ein Jahr später. Alles so fern. Sie sagte: »Ich wußte gar nicht, daß du in London lebst, Hector.«

»Schon seit fast vier Jahren.« Er setzte sich ihr gegenüber.

»Ich habe dir geschrieben«, erklärte sie, »aber der Brief kam zurück.«

»Nach der Beerdigung bin ich erst nach Bellingford zurückgegangen, aber ich bin nicht lange geblieben.«

»Warum nicht?«

Er lächelte. »Ich weiß noch, wie Rachel mich einmal fragte, ob es im Haus spukt. Ich sagte, nein. Aber nach ihrem Tod waren überall Gespenster.«

»Gespenster?«

»Alles erinnerte mich an sie. All die Dinge, die ihr gehört hatten. Ich brauchte nur ihre Sonnenbrille zu sehen oder ihre Uhr. Es ist schon seltsam, was für eine Macht diese unbelebten Dinge besitzen können ...«

Er schwieg. Sein Blick schweifte zu den Fotografien. Es erschreckte sie, daß sein Schmerz immer noch so stark war.

»Ich hab meine Sachen gepackt und bin weggegangen«, fuhr er fort. »Ins Ausland. Um den Erinnerungen zu entkommen. Aber das ist noch schlimmer, weißt du.« Sein Lächeln war voller Selbstironie. »Wenn man nicht einmal mehr die Erinnerungen hat. Wenn einem gar nichts bleibt.«

»Und da bist du zurückgekommen. Und Bellingford?«

»Steht leer. Ich kann es nicht verkaufen, weil es treuhänderisch verwaltet wird.«

»Arbeitest du noch bei der Bank?«

»Nein. Den Job habe ich an den Nagel gehängt. Ich habe eine antiquarische Buchhandlung in Bayswater. Ein alter Schulfreund von mir bot mir eine Beteiligung an. Nach einer Weile hatte er genug, und ich kaufte seinen Anteil dazu.«

»Klingt gut – ich stöbere gern in alten Büchern rum.«

»Na ja, irgendwie muß man sich sein Geld ja verdienen.«

Ein Unterton in seiner Stimme brachte sie zum Schweigen. Erst nach einiger Zeit sagte sie zaghaft: »Und Alice? Wie geht es Alice?«

»Gut. Sehr gut.«

»Sie lebt immer noch bei Rachels Eltern?«

Er nickte, und sie hatte den Eindruck, er wolle nicht mehr dazu sagen. Während sie noch krampfhaft nach einem anderen Thema suchte, bemerkte er unvermittelt: »Diana ist krank. Sie hat Krebs. Wußtest du das?«

Katherine war so betroffen, daß ihr nichts zu sagen einfiel. Sie erinnerte sich an ihre letzte Begegnung mit Diana Wyborne – wie stark gealtert sie gewirkt hatte; wie ihre Arme gezittert hatten, als sie ihre kleine Enkelin aus dem Bettchen gehoben hatte. »Das ist ja schrecklich«, sagte sie schließlich. »Ist sie ...? Wird sie wieder gesund?«

»Keine Ahnung. Du glaubst doch nicht etwa, die Wybornes würden sich ausgerechnet *mir* anvertrauen?«

Seine Bitterkeit erschreckte sie. Die Wunden der Vergangenheit waren offensichtlich nicht verheilt. Ihre Gedanken schweiften zu Liv und Felix. Auch hier Trennungen, auch hier Enttäuschung.

Als hätte er ihre Gedanken gelesen, sagte er: »Deine Freundin – die Dunkelhaarige – Rachel hatte sie sehr gern ...«

»Ich habe Liv schon zwei Jahre nicht mehr gesehen. Ich glaube, sie lebt jetzt an der Ostküste. Wir haben die Verbindung verloren.«

Drei kleine Sätze, die das Ende einer Freundschaft von nahezu fünfzehn Jahren zusammenfaßten. Katherine stand auf und trat ans Fenster. »Wir haben uns wohl einfach auseinandergelebt«, sagte sie, während sie hinausblickte. Es war beinahe dunkel, und unter ihr bewegten sich die Autos langsam die Straße entlang. Eine Zeitlang fuhren sie miteinander in dieselbe Richtung, dann trennten sich ihre Wege, verzweigten sich nach links und nach rechts, und das Licht ihrer Scheinwerfer wurde immer schwächer, bis schließlich nichts mehr von ihnen zu sehen war.

Teil III

WILDE ROSE

1975–1978

13

DIANA WYBORNE STARB im April 1975. Zwei Wochen vor ihrem Tod bat Henry seinen Schwiegersohn Hector, der gerade in Fernhill Grange weilte, um seine Tochter zu besuchen, um ein Gespräch.

Er führte ihn in den Salon und bot ihm einen Whisky an. Einen Moment saßen die Männer schweigend beisammen. Es war sehr still, als wüßte das Haus um den nahenden Tod.

Schließlich sagte Henry: »Wenn Diana stirbt, mußt du das Kind zu dir nehmen.«

Hector, der nur den Wunsch hatte, dem Haus zu entfliehen, sobald die Höflichkeit es erlaubte, sah seinen Schwiegervater ungläubig an. »Ich soll Alice zu mir nehmen?«

»Du bist ihr Vater.«

»Ja, aber ...« Hector wünschte, er hätte nichts getrunken. »Ich nahm an – ich dachte ...« Er nahm seine Brille ab und putzte die Gläser mit seinem Taschentuch. »Meine Wohnung ... Ich habe gar nicht den Platz. Ich habe nur ein Schlafzimmer.« Er wußte, wie schwach das klang, wie erbärmlich.

Henry entgegnete ruhig: »Nun, dann wirst du dich eben nach einer größeren Wohnung umsehen müssen.« Er füllte sein Glas auf und schenkte auch Hector nach. »Ohne Diana wäre es schrecklich hier für das Kind. Eine Kinderfrau ist kein Ersatz. Und ich bin selten zu Hause. Im übrigen«, – er hob den Kopf und sah Hector an – »hätten wir Alice von Anfang an nicht hierbehalten dürfen. Sie hätte nach Rachels Tod zu dir gehört. Es war unrecht, sie hierzubehalten. Das wußte ich immer.«

Hector war verwirrt. »Aber Diana sagte doch ...«

»Ein Teil von Diana ist mit Rachel gestorben.« Henry war aufgestanden und zum Fenster gegangen. »Bei uns war es ja ähnlich, nicht wahr? Sie war nicht von dem Entschluß abzubringen, das Kind selbst großzuziehen. Sie hoffte wahrscheinlich, Alice würde die Lücke füllen, die Rachel hinterlassen hatte, und ich wußte, daß ich nicht das Recht hatte, ihr das zu versagen. Trotzdem war es nicht in Ordnung.«

»Aber Alice hat dich doch gern«, wandte Hector ein. »Und mich kennt sie kaum.«

»Dann mußt du das eben ändern.« Henry Wybornes Ton war schroff und ohne Mitgefühl. Aber dann wurde seine Stimme etwas weicher. »Natürlich wird mir die Kleine fehlen. Aber ich bin beinahe fünfundfünfzig, vergiß das nicht. Wenn Alice achtzehn ist, bin ich fast siebzig. Ein alter Mann. Sie hat etwas Besseres verdient.« Er senkte den Blick und flüsterte: »Diese verdammten Ärzte wollen mir partout nicht sagen, wie lange Diana noch zu leben hat. Tage oder Wochen, erklären sie mir. Aber wie sie in diesem Zustand noch Wochen aushalten soll ...«

Hector wandte sich ab. Es schien ihm unanständig, Henry Wyborne in seinem Schmerz zu beobachten.

Als Henry weitersprach, war Trotz in seiner Stimme. »Ich sage nicht, daß ich bedaure, was wir getan haben. Alice war Diana ein großer Trost, und sie hatte Trost weiß Gott verdient. Aber es wäre nicht recht, wenn ich das Kind jetzt behalten würde.« Er leerte sein Glas. »Es wäre mir allerdings lieb, wenn du Alice noch hierlassen würdest, bis – bis es vorbei ist. Nur für den Fall, daß Diana sie sehen möchte.«

Hector murmelte irgend etwas.

Henry zog den Stöpsel aus der Whiskykaraffe. »Du kannst sie ja zur Not in ein Internat geben«, sagte er. »Ich meine, wenn du glaubst, überfordert zu sein. Es gibt einige Schulen, die Kinder schon im Vorschulalter nehmen. Und sie war immer ein gehorsames Kind.«

Hector verabschiedete sich wenig später. Auf dem Weg zu seinem Wagen nahm er in der Luft die würzige Frische wahr, die für ihn immer mit Frühling verbunden war. An einem solchen Abend vor sieben Jahren hatte er hier auf der Straße angehalten, um Liv in seinem Auto mitzunehmen. Und kurz danach hatte Liv ihn mit Rachel bekannt gemacht. Hector schloß die Augen und versuchte, sich den ersten Anblick Rachels in Erinnerung zu rufen. Sie hatte ein silbern glänzendes Kleid angehabt, und ihr kastanienbraunes Haar war von einem Band gehalten worden. Aber das Bild war verschwommen und drohte sich zu verflüchtigen. Mit Bitterkeit mußte er sich eingestehen, daß die ursprüngliche Erinnerung schon verblaßte und das, was als Ersatz für die Erinnerung diente, kaum mehr war als ein Abhaken bestimmter Kennmarken, eine immer wieder erzählte Geschichte.

Er zündete sich eine Zigarette an. Das ungewöhnliche Gespräch mit Henry Wyborne ging ihm unablässig durch den Kopf. *Wenn Diana stirbt, mußt du das Kind zu dir nehmen*. Er mußte plötzlich an jenes andere Gespräch nach Rachels Beerdigung denken. Dianas Wortwahl war kalt und grausam gewesen und wirkungsvoll. *Hector ist jetzt ein alleinstehender Mann. Er hat von Kindererziehung keine Ahnung*. Jedes Wort hatte sich wie ein Pfeil in eine Seele gebohrt, die ohnehin schon unheilbar verwundet war. Er hatte nicht widersprochen. Er hatte nicht um das Kind gekämpft, sondern Dianas Bewertung seiner Person widerstandslos hingenommen. Er hatte seine Tochter fortgegeben, weil seine Gefühle ihr gegenüber ähnlich gewesen waren wie die, die Diana ihm entgegengebracht hatte. Alice hatte ihm Rachel genommen. In einer Welt voll unerträglicher Erinnerungen an die Frau, die er geliebt und verloren hatte, konnte er nicht auch noch die tägliche Erinnerung in Gestalt dieses Kindes gebrauchen.

Er war außer Landes gegangen, um den Erinnerungen zu entfliehen. Doch wie er Katherine erklärt hatte, entdeckte er bald, daß er ohne Erinnerungen überhaupt nichts mehr hatte. Nach seiner Rückkehr nach England hatte er die Bekanntschaft mit seinem Kind erneuert. Er hatte Alice pflichtschuldig einmal im Monat besucht. Jeder Besuch war eine Qual gewesen, nicht nur wegen Dianas unverhohlener Abneigung gegen ihn, sondern auch infolge seiner Hemmungen seiner Tochter gegenüber. Die Nachmittage, die er unter dem zensierenden Blick seiner Schwiegermutter in Fernhill Grange zubrachte, zeigten ihm, daß Diana recht gehabt hatte: Er wußte nichts über Kinder. Alice, mittlerweile fünf Jahre alt, blieb ihm fern und fremd. Und er spürte genau, daß das Zusammensein mit ihm für sie weniger Freude als Pflicht war.

Wenn er Alice besuchte, empfand er vor allem Schuldgefühle: weil er sie nicht liebte; weil sie ihn nicht liebte; weil er Rachel verraten hatte, indem er die Sorge für ihr gemeinsames Kind abgegeben hatte. Manchmal schien es, als wären Schuldgefühle die einzigen tiefen Gefühle, deren er jetzt noch fähig war. Hector mußte unwillkürlich an den Ausdruck in Henry Wybornes Augen denken, als er an diesem Abend gesagt hatte *Es war unrecht … Das wußte ich immer.* Was für eine Überraschung, dachte Hector, als er den Wagen anließ, nach so langer Zeit zu erfahren, daß auch Henry sich schuldig fühlte.

Drei Wochen später zeigte er Alice ihr Zimmer in der Wohnung in Bloomsbury. Er hatte sein kleines Arbeitszimmer ausgeräumt und statt Schreibtisch und Bücherregal ein Bett und eine Kommode hineingestellt.

»Gefällt es dir, Alice?«

»Ja, Daddy.«

Hector meinte Verzweiflung in der mit leiser Stimme hingehauchten Antwort zu hören. Das Zimmer, das nach Norden lag, war immer noch dunkel, und der muffige Geruch alter Bücher schien sich in der Luft gehalten zu haben.

Er sagte mit falscher Munterkeit: »Das ist gut. Wollen wir gleich anfangen, deine Sachen einzuräumen?« Ohne Umschweife klappte er ihren Koffer auf und ging daran, all die kleinen Kleidchen und Strickjacken und Nachthemden, die die Kinderfrau für sie gepackt hatte, in die Schubladen der Kommode zu befördern. Da hörte er sie plötzlich nach Luft schnappen, und als er sich nach ihr umdrehte, sah er das ungläubige Entsetzen in ihrem Gesicht.

»Was ist denn, Alice?«

»Du legst ja die Söckchen zu den Röcken, Daddy! Söckchen

gehören mit Schlüpfern und Strumpfhosen zusammen, und Röcke mit Kleidern und langen Hosen.«

»Ach so.« Er bemühte sich, die Kleidungsstücke nach ihren Angaben zu ordnen. Sie kam und stellte sich neben ihn, klopfte ihre Kleider hübsch glatt, schob hier einen Ärmel unter und dort ein Krägelchen gerade. Ihm kam auf einmal ein scharfes Bild von Rachel in Bellingford vor Augen, wie sie ihre Aussteuer in eine antike Kommode schichtete, die nach Kampfer roch.

»Wir machen das später fertig, einverstanden?« sagte er mit einem Blick auf seine Uhr. Es war halb fünf. Er kannte ihren gewohnten Tagesablauf nicht. Sein Sonntagnachmittag (Mittagessen im Pub, dann ein halbherziger Versuch, ein paar Haushaltsarbeiten zu erledigen, und gegen vier der erste Drink des Abends) war für ein Kind eindeutig nicht das Richtige.

Er sagte fragend: »Ist es Zeit für den Tee?«

Sie gingen in die Küche. Er hatte einiges eingekauft.

»Wie wär's mit Honigbrot und Gebäck?« fragte er. »Ist dir das recht?« Und sie nickte.

Nachdem er ihr alles hingestellt hatte, ließ er sich erleichtert mit dem »Observer« aufs Sofa fallen. Er hatte die Sonntagsbeilage halb durch, als er aufblickte und sah, daß sie nichts gegessen hatte.

»Was ist denn, Alice?«

»Die *Rinde*!«

Er holte ein Messer und schnitt alle Brotrinden ab.

»Und da sind *Rosinen* drin«, sagte sie und zeigte auf die Rosinenbrötchen, die er gekauft hatte.

»Magst du keine Rosinen?«

Sie schüttelte den Kopf und sah ihn mit verschrecktem Blick an. »Bei Oma bekomm ich immer einen Strohhalm zur Milch«, sagte sie leise, »damit sie mir nicht in die Nase steigt.«

Mit viel gutem Zureden konnte er sie dazu bewegen, wenigstens zwei Brote zu essen, aber das Brötchen blieb liegen, die Milch unberührt. In den folgenden Tagen machte er so ziemlich alles falsch, was man falsch machen konnte. Ihr Badewasser war unweigerlich zu heiß oder zu kalt, die Handtücher waren nicht flauschig genug, er hatte die falsche Zahnpasta gekauft, er erwartete allen Ernstes, daß sie zu ihrem blauen Kleid die rosarote Strickjacke trüge und umgekehrt.

»Ich kann wirklich nichts recht machen«, beschwerte er sich bei Katherine, als sie eines Abends zu Besuch kam. »Ich schneide ihr den Toast nicht in Häppchen, wie Oma das immer getan hat, und ich vergesse, sie die letzten zwei Stufen von der Treppe springen zu lassen, wie Großvater das immer getan hat. Wirklich, ich kann ihr nichts recht machen.«

»Das wird sich schon bessern«, tröstete Katherine vage.

»Meinst du?« Hector klang nicht sehr überzeugt.

»Ihr werdet euch aneinander gewöhnen.«

»Es ist auf jeden Fall wahnsinnig anstrengend für jemanden wie mich, der immer allein gelebt hat.«

Er fing einen unbedachten Blick von ihr auf und begriff, daß er sich anhörte wie ein eingefleischter alter Junggeselle, der sich in Selbstmitleid suhlt. Hector fragte sich oft, warum sie ihn überhaupt besuchte; wahrscheinlich, vermutete er, tat er ihr leid.

»Aber am Freitag sehen wir uns eine Schule an«, fügte er hinzu. »Ein Internat, das Henry vorgeschlagen hat.«

»Ist sie dafür nicht noch ein wenig jung?«

»Ich habe mit der Direktorin gesprochen. Sie nehmen Fünfjährige auf, wenn besondere Umstände vorliegen. Und Alice wird ja im Juni sechs.«

»Na ja, ich kann mir vorstellen, daß es für dich nicht ganz einfach ist«, sagte Katherine in dem Bemühen, Mitgefühl zu zeigen. »Mit der Arbeit, meine ich.«

»Oh, da hält Kevin die Stellung.« Kevin war Hectors Angestellter in der Buchhandlung. »Ich war die ganze Woche nicht im Laden.« Und er vermißte nichts. Die Arbeit war wie alles, was er in seinem Leben tat, eine Ersatzhandlung, an die weder Liebe noch Haß geknüpft war, die nur dazu diente, die Tage herumzubringen.

Am folgenden Tag gab es eine Serie von Katastrophen. Gleich am Morgen mißlang ihm Alices Frühstücksei, es war hart, als sie es aufschlug. Als er ihr später im Hinblick auf den für den folgenden Tag geplanten Besuch in der neuen Schule die Haare wusch, brachte er Shampoo in ihre Augen. Sie machte kein Theater – sie machte nie Theater –, sie sah ihn nur mit diesem Ausdruck völliger Hoffnungslosigkeit an, als er ihr Auge mit kaltem Wasser spülte. Dann mußte er in den Laden – die Abrechnungen stimmten nicht, und das Finanzamt hatte einen Besuch angedroht. In der Untergrundbahn machte es ihn wütend, daß manche Leute überhaupt keine Rücksicht auf ein kleines Kind nahmen, sondern es rigoros zur Seite stießen, um sich nur ja einen Sitzplatz zu sichern. Aber wenigstens schien es Alice in der Buchhandlung zu gefallen. Gut eine Stunde lang saß sie stillvergnügt in einer Ecke und blätterte in einem Kate-Greenaway-Bilderbuch, während er und Kevin die Abrechnungen durchsahen.

Als er dann mit ihr zum Mittagessen ging, nahmen die Dinge erneut eine Wendung zum Schlechteren. In dem italienischen Restaurant, in das er sie mitgenommen hatte, starrte sie voll Widerwillen ihre Spaghetti Bolognese an. »Da ist ja alles vermanscht!« zischte sie. Hector versank in noch tiefere Depression; er lechzte nach einem Glas Wein. Die kinderlieben italienischen Kellner versuchten, Alice mit kleinen Leckerbissen aufzumuntern: einer Olive, einer Makrone, einem Schälchen Minestrone. Sie lehnte alles ab und rührte keinen Bissen an. Er fühlte sich lebhaft an Rachel erinnert, wenn sie ihre hochmütigen fünf Minuten gehabt hatte.

Am Nachmittag schlug er einen Ausflug in den Park und auf den Spielplatz vor, um sie aufzuheitern. Sie kam mit, aber Spaß machte es ihr nicht, das merkte er deutlich. Auf Rutschbahn und Schaukel hielt sie sich ängstlich zurück. Danach machten sie ein paar Einkäufe, sie dicht an seiner Seite, die Nase in die Luft gereckt, voll Verachtung für die Menschenmassen. Am Abend brannten ihm die Fischstäbchen an, und sie stocherte daraufhin natürlich nur lustlos in ihnen herum. Sobald sie in ihrem Bett lag, schenkte er sich einen großen Whisky ein, ließ sich aufs Sofa fallen und versuchte, die hämmernden Kopfschmerzen zu ignorieren.

Am nächsten Tag fuhren sie zum St.-Johannen-Internat in

Surrey. Die Direktorin, Miss Framlingham, empfing sie freundlich und führte sie durchs Haus. Hector begutachtete kleine Schlafsäle mit kleinen Betten, auf denen Puppen und Teddybären aufgereiht saßen, einen hervorragend ausgestatteten Turnsaal und einen großen Hockeyplatz. So wie er Alice am Vortag auf dem Spielplatz erlebt hatte, fiel es ihm schwer, sie sich beim Bockspringen im Turnsaal oder Schläger schwingend auf dem Hockeyplatz vorzustellen. Im Speisesaal, wo Scharen kleiner Mädchen beim Mittagessen saßen, konnte er nicht umhin zu vermerken, daß das Brot mit Rinde gegessen und die Milch ohne Strohhalm aus dem Glas getrunken wurde. Während er in Miss Framlinghams Büro die Formulare ausfüllte, war er sich eines starken inneren Unbehagens bewußt, aber er verdrängte es.

Auf der Heimfahrt sagte er aufmunternd: »Es hat dir doch gefallen, nicht wahr, Alice?« und sie nickte. »Du wirst dort sicher viel Spaß haben. Und lauter nette Freundinnen.«

»Ja, Daddy.«

Im Rückspiegel gewahrte er ihren Gesichtsausdruck. Wie sie die Zähne in die Unterlippe grub; die ängstliche Unruhe in ihrem Blick. Unwillkürlich erinnerte er sich an seine eigene Kindheit, an seinen ersten Tag im Internat. *Das wird die schönste Zeit deines Lebens*, hatte sein Vater in eben diesem munter drängenden Ton gesagt, den er gerade Alice gegenüber angeschlagen hatte. Aber er hatte das Internat vom ersten Schultag an gehaßt. Und zehn Jahre später, an dem Tag, an dem er abgegangen war, hatte er es noch genauso gehaßt.

Plötzlich wurde ihm klar, daß er sie ganz falsch sah. Zum erstenmal erkannte er sich selbst in ihr. Alice mochte aussehen wie Rachel – eine Ähnlichkeit, die ihm Schmerz bereitete –, aber ihre Zaghaftigkeit, die mangelnde körperliche Gewandtheit, das Bedürfnis nach Ordnung und Struktur, das alles hatte sie von ihm. Ihm fiel ein, wie nahe sie das Kate-Greenaway-Buch vor ihr Gesicht gehalten hatte, wie sie im Park gestolpert war, und ihm kam der Verdacht, daß ihre großen dunklen Augen – Rachels Erbe – vielleicht so kurzsichtig waren wie seine eigenen.

Er lenkte den Wagen auf einen Parkplatz am Straßenrand. »Du willst gar nicht in das Internat, stimmt's?« fragte er liebevoll.

Sie sah ihn nur wortlos an und schüttelte den Kopf.

Dann sagte er: »Dir fehlt deine Oma, nicht wahr, mein Kleines?«, und sie begann lautlos zu weinen.

Er holte sie auf seinen Schoß und hielt sie in den Armen, während die Tränen flossen. Er wußte nicht, wie er es schaffen würde, aber er war entschlossen, sich mehr um sie zu kümmern. Nach einer Weile wischte er ihr das Gesicht mit seinem Taschentuch ab, setzte sie wieder nach hinten, gurtete sie an und fuhr nach Hause.

Seit der überstürzten Abreise aus London hatte sich Liv mit ihren Kindern langsam die Küste East-Anglias hinauf von Suffolk nach Norfolk durchgeschlagen. Sie lebten einmal hier, einmal dort, stets in möblierten Zimmern oder kleinen Wohnungen, die alle gleich trist und zugig waren und mit Möbeln ausgestattet, die niemand haben wollte: durchgelegene Klappsofas, windige Sperrholzkommoden, die umstürzten, wenn man ihre ewig klemmenden Schubladen mit Gewalt zu öffnen versuchte, Badezimmer, in denen die Kacheln von den Wänden fielen und das Email braun war von tropfenden Wasserhähnen.

Sie froren einen Winter lang in einem Wohnwagen in den Dünen, wo ihre Kleider und Lebensmittel immer feucht und sandig waren. Sie kamen für kurze Zeit bei einer Wohngemeinschaft von Hausbesetzern in einer riesigen, einst prunkvollen viktorianischen Villa in Great Yarmouth unter, die zum Abriß verdammt war. Doch Livs Furcht vor Polizei und Jugendamt trieb sie bald weiter. Danach hausten sie zwei Wochen in einer Ferienwohnung, wo der Hauswirt, der beinahe täglich in die Küche kam, um den Zählerstand abzulesen, Liv auf den Hintern klapste und ihr an den Busen griff.

Sie arbeitete als Verkäuferin, Bedienung und Putzfrau, im Sommer als Erntehilfe bei den Bauern, um sich und die Kinder durchzubringen. Die Frage der Kinderbetreuung war ständig ein Problem. Sie tüftelte komplizierte Pläne mit anderen Müttern aus und wechselte sich mit ihnen beim Babysitten ab, damit sie morgens in einem Supermarkt an der Kasse arbeiten konnte. Sie pflückte Erdbeeren, während Freya und Georgie an einer Ecke des Feldes spielten. Sie machte Büros sauber, die Kinder im Schlepptau, während sie Staub saugte und wischte. Sie schrieb zu Hause für eine Firma Adressen und veranstaltete Hausfrauenpartys, um sich durch den Verkauf von Schmuck und Kleidern etwas zu verdienen. Sie arbeitete abends, wenn die Kinder im Bett waren, in einer Fish-and-Chips-Bude und rannte jede Stunde nach Hause, um sich zu vergewissern, daß die beiden nicht aufgewacht waren und Angst hatten.

Keiner der Jobs war von Dauer. Im Supermarkt mußte sie aufhören, als die Mädchen die Masern bekamen. Sie sei unzuverlässig, erklärte der Geschäftsführer – »Wir können nicht bei jedem Ihrer häuslichen Probleme die anderen Mitarbeiter mit zusätzlicher Arbeit belasten, Mrs. Galenski.« Die Putzstelle verlor sie, als einer der leitenden Angestellten der Firma sich bei ihrem Arbeitgeber über die Kinder beschwerte. Bei den Bauern gab es nur zur Erntezeit Arbeit, und sie schaffte es auf Dauer nicht, billigen Schmuck und schlecht verarbeitete Kleidungsstücke an Frauen zu verhökern, die nicht viel besser daran waren als sie selbst. Den Job in der Fish-and-Chips-Bude schließlich gab sie schon nach wenigen Tagen auf, weil sie die Schuldgefühle und die Angst um Freya und Georgie, die allein zu Hause waren, nicht ertragen konnte.

Dennoch waren alle Jobs besser als die Zeiten der Arbeitslosigkeit dazwischen. Manchmal brauchte sie nur ein oder zwei Tage, um eine neue Arbeit zu finden; einmal verdiente sie fast einen Monat lang keinen Penny – ein Monat der verzweifelten Suche beim Arbeitsamt, in den Anzeigenteilen der örtlichen Zeitungen und in Schaufenstern. Nachts lag sie wach, kalt bis in die Knochen und von Angst vor der Zukunft gepeinigt. Sie stellte sich vor, Freya und Georgie müßten hungern oder würden Lungenentzündung bekommen, weil sie nicht das Geld zum Heizen hatte. Vielleicht würden sie sogar auf der Straße landen, weil sie die Miete nicht bezahlen konnte. Oder man würde ihr die Kinder wegnehmen.

Aber irgendwie ging es stets weiter. Thea schickte Geld, wann immer Liv lange genug an einem Ort war, um Post zu empfangen; ohne diese Hilfe wären sie nicht durchgekommen. Der Winter verging, es wurde wieder Sommer, und der Sommer brachte Arbeit auf den Feldern und Höfen der einheimischen Bauern. Im Juli 1974 zogen sie ins Samphire Cottage. Liv arbeitete auf einem Hof, der vor allem Lavendelanbau betrieb, und erwähnte der Eigentümerin, Mrs. Maynard, gegenüber, daß sie für sich und die Kinder eine Bleibe suchte. Daphne Maynard hatte an Freya einen Narren gefressen. Die Kleine erinnere sie, sagte sie, an ihre eigene Tochter, als diese ein kleines Mädchen gewesen war. Geduldig beantwortete sie Freyas endlose Fragen, und es störte sie nicht, wenn das Kind ihr überallhin folgte.

Mrs. Maynard bot Liv das Samphire Cottage als Unterkunft an. Das kleine rote Backsteinhaus stand einige hundert Meter abseits der Küstenstraße, am Zugang einer kleinen, von Hecken gesäumten Straße, die zu den Salzsümpfen führte. Es hatte einen quadratischen Garten, von Wassergräben begrenzt, an denen im Sommer Sumpfdotterblumen und Blutweiderich blühten, und wurde von einer Gruppe Weiden geschützt. Oben und unten waren je zwei Zimmer, außerdem gab es hinten einen Anbau, der die Morgensonne bekam. An schönen Tagen konnte man die ferne Linie des aus Kies aufgeschütteten Deichs sehen, einziges Bollwerk gegen das Meer. An anderen Tagen heulte der Wind, Küste und Meer verschmolzen in Grau.

Einzige Heizquelle im Haus waren der Herd in der Küche und der offene Kamin im Wohnzimmer. Mrs. Maynard entschuldigte sich dafür bei Liv, als sie ihr das Häuschen zeigte. Sie hatten vorgehabt, Zentralheizung einbauen zu lassen, aber Gas gab es im Dorf nicht, und seit der Ölkrise waren die Ölpreise leider ins Unerschwingliche gestiegen. Sie sagte mit leichtem Zweifel: »Wird es Ihnen hier nicht zu einsam sein?« Doch Liv schüttelte lächelnd den Kopf und antwortete, das Samphire Cottage sei genau das, was sie gesucht habe.

Freya und Georgie schliefen oben im hinteren Zimmer, Liv

schlief nach vorn hinaus. In den unteren Räumen hängten die Mädchen ihre selbstgemalten Bilder auf, im Anbau stand Livs Nähmaschine. Sie hatte die alte Singer bei einer Nachlaßauflösung für ein Pfund erstanden und in Georgies Buggy nach Hause transportiert. Im Fenster des Postamts hängte sie einen Anschlag auf: *Alle Näharbeiten – Kissen, Vorhänge und Kinderkleider nach Maß*. Sie wurde zwar nicht gerade von Aufträgen überschwemmt, aber mit der Zeit sprach es sich herum, daß man bei ihr nähen lassen konnte, und sie bekam genug Arbeit, um die Abende zu füllen. Die Schneiderei machte ihr Spaß, sie entdeckte alte Fertigkeiten wieder und lernte neue dazu. Sie machte Patchwork, sie stickte und applizierte, sie experimentierte sogar mit Stoffdruck. Manchmal, wenn es finanziell etwas besser ging, nahm sie den Bus nach Norwich und begab sich in der öffentlichen Bibliothek und in Kunstgewerbeläden auf die Suche nach neuen Ideen. Der rot geflieste Boden des Anbaus war stets bestreut von Stoffschnipseln und bunten Fäden.

Draußen schwirrten Libellen über dem Schilf, und bräunlichgrüne Frösche quakten in den Gräben. Das Cottage, von Bäumen überdacht, war von der Straße aus nicht zu sehen. Liv wünschte sich, sie könnte für immer hierbleiben.

Im Frühjahr 1975 kam Freya zur Schule, die im drei Kilometer entfernten Dorf war, und Georgie kam in den Kindergarten. Zum erstenmal seit Jahren hatte Liv morgens ein paar freie Stunden ohne Kinder. Sie nahm mehr Näharbeiten an, sparte etwas Geld zusammen und kaufte ein gebrauchtes Fahrrad mit einem Sitz für Freya auf dem Gepäckträger und einer kleinen Sitzschale für Georgie innen am Lenker. Sie fertigte Patchworkdecken für Kinderwägen und Kinderbetten und verkaufte sie den Müttern am Schultor. Sie paßte nach der Schule auf anderer Leute Kinder auf, nahm mehrere Vormittags-Putzstellen an und, bei Sommeranfang, eine Aushilfsstelle im Dorfpub. Sie kam mit Mühe und Not über die Runden.

Ihre Tage waren auf die Minute genau eingeteilt. Morgens brachte sie Freya zur Schule und Georgie in den Kindergarten. Dann putzte sie zwei Stunden in fremden Häusern. Danach fuhr sie mit dem Fahrrad zum Pub, um in der Küche und an der Bar zu helfen. Eine befreundete Mutter nahm Georgie vom Kindergarten mit zu sich und machte ihr zusammen mit ihrer eigenen kleinen Tochter Mittagessen. Wenn Liv um halb drei im Pub aufhörte, holte sie Georgie ab, machte Einkäufe oder fuhr direkt nach Hause, wo es immer etwas zu tun gab. Später radelte sie zur Schule und holte Freya ab. Nach dem Abendessen mit den Kindern spielte sie meistens noch ein Weilchen mit ihnen und las ihnen vor. Wenn die Kinder dann im Bett waren, setzte sie sich an ihre Nähmaschine.

Sie nähte alle Kleider für Freya und Georgie und einen großen Teil ihrer eigenen selbst. Andere Mütter sahen und bewunderten die originellen Kreationen und bestellten Kleider für ihre Kinder bei ihr. Sie achtete darauf, daß Freya und Georgie stets gut gekleidet waren und niemals hungern mußten, und sie versuchte, für sie dazusein, wenn sie sie brauchten.

Freya mit ihren fünf Jahren war ein großes, schmalgliedriges Mädchen mit schwarzem, seidigem Haar, das Liv ihr selbst zu schneiden pflegte. Sie steckte voll überschüssiger Energie, hatte Mühe, still zu sitzen, redete mit jedem, der ihr über den Weg lief, und stellte tausend Fragen in dem Bemühen, die Welt zu verstehen. Ihre Offenheit Fremden gegenüber beunruhigte Liv manchmal. Es war, als wäre sie ständig auf der Suche, als hungerte sie nach irgend etwas.

Georgie, mittlerweile drei, war das Gegenteil von Freya, hatte ein sonniges Gemüt und schien mit allem zufrieden. Wenn Liv ihre ältere Tochter mit ihrer unruhigen Art betrachtete und sich ins Gedächtnis rief, was sie an Veränderungen und Verlusten durchgemacht hatte, wurde sie sich stets eines Schuldgefühls bewußt, was wohl niemals vergehen würde.

In den vergangenen anderthalb Jahren hatte Katherine sich oft gefragt, warum sie Hector weiterhin so treu besuchte. Ein guter Gesellschafter war er weiß Gott nicht; im Gegenteil, er war häufig mürrisch und ausschließlich mit sich selbst beschäftigt: Eine ganze Stunde konnte vergehen, in der sie kaum mehr als ein paar dürre Sätze aus ihm herausbekam. Ihre Vorschläge, etwas zu unternehmen – ins Kino zu gehen oder einen Spaziergang im Regent's Park zu machen – wurden höchstens mit einem gleichgültigen Achselzucken aufgenommen. Manchmal hätte sie ihn am liebsten gepackt und geschüttelt oder kräftig angebrüllt, und manchmal hätte sie am liebsten auf dem Absatz kehrtgemacht und wäre zur Wohnungstür hinausgerauscht. Aber selbst wenn sie das, bis zur Weißglut getrieben, wirklich einmal tat, kam sie doch immer wieder zurück.

Hector war ihr Fegefeuer, dachte sie bisweilen; er war eine beständige Mahnung an eine Vergangenheit, die sie lieber vergessen hätte. Vor zweieinhalb Jahren hatten ihre Enttäuschung über Jordan und ihr Neid auf Liv sie verleitet, Felix zu verführen. In dieser Nacht waren zwei Freundschaften zerbrochen. Sie und Felix hatten beide gewußt, daß sie eine Grenze überschritten hatten. Er hatte sich eine andere Wohnung und eine andere Arbeit gesucht, und sie hatte ihn seither nicht mehr gesehen. Wie Liv, seit diese London verlassen hatte. Es kränkte sie noch immer, daß Liv einfach so verschwunden war. Früher einmal hatte Liv sie gebraucht; jetzt brauchte sie sie nicht mehr. Sie sagte sich, Liv halte ihren Aufenthaltsort geheim, weil sie Angst hatte, Stefan könnte ihr wieder auf die Spur kommen. Trotzdem lauerte im Hintergrund immer der beunruhigende Gedanke, irgendwie könnte Liv wissen, was damals geschehen war. Und nähme ihr übel, was sie getan hatte.

Katherine war zu dem Schluß gekommen, daß sie die Verbindung zu Hector aufrechterhielt, weil sie so wenigstens an einer ihrer Freundinnen Wiedergutmachung leisten konnte. Als sie Hector nach jener ersten Begegnung am Tag der Bombendrohung mit der Zeit ein wenig näherkam, war sie erschrocken über die Leere in seinem Leben. Die Einsamkeit, unter der sie selbst einmal gelitten hatte, war nichts im Vergleich mit Hectors – gewiß teilweise selbst gewählter – Isolation. Er hatte keine Freunde und keine Familie außer einer unverheirateten Tante in Henley-on-Thames, die er zu Weihnachten und an ihrem Geburtstag pflichtschuldig zu besuchen pflegte. So wie sie ihn jetzt kennenlernte, konnte Katherine sich lebhaft vorstellen, daß er in den Monaten und Jahren nach

Rachels Tod jeden abgeschreckt hatte, der ihm Freundschaft angetragen hatte. Freundschaft konnte bei so unerbittlicher Zurückweisung und so tiefer Verschlossenheit nicht gedeihen. Er hatte seine Arbeit, der er nur soviel Interesse gönnte, wie notwendig war, um das Geschäft in Gang zu halten. Hobbys hatte er keine, es sei denn, man bezeichnete eine innige Beziehung zum Alkohol als Hobby. Nicht einmal der Hund schien ihm am Herzen zu liegen. Er duldete Charlie, weil Charlie einmal Rachels Hund gewesen war. Er führte ihn im Hyde Park spazieren, ließ seine schlechten Angewohnheiten über sich ergehen – die Neigung, das Ledersofa anzuknabbern, und eine Vorliebe für Schokodrops – und zeigte ihm gegenüber insgesamt eine Geduld, die einem völligen Mangel an Interesse entsprang.

Aber es gab noch einen Grund, warum Katherine den Kontakt mit Hector nicht einfach abgebrochen hatte: An jenem schrecklichen Tag Weihnachten 1972 hatte sie begriffen, was es heißt, einen Menschen zu verlieren, den man liebt. Sie hatte nicht vergessen, wie sehr sie in dem Moment gelitten hatte, als sie beim Blick aus dem Fenster Jordan mit seiner Frau gesehen hatte. Sie hatte erkannt, wie verletzlich die Liebe einen machte, daß ihr Verlust einen aller Zuversicht und aller Abwehrmechanismen berauben konnte, so daß man dem Schmerz völlig schutzlos ausgeliefert war. Sie ahnte, daß Hector seit Rachels Tod in einer Welt lebte, der Regeln und Sinn fehlten, in der jauchzendes Glück innerhalb eines Wimperschlags in tiefstes Leid umschlagen konnte.

Obwohl Hector selten von Rachel sprach, beherrschte ihr Andenken sein Leben. In seiner kleinen Wohnung war sie überall, in den unzähligen Fotografien, in den Bildern und dem Schnickschnack, den Katherine aus ihrem Zimmer in Fernhill Grange kannte. Jeden Tag staubte Hector die Fotografien und die Ziergegenstände ab. Katherine hatte den Eindruck, daß das die einzige Hausarbeit war, die er überhaupt tat. Der Rest der Wohnung schien unter einer Staubdecke zu ersticken.

Aber mit Diana Wybornes Tod hatte eine Veränderung eingesetzt. Alice lebte nun seit drei Monaten bei ihrem Vater und besuchte eine öffentliche Schule ganz in der Nähe. Allmählich verloren die Räume in der Wohnung etwas von ihrer Düsterkeit. Bunte Spielsachen lagen auf den verblichenen türkischen Teppichen; kindliche Gemälde von Häusern und Pferden und von Schiffen auf unwahrscheinlich türkisblauen Meeren verbargen einige der dunkel gebundenen Bücher. Selbst Charlie, der Hector und Alice nun täglich auf ihren Spaziergängen im Park begleitete, wurde wieder schlank und beweglich. Es war, dachte Katherine, als würde langsam ein Vorhang gelüftet, so daß Licht in einen ehemals dunklen Raum strömen konnte.

Im Sommer wurde ihr jüngerer Bruder Philip krank. Er erlitt einen Anfall und war danach mehrere Stunden bewußtlos. Katherine, die ihn im Krankenhaus besuchte, hatte das Gefühl, daß etwas erloschen war, obwohl er sie anlächelte und ihren Namen sagte und seine Hand in die ihre schob. Blaß in dem weißen Nachthemd lag er im Krankenhausbett, und sein Körper schien zu schrumpfen, als wollte er in den stramm gezogenen Laken versinken. Einziger Farbfleck war sein leuchtend rotes Haar.

Als sie in London ihre Wohnungstür aufsperrte, empfing sie das Läuten des Telefons. Es war Jordan. »Ich habe zwei Stunden Zeit«, sagte er. »Ich bin in der Wohnung.«

Sie war müde: die lange Fahrt, die Angst um Philip. Sie drehte das Telefonkabel um ihren Finger. »Kannst du nicht zu mir kommen, Jordan?«

»Du weißt, das wäre ungeschickt, Darling. Nur *ein* neugieriger Journalist, und mein Gesicht prangt in Großaufnahme auf dem Titelblatt der ›Sun‹.«

»Trotzdem …«

»›Die scharfe Katherine und der Abgeordnete‹ … Ich denke nur an dich, Schatz.«

Sie fuhr zu ihm. Er hatte Austern und Champagner eingekauft. In der letzten Austernschale lag ein Paar Perlenohrringe.

»Sie sind wunderschön, Jordan.« Über ihm kniend, schob sie ihr rotblondes Haar zur Seite und küßte ihn.

»Damit du mich nicht vergißt«, sagte er.

Sie richtete sich auf und sah ihn mit zusammengekniffenen Augen an.

»Tricia will unbedingt den ganzen August weg«, erklärte er. »In die Toskana. Ich kann nicht ablehnen, Darling. Seit Edwards Geburt geht es ihr nicht so besonders. Sie braucht mal einen Tapetenwechsel.«

Sie dachte, ich will es nicht wissen, ich will es überhaupt nicht wissen. Aber sie sagte obenhin: »In die Toskana! Du Glücklicher. Ich beneide dich!«

»Katherine ...« Er berührte ihre verkrampfte Schulter. »Ich werde den ganzen Tag an dich denken, jeden Tag.« Seine Stimme schmeichelte, seine Lippen liebkosten sie. »Und wenn ich wieder da bin, verbringen wir ein ganzes Wochenende zusammen, das verspreche ich dir.«

»Wir waren noch nie ein ganzes Wochenende zusammen. Immer nur Nachmittage, Tage und Nächte. Weißt du eigentlich, daß wir noch nie mehr als acht aufeinanderfolgende Stunden miteinander verbracht haben, Jordan? Ich habe es nachgerechnet.«

»Vielleicht ist es deshalb so gut mit uns beiden ... Vielleicht ist es deshalb so etwas Besonderes ...« Seine Finger glitten zu ihrem Bauch hinunter, streichelten und lockten, um das Feuer von neuem anzufachen. Flüchtig fragte sie sich, wie es möglich war, daß sie so wütend auf ihn sein und ihn gleichzeitig so heftig begehren konnte. Dann schwang sie sich rittlings auf ihn und führte ihn in sich hinein, hielt sich in ihren Bewegungen zurück, um ihn zu reizen und zu erhitzen, hielt ihn hin, bis sie sah, daß auch er litt.

Später nahm sie ein Bad in der Wanne mit den goldenen Armaturen. Jordan brachte ihr ein Glas Champagner.

Sie schüttelte den Kopf. »Nein, danke.«

Er strich mit der Fingerspitze über ihren Busen. »Es ist noch eine halbe Flasche da.«

»Mach du sie leer. Ich hätte lieber einen Kaffee.«

»Wie vernünftig.« Sein Ton war spöttisch. »Das sieht meiner wilden Katherine gar nicht ähnlich.«

»Ich muß noch fahren.«

Sie hörte ihn in die Küche gehen. Gleich darauf rief er: »Tricia hat so ein neues Dingsbums gekauft. Ich habe keine Ahnung, wie es funktioniert.«

Sie kannte das von ihm, dieses Desinteresse an allem, was den Haushalt anging. Früher hatte sie es charmant gefunden; jetzt ging es ihr auf die Nerven.

»Was für ein ›Dingsbums‹?«

»Du weißt schon, zum Einstecken«, sagte er wenig hilfreich.

»Du füllst die Kanne mit Wasser und tust oben den Kaffee rein«, rief sie und ließ sich wieder unter das duftende Wasser sinken. Ihr Haar trieb an der Oberfläche wie heller, rötlicher Tang.

Er kam ins Badezimmer. »Ich finde die Mühle nicht. Wo zum Teufel kann sie sein?«

Sie unterdrückte ein Seufzen, stieg aus der Wanne und wickelte sich ein Badetuch um den nackten Körper. Die Mühle war, wo sie immer war: hinter der Pfeffermühle. Sie suchte im Schrank nach ungemahlenem Kaffee, als Jordan hinter sie trat und seine Hände unter das Badetuch schob. Seine Handflächen lagen warm auf ihrer feuchten Haut. Seine Lippen lagen an ihrem Ohr, von dem einer seiner Ohrringe herabhing.

»Wir haben noch zwanzig Minuten«, flüsterte er. »Du willst doch in Wirklichkeit gar keinen Kaffee, oder?«

Sie ließ sich eine Weile von ihm küssen, aber zum erstenmal seit sie mit ihm zusammen war, regte sich ihr Körper nicht. Ich bin einfach todmüde, dachte sie. Oder vielleicht war es die falsche Zeit im Monat. Sie entschuldigte sich schließlich damit, daß sie noch zu arbeiten hätte, kleidete sich an, nahm ihre Sachen und fuhr nach Hause.

In den kurzen Herbstferien fuhr Liv mit den Kindern im Bus nach Norwich. Sie kaufte Kleiderstoffe und Reste für ihre Patchwork-Arbeiten. Danach marschierten sie den knappen Kilometer von der Stadtmitte bis zu einem Kunstgewerbeladen. Am Morgen war das Wetter noch schön gewesen, aber als sie aus dem Laden traten, hatte es zu regnen begonnen.

Liv spannte den Schirm auf. Ihr Weg führte sie an einer Bushaltestelle vorüber, an der Georgie fasziniert stehenblieb, um offenen Mundes die Kräne und Bagger bei der Arbeit zu beobachten. Neben der Baustelle stand ein verlassenes altes Fabrikgebäude, das, wie den Schildern am hohen Eisengitter rund um das Gelände zu entnehmen war, zum Verkauf stand. Viele Fenster in dem imposanten Backsteinbau aus viktorianischer Zeit waren zerbrochen, das ganze Anwesen hatte etwas Trostloses und Düsteres. Der Regen sammelte sich in großen Pfützen auf dem holprigen Asphalt, und schwarze Rußfahnen über verkohlten Fensterrahmen verrieten, daß ein Teil des Gebäudes bei einem Brand beschädigt worden war.

Vor dem großen Tor ein Stück straßabwärts stand ein Mann, groß, dunkelhaarig, breitschultrig. Er hatte eine dunkle Blue jeans an und eine gutsitzende schwarze Lederjacke. Irgend etwas an ihm erschien Liv vertraut. Sie sah genauer hin, musterte ihn mit zusammengekniffenen Augen. Freya, die vorausgelaufen war, sprach schon mit ihm.

»Ich hab einen roten Regenmantel, aber wir haben vergessen ihn mitzunehmen«, erzählte sie dem Fremden. »Jetzt gehen wir gleich ins Café, und dann darf ich mir einen Milkshake bestellen. Unser Haus heißt Samphire Cottage. Und ich heiße Freya Galenski. Wie heißt du?«

Der Mann vor dem Tor sah Freya verblüfft an. Liv bekam heftiges Herzklopfen. Seine Stimme war die Straße hinunter bis zu ihr zu hören. »Du heißt Freya. Und deine Schwester heißt Georgie.«

»Felix!« flüsterte sie.

»Und deine Mutter«, fuhr er fort, »heißt Liv.«

Freya sah zu Felix hinauf. »Bist du mein Daddy?«

»Nein. Nein, mein Schatz.«

Liv nahm Georgie auf den Arm. Sie zitterte. Als sie sich ihm näherte, erkannte sie, wie sehr er sich verändert hatte. Das sehr kurze Haar betonte die Kanten und Winkel seines Gesichts, machte es härter und älter.

»Wie erstaunlich, dich hier zu sehen, Liv«, sagte er. Nicht

wunderbar, dachte sie, oder *schön*. Einfach nur erstaunlich. So ein neutrales, nichtssagendes Wort. »Was um alles in der Welt tust du denn hier?«

»Wir waren einkaufen.« Sie war außer Atem. »Und du, Felix?«

Sein Blick flog zu dem leerstehenden Fabrikgebäude. »Ich erwäge gerade das Für und Wider eines kleinen Einbruchs.« Dann wandte er sich ihr wieder zu. »Wie geht es euch?«

»Gut. Es geht uns gut. Daß wir uns ausgerechnet hier treffen!« Doch sie erinnerte sich, daß die Familie Corcoran irgendwo in Norfolk ein hochherrschaftliches altes Haus besaß. Also doch nicht so verwunderlich, diese Begegnung.

»Wir haben uns lange nicht gesehen.«

»Zweieinhalb Jahre.« Die Worte schienen von den hohen Backsteinmauern abzuprallen. Die Geschehnisse, die sie zu ihrer überstürzten Abreise aus London getrieben hatten, kamen ihr wieder in den Sinn: Stefan, Katherine ...

»Freya geht jetzt zur Schule«, sagte sie. »Und Georgie ist im Kindergarten.«

»Rose vermißt die beiden.«

»Ich mußte damals aus London weg.« Sie nahm wahr, daß es wie eine Rechtfertigung klang. »Du weißt es doch selbst, ich mußte weg.« Georgie rutschte von ihrem Arm zu Boden und patschte durch die Pfützen.

»Stefans wegen?«

»Ja.« Und deinetwegen.

Schweigen. Sie hatten nichts mehr miteinander zu reden. Kein Wunder, dachte sie. Sie bedeuteten einander nichts mehr.

»Lebst du noch in London, Felix?«

»In Fulham, ja. Und du? Wo lebst du jetzt?«

Sie nannte ihm den Namen des Dorfs. Er schaute auf seine Uhr. Sie sagte hastig: »Ich muß los – ich habe den Kindern versprochen, daß wir in der Stadt zu Mittag essen.«

Freya kletterte das schmiedeeiserne Gitter hinauf.

»Ich kann euch im Wagen mitnehmen«, sagte er.

»Das ist nicht nötig.« Sie nahm ihre Tüten. »Freya, komm da runter.«

Aber er sperrte schon die Tür des dunkelblauen Renault auf, der am Bordstein stand. »Bei dem Regen ...«, sagte er.

Freya rutschte mit ihren nassen Sandalen an einer der Eisenstangen ab und plumpste zu Boden. Sie begann laut zu weinen.

»Also, wirklich, Freya! Ich hab dir doch gesagt ...« Mit einer Hand versuchte Liv, Freya hochzuziehen, aber Georgie hielt mit beiden Armen ihre Knie umklammert.

»Es blutet!« schrie Freya. »Es blutet. Geh weg, Georgie!«

»Warte.« Felix nahm Liv die Einkaufstüten ab und legte sie in den Kofferraum seines Wagens. Freya schlug nach Georgie. Nun brüllten beide Kinder. Liv fühlte sich plötzlich erschöpft. Und es ärgerte sie, daß Felix die Kinder von ihrer schlimmsten Seite erlebte. Beinahe hätte sie gesagt, sie sind nicht immer so, aber sie schaffte es noch, die Worte zurückzudrängen.

Als sie die Kinder in den Wagen bugsierte, sagte er: »Was ist denn das? Krapprot – Ultramarin ...« Eine Ecke der Linoleumplatte und die Farbflaschen waren in einer der klaffenden Tüten zu sehen. Er schlug den Kofferraumdeckel zu. »Was arbeitest du?«

»Ich schneidere. Vorhänge, Kissen, Kinderkleider hauptsächlich.« Sie setzte sich vorn in den Wagen.

Schweigend fuhren sie durch den Regen. Das rhythmische Geräusch der Scheibenwischer und das Brummen des Motors machten die Stille noch drückender. Warum hast du uns mitgenommen, dachte sie, wenn du so schlecht gelaunt bist und mir nur das Gefühl gibst zu stören. Sie gewahrte eine kurz angebundene, schroffe Ungeduld an ihm, die ihr zu der modischen Kleidung, dem kurzen Haar und dem kühlen Blick zu passen schien.

Sie brach das Schweigen. »Arbeitest du noch für die Wohnungsgenossenschaft?«

»Ich bin jetzt bei einer Investmentgesellschaft in der City.«

Oh, dachte sie und verstand plötzlich die Veränderungen, die ihr an ihm aufgefallen waren. »Macht es dir Spaß?«

»Es ist ganz okay. Ich mußte lernen, wie man mit Geld Geld macht.«

Sie hatten die Stadtmitte erreicht. Sie schob sich das feuchte Haar aus der Stirn. »Geld hat dir doch nie was bedeutet.«

»Nein?« Er lächelte trübe. »Wie naiv man doch sein kann.«

Straßen und Geschäfte zogen vorbei, verwischtes Grau und Braun. In einer Seitenstraße hielt Felix an und reichte Liv ihre Tüten aus dem Kofferraum. »Es war nett, euch wiederzusehen«, sagte er, als wäre sie eine oberflächliche Bekannte. Aber das war sie wohl für ihn geworden.

»Du hast dich verändert, Felix«, platzte sie heraus.

»Findest du?« Sie konnte seinen Blick nicht deuten. »Ja, wahrscheinlich hast du recht.«

Sie blieb einen Moment mit den Mädchen auf dem Bürgersteig stehen und schaute seinem Auto nach. *Ich mußte lernen, wie man mit Geld Geld macht*, hatte er gesagt. Tja, du hast dich schnell angepaßt, nicht wahr, Felix Corcoran, dachte sie jetzt. Dann holte sie tief Atem und sagte: »Also, wer will einen Milkshake?« Die Kinder jubelten begeistert.

Felix fuhr weiter, durch Norwich hindurch, zu dem Haus, in dem Mia und sein Vater jetzt lebten. Er hatte seit Jahren zum erstenmal wieder die alte Fabrik aufgesucht; auf Liv war er erst aufmerksam geworden, als ihm das Kind – Freya – seinen Namen genannt hatte. Und innerhalb eines Augenblicks hatte er sich in die Zeit vor drei Jahren zurückversetzt gefühlt, diese rauschhaften, intensiven Tage in London. Die Betroffenheit über das unerwartete Wiedersehen mit ihr war mitten hineingestoßen in seinen Zorn über den Verfall des Hauses, in dem über Jahrzehnte ein blühendes Unternehmen seinen Sitz gehabt hatte, und in seine sorgfältige Musterung von Türen, Fenstern und Riegeln. Erinnerungen und Emotionen waren aufeinandergeprallt: die Freude darüber, sie zu sehen; der immer noch nagende Groll darüber, daß sie ihn so schnöde verlassen hatte; die peinliche Erinnerung an den Tag, der damit begonnen, daß er vom bevorstehenden Verlust seines Zuhauses erfuhr, und damit geendet hatte, daß er mit Katherine schlief.

Aber ihm wurde bald vor Augen geführt, daß die Zeit nicht stehengeblieben war und ihrer beider Leben sich grundlegend geändert hatten. So weit hatten sie sich voneinander entfernt, daß die Vergangenheit in weite Ferne rückte und keine Bedeutung mehr besaß. Am schwersten fiel es ihm zu akzeptieren, daß er sie immer noch schön fand.

Auf der Fahrt zur Stadtmitte hatte sie nichts als Kälte und Ablehnung ausgestrahlt. *Du hast dich verändert*, hatte sie gesagt und keinen Zweifel daran gelassen, daß ihr die Veränderung nicht gefiel. Er wußte, daß er schweigsam und unnahbar gewesen war. Das Bild der halb verbrannten Fabrik und die Aussicht auf das Mittagessen mit seinem Vater hatten ihn bedrückt.

Seit Wyatts unter den Hammer gekommen war, lebten Bernard und Mia in einer kleinen Villa am südlichen Stadtrand. Felix stellte den Wagen vor dem Haus ab. Da Mia tagsüber arbeitete, kochte Bernard. Er machte Eier mit Schinken, auf die Felix im Grund keinen Appetit hatte, und goß ihm einen Scotch ein, den er lieber nicht getrunken hätte. Die ungeschickten Bemühungen seines Vaters in der Küche deprimierten ihn, aber er täuschte Enthusiasmus vor, indem er seinen Teller bis zum letzten Bissen leerte.

Während sie aßen und sich miteinander unterhielten, musterte Felix seinen Vater. Er hatte stark an Gewicht verloren seit dem Herzinfarkt Anfang 1973. Das war eine Zeit gewesen, an die Felix selbst jetzt kaum denken mochte. Vorübergehend hatten sie fürchten müssen, Bernard werde nicht durchkommen. Er erinnerte sich niederschmetternder zehn Minuten mit einem überarbeiteten jungen Arzt, der ihnen erklärt hatte, wie ernst Bernards Zustand war. Felix war wie betäubt gewesen, kaum fähig, diese neue Katastrophe in seine Wirklichkeit aufzunehmen.

Aber Bernard hatte sich wider Erwarten der Ärzte erholt. Während seiner schleppenden Genesung war das Räderwerk des Bankrottverfahrens angelaufen und hatte das vertraute Gefüge ihres Lebens zerstört. Die Fabrik wurde geschlossen, Wyatts kam zur Versteigerung. Mia fand für sich und Bernard ein Haus und nahm eine Stellung als Sekretärin in einem Versicherungsbüro an. Rose, der materielle Dinge so wenig bedeuteten, hatte den Haushalt aufgelöst. Die meisten der schönen alten Möbel wurden versteigert, weil die Familie dringend Geld brauchte; einige standen jetzt etwas gedrängt in dem weit kleineren Haus in Norwich.

Felix wußte, daß sein Vater nie wieder würde arbeiten können. Der Herzinfarkt hatte seinen Körper geschädigt, und sein Geist war durch das Scheitern des Familienunternehmens, für das er sich allein die Schuld gab, gebrochen. Er konnte sein Werk nur mit tiefer Scham betrachten. Er hatte nicht nur die Firma mit Schulden belastet, sondern auch sein persönliches Eigentum. Zu einer Zeit, als das Unternehmen immer tiefer in die roten Zahlen geraten war, hatte er ein persönliches Darlehen aufgenommen, um die Defizite auszugleichen. Felix hatte die Bank aufgesucht, weil er hoffte, man würde dort für die Situation seines Vaters Verständnis zeigen. Er hatte weder Anteilnahme noch Verständnis gefunden. Seine Argumentation, daß sein Vater mehr als vierzig Jahre lang ein guter und zuverlässiger Kunde der Bank gewesen war und bis auf die letzten Jahre nie auch nur einen Penny Schulden gemacht hatte, traf auf taube Ohren. Ein Rückzahlungsplan wurde aufgestellt, demzufolge Mia in Zukunft jeden Monat zwei Drittel ihres Gehalts zur Begleichung der Schuld an die Bank bezahlen mußte. Der Rest mußte Mia und Bernard reichen, um ihr Leben zu bestreiten.

Nie wieder, hatte er sich geschworen, würde er andere um Hilfe bitten. Schock und Zorn verhärteten sich zu eiskalter Entschlossenheit. Über einen alten Schulfreund fand er eine Anstellung in einer Bank in der City. Er mußte, wie er Liv gesagt hatte, lernen, wie man mit Geld Geld machte. Mit dem kleinen Vermögen, das er von seiner Mutter geerbt hatte, bezahlte er ein Reihenhaus in Fulham an. Er hatte nicht die Absicht, lange bei der Bank zu bleiben. Sie sollte ihm nur als Sprungbrett dienen. Er unterstützte seinen Vater und Mia jeden Monat mit Geld.

Rose lebte seit zwei Jahren bei Nancy in Great Dransfield, und die beiden Frauen kamen gut miteinander zurecht. Auch die Menagerie, die Hunde, die Pfauen, Mias Pferd und die

Meerschweinchen, war in Great Dransfield untergekommen, Relikte aus einem anderen Leben. Nur Roses wegen war Felix an diesem Morgen zur alten Fabrik hinausgefahren. Seit ihre Tore sich geschlossen hatten, hatte er sie gemieden, niedergeschlagen und verärgert über die Wohnsiedlung, die direkt neben dem Fabrikgelände aus dem Boden gestampft wurde, und über den Brand im vergangenen Jahr, der einen Teil des historischen Gebäudes schwer beschädigt hatte. Doch als er Rose bei seinem letzten Besuch in Great Dransfield gefragt hatte, was ihr aus Wyatts am meisten fehlte, hatte sie ganz unerwartet geantwortet: »Meine Tapete. Weißt du nicht mehr, Felix? In meinem Zimmer. Das Muster hieß ›Wilde Rose‹.« Sie hatte gelächelt. »Ich war das einzige Mädchen in der Schule mit einer Tapete im Zimmer, die nach ihr benannt war.«

Ehe Felix an diesem Abend aus dem Haus seines Vaters wegfuhr, nahm er aus dem Geräteschuppen im Garten eine Drahtschere, einen Hammer, einen Schraubenschlüssel und eine Taschenlampe mit. Mit den Werkzeugen im Kofferraum fuhr er sehr vorsichtig zur Fabrik hinaus, peinlich darauf bedacht, die Geschwindigkeitsbegrenzungen genau einzuhalten. Auf keinen Fall wollte er unterwegs von der Polizei gestoppt und womöglich durchsucht werden.

Es war Mitternacht und der Mond hinter Wolken verborgen, als er den Wagen ein paar Straßen von der Fabrik entfernt abstellte und den Beutel mit den Werkzeugen aus dem Kofferraum nahm. Er hatte bei seinem Besuch am Morgen bemerkt, daß das Seitentor lediglich durch eine einfache Kette gesichert war. Die Drahtschere durchschnitt sie mühelos, und gleich darauf befand er sich im Hof hinter dem Fabrikgebäude. Früher einmal hatten sich auf diesem Stück Asphalt Last- und Lieferwagen gedrängt, die auf Ladung warteten. Jetzt war der Hof leer bis auf kleine Abfallhäufchen in den Ecken und einige leere Flaschen und verfilzte Wolldecken in einer Türnische, wo irgendwann ein Obdachloser genächtigt hatte.

Auf der Suche nach einem Einstieg ging Felix langsam um das Gebäude herum. Viele Fenster waren zu hoch oben, er konnte sie nicht erreichen, und alle Türen waren mit Vorhängeschlössern gesichert. Aber in jenem Teil des Hauses, wo der Brand gewütet hatte, entdeckte er ein eingeschlagenes Erdgeschoßfenster. Er brauchte nur noch auf eine alte Mülltonne zu klettern, seine Hand mit seiner Lederjacke zu umwickeln, um die restlichen Glassplitter herauszuschlagen, den Riegel zu öffnen, und dann war er drinnen.

Es roch nach Ruß und Feuchtigkeit. Sobald er den nach außen gelegenen Fenstern fern war, schaltete er die Taschenlampe an. Im blassen Lichtschein zeigte sich der Verfall: die schwarz verkohlten Holzbalken, die schimmelnden Tapetenrollen, die riesigen Wasserpfützen unter den klaffenden Löchern hoch oben im Dach. Er konzentrierte sich auf sein Vorhaben. Der Brand hatte nur einen Teil des Gebäudes zerstört. Die Modeln zum Tapetendruck waren stets in einem Keller unter dem Hauptarbeitsraum aufbewahrt worden. Er ging durch die kalten stillen Korridore zur Kellertreppe und bereitete sich im Geist auf eine Enttäuschung vor. Wenn der Brand bis in den Keller gedrungen war, würde von den Modeln, die aus Holz geschnitzt waren, nichts übrig sein. Es war auch möglich, daß jemand den eventuellen zukünftigen Wert der Modeln erkannt und sie anderswo untergebracht hatte.

Die Lampe schwenkend, ließ er den Lichtstrahl durch den Keller schweifen. Es roch hier nur ganz schwach nach Rauch, die Holzregale schienen unversehrt. Er ging an ihnen entlang und las die Etiketten an den Borden. »Sommerspalier« … »Japanischer Garten« … »Harlekin« … Corcoran-Tapeten gab es vielleicht nicht mehr, aber die Originalentwürfe, nahezu dreitausend an der Zahl, waren in diesen geschnitzten Holzmodeln erhalten.

Felix fand das Bord, das er suchte, und zog es heraus. »Wilde Rose« – er erinnerte sich an das rosig-goldene Muster an den Wänden von Roses Zimmer. Es war eigens zu ihrer Geburt in Auftrag gegeben worden. Er hüllte die Modeln in ein Tuch ein und legte sie zu den Werkzeugen in den Beutel.

Er war schon halb die Treppe hinauf, als er mit der Lampe in der Hand, stehenblieb. Er dachte an die Häuserreihen, die sich in trostloser Einförmigkeit bereits auf dem Grund erhoben, der früher einmal zum Fabrikgelände gehört hatte. Er wußte, es war nur eine Frage der Zeit, bis der Stadtrat sich überzeugen ließe, daß sich niemals ein Käufer für das Gebäude finden würde, und es zum Abriß freigeben würde. Die Fabrik würde dem Erdboden gleichgemacht, und hundert Jahre Geschichte würden in einer weiteren Reihenhaussiedlung, die nach nichts aussah, aber Profit brachte, untergehen.

Aber noch lag die Geschichte in seinen Händen. Noch einmal stieg er die Treppe hinunter; noch einmal ging er an den Regalen entlang. Er zog Borde heraus und nahm sich, was er wollte.

Als er wieder im Auto saß und die Rückfahrt nach London antrat, zeigte sich am östlichen Himmel das erste blasse Licht des Morgens. Kofferraum und Rücksitz des Wagens waren mit den alten Modeln beladen. Ungefähr fünfunddreißig Kilometer hinter Norwich, als er offenes Land erreicht hatte, lenkte er den Wagen an den Straßenrand und hielt an, ohne den Motor abzustellen. Lange saß er da und starrte durch die Windschutzscheibe in den grauen Morgen hinaus. Bruchstückhafte Bilder zogen an seinem inneren Auge vorüber. Ein Rosengeranke in Weiß und Rosa. Eine Flasche krapproter Farbe. Livs dunkle Augen und die des Kindes. Er spürte eine Beklemmung in seiner Brust, als wäre er kilometerweit gelaufen. Wie merkwürdig, dachte er, so abrupt eine Besessenheit gegen die andere zu tauschen. In den vergangenen zweieinhalb Jahren hatte einzig das Bestreben ihn Tag und Nacht angetrieben, Wyatts wieder in den Besitz der Familie zu bringen. Er hatte sich geschworen, daß das Haus eines Tages wieder ihnen gehören würde. Bei allem, was er tat, hatte er stets nur dieses Ziel vor Augen gehabt. Von nichts hatte er sich ablenken lassen. Er hatte seine früheren Ideale aufgegeben und als überholt und egoistisch abgetan. Er sah Rose nur selten, seine alten Freunde fast nie. Er arbeitete hart und investierte sein Geld mit Umsicht. Der Zorn, der ihn erfaßt hatte, als Wyatts ihnen genommen worden war; das Mitleid, das er mit seinem Vater gehabt hatte; seine Beschämung über seinen eigenen Anteil am Ruin der Familie waren mit den Jahren nicht schwächer geworden. Er träumte von dem alten Haus. Er plante unaufhörlich, es wiederzugewinnen.

Aber heute hatte er kaum daran gedacht. Er nahm seufzend die Hände vom Lenkrad und sah zu, wie das Licht der ersten Sonnenstrahlen über die Felder kroch. Livs Bild hatte Wyatts verdrängt; Livs Stimme hatte das Wispern der Buchenallee vor dem Haus und das Plätschern des Brunnens im Garten verstummen lassen. Felix drückte die geballten Fäuste gegen die Stirn, als könnte er Livs Bild so aus seinem Kopf vertreiben; aber es blieb: Helligkeit im Dunkel. Nach einer Weile legte er den Gang ein und fuhr weiter.

Novemberstürme hatten das Laub von den Bäumen gerissen und in die Dachrinne des Cottage gefegt, wo es in dicken Klumpen den Abfluß verstopfte. Das Regenwasser strömte in Kaskaden zur Veranda hinunter; wer nicht Obacht gab, bekam eine kalte Dusche. Liv stand unsicher auf einem Küchenhocker im Nieselregen und versuchte, mit einem Stock die Dachrinne freizumachen, als sie auf dem grasüberwachsenen Weg, der zum Haus führte, ein Auto anhalten hörte. In der Erwartung, Daphne Maynards Landrover zu sehen, warf sie einen Blick über die Schulter und erkannte Felix Corcorans dunkelblauen Renault. Der Hocker geriet gefährlich ins Wanken, Liv ließ den Stock fallen und mußte sich an der Hausmauer abstützen, um nicht völlig das Gleichgewicht zu verlieren.

Eine Wagentür knallte zu, das Gartentor öffnete sich quietschend und wurde wieder geschlossen. Sie hörte Felix' Stimme. »Liv? Alles in Ordnung?«

»Der Hocker steht ganz schief … Ich glaube, ein Bein ist in ein Loch gerutscht.«

»Warte!« Ehe sie wußte, wie ihr geschah, faßte er sie um die Taille und hob sie mit Schwung vom Hocker herunter. Ganz ähnlich wie sie selbst mit Freya umzuspringen pflegte, wenn diese Dummheiten machte.

Er schaute zur Dachrinne hinauf. »Was wolltest du denn da oben überhaupt?«

Was sie *wollte*? Eine Unverschämtheit. »Ich hab die Dachrinne saubergemacht«, erklärte sie gereizt. »Sie ist verstopft.«

»Hast du denn keine Leiter?«

»Wenn ich eine hätte –« Sie gab dem Hocker einen wütenden Stoß – »hätte ich sie vermutlich benutzt.«

»Ich mach das für dich.«

»Nicht nötig, ich ...«, begann sie, aber er war schon auf den Hocker gesprungen, der unter ihm mysteriöserweise überhaupt nicht wackelte, und machte den Abfluß der Dachrinne mit einem einzigen wirkungsvollen Stoß des Stocks frei.

»Das wär's«, sagte er und sprang wieder zu Boden.

Sie dachte, wenn du jetzt sagst, Kleinigkeit, hau ich dir eine runter. Aber er lachte nur. »Ganz schön dreckig, so eine Dachrinne.« Sie sah an sich hinunter. Ihr Pulli war klatschnaß und mit fauligen Laubresten verziert.

»Komm doch rein«, sagte sie und machte die Tür auf. In der Küche zog sie den verdreckten Pullover aus. Ihr T-Shirt war einigermaßen trocken. Sie sah, daß Felix in den Anbau durchgegangen war und die Stoffbahnen betrachtete, die an Drähten befestigt von der Decke herabhingen.

»Hast du die gemacht, Liv?« Als sie nickte, lächelte er. »Natürlich, ich hab ja die Farben gesehen, die du gekauft hast. Die Drucke sind schön. Wirklich.«

Sie war ein wenig besänftigt. »Der Linoldruck ist leider ein bißchen klobig geworden.«

Sie hatte Abend für Abend dagesessen, Formen in die Linoleumplatte geschnitten und Farbe auf Farbe gelegt. Das Muster setzte sich aus kleinen Quadraten zusammen, in die stilisierte Abbildungen der verschiedenen an der Küste Norfolks heimischen Blüten eingeritzt waren – Strandnelke, Meerfenchel, Hornmohn.

»Du mußt entschuldigen, daß ich hier einfach so reinplatze, Liv. Ich hätte vorher angerufen, aber deine Nummer ist anscheinend nicht eingetragen.«

»Wir haben kein Telefon.«

»Ich wollte dir das hier vorbeibringen.« Er reichte ihr eine Plastiktüte. Sie warf einen Blick hinein: Bücher, ein Paar kleine Söckchen, ein dünnes Bündel bunt bemalter Blätter. Kinderzeichnungen. *Es ist ein grüner Drache, Mami*, hatte Freya gesagt und dann drüben auf der anderen Straßenseite Stefan gesehen.

»Ich habe einen Schrank aufgeräumt und bin dabei auf die Sachen gestoßen«, sagte er. »Ich hatte sie vor Jahren auf die Seite gelegt. Du bist ja damals ziemlich überstürzt gegangen, und ich mußte das Haus in der Beckett Street vor der Renovierung ausräumen. Ich wollte die Sachen nicht wegwerfen, für den Fall ...«

... Für den Fall, daß du zurückkommst.

»Na ja, wie dem auch sei«, fügte er hinzu, »ich weiß nicht, ob dir die Sachen noch wichtig sind. Wenn nicht, kannst du sie ja wegwerfen. Ich weiß selbst nicht, warum ich sie aufgehoben habe. Obwohl ein paar Dinge dabei sind ...«

»Freyas Armband.« Liv zog von ganz unten ein kleines silbernes Armband mit Lapislazuli heraus. Katherine hatte es Freya kurz nach der Geburt geschenkt. Sie erinnerte sich an diesen lang zurückliegenden Besuch Katherines in Holm Edge, wie sie auf ihren hohen Hacken vorsichtig durch den Schlamm gestiegen war.

Sie bot Felix eine Tasse Tee an. Er dankte ihr und sagte dann: »Das ist ein hübsches kleines Haus. Nur ein bißchen weit weg vom Schuß.«

»*Mir* gefällt es. Ich glaube, nach London habe ich nie gepaßt.«

»Wir hatten aber doch auch schöne Zeiten.« Er sah sie fragend an.

Sie erinnerte sich der Abende, die sie, Katherine und Felix gemeinsam verbracht hatten. Wie sie damals mit ihm abgespült und er ihr den Text seiner Schulhymne beigebracht hatte. Sie konnte sich heute noch an den Wortlaut erinnern.

»Wenn ich zurückblicke«, sagte sie sinnend, »kommt es mir vor, als wäre es eine sehr kurze Zeit gewesen. Es war beinahe ein halbes Jahr, aber ich kann mich gar nicht so richtig erinnern. Es erscheint irgendwie irreal in der Rückschau. Für mich war es ein Zwischenstadium, weißt du, auf der einen Seite war das Leben mit Stefan, auf der anderen dieses Leben, das ich jetzt führe. London war nur notgedrungen dazwischengequetscht.«

»Siehst du Stefan noch?«

»Nein. Nach der Szene im Café war er eine Zeitlang im Gefängnis. Wegen schwerer Körperverletzung. Er hatte Sheila den Arm gebrochen.« Ihre Stimme war tonlos. »Als er dann entlassen wurde, hatte er einen Nervenzusammenbruch und kam ins Krankenhaus. Danach ist er nach Kanada zurückgegangen. Seitdem habe ich nichts mehr von ihm gehört. Er hat einen kanadischen Paß, weißt du. Sein Vater war Kanadier.«

Seit ihrer Flucht aus London hatte sie versucht, möglichst wenig an Stefan zu denken. Sie wollte ihn sich nicht eingesperrt im Gefängnis vorstellen, nicht schwach und krank in einer Klinik. Vor allem aber wollte sie vergessen, daß er gesagt hatte, *Du verstehst nicht, daß ich vor nichts zurückschrecken werde, um dich zurückzuholen. Denn du gehörst mir.*

»Das ist doch gut«, meinte Felix. »Daß er ins Ausland gegangen ist.«

»Ja, natürlich.« Aber wenn ich nachts erwache, dachte sie, ist jeder Atemzug dieses alten Hauses das Schleichen eines verstohlenen Schritts und jedes Flüstern des Windes im Schilf der Hauch eines Vorhangs, der zur Seite gezogen, einer Tür, die geöffnet wird.

»Und wie lebst du, Liv? Was treibst du den ganzen Tag? Abgesehen davon, meine ich, daß du diese schönen Stoffe machst?«

»Ach«, antwortete sie, »ich mache bei anderen Leuten sauber und ich arbeite in einem Pub. Und natürlich nähe ich.«

Er hatte seine Tasse abgestellt und ging ruhelos hin und her. »Du hast sicher ganz schön zu kämpfen«, sagte er. »Mit zwei Kindern.«

»Es geht schon. Wir wursteln uns so durch.«

»Und wie ist die Arbeit in einem Pub?« fragte er mit einem Blick zu ihr. »Ist die nicht ziemlich – na ja, ziemlich langweilig?«

»Nein, sie ist ganz okay. Es gibt nichts dagegen einzuwenden.«

»Aber es ist doch eine Verschwendung deiner Talente.«

»Felix …«

»Ich meine, eine intelligente und kreative Frau wie du …«

»Mir gefällt die Arbeit!« fuhr sie ihn an. »Ich hab dir gesagt, sie ist in Ordnung. Ich fühl mich wohl in dem Pub, ich fühl mich wohl in diesem Haus hier, wir alle fühlen uns völlig wohl.«

Er verzog den Mund. »Wunschlos glücklich!«

»Ja. Genau. Ich habe alles, was ich will.«

Sie schwiegen beide. Dann sagte er. »Du hast da Schmutz an der Nasenspitze. Darf ich …?« Mit einer kurzen schwungvollen Bewegung wischte er das kleine Fetzchen eines feuchten Blatts fort.

Sie sagte leise und mit Sarkasmus in der Stimme: »Du hast ja wohl eine ganz andere Richtung eingeschlagen, nicht wahr?«

Sein Gesicht verschloß sich. »Du meinst meine Arbeit bei der Bank? Sie ist gut bezahlt.«

»Geld ist nicht alles.«

»Ach nein?« Er lachte trocken. »Aber es ist verdammt nützlich.«

Sein Ton ärgerte sie. »Ich kann's nicht fassen, wie sehr du dich verändert hast«, sagte sie.

Er stand an das Spülbecken gelehnt, die Hände in den Hosentaschen, den Blick auf sie gerichtet. »Wir haben uns alle verändert, meinst du nicht, Liv?«

Sie ging auf die Anspielung nicht ein. »Als ich dich kennenlernte, hab ich dich ziemlich bewundert. Du kamst aus privilegierten Verhältnissen, aber du hattest es geschafft, dich von deiner Herkunft freizumachen und dir von ihr nicht deinen Lebensstil aufzwingen zu lassen. Das scheint sich jetzt allerdings geändert zu haben.«

»Wie meinst du das?« Seine Stimme klang beinahe drohend.

»Du bist zu deinen Wurzeln zurückgekehrt, stimmt das nicht, Felix? Geld machen.«

Wieder dieses spöttische, dabei so ganz unfrohe Lächeln. »Irdische Schätze anhäufen.«

»Richtig.« Und sie hatte in diesem Moment den Eindruck, daß er mit seinen grünen Augen, die ihr so vertraut waren, ihr Haus, sie selbst, ihr Leben mit Geringschätzung ansah. »Verachte mich, wenn es dir guttut«, sagte sie kalt, »verachte die Arbeit, die ich mache – aber ich bin wenigstens *ehrlich*, ich beute niemanden aus, alles, was ich habe, habe ich mit meiner Hände Arbeit verdient.«

Seine Augen hatten sich zu schmalen Schlitzen zusammengezogen. »Ach, und ich nicht?«

Sie zuckte die Achseln. »Es war wahrscheinlich unvermeidlich«, sagte sie leichthin. »Ein reiches Erbe – ein Herrenhaus, die familieneigene Firma, die nur auf dich wartet – das macht ja alles so einfach, nicht wahr, Felix?«

Sie sah, wie er blaß wurde. Dann sagte er: »Ich gehe jetzt besser. Ich wollte dich nicht aufhalten. Ich bin nur vorbeigekommen, um dir deine Sachen zurückzubringen.«

Als er an der Tür war, drehte sie das Messer noch einmal um. »Ach, wie geht es übrigens Katherine?«

»Katherine?« Sein Blick war leer und gleichgültig, als er sich nach ihr umschaute. »Keine Ahnung. Ich hab sie seit Jahren nicht gesehen.«

Sie fühlte sich plötzlich ernüchtert, aller Zorn verpuffte. Durch das Fenster sah sie ihm nach, wie er zu seinem Wagen ging.

Er blickte nicht zurück.

Ein paar Tage später traf Liv im Dorfladen zufällig Daphne Maynard. Daphne, die regelmäßig einmal in der Woche nach Norwich fuhr, um ihre Schwester zu besuchen, erbot sich, für Liv im Kunstgewerbeladen noch eine Linoleumplatte zu besorgen.

Liv hatte den Namen der Straße nicht mehr im Kopf. »Da war eine alte Kirche«, sagte sie und überlegte, »ziemlich groß und scheußlich – und ein leerstehendes Fabrikgebäude. Es hatte einen Feuerschaden.«

»Ah, Sie meinen das alte Corcoranwerk.«

»Corcoran?«

»Tapeten. Die Fabrik wurde vor einiger Zeit geschlossen. Ein altes Familienunternehmen. Saß ungefähr hundert Jahre in Norwich. Es ist wirklich eine Schande.«

»Haben sie die Firma verkauft?«

»Nein, soviel ich weiß, ist sie pleite gegangen. Vor einigen Jahren. Es stand damals bei uns in der Zeitung – wegen der Arbeitsplätze, die dadurch verlorengingen.«

Ein reiches Erbe – die familieneigene Firma, die nur auf dich wartet, hatte sie gesagt und gesehen, wie er bleich geworden war. Sie schämte sich. Felix war eigens aus London heraufgefahren, um ihr ihr Eigentum zurückzubringen, und was hatte sie getan? Versucht, ihn mit sarkastischen Anspielungen auf eine Vergangenheit zu demütigen, von der sie, das war ihr jetzt klar, keine Ahnung hatte. Und warum? Nur weil er etwas ausgesprochen hatte, was sie sehr wohl wußte, aber nicht wahrhaben wollte: daß sie sich und die Kinder mühsam durchbrachte, indem sie monotone Tätigkeiten auf sich nahm, die zwar das notwendige Geld für das tägliche Leben einbrachten, aber weder befriedigend noch in irgendeiner Weise anspruchsvoll waren. Natürlich wollte sie mehr als das, besonders für Freya und Georgie. Natürlich wünschte sie sich für ihre Töchter mehr Aufgeschlossenheit, als sie selbst mit ins Leben gebracht hatte, damit sie in Zukunft klügere Entscheidungen treffen könnten.

Hatten die Jahre mit Stefan, dachte sie bitter, dies aus ihr gemacht? Eine Frau, die sich in einem einsamen Haus am Meer versteckte, ihr Leben mit der Verrichtung mechanischer Tätigkeiten fristete und niemandem außer ihren Kindern gestattete, ihr nahezukommen?

Sie hatte angenommen, jedermanns Leben wäre einfach weitergegangen wie zuvor, während ihr eigenes sich von Grund auf verändert hatte. Du bist hart geworden, Liv Galenski, dachte sie, während sie den Kinderwagen schnell die schmale Straße hinunterschob. Du bist hart und bitter geworden, und du hast dich vom Leben isoliert.

Sie fragte sich, ob sie ihn je wiedersehen würde, und fragte sich zugleich, warum diese Frage für sie noch eine Rolle spielte. Ich muß mich bei ihm entschuldigen, sagte sie sich. Ich muß ihm erklären, daß ich keine Ahnung hatte. Sie war beinahe sicher, daß dies der einzige Grund war, über ein Wiedersehen mit ihm nachzudenken. Beinahe sicher, daß unter den Schichten von Zorn und Selbstschutz kein Funken Sehnsucht und Verlangen mehr glimmte.

14

KATHERINE HALF ALICE beim Schmücken des Weihnachtsbaums. Später, als das Kind zu Bett gegangen war, aß sie mit Hector zu Abend. Sie setzten sich vors offene Feuer und hielten ihre Teller auf den Knien.

Hector sagte: »Ich weiß, es ist noch ein bißchen früh für den Baum, aber ich mußte ihn mitnehmen, um Alice zu trösten. Sie war völlig aufgelöst. Weißt du, wir waren einkaufen bei Dickins and Jones, und da mußte sie zur Toilette. Ich konnte natürlich nicht mit ihr in die Damentoilette gehen und wartete draußen. Sie brauchte ewig, und ich begann langsam, mir Sorgen zu machen. Am Ende bat ich eine Verkäuferin, hineinzugehen und nach ihr zu sehen.«

»Und was war passiert?«

Hector seufzte. »Sie hatte die Kabinentür abgeschlossen, weil sie Angst hatte, es würde jemand hereinkommen, und dann bekam sie sie nicht wieder auf. Das Schloß ging so streng. Sie hat furchtbar geweint. Da habe ich sie eben damit getröstet, daß ich sagte, sie könne sich einen Christbaum aussuchen.«

Hector füllte Katherines Weinglas auf. »Mir ist etwas ganz Ähnliches passiert, als ich ungefähr sieben war, das weiß ich noch. Ich war gerade erst aufs Internat gekommen, und der ganze Betrieb war völlig verwirrend für mich – lauter Regeln, die ich nicht verstand –, und prompt sperrte ich mich nach dem Turnen im Sporttrakt in der Toilette ein. Ich dachte, ich käme nie wieder raus.« Er lächelte. »Weißt du, manchmal hab ich den Eindruck, daß Alice alle meine erbärmlicheren Eigenschaften mitbekommen hat. Rachel hätte in der gleichen Situation einfach um Hilfe gerufen. Aber Alice hat das nicht getan. Es war ihr zu peinlich, verstehst du.«

»Rachel war nie etwas peinlich«, sagte Katherine, sich an die Freundin erinnernd. »Sie hat immer genau das getan, was sie wollte – obwohl sie eigentlich nie besonders viel zu wollen schien. Ganz anders als ich.« Sie lachte. »Ich hab sie wahnsinnig beneidet.«

»Tatsächlich? Warum denn?«

»Ach, weil sie ein Pony hatte. Sie hatte Ballettstunden. Ich hatte auch mal eine Zeitlang Ballettstunden. Aber ich war natürlich ein hoffnungsloser Fall – ich hatte zwei linke Füße. Und Rachel besaß richtige Spitzenschuhe aus rosarotem Satin, während wir anderen nur rote Lederturnschuhe hatten. Sie hatte ein Tutu an, und wir anderen gräßliche blaue Kittel mit passenden Schlüpfern.«

Hector sah sie lächelnd an. »Ich versuche gerade, dich mir in einem blauen Kittel mit passendem Schlüpfer vorzustellen, Katherine.«

»Bitte nicht.« Sie tat, als schauderte ihr. »Und das Haus von Rachels Eltern! Mein Gott, das war immer so sauber aufgeräumt, und alles so adrett. Es gab selbstgemachten Kuchen. Jeder hatte seine Serviette. Und es gab Gästehandtücher. Nie hat da jemand rumgeschrien. Ich fand das so toll, es hat wahrscheinlich die bürgerliche Seite in mir angesprochen. Unter diesem unkonventionellen Äußeren verbirgt sich nämlich eine brave Hausfrau.« Katherine kramte in ihrer Tasche nach Zigaretten. »Als ich klein war, dachte ich immer, die Wybornes spielten nur Theater; sobald Liv und ich weg wären, würden sie anfangen, sich gegenseitig anzubrüllen, wie das bei mir zu Hause üblich war.« Sie bot Hector ihre Zigaretten an.

»Nein danke, ich versuche aufzuhören. Wegen Alice.« Nachdenklich fügte er hinzu: »Bei mir zu Hause wurde auch nie gebrüllt. Da wurde immer nur geschwiegen. Wir waren nur zu zweit, weißt du, mein Vater und ich.«

»Oh, wir sind alle Schreihälse. Die ganze Familie Constant.« Katherine zündete sich ihre Zigarette an. »Ich vermute, es kam daher, daß keiner richtig Zeit für den anderen hatte. Mein Vater hat Tag und Nacht gearbeitet, meine Mutter mußte ständig die Anrufe seiner Patienten entgegennehmen, hat gekocht und geputzt und sich um Philip gekümmert. Da *mußten* wir schreien, um Aufmerksamkeit zu erregen.« Sie zog die Augen zusammen. »Ich glaube, das war die Hauptquelle meines Neids, die Tatsache, daß Rachel so offensichtlich das Wichtigste im Leben ihrer Eltern war. Bei ihnen schien sich alles nur um sie zu drehen. Ich habe nie einem Menschen so viel bedeutet.«

Sie schwieg und dachte, halt den Mund, halt doch den Mund, du taktlose Idiotin. Aber Hector sagte nur: »Alice hängt wahnsinnig an dir, das weißt du doch wohl.«

Sie machte ein skeptisches Gesicht.

»Doch, es ist wahr«, fügte er hinzu. »Schau her.« Er nahm von der Kredenz ein Bild, das Alice gemalt hatte, eine dünne Frau mit wildem orangefarbenem Lockenkopf und wuchtigen Plateaustiefeln. »Das bist doch du, wie du leibst und lebst.«

»Sei nicht so frech.« Katherine schnitt eine Grimasse und zog an einer eng gedrehten rotblonden Locke. »Ich hab gleich gewußt, daß die Dauerwelle ein Fehler war.«

Hector stand auf. »Kaffee? Ein paar Trauben hab ich auch noch da.« Er ließ Wasser in den Kessel laufen und zündete das Gas an. Dann sagte er: »Ich vermute, das ist einer der Gründe, warum ich mich immer so schuldig gefühlt habe – weil ich etwas kaputtgemacht habe, das so vollkommen war. Ich habe nicht nur mein und Rachels Leben zerstört, sondern auch das der Wybornes.«

Sie hob mit einer heftigen Bewegung den Kopf. »Hector, es war doch nicht deine Schuld! Das darfst du nun wirklich nicht glauben.«

Geschirr und Besteck klapperten, und sie glaubte schon, er würde jetzt das Thema wechseln. Doch als er den Kaffee und die Obstschale auf den Boden vor den offenen Kamin stellte, sagte er: »Doch, es war meine Schuld. Ich habe darauf bestanden, Rachel zu heiraten, obwohl sie erst achtzehn war und ihre Eltern wollten, daß wir noch warten. Und ich habe sie geschwängert. Nein, Katherine –« er brachte sie mit einem Kopfschütteln zum Schweigen – »ich war um einiges älter als

Rachel und hatte weit mehr Erfahrung. Ich hätte der Vernünftige sein müssen. Und –« sein Gesicht war ernst und bedrückt – »ich war nicht da, als ich bei ihr hätte sein müssen, um mich um sie zu kümmern. Ich war nicht da, als sie mich brauchte. Ich denke oft, daß es vielleicht nie passiert wäre, wenn sie damals nicht ganz allein mit dem Auto nach Bellingford hätte zurückfahren müssen. Die Ärzte sagten zwar, es hätte damit nichts zu tun, aber …«

»Nach Bellingford zurück?« unterbrach Katherine ihn. »Was meinst du damit, Hector? Ich dachte, Rachel *war* in Bellingford.«

»Nein. Sie war bei ihren Eltern. Ich hatte damals in London zu tun.«

Katherine war verwirrt. »Aber sie hat mich doch am Tag vor ihrem Tod von Bellingford aus angerufen.«

Er machte eine ungeduldige Handbewegung. »Eben, genau das meine ich ja. Wir hatten vereinbart, daß ich am Freitag, sobald ich in London fertig wäre, mit dem Zug nach Fernhill kommen und dann am Samstag mit Rachel zusammen im Wagen nach Northumberland fahren würde.« Er rieb sich mit einer Hand die Stirn. »Ich hätte den Leuten von der Bank gleich sagen sollen, daß das für mich nicht in Frage käme. Bis zum Entbindungstermin waren es nur noch drei Wochen. Ich hätte mich durchsetzen müssen.«

Katherine zündete sich eine frische Zigarette an. »Du hast also Rachel nach Fernhill Grange gebracht?«

»Ja, Anfang der Woche. Sie wollte ihre alten Babysachen durchsehen und einiges davon mitnehmen. Ich bin dann nach London weitergefahren. Ich ließ Rachel den Wagen da, weil ich dachte, sie würde ihn vielleicht brauchen. Außerdem hab ich es immer gehaßt, in London mit dem Auto zu fahren. Kurz und gut, als ich am Freitag wie ausgemacht in Fernhill Grange ankam, teilte mir Henry mit, daß sie bereits nach Hause gefahren war. Sie hatte den Wagen genommen und war allein nach Bellingford gefahren. Ich bekam erst am nächsten Morgen einen Zug. Und als ich am frühen Nachmittag zu Hause ankam, hatte sie schon Wehen.«

Sein Gesicht schien einzufallen bei der Erinnerung. »Sie hatte starke Schmerzen, die Kontraktionen kamen alle drei Minuten, aber sie hatte nicht allein ins Krankenhaus fahren wollen. Alice kam dann nur wenige Stunden nach unserem Eintreffen in der Klinik zur Welt. Sehr schnell für eine Erstgeburt, sagte man uns. Und ich muß immerzu denken, daß diese Autofahrt an allem schuld war. Daß die Wehen sonst nicht so früh eingesetzt hätten und sie die Embolie nur bekommen hat, weil alles viel zu schnell und überstürzt ging.«

Hector nahm eine von Katherines Zigaretten aus der Packung. Sie sah, wie seine Hände zitterten, als er sie anzündete.

»Rachel war das Wunder meines Lebens«, sagte er leise. »Sie war das Beste, was mir je beschert wurde. Ich weiß bis heute nicht, warum sie mich geliebt hat – ich kann es nicht verstehen. Ich bin ein ungeschickter, schwerfälliger Mensch, im Reden nicht sehr gewandt. Es fällt mir immer schwer, das auszudrücken, was ich meine. Es ist mir bis heute unverständlich, wie eine Frau wie sie einen Mann wie mich lieben konnte.«

Danach war es lange still. Tränen brannten in Katherines Augen. Aber etwas mußte sie noch wissen.

»Hector«, sagte sie, »*warum* ist Rachel früher als geplant nach Bellingford zurückgefahren?«

Er blickte auf. »Ich weiß es nicht. Ich habe keine Ahnung.«

Nachdem Felix von Liv weggegangen war, hatte er sich wütend vorgenommen, sie nie wieder zu besuchen. Was auch immer sie vielleicht einmal füreinander empfunden hatten – und jetzt, im Rückblick, schien ihre Freundschaft doch recht oberflächlich gewesen zu sein –, war vorbei und erledigt. Sie hatte ja keinen Zweifel daran gelassen, daß sie ihn dafür verachtete, wie er sich sein Leben eingerichtet hatte, und sie hatte ihm klar zu verstehen gegeben, daß er in ihrem Haus nicht willkommen war. Wie hatte er nur so töricht sein können zu glauben, er könnte den Faden einfach dort wieder aufnehmen, wo er abgerissen war. Alles Quatsch, er würde sie sich ein für allemal aus dem Kopf schlagen.

Anfangs gab er sich auch alle Mühe, das zu tun, machte Überstunden in der Bank, brachte die Abende in Pubs und Kneipen herum. Aber sie ließ ihn nicht los. Er brauchte nur einen Moment nicht beschäftigt zu sein, und schon ertappte er sich dabei, daß er sich ihr Gesicht vorstellte, ihre Stimme ins Gedächtnis rief. Er erinnerte sich der Zartheit ihrer Haut unter seiner Fingerspitze, als er ihr den Schmutzfleck von der Nase gewischt hatte, und der Zierlichkeit ihrer Taille, die er mit seinen Händen umspannt hatte, um ihr vom Hocker zu helfen. Im Lauf der Wochen gestand er sich ein, daß genaugenommen er mit den kritischen Äußerungen angefangen hatte. Daß er den Streit entzündet hatte. *Ist die Arbeit nicht ziemlich langweilig?* hatte er gefragt, als sie ihm von ihrem Job im Pub erzählt hatte. Was für eine Arroganz! Was für eine Arroganz, sich unaufgefordert in ihr Leben zu drängen und sich anzumaßen, sie zu kritisieren.

In einem Pub am Leicester Square lief ihm Toby Walsh über den Weg. Toby begrüßte ihn wie einen alten Freund und meinte, sie sollten sich bald einmal zum Mittagessen treffen. Felix ging eines Mittags zu dem Laden in der King's Road, in dem Toby arbeitete. Er gehörte seinen Eltern, wie Toby erklärte, während er Felix alles zeigte, aber seit einigen Jahren führte er die Geschäfte. Der Laden war vollgestopft mit Textilien, Teppichen, Vorhängen und dergleichen sowie alten Bauerntischen, Küchenschränken und Kommoden. »Na ja, *wirklich alt* sind die Sachen nicht«, bemerkte Toby unbekümmert. Die Kommoden und Tische wurden in einem ehemaligen Eisenbahndepot in Swindon hergestellt. Toby selbst war ständig auf der Jagd nach alten Kiefernholzmöbeln – Bettgestellen und ähnlichen Dingen, erläuterte er, die für die modernen Häuser zu groß und zu wuchtig waren –, die er dann zu dekorativen Küchenschränken, Tischen und Eckvitrinen umarbeiten ließ.

»Und die Textilien?« Felix musterte die düsterfarbenen handbedruckten Stoffe, die die Wände zierten. Sie erinnerten ihn an irgend etwas, aber er kam nicht gleich darauf, woran.

»Ach, die kommen von überall her«, sagte Toby. »Ich lass' dann Kissenbezüge, Tischdecken, Schürzen und ähnliches daraus machen.« Er lachte. »Damit die Hausfrauen aus den Londoner Nobelvierteln ihren ländlichen Phantasien frönen können, ohne die Stadt verlassen zu müssen.«

Erst am Abend fiel Felix ein, woran die bedruckten Stoffe in Tobys Laden ihn erinnert hatten. Auf der Heimfahrt in einem überfüllten Vorortzug sah er vor seinem inneren Auge ganz deutlich ein buntes Stück Stoff, das, von einem straff gespannten Draht herabhängend, von einem leichten Wind bewegt wurde. Grautöne, Pinktöne, die ins Violette spielten, und gelbstichiges Ocker. Mohn und Strandnelke und die hellen fleischigen Stengel des Meerfenchels.

Er nahm sich einen Tag frei und fuhr nach Norfolk. Irgendwann in der letzten Woche war der Winter gekommen, und der Himmel verschmolz mit einer grauen Nebellandschaft. Die Feuchtigkeit des Nebels war über Nacht gefroren und hatte die Straßen glatt und gefährlich gemacht.

Er überlegte sich die Zeit seines Besuchs genau. Liv arbeitete mittags in einem Pub und mußte nach der Schule die Kinder abholen. Am besten so gegen zwei, dachte er. Eine vernünftige Zeit.

Er erreichte die Zufahrt zum Haus dann genau in dem Moment, als Liv von ihrem Fahrrad sprang, um das Tor zu öffnen. Er sah, wie sie sich umschaute und das Auto anstarrte. Er wartete auf sie. Überlaß ihr die Entscheidung, dachte er. Wenn sie ihm jetzt den Rücken zuwandte und ins Haus ging, ohne ihn zu beachten, würde er wissen, daß er keine Chance hatte.

Aber sie stellte das Fahrrad am Tor ab und kam durch das Gras zum Wagen. Sie war warm eingepackt in Wollmütze und Schal.

»Felix«, sagte sie.

»Entschuldige.« Er stieg aus dem Wagen. »Schon wieder kreuze ich hier unangemeldet auf.«

»Das macht doch nichts.« Sie hielt ihre Tasche in den Händen, die in Handschuhen steckten. Er sah, wie sie die Riemen zwischen den Fingern drehte, während sie sprach. »Möchtest du reinkommen?« fragte sie.

»Hast du denn etwas Zeit, bevor du die Kinder von der Schule abholen mußt?« erwiderte er.

Sie sah auf ihre Uhr. »Sie sind heute bei Freunden zum Spielen, da muß ich sie erst um fünf holen.«

»Ich wollte dich nämlich fragen, ob du Lust hast, eine kleine Spritztour mit mir zu machen.«

»Eine Spritztour?«

»Ich wollte dir etwas zeigen.«

Sie hatte die Riemen der Tasche zu einem Knoten gedreht. Aber plötzlich erleuchtete ein Lächeln ihr Gesicht. »Ach ja, Felix, dazu hätte ich große Lust«, sagte sie, und ihm wurde leicht ums Herz.

Als sie aus dem Dorf hinausfuhren, sagte er: »Ich wollte mich entschuldigen – wegen neulich – was ich gesagt habe, war so verdammt arrogant ...«

»Hör auf! Ich sollte mich entschuldigen.«

»Aber nein! Das war doch eine Unverschämtheit von mir, einfach bei dir hereinzuplatzen und dir vorzuschreiben, wie du dein Leben führen sollst ...«

»Ich hatte keine Ahnung, daß eure Firma schließen mußte«, fiel sie ihm ins Wort, und er schwieg. »Ich wußte es nicht, Felix. Ich habe mich scheußlich gefühlt, als ich davon hörte.«

Er sagte nicht gleich etwas, aber dann meinte er: »Woher hättest du es denn wissen sollen?«

»Weiß ich auch nicht. Aber ich hätte ja fragen können.«

Er sah sie kurz an und lächelte. »Wir können ja jetzt gleich weiterstreiten – darüber, wer von uns beiden mehr Grund hat, sich zu entschuldigen.«

Sie berührte flüchtig seine Hand.

»Vertragen wir uns einfach wieder«, sagte sie.

»Ein Glück, daß du nicht nachtragend bist, Liv.«

»Wie war das mit der Firma?« fragte sie.

Er bremste vorsichtig ab, als er merkte, daß die Straße stellenweise noch vereist war. »Mein Vater hatte ein Darlehen aufgenommen und konnte den Zahlungen nicht nachkommen. Das war das Ende der Firma.«

»Das muß ja schrecklich gewesen sein für ihn.«

»Es hätte ihn beinahe umgebracht.« Er berichtete ihr vom Herzinfarkt seines Vaters. »Aber jetzt ist alles in Ordnung«, versicherte er schnell, als er ihr Gesicht sah. »Er ist durchgekommen. Zuerst haben sie ihm keine Chance gegeben, aber er hat es ihnen allen gezeigt.« Er schaltete die Scheibenwischer ein gegen den Nebel, der sich feucht auf das Glas legte. »Mein Vater und Mia leben jetzt in Norwich«, fuhr er fort. »Mia arbeitet als Sekretärin.«

Sie waren durch die fruchtbare hügelige Landschaft Norfolks landeinwärts gefahren. Eine dünne Eisschicht umschloß wie feines Glas Büsche und Hecken. Die Schilfgräser an den Bächen waren gefroren und mit Reif befranst.

»Jetzt ist es nicht mehr weit.« Er lächelte in sich hinein. »Wir sind fast da.«

Er lenkte den Wagen durch die schmale, gebogene Straße, die ihm so vertraut war, zum Tor, hinter dem die silbrig grauen Stämme der Buchen schimmerten. Er stellte den Wagen ab und stieg aus.

»Komm«, sagte er, als er Liv die Wagentür öffnete, »machen wir einen kleinen Spaziergang.«

Sie gingen die Buchenallee hinunter. Als sie das Dach des Hauses sah, dessen Rot vom Nebel gedämpft war, sagte sie: »Wer wohnt hier? Freunde von dir?«

Felix schüttelte den Kopf. »Im Augenblick steht das Haus leer. Die Leute, denen es gehört, kommen nur am Wochenende her.« Es gelang ihm nicht, die Bitterkeit aus seinem Ton herauszuhalten. Er schob die Hände in die Taschen und ging schneller. »Aber man lernt ein Haus nicht kennen, nicht wahr, wenn man nur an den Wochenenden bei ihm einkehrt. Man lernt es nicht *lieben*.«

Liv schwieg einen Moment, ihr Schritt im Gleichklang mit dem seinen. Dann sagte sie: »Es ist euer Haus, stimmt's?«

»Es *war* unser Haus.« Auf dem Vorplatz blieb er stehen und schaute hinauf zu Türen, Fenstern und Giebeln. »Mein Vater hat damals nicht nur die Firma, sondern auch das Haus belastet. Darum haben wir es ebenfalls verloren.«

Er hörte sie sagen: »Es tut mir so leid, Felix«, und unterbrach sie hastig.

»Ich suche kein Mitgefühl. Das ist nicht der Grund, warum ich mit dir hierhergefahren bin. Ich möchte gern etwas mit dir besprechen und dachte, ich könnte es dir besser erklären, wenn du Wyatts siehst.«

Er führte sie um das Haus herum. Die Buchsbaumhecken wirkten grau unter dem Raureif, wie aus Granit gehauen. Der Teich, in dessen Mitte im Sommer der Springbrunnen plätscherte, war gefroren. Er meinte, wenn er nur scharf genug hinsähe, könnte er den rötlichen Schimmer eines Goldfischs erkennen, der, im Eis gefangen, auf Befreiung wartete.

»Das ist ja wunderschön«, sagte sie leise. Ihr Blick wanderte vom Rosengarten über die Wiese zum Wäldchen, das den Park begrenzte.

»Komm, ich zeige dir das Haus«, sagte er.

»Felix ...?«

Er hörte die Nervosität in ihrer Stimme, aber er hatte schon den Fensterriegel gefunden, den man nur auf eine ganz bestimmte Weise zu drehen brauchte, um das Fenster zu öffnen und ins Innere des Hauses zu gelangen.

»Felix«, sagte sie noch einmal.

Er öffnete das Fenster. »Es ist schon in Ordnung«, beruhigte er sie. »Wir werden keine Spuren hinterlassen. Und wir nehmen nichts mit als ein bißchen Luft zum Atmen.«

Er schwang sich durch das offene Fenster.

»Du scheinst Übung zu haben«, bemerkte sie. Er hatte den Eindruck, daß sie lachte. »Machst du so was öfter?«

Er dachte an seinen Besuch im alten Fabrikgebäude, als er ihr die Hand reichte, um ihr zu helfen. »Na ja, in letzter Zeit schon.«

Sie kletterte über die Fensterbank ins Haus. Er führte sie durch Zimmer und Korridore. Er erzählte ihr von seinem Großvater, Silas Corcoran, und von Edward Lutyens, der es entworfen hatte. Er zeigte ihr das Zimmer, in dem er und Rose zur Welt gekommen waren, das Zimmer, in das sie seine Mutter nach dem tödlichen Unfall gebracht hatten.

Vorn im Haus war ein hohes Bogenfenster. Die bunten Gläser leuchteten wie Edelsteine und erzählten in einzelnen Bildern, auf denen Menschen und Tiere, Blumen und ein fernes prachtvolles Schloß zu sehen waren, eine Geschichte.

Liv lächelte. »Schneeweißchen und Rosenrot.«

»Bravo.«

»Das ist Freyas Lieblingsmärchen, aber es bringt sie immer zum Weinen.« Sie strich mit den Fingerspitzen langsam über das Glas. Der Glanz der Farben lag auf ihrer blassen Haut: Gold, Himmelblau und Blutrot. Sie sagte: »Was wolltest du mit mir besprechen?«

Er berichtete ihr von seinem Besuch in Tobys Geschäft; daß er eine Woche später noch einmal hingefahren war und Toby die Stoffe beschrieben hatte, die er in ihrem Anbau im Samphire Cottage bewundert hatte.

»Er meint, du solltest mit dem Siebdruckverfahren arbeiten. Da wird der Farbauftrag gleichmäßiger als beim Linoldruck. Er würde die Sachen zunächst mal nur in Kommission nehmen, dann wäre es für niemanden ein Risiko.«

»Felix, was sagst du da?«

»Daß ich dir helfen möchte, deine Drucke zu verkaufen.«

Sie machte große Augen. »Über Tobys Laden?«

»Ja. Warum nicht?«

Sie zählte ihm alle Gründe auf, warum nicht: weil es ja doch nicht klappen würde; weil die Leute in Chelsea bestimmt nicht ihre dilettantischen Sachen kaufen würden; weil es garantiert massenhaft Leute gab, die mehr Talent hatten als sie.

»Aber laß es mich doch wenigstens versuchen«, entgegnete er. »Warum denn nicht? Was hast du zu verlieren?«

»Nichts, da hast du schon recht. Nur … *warum*? Wenn es klappte, wäre es für mich natürlich wunderbar, aber …«

»Du meinst, was für mich dabei herausspringt?« Er schaute zum Fenster hinaus, und sein Blick schweifte die Buchenallee hinunter, während er an die Antworten dachte, die er ihr hätte geben können. Weil es mir einen Vorwand liefert, dich weiterhin zu sehen, hätte er sagen können. Oder, weil ich dich liebe.

Aber er sprach nichts von dem aus, sondern sagte nur: »Weil

die Sache vielleicht Zukunft hat. Ich hab so ein Gefühl, daß es klappen könnte. Für uns beide, meine ich. Schau mal, mein Vater ist erst einundsechzig. Das ist nicht alt. Mit ein bißchen Glück hat er noch zehn oder zwanzig Jahre. Das ist lang genug.«

»Lang genug wofür?«

Er senkte die Lider. »Lange genug, um Geld zu machen«, sagte er. »Lange genug, um das hier zurückzubekommen.« Er drückte seine flache Hand auf das bunte Glasfenster, als könnte er so alle Erinnerungen, die in dem Haus eingeschlossen waren, in sich hineinziehen.

Katherine verbrachte Weihnachten bei ihrer Familie. Ihr ältester Bruder, Michael, war mit Sarah da, seiner Verlobten, die ebenfalls Ärztin war. Simon war mit seiner Freundin Coralie gekommen, klein, zierlich, mit Lockenkopf und großen Augen. Als sie sich in die Küche drängte, wo alle zusammenstanden, fragte sie mit einem kindlichen Lispeln: »Darf ich auch noch rein, wenn ich mich klitzeklein mache?« und Katherine hatte Mühe, eine sarkastische Erwiderung zurückzuhalten.

Gerade als sie oben in ihrem Zimmer noch eine heimliche Zigarette vor dem Essen rauchte, klopfte Simon.

Er ließ sich neben ihr aufs Bett fallen. »Man kommt sich immer noch wie ein Verbrecher vor, wenn man hier raucht, nicht wahr?«

Katherine lachte. »Ich hab immer Aqua Manda in meinem ganzen Zimmer rumgespritzt, um den Geruch zu kaschieren.«

»Wenn du mir eine gibst«, sagte Simon, »verrat ich dir ein Geheimnis.«

Sie warf ihm die Packung zu. Er sagte: »Sarah ist schwanger. Na, ist das eine Überraschung?«

»Bist du sicher?«

»Klar. Auf der Herfahrt hat sie fast ins Auto gekotzt.« Simon schnippte Asche in den Papierkorb. »Immer noch besser Michael als ich. – Sie hat einen ziemlich dicken Hintern, findest du nicht auch?«

»Aber wenigstens ist sie erwachsen«, entgegnete Katherine ziemlich scharf.

Simon grinste. »Coco ist achtzehn.«

»*Coco*. Also wirklich, Simon!«

»Und sie ist so gefällig. Von der Frauenbefreiung scheint sie noch nie was gehört zu haben.«

»Also, wirklich, Simon«, sagte sie wieder.

Nach dem Mittagessen fuhr Katherine zu einer anderthalb Kilometer entfernten Telefonzelle. Sie und Jordan hielten sich am Weihnachtstag an ein festes Muster: ein einsamer Spaziergang nach der Ansprache der Königin, dann ein Telefonat in der intimen Atmosphäre einer öffentlichen Telefonzelle.

Katherine wählte die Nummer des Münztelefons, an dem Jordan wartete. Aber er meldete sich nicht, obwohl sie es sehr lange läuten ließ. Schließlich klopfte jemand außen an die Scheibe, und sie ging zu ihrem Wagen zurück. Als die Zelle wieder frei war, versuchte sie es noch einmal, aber auch diesmal ohne Erfolg. Sie stellte sich Jordan vor, ungeduldig, nur darauf bedacht, das Haus zu verlassen, während die Verwandten ihn mit Forderungen an der Flucht hinderten. Oder Tricia vielleicht, die es sich nicht nehmen lassen wollte, ihn bei dem Spaziergang zu begleiten. *Ich hole nur schnell meinen Mantel, Darling …*

Es gab natürlich auch noch andere Möglichkeiten. Während sie im Wagen saß und durch die Windschutzscheibe hinausstarrte, fragte sie sich, ob er sie schlicht und einfach vergessen hatte; im Festtagstaumel mit Frau und Kind die Verabredung mit der Geliebten verschwitzt hatte; oder, schlimmer noch, zwar daran gedacht, die Pflichtübung aber angesichts des strömenden Regens aufgeschoben hatte, bis das Wetter sich besserte. Sie fragte sich, ob Jordan ihr beim nächsten Treffen wieder ein Geschenk machen würde. Sie fragte sich, ob die seidenen Blusen, die Ohrringe nicht mehr waren als Trostpflaster für sie oder Mittel, das Gewissen zu beruhigen, für ihn.

Sie ließ den Wagen an und fuhr los. Ohne Ziel. Regen strömte die Windschutzscheibe hinunter. Sie versuchte, sich vorzustellen, wie Jordan reagieren würde, wenn sie ihm eröffnete, sie wolle ein Kind. Früher einmal hätte sie glauben können, er würde Verständnis und Anteilnahme zeigen. Jetzt konnte sie förmlich hören, wie seine Stimme gefror, und sehen, wie die grauen Augen vereisten.

Und wenn sie klammheimlich aufhörte, die Pille zu nehmen, was dann? Würde er sich über ein Kind freuen? Würde er es lieben? Sie wußte, daß sie darauf nicht hoffen konnte. Ein Kind würde unwiderlegbar beweisen, daß er seine Frau betrogen hatte. Es ließ sich nicht verstecken oder verleugnen.

Sie sah, daß sie in Fernhill gelandet war. Sie stellte den Wagen am Straßenrand ab. Es erschreckte sie, welche Wege ihre Gedanken genommen hatten. Du bist nur wehleidig und sentimental, sagte sie sich. In Wirklichkeit willst du überhaupt kein Kind. Du denkst nur so, weil Sarah gerade schwanger ist und du dein Herz für Alice entdeckt hast. Kinder kosten einen Haufen Geld. Sie ruinieren dir die Karriere, machen aus deiner Wohnung einen Schweinestall und kosten dich dein Aussehen, deine Zukunftsaussichten und deine Freiheit. Denk doch bloß mal an Liv. Oder an Rachel. Außerdem liebst du schließlich Jordan und nicht irgendein imaginäres Kind.

Katherine stieg aus dem Wagen und ging langsam durch das Dorf. Es war Jahre her, daß sie das letzte Mal in Fernhill gewesen war, und es überraschte sie, wie sehr das Dorf sich verändert hatte. Eingezwängt zwischen Schule und Gemeindehaus stand heute eine Wohnsiedlung im pseudo-georgianischem Stil, und die Wiese mit dem Speichersee war jetzt eine Baustelle. Das Lebensmittelgeschäft hatte geschlossen, und das Cottage, in dem Liv und Thea gelebt hatten, war jetzt mit Kutscherlampen aufgetakelt und hatte einen überdachten Autostellplatz.

Ihr Weg führte weiter nach Fernhill Grange. Sie wußte, daß Hector Henry Wyborne eingeladen hatte, Weihnachten mit ihm und Alice zu verbringen, Henry aber abgelehnt hatte. Er verbrachte die Weihnachtstage vermutlich bei Freunden. Vor dem Tor blieb Katherine stehen und ließ den Blick die Auffahrt hinaufschweifen. Nirgends war ein Auto zu sehen. Einem Impuls folgend stieß sie das Tor auf. Sie kam sich vor wie eine

Draufgängerin und eine Gesetzesbrecherin zugleich, als sie in die gepflegte Stille eindrang.

Aber als sie sich umschaute, stellte sie fest, daß Fernhill Grange nicht mehr makellos war. Am Rand der Auffahrt lag eine weggeworfene Colaflasche; es erschien ihr beinahe wie Blasphemie, darum hob sie sie auf. Die Rosen waren nicht geschnitten, der Rasen war nicht gemäht. Katherine erinnerte sich, wie sie früher bei ihren Besuchen im Haus die Wybornes gleichzeitig beneidet und verachtet hatte. Jetzt sah sie das alles mit anderen Augen und gewahrte nur einen Ort der Trauer, einsam und trostlos.

Sie hob den Blick zum Haus und nahm in einem der Fenster flüchtige Bewegung wahr. Gleich darauf öffnete sich die Tür. Henry Wyborne sagte: »Kann ich Ihnen behilflich sein, Miss Constant?«

Ihr klopfte das Herz, und sie hielt unwillkürlich die Colaflasche hoch und sagte: »Die hat auf dem Rasen gelegen.«

Er nahm sie ihr ab und warf sie in die Mülltonne neben der Garage. »Ja, sie kommen manchmal hier herein, wenn sie glauben, daß ich weg bin. Junge Leute aus dem Dorf … Landstreicher … ich habe mehrmals die Polizei angerufen, aber die tut natürlich gar nichts.« Henry machte Anstalten, ins Haus zurückzukehren. Dann schaute er sich nach Katherine um. »Darf ich Ihnen vielleicht etwas zu trinken anbieten? Es ist schließlich Weihnachten.«

Überrascht folgte sie ihm ins Haus. Drinnen konnte sie ihre Betroffenheit nicht ganz verbergen. Schmutziges Geschirr stand überall auf den Beistelltischen und dem Kaminsims herum. Alte Zeitungen häuften sich auf Sesseln und Sofas.

Henry Wyborne sagte: »Na ja, Herr Saubermann bin ich nicht gerade. Mrs. wie heißt sie gleich wieder aus dem Dorf kommt nicht mehr. Der Supermarkt zahlt besser.«

»Aber Sie könnten doch …«, platzte Katherine, immer noch fassungslos über das Chaos, heraus. Aber dann fiel ihr Jordans völliger Mangel an häuslichen Talenten ein.

Henry Wyborne betrachtete sie mit spöttisch verächtlichem Blick. »… selbst einmal zum Staubsauger greifen, meinen Sie?

Nein, ich denke nicht, Katherine – Sie haben doch nichts dagegen, wenn ich Sie Katherine nenne, nicht wahr? Ich kenne Sie schließlich noch in Schuluniform mit Zöpfen. Ich mag bei unserer neuen Führung nicht gerade Persona gratissima sein, aber ich glaube nicht, daß ich es schon nötig habe, meine eigene Putzfrau zu spielen.«

Auf der Kredenz im Salon stand eine offene Flasche Scotch; Henry Wyborne goß zwei Gläser ein. Das eine reichte er Katherine und bedeutete ihr, sich zu setzen. Nach einigen höflichen, desinteressierten Fragen nach ihrem Befinden und ihrer beruflichen Tätigkeit sagte er: »Hector hat mir von Ihnen erzählt, wenn ich mich recht erinnere.«

»Ich sehe Hector und Alice ziemlich häufig. Alice macht sich sehr gut in der Schule.« Sie war merkwürdig nervös. Sie wäre am liebsten aufgestanden und gegangen.

»Hector läßt es sich einfach nicht nehmen, mir lange Episteln über das Kind zu schreiben. Das ist wahrscheinlich eine Art irregeleitetes Pflichtgefühl.«

Sie starrte ihn ungläubig an. »Aber – Alice ist doch Ihr einziges Enkelkind, Rachels Tochter.«

»Sie haben wirklich ein Talent dafür, das Offenkundige zu konstatieren, Katherine.«

Aber sie ließ sich von seinem Sarkasmus nicht beirren. Ihr war plötzlich der Gedanke gekommen, daß sie diese Gelegenheit nutzen könnte, um aus der peinlichen Begegnung etwas Positives herauszuholen.

»Hector hat Rachels wegen immer noch Schuldgefühle«, sagte sie.

Henry Wyborne stand mit dem Rücken zu ihr, damit beschäftigt, sein Glas aufzufüllen. Er antwortete nur mit einem kleinen Achselzucken. Als sprächen sie, dachte Katherine, über das Wetter oder die Kartoffelpreise. Sie begann zornig zu werden. »Das wissen Sie doch, oder?«

»Hectors Seelenzustand ist nicht meine Angelegenheit. Soll er zu einem Psychiater gehen, wenn er sich Erleichterung verschaffen will.« Er drehte sich herum und lächelte flüchtig. »Oder zur Flasche greifen wie ich.«

»Aber Sie könnten etwas tun.«

»Meinen Sie?«

Seine Stimme hatte einen gefährlichen Unterton, aber Katherine ließ sich davon nicht abschrecken. »Sie könnten etwas für Hector tun.«

»Aber möchte ich das, Katherine? Interessiert mich das überhaupt?«

Sie schluckte. »Er ist Ihr Schwiegersohn. Er ist Alices Vater.«

»Ich habe Hector klipp und klar gesagt, daß ich keinerlei Anspruch auf das Kind erhebe. Ich denke, ich habe meine Schuld beglichen.«

»Aber verstehen Sie denn nicht, Hector gibt sich die Schuld an Rachels Tod.« Katherines Hand lag so verkrampft um ihr Glas, daß die Knöchel weiß hervortraten. »Aber ich frage mich, ob es da nicht etwas gab, was er nicht weiß. Ob es nicht vielleicht einen Streit gegeben hatte.«

Ein Familienzwist war die naheliegende Erklärung für Rachels überstürzte Rückkehr nach Bellingford. Verstört über eine heftige Auseinandersetzung mit ihren Eltern war sie Hals über Kopf aus Fernhill abgefahren. In Bellingford angekommen, hatte sie ihre Freundinnen angerufen, weil sie Trost und Rat brauchte.

»Hector hat mir erzählt«, fuhr sie fort, »daß Rachel damals allein mit dem Auto nach Bellingford zurückgefahren ist. Ich vermute, es hat eine Auseinandersetzung gegeben.«

»Sparen Sie sich Ihre Vermutungen lieber, Miss Constant.«

Sie beachtete die Warnung in seinen Worten nicht. »Aber ich bin überzeugt, es wäre für Hector eine Hilfe, wenn er die Wahrheit wüßte.«

Henry Wybornes Gesicht war blaß geworden, der Blick seiner Augen hart. Katherine hörte sich selbst sprechen, schnell und laut, um das tückische Schweigen abzuwehren. »Er würde dann vielleicht nicht mehr glauben, es wäre alles seine Schuld. Ich meine, wenn er genau wüßte, was damals geschehen ist. Es war natürlich in Wirklichkeit niemandes Schuld, aber man fühlt sich einfach schrecklich, nicht wahr, wenn jemand einen um Hilfe bittet und man ihm aus irgendeinem Grund nicht gleich zu Hilfe kommen kann und dem anderen dann etwas Schlimmes zustößt …« Im Angesicht seines Zorns sagte sie leise: »Ich habe recht, nicht wahr?«

Henry Wyborne sah demonstrativ auf seine Uhr. »Ich möchte Sie nicht hinauswerfen, Miss Constant, aber ich habe einen Termin.«

Sein Schatten fiel über sie. Er war ein großer, kräftig gebauter Mann, und sie wurde sich überrascht eines ängstlichen Schauders bewußt. Aber um Hectors und Rachels willen hielt sie durch. Sie zwang sich, seinem Blick zu begegnen.

»Ich kann nicht verstehen, warum Sie es nicht zugeben wollen. Es gibt doch in allen Familien Streit. Das ist ganz normal.«

»Ich sagte, ich möchte Sie nicht hinauswerfen, aber …«

In seinen Augen sah sie Wut, Widerwillen und noch etwas anderes – sie war sich nicht sicher, was es war. Schuldbewußtsein? Schmerz?

»Sie brauchen es doch nicht zu verstecken. Zerwürfnisse gibt es in jeder Familie mal.«

»Sie sollten nicht andere mit Ihren eigenen Maßstäben messen.«

»Aber das ist doch nichts, wofür man sich schämen müßte.«

»Verschwinden Sie endlich.« Henry Wybornes Stimme war sehr leise und sehr beherrscht. »Los, hinaus mit Ihnen.«

Katherine stand auf. Ihre Beine zitterten. Als sie aus dem Haus trat und die Auffahrt hinunterging, fragte sie sich, ob das hohe schmiedeeiserne Gitter und die lange gekrümmte Auffahrt den Rest der Welt aussperren oder die Familie Wyborne einsperren sollten.

Alice hatte sich in ihrer Schule gut eingelebt und war stolz auf ihre Uniform, die aus einem königsblauen Pulli und kariertem Faltenrock mit ebenfalls königsblauer Mütze und passendem Mantel bestand. Hector brachte sie jeden Morgen bis vor das Schultor und fuhr dann direkt in die Buchhandlung. Nachmittags um vier holte er sie wieder ab und nahm sie mit in den Laden, wo sie in seinem Büro zu sitzen und zu lesen oder zu malen pflegte, bis er um halb sechs Uhr schloß.

In den nunmehr zehn Monaten ihres Zusammenlebens hatte Hector Zeit gehabt, sich an ihre Vorlieben und Abneigungen zu gewöhnen. Stets dachte er daran, am Brot die Rinden abzuschneiden und ihr zu ihren Getränken einen Strohhalm zu geben; morgens ließ er sie bestimmen, was sie für den Tag anziehen würde, und er akzeptierte gutmütig ihre kleinen Eigenheiten und Gewohnheiten.

Bei einem Elternabend schlug Alices Klassenlehrerin vor, er solle mit seiner Tochter zusammen eine Art Familienalbum anlegen. »Sie könnten Bilder von Alices Mutter und Großmutter einkleben, Mr. Seton«, meinte Mrs. Tavistock. »Und Aufnahmen der Häuser, in denen sie gelebt hat, der Orte, wo sie in Ferien war. Es wäre eine Anerkennung ihres Verlusts und würde vielleicht dazu beitragen, daß sie sich sicherer und geborgener fühlt.«

Hector hatte zunächst seine Zweifel und äußerte sie, worauf Mrs. Tavistock sagte: »Fragen Sie doch einfach Alice, was sie dazu meint, Mr. Seton.«

Hector fragte; sie stellten das Album zusammen. Es enthielt Fotos von Henry und Diana Wyborne und von Rachel. Rachel in der Schule, Rachel im Hochzeitskleid, Rachel während der Schwangerschaft, in der letzten Woche ihres Lebens aufgenommen. Er drängte die Erinnerungen zurück und erklärte Alice mit hastigen, ziemlich wirren Worten, wie die kleinen Babys zur Welt kamen. Auch ein Bild von Fernhill Grange wanderte ins Album, und aus den Tiefen einer Schublade kramte Hector ein verwackeltes Schwarzweißfoto von Bellingford. Alice starrte es an und sagte: »Aber das ist ja ein Schloß, Daddy!«, und Hector erinnerte sich, daß Rachel bei ihrem ersten Besuch in Bellingford genau das gleiche gesagt hatte.

In einem Stapel alter Briefe, der mit einem Gummiband zusammengehalten war, stöberte er ein Foto von Rachel, Katherine und Liv auf. Er zeigte es Katherine.

»Rachels Hochzeit!« rief sie. »Um Gottes willen! Wie ich aussehe! So dick!«

»Gar nicht wahr. Du siehst toll aus. Die Stiefel gefallen mir.«

»Das kannst du unmöglich in Alices Album kleben.«

»Doch, können wir, nicht wahr, Alice?« Hector reichte die Fotografie an Alice weiter, die sie einklebte.

Er mußte zugeben, daß das Album eine gute Idee gewesen war: es bot Alice konkrete Anhaltspunkte, auf die sie sich beziehen konnte, und verlieh bestimmten Ereignissen, die sie nicht miterlebt hatte und nicht verstehen konnte, eine gewisse Substanz. Er fragte sich, ob er sie eines Tages nach Bellingford mitnehmen würde. Aber bei der Erinnerung an den Tag, an dem er es zwei Monate nach Rachels Tod für immer verlassen hatte, schreckte er vor dem Gedanken zurück. Staub und Spinnweben würden die Flut seiner Erinnerungen nicht zurückhalten können.

Im Februar wurde es eine Zeitlang bitterkalt. Hector, der vor der Schule stand, um Alice abzuholen, kroch tiefer in seinen Mantel und blies sich in die kalten Hände.

Alice ließ auf sich warten. Als der Strom kleiner Mädchen, die das Gebäude verließen, dünner wurde und schließlich ganz versiegte, wurde Hector nervös. Er schaute auf seine Uhr, rannte suchend um die Ecke und zur Straße hinaus, besorgt, er könnte sie verfehlt haben. Aber dann sah er sie endlich, mit Ranzen und Turnbeutel und irgendeinem großen sperrigen Kunstwerk beladen, das sie im Unterricht gemacht hatte.

Er küßte sie auf die Wange. »Was um aller Welt ist denn das, Schätzchen?«

Eierkartons, Pappröhren und zerbrochene Makkaroni waren bunt bemalt auf Karton geklebt. »Das ist ein Ungeheuer, Daddy.« Alice zeigte ihm mit ihrem kleinen Finger die wichtigsten Teile. »Das sind die Augen, und das ist das Maul.«

»Hoho!« sagte er. »Da kann man ja wirklich Angst bekommen.«

Sie sah zu ihm hinauf. »Gehen wir durch den Park?«

Manchmal, wenn sie Zeit hatten, ging er mit ihr durch den Regent's Park, um ihr eine Freude zu machen.

»Ich bin ein bißchen spät dran, Alice.«

»Bitte, Daddy.«

»Na schön, wenn du unbedingt willst.«

Sie klatschte jubelnd in die Hände. Er nahm ihr Ranzen und Turnbeutel ab, das Ungeheuer wollte sie selbst tragen. Ab und zu sah er auf die Uhr, einer seiner Stammkunden hatte sich für fünf angesagt, um sich einen Band mit Audubon-Stichen anzusehen, den er erst vor kurzem erworben hatte.

Er ging schnell. Alice blieb zurück. Er hörte sie rufen und drehte sich herum, um auf sie zu warten.

»Komm, Schatz, beeil dich ein bißchen.«

Er konnte später nicht genau sagen, wie es geschehen war – wahrscheinlich spielte alles zusammen, der spiegelglatte Weg, ihre plumpen Schulschuhe, das verflixte Pappungeheuer –, aber plötzlich zog es ihr die Füße weg, und sie stürzte nach rückwärts auf den Hinterkopf. Er hörte das Krachen, als ihr Kopf auf den gefrorenen Boden schlug. Er wartete auf Schreie, Weinen, Schluchzen. Aber es blieb ganz still. Sie lag nur da, reglos, ein kleines Häufchen Königsblau.

Er rannte zu ihr und sah, als er sie erreichte, daß ihre Augen geschlossen waren. Mit zitternden Fingern suchte er ihren Puls. Dabei ging ihm unaufhörlich nur ein Gedanke durch den Kopf, lieber Gott, nicht wieder. Lieber Gott, nicht wieder.

Endlich fand er einen Puls an ihrer Halsschlagader, ein ruhiges, regelmäßiges Pochen. Am liebsten hätte er geweint. Ihm war übel. Er schob seine Arme unter ihren Körper und hob sie auf. Vage erinnerte er sich, gelernt zu haben, daß man Verletzte nicht bewegen sollte, aber es war ihm unmöglich, sie einfach auf dem kalten Asphalt liegen zu lassen. Er drückte sie fest an sich und lief zum Parkausgang. Seine Beine schmerzten, er mußte langsamer laufen. Auf der Straße angekommen, winkte er einem Taxi und befahl dem Fahrer, ihn ins nächste Krankenhaus zu bringen. Er betastete Alices Kopf und fand eine dicke Beule. Als er seine Hand wegzog, waren seine Fingerspitzen blutig. Er sah, wie seine Hand zitterte.

Er malte sich das Schlimmste aus. Daß sie sterben könnte; daß sie, wie Katherines Bruder, einen Gehirnschaden erlitten haben könnte. Er hatte seit Rachels Tod nicht mehr gebetet, aber jetzt betete er. Wenn dieser Unfall irgendeinen schrecklichen bleibenden Schaden hinterlassen sollte, dachte er, wäre das seine Strafe dafür, daß er nicht früher begriffen hatte, wie sehr er sie liebte. Daß er so lange gebraucht hatte, um zu erkennen, wie glücklich er sich preisen konnte, eine zweite Chance bekommen zu haben.

Aber da bewegte sie sich und flüsterte: »Daddy?«

»Alice!« Sie hatte die Augen aufgeschlagen. »Alice, wie geht es dir?«

»Mein Kopf tut weh.«

»Du hast ihn dir angeschlagen, Schätzchen. Wir fahren jetzt zum Arzt, da wird es gleich wieder gut.«

Sie hatten das Krankenhaus erreicht. Hector bezahlte den Taxifahrer und trug Alice in die Notaufnahme. Dort mußte er mit einer stillen, zitternden Alice auf dem Schoß eine halbe Stunde warten.

»Eine leichte Gehirnerschütterung«, stellte der Arzt dann fest. »Und sie hat einen kleinen Schock erlitten.« Er nähte die Platzwunde an Alices Hinterkopf mit zwei Stichen. Alice weinte und drückte ihre Stirn an Hectors Brust, als wollte sie sich vor dem Schmerz verkriechen.

Am Abend setzte er sich zu ihr ans Bett und blieb, bis sie eingeschlafen war. Dann ging er ins Wohnzimmer und goß sich einen Scotch ein. Jahrelang hatte er sich von allen Menschen abgekapselt, erst Alice hatte ihn wieder fühlen gelehrt. Lieben. Er wußte, daß es nach so vielen Jahren in der Wüste beinahe unerträglich war, wieder zu lieben. Es machte ihm angst. Nur zu gut wußte er, daß mit der Liebe die Möglichkeit des Verlusts einherging, daß sie ihn von neuem verletzlich machte. Während er in dem stillen Zimmer saß und den gedämpften Verkehrsgeräuschen von der Straße lauschte, die Finger um das kalte, harte Glas geschlossen, fühlte er, wie der schützende Panzer abfiel, fühlte sich wie gehäutet.

15

AUS BÜCHERN, DIE sie bei der Wanderbibliothek bestellte, eignete Liv sich möglichst gründliche Kenntnisse über das Siebdruckverfahren an. Am Wochenende kam Felix, das Auto vollgepackt mit Stoffballen und Holzleisten, und baute ihr auf dem Küchentisch ein Sieb, ein Gestell aus den Leisten und einem feinmaschigen Drahtgewebe, das einen gleichmäßigen Farbauftrag beim Drucken ermöglichen sollte. Sobald er abgefahren war, begann sie, mit dem sperrigen und unberechenbaren Ding zu arbeiten. Es wurde ein Kampf, aber am Sonntag abend hatte sie den ersten Druck fertig. Die Farben waren klar und gleichmäßig. In den folgenden Wochen fertigte sie Kissenbezüge und Tischtücher, Sets und Schürzen. Mit der Post kam ein Scheck von Toby. Sie war stolz, als sie ihn eingelöst hatte und die Scheine in der Hand hielt.

Der Winter wurde strenger. Draußen schlug die Brandung auf den Kiesstrand, und der Sturm schüttelte die Weiden, daß sie ächzten. Drinnen erblühten auf flechtengrünem Hintergrund gelber Mohn und blaue Stranddisteln. Sie und Felix, so schien ihr, waren zu einer Art Waffenstillstand gelangt, einer stillschweigenden Vereinbarung, nur Praktisches und Konkretes zu besprechen und an konfliktträchtige und schmerzhafte Erinnerungen nicht zu rühren.

An einem Nachmittag im Februar gingen sie, der weiß gesäumten Küstenlinie folgend, den Strand entlang. Das Meer sog die Kiesel an, rollte sie hin und her und spie sie wieder aus.

»Manchmal gibt es hier Seehunde«, erzählte sie ihm. »Ich finde immer, sie sehen aus wie Meerjungfrauen. Seegrün mit großen dunklen Augen.«

»Du bist gern hier, nicht wahr?«

»O ja, ich bin glücklich hier.« Georgie und Freya liefen ihnen voraus, hoben hier einen Tangwedel vom Strand auf und dort ein beinweißes Stück Treibholz. »Wir haben in so schrecklichen Unterkünften gehaust, bevor wir das Cottage fanden. Du kannst es dir nicht vorstellen.«

»Schlimmer als die Beckett Street?«

»Viel schlimmer. In der Beckett Street gab es immerhin in der Küche eine Spüle, außerdem ein richtiges Bad mit Klo, so daß man nicht erst nach draußen mußte.«

»Und Silberfischchen und Schimmel.«

Sie lachte. Der Wind hatte aufgefrischt und peitschte ihnen Sandkörner in die Gesichter. Georgie lehnte sich mit ausgebreiteten Armen in den Sturm und lachte.

»Anfangs«, sagte Liv, »dachte ich, es wäre das beste, an keinem Ort länger als ein halbes Jahr zu bleiben – sich niemals wirklich niederzulassen –, aber mit Kindern kam man so nicht leben. Dann hab ich überlegt, ob ich nicht zu meiner Mutter nach Kreta gehen soll, aber da wären wir auch nicht sicherer gewesen. Stefan würde mich dort auch finden. Man meint immer, die Welt wäre so groß, bis einem plötzlich klar wird, daß all die vielen Orte durch Flugzeuge und Schiffe und über Telefonleitungen miteinander verbunden sind. Außerdem mußte ich endlich lernen, auf eigenen Füßen zu stehen.«

»Und da hast du dich hier, im Samphire Cottage, niedergelassen?«

»Ja. Mir war inzwischen sowieso klargeworden, daß es unmöglich ist, anonym zu bleiben. Überall muß man die Kinder anmelden, in der Schule, im Kindergarten, beim Arzt, das läßt sich gar nicht vermeiden. Auf irgendeiner Liste steht dein Name immer.« Sie runzelte die Stirn. »Wenn Stefan uns suchen wollte, würde er uns finden, Felix, das weiß ich.«

»Vielleicht will er gar nicht mehr.«

Sie sah das Bild vor sich: Stefans Arm um Sheilas Hals. Sheilas zurückgeworfener Kopf, die Spannung ihres Halses. *Du verstehst nicht, daß ich vor nichts zurückschrecken werde, um dich zurückzuholen.*

»Hast du vor, dich scheiden zu lassen?« fragte Felix.

»Das kann ich gar nicht. Jedenfalls jetzt noch nicht. Wenn nicht beiderseitiges Einverständnis besteht, muß man erst fünf Jahre getrennt leben. Stefan und ich sind erst dreieinhalb Jahre getrennt.«

»Und danach?«

»Keine Ahnung.« Sie blickte zum Meer hinaus. »Ich weiß nur, daß ich nie wieder heiraten werde. Das habe ich in meiner Ehe mit Stefan gelernt, wie wichtig es ist, sich seine Unabhängigkeit zu bewahren. Eigenes Geld zu haben. Ohne das ist man angekettet.«

Sie wandte sich ihm zu und hakte sich spontan bei ihm ein. »Darum bin ich dir so dankbar, Felix. Du hast es mir ermöglicht, mit einer Tätigkeit, die mir wirklich Spaß macht, auch noch Geld zu verdienen – gibt es etwas Besseres?«

»Was würdest du von einer geschäftlichen Partnerschaft halten?«

Sie sah ihn an. »Du und ich?«

»Ja. Es ist ja kein Hobby mehr, nicht wahr? Du verdienst dein Geld damit. Es ist an der Zeit, weiterzudenken, die nächste Phase in Angriff zu nehmen.«

Er sah kurz zu ihr hinunter, dann schweifte sein Blick wieder zur Brandung, die zischend auf den Strand schlug. Plötzlich war Leidenschaft in seinen grünen Augen. »Ich denke schon eine ganze Weile darüber nach. Für Stoffe, wie du sie machst, gibt es einen Riesenmarkt, Liv. Da bin ich sicher. Es geht nur darum, ihn anzuzapfen.«

Über ihnen kreisten kreischend die Möwen und ließen sich von den Aufwinden emportragen. Liv war ein wenig aufgeregt im Vorgefühl von Veränderung und neuer Möglichkeiten.

»Wir müßten uns einen Namen geben«, sagte er. »Galenski und Corcoran ... Corcoran und Galenski ...«

»Nein!«

»Stefan«, sagte er, augenblicklich verstehend. »Natürlich.«

»Außerdem«, erklärte sie, »ist Corcoran und Galenski viel zu lang und schwerfällig. Es muß was Kürzeres sein, etwas Einfacheres.« Sie blieb stehen und sah zu ihm hinauf.

»Irgendein Begriff, der unser Image zusammenfaßt ... «

»Unser *Image*.« Sie mußte lachen. »Werden wir denn ein Image haben, Felix?«

»Aber natürlich.« Sein Mund verzog sich zu einem Lächeln. An seinen langen Wimpern hingen feine Gischttröpfchen. Er blickte weit voraus, den langen Kiesstrand entlang. »Ich sehe uns als romantisch ... nostalgisch ... der ländlichen Idylle verbunden ... «

»Wiesen voller Butterblumen ... «

»Wellen am Meeresstrand ... «

»Grüne Hecken«, sagte sie mit Entzücken in der Stimme.

»Wilde Rose«, erwiderte Felix. »Was hältst du davon, Liv?«

»Wilde Rose ... « Lächelnd, mit leiser Stimme wiederholte sie die beiden Worte mehrmals. »Wilde Rose.«

Die Erinnerung an das bestürzende Gespräch mit Henry Wyborne trat in den Hintergrund zurück. Katherine war mit der Gegenwart beschäftigt. Die Abende mit Jordan, früher einmal ihre geheime Wonne, verliefen jetzt fast immer enttäuschend. Es gab häufig Streit zwischen ihnen. Natürlich war das auch früher schon vorgekommen, aber da hatten sie sich stets gleich wieder ausgesöhnt, und die Erinnerung an das kurze Zerwürfnis war von der Leidenschaft der Versöhnung fortgespült worden. Jetzt hielten die unguten Gefühle an und nagten.

Irgendwann im späten Frühjahr schlug Jordan einen Ausflug aufs Land vor. Ein ganzer Tag nur sie beide allein, sagte er. Sie könnten vielleicht zum New Forest fahren und irgendwo gemütlich zu Abend essen, bevor sie nach London zurückkehrten. Er schien höchst zufrieden mit sich, stolz auf sich, als er ihr dieses Angebot unterbreitete, ein ganz besonderes Geschenk, um sie für die nächsten Monate bei Laune zu halten. Der Gedanke, daß sie ablehnen könnte, war ihm offensichtlich überhaupt nicht gekommen. Widerspruchsgeist regte sich in Katherine, und sie hätte am liebsten gesagt: Nein, tut mir leid, Jordan, ich kann nicht. Nur um sein Gesicht zu sehen. Aber sie tat es natürlich nicht, und sie vereinbarten, daß er sie am Samstag darauf abholen würde.

Der Tag begann schlecht. Jordan verspätete sich und kam erst gegen Mittag. Parteiangelegenheiten, erklärte er kurz. Er sah verärgert aus. Katherine meinte, sie sollten den Ausflug zum New Forest aufgeben und sich ein näher gelegenes Ziel suchen. »Kommt überhaupt nicht in Frage«, sagte er. Er habe ihr den New Forest versprochen, also würden sie auch zum New Forest fahren. Er drückte aufs Gaspedal, und sie brausten aus der Stadt hinaus.

Sie waren etwa eine Stunde unterwegs, als sie beide Hunger verspürten. Da es bereits früher Nachmittag war, wollte Jordan keinen Umweg zum nächstgelegenen Ort machen. Sie würden bestimmt unterwegs etwas finden, meinte er. Aber Cafés und Pubs, wie sie sie bis dahin in ziemlich dichter Folge an der Straße bemerkt hatten, schien es plötzlich nicht mehr zu geben. Die wenigen Raststätten, an denen sie vorüberkamen, paßten Jordan aus diesem oder jenem Grund nicht. »Zu spießig« – ein Gasthaus mit rotweiß karierten Vorhängen. »Zu öffentlich« – ein großes Rasthaus, vor dem ein Dutzend teurer Wagen parkte. »Unsäglich« – eine Teebude an einem Parkplatz voller Motorräder. Am Ende kauften sie an einer Tankstelle belegte Brote in Zellophan und Tee in Pappbechern und verzehrten die Köstlichkeiten während der Fahrt. Das Brot war altbacken, und der Tee hatte einen metallischen Geschmack.

Am mittleren Nachmittag erreichten sie Lyndhurst. Es hatte den ganzen Tag lang immer wieder leicht geregnet, und während sie unter Bäumen einen Spaziergang machten, wurde der Regen dichter. Ihre Füße sanken im matschigen Boden ein, und von den überhängenden Zweigen der Eichen tropfte es unaufhörlich. Jordan schlug vor, den Spaziergang abzukürzen und früh zu Abend zu essen. Als Ausgleich für die fürchterlichen Brote.

Das Restaurant lag etwas außerhalb von Ringwood. »Absolut diskret«, bemerkte Jordan, als er den Jaguar auf dem großen gekiesten Vorplatz abstellte. Katherine fragte sich, woher er das wußte. Waren das die Themen, über die er und seine Kollegen sich unterhielten, wenn sie in der Bar oder in ihren Clubs saßen? *Ach übrigens, ich habe da ein verschwiegenes kleines Plätzchen auf dem Land entdeckt. Garantiert diskret, wenn Sie verstehen, was ich meine, alter Junge.*

In der Damentoilette, wo überall Schalen mit Potpourri und Kartons mit rosafarbenen Kosmetiktüchern herumstanden, machte Katherine sich frisch. Die Gestaltung des Restaurants mit seinen Säulen und Galerien und steinernen Treppen zielte darauf ab, zu beeindrucken. Jordan hatte Champagner bestellt. Der Alkohol und das Essen lockerten die Atmosphäre, und sie entspannte sich ein wenig. Sie lachte sogar über Jordans skurrile Geschichten über seine Kollegen und erzählte ihm ihrerseits von den teilweise grauenvollen Manuskripten, die ihnen in den Verlag gesandt wurden.

Sie waren bei der Nachspeise angelangt, als er sagte: »Aber du hast doch nicht vor, auf Dauer dortzubleiben, oder?«

Sie sah ihn überrascht an. »Das weiß ich noch gar nicht. Warum?«

»Ich dachte, es wäre nur ein Sprungbrett für dich. Ich meine, feministische Literatur, das ist doch eher was für eine Minderheit.«

»Du sprichst von der Hälfte der Bevölkerung«, entgegnete sie trocken.

»Dieses Zeug lesen doch längst nicht alle Frauen.« Er zuckte die Achseln. »Einige dieser Autorinnen sind doch ziemlich extrem, findest du nicht auch?«

»Bücher von Frauen für Frauen. Ich würde das nicht extrem nennen, Jordan.«

»Ach, du weißt doch genau, was ich meine. Lesbenliteratur ... obskure Memoiren irgendwelcher Tagebuchschreiberinnen aus dem achtzehnten Jahrhundert ...«

»Warum sollten Frauen, die Frauen bevorzugen, nicht über Geschlechtsgenossinnen lesen können, die ihre Neigung teilen? Und warum sollte man vergessene Schriftstellerinnen nicht dem Publikum neu vorstellen?«

»Vielleicht«, entgegnete er, »sind sie zu Recht vergessen. Weil sie zweitklassig sind.«

Sie legte ihren Löffel nieder. »Sie sind vergessen, weil sie *Frauen* sind.«

Er legte flüchtig seine Hand auf die ihre. »Werd jetzt nicht ärgerlich mit mir, Darling – ich versuche doch nur zu verstehen.«

»Manche dieser Memoiren sind wunderbar«, erklärte sie heftig. »So anrührend.«

»Ich finde, angesichts der vielen weit dringenderen Probleme auf der Welt verschwendest du dein Talent an – an Nichtigkeiten.«

»*Nichtigkeiten*«, wiederholte sie so laut, daß die Gäste am Nebentisch die Köpfe drehten. Sie zwang sich, leiser zu sprechen. »Kannst du mir mal sagen, was wichtiger ist als das Recht der einen Hälfte der Bevölkerung, der anderen gleichgestellt zu werden?«

»Ach, nun komm schon, Darling.« Er bedeutete dem Kellner mit einer Handbewegung, ihnen den Kaffee zu bringen. »Euer kleiner Verlag wird bestimmt nicht die Probleme der ganzen Welt lösen.«

»Wir versuchen gar nicht, die Probleme der ganzen Welt zu lösen. So naiv bin ich nun wirklich nicht. Wir bemühen uns ganz einfach und tun, was wir können, um wenigstens für kleine Verbesserungen an unserem Ende der Welt zu sorgen.«

»Das Frauenwahlrecht – die Änderung der Scheidungsgesetzgebung – die Legalisierung des Schwangerschaftsabbruchs – die Pille – gleiche Bezahlung ...« Er hakte die einzelnen Themen an seinen Fingern ab. »Die Schlacht ist doch bereits gewonnen.«

Sie nahm ihre Zigaretten heraus. »Wenn es einen weiblichen Polizeipräsidenten gibt oder wenn an den obersten Gerichten genauso viele Frauen wie Männer sitzen – oder im Parlament –, dann ist die Schlacht vielleicht gewonnen, Jordan!«

Er gab ihr Feuer und sagte: »Weißt du, so beneidenswert ist mein Job gar nicht. Kaum Privatleben und viel zu viele Reisen.«

»Warum machst du ihn dann?«

Er sah sie mit einem schiefen Lächeln an. »Um meinem Land zu dienen?«

Sie mußte an Henry Wyborne denken. »Aber das ist doch nicht alles, stimmt's?«

Er nahm ihre Hand. »Nein, natürlich nicht.«

»Du genießt die Macht, nicht wahr?«

»Ja, das gebe ich zu.« Er winkte dem Kellner, der ihm die Rechnung brachte. Während er den Scheck ausschrieb, sagte er leise: »Verdammst du mich dafür, Katherine?«

»Aber nein.« Sie betrachtete ihn aufmerksam. Er war jetzt einundvierzig, das braune Haar begann an den Schläfen zu ergrauen. Die schwerlidrigen Augen waren von einem Netz feiner Linien umkränzt. Keine der Metaphern zur Beschreibung ihrer Farbe war wirklich zutreffend, dachte sie. Stahl ... Eisen ... Granit ... alles banal und unpräzise. Das Grau seiner Augen erinnerte sie an das blasse, undurchsichtige Eis, das sich im Winter an den Rändern von Teichen und Seen bildete. Sie fragte sich, ob es das war, was sie zu ihm hingezogen hatte, die Herausforderung dieses kühlen, beherrschten Äußeren; ob es ihr intimes Wissen um die Leidenschaft war, die darunter verborgen lag, das sie stets zu ihm zurückführte, trotz aller Meinungsverschiedenheiten, trotz der Grenzen, die ihrer Beziehung auferlegt waren.

»Woran denkst du?« fragte er, und sie sagte: »Nichts. Gar nichts.« Sie wußte nicht, warum ihr so traurig zumute war. Sie gingen ins Foyer hinaus, und er half ihr in den Mantel. Draußen verschlug ihr die kalte Abendluft den Atem.

Als sie im Wagen saßen und er den Motor anließ, sagte er: »Na, das war doch nett, nicht wahr?«

Na, das war doch nett. Als wäre der Abend ein kleines Bonbon für ein schwieriges Kind oder für eine nörgelnde Ehefrau gewesen. Sie hätte gern gewußt, ob er mit Tricia genauso umging. Geschenke und Ausflüge als Entschädigung für die Lücken dazwischen. Sie fragte sich, ob er die schmerzliche Leere nicht wahrnahm, die den ganzen Tag zwischen ihnen gelegen hatte.

Ein plötzlicher, unwiderstehlicher Impuls, ihm weh zu tun, ihn aus seiner Selbstgefälligkeit herauszureißen, erfaßte sie. Sie sagte: »Du hast meine Frage nicht beantwortet, Jordan. Was ist wichtiger als die Gleichberechtigung der Frau?«

Auf der langen geraden Straße legte er den höheren Gang

ein. Er fuhr gern schnell. »Der unerhörte Zustand unserer Wirtschaft natürlich«, sagte er. »Der Inflation ist immer noch nicht Herr zu werden.«

»*Du* bist doch der Politiker, Jordan«, höhnte sie. »*Du* bist der Mann, der an den Schaltstellen der Macht sitzt. Solltest du das nicht in Ordnung bringen?«

»Wir sind in der Opposition, Darling, vergiß das nicht. Im Augenblick können wir nicht mehr tun, als uns ein wenig zu beschweren. Und ich kann dir sagen, das kann einen wirklich wahnsinnig machen. Es ist absolut frustrierend. Man hat das Gefühl, in Sirup zu waten.«

»Na ja, als die Konservativen zuletzt an der Macht waren, war auch nicht gerade alles in Butter.«

»Heath hatte nicht die richtigen Ideen. Er war zu schwach, zu wischiwaschi. Wir brauchten eine andere Persönlichkeit an der Spitze. Eine Führernatur.«

»Und du glaubst, Margaret Thatcher ist da die Richtige?«

»Ich weiß es nicht. Ich muß zugeben, daß ich zunächst Bedenken hatte.«

»Weil sie eine Frau ist?«

»Ja, kann sein.«

»Du traust Frauen keine Führungsqualitäten zu?«

Er entgegnete gereizt: »Katherine, irgend jemand wird sehr bald sehr schwierige Entscheidungen treffen müssen. Im Augenblick jedenfalls geht das Land vor die Hunde.« Er zog die Augenbrauen zusammen. »Wir brauchen einen frischen Wind«, murmelte er. »Es ist viel zu lange alles viel zu einfach gewesen. Wir sind faul und bequem geworden. Es ist mir egal, wer die Partei führt, Mann, Frau oder Tier, Hauptsache der Betreffende schreckt nicht davor zurück, sich unbeliebt zu machen, und tut, was getan werden muß.«

»Wieder mal ein Gesellschaftsvertrag?« fragte sie spöttisch.

»Natürlich nicht. Das einzige Mittel gegen die Inflation – und um die Macht der Gewerkschaften zu brechen – ist eine höhere Arbeitslosigkeit.«

Es war inzwischen ganz dunkel geworden. Sie fuhren eine schmale Landstraße hinunter. Über ihnen bildeten die ausladenden Äste der Bäume, die vom Wind geschüttelt wurden, ein Dach, durch das der schwarze Himmel nicht zu sehen war.

Sie sagte: »Du willst *absichtlich* die Arbeitslosigkeit heraufsetzen? Das kann doch nicht dein Ernst sein, Jordan!«

»Warum nicht?«

»Du willst den Leuten angst machen, damit sie keine Lohnforderungen stellen?«

»Es ist die einzige Möglichkeit, Katherine.«

»Das ist unmoralisch, Jordan.« Ihre Stimme zitterte vor Zorn. »Das ist grausam und unmoralisch.«

»Und was würdest du vorschlagen?« Sein Ton war verächtlich. »Daß wir weitermachen wie bisher?«

»Es muß eine andere Möglichkeit geben.«

»Das glaube ich nicht. Die Menschen sind zu gierig geworden, zu habsüchtig.«

Sie dachte an das Restaurant: das feine Porzellan und das Silber, die unauffällige Bedienung. Aufgebracht sagte sie: »Wenn man Männern die Arbeit nimmt, verdammt man damit auch ihre Frauen und Kinder zur Armut.«

»Keine Angst, sie werden nicht auf die Straße gehen und betteln, Katherine. Wir haben ein Sozialsystem.«

»Zahlungen, die mit Mühe und Not für das Existenzminimum ausreichen, Jordan, das weißt du doch genau. *Du* könntest bestimmt nicht von der Arbeitslosenunterstützung leben.«

Der Wagen schlingerte zu schnell um eine Kurve. Sie brauchte eine Zigarette; ihre Handtasche lag auf dem Rücksitz. Sie machte ihren Gurt los, um nach hinten greifen zu können.

Er sagte: »Ich bringe mich gar nicht erst in eine Situation, wo ich das vielleicht müßte.«

»Das hast du doch nur Tricia zu verdanken.« Sie suchte nach ihrem Feuerzeug. Es schien leer zu sein; immer wieder knipste sie es vergebens an. »Du könntest dir doch die Wohnung in London, das Haus in Hertfordshire, den Urlaub in der Toskana und dieses Auto ohne Tricia gar nicht leisten, oder?« Sie wußte, daß sie gleich etwas Unverzeihliches sagen würde, aber sie konnte sich nicht bremsen. »Du könntest dir *mich* nicht leisten, wenn du Tricia nicht hättest, stimmt's, Jordan?«

»Was zum Teufel soll das heißen?« Eine Hand glitt vom Lenkrad, als er ihr einen zornigen Blick zuwarf.

»Die Geschenke ... der Schmuck ... bezahlst du das alles, Jordan, oder bezahlt es Tricia?«

»Herrgott noch mal, Katherine!«

Sie zitterte. Das Feuerzeug funktionierte immer noch nicht. Sie hatte das Gefühl, als brodelte etwas lang Unterdrücktes in ihr auf. Dann sah sie plötzlich durch die Windschutzscheibe den abgebrochenen Ast, der quer über der Fahrbahn lag. Sie hörte sich aufschreien. Jordan riß das Lenkrad herum und trat hart auf die Bremse. Reifen quietschten, und sie wurde gegen das Armaturenbrett geschleudert.

Als der Wagen zum Stillstand kam, lag sie unten im Fußraum, den Kopf an die Tür gedrückt. Himmel und Bäume, die sie durch das Fenster sehen konnte, lagen schief. Ihr Brustkorb tat weh, als lastete ein Gewicht auf ihm, aber als sie hinunterschaute, sah sie nur ihre Handtasche, deren Inhalt im ganzen Wagen verstreut war.

Sie hörte Jordan sagen: »Katherine? Katherine, ist dir was passiert?« Sie hörte die Angst in seiner Stimme. »Katherine, Darling ...«

»Es tut weh ...« Das Sprechen tat weh; das Atmen tat weh.

Er hatte die Innenbeleuchtung angeknipst und öffnete seinen Gurt. »Katherine ...«, flüsterte er. »Es tut mir so leid ...« Er beugte sich zu ihr hinunter, aber als er versuchte, ihr aus dem Fußraum herauszuhelfen, schrie sie auf.

»Wo tut es weh?«

»Hier.« Sie berührte ihren Brustkorb. Ihr fiel ein, daß sie sich losgegurtet hatte, um an ihre Zigaretten kommen zu können.

Sehr langsam und behutsam half er ihr aus dem Fußraum heraus. Sie weinte vor Schmerz, als sie endlich in dem weichen Leder saß. Schluchzend sagte sie: »Der Wagen ...«

»Ich glaube, er hängt mit der Schnauze im Graben.« Der Jaguar war schräg über der Straße zum Stillstand gekommen. »Ich muß versuchen, ihn da rauszuschieben.«

»Da hinten war doch ein Pub ... Du könntest eine Werkstatt anrufen ...«

»Das geht nicht, Darling«, sagte er scharf. »Du weißt, daß das nicht geht.«

Ihr Verstand schien nur auf Sparflamme zu arbeiten. »Wieso nicht?«

»Ich habe zuviel getrunken. Der Champagner – der Rotwein. Ich kann da niemand anderen mit hineinziehen. Das Risiko ist zu groß. Wenn die Polizei oder die Presse ...« Jordan drückte einen Handballen gegen seine Stirn. »Ich denke, du setzt dich am besten draußen an den Straßenrand, Darling, während ich versuche, den Wagen aus dem Graben zu schieben. Wenn du Rippenbrüche hast, solltest du Erschütterungen vermeiden.«

Er half ihr aus dem Wagen. Jede Bewegung schmerzte. Sie setzte sich auf das Plaid, das er im Gras ausbreitete, und er legte ihr seinen Mantel um die Schultern. Sie nahm die Stille der Landschaft wahr und das Tropfen des Regens und Jordans gebeugte Gestalt, als er sich abmühte, den Wagen auf die Straße zurückzubefördern.

Er schien eine halbe Ewigkeit dafür zu brauchen, aber dann hatte er es endlich geschafft, kam zu ihr und half ihr wieder ins Auto. Sie bemerkte deutlich die Erleichterung in seinen Augen.

»Das Fahrwerk scheint nicht beschädigt zu sein ... Vorn in der Kühlerhaube ist eine Beule, aber ich denke, der Wagen läßt sich noch fahren. Gott sei Dank.« Er legte den Gang ein und fuhr langsam los. »Scheint in Ordnung zu sein ...« Er warf ihr einen Blick zu. »Ich bring dich in London in ein Krankenhaus. Da werden sie sich um dich kümmern, du Armes. Es wird bestimmt alles wieder gut, das verspreche ich dir.«

Katherine schloß die Augen. Jedesmal, wenn sie einnickte, rissen stechende Schmerzen im Brustkorb sie aus dem Schlummer. Auch das unaufhörliche Zittern ihres Körpers bereitete ihr Schmerzen. Dann endlich wurde die Fahrt schneller und glatter, sie waren auf der Schnellstraße und erreichten wenig später, während zu beiden Seiten die Häuser dichter zusammenrückten, die Stadt. Das letzte Stück im Stadtverkehr, von Ampel zu Ampel, war eine Tortur. Sie wünschte, sie könnte sich niederlegen. Sie wünschte sich ein Schmerzmittel. Sie wünschte sich, endlich wieder warm zu werden, schlafen zu können, diesen Tag zu vergessen.

»Hier sind wir«, hörte sie ihn plötzlich sagen. Er beugte sich neben ihr zum Boden hinunter und sammelte alle ihre Sachen ein, um sie in ihrer Handtasche zu verstauen. Dann nahm er seine Brieftasche heraus. »Hier ist Geld für ein Taxi.« Er steckte mehrere Scheine in ihre Handtasche.

Sie starrte ihn verständnislos an.

»Ich kann nicht mit hineinkommen, das weißt du doch, Darling«, erklärte er geduldig. »Es tut mir wirklich leid, aber es geht nicht. Das verstehst du doch, nicht wahr?«

Er fuhr zum Haupteingang des Krankenhauses, und sie stieg aus dem Wagen. Ohne einen Blick zurück ging sie in das Krankenhaus hinein. Sie hörte das Aufheulen des Motors, als er davonfuhr.

Zwei Stunden später teilte ein müde aussehender junger Arzt ihr mit, sie habe drei gebrochene Rippen. »Sie können ein Schmerzmittel nehmen, im übrigen müssen Sie sich einfach Ruhe gönnen und Geduld haben. Ich sehe mal nach, ob ich ein Bett für Sie auftreiben kann, Miss Constant.«

»Ich würde lieber nach Hause gehen.«

»Sie sollten zur Beobachtung hierbleiben. Es kann sein, daß Sie einen Schock haben.«

»Nein, wirklich, ich würde lieber nach Hause gehen.«

Er seufzte. »Na schön. Wenn Sie unbedingt wollen.« Er warf einen Blick in seine Notizen. »Ist jemand da, der sich um Sie kümmern kann?«

»Meine Mutter«, log sie.

»Und Sie sagen, Sie haben sich diese Verletzungen bei einem Sturz auf der Treppe zugezogen?« Er machte ein verlegenes Gesicht. »Sind Sie da ganz sicher, Miss Constant? Bei einem Sturz würde man eigentlich eine weitere Verteilung von Blutergüssen erwarten. Waren Sie allein, als Sie den Unfall hatten?«

»Ja, ich war ganz allein«, antwortete sie fest.

Erst als sie im Taxi nach Hause saß, begriff sie den Sinn seiner Fragen. Die geprügelte Ehefrau ... die mißhandelte Frau. Von Schmerz und Scham gepeinigt, schloß Katherine die Augen.

Jordan rief am Tag nach dem Unfall an. Katherine belog ihn, wie sie den Arzt belogen hatte, und erzählte ihm, sie führe nach Hause zu ihren Eltern.

»Na schön«, sagte er genau wie der junge Arzt, »wenn du das unbedingt willst.« Sie meinte, Erleichterung in seiner Stimme zu hören.

Die ersten paar Tage blieb sie im Bett, stand nur ab und zu kurz auf, um in die Küche oder ins Bad zu gehen. Sie nahm die Schmerztabletten, die der Arzt im Krankenhaus ihr verschrieben hatte, und war froh, daß sie es ihr ermöglichten, nachts zu schlafen und tagsüber viel vor sich hin zu dösen. Sie wollte jetzt noch nicht nachdenken; sie wußte, sie würde es tun müssen, es war unausweichlich, aber sie wollte noch eine kleine Gnadenfrist.

Am Dienstag abend rief Hector an. »Du bist nicht zum Abendessen gekommen«, sagte er. Immer montags ging sie abends nach der Arbeit Hector und Alice besuchen.

»Ich hab's nicht geschafft.«

»Ach so.« Er schwieg einen Moment. Dann sagte er. »Geht's dir gut, Katherine? Deine Stimme klingt irgendwie komisch.«

»Ich hatte einen Unfall«, antwortete sie. »Mit dem Auto. Aber jetzt geht's mir schon wieder ganz gut.« Sie legte den Hörer auf und kroch wieder in ihr Bett.

Am folgenden Morgen läutete es draußen. Zuerst ignorierte sie es einfach, aber als das Gebimmel nicht aufhörte, hievte sie sich schwerfällig aus dem Bett.

»Wer ist da?« rief sie in den Hörer der Sprechanlage.

»Ich bin's, Hector.«

Sie ließ ihn herein. Er war sichtlich erschrocken, als er sie sah. »Katherine!«

»Ich hatte mich nicht angegurtet. Und bin gegen das Armaturenbrett geflogen. Zwei schöne Veilchen, nicht?« Sie versuchte zu lächeln. »Und drei gebrochene Rippen.«

Hector nahm seine Brille ab und polierte die Gläser, die in der plötzlichen Wärme beschlagen waren, mit seiner Krawatte. »Ich hab mir gedacht, du brauchst vielleicht etwas – was zu essen oder Aspirin.« Mit zusammengekniffenen Augen sah er sie kurzsichtig an. »Ich könnte dir die Sachen nach der Arbeit vorbeibringen.«

»Danke nein, ich brauche nichts.«

»Limonade … Zeitschriften?«

»Hector! Ich brauche nichts.«

»In Ordnung.« Er setzte seine Brille wieder auf. »Dann geh ich jetzt.«

Sie setzte sich aufs Sofa. Als sie glaubte, er wäre zur Tür hinaus, wischte sie sich die Augen mit einem Zipfel ihres Morgenrocks. Im gleichen Moment hörte sie ihn sagen: »Katherine, es geht dir gar nicht gut, stimmt's?«

Er stand an der Tür. Sie drückte die Augen zu, um ihn auszublenden. Die Polsterung des Sofas sank ein wenig ein, als er sich neben sie setzte.

»Du hast gesagt, es war ein Autounfall? So was kann ziemlich schlimm sein. Das nimmt einen ganz schön mit. Man braucht nur daran zu denken, was alles hätte geschehen können. Ist noch jemand verletzt worden?«

Sie schüttelte den Kopf.

»Bist du selbst gefahren?«

Jetzt strömten ihr die Tränen über das Gesicht, aber sie versuchte gar nicht, sie zurückzuhalten. »Nein.« Sie schluckte. »Ich war mit einem Freund unterwegs.«

»Und dem Freund ist nichts passiert?«

»Nein, ich glaube nicht.«

»Du *glaubst* nicht?«

»Ich habe ihn seit dem Unfall nicht gesehen.«

Er sagte nichts. Sie machte die Augen auf und sah sein Gesicht. Wie oberflächlich, wie *billig* ihre Beziehung zu Jordan einem Menschen wie Hector erscheinen mußte; einem Menschen, der offen und leidenschaftlich und rückhaltlos geliebt hatte. Sie dachte an den Betrug und die Falschheit, auf der ihre Beziehung zu Jordan basierte, und schämte sich zutiefst.

Leise sagte sie: »Ich möchte jetzt nicht darüber reden.«

»Nein, nein, schon gut. Das brauchst du auch nicht. Du brauchst nie darüber zu reden, wenn du nicht willst.« Seine Stimme war sehr liebevoll, und sie hätte gleich wieder zu weinen anfangen können. Er zog ein Taschentuch aus seiner Hosentasche und wischte ihr vorsichtig die Tränen ab. Dann stand er auf und sagte: »Ich muß jetzt in die Buchhandlung, aber ich komme später wieder und sehe nach dir.«

Er kam um halb acht, mit Einkaufstüten beladen. Mrs. Zwierzanski sei bei Alice, erklärte er. Mrs. Zwierzanski, eine Polin, war Witwe und wohnte über ihm. Er leerte die Tüten, brachte Schokolade und Weintrauben zu Katherine ans Bett und steckte die Blumen – Iris und Narzissen – in einen Krug. Er machte ihr Suppe und Toast, brachte ihr beides auf einem Tablett und setzte sich zu ihr. Während sie aß, erzählte er von seinem Tag.

Er kam auch am nächsten Abend und am übernächsten. Er brachte ihr Orangensaft mit und eine besondere Sorte Ingwerplätzchen, die es nur bei Fortnum's gab, Kassetten für ihren Recorder und herrliche verstaubte alte Bücher aus seinem Laden. Als sie plötzlich Fieber bekam und Schmerzen am ganzen Körper, so daß sie kaum noch liegen konnte, half er ihr aufs Sofa, um ihr Bett frisch zu beziehen. Als sie sich in dem glatten, kühlen Laken niederlegte, lächelte sie zum erstenmal an diesem Tag.

»Hector, du bist wunderbar.«

»Möchtest du jetzt etwas essen?«

»Danke, ich habe gar keinen Hunger. Aber ich glaube, daß ich jetzt endlich schlafen kann.«

Sie schloß die Augen, und als sie am nächsten Morgen erwachte, war ihre Temperatur wieder normal. Sie stand auf und duschte und versuchte, sich die Haare zu waschen. Es war ein mühsames Unterfangen, aber danach fühlte sie sich viel frischer und besser. Sie kleidete sich an, Jeans und einen weiten Pulli, zurrte ihr Haar mit einem Gummiband zusammen und setzte sich aufs Sofa, um die Manuskripte zu lesen, die sie sich aus dem Verlag hatte schicken lassen.

Als Hector am Abend kam, sagte sie: »Schau! Richtige Kleider.«

»Du siehst viel besser aus.« Lächelnd küßte er sie auf beide Wangen. Dann warf er einen Blick auf den Stapel Manuskripte. »Etwas Gutes dabei?«

»Ein, zwei, ja.« Sie hatte die Memoiren einer Frau fertig gelesen, die nach dem Fall Singapurs in ein japanisches Gefangenenlager gekommen war, und gerade mit der Lektüre des Tagebuchs eines jungen Mädchens begonnen, das jahrelang von seinem Vater mißbraucht worden war. »Manche gehen einem wirklich unter die Haut«, sagte sie mit einem leichten Frösteln. »Entsetzlich.«

Er machte Käsetoast und Tomatensalat, zu trinken gab es Orangensaft. Sie war mit dem Essen fast fertig, als er sagte: »Was denkst du?«

Sie sah ihn mit einem schiefen Lächeln an. »Ach, nichts besonders Erfreuliches.« Sie holte tief Atem. »Weißt du, ich war lange mit einem Mann befreundet, und jetzt muß ich lernen, ohne ihn auszukommen. Ich weiß, daß es sein muß – ich glaube, ich weiß es schon seit Ewigkeiten –, aber ich bin nicht sicher, ob ich es schaffe.«

»Ist es der Mann, der den Wagen gefahren hat?« Sie nickte. Hector runzelte die Stirn. »Ich habe natürlich immer vermutet, daß es da jemanden gibt.«

»Ich habe ihn auf deiner Hochzeit kennengelernt«, sagte sie, und plötzlich war es wieder 1968, der strahlende Sommer des Aufbruchs. »Verheiratet natürlich. Er hat ein Kind.« Sie ließ Hector nicht aus den Augen, während sie sprach und erwartete Mißbilligung und Kritik.

Aber er sagte nur: »Und du hast dich in ihn verliebt?«

»Ja.« Sie biß sich auf die Lippe. »Pech, nicht wahr?«

»Vor einem Jahr hätte ich dir zugestimmt. Aber jetzt ...« Er zuckte die Achseln.

»›Es ist besser, geliebt und verloren zu haben‹, meinst du?« fragte sie scharf und zynisch.

»Ja, das ist meine Meinung. Siehst du es anders?«

Spontan sagte sie: »Ich habe letztes Weihnachten Henry

Wyborne besucht. Ich wollte ihn fragen, ob sie sich gestritten hatten. Rachel und ihre Eltern, meine ich. Ich dachte, das könnte der Grund gewesen sein, weshalb sie damals früher aus Fernhill Grange wegfuhr.«

Er schien nicht überzeugt. »Sie waren immer ein Herz und eine Seele. Da gab es nie ein böses Wort.« Er ging in die Küche. »Und Rachel und Henry waren ja allein. Diana war in der Woche verreist. Sie war zu irgendeiner Wiedersehensfeier gefahren. Ich glaube, es hatte irgendwas mit dem Krieg zu tun.«

Sie hörte das Blubbern der Kaffeemaschine und das Plätschern des Wassers, als er die Teller spülte. Nach einer Weile kam er wieder ins Zimmer.

»Um noch mal auf meine Bemerkung von vorhin zurückzukommen – damit wollte ich dir sagen, daß meine Bitterkeit ganz weg ist. Ich habe wenigstens einmal geliebt, und ich war glücklich. Das kann nicht jeder von sich sagen, nicht wahr? Ich habe immer noch meine Erinnerungen an Rachel – und ich habe Alice. Ich finde, wenn etwas schiefgeht, heißt das noch lange nicht, es hätte nie geschehen sollen.« Hector schnitt eine Grimasse und fuhr sich mit beiden Händen durch das widerspenstige Haar. »Du lieber Gott, ich rede schon wie der Kummerkastenonkel. Ich wollte eigentlich sagen ...«

Sie tätschelte seine Hand. »Ist schon gut, Hector. Ich weiß, was du sagen wolltest.«

Katherine hatte wieder eine schlaflose Nacht. Aber diesmal nicht, weil Fieber sie wach hielt, sondern weil ihre Gedanken keine Ruhe gaben und unablässig um dieselben Personen kreisten – Jordan, Hector, Rachel. Als sie dann doch irgendwann einschlief, träumte sie von Rachel. Den alten Traum: daß sie aufwachte und Rachel am Fußende ihres Bettes stand und versuchte, ihr etwas mitzuteilen; daß sie nichts verstand, obwohl sie sich anstrengte zu hören, weil Rachel nur lautlos den Mund bewegte und so ihr Geheimnis bewahrte. Zum erstenmal fiel ihr auf, daß Rachel unverändert war, das kastanienbraune Haar wie damals zum Pferdeschwanz zurückgebunden, Kleidung und Make-up unverkennbar aus einem anderen Jahrzehnt.

Katherine erwachte. Sie setzte sich auf und blickte unwillkürlich zum Fußende des Bettes hinunter, aber da war natürlich nichts. Sie tastete nach der Nachttischlampe und blieb, nachdem sie sie angeknipst hatte, lange an das Kopfbrett ihres Bettes gelehnt sitzen, die Arme um die hochgezogenen Beine geschlungen. Ihr war, als schwebte Rachels Geist im Zimmer, und sie sehnte sich plötzlich nach den unbefangenen, unkomplizierten Freundschaften von früher. Sie sehnte sich nach Liv und nach Rachel und nach den gemeinsamen Erlebnissen und Wünschen, die sie miteinander verbunden hatten. Dann schlug die Sehnsucht plötzlich in Zorn um. Mein Leben ist ein Chaos, ein einziges Chaos, dachte sie, und ihr habt mich beide im Stich gelassen, statt mir zu helfen, wieder Ordnung zu schaffen. Rachel, Liv, wo seid ihr, wenn ich euch brauche?

Sie rutschte aus dem Bett. Es war kalt, und sie legte sich die Decke um, bevor sie in die Küche ging. Sie brauchte jetzt eine Zigarette, aber wenn sie rauchte, mußte sie husten, und wenn sie hustete, taten ihr die Rippen weh; sie brauchte dringend einen Schluck, aber der Arzt hatte sie davor gewarnt, Alkohol zu trinken, solange sie die Schmerztabletten nahm. Für mich gibt's anscheinend keinen Trost, dachte sie voll Selbstmitleid. Resigniert setzte sie Wasser auf und nahm einen Teebeutel heraus.

Sie goß gerade das kochende Wasser in einen Becher, als ihr plötzlich wieder einfiel, was Hector gesagt hatte. *Rachel und Henry waren ja allein. Diana war in der Woche verreist. …* Katherine rieb sich die Stirn.

Sie wußte, daß sie jetzt nicht wieder einschlafen würde, und holte sich deshalb das Manuskript der mißbrauchten Tochter, das sie tagsüber zu lesen begonnen hatte. Sie nahm es mit ihrer Tasse Tee zusammen mit ins Bett. In die Steppdecke eingehüllt, begann sie zu lesen. Und Außenstehenden wird dieses Leben ganz normal erschienen sein, dachte sie, diese Geschichte von Macht und Erniedrigung und abartiger Liebe. Eine ganz gewöhnliche englische Familie in einem ganz gewöhnlichen englischen Haus in einem ganz gewöhnlichen englischen Dorf.

Ein Vater und eine Tochter, die ihr schreckliches Geheimnis jahrzehntelang bewahrt hatten ...

Tee tropfte aus der Tasse auf die Laken. Katherine saß plötzlich ganz still und starrte zum Fenster hinaus in die Dunkelheit.

Rachel und Henry waren ja allein ...

Langsam, aber sicher nahm das Geschäft immer mehr Raum ein. Felix hatte ein neues, größeres Sieb für die Druckarbeiten gebaut, das im Anbau für kaum etwas anderes Platz ließ. Auf den höchsten Borden in der Küche drängten sich die Farbbehälter. In der Besenkammer drückten Ballen von Baumwollstoffen, die Felix von einem Lieferanten in Lancashire gekauft hatte, Eimer und Kehrschäufelchen in die Ecke. In Anbau und Küche hingen von Drähten, die unter der Decke gespannt waren, Stoffbahnen zum Trocknen. Im Wohnzimmer machte ein großer Zeichentisch auf Böcken mit Stiften, Kreiden und Papier den Kindern den Platz für ihre Spielsachen streitig. Und die Nähmaschine stand auf einem ebensolchen Tisch oben in Livs Schlafzimmer. Im Haus roch es nach Farbstoff und den Chemikalien, die zur Fixierung der Farben gebraucht wurden. Brodelnde Töpfe standen auf dem Herd, und oft zog der beißende Geruch von Beize durch die Räume. Stoffschnipsel und Baumwollfäden lagen überall herum.

Liv arbeitete häufig bis nach Mitternacht. Jeder Augenblick ihres Tages war ausgefüllt. Wenn die Arbeit so viel war, daß sie sie allein nicht bewältigen konnte, halfen ihr die anderen. An einem Wochenende, als Toby zwanzig Tischtücher bestellt hatte, bereitete Liv die Farben vor und säumte die fertigen Stücke, Felix stand am Sieb und druckte und Mrs. Maynard bügelte die fertigen Decken und paßte auf die Mädchen auf. Sie arbeiteten die ganze Nacht hindurch, und als sie am Sonntag abend alles fertig hatten, feierten sie bei einer Flasche Rotwein.

Die Arbeit in der Bar und die Putzstelle gab Liv auf und hatte danach ein paar schlaflose Nächte, von Zukunftsangst gequält und überzeugt, einen unverzeihlichen Fehler gemacht zu haben. Gedanken an alle nur erdenklichen Katastrophen gingen ihr durch den Kopf. Freya oder Georgie würden krank werden, und sie würde die Aufträge nicht erfüllen können. Tobys Kunden würden aus irgendeinem Grund ihre neuen Entwürfe nicht mögen und nichts mehr kaufen. Oder Blumenmuster wären plötzlich passé. Oder aber ihr würden eines Tages einfach die Ideen ausgehen. Sie sah sich schon, wie sie im Wohnzimmer am Zeichentisch saß, ausgebrannt und ohne Einfälle. Sie würde die Miete nicht bezahlen und den Kindern nichts zu essen kaufen können. Die ganze Sicherheit, die sie sich in den letzten Jahren mit soviel Mühe aufgebaut hatte, wäre mit einem Schlag dahin.

Felix, der eines Abends auf der Fahrt zu seinem Vater vorbeikam, lachte sie aus. »Wenn Tobys Kunden unsere Sachen nicht mehr wollen, dann werden eben andere sie kaufen.« Er kniete vor dem Kohleherd, der seit einigen Tagen einen verdächtigen Brandgeruch verströmte, um ihn auseinanderzunehmen. »Ich hab erst Anfang dieser Woche zwei Anfragen gehabt. Von einem Geschäft in Richmond und jemandem in Bath.«

Liv, die am Küchentisch saß und nähte, hielt in ihrer Arbeit inne. »Bath? Einfach so, aus heiterem Himmel?«

»Hm. Ich fahr da nächste Woche mal hinüber.« Seine Stimme schallte gedämpft aus dem Bauch des großen altmodischen Herds.

Trotz ihrer Ängste war sie beeindruckt. Sie sah ihn an. »Felix! Dein Hemd!«

Er hatte sich gleich nach der Arbeit ins Auto gesetzt, um nach Norfolk zu fahren, und war noch im Anzug mit Krawatte. Vorsichtig schob er sich aus dem Herd heraus.

»Ach Mist!« Sein weißes Hemd war voller Rußflecken.

»Hier liegen noch ein paar ziemlich scheußliche Sachen von Mrs. Maynards Bruder rum, der vor uns hier gewohnt hat. Ich wollte sie ihr schon längst zurückgeben, aber ich vergesse es immer wieder. Da ist bestimmt ein Pullover dabei.« Aus den Tiefen des Wandschranks zog sie einen Männerpulli, grünbraun und mit Noppen. »Keine Ahnung, woraus der gemacht ist.«

»Aus Igelstacheln wahrscheinlich«, meinte Felix und musterte ihn.

Sie lachte. »Sauber ist er jedenfalls.«

Er nahm seine Krawatte ab und zog sich das Hemd über den Kopf. Braune Haut, schmale Taille, muskulöse Schultern. Ihr war plötzlich der Mund trocken. Sie mußte sich abwenden und tat so, als suchte sie im Küchenschrank nach Seifenflocken. Im ersten Moment verstand sie nicht, warum ihr so merkwürdig zumute war, aber dann begriff sie natürlich und ließ vor Schreck und Verlegenheit die Packung mit den Seifenflocken fallen. Es war, als hätte jemand an einem Schalter gedreht und damit schlagartig all die Gefühle wieder lebendig gemacht, die sie weggepackt und so beharrlich verleugnet hatte, daß sie beinahe glauben konnte, ihrer nicht mehr fähig zu sein. Lust und Begehren. Lieber Gott, dachte sie, das hatte ich alles vergessen. Sie öffnete die Besenkammer, scheinbar, um Handfeger und Schaufel zu holen, in Wirklichkeit, um ihr heißes Gesicht an die kühle gekachelte Wand zu drücken. Sie war völlig aus dem Gleichgewicht.

Nachdem sie die Seifenflocken aufgefegt hatte, trug sie die Schaufel hinaus zur Mülltonne und atmete in der kalten Luft ein paarmal tief durch, um wieder ruhig zu werden. In der Küche zurück, nahm sie Felix' Hemd und ließ Wasser ins Spülbecken laufen.

»Das ist doch nicht nötig.«

»Ach, das macht mir nichts aus.«

»Das ist aber wirklich lieb von dir.« Seine Hand lag auf ihrer Schulter. Es verlangte sie, den Kopf zu neigen und ihr Gesicht auf diese Hand zu legen, aber er hatte sich schon von ihr entfernt und war zum Herd zurückgekehrt.

»Um noch mal auf deine Ängste zurückzukommen«, sagte er. »Freya und Georgie sind, soweit ich feststellen kann, kerngesund und mopsfidel. Und wenn sie wirklich irgendeine Kinderkrankheit bekommen sollten, würde doch sicher Mrs. Maynard dir helfen?«

»Ja, wahrscheinlich.« Sie klatschte das durchgewaschene Hemd auf das Abtropfbrett.

»Und für Blumenmuster werden sich immer Abnehmer finden, da bin ich überzeugt«, fuhr er fort. »Aber selbst wenn sie aus irgendeinem unerfindlichen Grund mal nicht gehen sollten, könntest du dir doch jederzeit etwas Neues einfallen lassen.« Er kam mit etwas Schmutzigem in der Hand wieder aus dem Inneren des Herdes hervor. »Eichhörnchen«, meinte er vage. »Eidechsen … Schnecken …«

Sie fing an zu lachen.

»Was ist denn?«

»Schnecken …« Sie bekam das Wort kaum heraus.

»Was gibt's an Schnecken auszusetzen?« Er trat neben sie.

»Schnecken auf *Vorhängen.*« Das wäre auf jeden Fall unkonventionell …« An den Tisch gelehnt, lachte sie hemmungslos.

Er lachte mit. »Warum nicht, wär doch mal was anderes.« Er hielt ihr ein Stück verkohlten Stoff hin. »Deswegen hat der Herd so gestunken.«

Sie versuchte, sich zusammenzunehmen. »Das ist ein Kissenbezug.«

»Er muß hinten runtergefallen sein, als du sie getrocknet hast.«

»Und ich dachte, ich hätte einen zuwenig gemacht. Ich dachte, ich hätte mich verzählt.« Schon wieder überkam sie die Lachlust. Sie wischte sich mit dem Handrücken die Augen.

Er sagte: »Ach, beinahe hätt ich's vergessen«, und ging hinaus. Ihre Blicke umspielten seinen Körper, als er den Kofferraum des Wagens öffnete. Sie dachte, sogar in dem Stachelpullover … sogar mit Ruß unter den Fingernägeln und dunklen Schatten um die Augen von den vielen Überstunden … Sie fröstelte und umschlang ihren Oberkörper mit beiden Armen.

Er kam wieder ins Haus. »Hier, das hab ich zur Feier des Tages mitgebracht.« Er überreichte ihr eine Flasche Champagner. »Selfridges hat einen Dauerauftrag zugesagt. Sind das nicht tolle Nachrichten, Liv?«

»Ein garantiertes Einkommen!«

»Zumindest für die nächsten Monate.« Er schob den Korken aus der Flasche. »Es sei denn, du kommst plötzlich mit radikal veränderten Mustern an.«

»Mit Schnecken zum Beispiel!«

»Wir könnten doch einen neuen Trend starten. Wir könnten uns auf Weichtiere spezialisieren.«

Der Champagner sprudelte über die Ränder der Gläser und bildete auf dem Tisch eine kleine Pfütze. Er reichte ihr ein Glas. »Auf die Wilde Rose.«

Sie genoß den perlenden Kitzel des Champagners an ihrem Gaumen. Wenn sie ein oder zwei Gläser trank, würde sie vielleicht diese beunruhigenden und unbequemen Gedanken vergessen und zu ihrem bisherigen Verhältnis zu Felix zurückfinden, ihn lediglich als Geschäftspartner oder Freund sehen. Sie merkte, daß er sie beobachtete. »Was ist?« sagte sie.

»Du siehst glücklich aus«, antwortete er. »Ich weiß gar nicht mehr, wann ich dich das letzte Mal so richtig glücklich gesehen habe, Liv. Ich glaube ...« Er lächelte. »Weißt du noch, wie wir uns kennengelernt haben?«

»Bei Toby.«

»Ja, auf der Party. Du bist mit Katherine gekommen.«

»Ja, ich war übers Wochenende bei ihr.« Katherines kleine Wohnung: Poster von Che Guevara und Butterbrote. »Ich war zur Erholung dort.«

»Wovon mußtest du dich denn erholen?«

»Von einem gebrochenen Herzen.« Sie lachte. »Wie hieß er nur gleich wieder? Charles ... Carl. Ja, genau, Carl.«

»Deine erste Liebe?«

»Eher die zwanzigste, würde ich mal sagen. Ich hab mich damals jeden Tag neu verknallt. Aber das Richtige war es natürlich nie.«

»Woran merkt man denn, was das Richtige ist?«

Sie mußte sich abwenden, um seinem forschenden Blick auszuweichen. Sonst würde er womöglich ihre Gedanken lesen. Er würde das Verlangen in ihren Augen sehen. »Ach«, sagte sie, »man merkt das doch einfach.«

»Weißt du, ich dachte einmal, es wäre das Richtige, aber dann ...« Er zuckte die Achseln.

Sie dachte wieder an Katherine, und der Gedanke war wie ein Stich ins Herz. »Wer war es, Felix?«

»Eine Frau namens Saffron. Sie lebte damals bei Nancy in der Kommune.«

Sie beobachtete ihn genau. »Sonst niemand?«

Er schüttelte den Kopf. Sie empfand es als Ausweichen.

»Und du?« sagte er.

»Oh – nur Stefan. Stefan war das Richtige.« Sie trank ihr zweites Glas Champagner leer. »Mit ihm war es wie – es war, als würde man ertrinken.«

Ihre Hände zitterten, sie verschüttete Champagner, als sie sich ein frisches Glas eingoß.

»Warte«, sagte er, »laß mich das machen.« Seine Finger streiften die ihren, als er ihr die Flasche abnahm.

Sie lachte kurz. »Ich bin Alkohol nicht mehr gewöhnt. Ich trinke nie. Wegen der Kinder. Ich habe immer Angst, daß ich irgendwann mitten in der Nacht aufstehen muß.« Sie fröstelte.

»Ist dir kalt?«

»Der Herd ...« Sie hatte das Feuer im Kohlebrenner ausgehen lassen, damit es Felix bei den Reparaturarbeiten nicht zu heiß wurde.

»Ich kann ihn doch wieder anzünden.«

»Das ist nicht nötig. Wir können uns ins Wohnzimmer vor den Kamin setzen. Da hab ich schon das Holz aufgeschichtet.«

Er nahm Flasche und Gläser mit. Im Wohnzimmer hielt er sein Feuerzeug an Zeitung und Holzspäne. Flammen schossen in die Höhe. Er kniete auf der Kaminplatte vor dem Feuer, und sie kniete einfach neben ihm nieder, legte ihr Gesicht an seine Schulter und schloß die Augen. Mit dem Handrücken strich sie ihm über das kurze lockige Haar.

Mit einer heftigen Bewegung nahm er sie in die Arme und küßte ihr Gesicht, ihren Hals, ihren Mund. Seine Hand nestelte an ihrer Bluse, einer der Knöpfe sprang ab und rollte zur anderen Seite des Zimmers. »Dieser verdammte Pullover«, sagte er und zog sich ungeduldig den Noppenpulli von Mrs. Maynards Bruder über den Kopf.

Sie drückte ihre Lippen in die Mulde an seinem Halsansatz

und schmeckte das Salz auf seiner Haut. So lange, dachte sie leicht benebelt. So lange war es her, seit sie das letzte Mal gehandelt hatte, ohne an die Konsequenzen zu denken. Endlose Jahre der Bedachtsamkeit und der Vorsicht.

Mit einem Ruck löste sie sich von ihm und setzte sich auf.

»Felix!«

»Was ist?« Sein Haar war zerzaust, seine Augen brannten.

»Ich nehm' die Pille nicht.«

»Das macht nichts.« Seine Finger kramten in einer Hosentasche. »Ich meine, das mach ich schon ...«

»Felix!« sagte sie leicht schockiert, und er brachte sie mit einem Kuß zum Schweigen.

Felix kam erst um Mitternacht bei seinem Vater an. Nachdem er den Wagen geparkt hatte, blieb er noch einen Moment sitzen und erinnerte sich. Livs Bild spiegelte sich am Nachthimmel und in der silbernen Scheibe des Mondes, und ihr Duft haftete noch an seiner Haut. Er fühlte sich, als wäre ein Wunder geschehen, als wäre ihm ganz plötzlich und unerwartet das Glück, das er verloren geglaubt hatte, wieder in den Schoß gefallen.

Schließlich stieg er aus und ging ins Haus. In der Küche brannte Licht. Am Tisch saß Mia, vor sich ein Glas, eine Packung Zigaretten und einen Aschenbecher.

»Felix«, sagte sie und lächelte ihm zu.

Er fand sie müde aussehend. Die Ränder ihrer Augen waren rot und leicht verschwollen. Seine Stimmung trübte sich ein wenig.

»Was ist los?« Seine Stimme klang scharf. »Hat Dad ...?«

»Nein, deinem Vater geht es gut. Er schläft. Es ist nichts.« Das Lächeln flackerte unsicher. Sie nahm sich eine Zigarette und versuchte immer wieder erfolglos, ihr Feuerzeug anzuknipsen. »Dieses verdammte Ding!«

»Laß mich.« Er gab ihr Feuer.

»Danke, Felix, mein Schatz.« Sie schob ihm die Zigaretten hin. »Und der Gin ist in der Speisekammer, wenn du was trinken möchtest.«

Er schüttelte den Kopf. »Ist etwas zu essen da?« Er hatte seit Mittag nichts mehr gegessen: die Fahrt nach Norwich … Liv …

»Wurst, glaube ich.« Mia wollte aufstehen.

»Laß nur, Mia, ich mach das schon.«

Sie lehnte sich wieder zurück. »Klug von dir – ich bin ziemlich angesäuselt, und du weißt ja, daß es mit meinen Kochkünsten nicht weit her ist.«

»Unsinn.«

»Ach, Felix, bemüh dich nicht, du brauchst nicht höflich zu sein. Wir kennen uns doch schon so lange.« Ihre Stimme war ein wenig brüchig.

Er sagte: »Na ja, es ist möglich, daß Dad etwas anderes als deine Kochkünste an dir liebt, Mia.«

Er stellte die Bratpfanne auf den Herd und zündete das Gas an. Dann hörte er ihr unterdrücktes Schluchzen und drehte sich herum. »Mia?« Er war erschrocken und ratlos. »Entschuldige, ich wollte dir nicht …«

»Das ist es ja gar nicht! Es geht doch nicht um die verdammte Kocherei!«

Sie weinte jetzt hemmungslos. Er suchte in seinen Taschen nach einem Taschentuch, aber wenn er überhaupt eines mitgehabt hatte, dann lag es jetzt vergessen irgendwo bei Liv im Wohnzimmer.

Er reichte ihr ein Geschirrtuch und beugte sich zu ihr hinunter, den Arm um ihre zuckenden Schultern.

»Ich dachte«, stieß sie atemlos hervor, »ich dachte – als wir da weg sind – ich dachte, es würde sich alles ändern.«

»Als ihr wo weg seid?«

»Aus Wyatts.« Sie rieb sich das Gesicht mit dem Geschirrtuch. »Dieses verfluchte Haus.«

Er war verwirrt. »Hast du es denn nicht gemocht?«

Einen Moment hörte sie auf zu weinen und starrte ihn an. »Ach, Felix! Ich habe es *gehaßt*. Es war ja nicht mein Haus. Es war *ihr* Haus.« Er hörte die Wut in ihrer Stimme. »Tessas Haus. Eine *Gedenkstätte* für Tessa. Eine Gedenkstätte für eine *Heilige*.«

Mia schneuzte sich in das Geschirrtuch und sagte ruhiger: »Es tut mir leid, Felix. Ich sollte nicht so mit dir sprechen. Ich weiß, Tessa war deine Mutter, und du hast sie sehr liebgehabt. Ich weiß auch, was für ein Unglück ihr Tod für dich und Rose und euren Vater war. Aber weißt du –«, sie holte tief Atem – »mit einer leibhaftigen, lebendigen Frau könnte ich es aufnehmen. Ich meine, ich hab mich doch ganz gut gehalten für mein Alter, nicht wahr? Ich hab mich nicht gehenlassen. Aber mit einem *Geist* kann ich es nicht aufnehmen.«

Aus der Bratpfanne stieg Rauch auf; Felix ging zum Herd und machte das Gas aus. Er sagte: »Aber hier geht's doch nicht um Konkurrenz!«

»Nein?« Ihre Augen blitzten zornig, als sie ihn ansah. »Ich dachte, es würde alles anders werden, als wir hier einzogen. Ein neuer Anfang, dachte ich, ein neues Haus, eine zweite Chance. Aber nichts hat sich geändert. Als ich vorhin zu Bernard ins Arbeitszimmer ging, saß er da und schaute sich ihre Fotos an. Ein ganzes Album voller Bilder von Tessa. Und ich hab sein Gesicht gesehen.« Sie schloß die Augen und sagte leise: »Ich weiß nicht, wie lange ich das noch aushalte, immer die zweite Geige zu spielen. Ich habe geglaubt, ich hätte mich daran gewöhnt, weißt du. Aber es ist einfach verletzend, Felix. Es tut weh.«

Er dachte an Liv. *Ich heirate nie wieder*, hatte sie gesagt. *Stefan war das Richtige.* Er wandte sich von Mia ab, nahm die Bratpfanne und stellte sie ins Spülbecken.

»Natürlich lernt man, sich zu schützen«, hörte er sie sagen. »Man entwickelt Abwehrstrategien. Um sich nicht ganz auszuliefern. In Wyatts hatte ich die Tiere, die ich lieben und für die ich sorgen konnte. Hier habe ich meine Arbeit. Es ist keine tolle Arbeit, aber immerhin lenkt sie mich ab.« Ihre Stimme wurde leise. »Aber das reicht nicht. Das reicht einfach nicht. Vielleicht wäre es anders geworden, wenn ein Kind da wäre ...« Sie seufzte und sagte noch einmal: »Es tut mir leid, Felix. Ich hätte das alles nicht bei dir abladen sollen. Noch dazu, kaum daß du zur Tür hereingekommen warst. Aber ich liebe Bernard, verstehst du. Ich liebe ihn sehr.«

Er nahm sie in den Arm und sagte: »Und Dad liebt dich, das weiß ich«, aber die Worte kamen ihm mechanisch über die Lippen. Er fühlte sich auf eine neue Weise bedrückt.

»Ich weiß. Auf seine Art. Und meistens bin ich damit ja auch ganz zufrieden.«

Felix blieb noch eine halbe Stunde in der Küche und unterhielt sich mit Mia, dann ging er ins Gästezimmer hinauf. Ohne die Vorhänge zu schließen, legte er sich aufs Bett, die Hände unter dem Kopf verschränkt, und während er zum Nachthimmel hinausblickte, fragte er sich, ob er sich, wie Mia, damit zufriedengeben könnte, nicht so geliebt zu werden, wie er selbst liebte. *Man lernt, sich zu schützen*, hatte Mia gesagt, *um sich nicht ganz auszuliefern.* Als er, wie es unausweichlich war, an Saffron dachte, erinnerte er sich der schrecklichen Eifersucht und Niedergeschlagenheit, von der die unerbittliche Gewißheit begleitet gewesen war, daß er in ihrem Herzen nicht den ersten Platz einnahm, ihn niemals einnehmen würde.

Nach einer Weile zog er die Vorhänge zu und machte das Licht aus. Aber er schlief nicht gleich ein; er lag wach und dachte an Liv, und die Tiefe seiner Gefühle für sie machte ihm beinahe angst.

16

DAS SCHLOSS AM Tor von Fernhill Grange war kaputt; Katherine konnte den Torflügel nicht schließen. Er schwang langsam im Wind hin und her, und das metallische Klirren jedesmal, wenn er zuschlug, begleitete Katherine im trostlosen Monoton den Weg zum Haus hinauf.

Sie läutete und hörte schon nach wenigen Augenblicken Schritte. Henry Wyborne selbst öffnete ihr.

»Darf ich hereinkommen?« Sie zwang sich, ihm in die Augen zu sehen.

»Gibt es einen besonderen Grund für Ihren Besuch? Oder haben Sie es sich zur Gewohnheit gemacht, einsame Witwer zu beglücken?«

»Ich wollte mit Ihnen über Rachel sprechen.« Seine Augen verhüllten sich. »Darf ich hereinkommen?«

Er antwortete nicht gleich, sagte aber dann: »Ich habe den Verdacht, daß Sie hier vor meiner Tür Ihr Lager aufschlagen werden, wenn ich Ihnen den Zutritt verweigere.« Er trat zur Seite und ließ sie ein. »Ihre Beharrlichkeit ist wirklich bemerkenswert. Die hat Sie übrigens schon als Kind ausgezeichnet, wenn ich mich recht erinnere. Wohingegen Rachel sich immer ablenken ließ – immer beschwichtigt werden konnte.« Er ging ihr in den Salon voraus. »Nehmen Sie Platz, Katherine. Möchten Sie etwas trinken?«

»Nein, danke.« Es war früher Nachmittag. Die Luft im Zimmer war kalt und verbraucht, als wären die Fenster seit Wochen nicht geöffnet worden. Henry Wyborne goß Whisky in ein Kristallglas, während Katherine sich aufatmend in einen Sessel sinken ließ. Seit dem Unfall waren zwei Wochen vergangen, aber nach körperlicher Bewegung schmerzten die weitgehend verheilten Rippenbrüche immer noch.

»Hector hat mir erzählt«, sagte sie, »daß Sie und Rachel in der Woche vor ihrem Tod allein hier waren.«

»Das ist richtig.« Er stand mit dem Rücken zu ihr und drückte den Stöpsel in die Karaffe. »Und?«

»Sie wissen also, was damals geschah. Sie wissen es, und Rachel wußte es, und sonst kein Mensch.«

Er seufzte. »Ich habe es Ihnen bereits gesagt. Es ist nichts geschehen.«

»Aber Rachel hat mich damals angerufen.« Sie glaubte, eine flüchtige Regung in seinem Gesicht zu erkennen, als er sich herumdrehte. Überraschung vielleicht. Oder Wachsamkeit.

»Sie hat Sie angerufen?«

»Ja, an dem Samstag. Ich war leider nicht zu Hause. Aber Liv war da.« Sie wünschte jetzt, sie hätte den angebotenen Drink nicht ausgeschlagen. »Rachel hat an dem Morgen, nachdem sie nach Bellingford zurückgefahren war, bei Liv und bei mir angerufen. Am Tag vor ihrem Tod. Ich konnte den Anruf nicht entgegennehmen, weil ich nicht da war, wie ich schon sagte, aber Liv hat mit ihr gesprochen. Rachel wollte, daß wir beide, Liv und ich, zu ihr kommen. Noch am selben Tag.«

Sie sah, wie angespannt die Hand war, die das Glas hielt. »Und, sind Sie hingefahren?« fragte er.

»Nein. Ich war ja nicht da, und Liv konnte nicht, sie hatte zu tun.« Katherine stellte sich Rachel vor, allein und voll Angst in Bellingford. Schuldgefühle brannten immer noch, im dunklen, unauslöschlich. »Rachel wollte Liv am Telefon nicht sagen, was los war. Sie sagte nur, es wäre etwas Schreckliches geschehen und sie wüßte nicht, was sie tun sollte. Liv hat versucht, mehr aus ihr herauszubekommen, aber Rachel wollte am Telefon nicht sprechen. Sie sagte nur immer wieder, Liv solle kommen, sie müsse mit ihr persönlich sprechen. Liv hat mir damals erzählt, sie sei sehr durcheinander gewesen. Bestürzt … erschüttert. Liv hatte den Eindruck, daß sie weinte.«

Sie beobachtete Henry Wyborne genau, während sie sprach. Aber sie konnte seine Miene nicht deuten. Sie sah nur, daß alle Farbe aus seinem Gesicht gewichen war, so daß seine Haut gelblich und alt wirkte.

»Seit Rachels Tod verfolgt mich die Frage, was sie uns damals sagen wollte«, fügte sie hinzu.

Er befeuchtete seine Lippen. »Das Kind«, sagte er. »Das Kind kam doch an dem Tag zur Welt. Ich vermute, daß sie darum Angst hatte. Vor der Entbindung ...«

»Nein, mit dem Kind hatte es nichts zu tun. Danach hat Liv Rachel ausdrücklich gefragt. Und es hatte auch nichts mit Hector zu tun.« Sie hob den Kopf und sah ihn an. »Ich habe immer wieder darüber nachgedacht, Mr. Wyborne, und ich bin zu dem Schluß gekommen, daß es mit Ihnen zu tun hatte.«

Er lachte kurz auf. »Und würden Sie so freundlich sein, mich darüber aufzuklären, wie Sie zu dieser interessanten Schlußfolgerung gelangt sind, Katherine?«

»Sie wollten doch die Heirat zwischen Rachel und Hector verhindern, nicht wahr? Sie haben Hector damals erzählt, Rachel wäre aus freien Stücken früher als vereinbart nach Paris gegangen. Aber so war es gar nicht. Sie haben sie dazu gezwungen.«

»Tja, so kann man es auch sehen, vermute ich.«

»Wie denn sonst?«

»Es könnte ja auch sein, daß ich sie schützen wollte.«

»Sie schützen!« Beinahe hätte Katherine gelacht.

»Ganz recht. Sie davor schützen, etwas zu tun, was sie später hätte bereuen müssen.«

»Das ist doch nicht wahr. Sie wollten Rachel schlicht und einfach für sich behalten, stimmt's?«

Er zog die Augen zusammen. »Was zum Teufel wollen Sie damit sagen?«

»Daß Sie die Heirat verhindern wollten, weil Sie Ihre Tochter nicht verlieren wollten.«

»Und – ist das so unerhört? Ich habe sie *geliebt*.«

Sie hörte die Qual in seiner Stimme, aber sie ließ nicht locker. »Es gibt verschiedene Arten von Liebe.«

Seine Augen waren harte, dunkle Schlitze im bleichen Gesicht. Sie dachte an Graham und an Stefan und sagte: »Liebe kann auch zerstörerisch sein. Für manche Männer ist Liebe Eigentum – Besitz. Besitz einer Frau – mit Haut und Haaren.«

Er trat einen Schritt auf sie zu, und sie zuckte zusammen. »Wollen Sie unterstellen ...« Er hielt inne, angespannt bis zum äußersten. »Wollen Sie unterstellen, meine Liebe zu meiner Tochter wäre – unangemessen gewesen? Unnatürlich?«

»War sie das nicht?«

Im ersten Moment glaubte sie, er würde zuschlagen. Aber der Moment verstrich, und sie sah seine Schultern schlaff herabfallen.

»Nein«, murmelte er. »Nein, das war sie nicht.« Mit einem scharfen Blick sah er sie kurz an. »Sie sind von Sex besessen wie so viele in Ihrer Generation.« Seine Mundwinkel zogen sich herab. »Wie haben ausgerechnet wir euch in die Welt gesetzt, wir, für die der Geschlechtsakt – und die Lust – etwas so Verstohlenes war, etwas, worüber nicht gesprochen wurde? Was Sie glauben, ist vollkommen falsch, Katherine. Und ich darf Ihnen sagen, daß es andere Obsessionen gibt.«

Sie war sich nicht sicher, ob sie ihm glauben sollte. Aber unwillkürlich mußte sie an Jordan denken. Für ihn rangierten Frau, Kind und Geliebte weit hinter seinem Ehrgeiz und seinem Machthunger. »Aber es war doch etwas geschehen«, sagte sie leise. »Irgend etwas Erschreckendes, was Rachel veranlaßte, vorzeitig aus Fernhill Grange abzufahren. Da habe ich doch recht, oder nicht?«

Sie sah, daß sie den Nerv getroffen hatte, und fuhr gnadenlos fort: »Sie müssen mir die Wahrheit sagen, Mr. Wyborne. Schon Hectors wegen. Haben Sie eigentlich eine Vorstellung davon, was für entsetzliche Schuldgefühle er immer noch hat?«

»Guter Gott! Schuldgefühle!« Sein Ton war heftig und gereizt. »Was glauben Sie, warum ich ihm das Kind gegeben habe? Was glauben Sie wohl, warum?«

»Ich weiß es nicht. Ich habe nicht ...«

»Um anzufangen, die Dinge wieder in Ordnung zu bringen, natürlich.« Henry Wyborne schloß einen Moment die Augen. »Aber Vergangenes kann man niemals wieder in Ordnung bringen. Man glaubt, sicher zu sein, und plötzlich, aus heiterem Himmel ...« Er öffnete die Augen und starrte sie an. »Sie haben keine Ahnung, wovon ich rede, nicht wahr, Katherine? Ihre Generation hat ja kaum eine Vorstellung von den Erfahrungen, die die unsrige gemacht hat. Was wissen Sie, die niemals einen Krieg erlebt haben, von Liebe und Verlust?«

»Ich habe davon gelesen«, versetzte sie zaghaft. »Ich kann mir vorstellen, daß es furchtbar war – die Luftangriffe, die Luftschlacht um England. Das alles.« Selbst ihr klang ihr Gestammel naiv und schulmädchenhaft in den Ohren. »Aber ich verstehe nicht, was das mit Rachel zu tun haben soll.«

»Nein, natürlich nicht. Wie auch?« Henry Wyborne war ans Fenster getreten und blickte zum ungepflegten Garten hinaus. Er schwieg lange. Dann sagte er so leise, daß sie Mühe hatte, es zu hören: »Aber das spielt jetzt ja alles keine Rolle mehr. Nichts ist mehr von Bedeutung, weil ich nichts mehr zu verlieren habe.« Mit einer heftigen Bewegung drehte er sich herum und sah sie an. »Rachel war bestürzt und durcheinander, Katherine«, sagte er, »weil sie meiner Frau begegnet war.« Zorn und Gereiztheit waren aus seiner Stimme gewichen, sie klang nur noch müde.

»Ihrer Frau?« wiederholte sie ungläubig. »Aber Diana war doch Ihre Frau!«

Henry Wyborne schüttelte den Kopf. »Nein. Genau das ist es ja. Sie war nicht meine Frau.«

Nach einer Weile stand sie auf und ging zur Kredenz. Während sie sich etwas zu trinken einschenkte, hörte sie ihn sagen: »Hab ich es tatsächlich geschafft, Sie sprachlos zu machen, Katherine? Na, das ist wirklich eine Leistung.«

Sie setzte sich wieder und trank einen Schluck von ihrem Whisky. Dann sagte sie wie zuvor: »Aber Diana war doch Ihre Frau.«

»Diana *glaubte*, sie wäre meine Frau. Wie natürlich auch Rachel das glaubte. Aber sie war es nicht.« Sein Blick ruhte auf Katherine. »Sie haben mich daran erinnert, daß ich die Heirat zwischen Rachel und Hector verhindern wollte. Sie haben recht, das wollte ich. Aber nicht weil ich, wie Sie es so taktvoll formulierten, Rachel für mich haben wollte. Nein, ich wollte ganz einfach verhindern, daß Rachel meine Fehler wiederholt.«

»Was für Fehler?« fragte sie verblüfft.

»Rachel war erst achtzehn, als sie Hector begegnete. Viel zu jung meiner Meinung nach, um zu wissen, was sie wirklich wollte. Ich war auch erst zwanzig, als ich nach Frankreich ging. Und einundzwanzig, als ich geheiratet habe.«

Sie versuchte nachzurechnen. Die Zahlen stimmten nicht.

Er sagte ganz ruhig: »Ich habe am zehnten Mai neunzehnhundertvierzig Lucie Rolland geheiratet.«

Sie starrte ihn entgeistert an, und er erwiderte ihren Blick mit einem bitteren Lächeln. »Soll ich Ihre Neugier befriedigen, Katherine? Soll ich Ihnen von Lucie erzählen? Ich lernte sie im Frühling jenes Jahres kennen.«

»Im Krieg ...«

»Ich war seit mehreren Monaten mit den britischen Expeditionsstreitkräften in Frankreich stationiert. Es war nicht viel los – man sprach damals vom Sitzkrieg. Viele meiner Kameraden zogen mit französischen Frauen herum ... Das war wesentlich besser, als ständig herumzusitzen und Däumchen zu drehen. Aber ich tat das nicht. Ich war sehr jung, gerade mal ein Jahr von der Schule ab. Keine Schwestern – überhaupt keine Erfahrung mit Mädchen. Ich begegnete Lucie eines Tages, als ich mit dem Fahrrad zum Lager zurückfuhr. Sie saß im Gras am Straßenrand. Ihr war ein Schnürsenkel gerissen.«

Henry Wybornes Blick ging durch Katherine hindurch. Sie hatte den Eindruck, er schaute zurück in die Vergangenheit. »Sie hatte keine Strümpfe an. Sie hatte so schöne Füße – klein und schmal. Es war das erste Mal, daß eine Frau solche Gefühle bei mir hervorrief. Eine richtige Frau meine ich, kein Filmstar oder Pin-up-Girl.«

Er zog sein Zigarettenetui aus der Innenseite seines Jacketts und bot es Katherine an. Sie schüttelte den Kopf.

Er fuhr fort. »Nun, wie dem auch sei, sie erzählte mir, daß sie Lucie Rolland hieß und mit ihrer verwitweten Mutter auf einem Hof in der Nähe von Servins lebte. Sie sprach kein Englisch, und das bißchen Französisch, das ich in der Schule gelernt hatte, war erbärmlich, aber das spielte gar keine Rolle. Ich war im Umgang mit Mädchen immer schwerfällig gewesen, mir fiel nie ein, was ich mit ihnen reden sollte, aber mit Lucie war es irgendwie ganz einfach.« Er knipste sein Feuerzeug an. »Wir verabredeten uns für den folgenden Abend. Und dann für den Abend danach. Ich hatte nur noch Lucie im Kopf. Da saß ich in der langweiligsten Ecke von Frankreich fest, fern von zu Hause, wartete auf einen Krieg, der nicht stattfand, und war so glücklich wie nie zuvor in meinem Leben.«

»Sie haben sich in sie verliebt?«

Er blies eine blaue Rauchwolke in die Luft. »Ich war völlig vernarrt in sie. Und ich begehrte sie heftig. Aber sie war eine gute Katholikin, und gute Katholikinnen gingen damals im allgemeinen nicht mit einem Mann ins Bett, mit dem sie nicht verheiratet waren.« Er machte eine kurze Pause. »Da habe ich sie eben gebeten, mich zu heiraten.«

»Und sie hat ja gesagt?« fragte Katherine.

»Sie machte mich sehr vernünftig darauf aufmerksam, daß wir beide noch sehr jung waren und weder die gleiche Sprache sprachen noch die gleiche Religion hatten.«

Katherine versuchte, sich Henry Wyborne vorzustellen, wie er damals gewesen war. Jung und unerfahren in einem fremden Land. Zum erstenmal verliebt.

»Wußten Ihre Eltern von Lucie?«

»Nein. Aber ich hatte natürlich die besten Absichten. Große Pläne.« Sein Ton war scharf und spöttisch. »Sobald wir den Krieg gewonnen hätten – ich stellte mir einen kurzen, glorreichen Kampf vor, in dem ich mich selbstverständlich auszeichnen würde –, würde ich Lucie nach England mitnehmen. Ich würde sie meinen Eltern vorstellen, und die würden sie natürlich sofort in ihr Herz schließen. Sie würden sehen, was für ein schönes, schlichtes und reizendes Mädchen sie war, und es wäre völlig bedeutungslos, daß sie Ausländerin war, Katholikin, als Jüdin geboren und daß sie vom Land kam.« Sie hörte die Bitterkeit in seiner Stimme. »Das habe ich mir jedenfalls eingeredet. Der Optimismus – die Torheit – der Jugend ...«

Er versank eine Zeitlang in Schweigen, rauchte seine Zigarette und trank ab und zu von seinem Whisky. Dann sagte er: »Aber es klappte leider nicht so, wie ich es geplant hatte. Die Geschichte nimmt keine Rücksicht auf unsere Pläne, nicht wahr? Im Mai überfiel Hitler Holland, und plötzlich war es kein Sitzkrieg mehr. Plötzlich war wirklich was los. Und ich war mittendrin. Aber meine Hauptsorge galt nicht etwa meinem Land oder meinem Regiment oder dem Schicksal all der armen Menschen, die in diesen fürchterlichen Krieg hineingeraten waren, ohne es zu wollen, sondern Lucie. Wir hatten den Befehl zum Einrücken bekommen. Und da bat ich sie noch einmal, mich zu heiraten. Ich sagte ihr, ich wüßte nicht, wann wir uns wiedersehen würden.«

Katherine sagte leise: »Und diesmal ...«

»... sagte sie ja. Und trieb einen verständnisvollen Priester auf.« Henry Wyborne lächelte. »Ich vermute, er sagte sich, wenn er es ablehnte, uns zu verheiraten, würden wir einfach auf die Formalität pfeifen.« Er sah Katherine mit scharfem Blick an. »Ich war nicht der einzige, müssen Sie wissen. Es gab viele solche Geschichten. Ein Mann schaffte es, seine französische Ehefrau über Dünkirchen nach England einzuschleusen – er steckte sie in Uniform und schmuggelte sie auf ein Schiff.«

Er drückte seine Zigarette aus. »Kurz und gut, der Priester hat uns getraut. Wir waren Mann und Frau. Ein Freund von mir namens Roger Bailey und Lucies Mutter waren unsere Trauzeugen. Am nächsten Tag trennten wir uns, und ich marschierte mit der Truppe nach Belgien.«

Einen Moment lang schwieg er nachdenklich, dann sah er Katherine an und sagte: »Sie müssen sich klarmachen, daß ich die Möglichkeit einer Niederlage überhaupt nicht in Betracht zog. Für mich stand fest, daß es ein Kinderspiel werden würde. Wir waren auf dem Marsch zur Dyle – das ist ein Fluß in Belgien –, wo wir, so vermutete ich, antreten würden, um die Deutschen davonzujagen. Danach, glaubte ich, würden wir nach Arras zurückkehren, ich würde Lucie abholen und sie gewissermaßen im Triumphzug nach England bringen.« Er stieß ein bitteres kleines Lachen aus. »Ich weiß sogar noch, daß ich fest überzeugt war, wenn ich als Held nach Hause käme, würden meine Eltern auch mit Lucie einverstanden sein. Aber natürlich kam alles ganz anders. Der Feldzug war eine Katastrophe. Weder die Franzosen noch wir waren auf das vorbereitet, was auf uns zukam. Die verdammte Maginotlinie, auf die alle geschworen hatten, war völlig nutzlos, und die französischen Generäle hatten nichts anderes im Kopf, als miteinander zu streiten. Uns blieb nur der Rückzug.«

»Und Lucie?« fragte sie.

»Ich bin natürlich zurückgekehrt, um sie zu holen. Roger und ich – wir sind zusammen losgezogen. Aber sie war nicht mehr da.«

»Nicht mehr da? Wieso?«

»Das Haus der Familie Rolland war leer und verlassen.«

»Aber wohin war sie denn verschwunden?«

»Das weiß ich nicht. Ich vermute, sie war nach Süden geflohen. Alle flohen damals nach Süden. Die Straßen waren voller Menschen – Flüchtlinge aus Holland, Belgien und Frankreich. Sie waren zu Fuß unterwegs, in Autos, mit Pferd und Wagen und trieben zum Teil noch ihre Viehherden vor sich her. Ich kann mich an einen alten Mann erinnern, der seine gehbehinderte Frau in einem Kinderwagen schob ... Ich kann die Gesichter der Kinder noch vor mir sehen, die ihre Nasen an den Autofenstern platt drückten ... Sie schichteten Matratzen auf die Dächer der Autos, weil sie glaubten, das würde sie vor den Bomben schützen.«

Sie sah Tränen in seinen Augen. »Damals fing ich an erwachsen zu werden«, sagte er grimmig. »Damals habe ich begriffen, was die Realität war. Ich habe begriffen, daß ich nichts war im Vergleich zu all diesen Schrecken und Greueln und daß auch Lucie nichts war. Wenn man ganze Völker um ihr Leben laufen sieht ...«

Sie mußte wegsehen, sein Blick war zu nackt.

Nach einiger Zeit hörte sie ihn ruhiger sagen: »Roger und ich suchten natürlich nach Lucie. Wir fragten überall in den Cafés und Geschäften von Arras und Servins nach ihr, aber es war aussichtslos. Schließlich meinte Roger, daß sie vielleicht versuchte, *mich* zu finden. Daraufhin sind wir den ganzen Weg zurückmarschiert, den wir gekommen waren, und versuchten, wieder zu unserem Regiment zu stoßen. Aber das war genauso aussichtslos. Die Truppe war in alle Winde zerstreut, es galt nur noch die Parole, jeder Mann für sich selbst. Wir schlugen uns daraufhin durch, so gut es ging, und landeten am Ende mit dem Rest der Truppe in Dünkirchen.«

»Und Lucie?« fragte sie.

»Keine Spur von ihr. Anfangs fragten wir noch überall nach ihr, aber mit der Zeit ...« Er verstummte. Dann sah er sie mit beinahe trotziger Miene an und sagte: »Am Ende geht es nur noch ums nackte Leben. Man will überleben. Und man will nach Hause. Alles andere wird unwichtig.« Die Zigarette zwischen seinen Fingern war fast bis zum Filter heruntergebrannt. »Und als ich den Strand sah«, fügte er leise hinzu: »als ich den Strand von Dünkirchen sah – die Schlangen von Männern, die ins Meer hineinwateten, die Bomber, die untergegangenen Schiffe – mein Gott, nichts in meinem Leben hatte mich auf diese Hölle vorbereitet. Nichts. Oder glauben Sie, daß irgend etwas, was ich zu Hause oder in der Schule oder in den sogenannten besseren Kreisen der englischen oberen Mittelschicht gelernt hatte, mich für so etwas gerüstet hätte? Es war wirklich die Hölle. Wie auf einem mittelalterlichen Gemälde.«

Er versank wieder in Schweigen. Katherine erinnerte sich seiner früheren Worte. *Ihre Generation hat ja kaum eine Vorstellung von den Erfahrungen, die die unsrige gemacht hat.*

Schließlich sagte er: »Ich entkam. Ich wurde am letzten Tag von einem Dampfer aufgenommen. Roger schaffte es nicht. Er wurde von einem deutschen Bomber niedergemäht, während wir am Strand warteten.«

Sie sagte leise: »Das tut mir leid.«

»Tja ... nach Dünkirchen war alles anders. Weniger Rosinen im Kopf. Und Hitler saß gleich drüben auf der anderen Seite des Kanals und drehte uns eine lange Nase. Aber ganz begriffen hatte ich immer noch nicht. Wenn man mir damals gesagt hätte, daß mehr als vier Jahre vergehen würden, ehe Frankreich wieder frei wäre, hätte ich es nicht geglaubt.« Wieder schien er zurückzublicken, und sein Gesicht verdüsterte sich, als er sagte: »Was Lucie betrifft, so fuhr ich gleich in meinem ersten Urlaub zu meinen Eltern, um mit ihnen zu sprechen. Ich wollte es, ich versuchte es, aber ich schaffte es nicht. Sämtliche Zeitungen waren voll von Meldungen über Frankreichs Niederlage, und mein Vater regte sich unablässig darüber auf, was für Schlappschwänze die Franzosen wären, die sich zweimal von den Deutschen hätten überfallen lassen und nun von uns die Rettung erwarteten, und dergleichen Unsinn mehr. Ich beschloß zu warten, bis er sich beruhigt hätte, einen günstigeren Zeitpunkt abzupassen. Aber der günstigere Zeitpunkt kam nie. Je länger ich wartete, desto unwirklicher wurde es, mit meinen Eltern zu sprechen. Und dann ...« Er brach ab.

»Und dann?« hakte Katherine behutsam nach.

»Und dann lernte ich Diana kennen, Diana Marlowe, wie sie damals hieß. In einem Club im Westend, mitten im Blitzkrieg.« Er breitete die Hände aus, eine Geste der Hilflosigkeit und des Eingeständnisses seiner Schuld. »Und als ich Diana kennengelernt hatte, hatte ich keinen Gedanken mehr für Lucie.«

»Oh«, sagte sie leise.

»An dem Abend, als wir uns kennenlernten, schlug im Nachbarhaus eine Bombe ein. Von der Erschütterung ging die Decke des Nachtclubs in Sprünge. Viele der Frauen schrien und benahmen sich völlig hysterisch, aber Diana blieb ganz ruhig. Wir waren gerade auf der Tanzfläche, und sie lachte nur und sagte, während sie sich den Mörtelstaub von der Nase wischte, ›Ah, gut, mir war sowieso gerade der Puder ausgegangen‹. Ich fand es toll von ihr, daß sie in einem solchen Moment noch einen Scherz machen konnte.« Er starrte Katherine mit grimmigem Blick an. »Diana gehörte wahrscheinlich zu dem Typ von Menschen, über den Ihre Generation sich so gern lustig macht. Sie war ein guter Kamerad. Ein Freund, mit dem man Pferde stehlen konnte.«

Katherine sagte aufrichtig: »Ich hatte Diana immer sehr gern. Sie war so ein fröhlicher Mensch. Ich fand immer, Rachel hätte ein Riesenglück, so eine Mutter zu haben.«

Er senkte den Kopf und preßte die Lippen aufeinander. Als er wieder sprach, war seine Stimme brüchig. »Sie hat mir damals den Atem geraubt. Die Leute sagen das so dahin, es ist eigentlich nur ein Klischee. Aber bei mir war es wirklich so. Ich sah sie, und mir stockte der Atem.« Als er den Kopf hob und Katherine anblickte, gewahrte sie die Tränen in seinen Augen. Er sagte: »Glauben Sie ja nicht, ich hätte sie aus Berechnung geheiratet. Ich habe sie aus Liebe geheiratet.«

Katherine selbst brannten Tränen in den Augen. »Haben Sie Diana von Lucie erzählt?«

»Nein. Nie. Am Anfang habe ich nichts gesagt, weil es mir, ich weiß nicht –« er machte eine Pause, um zu überlegen – »es wäre mir beinahe wie ein *Affront* erschienen. Ein störendes Eingreifen in etwas, das absolut vollkommen war. Und später dann, als die Zeit verging, brachte ich es einfach nicht über mich, es ihr zu sagen. Ich konnte es nicht. Ich wußte, was es für sie bedeuten würde, wie enttäuscht sie von mir wäre. Sie war eine so ehrliche, aufrechte Person. Und mit jedem Tag, der verging, wurde es natürlich schwieriger. Die Täuschung wurde immer schwerwiegender. Das Unrecht meines Schweigens wurde immer größer.« Seine Augen spiegelten seine innere Pein. »Und allmählich begann ich zu glauben ...« Er brach ab, aber einen Augenblick später schien er sich wieder gefaßt zu haben. Er sah Katherine an. »Ich begann zu glauben, daß ich vielleicht gar nichts sagen müßte.«

»Wie meinen Sie das?«

»Daß Lucie den Krieg vielleicht nicht überlebt hatte.«

»Ach so«, sagte sie, und er fuhr mit harter Stimme zu sprechen fort. »Lucie war Jüdin von Geburt, wie ich Ihnen schon sagte, konvertierte Katholikin. Im Verlauf des Krieges wurde offenkundig, daß sie als Jüdin im besetzten Europa kaum eine Überlebenschance hatte. Also sagte ich mir, warum Diana mit der Geschichte von einer Ehe aufregen, die vielleicht gar nicht mehr existiert? Warum nicht einfach bis Kriegsende warten und dann nachforschen, ob Lucie überhaupt noch lebt?«

»Und – haben Sie nachgeforscht?«

»Ich war im Juni vierundvierzig bei der Invasion in der Normandie dabei. Aber ich hatte erst später im Jahr, nachdem Paris zurückerobert war und wir wieder nach Nordfrankreich konnten, Gelegenheit, Nachforschungen anzustellen. Vom Hof der Familie Rolland war nicht viel übrig – das Haus war irgendwann im Lauf des Krieges bis auf die Grundmauern niedergebrannt. Aber ich habe mich erkundigt. Irgend jemand berichtete mir, daß Lucie und ihre Mutter abgeholt und nach Deutschland deportiert worden waren.« Er sah sie an. »In ein Konzentrationslager.«

Das Wort hing noch in der Luft, als Katherine Henry Wyborne leise sagen hörte: »Das Schreckliche ist, daß ich da zu hoffen begann.«

»Zu *hoffen*?«

»Ja, möge Gott mir verzeihen. Ich hoffte, der Spuk wäre vorüber; die Geschichte hätte mir leichtes Entkommen aus einer Ehe gewährt, die für mich nur noch eine Last und ein Hindernis war. Wenn Lucie tot wäre, sagte ich mir, würde ich Diana heiraten können, die natürlich meinen Eltern als Ehefrau für ihren einzigen Sohn weit mehr zusagen würde als die arme Lucie. Denn sehen Sie –« und wieder lächelte Henry Wyborne dieses kalte, spöttische Lächeln – »meine Familie hatte zwar einen guten Namen, aber Diana hatte einen guten Namen *und* Geld.«

»Wohingegen Lucie weder das eine noch das andere hatte.«

»Richtig. Eine Heirat mit Diana hätte mich auf der gesellschaftlichen Leiter ein großes Stück nach oben befördert. Eine Anerkennung meiner Ehe mit Lucie hingegen hätte mir nur geschadet.« Er runzelte die Stirn. »Ich erinnere mich, daß ich mich eine Zeitlang selbst nicht ausstehen konnte, weil ich tatsächlich vom Leiden eines anderen Menschen zu profitieren hoffte. Aber mit der Zeit lernte ich, es zu rationalisieren. Ich sagte mir, ich wünschte mir ja schließlich nicht Lucies Tod, sondern lediglich die Möglichkeit, die Frau zu heiraten, die ich liebte. Und ich redete mir ein, daß meine Ehe mit Lucie vielleicht gar nicht rechtmäßig wäre. Die ganze Sache wäre völlig überstürzt gewesen – eine Jugendtorheit –, ich sei ja erst zwanzig Jahre alt gewesen und hätte weder die Zustimmung meiner Eltern noch meines vorgesetzten Offiziers gehabt. Und als ich nach Ende des Krieges weitere Nachforschungen anstellte – ziemlich oberflächlicher Natur allerdings, wie ich zugeben muß – und noch immer keine Spur von Lucie fand, redete ich mir ein, ich hätte es versucht, ich hätte mein Bestes getan, und jetzt gehörte es sich für mich, die Frau zu heiraten, die seit mehr als fünf Jahren in treuer Liebe zu mir stand.« Seine Lippen kräuselten sich geringschätzig. »Was wir Menschen uns alles vormachen, Katherine! Wie wir die Begriffe von Moral und Anstand verdrehen, um sie unseren persönlichen Bedürfnissen anzupassen!«

Ich kann nicht mit dir ins Krankenhaus kommen, Katherine. Das verstehst du doch? Sie mußte sich abwenden.

»Und dann haben Sie Diana geheiratet?«

»Ja. Eine glanzvolle Hochzeit, soweit das unter den damaligen Umständen möglich war, von der in den Gesellschaftsspalten berichtet wurde. Die glanzvolle Hochzeit eines Bigamisten.«

Sie fröstelte. »Lucie war also noch am Leben?«

»Ja.«

»Wann haben Sie das erfahren?«

Sein Blick verschloß sich vor ihr. »Ach, erst viele Jahre später.« Er schwieg eine Weile, schien sie gar nicht mehr wahrzunehmen. Aber dann fuhr er aus seinen Gedanken hoch. »Möchten Sie noch einen Drink?«

Die Karaffe war fast leer. Sie sagte: »Ich mache uns einen Tee.«

Er lächelte. »Natürlich. Sehr vernünftig. Unser Allheilmittel, eine schöne Tasse Tee.«

Sie ging in die Küche. Überall stand schmutziges Geschirr herum, und die Kanne war noch zur Hälfte mit abgestandenem kaltem Tee gefüllt. Sie spülte sie aus und suchte in den Schränken nach einer Packung Tee. Ihre Hände zitterten, als sie ihn aufgoß und Zucker hineinrührte, und ihre Rippen schmerzten, irgendwo in der Nähe ihres Herzens.

Sie trug die Tassen in den Salon. »Es war keine Milch da, ich mußte Zitrone nehmen«, sagte sie. »Ich hoffe, das ist Ihnen recht.«

Sein Blick wanderte durch das ungepflegte Zimmer. »Ich sollte hier mal aufräumen ... So wie das Haus aussieht, ehrt es ihr Andenken weiß Gott nicht.« Er rührte seinen Tee um. »Dianas Eltern haben uns geholfen, als wir Fernhill kauften«, berichtete er. »Dianas Vater hat mir bei meiner politischen Karriere unter die Arme gegriffen – er besaß großen Einfluß in der Partei. Als Rachel geboren wurde, glaubte ich alles zu haben, was ich mir wünschen konnte. Diana hätte gern noch ein paar Kinder gehabt, aber dieser Wunsch ging nicht in Erfüllung. Mich hat das nicht gestört. Für mich war Rachel die Vollkommenheit.«

Er stellte Tasse und Untertasse aufs Fensterbrett und zündete sich eine frische Zigarette an. »Ich begann zu glauben«, fuhr er fort, »ich selbst hätte mir dieses gelungene Leben geschaffen. Ich hätte es *verdient*. Meine Familie – mein Haus – meine Karriere.« Er drehte sich herum und sah Katherine an. »Ich weiß jetzt, wie überheblich das war. Rachels Tod hat es mich gelehrt.«

»Und Lucie?« murmelte sie.

Er starrte einen Moment in die Ferne. »Sie war hier«, sagte er in tiefer Trostlosigkeit. »Damals, in der Woche, als Rachel hierhergekommen war, weil sie die alten Babysachen durchsehen wollte. Sie spazierte einfach hier herein. Ich war in der Werkstatt, um meinen Wagen zu holen – ich hatte den Kundendienst machen lassen. Rachel lag im Garten. Lucie sprach sie an. Sie suche jemanden, sagte sie. Rachel sprach gut Französisch, das wissen Sie ja. Sie stellte sich Lucie als Mrs. Seton vor, und Lucie sagte, sie sei auf der Suche nach ihrem Ehemann, Henry Wyborne.«

Er schloß die Augen. Sie glaubte, er würde nicht weitersprechen, aber dann sagte er leise: »Hector mag noch so heftige Schuldgefühle haben, im Vergleich zu meinen sind sie nichts. Seit dem Tag damals war mein Leben nicht einen Moment lang frei von Reue. Nicht einen einzigen Moment lang.«

Später, als sie schon im Aufbruch war, sagte er: »Was werden Sie jetzt tun?«

»Wieso?« Sie sah ihn erstaunt an. Es drängte sie, das Haus zu verlassen, frische kühle Luft zu atmen.

»Sie könnten meine Story an die Zeitungen verkaufen. Das wäre doch ein Knüller, meinen Sie nicht?«

Sie schüttelte den Kopf. »Das tue ich ganz gewiß nicht. Das verspreche ich Ihnen. Aber Hector muß ich es erzählen. Er verdient zu wissen, was geschehen ist.« Er senkte wie zustimmend den Kopf. »Und Sie, Mr. Wyborne? Was werden Sie tun?«

»Oh, ich werde natürlich von meinen Ämtern zurücktreten. Und ich werde versuchen, Lucie zu finden.« Er lächelte dünn. »Versuchen, altes Unrecht wiedergutzumachen, soweit das möglich ist. Ich will dafür sorgen, daß sie wenigstens im Alter sorglos leben kann.«

Er schwieg einen Moment, dann sagte er: »Als Rachel starb, glaubte ich, das sei Gottes Strafe für mich. Glauben Sie das auch, Katherine?«

Sie dachte an Philip. Sie dachte an Lucie Rolland, die man aus ihrer Heimat in ein fremdes Land gebracht hatte, wo man sie eingesperrt und gequält hatte.

»Ich finde«, sagte sie langsam, »daß ein Gott, der Menschen Schmerz bereitet, um andere zu strafen, ein ziemlich armseliger Gott wäre. Aber ehrlich gesagt glaube ich, daß alles Zufall ist. Solche Dinge geschehen einfach.« Dann bot sie ihm die Hand. »Auf Wiedersehen, Mr. Wyborne.«

Als Felix sich nach dem Wochenende bei seiner Familie nicht wieder sehen ließ, sagte sich Liv, daß wahrscheinlich sein Vater ihn in Norwich gebraucht hatte. Aber die Tage vergingen, und er meldete sich nicht. Vielleicht, dachte sie, wartete er auf ihren Anruf – er hatte ja ein Telefon, während sie keines hatte. Am Montag abend rief sie ihn zu Hause an, dann noch einmal am Dienstag, aber sie erreichte ihn nicht. Ihr fiel ein, daß er gesagt hatte, er wolle nach Bath fahren. Sicher würde er ihr eine Karte schreiben. Aber es kam keine.

Sie rief sich ins Gedächtnis, daß sie die Initiative ergriffen hatte und nicht Felix. Zweifel erwachten und überschatteten ihre Tage. Sie hatte sich schließlich schon einmal in Felix getäuscht. Damals in London hatte sie geglaubt, ihm etwas zu bedeuten; aber in Wirklichkeit hatte er Katherine geliebt, wenn auch die Affäre anscheinend von kurzer Dauer gewesen war. Ihr kam der Verdacht, daß die große Veränderung, die sie an sich wahrzunehmen geglaubt hatte, gar nicht stattgefunden hatte. Trotz aller Erfahrungen – eine katastrophale Ehe, zwei Kinder, Jahre des Existenzkampfs, ohne daß ihr jemand zur Seite gestanden hatte – war sie dieselbe naive und romantische Person geblieben. Sie war offenbar nicht mit der Zeit gegangen. Sie war in einer Zeit, in der den meisten Menschen der Sex genug zu sein schien, noch immer auf der Suche nach der dauerhaften Liebe.

Sie hatte zuviel getrunken gehabt und sich ihm an den Hals geworfen, und er – nett und gutmütig – hatte es nicht übers Herz gebracht, sie zurückzuweisen. Sie hatte ihm leid getan: die ausgehungerte alleinerziehende Mutter, die einsame geschiedene Frau. Am besten war es, sagte sie sich elend und unglücklich, so zu tun, als wäre nichts geschehen. Keine Peinlichkeiten, keine Vorwürfe. Auf keinen Fall durfte durch ihre Dummheit das Geschäft in Gefahr gebracht werden, das sie miteinander aufbauen wollten.

Als sie ihn am Freitag abend anrief, war er zu Hause. Sie kam direkt zur Sache. Mrs. Maynard habe ihnen ihre Scheune zur Miete angeboten. Felix selbst habe doch vorgeschlagen, sie sollten sich nach einer neuen Unterkunft umsehen; die Scheune, die in bequemer Entfernung zum Cottage stand, sei doch eventuell die ideale Lösung. Wenn er Lust habe, könne er ja am Wochenende herkommen, dann könnten sie sich das Objekt gemeinsam ansehen. Die Besichtigung müsse allerdings schnell über die Bühne gehen – sie habe viel zu tun und wenig Zeit.

Sie war sehr zufrieden mit sich, als sie nach diesem Gespräch auflegte. Sie hatte ihm deutlich zu verstehen gegeben, daß er sich ihr gegenüber zu nichts verpflichtet zu fühlen brauchte; daß das, was zwischen ihnen geschehen war, keine Bedeutung hatte, ihre freundschaftlich-geschäftliche Beziehung davon unberührt blieb.

Trotzdem war sie, als sie von der Telefonzelle langsam zum Haus zurückging, sehr niedergeschlagen. Rundum prangte der Frühling – frisches Grün und Knospen an den Büschen, die ersten Zitronenfalter wie Fetzchen gelber Seide –, aber sein Glanz konnte die Trübsal nicht vertreiben. Vor einer Woche – nur eine Woche war es her! – war sie glücklich gewesen. Die Liebe hatte ihr Wunder gewirkt und alles verwandelt. Die ganze Welt war ihr heller erschienen, voller Verheißung. Sie versuchte, das Gefühl der Leere und der Enttäuschung loszuwerden, indem sie die Kinder bei den Händen nahm und mit ihnen die Straße hinaufrannte, aber es ließ sich nicht abschütteln.

Am nächsten Mittag traf sie sich mit Felix auf dem Hof. Sie ließen die Kinder bei Mrs. Maynard und gingen los, sich die Scheune anzusehen. Das alte Gebäude war groß, mit einem hohen Giebeldach. Mit seiner Taschenlampe leuchtete Felix zu den gewölbten Balken hinauf.

»Wie eine Kathedrale.«

»Sie ist vielleicht zu groß«, meinte sie zweifelnd.

»Besser als zu klein. Wir wollen uns ja nicht in einem halben Jahr schon wieder nach etwas Neuem umsehen müssen.« Er ließ den Strahl der Taschenlampe über den ganzen Fußboden schweifen.

»Was suchst du?«

»Ob es hier feucht ist. Wir sind hier ziemlich tief. Und der Fluß ist nicht weit weg. Aber es scheint in Ordnung zu sein.«

Sie zog fröstelnd die Schultern zusammen. »Es ist kalt.«

»Wird verdammt schwierig sein, den Kasten zu heizen. Im Sommer kann man es hier wahrscheinlich aushalten, aber im Winter ist es bestimmt eiskalt.«

»Wir könnten Ölöfen verwenden.«

»Das ist teuer … aber vielleicht bleibt uns gar nichts anderes übrig. Ich mess' den Raum mal aus, damit wir planen können, wie wir ihn am besten aufteilen.«

Es hörte sich an, als hätte er sich bereits entschieden. »Bist du denn der Meinung, wir sollten sie nehmen, Felix?«

»Natürlich.«

»Ich dachte, wir sehen sie uns erst mal nur an.«

»Ach ja?«

»Ich habe mir eigentlich nicht vorgestellt«, sagte sie leicht eingeschnappt, »daß wir uns gleich heute dazu entschließen würden.«

»Wozu denn ein langes Hin und Her?« Er warf ihr einen Blick zu. »Es sei denn, du hast Zweifel.«

»Zweifel?«

»Die Scheune ist billig, und die Lage ist günstig für uns. Ein sehr guter Quadratmeterpreis. Wo ist das Problem?«

Er hatte seine Entscheidung überhaupt nicht mit ihr besprochen. Diese Arroganz, dachte sie wütend. Typisch Mann, einsame Entscheidungen, und wer nicht einverstanden ist, wird niedergewalzt. Sie sagte: »Es ist doch eine ziemliche Verpflichtung.«

»Und von Verpflichtungen hältst du nicht viel, nicht wahr, Liv?« Sie verstand nur mit Mühe die genuschelten Worte.

»Was hast du gesagt?« Aber er hatte sich von ihr abgewandt. Sie hätte ihn gern gepackt und geschüttelt. »Felix, was hast du da eben gesagt?«

»Wenn du nichts davon hältst ... wenn du an unserer Partnerschaft Zweifel hast, dann sag es, verdammt noch mal, ehe wir uns noch weiter darauf einlassen.«

»Ich habe nicht gesagt, daß ich Zweifel habe.«

»Ach nein?« Endlich sah er sie mit kaltem Blick an. »Aber du zeigst mir die kalte Schulter, seit ich hier angekommen bin.«

»Ich dachte«, sagte sie leise, »wir sprächen von der Scheune.«

»Unter anderem.« Seine Augen waren hart wie Onyx.

Sie ballte die Hände zu Fäusten. »Du bist hier doch derjenige, der Zweifel hat, Felix, nicht ich. Du stellst mich als unzuverlässig hin ...« Sie dachte an Katherine. »Der Unzuverlässige bist doch du. Du sagst das eine und tust dann was ganz anderes – bei dir weiß ich nie, woran ich bin.« Sie spürte, daß ihr die Tränen kamen, und das machte sie wütend. »Wahrscheinlich ist es meine Schuld – wahrscheinlich bilde ich mir immer ein, diese Dinge müßten etwas *bedeuten* – ich habe Männer wahrscheinlich noch nie verstanden ...« Ihre Stimme kippte. Sie machte auf dem Absatz kehrt und rannte aus der Scheune.

Sie ging nicht zum Hof zurück, sondern über die Wiese zur Straße, die zum Samphire Cottage führte. Sie mußte jetzt allein sein. Sie wußte, daß sie sich etwas vorgemacht hatte; eine Rückkehr zu der früheren Freundschaft mit Felix gab es nicht. Man konnte Geschehenes nicht ungeschehen machen; sie hatten miteinander geschlafen, und das änderte alles. Sie fragte sich, ob es mit der Zeit leichter werden würde, und glaubte nicht daran.

Als sie die von Hecken gesäumte Straße zum Cottage hinaufging, sah sie zuerst den fremden Wagen und dann die Frau, die darin saß. Sie brauchte einen Moment, um zu erkennen, daß es Katherine war.

Katherine stieg aus. »Alles in Ordnung, Livvy?«

»Ja, klar. Alles bestens.«

Katherine hatte Jeans an und dazu ein kaffeebraunes Folkloreoberteil. Das schulterlange aprikosenfarbene Haar war in einem Pagenkopf geschnitten. Sie nahm ihre Sonnenbrille ab. »Ich weiß, wir haben uns ewig nicht gesehen, Liv, aber ich mußte einfach mit dir reden. Toby hat mir gesagt, daß du jetzt hier lebst.«

Nichts lag Liv in diesem Moment ferner als ein Gespräch unter Freundinnen mit Katherine. Ihre Augen brannten. Trotzdem sagte sie: »Komm doch rein. Aber ich hab nicht viel Zeit. Die Kinder ...«

»Freya und Georgie.« Katherine lächelte. »Wie geht es ihnen? Freya muß jetzt fünf sein – oder nein, sechs.«

»Und Georgie ist vier.«

In der Küche schaute Katherine sich um. »Das ist ja richtig schön hier. Aber du hattest ja immer eine Neigung zur ländlichen Idylle, stimmt's?« Sie beugte sich über die Vase voll wilder Rosen, die in der Mitte des Tisches standen. Dann sagte sie: »Toby hat mir erzählt, daß du und Felix geschäftlich verbandelt seid.«

»Vorläufig, ja.«

»Ach, das ist keine Partnerschaft auf Dauer?«

»Ich weiß noch nicht. Ich hab mich noch nicht entschieden.« Sobald Katherine wieder weg war, sagte sie sich, würde sie Felix suchen und ihm erklären, daß es so nicht ging. Es war ihr unmöglich, weiterhin so zu tun, als hätte das, was zwischen ihnen geschehen war, für sie keine Bedeutung. Natürlich würde es anfangs schwierig sein, ohne das Einkommen aus dem Geschäft zu existieren, aber sie würde es schon schaffen. Sie hatte es ja vorher auch geschafft.

Aber die Vorstellung, ihn nie wiederzusehen, rief ein Gefühl schrecklicher Verlassenheit in ihr hervor. Am liebsten hätte sie sich auf ihr Bett geworfen und gestrampelt und geschrien, wie Freya das zu tun pflegte, wenn sie unglücklich war.

»Ich wollte dir von Rachel erzählen«, sagte Katherine unvermittelt. »Ich habe nämlich mit ihrem Vater gesprochen.«

Liv hatte keine Ahnung, wovon Katherine redete.

Dann sagte Katherine: »Kannst du vielleicht eine Tasse Kaffee machen oder so was? Die Fahrt war ganz schön lang, und ich versuche gerade, das Rauchen aufzugeben.« Unablässig spielte sie mit ihren langen weißhäutigen Fingern am Saum ihrer losen Bluse. Zum erstenmal kam Liv der Gedanke, daß vielleicht auch Katherine dieses Gespräch nicht ganz einfach fand. »Weißt du, ich war mir gar nicht sicher, ob ich überhaupt herkommen soll, nachdem wir so lange keinen Kontakt mehr gehabt hatten. Ich hatte Angst, du würdest es als Belästigung empfinden, aber Hector sagte, ich sollte fahren, und ...«

»Rachels Hector?«

»Ja, wir sind seit Jahren befreundet.«

»Hector? Er ist ein Freund von dir?«

»Ja. Nur ein Freund. Du glaubst doch nicht, da könnte irgend etwas anderes sein, Liv? Hector liebt Rachel immer noch. Er wird Rachel immer lieben. Deswegen habe ich ja mit Mr. Wyborne gesprochen. Hectors wegen. Ich wollte einfach wissen, was geschehen war. An dem Wochenende, an dem sie gestorben ist, meine ich. Ich dachte, es würde Hector helfen.«

Wie lange das her ist, dachte Liv, aber die Erinnerung an den

Tag, als sie am Fenster des Wohnheims gestanden hatte und unten Stefan über den Rasen auf sie zugekommen war, war noch lebendig. Das Wunder dieses Augenblicks, als Rachels flehende Stimme plötzlich unwichtig geworden war.

Sie setzte das Wasser auf und löffelte mit ungeschickten Händen Kaffee in die Becher. Hinter ihr sagte Katherine: »Rachel hatte entdeckt, daß Henry und Diana gar nicht rechtmäßig verheiratet waren.«

Sie verschüttete den Zucker, als sie sich mit einer hastigen Bewegung herumdrehte. »Sie haben nur zusammengelebt?« fragte sie verblüfft.

»So könnte man sagen.«

»Aber das ist doch nicht so schlimm. Meine Mutter lebt auch mit Richard zusammen.«

»Aber so war es nicht. Sie hatten geheiratet, aber von seiner Seite war es Bigamie.«

»O Gott!«

»Henry Wyborne war schon verheiratet. Er glaubte, seine Frau – seine erste Frau – wäre tot, aber sie lebte.« Katherine schob ihre Finger ineinander. »Ein Königreich für eine Zigarette.« Sie sah Liv an. »Du hast wohl keine da, oder?«

»Nein.«

»Natürlich nicht. Immer noch die brave Liv. Du hast dich nicht verändert. Neben dir kam ich mir immer völlig unseriös vor.«

Liv wurde bewußt, daß sie einen Moment lang Felix vergessen hatte. Sie stellte den Becher vor Katherine auf den Tisch. »Erzähl«, sagte sie. »Erzähl's mir.«

Katherine berichtete Liv von dem Tag, an dem Henry Wyborne Lucie Rolland kennenlernte, die mit dem zerrissenen Schnürsenkel in der Hand am Straßenrand saß; von der Liebe der beiden und ihrer überstürzten Heirat; von ihrer anschließenden Trennung und Henry Wybornes gelungener Flucht aus Dünkirchen. Und sie erzählte von dem Abend, an dem er in einem Londoner Nachtlokal Diana Marlowe kennengelernt hatte, während rundherum Bomben gefallen waren; von seinen späteren Nachforschungen nach Lucie, seiner Überzeugung, sie sei in Deutschland ums Leben gekommen, und seiner nachfolgenden Heirat mit Diana. Schließlich kam sie auf Lucies Wiederauftauchen, mehr als zwanzig Jahre später, in Fernhill Grange zu sprechen.

»Rachel hat ihr zuerst nicht geglaubt, als sie sich als Henry Wybornes Frau vorstellte«, sagte Katherine, »aber als Lucie ihr dann Näheres erzählte, über die Trauung und den Krieg, begann sie doch, ihr zu glauben. Sie hatte schließlich immer gewußt, daß ihr Vater unter den Geretteten von Dünkirchen gewesen war. Als er dann nach Hause kam, war sie verständlicherweise ziemlich erregt. Was danach folgte, hat mir Mr. Wyborne nicht so genau erzählt, aber ich kann mir ungefähr vorstellen, wie es war. Er war bestimmt im ersten Moment entsetzt, daß sein Geheimnis nach so langer Zeit ans Licht gekommen war, aber dann meldete sich wahrscheinlich der Überlebenstrieb. Er verfrachtete Lucie ins andere Zimmer und sprach allein mit ihr. Danach kehrte er zu Rachel zurück. Wahrscheinlich hat er zuerst versucht, Lucies Geschichte zu bestreiten – behauptete vielleicht, sie würde lügen, sie wäre verrückt –, aber als er merkte, daß das nicht wirkte, versuchte er es mit einer anderen Taktik und begann, sich zu rechtfertigen.«

Katherine schwieg einen Moment, dann meinte sie nachdenklich: »Zu mir hat er gesagt, er hätte nie gewußt, daß Rachel so unversöhnlich sein konnte. Daß sie alles so schwarzweiß sah. Aber ich weiß noch, daß ich selbst damals genauso war. Ich hatte überhaupt kein Verständnis für das, was meine Eltern taten, und war entschlossen, nie so zu werden wie sie. Für mich gab es nur richtig oder falsch, dazwischen gab es nichts.«

»Gab es Streit zwischen den beiden?«

»Zum ersten und einzigen Mal. Rachel verlangte von ihm, daß er alles in Ordnung bringt – Lucie anerkennt und ihr eine Abfindung zahlt oder irgend so was, keine Ahnung. Aber davon wollte ihr Vater natürlich nichts wissen. Also machte er Rachel klar, was es für ihre Mutter bedeuten würde, wenn die Wahrheit herauskäme. Was für ein Desaster das wäre.«

»Oh!«

»Genau! Er ging dann irgendwann raus, um sich was zu trinken zu holen, was weiß ich, und hörte plötzlich draußen ein Auto starten. Als er zum Fenster rausschaute, sah er Rachel wegfahren.« Katherine runzelte die Stirn. »Ich glaube, anfangs war er überzeugt, richtig gehandelt zu haben, indem er den Status quo aufrechterhalten hatte. Er glaubte, Rachel würde sich mit der Zeit schon beruhigen und die ganze Geschichte allmählich vergessen. Er drückte also Lucie etwas Geld in die Hand und schickte sie nach Frankreich zurück. Und glaubte oder hoffte, damit wäre die Sache erledigt.«

»Und am nächsten Tag hat Rachel versucht, uns anzurufen.«

»Na ja, man kann sich ja vorstellen, was ihr durch den Kopf ging. Alles, was sie und ihre Eltern besaßen, beruhte schließlich auf der Rechtmäßigkeit der Ehe zwischen Diana und Henry. Das schöne Haus, die Angestellten, die Urlaube im Ausland, Rachels Privatschule, ihre Kleider, ihre Reitstunden, sogar ihr rechtlicher Status, ich meine, ob sie ein eheliches oder ein uneheliches Kind war, – wie gesagt, einfach alles. Auch Bellingford. Rachels Vater hatte ihr ja bei ihrer Heirat mit Hector Geld geschenkt, zur Renovierung von Bellingford. Ich vermute, Rachel hat plötzlich erkannt, daß alles, was sie hatte, und alles was sie war, auf einer Lüge beruhte. Sie hatte gesehen, daß Lucie Rolland arm und krank war und vielleicht ein bißchen wirr im Kopf, und hatte Lucies Leben ihrem eigenen gegenübergestellt. Und vielleicht dachte sie da, daß alles, was sie besaß, eigentlich Lucie zustand.« Katherine blickte auf. »Ich denke, daß sie uns deshalb angerufen hat und mit uns reden wollte. Weil sie sich vor eine Entscheidung gestellt sah, mit der sie nicht fertig wurde. Bigamie ist schließlich ein Verbrechen. Sie hat sicherlich gesehen, daß sie nur zwei Möglichkeiten hatte: entweder die Wahrheit zu sagen und das Leben ihrer Eltern zu ruinieren; oder den Mund zu halten und mit dem Wissen zu leben, daß sie sich alles, was sie besaß, durch Betrug erworben hatte.«

Sie hörte wieder Rachels Stimme. *Du mußt kommen, Liv.*

Ich brauche dich. Ich weiß einfach nicht, was ich tun soll. »Die arme Rachel«, sagte Liv leise.

»Ich vermute, sie wollte mit uns sprechen, weil wir nicht direkt betroffen waren«, fuhr Katherine fort. »Hector hingegen in gewisser Weise schon, wegen des Geldes und des Hauses. Sie konnte sich allein nicht entscheiden und sie hatte niemanden, keine Geschwister, mit dem sie hätte reden können, darum hat sie uns angerufen.«

»Blutsschwestern«, sagte Liv.

»Ja. Aber am Ende wurden ihr alle Entscheidungen abgenommen ...« Katherines Stimme wurde leise und verklang. Nach einem Augenblick des Schweigens sagte sie, wieder lebhafter: »Weißt du, er hat mir leid getan. Henry Wyborne, meine ich. Ich hätte es nie für möglich gehalten, aber es war so. Ich meine, da hatte er sich mit Rachel gestritten und sie praktisch zum Schweigen genötigt, indem er ihr vor Augen geführt hatte, welche Auswirkungen die Wahrheit auf Diana und ihr Leben haben würden – und dann starb sie.« Sie schüttelte den Kopf. »Wie lebt man mit solchen Erinnerungen? Er war überzeugt, daß der Schock an Rachels Tod mit schuld war. Daß er die Embolie ausgelöst hatte. Darum hat er nicht widersprochen, als Diana ihm eröffnete, daß sie selbst Alice großziehen wollte. Er fühlte sich schuldig an Dianas Schmerz und meinte, er könnte ihr den Trost durch ihre Enkelin nicht verwehren. Aber er wußte von Anfang an, daß es nicht recht war; und ebenso wußte er, daß es nicht recht war, wenn Diana Hector die Schuld an Rachels Tod gab. Aber das konnte er Diana natürlich nicht sagen. Denn dann hätte er ihr ja die Wahrheit sagen und damit das wenige nehmen müssen, was ihr nach Rachels Tod noch geblieben war – ihre gesellschaftliche Stellung und ihren Glauben an ihre Ehe.«

»Und war es wirklich Henry Wybornes Schuld? Hat der Schock mit Rachels Tod zu tun gehabt?«

»Nein, das glaube ich nicht. Ich habe mit meinem Vater darüber gesprochen. Er sagte, daß solche Fälle von Embolie sehr selten sind, aber manchmal eben einfach vorkommen. Aus keinem besonderen Anlaß.«

Liv ging ans Fenster. Die Sonne war herausgekommen, und die schmalen grünen Blätter der Weiden schimmerten silbern. Sie sagte: »Aber warum ist sie plötzlich wieder aufgetaucht? Und ausgerechnet an dem Tag?«

»Lucie, meinst du? Sie hatte Henry Wybornes Bild in der Zeitung gesehen. Sie hatte ihrerseits angenommen, *er* wäre tot. Damals, nach der Trauung, hatte er ihr versprochen, sie zu holen. Er hatte ihr geschworen, daß er sich durch nichts davon abhalten lassen würde. Und sie hatte so viele Menschen verloren, die ihr nahestanden, daß es ihr leichtfiel zu glauben, sie hätte auch ihn verloren. Darum nahm sie das Schlimmste an, als er nicht kam. Und Jahre später, neunzehnhundertachtundsechzig, sah sie sein Bild in einer französischen Zeitung – zu einem Artikel über aufstrebende Europapolitiker oder so etwas in der Art. Sie selbst war zu der Zeit ziemlich schlecht dran. Sie hatte kein Geld und Angst, daß sie das Dach über dem Kopf verlieren würde. Also reiste sie kurzerhand nach England, um ihn ausfindig zu machen.«

»Und hatte sie sich auch wieder verheiratet?«

»Nein. Soviel ich weiß, war sie das letzte Kriegsjahr in einem Konzentrationslager. Wenn man so etwas durchgemacht hat – das kann man doch nicht unbeschadet überstehen. Ich vermute, Henry hatte leichtes Spiel mit ihr. Wahrscheinlich war sie vor Ehrfurcht erstarrt – das Riesenhaus, der bedeutende Mann. Sie war nervös, und sie hatte Angst. Sie war nicht gekommen, um ihm Schwierigkeiten zu machen oder ihn zu erpressen.«

»Was wollte sie dann?«

»Ich glaube, sie wollte einfach an das frühere Leben anknüpfen. An damals, als sie glücklich gewesen war.« Katherine stand auf und ging in den Anbau hinüber. Es war still. Liv hörte, wie sie sich schneuzte, und sagte nach einer kleinen Pause: »Hast du's Hector erzählt?«

»Ja. Und ich glaube, es hat ihm geholfen.« Katherines Stimme war ein wenig rauh. »Zuerst hat es ihn natürlich ziemlich mitgenommen, und er war wütend auf seinen Schwiegervater, daß der ihm nicht die Wahrheit gesagt hatte, aber mittlerweile hat er sich beruhigt, und ich habe den Eindruck, es hat ihm wirklich geholfen. Er braucht nicht mehr diese schrecklichen Schuldgefühle zu haben.« Sie schneuzte sich ein zweites Mal. Dann sagte sie: »Hast du die Sachen hier gemacht?«

Liv ging in den Anbau hinüber, wo Katherine mit den Fingern über eine der herabhängenden Stoffbahnen strich. »Das ist wirklich schön, Liv. Ganz außergewöhnlich. Du darfst das nicht einfach aufgeben. Wie kannst du auch nur daran denken?«

»Wegen Felix.« Katherine machte ein verwundertes Gesicht. »Ich weiß nicht, ob ich mit ihm zusammenarbeiten kann.«

Katherine verzog den Mund. »Ja, er ist natürlich ein bißchen etepetete. Das ist mir schon aufgefallen, als wir bei ›Frodo's Finger‹ zusammen gearbeitet haben. Und er kann wahnsinnig stur sein – wie die meisten Männer übrigens. Aber das ist doch noch lange kein Grund ...«

»Nein, das ist es ja auch nicht.« Sie erkannte plötzlich, daß überhaupt keine Notwendigkeit bestand, die Wahrheit zu verbergen. Geheimnisse wirkten nur zerstörerisch. »Aber es ist keine rein geschäftliche Beziehung, Katherine«, sagte sie unumwunden. »Bis vor kurzem war es das, aber am letzten Freitag – ich meine, ich wollte es eigentlich gar nicht, aber ...«

»Du hast mit ihm geschlafen?« Katherine zuckte die Achseln. »Felix liebt dich doch schon seit Jahren. Wo ist da das Problem?«

»Du brauchst das nicht zu sagen, Katherine. Du brauchst nicht zu lügen.«

»Ich lüge doch nicht. Warum sollte ich? Es ist die Wahrheit.«

»Aber damals ...« Liv schluckte. »Ich habe euch gesehen. Dich und Felix. An dem Abend, an dem Stefan verhaftet wurde.«

»Aaach!« Katherine schüttelte den Kopf. »Ich habe es mir fast gedacht, als du damals so überstürzt aus London weggegangen bist. Ich versuchte mir einzureden, es wäre Stefans wegen, aber so recht geglaubt habe ich es nie.«

»Ich dachte, ihm wäre etwas an mir gelegen«, erklärte Liv

niedergeschlagen, »aber dann, als ich euch beide sah, war mir klar, daß ich mich getäuscht hatte.«

»Nein, du hast dich nicht getäuscht, Liv.«

»Ich weiß doch, was ich gesehen hab«, entgegnete sie aufgebracht.

»Felix und ich haben ein einziges Mal miteinander geschlafen«, sagte Katherine. Sie sah Liv direkt in die Augen. »Ein einziges Mal, ich schwöre es dir. Und das hat gereicht, um uns zu zeigen, daß wir zum Liebespaar nicht taugen, obwohl wir immer gute Freunde gewesen waren.« Katherine breitete achselzuckend die Hände aus. »Ich habe ihn verführt, wenn du es genau wissen willst. Mir ging's an dem Abend wahnsinnig dreckig – erspar mir jetzt die Erklärungen über die Gründe –, und ihm ging es ähnlich, weil er gerade gehört hatte, daß die Firma bankrott war, und er glaubte, du wolltest zu Stefan zurückkehren. Da haben wir uns eben gegenseitig getröstet.«

Nach einer kurzen Pause fügte sie hinzu: »Als er mir sagte, daß er dich liebt, hab ich dich gehaßt, Liv. Du hattest alles, und ich hatte nichts. Ich dachte, Felix ist doch *mein* Freund, warum liebt er Liv und nicht mich? Ich war unheimlich eifersüchtig. Ich gebe es nicht gern zu, aber es war so. Und ich hatte immer schon die schlechte Angewohnheit, das zu wollen, was andere haben, nicht wahr? Kurz und gut, er war betrunken, ich war betrunken, und da sind wir eben zusammen im Bett gelandet. Aber uns war beiden hinterher sofort klar, daß es ein Riesenfehler gewesen war.«

Katherine fuhr sich mit beiden Händen durch das Haar. »Herrgott noch mal, Liv«, sagte sie ungeduldig, »sogar Toby hat gemerkt, daß Felix dich liebt, und er war noch nie ein besonders guter Beobachter.« Sie fixierte Liv mit ihren dunklen Augen und wiederholte es. »Felix liebt dich, Liv. Er liebt dich schon seit Jahren.«

Felix' Wagen stand noch im Hof. Liv schaute in der Scheune nach ihm, aber die war leer. Dann sah sie ihn, er stand am Tor auf der anderen Seite der Wiese.

Sie mußte an Lucie Rolland denken: wie ein Mensch, den

man tot oder für immer verloren geglaubt hatte, nach Jahrzehnten plötzlich zu einem zurückkehren konnte. Und sie dachte an das rosarote Haus im Meer, in dessen leeren Fenstern die Wellen spielten.

Sie ging über die Wiese. Hohe Gräser und gelbe Butterblumen streiften ihre Beine.

Als Felix ihre Schritte hörte, drehte er sich herum. Er lächelte flüchtig. »Es tut mir leid, Liv. Daß ich dich so herumkommandiert habe. Aber ich dachte – ich dachte, auch wenn das andere dir nichts bedeutet, haben wir immer noch das Geschäft.« Er schwieg einen Moment. »Ich glaube, ich könnte es nicht ertragen, gar nichts zu haben.«

Sie stellte sich neben ihn, die Arme auf das Tor gestützt. »Das brauchst du doch auch gar nicht, Felix. Ich bin ja hier, oder nicht?«

»Nachdem ich letzte Woche bei dir weggefahren war«, sagte er langsam, »dachte ich, daß ich bei dir niemals den ersten Platz einnehmen würde. Sondern immer nur zweite Wahl wäre. Aber ich liebe dich, verstehst du.«

»Du bist nicht zweite Wahl, Felix. Niemals.« Sie lehnte ihren Kopf an seine Schulter. »Stefan war der erste Mann, den ich geliebt habe. Vorher war ich unzählige Male verliebt und dachte jedesmal, es wäre Liebe, aber als ich Stefan kennenlernte, war mir sofort klar, daß ich bei niemandem zuvor etwas Ähnliches empfunden hatte.« Sie blickte über die Straße und die Sumpfwiesen hinweg zum Horizont, wo im graugrünen Nebel Himmel und Meer verschmolzen, und sagte ruhig: »Aber *diese* Gefühle will ich nicht mehr, Felix. Damals glaubte ich, daß ich mir das wünschte – leidenschaftliche, bedingungslose Liebe –, aber ich hatte mich geirrt. Diese Art der Liebe hat mir kein Glück gebracht. Sie hätte mich beinahe vernichtet.«

Er strich ihr über das Haar. »Ich begehre dich«, sagte sie, »und ich mag dich, und ich bin gern mit dir zusammen. Und ich will keinen anderen. Ich weiß nicht, ob das alles zusammen Liebe ergibt, aber selbst wenn nicht, wäre es dir genug?«

»Ach, ich denke doch, daß es reichen sollte«, sagte er, bevor er sie küßte.

Katherine traf sich mit Jordan vor der Voliere im Park. Sie sagte ihm, daß es vorbei sei, und beobachtete dabei die Vögel, die hinter dem Maschendraht auf und nieder flatterten. »Ich habe es satt, immer zu teilen«, sagte sie. »Mein Leben lang mußte ich teilen. Da bin ich lieber allein.«

Sie sah in seinem Blick eine Mischung aus Schmerz und Erleichterung. Sie waren einander zu nahe gekommen, und das hatte ihm angst gemacht. Sie wußte, wenn sie jetzt nicht ein Ende gemacht hätte, wäre die Affäre allmählich im Sande verlaufen: Sie hätten sich immer seltener getroffen, die Leidenschaft wäre langsam versickert. Sie sagte sich, sie könne stolz darauf sein, diejenige gewesen zu sein, die den Mut gehabt hatte, etwas zu beenden, was bereits in den letzten Zuckungen lag, aber sie empfand keinen Stolz, sie fühlte sich nur trostlos und leer.

Er küßte sie, bevor er sich von ihr trennte. Sie schloß die Augen und roch Federn und Fäulnis. Einmal blieb er noch stehen, bevor er ging. »Ach, übrigens«, sagte er: »Henry Wyborne hat sein Mandat niedergelegt. Wußtest du das?« Dann ging er davon.

Die Monate verstrichen. Der sengende Sommer 1976 erschien ihr wie Hohn auf die Kälte, die sie umfing. Ein schöner Tag folgte auf den anderen. Die Sonne leuchtete weiß an einem mittelmeerblauen Himmel, und in der Dürre wurde das Wasser knapp, Bäche und Teiche trockneten aus. Staub hüllte die Autos ein, die an der Straße parkten, und in den Gärten welkten die Blumen. Pflichtschuldig legte Katherine einen Ziegelstein in den Spülkasten der Toilette und goß ihre Topfpflanzen mit ihrem Badewasser.

Ende August mieteten Hector und Alice für zwei Wochen ein Ferienhaus in Lyme Regis. Katherine besuchte sie ein paar Tage. Das Haus hatte blau gestrichene Wände, und die Räume waren so niedrig, daß Hector ständig den Kopf einziehen mußte. Abends machten sie Brettspiele und sahen fern; jeden Morgen wanderten sie über die flachen umbrabraunen Felsen am Meeresrand. Rotbraune Seeanemonen glänzten in kleinen Tümpeln, und onyxfarbene Krebse krochen über die Felsen.

Die aus den Kalksteinwänden herausgebrochenen Gesteinsbrocken enthüllten ihre Geheimnisse: Ammonshörner, Seeigel, die feinen Teufelsfinger von Belemniten.

Gegen Mittag pflegte Katherine den Schatten aufzusuchen und ihre bleichen Glieder vor der Sonne zu verstecken. Die Brandung rollte zischend den Strand hinauf, und sie konnte stundenlang dasitzen, das Spiel der Wellen und das Glitzern der Sonne auf dem Wasser beobachten. Ihr Herz, so leer und kalt, schien sich ein wenig zu erwärmen. Sie dachte, in sechs Monaten wird es mir bessergehen. In einem Jahr werde ich nicht mehr ständig an ihn denken. In fünf Jahren werde ich kaum noch an ihn denken.

Die Augen mit der Hand beschattend, beobachtete sie Alice, die ihr Netz in einen Felsentümpel tauchte. Hectors Hand lag beschützend auf ihrer Schulter. Alice zog das Netz aus dem Wasser, tat einen Blick hinein und hüpfte jauchzend auf und nieder.

Katherine griff in ihre Handtasche und nahm eine Ansichtskarte heraus. Lächelnd schrieb sie Livs Adresse darauf. Wärst du nicht gewesen, Rachel, dachte sie, dann hätte ich mich nie mit Liv ausgesöhnt. Also, wo auch immer du bist, ich hoffe, du bist zufrieden mit dir.

17

FELIX TRENNTE EINEN Teil der Scheune ab, um ein kleines Büro und ein Atelier für Liv zu schaffen. Ein weiterer abgeteilter Raum diente als Werkstatt zum Herstellen und Mischen der Farben. Bald nach ihrem Einzug kaufte Felix eine Druckmaschine, um die Produktion zu beschleunigen. Liv arbeitete jeden Tag im Geschäft mit, sobald sie die Kinder zur Schule gebracht hatte; um halb vier ließ sie alles stehen und liegen und sauste los, um Freya und Georgie abzuholen. In der Scheune war den ganzen Tag das Zischen der Dampftrockner und das Rattern der Druckwalzen zu hören. Nach dem Druck wurde das Material mit Heißluft getrocknet, zur Entfernung des Farbüberschusses gewaschen und dann dampfgetrocknet. Die dunstige Luft war durchzogen von den Gerüchen der Farbstoffe. Liv fand das alles herrlich. Sie liebte den Lärm, die scharfen Gerüche, die Farben. Das Schönste war für sie der Moment, wenn sie ihren Entwurf zum erstenmal auf dem frisch bedruckten Stoff sah: leuchtend roten Klatschmohn vor zartgelben Ähren; Kletterrosen, die sich um ein Spalier rankten.

Felix kündigte bei der Bank, um sich ganz dem Geschäft widmen zu können. Er kaufte das Material und die Farbstoffe ein, hielt stets die Augen offen, um keine neuen technischen Entwicklungen zu verpassen, und reiste im ganzen Land umher, um zusätzliche Absatzmöglichkeiten für ihre Textilien zu sichern. Liv entwarf die Muster, mischte die Farben und überwachte den Druckprozeß. Daphne Maynard paßte auf die Kinder auf, wenn Liv zu tun hatte, und sprang helfend ein, wo immer nötig, wenn sie einen eiligen Auftrag hatten.

Im Dezember 1976 kehrten Thea und Richard nach England zurück und ließen sich in Richards Haus in Fernhill nieder. Richards Arthritis, durch seine Kriegsverletzung hervorgerufen, hatte sich verschlimmert; eine Operation würde sich aller Voraussicht nach nicht vermeiden lassen. Felix, Liv und die Mädchen besuchten die beiden zu Weihnachten. Theas wuchtige kretische Keramiken teilten sich die dezenten, eleganten Räume des Queen-Anne-Hauses mit Richards Büchern und Manuskripten. Thea hatte begonnen, die verblichenen Sofas und Chaiselonguen neu zu beziehen, mit Stoffen, deren Farben – Sand, Azur, Türkis – an mediterrane Landschaften erinnerten.

Am Abend vor ihrer geplanten Rückkehr nach Norfolk hatte Liv ein Gespräch mit ihrer Mutter, um das diese sie gebeten hatte. Thea erzählte ihr, daß sie wegen Richards Gesundheitszustand fürchteten, in Zukunft nicht mehr reisen zu können und darum auf Umwegen von Kreta nach England zurückgekehrt waren, mit Abstechern in all die Gegenden, die sie noch nicht gesehen hatten: Malta und Nordafrika, Portugal und Spanien. In einem kleinen Hotel in Marrakesch war dem Eigentümer Theas Nachname aufgefallen. »Fairbrother«, hatte er stirnrunzelnd gesagt. »Wir hatten vor nicht allzulanger Zeit einen Gast dieses Namens, einen Herrn.« Er zeigte Thea den Eintrag im Hotelregister. *S. Fairbrother*, stand da, und Thea stockte beim Anblick des Schriftzuges einen Moment lang der Atem.

»Ich kann es bis heute nicht mit Sicherheit sagen«, erklärte sie und sah Liv an. »Die Handschrift ändert sich, wenn der Mensch älter wird, außerdem habe ich Fins Unterschrift seit Jahren nicht mehr gesehen. Aber es ist möglich, daß der Eintrag von der Hand deines Vaters stammt.« Sie habe nachgeforscht, fügte Thea hinzu, aber weiter nichts in Erfahrung bringen können.

»Ich war mir nicht sicher, ob ich mit dir darüber sprechen sollte, Liv«, sagte sie, »aber du machst mir einen so glücklichen Eindruck, daß ich denke, selbst wenn es wieder nur eine Sackgasse ist, eine weitere Enttäuschung ...« Thea nahm ihre Tochter in die Arme.

In der Nacht, als sie neben dem schlafenden Felix im Bett lag, stellte sich Liv ihren Vater vor, der auf einem endlosen Weg rund um die Welt wanderte. Die unbeantworteten Fragen, die sie seit ihrer Kindheit gequält hatten, hatten die Macht verloren, sie in ihrer Selbstgewißheit zu erschüttern. Er hatte sie nicht verlassen, weil er sie nicht geliebt hatte oder weil sie ihm keine gute Tochter gewesen war. Er war aus freien Stücken gegangen, nicht weil sie ihn dazu getrieben hatte. Sie wußte mittlerweile genug über die Liebe und das Scheitern der Liebe, um sich keine Schuld am Verschwinden ihres Vaters zu geben und es ihm nicht mehr nachzutragen, daß er sie verlassen hatte. Mit einem Seufzen drehte sie sich auf die Seite und schlang ihre Arme um Felix. Dann schloß sie die Augen und schlief ein.

Im neuen Jahr stellten sie eine Halbtagskraft ein, ein junges Mädchen aus dem Dorf, das vor allem die Büroarbeiten erledigen sollte. Es gab jetzt ein Telefon im Samphire Cottage und, zu Freya und Georgies Entzücken, ein Fernsehgerät. Liv hatte Autofahren gelernt und sich einen kleinen Wagen gekauft. Das Telefon und das Auto gaben ihr ein Gefühl von Freiheit. Zum erstenmal, seit sie erwachsen war, hatte sie keine Geldsorgen. Sie wußte zwar, daß das Geschäft noch auf wackeligen Beinen stand, aber sie hatte mehr Geld zur Verfügung als je zuvor. Obwohl Felix darauf bestand, den größtmöglichen Teil der Gewinne wieder anzulegen, konnte Liv den Mädchen die Kleider, Bücher und Spielsachen kaufen, die sie brauchten. Einmal im Monat etwa gingen sie alle vier zum Essen in ein Restaurant. Freya nahm im Gemeindehaus Ballettstunden, und Liv hatte Georgie versprochen, sie dürfe Reitunterricht nehmen, sobald sie alt genug sei.

Felix lebte weiter in London. Als er Liv im neuen Jahr vorgeschlagen hatte, sie sollten zusammenziehen, und sie das abgelehnt hatte, war es beinahe zum Streit zwischen ihnen gekommen. »In guten Wochen«, sagte er, »verbringen wir vielleicht zwei oder drei Nächte zusammen. In schlechten können wir von Glück reden, wenn wir mal eine halbe Stunde für uns allein haben.« Liv entgegnete, daß sie sich nicht häufiger sehen würden, wenn sie unter einem Dach lebten. Er sei schließlich die halbe Woche auf Reisen und habe außerdem persönliche Verpflichtungen – er brauche nur an seinen Vater zu denken und an seinen Vorsatz, Wyatts, sein Elternhaus, zurückzuerwerben. Es sei ja nicht so, sagte sie und gab ihm einen Kuß, daß sie ihn nicht häufiger sehen wolle; aber das gegenwärtige Arrangement passe ihnen doch beiden sehr gut. Freya und Georgie hätten sich hier in der Schule eingelebt, und nach dem vielen Hin und Her in ihren frühen Jahren wolle sie sie jetzt nicht wieder aus ihrem Rhythmus herausreißen. Sie sei hier in der Nähe der Produktion; er sei in London in der Nähe von Toby und den großen Londoner Geschäften. Er zog sie an sich und drückte ihren Kopf an seine Schulter. »Du fehlst mir eben, Liv«, sagte er. »Ich möchte immer in deiner Nähe sein.«

Als sie später allein war, gestand sie sich ein, daß ihr die Stille und Abgeschiedenheit des Hauses immer noch sehr wichtig war. Das Samphire Cottage war ihr Rückzugsort und Zuflucht. Nach der Hektik und dem Lärm in ihrem kleinen Betrieb genoß sie die Ruhe. Oft setzte sie sich am Ende eines langen Tages mit einem Glas in den Anbau und sah zu, wie die Sonne am Horizont versank. Wenn sie genau hinhörte, konnte sie das ferne Murmeln des Meeres vernehmen. Ihr Leben schien endlich in eine ruhige, glücklichere Phase eingetreten zu sein. Sie war sich der Zerbrechlichkeit dieses kleinen Glücks bewußt und wollte nicht riskieren, es durch äußere Veränderungen zu stören. Sie sagte sich, daß sie sich ihre Unabhängigkeit zu hart erkämpft habe, um sie leichtfertig wieder aufzugeben. Und wenn sie tief im Innern wußte, daß ihr Widerstreben, eine engere Bindung mit Felix einzugehen, auf dem Mißtrauen beruhte, das die Jahre mit Stefan sie gelehrt hatten, so verscheuchte sie den Gedanken, nicht bereit, sich mit ihm auseinanderzusetzen.

Freya war jetzt sieben Jahre alt, Georgie war fünf. Beide besuchten die Grundschule im Dorf. Beide akzeptierten es zu Livs Erleichterung anstandslos, daß Felix praktisch zur Familie gehörte. Wenn sie an seltenen freien Tagen alle zusammen ins Kino gingen oder zu einem Picknick ans Meer fuhren, wirkten sie, zumindest für den Außenstehenden, wie eine richtige Familie. Aber Liv wußte, daß sie ihre Töchter nicht mit einer Lüge aufwachsen lassen dürfte, und suchte darum ein altes Foto von Stefan heraus, das sie rahmte und im Zimmer der Kinder aufhängte.

Georgie warf einen flüchtigen Blick darauf und fuhr fort, ihre kleinen rosaroten Plastikschweinchen in einer Tasse zu baden; Freya betrachtete das Schwarzweißbild lange und zeichnete Stefans Züge mit der Spitze ihres Zeigefingers nach. Liv suchte nach Worten, um Stefan seiner intelligenten, ruhelosen siebenjährigen Tochter zu erklären; nach den rechten Worten, um ihr klarzumachen, daß Stefan sie immer geliebt hatte, auch wenn er nicht bei ihr hatte sein können. Freyas Augen – das dunkle, dichte Blau von Stefans Augen – blickten sie mit einem Ausdruck an, der voll Neugier, Sehnsucht und Erwartung war.

In der ersten Hälfte des Jahres 1977 florierte das Geschäft. Liv entwarf eine Serie von Mustern, zu denen sie sich von den alten Tapetenmodeln der Firma Corcoran hatte anregen lassen. Einer der Stoffe, »Rosenrot«, fand so großen Anklang, daß er in der Maiausgabe von »House and Garden« auf der Titelseite vorgestellt wurde.

Ende Juni bot Thea an, die Kinder zu hüten, um es Felix und Liv zu ermöglichen, über ein verlängertes Wochenende wegzufahren. Nach Kundenbesuchen in Edinburgh und Glasgow verbrachten sie einige Tage in einer Pension im Lake District, direkt an den Ufern des Lake Windermere. Göttlich, dachte Liv, einmal nicht in aller Frühe aufstehen zu müssen; göttlich, nicht kochen zu müssen, stundenlang zu lesen, ohne gestört zu werden, und mit Felix im Bett zu bleiben, ohne ständig auf das Trippeln kleiner Füße im Korridor zu lauschen.

Am Sonntag nachmittag fuhren sie auf dem M6 zurück. Liv schaute in die Karte, die offen auf ihrem Schoß lag, und da sprangen ihr die Ortsnamen ins Auge – Lancaster, Caton, Littledale. Sie sah Felix an. »Haben wir Zeit für einen kleinen Abstecher?«

»Ja, dazu müßte es eigentlich reichen. Wohin willst du denn?«

»Nach Holm Edge.«

Sie spürte seinen Blick. »Bist du sicher?«

Sie nickte. Bei Caton verließen sie die Schnellstraße. Häuser und Geschäfte des kleinen Orts weckten Erinnerungen. Sie sah sich, wie sie damals gewesen war, wie sie den schweren Kinderwagen den Bordstein hinaufbugsierte, aus Angst vor Stefan von Geschäft zu Geschäft hetzte, um nur ja nicht zu spät nach Hause zu kommen.

Sie lotste Felix. Als sie die Littledale Road hinauffuhren, blickte sie aufwärts und suchte nach dem Haus auf dem Hügel. Ihr fiel wieder ein, wie sie damals dem Plan gefolgt war, den Stefan auf ihren Handrücken gezeichnet hatte; wie sie Holm Edge das erste Mal gesehen hatte.

»Da ist es!« Sie zeigte mit ausgestrecktem Arm hin.

»Ich habe es mir größer vorgestellt.« Einen Moment lang richtete Felix seinen Blick auf das Haus. »Ich hatte immer so einen riesigen neugotischen Kasten vor Augen.«

Sie rumpelten den Ziehweg hinauf. »Die Stechpalme«, sagte sie. »Sie ist nicht mehr da.« Ein Baumstumpf war alles, was von der Stechpalme geblieben war, die damals am Tor gestanden hatte. Das Tor selbst war verrostet, die Scharniere waren gebrochen. Irgendwie erwartete sie, Stefans 2CV zu sehen, als sie über die Trockenmauer blickte, aber der Garten war natürlich leer und verwildert. Die Fenster des Hauses blickten schwarz und leer.

Sie versuchte, das Tor zu öffnen, das tief in den Schlamm eingesunken war. Felix stemmte sich mit seinem ganzen Gewicht dagegen und konnte es wenigstens so weit aufstoßen, daß sie in den Garten gelangen konnten. Disteln und Brennesseln schlugen ihnen um die Beine, als sie durch das Gras gingen. Zum Tal hinunterblickend sah Liv, daß das Gestrüpp, wo sie damals Brombeeren für Marmelade gepflückt hatten, inzwischen zu doppelter Größe angewachsen war und seine dornigen Ranken weit über den steinigen Boden sandte.

Das Haus sah aus, als wäre es seit Jahren unbewohnt. Ein

Teil des Daches war eingebrochen, graue Schiefersplitter sprenkelten das Gras. Einige Fenster hatten keine Scheiben mehr, andere waren blind vor Schmutz und Spinnweben. Die Haustür, von der aller Lack abgesprungen war, war nicht abgesperrt; als Liv sie öffnete, sah sie drinnen die Mörtelbrocken, die von der Decke herabgefallen waren. In der Küche hingen die Schranktüren schief in den Angeln, und auf dem Boden stand braunes Wasser. Liv ging außen um das Haus herum und spähte durch ein schmutziges Fenster in den Raum, der einmal Stefans Arbeitszimmer gewesen war. Durch das halbblinde Glas gesehen, wirkte er von einer dunstigen grauen Düsternis umfangen, so daß sie es sich, wenn sie die Augen zusammenkniff, vorstellen konnte, wie es damals gewesen war: Stefans Schreibtisch, die Bücherstapel und über die Wände ausgebreitet das grellfarbene Spinnennetz der Gliederung seines Buchs. Es überraschte sie, wie klein Küche und Arbeitszimmer waren, wie niedrig die Decken und eng beieinander die Wände. Die Räume, das Haus, ja, die Landschaft selbst schienen im Lauf der Jahre geschrumpft zu sein.

Sie ging in den alten Stall. »Das Tor mußten wir als Brennholz verwenden«, erklärte sie Felix. »Wir hatten wegen des Bergarbeiterstreiks keine Kohle mehr, da hat Stefan einfach das Tor zusammengeschlagen.« Ein Fetzen rotes Papier fiel ihr ins Auge. Sie bückte sich und hob es auf. Ein Rest einer Kit-Kat-Verpackung.

»Da hat jemand Feuer gemacht.« Felix stieß mit der Schuhspitze ein kleines Häufchen grauer Asche an. »Und schau mal, da!« Mehrere leere Dosen, Mineralwasserflaschen und eine verfilzte Wolldecke lagen in einer Ecke.

»Kinder wahrscheinlich, die hier gespielt haben.«

»Oder ein Landstreicher.« Er sah sie fragend an. »Hast du genug gesehen?«

Sie nickte. Sie traten wieder ins Freie. Eine Wolke schob sich vor die Sonne und warf einen Schatten auf das Gras. Liv drehte sich herum und blickte zu den Hügeln hinauf. Die Heide wogte sanft im Wind. Ihr war plötzlich kalt, und sie zog ihren Mantel fester um sich.

Sie gingen zum Wagen zurück. »Wir können über Land fahren, wenn du Lust hast«, sagte Felix. »Durch den Trough of Bowland. Das dauert vielleicht ein bißchen länger. Aber um diese Jahreszeit ist es bestimmt sehr schön.«

Sie betrachtete ihn eine Weile schweigend, während er über die Karte gebeugt saß. Sie wußte jetzt, daß das Haus und das Land, das es umgab, alle Macht über sie verloren hatten. Sie konnten ihr keinen Schmerz mehr bereiten. Sie war frei. Was sich hier abgespielt hatte, das war vorbei, ein für allemal beendet. Sie erinnerte sich, was sie im vergangenen Sommer zu Felix gesagt hatte. *Felix, ich begehre dich, und ich mag dich, und ich bin gern mit dir zusammen, aber ich weiß nicht, ob all das zusammen Liebe ergibt.* Was war ich doch für eine Idiotin, dachte sie. Aber wenigstens weiß ich es jetzt.

Sie hatten einen ungewöhnlich kalten, feuchten Sommer, aber zweimal im Lauf dieser grauen regnerischen Monate konnte Felix triumphieren: das erste Mal, als er auf der Fahrt durch Bristol Vorhänge mit ihrem »Rosenrot«-Muster in den Fenstern eines Hauses hängen sah; das zweite Mal an dem Tag, an dem er der Bank das Darlehen zurückzahlte, das sein Vater aufgenommen hatte. Er hätte die größte Lust gehabt, direkt zur Bank zu fahren, dem Filialleiter ein Bündel Scheine auf den Schreibtisch zu werfen und ihm die Nase hineinzustecken, aber er beschränkte sich darauf, einen Scheck zu schicken.

Bernard war gerührt und dankbar, aber hinter seinen überschwenglichen Dankesworten schien sich eine Hoffnungslosigkeit zu verbergen, die Felix beunruhigte. Selbst in den schlimmsten Zeiten hatte Bernard nie aufgegeben. Nach dem Herzinfarkt hatte er um sein Leben gekämpft; er hatte die Versteigerung des Hauses und das Bankrottverfahren mit unerschütterlicher Würde ertragen und beherzt versucht, sich den neuen Lebensumständen anzupassen. Jetzt aber, so teilte Mia Felix im Vertrauen mit, ernährte Bernard sich nur von Brot und Käse, wenn sie nicht zu Hause war, weil es ihm zuviel Mühe war, sich etwas zu kochen. Er kaufte sich keine Zeitung mehr und saß stundenlang vor dem Fernsehapparat. Mia hatte ihn immer wieder ermuntert, einem Club beizutreten oder sich wenigstens ab und zu in die öffentliche Bibliothek zu setzen und zu lesen, aber das hatte nichts gefruchtet. Bernard hatte sich ein- oder zweimal dazu aufgerafft, dann war alles wieder beim alten gewesen.

Für Felix war das nur ein offenkundiger Beweis dafür, wie sehr sein Vater Wyatts vermißte. Wie sehr er es *brauchte*. Früher einmal hatte er Haus und Park seine ganze Freizeit gewidmet. Er hatte die Wochenenden damit zugebracht, kleinere Reparaturen am Haus vorzunehmen und den Park instand zu halten. Bernard war ein Mann, der sich gern praktisch betätigte, und in dem engen kleinen Haus in Norwich hatte er dazu kaum Gelegenheit. Die kleinen Räume und der bescheidene Garten waren nicht seine Welt. Felix erinnerte sich des erschreckenden Gesprächs, das er im vergangenen Jahr mit Mia geführt hatte, doch er wischte die Erinnerung weg. Mia war es sicherlich nicht ernst damit gewesen, als sie gesagt hatte, sie hasse Wyatts; sie hatte nur einen schlechten Tag gehabt.

Wenn er vom Geschäft nach London zurückkehrte, nahm er stets einen Weg, der ihn an Wyatts vorbeiführte. Eines Tages bemerkte er hinter dem flirrenden Grün von Buchenblättern eine blau-gelbe Tafel. Er bremste scharf ab. Das Herz schlug ihm bis zum Hals, und sein Mund war trocken, als er aus dem Wagen sprang. *Zu verkaufen*, stand auf dem Schild.

Er ging die Auffahrt hinunter. Eine Frau öffnete ihm auf sein Klopfen. Sie war um die Vierzig und mit lässiger Eleganz gekleidet – gutsitzende helle Hose, marineblauer Blazer mit Messingknöpfen, eine Baumwollbluse in Rosé. Sie war nicht erfreut über seinen Besuch. »Nur nach Vereinbarung«, sagte sie scharf und nahm den Schäferhund am Halsband, der neben ihr stand. »Das steht extra auf der Tafel. Am besten setzen Sie sich mit dem Makler in Verbindung.«

Er versuchte es mit einem freundlichen Lächeln und ein paar im besten Nobelinternats-Englisch vorgebrachten Komplimenten über das Haus und seine Lage, worauf sie etwas zugänglicher wurde. Sie sei Mrs. Darnell, sagte sie und nannte ihm den für das Haus geforderten Preis. Fünfundsechzigtausend Pfund. Felix' Herz tat einen kleinen Sprung. Vor vier Jahren hatten sie vierzigtausend für Wyatts bekommen. Das Haus stehe seit drei Wochen zum Verkauf, berichtete Mrs. Darnell, aber bis jetzt seien die Interessenten ausgeblieben. Sie zog säuerlich die Mundwinkel herab. Sie hatten es als Kapitalanlage gekauft, erklärte sie, bräuchten aber jetzt Geld. Sie wollten schnell verkaufen. Das Geschäft ihres Mannes ...

Er ging zum Wagen zurück, fuhr ins nächste Dorf und setzte sich zum Mittagessen in ein Pub. Fünfundsechzigtausend Pfund ... Er trank nur einen einzigen Whisky zur Beruhigung seiner Nerven, dann begann er zu rechnen. Mrs. Darnell würde sich zugunsten eines schnellen Abschlusses wahrscheinlich ein paar tausend Pfund herunterhandeln lassen. Er hatte sein Londoner Haus zu einem günstigen Zeitpunkt in einer Gegend mit Zukunft gekauft, es sollte gut fünfundzwanzigtausend oder so einbringen. Er würde die wenigen Wertpapiere, die seine Mutter ihm hinterlassen hatte, verkaufen; er war sicher, Rose würde das auch tun, wenn er sie darum bat. Den Rest würde er aufnehmen müssen. Keine Bausparkasse würde ihn finanzieren – er war selbständig, Teilhaber eines Unternehmens, das sich erst zu entwickeln begann –, er würde sein Glück also an anderer Stelle versuchen müssen. Sobald er wieder in London war, würde er einige seiner früheren Bankkollegen aufsuchen, es gab da einige Leute, die ihm noch etwas schuldig waren. Er würde seine Beziehungen in der City spielen lassen.

Er öffnete seinen Hemdkragen. Ihm war heiß, und sein Puls raste, als hätte er Fieber. Ein Blick auf seine Uhr sagte ihm, daß ihm vor der Rückfahrt nach London noch genug Zeit blieb, um einen Abstecher nach Norwich zu machen. Um seinen Vater die erfreuliche Nachricht zu überbringen. Auf der Fahrt plagten ihn Ängste. Der Kapitaleinsatz, der im Geschäft noch dringend nötig war und von dem er Mittel würde abzweigen müssen ... die beunruhigende Tatsache, daß die Gewinne des Geschäfts von Monat zu Monat heftig schwankten.

Aber, sagte er sich mit grimmiger Entschlossenheit, sie hatten einen Anspruch auf Wyatts; es gehörte ihnen. Er sah schon Liv mit Freya und Georgie im Park spielen … und im Kinderzimmer vielleicht ein drittes Kind, ihr gemeinsames Kind …

Als er sich der Straße näherte, in der sein Vater wohnte, hörte er Sirenengeheul. Im Rückspiegel sah er Blaulicht blinken und fuhr zur Seite, um den Rettungswagen vorbeizulassen, der in hohem Tempo um die nächste Ecke bog. Wer von den Nachbarn ist es? dachte er, und eine schreckliche Angst packte ihn plötzlich. Die ganze Zuversicht des Tages wurde von einem beklemmenden Verdacht verdrängt, als er den Gang einlegte und dem Rettungswagen folgte.

In diesem Sommer starb Philip Constant. Die Anfälle hatten sich im vergangenen Jahr gehäuft, und Ende Juli hatte er eine massive Attacke erlitten. Katherine nahm sich frei und fuhr nach Cambridge ins Addenbrooks-Krankenhaus. Zunächst hing Philip an unzähligen Schläuchen und Kabeln, aber nach zwei Tagen kam ihr Vater ins Zimmer und entfernte sie alle. Er tat es so behutsam und vorsichtig, als wäre es noch möglich, die stille Ruhe seines jüngsten Sohnes zu stören. Katherine wußte, was das Abschalten der Geräte zu bedeuten hatte: Philip würde nicht überleben.

Abwechselnd mit ihrer Mutter wachte sie am Bett ihres Bruders. Sie wußte, daß Philip sich schon sehr weit von ihr entfernt hatte; sie spürte, daß er nur noch einen letzten Schritt tun mußte, um die Grenze zu überschreiten. Von Zeit zu Zeit ging sie aus dem Krankenhaus ins Freie hinaus, geblendet vom Licht der Sonne, fassungslos, daß die Welt sich ungerührt weiter drehte. Während sie im botanischen Garten auf einer Bank saß, mußte sie gegen den Impuls ankämpfen, den sorglosen Fremden rundherum schreiend zuzurufen, daß hier, ganz in ihrer Nähe, ein zwanzigjähriger Junge im Sterben lag.

Als der Tod schließlich eintrat, war er nur ein langsames Versiegen des Atems, ein endgültiger Stillstand der von Krankheit geschwächten Organe. Als Katherine sah, daß es vorbei war, ließ sie ihre Mutter mit Philip allein und ging hinaus in den Korridor. Dort stand Simon an einem Fenster. Als er sie sah, legte er nur wortlos seine Arme um sie und hielt sie an sich gedrückt, während sie weinte.

Während der Trauerfeier eine Woche später kümmerte sich Katherine abwechselnd mit Michael und Sarah um deren kleinen Sohn Tristram. Tristram war ein dickes, sabberndes, ewig quengelndes Baby, für das Katherine kaum Tantengefühle aufbringen konnte, aber es war wenigstens eine Ablenkung, immer wieder Speichel von der schwarzen Kostümjacke entfernen zu müssen. So viele Menschen, dachte sie, als sie ihren Blick durch die Kirche schweifen ließ. Sie hatte nicht gewußt, daß Philip so vielen Menschen am Herzen lag. Es waren mehrere Leute aus dem Heim da, in dem Philip als Erwachsener gelebt hatte, Lehrer und Schüler aus der Sonderschule, die er in jüngeren Jahren besucht hatte. In den vorderen Reihen saßen Freunde und Nachbarn und Kollegen ihres Vaters, und drüben auf der Seite erkannte Katherine Liv, Thea und Richard. Als die Orgel zu brausen begann, sah sie hinten Hector leise zur Tür hereinkommen und fühlte sich ein wenig getröstet.

Auf dem Friedhof drückte ein weißer, wolkenverhangener Himmel auf sie hinunter. Die Luft schien heiß und feucht, wie zwischen Himmel und Erde zusammengepreßt. Nach der Beerdigung versammelten sich die Trauergäste im Haus der Familie Constant. Katherine reichte Brötchen herum, machte Tee, unterhielt sich mit Tanten und Onkeln, die sie seit Jahren nicht gesehen hatte.

Sie stand in der Küche zwischen Stapeln schmutzigen Geschirrs und versuchte Eiswürfel aus einer Schale zu drücken, als die Tür aufging und Hector hereinkam. Die letzten Reste ihrer mühsam bewahrten Haltung brachen zusammen. Sie sagte: »Danke dir, daß du gekommen bist, Hector. Das habe ich wirklich nicht erwartet. Der weite Weg. Und die Buchhandlung ...« Der Eiswürfel entschlüpfte ihren Fingern und rollte über den Boden.

»Warte, ich mach das«, sagte er. Er nahm ihr die Eisschale ab und entleerte sie geschickt in den Krug. »Du glaubst doch nicht, daß mir der blöde Laden wichtiger ist als hierherzukommen, Katherine?«

Sie sagte schwach: »Aber du hast doch Philip kaum gekannt.«

»Darum geht es doch gar nicht. Ich kenne *dich*. Ich weiß, was er dir bedeutet hat.« Einen Moment war es still, dann setzte er hinzu: »Entschuldige – ich wollte nicht grob sein. Das ist das letzte, was du jetzt brauchst. Du siehst ganz fertig aus. Komm, setz dich.« Er zog einen Stuhl heraus.

Katherine stand unschlüssig da. »Die Zitronenlimonade … und ich glaube, es ist nicht mehr genug Tee da.«

»Das mach ich schon. Komm, setz dich. Sofort!«

Sie lächelte dünn. »So bestimmt, Hector.«

Er lächelte schief. »Ich habe eben auch meine starken Momente.«

Sie setzte sich. Er hatte recht, sie war todmüde. Die Beine taten ihr weh, und seit dem Morgen schon hatte sie Kopfschmerzen. Sie schloß die Augen und hörte Hector hinausgehen.

Als er zurückkam, sagte er: »So, das ist erledigt, jeder hat seinen Tee oder was sonst bekommen. Ich wollte dir einen Scotch mitbringen, aber es scheint keiner dazusein.«

»Im Schrank unter der Spüle ist Kognak. Für rein medizinische Zwecke.«

Hector kramte zwischen Waschpulver und Bleiche nach dem Kognak. Er goß einen kräftigen Schluck ein und drückte Katherine das Glas in die Hände. »Möchtest du etwas essen?«

»Nein danke. Unmöglich.«

»Dann – möchtest du darüber sprechen?«

»Über Philip? Nein. Da gibt es nichts mehr zu sagen.« Sie fühlte sich wie entleert, ausgelaugt von den Ereignissen der letzte Woche. »Ehrlich gesagt, ich bin es einfach leid zu reden. Ich hab das Gefühl, ich hätte die letzten Stunden damit zugebracht, immer wieder dasselbe zu sagen. Daß es eine Gnade war, daß es wenigstens am Ende leicht war und daß er keine Schmerzen hatte – na ja und so weiter.«

Er ließ heißes Wasser ins Spülbecken laufen. »Aber du empfindest es gar nicht so?«

»Hector, ich bin so wütend!« Sie starrte durch die Terrassentür hinaus in den Garten. »Ich sag das alles höflich und ruhig, und in mir tobt es vor Wut über die Ungerechtigkeit und die Sinnlosigkeit.« Sie versuchte, sich in den Griff zu bekommen. »Ich möchte so gern an etwas anderes denken – etwas anderes tun –, aber ich kann nicht, und es macht mich nur müde und wütend zugleich.«

Er tauchte schmutzige Teller ins Wasser. »Du hast uns gefehlt, Alice und mir. Wann kommst du nach London zurück?«

»Bald. Auf meinem Schreibtisch türmt sich die Arbeit.«

»Dann unternehmen wir was zusammen. Ich such mir jemanden, der auf Alice aufpaßt. Wir können ins Theater gehen. Uns ein paar Filme anschauen ...«

»Ich glaube nicht, daß du dich mit mir amüsieren würdest.«

»Katherine, du hast es jahrelang mit mir ausgehalten. Weiß der Himmel, warum. Mit mir konnte sich bestimmt niemand amüsieren. Das ist doch wohl das mindeste, daß ich versuche, mich zu revanchieren. Außerdem hab ich mir überlegt ...«

»Was, Hector?«

»Ob ich nicht mit Alice einmal nach Bellingford fahren soll.«

Sie sah ihn an. »Um den Gespenstern ins Gesicht zu sehen?«

»Um sie endgültig zu vertreiben.« Er stellte ein gespültes Glas auf das Abtropfbrett. »Ich kann doch nicht zulassen, daß Alice mit der Vorstellung heranwächst, ihre ganze Familie bestünde aus einem Haufen alter Fotos in einem Album.«

»Wann willst du denn fahren?«

»Ich weiß noch nicht. Wenn es sich mit Schule und Geschäft vereinbaren läßt. Wir würden auf jeden Fall ein Wochenende brauchen – die Strecke ist zu weit, um an einem Tag hin- und zurückzufahren.« Er wandte sich ihr zu. »Wenn wir fahren, würdest du dann mitkommen, Katherine?«

»Zur moralischen Unterstützung?«

»Zum Teil. Aber auch ...« Er brach ab. Dann sagte er: »Auch weil ich mich freuen würde, dich dabeizuhaben.«

»Klar komme ich mit, Hector. Gern.«

»Danke dir.« Er neigte sich zu ihr und berührte ihren Mund mit seinen Lippen.

Sie lachte ein wenig. »Ich glaube«, sagte sie und wußte selbst nicht, ob sie lachte oder weinte, »ich bin noch nie in meinem Leben von einem Mann mit Gummihandschuhen und Schürze geküßt worden.«

Eines Nachts erwachte Liv und hörte Schritte. Dann ein feines, gedämpftes Knacken, wie von einem Ästchen, das brach, oder einem Streichholz, das angerissen wurde. Lauschend setzte sie sich auf, und es schien ihr, sie hörte, wie nasse Grasbüschel unter Schuhsohlen zusammengedrückt wurden. Aber sie konnte das schwache rhythmische Geräusch nicht vom Schlag ihres Herzens unterscheiden. Dann jedoch folgte ganz unverkennbar das leise metallische Klicken, als das Gartentor einschnappte. In der Stille danach interpretierte sie jedes Geräusch – das Rascheln des Windes in den Weiden, das Knarren der Dielen in dem alten Haus – als Beweis für die Existenz eines Eindringlings. Sie zog den Vorhang zur Seite und schaute aus dem Fenster. Der Garten war still und leer, in Mondlicht getaucht.

Sie legte sich wieder hin, konnte aber nicht einschlafen. Ihre Gedanken kreisten, ganz unvermeidlich, um die Ereignisse des Sommers. Um den Tod von Felix' Vater und den Philip Constants nur sechs Wochen später. Mehrmals hatte sie in den vier Wochen, die seit Philips Tod vergangen waren, Katherine in den Armen gehalten, während die um ihren Bruder geweint hatte. Es tat ihr weh, daß Felix ihr nicht erlaubt hatte, das gleiche für ihn zu tun.

Der zweite Herzinfarkt hatte Bernard Corcoran auf der Stelle getötet. Nach dem Tod seines Vaters hatte Felix sich in die Arbeit gestürzt und steckte seither alle Kraft in das Geschäft. Gesprochen hatte er kaum von seinem Vater und jeden Versuch Livs, das Thema zur Sprache zu bringen, zurückgewiesen. Während sie jetzt in der Dunkelheit wach lag, sagte sie sich zum hundertstenmal, daß Felix eben seinen Schmerz auf seine Weise verarbeiten müsse. Meistens gelang es ihr, das zu glauben. Aber allein in der trostlosen Schwärze der Nacht, konnte sie sich des Ansturms der quälenden Gedanken, die es ihr bei Tag zu unterdrücken gelang, nicht erwehren: daß Felix ihr nicht erlaubt hatte, seinen Schmerz mit ihm zu teilen; daß er den Trost, den sie ihm geben wollte, ablehnte; daß ihre Gefühle füreinander armselig waren und nur in guten Zeiten trugen.

Sie schlief schlecht und ging, nachdem sie sehr früh aufgewacht war, gleich in den Garten hinaus, um nach Spuren eines Eindringlings zu suchen. Aber sie fand nichts: keine weggeworfenen Zigarettenstummel; keine Fußabdrücke in der feuchten Erde. Sie sagte sich, es sei nur Einbildung gewesen, sie habe den normalen Geräuschen der Nacht eine bedrohliche Bedeutung beigemessen.

Aber drei Tage danach, als sie am Spätnachmittag aus der Scheune nach Hause kam, war das Gartentor offen und schwang leise im Wind. Das Schloß hatte eine etwas komplizierte Sicherung, mit der Georgie gerade erst umgehen gelernt hatte. Seither bestand sie darauf, eigenhändig das Tor zu schließen, wenn sie weggingen. Liv erinnerte sich deutlich, daß Georgie es am Morgen geschlossen hatte. Es wird der Briefträger gewesen sein, sagte sie sich, oder der Hilfspfarrer, der die Gemeindezeitschrift gebracht hat. Aber der Briefkasten war leer.

In dieser Nacht wälzte sie sich in einem unruhigen Halbschlaf, in dem sich Traum und Wirklichkeit vermischten. Eine dunkle Gestalt schritt den Kiesstrand hinauf. Unter den Weiden bewegte sich etwas. Augen von einem dichten, undurchsichtigen Blau glitzerten im hohen Schilf.

Eine Hand entsicherte das Schloß am Tor. In ihren Träumen lauerte er geduckt beim Graben. Wartete auf den rechten Moment.

Jeden Abend, bevor sie zu Bett ging, machte sie einen Rundgang durch das Haus, bei dem sie die Schlösser und Riegel an Türen und Fenstern überprüfte. Einmal stieg sie mitten in der Nacht aus ihrem Bett und schaute zum Fenster hinaus. Es war Vollmond, und sie glaubte vor dem nachtblauen Himmel die Silhouette einer Gestalt zu sehen.

Am frühen Morgen riß das Prasseln des Regens an den Fensterscheiben sie aus dem Schlaf. Sie verbrachte den Morgen in der Scheune, wo sie mit Janice, der Aushilfe, Aufträge und Rechnungen durchging, und den Nachmittag im Haus, mit einem neuen Entwurf beschäftigt. In den Schlaglöchern auf der Straße bildeten sich glänzende Pfützen, und die Wiese rund um das Haus wurde zum Morast. Wasser sammelte sich in den Gräben, Wasser strömte das Dach des Anbaus hinunter. Als sie später in der Küche aufräumte, hörte sie fernes Donnern. Sie schaute hinaus und zuckte zusammen, als sie aus dem Augenwinkel flüchtige Bewegung gewahrte, aber es waren nur die Zweige der Bäume, die sich im Wind bogen.

Früher hatte sie ihre Einsamkeit hochgeschätzt; jetzt machte ihr die Abgeschiedenheit des Häuschens Angst. Der Abend lag endlos vor ihr. Im Kühlschrank fand sie eine angebrochene Flasche Wein, nahm sie mit ins Schlafzimmer und kroch in ihr Bett. Bis zum Einschlafen las sie, dann träumte sie von unheimlichen Geschöpfen, die aus dem Meer emportauchten, wie Schlangen über den Kies und durch die Sumpfwiesen glitten, um im Gebüsch versteckt auf sie zu warten.

Das Läuten des Telefons schreckte sie am nächsten Morgen in aller Frühe aus dem Schlaf. Einer der Angestellten von Mrs. Maynard berichtete ihr, daß in der Nacht der Fluß über die Ufer getreten war und die Scheune überschwemmt hatte. Sie packte Freya und Georgie in Schlafanzügen, Bademänteln und Gummistiefeln ins Auto. Unter den Rädern ihres Wagens spritzte das schlammige Wasser in Fontänen auf, als sie zur Scheune fuhr. An der Einfahrt zum Hof blieb der Wagen im Schlamm stecken, die Räder drehten durch. Mit Schrecken sah sie den brodelnden braunen Fluß und das glänzende dunkle Wasser, das sich über die Wiese ausbreitete und das Fundament der Scheune umspülte.

Das Ausmaß der Katastrophe war ihr klar, sobald sie das Tor öffnete. Die Gerüche von Baumwolle und Färbemittel waren verdrängt vom Fäulnisgestank schlammigen Wassers. Als das Tageslicht auf die Stoffhäufchen fiel, die farbenfroh im Wasser tanzten, hätte sie einen Moment lang am liebsten nur noch geweint.

Sie rackerte den ganzen Tag, ohne sich einen Moment Ruhe zu gönnen, um zu retten, was noch zu retten war. Alle in Bodenhöhe gelagerten Waren konnten nur noch abgeschrieben werden, die unbearbeiteten Baumwollstoffe ebenso wie die bedruckten Textilien. Das Wasser war auch in den Aktenschrank eingedrungen und hatte Auftragsbücher und Briefbögen zu Papiermaché gemacht. Die Druckmaschine, von den Wassermassen fortgerissen und an die Trennwand gedrückt, war schwer beschädigt.

Sie hinterließ Nachrichten in Felix' Wohnung in London und bei Toby. Dann trug sie die unversehrten Stoffballen in ein trockenes Nebengebäude auf dem Hof, rief Janice an und räumte mit ihr zusammen das Büro aus, um alle Unterlagen, die noch halbwegs in Ordnung waren, in Sicherheit zu bringen.

Als der Wasserstand des Flusses zu sinken begann, fegte sie die braune Brühe aus der Scheune hinaus auf die Wiese und mußte bei der Arbeit unwillkürlich an die Überschwemmung damals in Holm Edge denken, am Tag vor Freyas Geburt. Obwohl sie immer versuchte, die schrecklichen Erinnerungen abzuwehren – wie Stefan sie einfach im Stich gelassen und sie dem Alleinsein und ihrer Furcht ausgesetzt hatte –, pflegten sie sie manchmal einfach zu überwältigen, ohne daß sie etwas dagegen tun konnte.

Streng sagte sie sich, jeder Tropfen schlammigen Wassers, den sie hinausfegte, sei ein Tropfen weniger in der Scheune, jeder ruinierte Stoffballen und jede zerbrochene Farbflasche, die sie hinaustrüge, ließen den Berg von Abfällen schrumpfen. Sie zwang sich, bei der Arbeit zu bleiben, obwohl jeder Muskel vibrierte vor Erschöpfung, obwohl ihre Kleider naß und klamm waren und völlig verdreckt und sie sich nur danach sehnte, nach Hause zu fahren und in ein warmes Bad zu sinken.

Um sechs erbot sich Janice, Freya und Georgie nach Hause zu bringen und bei ihnen zu bleiben, bis Liv käme. Um sieben hörte Liv draußen im Hof einen Wagen. Sie lief hinaus und sah Felix.

Er sagte: »Toby hat's mir gesagt, als ich im Laden anrief.« Sie sah, wie er blaß wurde, als er in die Scheune trat. Langsam durch den Raum gehend, berührte er bald hier einen durchweichten Stoffballen, bald dort eine von Schlamm überzogene Garnrolle. Neben der schwer angeschlagenen Druckmaschine blieb er stehen. »Gerade jetzt, wo das Geschäft zu laufen anfing«, murmelte er. »Gerade jetzt, wo wir das Gröbste hinter uns hatten.« Mit hängenden Schultern trat er zurück und starrte einen Moment ins Leere. Dann sagte er: »Tja, das wär's dann wohl.«

Liv hatte sich auf eine umgekippte Truhe gesetzt. Sie hatte Kopfschmerzen. »Was soll das heißen, das wär's dann wohl?«

»Wir sind pleite.« Wütend packte Felix eine Bahn durchnäßten Stoffs und schleuderte sie an die Wand. »Da treibt man das Geld auf ... arbeitet bis zum Umfallen ... und am Ende macht einen das gottverdammte *Wetter* fertig.«

Sie rieb sich die Augen mit schlammbeschmutzten Fingern. Sie war müde und hungrig, ihre Nerven waren gereizt. »Es ist furchtbar, ich weiß, aber das heißt doch noch lange nicht, daß wir am Ende sind, Felix.«

»Schau es dir doch an, Liv! Schau es dir doch bloß mal an.« Er bückte sich und fischte etwas aus einer Pfütze. Es war ein Etikett: die Worte »Wilde Rose« leuchteten in fuchsienroter Stickerei auf dunkelblauem Grund. »Was glaubst denn du, was das hier ist, Liv? Ein kleiner Rückschlag – ein kleiner Stolperstein auf unserem Weg zum großen Erfolg?« Sein Blick schweifte durch die Scheune, und er sagte mit Bitterkeit in der Stimme: »Es ist nichts mehr da. Überhaupt nichts.«

Ihr gingen die Nerven durch, die den ganzen Tag über bis zum äußersten strapaziert worden waren. »Wir haben ein volles Auftragsbuch«, fuhr sie ihn aufgebracht an, »und bei dir in London liegen noch Stoffe genug. Meine Entwürfe sind alle sicher bei mir zu Hause. Und wir haben ein Dach über dem Kopf – wir haben sogar Geld auf der Bank.« Ihr Stimme war laut und zitterte. »Von *nichts* kann keine Rede sein, Felix. *Ich* hatte nichts, als ich in Holm Edge lebte. Ich hatte nichts, als ich aus London wegging. Das hier ist etwas ganz anderes.«

»Die Druckmaschine ist hinüber. Fast unser gesamtes Lager an Stoffen ist ruiniert ...«

»Die Druckmaschine kannst du doch wahrscheinlich reparieren, oder nicht?«

»Schon möglich. Aber das würde dauern.«

»Dann mußt du eben die Nacht durcharbeiten, oder geht das nicht, Felix? Und was den Stoff angeht, dann müssen wir eben neuen kaufen.«

»Womit denn?« Er warf die Hände hoch.

»Wenn nötig nehmen wir ein Darlehen auf.« Sie schlang fest ihre Arme um ihren Oberkörper. Sie wußte, daß sie den Tränen nahe war. »Untersteh dich ja nicht, jetzt aufzugeben, Felix Corcoran«, sagte sie heftig. »Nach allem, was wir zusammen durchgestanden haben. Nach der vielen harten Arbeit. Vielleicht erinnerst du dich, daß das Ganze ursprünglich deine Idee war. Untersteh dich ja nicht, jetzt aufzugeben.«

Nach ihren Worten war es lange still. Noch einmal ließ er seinen Blick durch die Scheune schweifen, dann senkte er den Kopf. »Ich weiß ganz einfach nicht, wofür das alles, Liv«, sagte er. »Und ich bin mir nicht sicher, daß es mich überhaupt noch interessiert.«

Sie starrte ihn ungläubig an. »Ach, und da schmeißt du einfach so die Flinte ins Korn, ja? Die erste größere Schwierigkeit, und du wirfst das Handtuch? Findest du das nicht ein bißchen – *schwach*? Ein bißchen – *feige*?« Ihre Worte schallten hart und anklagend durch die Scheune.

In seinen Augen blitzte Zorn auf. Aber der Funke erlosch so schnell, wie er aufgesprungen war. Ganz ruhig sagte er: »Ich wollte meinem Vater wiedergeben, was er verloren hatte. Aber er ist tot – also, wozu das alles?« Damit wandte er sich von ihr ab und ging.

Als er die Wiese überquerte, rief sie ihm nach: »Ich kann dir sagen, wofür du das alles tust, Felix! Du tust es für mich. Und du tust es für Freya und Georgie. Weil wir dich lieben und dich brauchen.«

Doch der Wind riß ihre Worte mit sich fort, und sie war nicht sicher, ob Felix sie gehört hatte. Tränen des Zorns und des Schmerzes strömten über ihr Gesicht. »Denk drüber nach, Felix«, schrie sie, als er seinen Wagen aufsperrte. »Überleg dir endlich, was du eigentlich willst, und entscheide dich!« Dann versagte ihr die Stimme, und sie konnte ihm nur noch stumm nachblicken, als er davonfuhr und die Rücklichter seines Wagens immer kleiner wurden.

Er hielt das Alleinsein nicht aus. Er kaufte sich eine Flasche Scotch und etwas Gras und machte sich auf den Weg zu einer Clique alter Freunde aus seiner Studienzeit, die in einem leerstehenden Haus in Bethnal Green lebten. Bengalische Kinder, in leuchtende Farben gekleidet und mit blitzenden dunklen Augen, spielten auf der Straße. In der Luft mischten sich die Gerüche exotischer Gewürze mit denen der Abgase. Die Türen und Fenster des zum Abbruch freigegebenen Hauses waren mit Brettern vernagelt, darum versuchte Felix sein Glück auf dem Weg durch den Garten, wo er überquellende Mülltonnen und Stapel alter Matratzen überwinden mußte, ehe er im Schatten eines knorrigen alten wilden Weins, der das Haus in grüner Umklammerung hielt, einen Zugang fand. Die Räume drinnen waren dunkel und kalt, da die Bretter vor Fenstern und Türen und der wuchernde Wein kaum Licht einließen. Die Küche war ein Alptraum, überall Schimmel und Moder, stinkendes graues Wasser, in dem unidentifizierbares Zeug schwamm.

Felix' Freunde waren im ehemaligen Wohnzimmer. Dort lagen sie auf zerschlissenen Sitzkissen herum und rauchten. Die donnernden Rhythmen einer Grateful-Dead-Kassette übertönten den Verkehrslärm von der Straße. Zunächst war es ein Gefühl, als sei er heimgekehrt. Die Musik, die psychedelischen Malereien an den Wänden und der würzige Geruch des Marihuanas erinnerten ihn an die Wohngemeinschaften, in denen er während seiner Studienzeit gelebt hatte, und an die Partys im Haus von Tobys Eltern in Chelsea. Auf den Kissen ausgestreckt, schloß er die Augen und ließ sich von dem angenehmen Gefühl überfluten. Alle drückende Verantwortung schien von ihm abzufallen. Das Geschäft, seine Familie, die Jahre vergeblichen Bemühens wiederzugewinnen, was sie verloren hatten – er vergaß alles. Er fühlte sich wieder frei, wieder jung. Irgendwann, bevor er einschlief, beschloß er, seinen alten Rucksack auszugraben und wieder auf Wanderschaft zu gehen. Diesmal würde er weiter reisen – in den Fernen Osten vielleicht.

Obwohl er vorgehabt hatte, lange zu schlafen, erwachte er am nächsten Morgen früh. Sonnenlicht sickerte durch die Ritzen zwischen den Brettern. Seine Freunde schliefen noch, über Polstern hängend, auf dem Boden zusammengerollt. Er ging in die Küche und kramte mit spitzen Fingern in schmutzigen Schränken, in denen nichts Eßbares zu finden war. Am Ende begnügte er sich mit einer Tasse Kaffee. Dann zog er los, kaufte einen Laib Brot, Käse und Paté und setzte sich zum Frühstück unter das grüne Gewölbe des wilden Weins. Wenn seine Gedanken zu Liv und den Verwüstungen in der Scheune schweifen wollten, ließ er es nicht zu. Schon viel zu lange, sagte er sich, habe er sich zu einem Leben gezwungen, das ihm einfach nicht angemessen war. Er hatte sich Verpflichtungen und Besitztümer aufgebürdet. Er mußte sich endlich auf sich selbst besinnen, wieder das tun, was seins war, die Ideale zurückgewinnen, die er verloren hatte.

Aber mit dem Fortschreiten des Tages verebbten die Gefühle von Zufriedenheit und Erleichterung. Im Gespräch mit seinen Freunden wurde ihm klar, daß keiner von ihnen nach dem Studium einen Finger gekrümmt hatte. Sie hatten bei ihren Eltern oder bei Freunden geschnorrt; sie hatten von Sozialhilfe gelebt. Sie hatten mietfrei in Abbruchshäusern gewohnt; sie hatten eine wahre Meisterschaft darin entwickelt, beim Gang durch den Supermarkt eine Dose Bohnen oder eine Packung Tee unter Mantel oder Jacke verschwinden zu lassen. Felix mußte unwillkürlich an Liv denken, die jahrelang jede Arbeit angenommen hatte, die sie finden konnte, um sich und ihre Kinder über Wasser zu halten. Als er seine Bedenken äußern wollte, meinten seine Freunde, er solle sich nicht aufregen, und erklärten, gerade ihre Art zu leben sei ein Angriff auf das kapitalistische System. Aber Felix fühlte sich nicht mehr wohl; er blieb zwar noch zwei Nächte, aber dann verließ er morgens das Haus und kehrte nicht zurück.

Zu Hause duschte er und zog sich um, bevor er am Abend in ein Pub in der City ging. Mehrere seiner Kollegen von der Bank waren da, lässig an den Tresen gelehnt. Sie nahmen ihn auf wie einen alten Freund, luden ihn zum Whisky ein, boten ihm Zigaretten an. Irgendwann um Mitternacht landeten sie alle in einem Lokal in Soho, wo eine Frau mit gelangweilter Miene zu Shirley Basseys Version von »Big Spender« strippte.

Als er am nächsten Morgen in seinen eigenen vier Wänden erwachte, konnte er sich nicht erinnern, was danach geschehen war. Er hatte höllische Kopfschmerzen und einen ekelhaften Geschmack im Mund. Eine Weile wälzte er sich noch herum, dann schleppte er sich ins Bad und übergab sich. Er verbrachte den Tag im Bett, ging nicht ans Telefon und nicht an die Tür. Er nahm nur Aspirin und Wasser zu sich.

Als er am folgenden Morgen erwachte, waren die Kopfschmerzen weg, und er fühlte sich wieder stabil. Er stellte sich lang unter die Dusche, aber den Selbstekel konnte er nicht abwaschen. Er machte sich Kaffee, setzte sich in die Küche und blätterte in der Zeitung, ohne irgend etwas aufzunehmen. Nach einer Weile nahm er Jacke und Schlüssel und verließ das Haus. Er setzte sich ins Auto und fuhr einfach los, ohne Richtung oder Ziel, nur von einer Sehnsucht getrieben, London hinter sich zu lassen. Freies Land tat sich vor ihm auf, und er erkannte die freundlichen Wälder und Täler Berkshires. Dörfer, Hügel, Straßenkreuzungen wurden vertraut. Endlich wußte er, wohin die Fahrt ihn führte.

Gegen Mittag kam er in Great Dransfield an. Unter den überhängenden Zweigen von Buddleia und Flieder hindurch, ging er um das Haus herum und öffnete die grüne Tür. Gerade so wie bei seinem ersten Besuch vor Jahren stockte ihm der Atem, als er den Park, die Obstpflanzung und den See ausgebreitet vor sich liegen sah. Er ging nicht gleich ins Haus, sondern machte erst noch einen ausgedehnten Spaziergang über das Gelände. Es war alles wie früher. Erinnerungen, von der vertrauten Szenerie entfacht, wurden wach und erloschen. Claire auf der Terrasse, von Mengen gefärbter Wolle umgeben, die in der Sonne trocknete. Justin und India kreischend und lachend auf der Schaukel über dem See. Und Saffron natürlich, im Mondlicht über dem stillen Wasser schwebend, eine bleiche, ätherische »Frau vom See«.

Er hörte jemanden seinen Namen rufen. Nancy kam über die Terrasse. Er stellte ihr dieselbe Frage wie damals: »Kann ich ein paar Tage bleiben?«

Und ihre Antwort war ein Echo ihrer früheren Worte. »Aber natürlich, Felix. Du kannst bleiben, solange du willst.«

Hector nahm sich den Samstag nachmittag frei und fuhr mit Alice und Katherine nach Northumberland hinauf. Sie wollten in Alnwick übernachten und am nächsten Morgen nach Bellingford weiterfahren. Unterwegs erklärte Hector, daß während der letzten acht Jahre eine Hausverwaltungsfirma Bellingford betreut und darauf geachtet hatte, daß keine größeren Schäden entstanden, und daß er Möbel und Gemälde hatte einlagern lassen, bevor er ins Ausland gegangen war. »Das Haus wird also ziemlich kahl und trist sein, fürchte ich.«

Nachdem sie ihr Gepäck ins Hotel gebracht hatten, fuhren sie nach Alnmouth. Die Sonne versank langsam am Horizont, während sie am Strand entlanggingen. Alice lief voraus und tobte sich nach der langen Fahrt im Auto gründlich aus. Vereinzelte schwarze Kiesel lagen im Sand verstreut, und die Nordsee funkelte im Sonnenuntergang wie flüssiges Gold.

Zurück im Hotel aßen Katherine und Hector, nachdem Alice zu Bett gegangen war, im kleinen Speisesaal. Katherine erzählte Hector von ihrer Mutter.

»Sie hat sich eine Arbeit gesucht – halbtags, in einem Schuhgeschäft in Cambridge. Und am Wochenende will sie mit einer Freundin nach Paris. Das muß man sich mal vorstellen! Ich glaube, sie war das letzte Mal im Ausland, bevor sie geheiratet hat.«

»Sie emanzipiert sich«, meinte Hector. »Sie will sich fremden Wind um die Nase wehen lassen.«

»Ja, wahrscheinlich. Ein bißchen spät, findest du nicht auch?«

»Besser spät als nie.« Er runzelte die Stirn. »Ich glaube, ich hab diese Phase nie erlebt.«

Sie sah ihn fragend an. »Den fremden Wind?«

»Die sechziger Jahre – wo jeder sein Ding machte – irgendwie ist das alles an mir vorbeigegangen.«

Sie lächelte. »Keine Sit-ins, Hector? Keine haschseligen Jahre in einer Kommune?«

»Nichts dergleichen, muß ich leider gestehen. Ich war nie besonders – alternativ.«

»Na ja, mit Perlenketten und Stirnband kann ich mir dich auch schwer vorstellen.«

Er trug ein Sportsakko und ein Polohemd. »Ja, ich bin wohl ziemlich bürgerlich. Und altmodisch.« Er lächelte schief. »Ziemlich langweilig.«

Sie berührte seine Hand. »Nein, überhaupt nicht langweilig. Nie. Ich hab nur Spaß gemacht.« Katherine legte Messer und Gabel weg. Das Hühnchen war etwas zäh.

»Ich bin von der Schule direkt in den Beruf, weißt du. Keine Wanderjahre dazwischen.«

»Und bedauerst du das?«

»Manchmal.«

»Fühlst du dich zum Unkonventionellen hingezogen?«

»Manchmal«, sagte er wieder und sah sie dabei an.

Ihr Gesicht brannte; der Wein, dachte sie.

»Nehmen wir einen Nachtisch?«

Er sah sich die Speisekarte an. »Obstsalat oder Eis. Nein, nichts für mich. Katherine?«

»Nein, danke. Vielleicht noch einen Drink.«

»Ich seh nur mal nach Alice.«

»Das kann ich machen, wenn du willst. Ich hab sowieso meine Zigaretten oben im Zimmer liegenlassen.«

Sie ging hinauf. Alice schlief, mit dem Daumen im Mund, das helle Haar auf dem Kopfkissen ausgebreitet. Katherine betrachtete sie einen Moment und gab ihr behutsam, um sie nicht zu stören, einen Kuß. In ihrem Zimmer überprüfte sie Makeup und Frisur und nahm ihre Zigaretten.

Hector erwartete sie in der Bar. Eine Terrassentür führte auf eine von Rosen gesäumte Rasenfläche hinaus. Er stand auf, als Katherine hereinkam, und reichte ihr ein Glas. »Whisky. Ich hoffe, ich habe es richtig gemacht.«

»Erzähl mir doch mal was von deiner Familie, Hector. Wie lange leben die Setons schon in Northumberland?«

»Ach, seit Jahrhunderten«, antwortete er. »Die Ursprünge der Familie verlieren sich in den Nebeln der Vergangenheit, wie man so schön sagt.«

»Und weißt du etwas über deine Vorfahren?«

»Ja, einiges. Besonders über die Verrückten und die Bösen.« Er lachte. »Der schwarze Johnnie Seton soll mit dem Teufel im Bund gewesen sein. Und Margaret Seton ist ihrem ehrbaren, aber überaus langweiligen Ehemann mit einem Zigeuner davongelaufen.«

»Ich kann mir gar nicht vorstellen, wie das ist, wenn man irgendwo hingehört«, sagte Katherine. »Ich meine, wirklich hingehört. Mein Wissen über meine Familie reicht gerade mal bis zu meinen Großeltern zurück.«

»Als Kind habe ich die Geschichten meiner Kinderfrauen über das Haus geliebt. Es war herrlich, in Bellingford aufzuwachsen. Aber die Geschichte interessierte mich überhaupt nicht. Ich fand sie, ehrlich gesagt, stinklangweilig.«

»Und wie ist es jetzt?«

»Oh, jetzt ist es schon ein bißchen anders. Vor allem Alices wegen, vermute ich. Es ist ja schließlich auch ihre Vergangenheit, nicht wahr?« Er hatte seinen Whisky ausgetrunken.

»Trinken wir noch einen?« fragte sie.

»Ich hole sie.«

»Hector! Jetzt bin ich an der Reihe.«

»Ich hab's dir doch vorhin schon gesagt.« Er stand auf. »Altmodisch und bürgerlich.«

Während er zum Tresen ging, stand Katherine auf, ging zur Terrassentür und drehte versuchsweise den Knauf. Die Tür war nicht abgesperrt. Sie öffnete sie und ging auf die Terrasse hinaus, wo sie sich eine Zigarette anzündete. Erst die fünfte heute, dachte sie befriedigt. Gar nicht schlecht. Der Duft der späten Rosen lag in der Luft. Jenseits des Gartens dehnten sich

Felder und Wälder bis zu den fernen Hügeln. Die grünen Blätter der Rosen schimmerten im Mondlicht, und die Blüten waren wie aus grauem Samt.

Hector trat neben sie. »Siehst du«, sagte er leise, »das ist es, was mir in London fehlt.«

»Ja«, erwiderte sie frech, »aber wo sind die Theater und die Kinos? Die Geschäfte und die Restaurants? Ich meine, was tun denn die Leute hier den ganzen Tag?«

Sie stiegen die Stufen hinunter zur Rasenfläche. Die feuchten Halme streiften Katherines Knöchel.

»Ach«, meinte Hector, »wir Landeier schaffen uns unsere eigenen Vergnügungen.«

»Ja, ihr kaut Grashalme.«

»Machen Apfelmost.«

»Schwingt die Beine beim Volkstanzen.«

»Gehen mit den Hühnern zu Bett.«

Katherine lachte. Hinter ihnen rief jemand: »Polizeistunde bitte!«

»Wir müssen umkehren«, meinte Hector widerstrebend.

»Ich kann nicht«, sagte sie. »Ich hänge fest.« Eine Rosenranke hatte sich in ihren Rock gekrallt.

»Warte.« Er kniete im Gras neben ihr nieder und machte vorsichtig den Rock von den kleinen Dornen los. Er sagte: »Du blutest«, und zeigte auf einen Blutstropfen gleich oberhalb ihres Knöchels.

»Ach, das ist nur ein kleiner Kratzer.«

»Zu Victorias Zeiten«, bemerkte er, »fand man einen flüchtigen Blick auf einen Damenknöchel unheimlich erotisch.«

Sie lachte. »Und wie findest du ihn, Hector?«

»Ich hab dir ja gesagt«, antwortete er, »ich bin ausgesprochen altmodisch.«

Heiter und unbeschwert erwachte Katherine am folgenden Morgen. Seit Philips Tod hatte sie sich nicht mehr so wohl gefühlt. Das macht der strahlende Morgen, dachte sie. Die Erinnerung an einen schönen Abend und die Aussicht auf einen ganzen Tag zusammen mit Hector und Alice.

Gleich nach dem Frühstück fuhren sie los. Hector erklärte: »Bellingford ist kein richtiges Schloß. Es ist ein Wehrturm mit einigen kunsthistorisch nicht sonderlich wertvollen viktorianischen Anbauten. Darum hat sich der National Trust auch nie dafür interessiert – es ist weder Fisch noch Fleisch, verstehst du. Erwarte als nichts Großartiges.« Er hob eine Hand und zeigte durch die Windschutzscheibe. »Da ist es schon.«

Katherine schaute hinaus. Wie drohend zusammengezogene Augen blickten ihr die schmalen Schießscharten in den trutzigen Mauern des viereckigen steinernen Turms entgegen. Das Haus, das sich an den Turm anschloß, war überladen mit neugotischen Türmchen und Zinnen. Bellingford, dachte Katherine, stand so trutzig wie sein Wehrturm auf einsamer Höhe inmitten der Hügel, die es wie Wehrmauern umschlossen.

Zuerst erforschten sie den Park. Alice lief voraus, terrassenförmig angelegte Hänge hinauf und hinunter, durch einen Tunnel von Blutbuchen, deren tiefhängende Zweige bis zum Boden hinunterreichten. Hector verstummte. Katherine sah ihn an und sagte vorsichtig: »Das ist wahrscheinlich ziemlich schlimm für dich. Rachels wegen.«

»Ja, es weckt natürlich Erinnerungen.« Hectors Blick schweifte über die sanft abfallenden Rasenflächen des Parks. »Rachel hat den Teich gehaßt. Sie nannte ihn immer die ›Badewanne‹.« Es war ein ovaler Goldfischteich. »Sie wollte ihn weghaben und etwas Natürlicheres anlegen lassen. Aber dazu sind wir nie gekommen.«

Sie gingen langsam zwischen den verwilderten Hecken und Büschen des Gartens hindurch.

»Komm, schau dir das Haus an«, sagte Hector und rief Alice, die quer über den Rasen gerannt kam.

»Ich möchte aber lieber draußen spielen, Daddy. Bitte, bitte, darf ich draußen bleiben?«

»Ganz allein, Alice?«

»Ich bin doch kein Baby mehr. Ich bin acht. Bitte, Daddy.«

Hector seufzte. »Na ja, meinetwegen.« Alice klatschte in die Hände und rannte schon wieder über den Rasen davon. »Aber geh nicht in die Nähe der Straße«, rief Hector ihr nach, »und spiel nicht am Teich. Und kletter nicht auf die Bäume, und ...«

Sie gingen ins Haus. Hector sprach wenig, während sie von Raum zu Raum wanderten, antwortete nur einsilbig auf Katherines Fragen. Nach einer Weile schwieg auch sie. Sah er Schatten durch diese leeren Korridore gleiten? Sah er dort an diesem Haken noch Rachels Mantel hängen? Hörte er zwischen diesen Wänden noch das Echo von Rachels Lachen? Katherine ertappte sich dabei, daß sie selbst oben, in düsteren, kahlen Räumen nach Spuren suchte. Wenn sie jetzt den Kopf drehte, würde sie ganz sicher Rachels roten Kaschmirschal sehen, nachlässig über das Treppengeländer geworfen. Wenn sie jetzt tief Atem holte, würde sie einen Hauch von »Joy« wahrnehmen, Rachels Parfum, dessen Duft sich über die Jahre in den unbewohnten Räumen des Hauses erhalten hatte.

Aber es geschah natürlich nichts dergleichen. Vor langer Zeit hatte irgend jemand Rachels Kleider zusammengepackt, ihre Toilettensachen, ihren Schmuck und ihre Uhr und all die anderen kleinen Dinge, die das Wesen eines Menschen auszudrücken scheinen, und hatte die Zeitschriften, die Romane, den Nähkorb und die Malsachen, alles, was einmal über Charakter und Vorlieben Auskunft gegeben hatte, fortgebracht. Jetzt versuchte Katherine sich zu erinnern, was eigentlich Rachel interessiert, was für Vorlieben sie gehabt hatte. Hatte sie genäht wie Liv? Oder hatte sie sich lieber in ein Buch vertieft? Oder war sie vielleicht lieber ausgeritten? Katherine konnte sich nicht mehr erinnern.

Sie stellte sich vor, wie Rachel nach der Rückkehr aus Fernhill Grange an jenem letzten Wochenende ihres Lebens in diesen Räumen mit dem Dilemma gekämpft hatte, in das ihr Vater sie gebracht hatte. Von hier hatte sie ihre Hilferufe ausgesandt, in diesem Haus hatte sie ganz allein auf die Freundinnen gewartet, die nie gekommen waren. Vielleicht war sie sogar erleichtert gewesen, als die Wehen eingesetzt hatten. Die Freude auf die kurz bevorstehende Geburt ihres Kindes hatte sie möglicherweise abgelenkt; die Schmerzen hatten für quälendes Nachdenken keinen Raum gelassen.

Aber es gab keine Spuren dieser letzten Seelenqualen. Kein in die Steine eingeritztes Zeugnis von Einsamkeit oder Enttäuschung über Betrug und Verrat. Hier war das Unglück Rachels vielleicht nicht geschmälert, erhielt aber eine andere Dimension, schrumpfte zu Flüchtigkeit, eine helle Flamme, die kurz in die Höhe geschossen und wieder erloschen war. Die dunklen, leeren Räume hüteten ihre Geheimnisse.

Sie gingen in den Hof hinaus. Hector blickte an den hohen Mauern empor. »Hier habe ich Rachel gebeten, mich zu heiraten«, sagte er. »Oder genauer gesagt, sie hat mir den Antrag gemacht. Ich hatte es den ganzen Tag schon vorgehabt, aber irgendwie konnte ich die Worte nicht finden.« Er lächelte wehmütig. »Eine alte Schwäche von mir.«

Schatten fielen über die verwitterten Mauern. Katherine sah, wie Hector die Stirn runzelte. »Ich frage mich«, sagte er, »ob Alice es nicht alles ein bißchen überwältigend finden würde.«

»Sie scheint in ihrem Element zu sein.«

»Gut. Das ist gut.« Rastlos ging er im Hof umher. Er wirkte nervös. Dann sagte er plötzlich: »Ich trage mich mit dem Gedanken, die Buchhandlung aufzugeben, Katherine.«

Sie starrte ihn ungläubig an. »Im Ernst?«

»Ja. Die Mieten werden immer höher ... im letzten Jahr ist unser Umsatz zurückgegangen. Um Alices Schulgeld und die Verwaltung von Bellingford bezahlen zu können, mußte ich mein Kapital angreifen.« Er lehnte sich mit der Schulter an die Mauer und sah Katherine an. »Und, um ehrlich zu sein, mein Herz hat nie der Buchhandlung gehört.«

»Aber was willst du tun? Wieder bei der Bank arbeiten?«

»Um Himmels willen, nein!« Sein Blick flog über den Hof. »Rachel hatte damals die Vorstellung, wir könnten aus Bellingford ein gewinnbringendes Unternehmen machen – Restaurant, Reitstall oder etwas in dieser Art.«

»Und – habt ihr es versucht?«

»Nein, dazu blieb uns keine Zeit. Aber ich finde, ein Versuch kann auf keinen Fall schaden.«

Sie traute ihren Ohren nicht. »Hector ...?«

»Es wäre die vernünftigste Lösung, Katherine. Wenn wir

hierher zurückkämen, würde ich den Verwalter nicht mehr brauchen und könnte meine Londoner Wohnung verkaufen. Ich würde ein Vermögen sparen. Außerdem bin ich sowieso der Ansicht, daß eine Großstadt wie London nicht der richtige Ort ist, um ein Kind großzuziehen. Der Verkehr ... und vor zwei Wochen lungerte irgendein Kerl draußen vor der Schule herum. Er fragte die Kinder, ob sie seine jungen Hunde sehen wollten oder so was. Die Schulleitung schrieb an die Eltern. Das hat mich doch ziemlich nachdenklich gemacht.«

Katherine war, als hätte eine kalte Hand ihr ans Herz gegriffen. Sie sagte: »Du denkst also daran, wieder hier zu leben?«

»Es ist eine Möglichkeit.« Er fuhr sich mit der Hand durch das zerzauste Haar. »Sofort geht das natürlich nicht. Vorher müßte noch eine Menge geregelt werden.«

»Ich dachte –« sie bemühte sich, einen leichten Ton anzuschlagen – »ich dachte, du wolltest Alice nur zeigen, wo sie herkommt. Das hast du jedenfalls gesagt, Hector. Damit sie nicht glaubt, ihre Familie bestünde nur aus einem Haufen alter Fotos in einem Album.«

»Das war ein Grund, ja. Ich hatte auch noch andere Gründe hierherzukommen, Katherine.«

Sie wandte sich ab, ehe sie seinen Blick sehen konnte. Er hatte ihr die anderen Gründe seiner Rückkehr nach Bellingford schon gesagt. *Um die Gespenster endgültig zu vertreiben* ... Im ersten Moment wußte sie nicht, warum ihr so elend war, aber dann wurde es ihr mit einem Schlag klar.

Hector hatte seine Brille abgenommen und putzte die Gläser mit seinem Taschentuch. »Ich war mir damals nicht sicher«, sagte er. »Bei Rachel. Sie war so jung. Und ich war immer schon so, daß ich eher zur Unsicherheit neigte. Ich war mir nicht sicher, ob sie mich liebte. Ob es von Dauer sein würde. Ich weiß noch, daß ich ihr sagte, ich würde sie noch in zehn Jahren lieben und noch in zwanzig. Daß ich ihr bis zu meinem Lebensende treu sein würde. Aber ...« Alice, die irgendwo in der Nähe spielte, unterbrach ihn. Sie rief irgend etwas. Hector schwieg einen Moment, den Blick auf Katherine gerichtet.

»Ich habe nicht – ich meine, ich wollte sagen, daß ...«

»Daddy!«

»Katherine, ich wollte dir sagen ...«

»Daddy! Daddy, komm, schnell!«

Noch einmal sagte er: »Katherine«, dann wartete er einen Moment, und als sie nicht antwortete, ging er. Sie hörte seine Schritte, die leiser wurden, als er sich von ihr entfernte. Allein im Schatten der hohen Steinmauern von Bellingford, war sie dankbar für den Aufschub. Sie wußte jetzt, warum Hector mit ihr hierhergefahren war. Er hatte ihr schonend beibringen wollen, daß er aus London weggehen und aus ihrem Leben verschwinden würde. Er hatte sich bemüht, behutsam mit ihr umzugehen, weil er eine Abhängigkeit bei ihr gespürt hatte. Oder schlimmer noch – eine Bedürftigkeit.

Irgendwann in der Zukunft – in sechs Monaten vielleicht oder in einem Jahr – würde Hector London verlassen und nach Northumberland zurückkehren. Alice, die ihr ans Herz gewachsen war, würde mit ihm gehen. Die Vorstellung der Abwesenheit dieser beiden Menschen drückte ihr das Herz ab.

Sie sah ihn mit Alice an der Hand wieder in den Hof kommen. Laß ihn ja nicht merken, wie dir zumute ist, ermahnte sie sich selbst. Ja nicht! Nichts hätte demütiger sein können, als ihm in die Augen zu sehen und in ihnen Furcht zu erkennen: Furcht, daß sie anfangen könnte zu weinen oder eine Szene zu machen.

Also lächelte sie und hielt den Kopf hoch, damit sie wenigstens ihren Stolz behalten konnte. Viel mehr, dachte sie mit verzweifelter Ironie, ist mir sowieso nicht geblieben. Sie begann zu sprechen, hörte sich plappern wie aufgezogen, um hinter einer Fassade künstlicher Munterkeit ihre Hoffnungslosigkeit zu verbergen. »Brr – es wird langsam kühl, nicht wahr? Und mir knurrt schon der Magen. Was meinst du, wollen wir nicht irgendwo etwas essen gehen? Aber hier gibt es wahrscheinlich meilenweit gar nichts. Hier sitzt man ja wirklich mitten in der Wildnis, Hector. So abgeschnitten ... wenn man da an London denkt, fühlt man sich um *Jahrzehnte* zurückversetzt.«

18

NUR WENIGE AUS der ursprünglichen Gemeinschaft von Great Dransfield waren übrig. Nancy erschien Felix unverändert, Claire jedoch war merklich älter geworden, ihr Haar jetzt von Grau durchzogen, und Justin und India waren zu weißblonden trotzigen Teenagern herangewachsen. Rose wohnte in dem Mansardenzimmer, in dem früher Felix gehaust hatte. Ein hoch aufgeschossener schlaksiger Junge namens Jason hatte Saffrons altes Zimmer, und ein junges Paar mit Zwillingen, die noch im Säuglingsalter waren, teilte sich das Zimmer, das früher Bryony und Lawrence gehört hatte. Felix hatte den Eindruck, daß es von Kindern wimmelte, vom Säugling im Kinderwagen bis zu ungehobelten, lauten Halbwüchsigen, die die Treppengeländer hinunterrutschten, im Garten herumtobten und im eiskalten See Wasserschlachten veranstalteten.

Der Aufruhr der Gefühle – ein Auf und Nieder zwischen Zorn, Enttäuschung, Scham und Schuld –, der Felix bis zur Erschöpfung gebeutelt hatte, begann sich langsam zu legen. Eines Abends, ein paar Tage nach seiner Ankunft in Great Dransfield, als er auf der Terrassentreppe saß, gesellte sich Nancy zu ihm.

Sie setzte sich neben ihn. »Du siehst aus, als wärst du ganz in Gedanken, Felix.«

»Ich habe gerade daran gedacht, wie leicht früher alles war.«

Das lange kobaltblaue Kleid fiel ihr in Falten auf die Füße. »Leicht?« wiederholte sie. »Bryonys ständig schreiender Säugling – diese fürchterlichen Hausversammlungen, bei denen sich immer alle gestritten haben – der entsetzliche Tag, an dem Justin beinahe ertrunken wäre … das nennst du *leicht*?«

»Na ja, ich habe wahrscheinlich an mich selbst gedacht. Mir erschien damals alles viel klarer.«

»Sprich dich aus, Felix«, sagte sie in sanftem Ton, und er erwiderte lächelnd: »Du bist wirklich die taktvollste Frau, die ich kenne, Nancy. Ich kreuze vor deiner Haustür auf wie der verlorene Sohn, und du stellst nicht einmal Fragen.«

»Das Problem war«, sagte sie, »Rose klarzumachen, daß sie besser keine Fragen stellt.«

Er lachte ein wenig.

Sie sah ihn fragend an. »Warum bist du hierhergekommen, Felix?«

»Weil ich nicht wußte, wohin sonst.«

»Aber du hast nicht vor zu bleiben, nicht wahr?«

»Nein, diesmal nicht.«

Sie wartete darauf, daß er fortfahren würde. In der Stille hörte er das Rauschen der Bäume im Wind. »Hierherzukommen war – selbstsüchtig«, sagte er. »Egoistisch. Ich habe jemanden im Stich gelassen, Nancy. Eine Frau, die ich sehr liebe. Das war ein großes Unrecht, aber ich konnte nicht anders. Ich war verzweifelt. Alles erschien mir so sinnlos.«

Er blickte zum See hinaus. Ein paar Kinder spielten am Ufer. Ein schlankes dunkelhaariges kleines Mädchen war darunter, das ihn an Freya erinnerte.

Er wandte sich Nancy zu. »Macht dir das alles hier nicht manchmal angst? Die Verantwortung, die du dir aufgehalst hast – für die Leute hier, dafür, daß hier alles klappt? Ich weiß, theoretisch tragen alle gemeinsam die Verantwortung, aber so läuft es doch in Wirklichkeit nie, nicht wahr?«

Nancy zog sich ihr Umschlagtuch fester um die Schultern. »Früher bin ich oft nachts wach geworden und hab mir den Kopf darüber zermartert, ob ich im nächsten Monat die Steuern und den Strom und das Wasser bezahlen kann. Oder ich hatte Angst, aus einem der offenen Kamine würde ein Funke auf den Teppich fallen und wir würden alle in unseren Betten verbrennen. Und ich hab mich immer wieder gefragt – und das war übrigens fast das Schlimmste –, ob diese Vorstellung einer idealen Gemeinschaft, die sich selbst versorgt, nicht nur eine Illusion ist. Der naive Traum einer einsamen, nicht mehr ganz jungen Frau, die ganz einfach die Realität nicht akzeptieren will.« Sie lächelte. »Aber nach einer Weile habe ich aufgehört, mir den Kopf zu zerbrechen. Ich konnte sehen, daß es keinen Sinn hatte. Ich kam zu dem Schluß, daß wir alle uns nur irgendwie durchwursteln und versuchen können, unser Bestes zu tun.«

Er blickte wieder zum See hinaus. »Nach dem Bankrott meines Vaters«, sagte er, »hab ich mich bemüht, ein guter Sohn zu sein, Nancy. Ich habe mich wirklich bemüht. Ich habe mir eine geregelte Arbeit gesucht. Ich habe Geld gespart. Eben alles, was dazugehört.«

Die Kinder rannten durch die Wiese zum Haus zurück. Felix sah im Geist das Verkaufsschild am Tor von Wyatts. Er sagte leise: »Ich wollte alles wiedergutmachen. Und beinahe hätte ich es auch geschafft. Der Erfolg war schon in Reichweite.« Er dachte an den Tag, an dem er dem Krankenwagen gefolgt war. Das Fahrzeug hatte vor dem Haus seines Vaters angehalten. Schreckliche Ahnung war zur Gewißheit geworden. Er konnte jetzt noch die Bitterkeit spüren, die ihn bei der Erkenntnis erfaßt hatte, daß alle seine Bemühungen umsonst gewesen waren.

Er hob einen Kieselstein von der Treppe auf und warf ihn von einer Hand in die andere. »Und da dachte ich, das war's, zum Teufel mit dem Verantwortungsgefühl. Ich hab' die Nase voll.«

Er hatte niemanden an sich herangelassen. Er erinnerte sich der zornigen Worte, die Liv ihm nachgerufen hatte, als er über die Wiese vor der Scheune zum Hof gelaufen war. Sie hatte ihm nachgerufen, daß sie ihn liebte. Jahrelang hatte er auf diese Worte gewartet. Und trotzdem war er gegangen.

»Und siehst du es jetzt anders?« fragte Nancy behutsam.

»Weißt du«, sagte er, »sie fehlen mir. Ich vermisse sie so sehr. Nicht nur Liv, auch die Kinder. Ich habe mich so sehr an sie gewöhnt.«

Durchwursteln, dachte er und fragte sich, ob das genug wäre. Eine Zeitlang saßen sie schweigend nebeneinander und sahen zu, wie die untergehende Sonne den See in blutrotes Licht tauchte.

Er fuhr ein letztes Mal nach Wyatts. Der September war fast zu Ende, und die Blätter begannen sich zu färben. Er dachte daran, daß seiner Mutter der Herbst die liebste Jahreszeit gewesen war. Die Braun- und Goldtöne, hatte sie gesagt, paßten zu den verwitterten Farben des Hauses.

Das Verkaufsschild war nicht mehr da. Er stellte den Wagen ab und ging die Auffahrt hinauf. Im Hof stand ein Bauschuttcontainer; ein Mann kippte gerade die Ladung eines Schubkarrens hinein. Als er Felix bemerkte, richtete er sich auf. »Kann ich was für Sie tun?«

»Ich habe mich verfahren.« Er richtete den Blick auf das Haus. »Ein schönes altes Haus.«

»Ja, nicht wahr?« Er war jung, höchstens fünf Jahre älter als Felix selbst, rothaarig und freundlich. »Wir sind gerade eingezogen. Da gibt's noch einen Haufen zu tun.«

»Ach ja?«

»Leider. Die letzten Eigentümer waren immer nur am Wochenende hier, und davor gehörte das Haus jahrelang derselben Familie. Die sind leider nicht mit der Zeit gegangen. Überall diese alte Holztäfelung ...«

Der ganze Container war voll mit zerhackten Eichenbrettern. Felix erinnerte sich an das Foyer mit den Eichenwänden, das stets so warm und einladend gewirkt hatte.

»Wir machen da eine schöne Rauhfasertapete drauf«, sagte der Rotschopf. »Frische Farben können nicht schaden.« Er lächelte. »Ja ja, verdammt viel zu tun. Die Küche stammt noch aus der Arche Noah. Aber nächste Woche kriegen wir eine neue.«

Felix ließ seinen Blick über Haus und Garten schweifen, von der Pergola zur Wiese und den Buchsbaumhecken, von den Giebeln über die Dachgauben bis zum Hof hinunter.

»Aber wie ich schon sagte, Riesenmöglichkeiten. Eine Herausforderung. So was mag ich. Und es ist natürlich ein stabiler alter Bau.«

»Ja, nicht wahr?«

»Aber Sie sagten, daß Sie sich verfahren haben. Kann ich Ihnen weiterhelfen? Ich hab eine Karte im Wagen.«

Felix sagte: »Ach, mir ist gerade wieder eingefallen, wie ich fahren muß. Aber trotzdem vielen Dank.« Und er ging die Auffahrt hinunter zur Straße.

Er fuhr zur Scheune. Der Fluß hatte sich in der Woche, die seit ihrem Streit vergangen war, auf seinen normalen Stand gesenkt, und Liv hatte offenbar alle beschädigten Materialien aus der Scheune befördert und auf der Wiese gestapelt.

Er ging hinein. Sie saß an ihrem Schreibtisch, den Kopf über irgendwelche Papiere gebeugt. Als er ihren Namen sagte, drehte sie sich herum.

»Felix!«

Er bemerkte die mißtrauische Vorsicht in ihren Augen. Im ersten Moment wußte er nicht, was er sagen sollte. Er sah sich in der Scheune um. »Das ist ja Wahnsinn, was du hier geleistet hast.«

»Ja, finde ich auch.«

»Der Boden! Du hast den ganzen Boden geschrubbt.«

»Ich war mal Putzfrau von Beruf, falls du das vergessen haben solltest«, sagte sie in scherzhaftem Ton. Aber ihr Blick war wachsam, und sie blieb sitzen.

»Ich bin hergekommen, um dir zu sagen, daß es mir leid tut.«

Einen Moment blieb es still, dann sagte sie: »Was genau, Felix?«

»Daß ich dich mit dieser ganzen Schweinerei sitzengelassen habe, um mich einer kleinen Nervenkrise hinzugeben.«

»Ich nehme dir nicht übel, daß du gegangen bist«, sagte sie. »Das konnte ich verstehen. Das hätte ich selbst am liebsten auch getan, als ich die Bescherung sah. Einfach abhauen und alles hinschmeißen.« Sie drehte ihren Füller zwischen den Fingern, während sie sprach. »Aber ich muß wissen, ob du zurückkommst. Und wenn ja, würde ich gern wissen, wie lange du zu bleiben gedenkst.«

»Für immer, wenn du mich haben willst«, sagte er und sah, wie sie fest die Augen schloß.

Dann öffnete sie sie wieder und sah zu ihm hinauf. Ihre Stimme klang ein wenig rauh, als sie sagte: »Ich glaube, ich habe gar keine andere Wahl. Ich brauche dich nämlich, Felix. Ich komm ohne dich mit den verdammten Zahlen nicht zurecht.« Das Rechnungsbuch mit seinen Zahlenreihen lag aufgeschlagen vor ihr.

»Ich war noch einmal in Wyatts«, sagte er und dachte an den freundlichen rothaarigen Mann, an den Container und das kupferfarbene Laub in der Auffahrt. Er sah zu seinen Händen hinunter. »Ich dachte, ich würde es niemals ertragen können, wenn andere Leute in unserem Haus lebten; ihm ihren Stempel aufdrückten. Aber weißt du, es ist sonderbar, im Grund macht es mir nichts aus. In gewisser Hinsicht ist es sogar eine Hilfe zu sehen, daß es sich verändert hat. Das war ein Schlußstrich.« Er hob den Blick und sah sie an. »Häuser sind nur Backstein und Mörtel, nicht wahr? Wichtig sind die Menschen. Das weiß ich jetzt endlich. Rose und Mia sind wichtig. Und du und Freya und Georgie. Du bist mir am wichtigsten von allen, Liv.«

Er ging zu ihr, und sie drückte ihren Kopf an seinen Oberschenkel, als er seine Finger in ihr dickes schwarzes Haar grub. Dann beugte er sich zu ihr hinunter und küßte ihre Tränen weg.

Nach einer Weile richtete er sich wieder auf und sah sich in der Scheune um. »Glaubst du, das Geschäft ist zu retten?«

»Janice hat mir geholfen, die Unterlagen in Ordnung zu bringen.« Sie schneuzte sich. »Und ich hab inzwischen die meisten Kunden angerufen und ihnen Bescheid gesagt.«

»Gab es Stornierungen?«

»Ein halbes Dutzend. Hätte schlimmer sein können.«

»Na ja, wir werden eben mit dem Hut in der Hand zur Bank gehen müssen.« Behutsam strich er mit den Fingerspitzen über die dunklen Schatten unter ihren Augen. »Du siehst müde aus, Liebes.«

»Ich habe schlecht geschlafen.« Sie zog fröstelnd die Schultern zusammen und kreuzte die Arme über der Brust. »Ich fürchte mich ...« Sie brach ab.

»Wovor?«

»Daß jemand mich beobachtet.«

»Wieso? Sag schon, Liv.«

»Zu sagen gibt's da eigentlich nicht viel. Nur ... nachts höre ich Geräusche. Einmal war das Gartentor offen, obwohl ich sicher war, daß ich es zugemacht hatte. Und ein andermal glaubte ich, oben am Strand eine Gestalt zu sehen.«

»Vielleicht jemand, der die Vögel beobachtete.«

»Nachts?« Ihr Blick trübte sich. »Ich dachte, es wäre Stefan.«

Das war nicht Furcht, dachte er, das war Todesangst. Er sagte behutsam: »Bist du sicher?«

Sie schüttelte den Kopf. »Überhaupt nicht.«

»Dieser Mann, den du gesehen hast ...«

»Er war zu weit weg. Nur eine Silhouette.«

»Hast du mit der Polizei gesprochen?«

»Ich glaube nicht, daß das einen Sinn hätte. Ich habe ja nichts – Konkretes.«

»Wäre es möglich –« er wählte seine Worte sorgfältig – »daß du müde und nervös bist und vielleicht Gespenster siehst?«

»Ja«, bekannte sie mit einem dünnen Lächeln. »Das ist sogar sehr gut möglich. Außerdem – wenn es Stefan wäre, dann würde ich das doch wissen, nicht wahr? Das sage ich mir jedenfalls. Er würde ins Haus kommen – er würde seine Anwesenheit nicht verbergen. Er würde mit mir reden oder irgendwas – er würde versuchen, mich zu sich zurückzuholen. Meinst du nicht auch?«

Er nahm sie in die Arme. »Es ist alles gut, Liv«, sagte er leise. »Es ist alles gut.«

Hector rief Katherine an.

»Du bist gestern abend gar nicht zum Essen gekommen.«

»Ja, tut mir leid. Ich hatte so viel zu tun. Ich wollte dir Bescheid geben, aber ich hab's einfach verschwitzt.«

»Alice hat dich vermißt.«

Sie hörte die Verwirrung und die Kränkung in seiner Stimme. Sie nahm all ihre Entschlußkraft zusammen und sagte: »Weißt du, Hector, ich wollte sowieso etwas mit dir besprechen.«

»Ja?«

»Ich habe mich um eine neue Stelle beworben.«

»Ach so.« Es hörte sich an, als wäre er erleichtert. »Ja, Bewerbungen kosten immer einen Haufen Zeit, nicht wahr? Und sie lenken einen von allem anderen ab. Ist es eine interessante Arbeit?«

»Ganz toll! Genau das, was ich immer wollte.« Aber sie konnte selbst hören, wie freudlos ihr Ton klang. »Eine alte Bekannte von mir, Netta Parker, hat mich zu einem Gespräch eingeladen. Sie ist bei einer Zeitschrift«, fügte sie erklärend hinzu. »Bei einer ziemlich angesehenen. Wenn ich die Arbeit bekomme, werde ich Feuilletonchefin.«

»Das ist ja phantastisch. Meinen Glückwunsch.«

»Aber ich würde umziehen müssen.«

»Umziehen? Wohin denn?«

»Nach Amerika«, antwortete sie. »New York.«

Er reagierte nicht gleich. Dann sagte er: »Oh – ich hatte ja keine Ahnung ...«

»Es ist eine Riesenchance.«

»Natürlich.«

»Die kann ich mir einfach nicht entgehen lassen, Hector.« Ihre Augen brannten.

Wieder Schweigen. »Ich freue mich für dich, Katherine.«

Plötzlich hielt sie es nicht mehr aus. »Ich muß Schluß machen, Hector. Es ist jemand an der Tür. Ich ruf dich später noch mal an ...«

Sie legte auf. Lange stand sie da, ohne eine Bewegung zu machen, die Hände auf die Augen gedrückt. Dann ging sie zum Kleiderschrank und begann ihre besten Sachen – ihr Betty-Jackson-Kostüm und ihr Bill-Gibb-Kleid – aufs Sofa zu werfen, um sie am nächsten Morgen in die Reinigung zu bringen.

Als Liv am Freitag in London zu tun hatte, machte sie einen Abstecher zu Katherine, mit der sie am Abend zuvor telefoniert hatte. Mit bemühter Beiläufigkeit hatte Katherine erwähnt, daß sie einige Tage verreisen werde. Sie habe ein Bewerbungsgespräch, erklärte sie ihr. Dann hatte sie mit irgendeiner wenig überzeugenden Entschuldigung einfach aufgelegt. Bei Liv war ein Gefühl des Unbehagens zurückgeblieben, ein Verdacht, daß irgend etwas nicht ausgesprochen worden war.

Gegen Mittag war sie bei Katherine. Sie wirkte nervös und gehetzt. Auf dem Boden im Wohnzimmer lag ein offener Koffer, auf Sesseln und Sofa waren Unmengen von Kleidern verstreut.

»Ich weiß, es schaut ziemlich chaotisch hier aus«, sagte Katherine entschuldigend und sah Liv an. »Was tust du denn in London?«

»Felix und ich waren auf der Bank. Wir brauchen ein Darlehen.«

»Oh! Magst du eine Tasse Kaffee?«

»Gern.« Liv schob mehrere Jacken auf die Seite und ließ sich in einen Sessel fallen.

»Und, wie ist es gelaufen?«

»Das weiß ich noch nicht. Sie lassen uns ihre Entscheidung schriftlich wissen.« Liv schnitt ein Gesicht. »Ehrlich gesagt, war es fürchterlich. Du kannst dir nicht vorstellen, wie herablassend diese Leute waren.«

Katherine machte den Kaffee. »Und wo ist Felix jetzt?«

»Er bekniet ein paar Freunde in der City.«

»Und wie geht's euch beiden?«

»Besser«, antwortete sie und lächelte. »Viel besser.« Sie sah sich im Zimmer um. »Ziemlich viel Zeug für ein kleines Vorstellungsgespräch«, stellte sie fest.

»Das Gespräch ist in Amerika. In New York.«

Liv riß die Augen auf. »Das hast du gar nicht gesagt.«

»Netta hat mir schon vor Ewigkeiten von dem Job erzählt, aber damals war ich nicht besonders scharf darauf. Jetzt hat sich das geändert ...« Einen Moment lang erschien sie niedergeschlagen. Dann nahm sie sich offensichtlich zusammen. »Es ist eine einmalige Chance.«

Aber sie sah tief unglücklich aus. Überhaupt nicht wie jemand, der entschlossen ist, sich den Job seines Lebens zu sichern. »*Was* hat sich denn geändert?«

Katherine hatte sich eine Zigarette angezündet. »Ach, dies und das.«

»Katherine!«

»Also, ich hab eine Riesendummheit gemacht«, bekannte Katherine plötzlich. »Wirklich einmalig blöd.« Sie stand am Fenster mit dem Rücken zu Liv. »Ich hab mich tatsächlich in Hector verliebt.«

»Das ist doch keine Dummheit, jemanden zu lieben«, entgegnete Liv sanft. »Was soll daran denn dumm sein.«

»Alles«, sagte Katherine. »Wenn nicht die geringste Chance besteht, daß der andere einen wiederliebt.«

»Bist du da denn sicher? Bist du sicher, daß Hector nichts für dich ...«

»Absolut.« Katherines Stimme war scharf und brüchig. Sie drehte sich herum. »Hector geht zurück nach Bellingford, Liv. Er will dort leben. Wir waren letztes Wochenende oben. Ich dachte, er wollte es nur Alice zeigen. Es kam mir überhaupt nicht in den Sinn, daß er daran denken könnte, wieder dort zu *leben*. Aber genau das hat er vor. Und als er es mir sagte –« sie zuckte die Achseln – »war es für mich plötzlich sonnenklar. Ich wußte plötzlich, daß er nicht nur ein Freund ist für mich, sondern mir viel mehr bedeutet.« Sie hielt einen Moment inne. »Ich glaube, daß es nach meinem Unfall anfing; da begannen sich meine Gefühle für ihn zu ändern. Er war so liebevoll und fürsorglich mir gegenüber. Das hat etwas sehr Verführerisches, nicht wahr? Und später, als Philip starb ...« Liv sah die Tränen in Katherines Augen. »Als wir in Bellingford waren und er mir sagte, daß er aus London weggehen würde, wurde mir plötzlich klar, wie furchtbar er mir fehlen würde. Er ist mir wichtiger als jeder andere Mensch. Ich liebe ihn, Liv. Und nicht nur ihn, sondern auch Alice. O Gott, wenn ich mir das vorstelle. Sie wird mir so sehr fehlen.« Katherine versuchte zu lächeln.

»Ein Ersatz für ein eigenes Kind, nehme ich an. Bei mir meldet sich anscheinend der Gluckeninstinkt. Ziemlich armselig, nicht wahr? Das Kind einer anderen Frau ...« Katherine drehte unablässig eine Haarsträhne um ihren Finger. »Wir hatten einen wunderschönen Abend, bevor wir am nächsten Tag nach Bellingford fuhren. Wir haben in einem Hotel in Alnwick zusammen gegessen. Da habe ich gemerkt, wie stark ich mich zu ihm hingezogen fühlte. Und ich hatte den Eindruck, ihm ging es genauso. Aber am nächsten Tag, in Bellingford, war alles anders. Er war sehr still und unglaublich nervös. Beinahe so, als hätte er Angst, sich auf etwas eingelassen zu haben, aus dem er womöglich nicht wieder herauskäme. Als bedauerte er, was er am Abend zuvor gesagt hatte. Ich hätte ihn natürlich verführen können.« Wieder lächelte Katherine so ganz ohne Fröhlichkeit. »Ich weiß, daß ich das geschafft hätte, darin bin ich nämlich wirklich gut, stimmt's, Liv?« Ihr Ton war bitter und sarkastisch. Dann aber wurde ihre Stimme weich. »Aber ich werde es nicht tun«, sagte sie leise. »Ich werde es Rachels wegen nicht tun.«

»Rachels wegen? Ich verstehe nicht ...«

»Weißt du nicht mehr, wie Rachel damals, vor Jahren, als wir noch zur Schule gingen, einmal sagte, sie hätte Angst, wir würden weitergehen und sie zurücklassen?« Katherine zündete sich am Stummel ihrer Zigarette eine neue an und setzte sich aufs Fensterbrett. »Es war im Frühjahr. Wir hatten Schule geschwänzt. Wir wollten für einen Film ...«

»Ach ja, der Film!« Liv lächelte.

»Wir beide hatten vor zu studieren, und Rachel sollte in dieses gräßliche Pensionat für höhere Töchter gesteckt werden. Da hat sie dann zu uns gesagt, sie hätte Angst, daß wir sie vergessen könnten.« Katherine sah Liv an. »Und weißt du, als ich in Bellingford war, ist es mir tatsächlich schwergefallen, mich an sie zu erinnern. *Richtig* zu erinnern, meine ich. Nicht nur an die – äh – Fakten ... wie sie aussah, wo sie lebte und so –, sondern an den Menschen, der sie war. Ich hatte fast keine Erinnerung daran, wie sie gewesen ist.«

»Aber sie hatte doch gar keine Chance, irgend etwas zu sein

oder zu werden«, entgegnete Liv langsam. »Sie ist doch so jung gestorben. Überleg doch mal, wie sehr wir beide uns seither verändert haben.«

»Aber wir haben sie vergessen, nicht wahr? Wir haben ihr versprochen, es nicht zu tun, aber wir haben es getan. Hector nicht. Als wir in Bellingford waren, hat er an sie gedacht, das weiß ich. Hector hat Rachel nicht vergessen. Und wenn das das einzige ist, was ihr geblieben ist – wenn Hectors Erinnerungen an sie das einzige sind, was noch da ist –, wie kann ich mir dann anmaßen, ihr das zu nehmen?«

Beinahe hätte Liv gesagt, aber Rachel ist *tot*. Doch beim Anblick von Katherines blassem, starrem Gesicht schluckte sie die Worte hinunter.

»Weiß es Hector?«

»Daß ich ihn liebe? Nein. Ich war drauf und dran, mich lächerlich zu machen, aber dann kam zum Glück Alice dazwischen und lenkte ihn ab.« Sie lächelte schief. »Ich weiß ja, daß ich immer schon die schlechte Angewohnheit hatte, alles haben zu wollen, was andere haben, aber den Ehemann und das Kind einer anderen haben zu wollen – das ist schon ein ziemlich starkes Stück, das ist sogar mir klar.«

Das Kind einer anderen … Liv sagte mit Entschiedenheit: »Alice braucht dich, Katherine.«

»Sie hat Hector. Es geht ihr gut mit ihm.«

»Alice hat schon ihre Mutter verloren. Und sie hat ihre Großmutter verloren. Da kannst du doch nicht einfach auch noch aus ihrem Leben verschwinden. Überleg mal, wie das für sie wäre.«

Katherine rutschte vom Fensterbrett und ging daran, Röcke und lange Hosen in den Koffer zu stopfen. »Ich muß los, Liv. Meine Maschine …«

»Laß mich doch mal mit Hector reden.«

»Nein!« Katherines Augen blitzten. »Du wirst kein Wort zu ihm sagen, hast du verstanden? Versprich es mir.« Sie sah auf ihre Uhr. »Ich muß in ein paar Stunden in Heathrow sein. Ich muß mich beeilen.«

»Du fliegst noch heute?«

»Ja, um sechs.«

Liv machte einen letzten Versuch. »Katherine, das ist doch Wahnsinn. Du kannst nicht einfach verschwinden.«

»Ach nein? Dann sieh mir mal zu.« Katherines Schultern fielen herab, als wäre die wütende Entschlossenheit, die sie bisher angetrieben hatte, verpufft. »Ich muß weg«, sagte sie ruhiger. Sie hörte auf zu packen und setzte sich auf die Armlehne des Sofas.

»Ich bin doch schon mal nach Amerika geflogen, nach Rachels Tod und nachdem dieser gräßliche Kerl versucht hatte, mich zu vergewaltigen. Und es hat mir gutgetan. Es war für mich eine Chance, einen neuen Anfang zu machen. Es war damals richtig wegzugehen, und ich denke, es ist auch heute richtig. Ich könnte es gar nicht ertragen hierzubleiben, verstehst du. Ich könnte es nicht aushalten, ihnen nichts zu bedeuten. Ich weiß nicht, wie ich es schaffen soll, aber ich muß noch mal neu anfangen.«

Katherines Worte – *Du wirst kein Wort zu Hector sagen. Versprich es mir* – gingen Liv unaufhörlich im Kopf herum, nachdem sie sich von der Freundin getrennt hatte. Auf dem Weg zum Bus blieb sie einen Moment unschlüssig stehen, dann dachte sie, ach was, zum Teufel mit dir, Katherine, du hast mir gar nichts vorzuschreiben. Es gab Versprechen, die besser gebrochen wurden. Sie winkte einem Taxi und ließ sich nach Bayswater fahren.

Die antiquarische Buchhandlung war düster und muffig, wie das antiquarische Buchhandlungen gern an sich haben. Rundherum waren Regale vom Boden bis zur Decke. Ein junger Mann mit stachligem, blond ausgebleichtem Haar saß an der Kasse. Liv fragte nach Hector.

»Hector!« rief der junge Mann. »Besuch für dich.«

Hector kam aus einem Hinterzimmer. »Was ist denn, Kevin?« Dann bemerkte er Liv.

»Ich muß mit dir sprechen, Hector.«

»Ich habe gerade einen Kunden da.«

»Dann wimmle ihn ab. Wir müssen reden.«

»Worüber?«

»Über Katherine.«

Sein Gesicht verschloß sich. »Ich glaube nicht, daß das viel Sinn hat.«

»Hector!« zischte sie ungeduldig.

Kevin sagte: »Ich kümmere mich um Mr. Potter, wenn's dir recht ist«, und verschwand im Hinterzimmer. Liv sah Hector zornig an. »Weißt du eigentlich, daß Katherine nach Amerika geht?«

»Ja«, antwortete er kalt. »Das hat sie mir gesagt.«

»Hat sie dir auch gesagt, daß sie heute schon fliegt?«

»*Heute*?« Er senkte den Blick und begann rund um die Kasse Bücher aufzuräumen. »Nein, das hat sie mir nicht gesagt.«

»Du mußt sie aufhalten, Hector.«

»Ach, und wie soll ich das bewerkstelligen, wenn ich fragen darf?«

»Ruf sie an.«

»Sie hat ihren Entschluß gefaßt, Liv.« Er blätterte in einem Stapel Papiere auf dem Kassentisch. »Das hat sie mir klipp und klar gesagt.«

»Macht es dir denn nichts aus, daß sie weggeht?«

Ein paar Papiere flatterten aus Hectors Hand zu Boden. Er ließ sie liegen. »Natürlich macht es mir etwas aus«, sagte er sehr leise.

»Aber anscheinend nicht genug«, entgegnete sie aufgebracht, »sonst würdest du etwas dagegen unternehmen.«

»Das ist es doch gar nicht ...«

»Hector, sie liebt dich!«

»Nein, eben nicht. Sie liebt mich nicht.«

»Hector! Ich komme gerade von Katherine. Sie hat mir selbst gesagt, daß sie dich liebt.«

»Ich glaube, da hast du dich verhört, Liv.«

»Unsinn!«

»Doch, wirklich, ich glaube, daß du ...«

Am liebsten hätte sie ihn geschüttelt. »Aber vielleicht machst du dir ja nichts aus ihr.«

»Liv, ich ...«

»Nach allem, was sie für dich getan hat«, unterbrach sie ihn heftig. »Jahrelang war sie dir eine gute Freundin, hat dir mit Alice geholfen ...«

»Liv ...«

»Wenn es wegen Rachel ist, dann ist das absolut lächerlich. Du mußt doch endlich mal an die Lebenden denken statt an die Toten ...«

»Liv!« schrie er sie an. »Ich *liebe* Katherine!«

Sie war plötzlich still. Erst nach einer Weile sagte sie leise: »Oh.«

Kevin kam aus dem Hinterzimmer heraus.

Hector sagte ruhiger: »Ich liebe Katherine. Ich bete sie an. Ich möchte sie heiraten.« Mehrere Kunden, die an den Regalen in den Büchern stöberten, hatten sich herumgedreht und starrten ihn an. Kevin, der die Papiere vom Boden aufsammelte, hob den Kopf.

Hector seufzte. »Ich war mir nicht sicher, wie sie zu mir steht. Und am letzten Wochenende, als wir in Northumberland waren, hatte ich den Eindruck, daß ich ihr doch etwas bedeute. Ich wollte sie bitten, mich zu heiraten, Liv. Ich war wirklich nahe daran.«

»Und was ist dazwischengekommen?«

»Sie hat mir deutlich zu verstehen gegeben, daß sie nicht interessiert ist.«

Liv dachte an Hector – immer vorsichtig, immer zaghaft – und an Katherine, die Empfindliche, Leidenschaftliche. »Hast du ihr denn gesagt, daß du sie liebst?«

Er schüttelte den Kopf.

Gereizt sagte sie: »Hast du überhaupt irgend etwas zu ihr gesagt?«

Er nahm seine Brille ab und begann, die Gläser mit seiner Krawatte zu polieren. »Wir haben hauptsächlich über das Haus gesprochen. Ich war so nervös. Ich mußte erst mal versuchen, meinen Mut zusammenzunehmen.«

»Habt ihr über Rachel gesprochen?«

Er sah sie mit großen blauen Augen an. »Ja. Ja, ich denke schon.«

»Hector, Katherine glaubt, daß du immer noch Rachel liebst.«

Kevin hatte sich aufgerichtet und stand mit den Papieren in der Hand reglos hinter Hector. Die Kunden hatten sich näher herangeschoben, um besser hören zu können, und blätterten, ohne darin zu lesen, aber mit gespitzten Ohren, in ihren Büchern.

Hector sagte sehr leise: »Rachel wird mir immer nahe sein, ich werde sie gewiß nie vergessen. Aber das Leben geht weiter, und man muß sich weiterentwickeln. Ich habe lange gebraucht, um das zu verstehen, und ohne Katherine und Alice hätte ich es wahrscheinlich nie geschafft.« Er drückte die Fingerspitzen an seine Stirn und kniff die Augen zu. Beinahe stöhnend sagte er: »O Gott, ich kann mir vorstellen, wie es auf sie gewirkt haben muß ... da fahre ich mit ihr in dieses Haus und erzähle ihr, daß ich vorhabe, wieder dort zu leben ... ich rede mit ihr über Rachel ... ich habe ihr erzählt, was für Pläne wir damals machten ... daß ich Rachel sagte, ich würde ihr bis an mein Lebensende treu bleiben. Aber verstehst du, ich wollte Katherine damit eigentlich erklären, daß das zwar in gewisser Weise immer noch zutrifft, aber nicht bedeutete, daß ich keine andere Frau lieben könnte. Daß ich *sie* nicht lieben könnte. O Gott«, sagte er wieder und schüttelte den Kopf.

Er öffnete die Augen und sah Liv an. »Gerade als ich mit Katherine reden wollte, rief Alice mich, und ich mußte zu ihr, und als ich dann zurückkam, war Katherine wie verwandelt. Vorher hatte ich den Eindruck, daß sie sich wohl fühlte, aber plötzlich war sie richtig abwehrend. Stachlig. Sie wollte so schnell wie möglich aus Bellingford weg. Na ja, und da dachte ich eben, es wäre hoffnungslos.« Zum erstenmal bemerkte Liv ein kleines Leuchten in seinen Augen. »Und du glaubst wirklich ...«

»Katherine liebt dich, Hector. Das hat sie mir selbst gesagt. Und sie will überhaupt nicht nach Amerika. In Wirklichkeit möchte sie hierbleiben.«

»Wann fliegt ihre Maschine?«

»Um sechs, sagte sie.«

»Ich rufe sie an.« Er lief ins Hinterzimmer. Als er wieder herauskam, sagte er: »Da meldet sich niemand. Sie ist wahrscheinlich schon gefahren.« Er schaute auf seine Uhr. »Ich fahre nach Heathrow.«

Murmelnde Zustimmung von den Kunden.

»Ach Gott, Alice!« rief er dann.

»Ich hole sie von der Schule ab«, sagte Liv.

»Und der Laden?«

»Ich halte die Stellung schon«, versprach Kevin.

Auf der Fahrt nach Hammersmith sah Hector immer wieder auf die Uhr am Armaturenbrett. Während er sich im dichten Verkehr von Lücke zu Lücke schlängelte und jedes gelbe Licht überfuhr, schwankte seine Stimmung ständig zwischen freudiger Zuversicht und Verzweiflung. Sie liebte ihn. Aber er würde vielleicht zu spät kommen.

Kurz vor Hammersmith geriet er in einen Stau und trommelte nervös und ungeduldig mit den Fingern aufs Lenkrad, während es im Schneckentempo vorwärtsging. Danach ließ der Verkehr etwas nach, aber als er wieder auf die Uhr sah, stellte er fest, daß es schon fast halb vier war. Sie würde vielleicht um vier einchecken und dann noch eine Weile im Warteraum sitzen. Er drückte das Gaspedal durch. Die Tachonadel schnellte in die Höhe: achtzig, neunzig, hundert. Er überholte auf der Innenspur, brauste an Lastwagen und Bussen vorbei und betete, daß die Polizei an diesem Tag anderweitig beschäftigt sein möge.

In Chiswick bog er auf die A4 ab. Auf hundertfünfzig hochgejagt, ratterte und klapperte sein zehn Jahre alter MGB protestierend. Er achtete nicht darauf; er achtete auch nicht auf die Benzinuhr, deren Zeiger ins Rot rutschte.

Es gelang ihm nicht, aus dem Nebel der Erinnerung das erste Mal herauszuschälen, als er sie gesehen hatte. Es war anders als bei Rachel, die für immer die schmale silberne Flamme jener ersten Begegnung bleiben würde. Katherine war ganz allmählich, beinahe schleichend, könnte man sagen, ein Teil von ihm geworden, der sich aus einer Vielfalt von Bildern und Erinnerungen zusammensetzte und ihm den Anstoß gegeben hatte, Trauer und Schuldgefühle, die ihn in die Isolation geführt hatten, hinter sich zu lassen und dafür dem Leben mit neuer Zuversicht und Hoffnung entgegenzusehen. Er sah sie vor sich, wie sie nach der Bombendrohung in der U-Bahn bei ihm in der Wohnung gesessen und versucht hatte, das Zittern ihrer Hände zu verbergen, als sie die Kaffeetasse nahm. Er dachte daran, wie sie ihn in den frühen Tagen ihrer Freundschaft teils behutsam, teils mit Strenge aus seiner selbst auferlegten Isolation herausgeholt hatte. Katherine, wie sie Alice auf ihrem Schoß wiegte. Katherine am Meer, die langen hellen Glieder im Schatten der Felsen ausgestreckt.

Und Katherine, wund und verletzt nach dem Unfall. Damals hatte er zum erstenmal ihre Verletzlichkeit bewußt wahrgenommen und hatte das Bedürfnis gehabt, sie zu beschützen und zu verteidigen, ihren feigen Liebhaber beim Kragen zu packen und zu fragen, was zum Teufel er sich mit ihr erlaube. Und schließlich Katherine in Northumberland, inmitten von Rosen, am Fuß einen roten Blutstropfen. Er hatte sich gewünscht, ihn wegzuküssen, ihre Haut zu schmecken und das Blut, das durch ihre Adern rann. Er hatte sie begehrt. Die Nacht hindurch hatte er wach gelegen im Fieber des Verlangens nach ihr.

Er kannte ihren Mut, und er kannte ihr leicht entflammbares Temperament; ihre langgliedrige, linkische Anmut; ihre Sinnlichkeit; ihre leidenschaftliche wache Intelligenz und ihre Fähigkeit zu lieben. Das alles kannte er an ihr.

Er war nur noch wenige Kilometer von Heathrow entfernt. Über ihm hingen die Jets wie riesige Raubvögel in der Luft. Wieder warf er einen Blick auf die Uhr, fluchte, riß das Lenkrad plötzlich scharf herum und raste die Rampe hinunter, die ihn von der A4 wegführte. Er folgte den Hinweisen zum Flughafen, dachte, wenn ich zu spät dran bin, werde ich dir hinterherfliegen. Ich werde vor deiner Tür niederknien, Katherine, und dann werde ich wie ein Wolf heulen, bis du zu mir kommst.

Das Gedränge am Schalter hatte sich ein wenig gelichtet, aber sie stellte sich immer noch nicht an, sondern schob ihren Gepäckwagen ziellos zwischen Zeitungskiosken und Süßwarengeschäften hindurch. Sie wußte nicht, worauf sie wartete: auf ein Zeichen vielleicht, daß sie richtig gehandelt, die richtige Entscheidung getroffen hatte. »Du hast den Job schon«, hatte Netta mit Verschwörerstimme gesagt, »wenn du ihn haben willst, Katherine.« Sie würde alle Kollegen, ob männlich oder weiblich, mit einem Riesensprung überflügeln. Genau das, sagte sie sich, hatte sie sich immer gewünscht. Eine aufregende und außergewöhnliche Karriere, eine Wohnung in New York. Netta würde sie in einen neuen Freundeskreis einführen. Was sie verdiente, würde ausreichen, um ihre Zukunft zu sichern und die Gegenwart zu genießen. Selbst wenn Hector sie gewollt hätte – warum hätte sie eine solche Möglichkeit ablehnen sollen, um sie gegen die Häuslichkeit mit einer Fertigfamilie und einem zugigen alten Schloß irgendwo in der Wildnis einzutauschen?

Sie kaufte sich eine Zeitschrift, die sie doch nicht lesen würde, und nahm von dem Gestell mit den Bestsellern irgendein Buch. Es war vier Uhr. Wenn sie erst einmal ihr Gepäck eingecheckt hatte und durch die Paßkontrolle gegangen war, würde es kein Zurück mehr geben. Mit einem Gefühl fatalistischer Resignation schob sie ihren Wagen zum Schalter.

Da hörte sie ihn rufen. Sie hielt an, halb überzeugt, sich getäuscht zu haben. Aber als sie sich umblickte, sah sie ihn.

Er drängte sich durch die Menschenmenge. Sie blieb mitten im Gang stehen und wartete auf ihn.

»Katherine!« sagte er mir rotem Gesicht und außer Atem.

»Was tust du hier, Hector?«

»Liv …« Er schnappte nach Luft. »Liv hat mir gesagt, daß du heute fliegst …«

»Ich hab sie extra gebeten, das nicht zu tun«, versetzte sie. »Sie hat es mir versprochen.«

»Katherine, du darfst nicht fliegen. Bitte bleib.«

Sie sagte: »Mein Entschluß steht fest, Hector«, und wollte ihren Wagen weiterschieben. Aber eine Rolle klemmte, und er bewegte sich nicht.

Während sie mit dem Wagen kämpfte, hörte sie ihn sagen: »Du kannst deinen Entschluß doch ändern.«

»Und warum sollte ich das wohl tun?« Zornig sah sie ihn an, während sie immer noch hektisch versuchte, den Wagen in Bewegung zu setzen.

»Weil ich möchte, daß du bleibst«, sagte er. »Weil ich dich liebe.«

Sie vergaß den Kampf mit dem Wagen. Sie hörte nur seine Worte im Lärm und Getriebe des Flughafengebäudes.

»Ich liebe dich, Katherine«, wiederholte er. »Und ich möchte dich bitten, mich zu heiraten.«

»Rachel ...«, sagte sie leise.

Er umfaßte ihre Hände mit seinen und zog sie vom Griff des Gepäckwagens weg. »Rachel war damals, und du bist jetzt, Katherine. Weißt du, die Vergangenheit erstarrt und verändert sich nicht. Rachel wird niemals älter werden als neunzehn. Rachel und ich werden nie erfahren, was es heißt, fünf Jahre verheiratet zu sein – oder fünfundzwanzig oder fünfzig. Ich weiß nicht, wie es geworden wäre, wenn wir länger zusammengewesen wären. Vielleicht wäre es wunderbar gewesen. Vielleicht auch nicht. Ich werde es nie erfahren. Aber mit dir möchte ich es erfahren, Katherine. Mit dir zusammen.«

Sie schloß die Augen. »Aber Bellingford ...«, sagte sie mit zitternder Stimme.

»Ich weiß, daß du nicht gerne auf dem Land lebst«, sagte er schnell. »Es war dumm von mir, mit dir nach Bellingford zu fahren. Und ich weiß auch, daß du deine Arbeit liebst. Wir werden in London bleiben. Es ist mir gleich, wo wir leben, Darling. Hauptsache, es gefällt dir.«

Sie hob den Blick und sah ihn an. »Ich dachte, dir läge überhaupt nichts an mir, Hector. Ich dachte, du wärst mit mir nach Bellingford gefahren, um es mir schonend beizubringen. Ich meine, daß du aus London weggehst.«

»Oh, Katherine«, sagte er leise. »Ich bin mit dir dort hingefahren, um dich zu bitten, meine Frau zu werden.«

Sie gab dem Gepäckwagen einen letzten vergeblichen Schubs mit der Hüfte und sagte dann: »Dieses Scheißding!«

bevor ihre Stimme versagte. Er nahm sie in die Arme und küßte sie, bis sie nach einer Weile sagte: »Ich glaube, wir fahren jetzt lieber zurück.«

»Ich bin mit dem Wagen hier.« Er schnitt eine Grimasse. »Aber der ist wahrscheinlich inzwischen abgeschleppt worden.«

»Wo hast du ihn denn stehengelassen?«

»In einer Ladebucht.«

»Hector!« Sie war entsetzt. »Wenn die Polizei ihn da sieht, werden sie denken, daß eine Bombe drin ist.«

»O Gott!« sagte er gleichermaßen entsetzt. »Daran hatte ich überhaupt nicht gedacht.«

»Der ganze Flugverkehr wird zum Erliegen kommen.« Sie mußte lachen, ihr war so leicht zumute.

»Unsere erste Nacht zusammen«, sagte er, »und ich werde sie wahrscheinlich in einer Zelle verbringen.« Er nahm ihren Koffer vom Wagen.

»Ich besuch dich dann.« Sie gingen aus dem Gebäude hinaus.

»Auch wenn ich in so einem gestreiften Sträflingsanzug ankomme?«

»Ich glaube«, sagte sie, während sie eilig über den Vorplatz gingen, »die wurden spätestens zu Dickens' Zeiten abgeschafft.«

Neben dem MGB stand ein Polizist mit Block und Bleistift in der Hand. »Olala«, rief Hector. Er nahm sie bei der Hand, und sie begannen zu laufen.

19

DIE FEINEN GERÄUSCHE des Herbstes sickerten in ihre Träume. Reges Leben raschelte des Nachts in den Sumpfwiesen. Im Schilf flüsterten Stimmen, aber sie konnte die Worte nie verstehen. Äste und Zweige, die sich aneinanderrieben, brachten Knistern und Knacken hervor. Zu ihrem Klang träumte sie von Gebeinen, die, trocken und bleich wie Treibholz, dem Meer entstiegen und sich zu Menschen bildeten, die mit mißtönendem Gerassel zum Haus tappten. Skelettartige Füße hinterließen die Abdrücke von Vogelklauen im schlammigen Boden, und graue Finger pochten an die Fensterscheiben. Manchmal, im Halbschlaf, meinte sie, ihn am Fenster stehen zu sehen. Oder er glitt, gerade wenn sie wieder einschlief, neben ihr ins Bett und griff mit seiner kalten Hand nach ihr.

Stets sagte sie sich, es sei nur das Kreischen einer Möwe gewesen oder das ferne Rauschen des Meeres. »Alles ist gut«, pflegte sie zu flüstern und die Augen zu schließen. Trotzdem war ihr eiskalt, und sie spürte den Schlag ihres Herzens. Sie pflegte sich das Haus vorzustellen, hinter Schilf und Bäumen versteckt, so daß man es weder von der Straße noch vom Wasser aus sehen konnte, abgeschnitten vom Rest der Welt.

Wenn sie nicht schlafen konnte, versuchte sie, sich mit Gedanken an die Ereignisse der vergangenen Wochen abzulenken. Felix' bisher erfolglose Bemühungen, zur Rettung des Geschäfts einen Anleger zu finden; Freyas Schulschwierigkeiten; Richard Thorneycrofts schleppende Genesung nach der Hüftoperation. Bei Richard und Thea war eingebrochen worden; auf dem Boden hatte man Glasscherben von der Terrassentür gefunden und auf dem Teppich Fußabdrücke.

»Er hat nichts mitgenommen«, hatte Thea berichtet, »aber darum geht es auch gar nicht, Liv. Es ist, als gehörte das Haus uns nicht mehr. Ich stelle mir vor, wie er meine Sachen durchwühlt hat, ein Ding nach dem anderen genommen und weggeworfen hat. Ich hätte nicht geglaubt, daß so etwas in Fernhill passieren kann. Solange wir in Kreta gelebt haben, haben wir nie unsere Haustür abgesperrt ...«

Sorgen überall. Sie wälzte sich in ihrem Bett und versuchte, sich auf freundlichere Dinge zu konzentrieren: Katherines Verlobung mit Hector und ihre eigene neue Gewißheit von der Beständigkeit ihrer Beziehung mit Felix. Ein gemeinsames Leben mit einem anderen Menschen erschien ihr jetzt nicht mehr als gleichbedeutend mit dem Verlust von Unabhängigkeit und Freiheit. Sie hatte entdeckt, daß es sie nicht nur forderte, sondern auch förderte. Ein Intellekt, an dem sie ihren eigenen schärfen konnte; starke Arme, die sie hielten, wenn sie müde war; jemand, dem sie ihre Ängste anvertrauen konnte.

Trotzdem erzählte sie Felix nichts von den Träumen. Sie konnte sie nicht verstehen. Sie war nie in ihrem Leben so glücklich gewesen, weshalb also diese Träume? Der Schatten des Eindringlings vom Sommer, dachte sie, ließ sich nicht vertreiben.

Sie ging den Strand entlang. Unter ihren Füßen knirschten die Kiesel, und glattes geschliffenes Glas wurde in den wogenden Wellen zu Edelstein. Sie blickte zum Meer hinaus und sah Freya, die unter den Wellen dahintrieb, das aufwärts gewandte Gesicht nur wenige Zentimeter unter dem Wasserspiegel. Sie sah aus wie Schneewittchen in seinem gläsernen Sarg. Das schwarze Haar wehte in der Strömung wie Tang, und ihre Augen waren geöffnet. Sie streckte den Arm aus, um ihre Tochter zu berühren, um sie aus dem Wasser zu ziehen, aber sie konnte sie nicht erreichen. Die Kiesel wurden unter ihren Füßen weggesogen, so daß sie Mühe hatte, auf den Beinen zu bleiben, und die Brandung hinderte sie daran, tiefer ins Wasser zu waten. Ihre Tränen mischten sich mit der Gischt.

Sie fuhr in die Höhe und starrte mit aufgerissenen Augen in

die Dunkelheit. Ihr Gesicht war naß. Sie verbrachte den Rest der Nacht abwechselnd wachend und schlafend, aber der Traum hielt an ihr fest. Der Kopf tat ihr weh, und sie erinnerte sich des bleichen, reglosen Gesichts, dessen vertraute Landschaft vom Wechselspiel des Wassers ständig verändert wurde. Ihre Unfähigkeit, ihr Kind zu retten, quälte sie und trübte ihren Tag.

Freya war an diesem Morgen ungewöhnlich still, schlang ihr Frühstück überhastet hinunter und kleidete sich mit ungewohnter Schnelligkeit und Fügsamkeit an. Sie verschwand in ihrem Zimmer, während Liv Georgie die Haar bürstete.

Um zwanzig vor neun kam Freya wieder nach unten. Liv runzelte die Stirn, als sie sie sah. »Du brauchst doch heute nicht den dicken Mantel, Schatz.« Das Kind trug den Wintermantel vom vergangenen Jahr. »Es ist nicht kalt.«

»Aber ich mag den Mantel«, versetzte Freya störrisch.

»Außerdem ist er dir schon zu klein – du bist herausgewachsen. Geh nach oben und zieh deinen Anorak an.«

»Aber ich will den Mantel anziehen. Ich kann anziehen, was ich will.«

Liv sah das kriegerische Blitzen in Freyas Augen. Streit vor der Schule war schlimmer als jeder andere Streit; sie war schon bereit nachzugeben, als sie bemerkte, wie der Mantel sich vorn bauschte.

»Was hast du da unter dem Mantel, Freya?«

»Nichts.«

»Freya!«

Wütend zog Freya eine große Plastiktüte hervor. Liv warf einen Blick hinein. Sie war voll mit Puppen und Puppenkleidern.

»So viele Spielsachen kannst du doch nicht mit zur Schule nehmen, Schatz. Das wird Mrs. Chambers gar nicht recht sein. Lauf hinauf und laß sie in deinem Zimmer.«

Freya sagte: »Sie sind nicht für die *Schule*.«

»Was willst du dann mit ihnen?«

Freya trat nervös von einem Fuß auf den anderen. Dann sagte sie trotzig: »Ich verkauf sie an einem Stand.«

»An einem Stand?« Liv sah kurz auf ihre Uhr. Zehn vor neun.

»Ja, wie Daphne, nur daß die Gemüse verkauft. Ich mach einen Stand an der Straße, und da verkauf ich meine Puppen. Ich hasse Puppen sowieso.«

Liv starrte ihre Tochter verblüfft an. »An der Straße?«

Freya schob die Unterlippe vor. »Ja, wenn du in der Arbeit bist. Du arbeitest ja immer nur. Das ist langweilig.«

»Wo, Freya? Wo genau wolltest du deinen Stand aufschlagen?«

»Vor dem Hof. Ich hab's dir doch gesagt, wie Daphne.«

Liv sah noch einmal in die Tüte. »Da sind aber Sachen von Georgie dabei.«

»Ja, weil ich ihre blöden Puppen nicht in meinem Zimmer haben will.«

Liv, deren Nerven von der schlaflosen Nacht strapaziert waren, wurde wütend. »Du kannst doch nicht einfach die Spielsachen deiner Schwester verkaufen. Bring sie sofort wieder ins Zimmer hinauf, Freya.«

»Ich will aber nicht.«

Liv suchte ihren Hausschlüssel und ihren Wagenschlüssel. »Los jetzt!«

»Du kannst mich nicht dazu zwingen.« Freyas Stimme zitterte.

Fünf vor neun. Sie riß Freya die Tüte aus der Hand und leerte sie auf dem Sofa aus. Freya brüllte. Liv fand ihren Hausschlüssel in der Tasche ihres Regenmantels und die Autoschlüssel unter einem Sofakissen.

»Los, ins Auto!«

Georgie rannte; Freya heulte. Auf der kurzen Fahrt zur Schule glaubte Liv, der Kopf würde ihr zerspringen von Freyas Geheul. Vor dem Tor machte sie einen letzten Versuch, die Situation noch irgendwie zu retten. »Freya, wenn du deine Puppen nicht mehr haben willst, dann ist das natürlich deine Sache. Du kannst sie ja bei der nächsten Gemeindesammlung abgeben.«

Aber Freya entgegnete zornig: »Ich wollte das *Geld* haben.

Bei der Gemeindesammlung kriegt man kein Geld.« Dann rannte sie über den Hof in die Schule.

Ohne einen Abschiedskuß. Das erste Mal, dachte Liv traurig.

Felix war über Nacht in London geblieben. Er rief vormittags in der Scheune an. Liv berichtete ihm von Freya.

»Aha, das Kind zeigt Unternehmergeist«, sagte er.

»Ich finde das überhaupt nicht komisch, Felix. Sie wollte einen Stand auf der Straße vor dem Hof aufschlagen.« Liv bekam Angst bei der Vorstellung, daß ihre kleine Tochter, die ihr kindliches Vertrauen in die Welt noch nicht verloren hatte, irgendeinem Fremden, der ihr aus einem Auto zuwinkte, folgen könnte. »Wer weiß, wer da alles vorbeikommt«, sagte sie. »Da kann doch alles mögliche passieren.«

»Liv«, sagte er ganz vernünftig, »einer von euch, du oder Daphne oder Janice, hätte es doch gemerkt, wenn sie plötzlich verschwunden wäre, oder hätte es gesehen, wenn sie plötzlich einen Tisch oder so was die Straße runtergeschleppt hätte. Ich meine, Freya ist ja nun weiß Gott kein *stilles* Kind. Wenn sie etwas tut, geht es doch nie ohne Lärm und Tumult ab. Ihr hättet es bestimmt sofort gemerkt. Und außerdem hast du es ja im Keim erstickt.«

»Ja.« Sie kritzelte auf einem Zettel herum und sagte nichts mehr.

»Liv, was ist los?« fragte Felix.

»Ach …« Sie seufzte. »Ich hab so schlecht geschlafen. Und Freya hat etwas gesagt, was mir jetzt ständig im Kopf herumgeht.«

»Was denn?«

»Daß ich immer nur arbeite.« Sie hatte immer noch Kopfschmerzen. Sie rieb sich die Augen. »Und damit hat sie natürlich recht.«

»Aber es wird ja nicht immer so bleiben«, sagte er. »Es ist nur im Moment ein bißchen schwierig. Wir machen bald einen schönen Urlaub, das versprech ich dir. Alle vier.«

»Ja.« Sie nahm sich zusammen. »Ja, das ist eine gute Idee.«

»Ich bin am Spätnachmittag zurück. Wenn du willst, unterhalt ich mich dann mal mit Freya über ihre geschäftlichen Pläne.«

So was Gemeines, dachte Freya. Das war wirklich fast der schlimmste Tag in ihrem Leben. Zuerst hatte Mama das Theater mit den Puppen gemacht. Nur weil ein paar davon Georgie gehörten, dabei lagen Georgies Puppen immer überall im Zimmer rum. Das Zimmer gehörte ihnen gemeinsam, und drum, meinte Freya, hätte sie auch das Recht, die Puppen alle zu verkaufen.

In der Schule dann stellte sich heraus, daß Mrs. Chambers krank war und eine Aushilfslehrerin da war, die Miss Pritchard hieß. Sie war dünn und hatte gelbe Haare und ein spitzes Gesicht, und sie schimpfte Freya aus, weil sie zu spät kam. Und danach gab sie ihnen eine Rechenarbeit, wo Freya Mathe doch so haßte. Sie war in ihrem Mathebuch gerade an der Stelle angelangt, wo es darum ging, verschiedene Dinge unter verschiedene Personen zu verteilen, was sie ganz gut konnte, wenn es nicht zu viele Dinge und zu viele Personen waren, da schaute ihr Miss Pritchard über die Schulter und sagte, sie wäre doch ziemlich weit hinten, sie solle lieber ein paar Seiten auslassen und danach weitermachen. Eine ganze Serie neuer, abschreckender Rechenaufgaben blickte Freya aus dem Buch entgegen, als Miss Pritchard zu ihrem nächsten Opfer weiterging.

Noch wilder als sonst purzelten die Zahlen in ihrem Kopf durcheinander, und als sie Miss Pritchard ihr Heft zeigen mußte, war ihr klar, daß sie nur Schimpf und Schande ernten würde.

»Du siehst dir diese Seite besser in der Nachmittagspause noch einmal an, Freya«, sagte Miss Pritchard kurz und streng, nachdem sie den größten Teil der Ergebnisse, die Freya zu Papier gebracht hatte, mit ihrem roten Stift durchgestrichen hatte.

Den Rest des Tages war Freya schlecht gelaunt und unglücklich. Sie haßte die Schule; am liebsten wäre sie weggerannt. Sie stellte sich vor, sie würde den Zug ans Meer nehmen oder einfach in einen Bus steigen und in irgendeine große Stadt fahren. Aber sie hatte kein Geld, weil Mama ihr nicht erlaubt hatte, den Puppenstand aufzumachen. In der Nachmittagspause setzte sie sich noch einmal über die Matheaufgaben und schaffte es, hauptsächlich mit Glück, einige richtige Ergebnisse niederzuschreiben. Miss Pritchard sah auf die Uhr und sagte, sie solle noch ein paar Minuten zu den anderen auf den Hof gehen und sich ein bißchen austoben. Freya wanderte eine Weile im Hof vor der Schule herum, dann läutete es schon wieder. Sie wollte nicht mehr rein zu der gräßlichen Miss Pritchard, darum lief sie nach vorn, zum eisernen Gitter. Sie zog ihre Finger über die Eisenstangen, daß es klirrte, bis sie Beverly Baverstock, die sie haßte, rufen hörte: »Hey, du kriegst Ärger, Freya Galenski!« Aber sie ignorierte sie einfach.

Als der Hof leer war, fühlte sie sich befreit. Als würden sich, wenn sie nur allein war, all ihre schlimmen Gedanken von selbst verflüchtigen, so daß sie sich besser fühlte. Da hörte sie plötzlich jemanden leise ihren Namen rufen.

Sie blickte auf und sah den Mann, der am Gitter stand. Sie erkannte ihn sofort von der Fotografie in ihrem Zimmer. »Bist du mein Daddy?« fragte sie, und er breitete die Arme aus.

Um zehn nach drei rief einer ihrer wichtigsten Kunden an und wollte alle möglichen komplizierten Auskünfte haben, so daß Liv erst mit Verspätung wegkam, um die Kinder zu holen. Georgie war schon draußen im Hof, als sie die Schule erreichte; sie erzählte Liv vergnügt von ihren Erlebnissen, während sie vor dem Tor gemeinsam auf Freya warteten. Nach einigen Minuten stürmten Freyas Klassenkameraden auf den Hof hinaus. Liv vermutete, daß Freya aus Protest gegen den Streit am Morgen als letzte herauskommen würde, schleppenden Schritts und ihren Mantel trotzig hinter sich her schleifend. Zuckerschnecken aus der Bäckerei, beschloß sie. Darauf würde sich Freyas Laune sicherlich bessern, und danach könnten sie in Ruhe miteinander sprechen. Sie würde für diesen Nachmittag die Arbeit Arbeit sein lassen.

Aber es wurde halb vier, und Freya kam nicht. Liv sah sich suchend um, gewiß, daß sie sie, mürrisch, den Daumen im Mund, drüben beim Klettergerüst entdecken würde oder im aufgeregten Gespräch mit einer Freundin, allen Zorn und Ärger schon vergessen. Aber der Hof und der Spielplatz waren leer, die meisten anderen Mütter waren mit ihren Kindern schon gegangen. Mit Georgie an der Hand ging Liv am Gitter entlang. Keine Freya. Nicht auf dem Hof und nicht auf der Straße. Ein Gefühl des Unbehagens bemächtigte sich ihrer. Es war das gleiche Gefühl, das sie stets hatte, wenn sie ihre Kinder in Gefahr glaubte: wenn sie zu nahe am Fluß spielten oder über die Landstraße rannten, ohne nach links und rechts zu sehen.

Sie ging in die Garderobe. Der Haken mit Freyas Name darüber war leer: kein Mantel, keine Schultasche. Liv erinnerte sich des Bilds aus ihrem Traum: Freyas Gesicht, in einem gläsernen Sarg eingeschlossen. Und an das andere Bild, das ihre Ängste heute morgen hervorgerufen hatten: wie ein Fremder Freya lächelnd aus dem Auto zuwinkte und sie zu ihm ging und in den Wagen stieg …

Stell dich nicht so an, das ist doch albern, sagte sie sich. Ganz sicher würde sie Freya im Klassenzimmer finden. Wahrscheinlich wollte Mrs. Chambers noch etwas mit ihr besprechen. Aber die Frau, die im Klassenzimmer am Pult stand und Bücher in ihre Mappe packte, war ihr fremd.

Sie sah Liv fragend an. »Kann ich Ihnen behilflich sein?«

»Ich suche eigentlich Mrs. Chambers … oder genauer gesagt, meine Tochter. Freya.«

»Ich bin Miss Pritchard. Mrs. Chambers ist krank, Mrs. Galenski, ich bin heute für sie eingesprungen.« Ein Stirnrunzeln. »Freya wurde von ihrem Vater abgeholt. Schon vor Schulschluß. Er sagte, sie hätte einen Termin beim Zahnarzt.«

Im ersten Moment war sie erleichtert. Es war also alles in Ordnung. Felix hatte Freya abgeholt. Aber dann fiel ihr ein, daß er erst vor wenigen Wochen mit beiden Kindern beim Zahnarzt gewesen war. Sie war verwirrt. Weshalb sollte Felix Freyas Lehrerin weismachen, er müsse mit ihr zum Zahnarzt?

»Ein Termin beim Zahnarzt?«

»Ja.« Miss Pritchard klappte knallend ein Buch zu. »Sie sollten Freya eine Entschuldigung mitgeben, Mrs. Galenski, wenn sie früher gehen muß.«

Sie dachte, Freya ist von ihrem Vater abgeholt worden. Vor Schulschluß. Er sagte, sie hätte einen Termin beim Zahnarzt. Was hatte das zu bedeuten? Der Zahnarzttermin war erfunden. Und sie hatte Felix nie als Freyas Vater bezeichnet. Sie hatte sowohl mit ihren Kindern als auch mit deren Lehrern stets offen über die Familienverhältnisse gesprochen.

Irgendwo in ihrem Kopf schien eine schwarze Wolke sich zu bilden, und ein merkwürdiges Dröhnen schien alle Gedanken auszulöschen. Sie hörte Miss Pritchard sagen: »Mrs. Galenski, alles in Ordnung?« und nahm sich mit größter Anstrengung zusammen.

»Wann sind sie gegangen?«

»Um Viertel nach zwei. Gleich nach der Nachmittagspause.« Zum erstenmal schien Miss Pritchard eine Spur unsicher zu werden. »Es gibt doch hoffentlich keine Probleme? Es liegt doch kein Fehler vor?«

Sie sagte: »War Freyas Vater groß und dunkel – mit blauen Augen?«

Sie nickte. »Mrs. Galenski ...«

»Und seine Ausdrucksweise?«

»Sehr kultiviert. Charmant, könnte man sagen. Er hatte einen leichten ausländischen Akzent ...« Miss Pritchard blickte auf. Liv sah die Furcht in ihren Augen. »Er war doch Freyas Vater?«

»O ja«, bestätigte Liv. Das Dröhnen war jetzt laut wie Donner. Sie zwinkerte, um wieder klar zu sehen. »O ja.«

Zuerst fuhr sie nach Hause, dann auf den Hof. Raste mit halsbrecherischer Geschwindigkeit die Straße entlang, schlingerte um die Kurven. Mit quietschenden Bremsen bog sie in den Hof ein, und die Räder drehten kurz durch, als sie den matschigen Weg hinauffuhr.

Felix' Auto stand da. Er kam aus der Scheune und lief ihr über die Wiese entgegen.

»Freya!« rief Liv atemlos. »Ist sie hier?«

»Ich habe gedacht, du wolltest sie von der Schule abholen. Daphne sagte …«

Das letzte Fünkchen Hoffnung erlosch. Wenn er sie nicht aufgefangen hätte, wäre sie gefallen. Sie hörte seine Stimme wie aus weiter Ferne. »Liv, was ist denn passiert?«

»Stefan«, sagte sie. »Stefan hat Freya.«

Er führte sie ins Haus. Sie setzte sich auf dem Sofa nieder. Daphne brachte ihr eine Tasse Tee. Sie umschloß sie mit beiden Händen und sah zu ihren zitternden Fingern hinunter, als gehörten diese nicht zu ihr.

»Sie ist bei Stefan«, wiederholte sie. Ihre Stimme war tonlos und ohne Ausdruck. »Er war in der Schule und behauptete, er müsse sie früher abholen. Es war nur eine Aushilfslehrkraft da, die über Freyas Familienverhältnisse nichts wußte und sie mit ihm gehen ließ.«

Sie hörte, wie Daphne leise »Lieber Gott«, sagte, und sah, wie sie Georgie an sich zog.

Felix kauerte vor ihr nieder. »Bist du sicher, Liv? Bist du sicher, daß es Stefan war?«

Sie verstand, was er meinte. Bist du sicher, daß es Stefan war und nicht irgendein namenloses Ungeheuer, der ein unglückliches kleines Mädchen beobachtet und die Gelegenheit genutzt hat?

Sie nickte. »Ich bin ganz sicher. Ich habe ihn der Lehrerin beschrieben. Und Freya sagte, er sei ihr Vater. Das hätte sie nicht gesagt, wenn es irgendein Fremder gewesen wäre. Sie hat Stefans Foto in ihrem Zimmer hängen, und …« Sie hörte selbst, wie ihre Stimme immer höher und immer schriller wurde. Sie drückte die Hand auf den Mund.

Felix sagte: »Ich ruf die Polizei an.«

»Nein.«

Er hielt inne, die Hand schon am Hörer. »Liv …«

»Nein, tu das nicht.« Sie zwang sich, von dem Tee zu trinken. »Wir müssen sie selbst finden. Wir dürfen nicht zur Polizei gehen.«

Er rieb sich die Stirn. »Liv, ich finde wirklich, wir sollten die Polizei alarmieren. Die haben doch ganz andere Möglichkeiten. Vielleicht können sie Stefans Wagen ausfindig machen.«

»Vor mir wird er keine Angst haben, aber vor der Polizei hätte er Angst.« Langsam kam wieder Klarheit in ihre Gedanken. Sie stellte die Tasse ab und richtete sich auf. »Ich habe Angst, daß er sich zu einer Kurzschlußhandlung hinreißen läßt, wenn wir die Polizei einschalten.« Sie mußte an den Kampf in dem Café in London denken; an Stefans Gesicht, als er die Polizeisirene gehört hatte. Sie sah Felix an. »Er will ihr ganz bestimmt nichts antun. Er liebt sie.« *Freya, meine kleine Prinzessin.* »Er wird ihr nichts antun, solange er sich nicht bedroht oder in die Enge getrieben fühlt.«

Widerstrebend trat Felix vom Telefon weg. »Und was glaubst du, wohin er mit Freya gefahren ist?«

»Ich war im Cottage, aber da war keine Spur von ihnen.« Sie preßte die flache Hand auf die Stirn und schloß die Augen. Früher einmal hatte sie die irrationalen Winkelzüge von Stefans Verstand genau gekannt. Warum hatte er Freya entführt? Und wohin?

Bilder sprangen hinter ihren Lidern auf. Eine rote Kit-Kat-Verpackung auf dem Boden eines alten Stallgebäudes. Ein Haufen leerer Konservendosen und Flaschen.

Sie öffnete die Augen. »Er ist in Holm Edge. Ich bin ganz sicher, Felix. Stefan ist mit Freya nach Holm Edge gefahren.«

Stefan hatte anderthalb Stunden Vorsprung. Während sie durch Norfolk nach Westen fuhren, um die A1 zu erreichen, betete Liv beinahe unaufhörlich. Bitte, lieber Gott, gib, daß Freya nichts geschieht. Gib, daß sie keine Angst hat und daß ihr nichts Böses widerfährt. Gib, daß sie in Holm Edge sicher ist, und laß mich die richtigen Worte finden, um Stefan dahin zu bringen, daß er sie mir zurückgibt. Es hatte zu regnen begonnen. Grau floß das Wasser über die Windschutzscheibe. Sie feilschte mit dem Schicksal. Wenn es ihm um mich geht, wenn er mich haben will, dann soll mir das recht sein. Ich werde bei ihm bleiben, wenn er Freya gehen läßt. Ich werde alles tun.

Sie wandte sich von Felix ab und sah zum Seitenfenster hinaus in die vom Regen verwischte Landschaft, als fürchtete sie, er könnte in ihren Augen lesen, was für ein Versprechen sie soeben abgegeben hatte.

Sie dachte an Stefan, wie er mit dem Gewehr in den Händen am Schlafzimmerfenster gestanden hatte. Ich tue alles, was er will, wiederholte sie lautlos, Hauptsache, er gibt Freya frei.

Freya war im Auto eingeschlafen und erwachte erst, als sie das Haus erreichten. Es war ein komisches Haus, mitten in den Bergen an einem Abhang. Sie sagte ihrem Daddy, daß sie das Haus komisch fand, und er sagte darauf lächelnd: »Es ist ein Haus wie in einem Märchen, nicht wahr?« Da lächelte sie auch, vor Freude darüber, daß er sie so gut verstand.

Aber er führte sie nicht in das Steinhaus, sondern in den Schuppen daneben. Er war viel kleiner als die Scheune, die zu Mrs. Maynards Hof gehörte, und es waren überhaupt keine langweiligen alten Maschinen und Stoffrollen darin. Strohballen waren da und ein Schlafsack und ein wackliger Tisch, der nur drei Beine hatte. Und massenhaft Bücher: Freya blätterte in einem herum, aber es war sehr langweilig, ganz ohne Bilder.

Ihr Daddy sagte: »Du hast wahrscheinlich Hunger, nicht wahr, Freya?«

Sie nickte. »Ja, mir knurrt schon der Magen.«

Es war ein Abendessen ganz nach Freyas Geschmack: Schokokekse, Chips, Äpfel und Limonade. Als sie fertig gegessen hatten, fragte Freya ihren Daddy, ob er einen Fernsehapparat habe.

Er schüttelte den Kopf. »Ich mag keine Fernsehapparate. Im Fernsehen bringen sie immer so viele schlimme Sachen.« Er sah sie an. »Hast du Lust, was zu malen, Freya?«

Sie malte eine Weile, aber er hatte nur einfaches weißes Papier und einen Bleistift, keine Buntstifte und keine Filzstifte. Es wurde langweilig auf die Dauer. Sie mußte aufs Klo und fragte ihn, wo es sei.

»Geh einfach raus auf die Wiese«, sagte er. »Und nimm meine Taschenlampe mit.«

Sie ging in den Garten hinaus. Irgendwie fand sie es nicht in Ordnung, ins Gras zu pinkeln. Der Garten war sehr groß und dunkel und trotz der Taschenlampe gruselig. Überall knackte und raschelte es, als ob Ungeheuer durchs Gras schlichen. Sie bekam Sehnsucht nach ihrer Mama. Sogar nach Georgie hatte sie Sehnsucht.

Sie ging wieder in den Schuppen. Ihr Daddy winkte ihr. »Was ist denn, Freya?«

»Ich will heim.« Ihre Stimme zitterte.

»Morgen, meine Süße«, sagte er und umfaßte behutsam ihre Hände.

»Ich will zu meiner Mama.« Sie wußte, daß sie sich wie ein Baby anhörte.

Er sagte: »Deine Mama ist schon unterwegs, um dich zu holen, Freya«, und lächelte dazu. Das Lächeln war noch gruseliger als der Garten draußen. Sie schob ihren Daumen in den Mund und begann zu nuckeln. Es war ihr egal, ob es babyhaft aussah.

Sie sagte: »Bitte warte hier auf mich, Felix. Ich möchte nicht, daß Stefan dich sieht.«

Er schaltete den Motor aus. »Ich gehe mit.«

»Nein.« Sie legte ihm die Hand auf den Arm. »Nein, Felix.«

»Gut, eine halbe Stunde. Aber nur eine halbe Stunde, dann komme ich nach.«

Sie stieg aus dem Auto. Auf dem Weg den Pfad entlang schaltete sie die Taschenlampe aus. In der Dunkelheit konnte sie das Licht erkennen, das zwischen den Bretterwänden des alten Stalls hindurchschimmerte. Ihr wurde leichter zumute. Freya war hier.

Sie öffnete das Tor und ging über das nasse, glitschige Gras durch den Garten. Am Tor zum alten Stall blieb sie stehen. »Stefan?«

Ein Licht brannte im Inneren des Stalls. Sie sah ihn auf einem Heuhaufen sitzen. Hastig schweifte ihr Blick umher, dann sah sie Freya, die in einem Schlafsack auf dem Boden lag. Ihre Augen waren geschlossen, aber Liv konnte sehen, wie sie atmete. Ihr war fast schwindlig vor Erleichterung.

Stefan sagte: »Ich hatte Angst, daß das Licht sie wach halten würde, aber ich glaube, sie ist jetzt fest eingeschlafen.« Er sah sie an. »Du bist gekommen, Liv.«

»Das wolltest du doch, nicht wahr, Stefan? Darum hast du Freya doch mitgenommen.«

Die Taschenlampe lag auf einem Strohballen. Das blasse Licht erhellte das Innere des Stalls nur spärlich. Sie sah sich um. Ein Klapptisch, Reihen von Konservendosen und Flaschen, ein Karton voller Chipsbeutel, Papiertücher und Äpfel. In Flaschen abgefülltes Wasser und eine Spülschüssel; ein Teller, neben dem ordentlich Messer und Gabel lagen. Papier und Stifte vor einem Stapel Bücher.

Er sagte: »Ich habe es eigens für dich eingerichtet. Es ist gemütlich, nicht wahr, Liv?«, und ihr Herz schien einen Schlag auszusetzen.

»Du hast das eigens für mich gemacht?«

»Gefällt es dir?«

»Es ist sehr –« die Stimme versagte ihr – »sehr ordentlich.« Sie musterte ihn. Er trug Jeans und ein T-Shirt – keinesfalls warm genug für dieses Wetter – und darüber einen Regenmantel, der im Ärmel einen Riß hatte. Sie sah, daß er stark abgenommen hatte, die Augen lagen tief in dunklen Höhlen, die Wangen waren eingefallen, und seine langgliedrigen, schmalen Hände wirkten knochig.

»Wie lange lebst du schon hier, Stefan?«

»Ach – seit Monaten«, antwortete er vage. »Lange.«

»Warum bist du zurückgekommen?«

Er lächelte. »Hier war ich glücklich.«

Sie wandte sich einen Moment von ihm ab und schloß die Augen. Als sie wieder sprechen konnte, sagte sie: »Warst du in Kanada denn nicht glücklich, Stefan?«

»Da haben sie mich ins Krankenhaus gesteckt. Oder war es das Gefängnis? Ich habe mich dort nicht wohl gefühlt. Es hat mir angst gemacht.«

Sie sagte leise: »Armer Stefan«, und ließ noch einmal ihren Blick durch den Raum schweifen. Da sah sie dann das Gewehr, oben auf einem Stapel Heuballen.

Er hatte offensichtlich ihren Blick bemerkt, denn er sagte: »Hier gibt es immer noch Ratten. Erinnerst du dich an die Ratten, Liv? Nachts höre ich sie immer noch.«

Sie drückte ihre Hände zusammen. »Schießt du auf sie, Stefan?«

»Manchmal.« Er befeuchtete seine Lippen mit der Zunge. »Sie zucken, wenn sie verenden. Das halte ich nicht aus. Ich hasse sie, aber ich halte es nicht aus zu sehen, wie sie zucken, wenn sie verenden.«

Sie schwieg. Als er nichts sagte, fragte sie: »Wie hast du mich gefunden?«

Wieder lächelte er. »Ich habe einen Brief im Haus deiner Mutter aufgestöbert. Einen Brief von dir. Darauf stand deine Adresse.«

Sie versuchte, sich klarzumachen, was er sagte. »Du warst im Haus meiner Mutter? In Fernhill?«

»Ganz schön schlau, hm?« Er machte ein selbstgefälliges Gesicht. »Ich weiß gar nicht, warum ich nicht schon früher darauf gekommen bin. Aber es ging mir nicht besonders gut, als ich hierher zurückkam, Liv.« Sein Lächeln erlosch. »Mein Kopf war nicht in Ordnung. Ich habe Dinge gesehen, die gar nicht da waren. Sie haben mich in Kanada ziemlich malträtiert – mit Elektroschock –, und das hat meinem Kopf nicht gutgetan.«

Er wiegte sich beim Sprechen sachte hin und her, wie ein unglückliches Kind, und fügte nach einem kurzen Schweigen hinzu: »Aber dann bin ich nach Fernhill gefahren. Ich hab nach deiner Mutter und Richard Thorneycroft gefragt. Jemand hat mir erzählt, daß sie wieder in England seien und im Dorf lebten. Es war überhaupt kein Problem, ins Haus zu gelangen. Ich hab mich allerdings an der Hand geschnitten, als ich das Fenster einschlug.«

»*Du*! *Du* bist eingebrochen …« Sie war immer noch verwirrt. »Dann bist du also gerade erst …«

»Ich hab's dir doch gesagt, Liv, ich war krank.« Zum erstenmal schien er ärgerlich.

»Ja, entschuldige, Stefan. Ich verstehe schon.« Sie dachte an die Schritte in der Nacht und die dunkle Gestalt auf dem Kiesstrand. »Aber weißt du, ich dachte, du hättest mein Haus schon viel früher gefunden, im Sommer.«

Er schüttelte den Kopf. »Dann wäre ich doch auch früher gekommen, meinst du nicht?«

»Doch, natürlich, Stefan.« Ihre Stimme schallte laut durch den Holzbau.

»Du warst nicht zu Hause«, fuhr er fort. »Da bin ich eben zur Schule gefahren. Ich wollte ja die Mädchen sehen. Und dann kamen sie auf den Hof heraus.« Er warf einen Blick auf Freya. »Sie ist eine kleine Schönheit, nicht wahr?«

Wieder Schweigen. Sie betrachtete Freya, die zusammengerollt in dem Schlafsack lag. Sie wollte sie in die Arme nehmen und nie wieder loslassen. Aber Stefan versperrte ihr den Weg, und sie erinnerte sich an das Gefühl der Ohnmacht aus ihrem Traum, als sie gegen Sand und Brandung gekämpft hatte, um ihre Tochter zu retten.

Er sagte: »Möchtest du etwas trinken?«

»Gern, danke.«

Bedächtig füllte er ein Glas mit Limonade. Ein Bild des Jammers, dachte sie: das angeschlagene, zusammengewürfelte Geschirr, die Mineralwasserflaschen und die Dosen mit Spaghetti.

Sie trank die Limonade.

»Es tut gut, dich hier zu sehen, Liv«, sagte er. »Genau wie früher.« Er lächelte, und einen Moment lang sah sie ihn so, wie er gewesen war, jung und kräftig und gesund.

Sie stellte das Glas nieder. »Warum wolltest du, daß ich hierherkomme, Stefan?«

»Ich wollte dich einfach nur wiedersehen.« Er stand auf, und sie schloß die Augen, als er mit den Fingerspitzen die Konturen ihres Gesichts nachzeichnete. »Ich liebe dich, Liv«, sagte er. »Ich werde dich immer lieben. Nie habe ich jemanden so geliebt wie dich.« Und dann deklamierte er mit leiser Stimme:

»›Oh, da zuerst mein Aug' Olivien sah,
Schien mir die Luft durch ihren Hauch gereinigt;
Den Augenblick ward ich zu einem Hirsch,
Und die Begierden, wie ergrimmte Hunde,
Verfolgen mich seitdem.‹«

Er umschloß ihr Gesicht mit beiden Händen. »Ich kann dich nicht vergessen«, sagte er. »Ich habe es versucht, aber ich kann es nicht. Ich kann nicht einfach neu anfangen.«

»Stefan ...«, sagte sie leise.

»Ich mußte dich einfach wiedersehen. Mehr wollte ich nicht. Und danach ...«

Und danach, dachte sie. »Was, Stefan?« fragte sie. Ihre Stimme zitterte.

Aber in dem Schweigen, das folgte, schien der Blick seiner Augen sich zu verändern. »Nichts.« Er lächelte. »Ich werde dich nicht wieder belästigen.«

»Du weißt, daß ich Freya mit nach Hause nehmen muß, nicht wahr?«

»Noch nicht.« In seiner Stimme lag ein flehender Ton.

»Hier ist es nicht warm genug. Sie wird sich erkälten.«

Sie trat einen Schritt auf den Schlafsack zu. Jetzt, dachte sie, jetzt wird er nach dem Gewehr greifen.

Aber er rührte sich nicht von der Stelle, und als sie ihren Blick auf ihn richtete, sah sie die Tränen in seinen Augen. Da wußte sie, daß er ihr und Freya nichts antun würde. Die Impulse, die ihn früher zur Gewalt getrieben hatten, waren längst tot. Sie hatte keinen Grund mehr, ihn zu fürchten. Sie dachte, ich werde gleich morgen einen Arzt anrufen und jemanden finden, der sich um ihn kümmern kann. Ich sorge dafür, daß er in ein gutes Krankenhaus kommt, wo sie ihm wirklich helfen.

»Macht es dir etwas aus, wenn ich den Schlafsack mitnehme, Stefan? Ich möchte sie nicht wecken.«

»Nimm ihn ruhig mit. Ich brauche ihn nicht.«

Sie nahm Freya auf den Arm. Die Wange ihrer Tochter streifte ihre, und sie hielt den warmen kleinen Körper fest umfangen. Dann ging sie zur Tür hinaus.

Sein Blick flog vom Weg zur Uhr. Vierundzwanzig Minuten, fünfundzwanzig. Noch fünf Minuten, dann würde er zu dem Bauernhaus zurückfahren, an dem sie vorübergekommen waren, und von dort aus die Polizei anrufen. Und danach würde er wieder herauffahren und sie selbst holen.

In dieser kaum erträglichen Zeit des Wartens hier, in der Dunkelheit, war ihm wieder einmal bewußt geworden, wie zerbrechlich Glück war. All die quälenden Gedanken über Vertrauen und Verbindlichkeit, mit denen er sich früher gemartert hatte, schienen belanglos im Angesicht dieses Moments, in dem alles auf dem Spiel stand. Er betete nicht; er versuchte schon lange nicht mehr, mit Gott zu handeln; aber er starrte unverwandt in die Dunkelheit und wartete auf den Lichtstrahl ihrer Taschenlampe. Zwischen Furcht und Hoffnung schwankend schien er schließlich einen Ruhepunkt zu erreichen, eine innere Stille zu gewinnen, in der es nur die Uhr und die Nacht gab.

Dreißig Minuten. Er ließ den Motor an. Da sah er sie im Licht der Scheinwerfer. Mit dem Kind auf dem Arm kam sie den Weg herunter. Ganz kurz ließ er sich vornüber fallen und drückte den Kopf auf das Lenkrad, schwach vor Erleichterung.

Dann hörte er den Schuß. Und er hatte den Eindruck, daß der Knall nicht endete, sondern von den Berghängen zurückgeworfen, das ganze Tal erfüllte und selbst die Sterne am Himmel verdunkelte.

Liv kehrte nie in das Haus am Meer zurück. In den ersten Wochen, als die alptraumhaften Bilder sie ständig verfolgten, wohnte sie bei Thea und Richard. Thea verhandelte mit der Polizei und wimmelte die Presse ab. Jeder Handgriff war ihr zuviel; zum erstenmal seit Jahren überließ sie sich der Fürsorge anderer. Abends nahm sie Schlaftabletten und erlebte die Tage wie hinter Schleiern, wofür sie dankbar war. Die Leute betrachteten sie mit neugierigen Blicken: Sie sah das Mitleid in ihren Augen. Am liebsten hätte sie ihnen gesagt, aber es ist ja gar nicht schlimm, ich fühle nichts. Ich habe aufgehört zu fühlen.

Nach der Leichenschau und der Beerdigung zog sie nach

London zu Felix. Ganz langsam begann sie wieder zu leben. Der Lärm und die Betriebsamkeit der Stadt wirkten beruhigend auf sie; sie brauchte Geschäftigkeit und Tempo. Sie begann wieder zu arbeiten. In der hellen Mansarde, die Felix zu einem Atelier für sie ausgebaut hatte, entwarf sie kühne geometrische und abstrakte Muster in leuchtenden Farben. Die Zeit der Blumen, der altmodischen Idylle war vorbei. Sie wußte jetzt, daß das Land grausam und unversöhnlich war und daß die Träume, die es bot, falsch waren.

Immer, immer hatte sie Angst um ihre Kinder. Sie wußte, daß diese Angst sie niemals loslassen würde. Mochte sie sie wegscheuchen, hinter verschlossene Türen verbannen, in ihren dunkelsten Momenten würde sie alle Türen sprengen und von ihr Besitz ergreifen. Sie kämpfte gegen den Impuls, Freya und Georgie ständig an ihrer Seite zu halten; sie wußte, daß sie diesem Impuls nicht nachgeben durfte, wenn sie nicht wollte, daß ihre Kinder Schaden nähmen. Trotzdem war es für sie eine Qual, Freya die hundert Meter bis zum Laden an der Ecke allein gehen zu lassen, und jeden Tag, wenn sie die Mädchen von ihrer neuen Schule abholte, wartete sie voll Furcht und Anspannung, bis sie sie in den Hof hinauslaufen sah.

Sie wußte, daß sie auch um Freyas willen in die Stadt gezogen war, weil sie in ihrer älteren Tochter die gleiche Fähigkeit zu träumen erkannte, die Stefan zerstört hatte, die beinahe auch sie selbst zerstört hätte. Sie würde dafür sorgen, daß ihre Töchter mit beiden Füßen fest auf der Erde standen. Sie würden Ärztinnen, Rechtsanwältinnen oder Lehrerinnen werden, Berufe ergreifen, die mit Tatsachen zu tun hatten. Sie fürchtete die Veranlagung, die sie mitbekommen haben mußten, das zweischneidige Erbe von Träumern, wie Fin, wie Stefan, wie sie selbst einer war.

Das erste Mal fiel er ihr eines Morgens auf, als sie im Atelier bei der Arbeit saß. Sie schaute zum Fenster hinaus und bemerkte ihn auf der anderen Straßenseite. Dort stand er auf dem Bürgersteig und sah zum Haus hinauf. Sie kannte ihn nicht und nahm an, er habe sich verlaufen und prüfe die Hausnummern.

Am selben Nachmittag sah sie ihn erneut. Meistens ging sie mit den Kindern nach der Schule in den kleinen Park, der dem Haus gegenüberlag. Sie fütterten die Enten und machten einen Spaziergang um den kreisrunden Teich. Er saß auf einer Bank und zerkrümelte irgend etwas zwischen den Fingern, vielleicht die Reste eines Sandwichs, um es den Enten zuzuwerfen. Ein Hund saß an seiner Seite, ein großes, zottiges Tier von undefinierbarer Rasse. Er muß in der Nähe wohnen, dachte Liv. Er war groß und breitschultrig, vielleicht um die Sechzig, schätzte sie. Als sie um den Teich herum kamen, lächelte er und wünschte ihr einen guten Tag. Er hatte ein zerfurchtes, von Wind und Wetter gebräuntes Gesicht und schöne Augen, dunkel und sympathisch.

Am folgenden Morgen glänzte der erste Reif des Winters auf den Straßen. Der Himmel spannte sich blaßblau über der Stadt, und in der Luft lag eine neue Herbheit. Liv brachte die Kinder zur Schule und eilte nach Hause. Sie hatte eine noch verschwommene Idee zu einem neuen Entwurf im Kopf. Zum erstenmal seit Stefans Tod empfand sie ihre Arbeit wieder als spannend und aufregend und konnte es kaum erwarten, sich an ihren Zeichentisch zu setzen.

Der Fremde stand wie am Morgen zuvor auf dem Bürgersteig gegenüber vom Haus. Sie nickte ihm kurz zu und lief die Treppe zur Haustür hinauf. Gerade als sie ihren Schlüssel ins Schloß schieben wollte, hörte sie ihn halblaut rufen: »Olivia!« Sie blickte über die Schulter zurück und sah, daß er über die Straße auf sie zukam. In Panik stieß sie die Tür auf und schlug sie mit zitternden Händen krachend hinter sich zu. Dann setzte sie sich auf die Treppe und starrte wie gebannt auf die geschlossene Tür. Sie würde Felix anrufen. Sie würde die Polizei anrufen. Nicht schon wieder ein heimlicher Beobachter, dachte sie völlig irrational. Nicht schon wieder Schritte in der Nacht.

Gerade hatte sie den Hörer abgenommen, als ein unglaublicher Gedanke ihr durch den Kopf schoß. Sie konnte später nicht sagen, was ihn hervorgerufen hatte: Erinnerung, Wiedererkennen oder eine flüchtige Spiegelung ihres eigenen Gesichts in seinem. Sie legte den Hörer auf und öffnete die Tür. Er ging mit dem Hund an der Seite die Straße hinauf, weg von ihr. Aber noch während sie ihn beobachtete, schaute er sich um wie zu einem letzten Blick und blieb stehen, als er sie bemerkte. Dann kehrte er um und kam zu ihr.

»Es tut mir leid«, sagte er. »Ich wollte dich nicht erschrecken. Das war wirklich dumm von mir.«

Sie sagte: »Es macht nichts. Du bist Fin, nicht wahr?«, und er nickte.

Sie ließ ihn ins Haus. In der Küche machte sie Kaffee, während er an der Tür stehenblieb, ein großer, ruhelos wirkender Mann mit einer Präsenz, die den kleinen Raum auszufüllen schien.

»Das warst du, nicht wahr?« sagte sie. »In Norfolk, bei unserem Häuschen.«

»Du hast mich gesehen?«

»Einmal. Und ich hörte – Geräusche. Nachts.«

»Oh.« Er schien enttäuscht. »Früher war ich gut in so was. Verdeckte Ermittlungen.« Er lächelte mit wehmütiger Ironie. »Ich bin wahrscheinlich außer Übung.«

Sie stellte ihm eine Tasse Kaffee auf den Tisch. Noch einmal sagte er: »Es tut mir wirklich leid, ich wollte dich nicht erschrecken. Aber ich wollte mich vergewissern, daß es dir gutgeht.«

»Nach zwanzig Jahren!« Sie war plötzlich wütend. »Du hast dich beinahe zwanzig Jahre lang nicht gemeldet.«

»Ich weiß. Ich kann nichts sagen oder tun, um das wiedergutzumachen, Olivia.«

»Liv!« verbesserte sie ihn gereizt. »Alle nennen mich Liv.«

»Gut, dann Liv. Ich könnte Tage damit zubringen, dich um Verzeihung zu bitten, aber das würde nichts an dem ändern, was ich dir angetan habe.«

»So viele Jahre ... immer im ungewissen, immer in der Hoffnung, du würdest eines Tages zurückkehren.« Mit einer heftigen Bewegung drehte sie sich herum. »Und immer glaubte ich, es wäre *meine* Schuld. *Ich* wäre nicht gut genug gewesen.«

»Aber nein«, sagte er, und sie sah den Schmerz in seinen Augen. »Das war nun wirklich nicht der Grund, Liv.«

Sie ging zum Fenster und blieb dort stehen. Etwas in ihr wollte ihn anschreien, ihm sagen, er solle gehen und niemals zurückkommen. Sie war schließlich die letzten zwanzig Jahre ohne ihn zurechtgekommen, warum nicht auch die nächsten?

Aber sie war müde und ihr Zorn verraucht. So sagte sie statt dessen: »Ich habe übrigens deine Karte bekommen. Die, die du mir zu meinem achtzehnten Geburtstag geschrieben hast.«

Er schwieg.

»Setz dich«, sagte sie. »Trink deinen Kaffee. Und erzähl mir, warum du fortgegangen bist und warum du zurückgekommen bist.«

Er rührte Zucker in seinen Kaffee. Der Hund lag zu seinen Füßen, den Kopf zwischen den Pfoten. »Ich bin gegangen, weil ich glaubte, ich käme hier um, wenn ich es nicht täte.« Er hob den Kopf und sah sie an. »Kennst du dieses Gefühl, Liv? In einer Falle zu sitzen? In einem Leben gefangen zu sein, das nicht deines ist?«

Sie dachte an Holm Edge. »Du konntest doch leben, wo du wolltest«, sagte sie kurz und heftig. »Du konntest arbeiten gehen. Du hattest dein eigenes Geld. Niemand hat dir etwas angetan.«

»Und ich hatte schließlich dieses Leben gewählt, nicht wahr? Sag es ruhig, Liv«, forderte er sie in ruhigem Ton auf. »Denn du hast natürlich recht – ich bin nach dem Krieg aus freien Stücken nach England zurückgekehrt, ich habe mich aus freien Stücken für Ehe und Familie entschieden. Wie kam ich dazu, mich über etwas zu beklagen, was ich mir selbst ausgesucht hatte?«

Ja, aber auch sie hatte sich Stefan selbst ausgesucht. Niemand hatte sie gezwungen, ihn zu heiraten. Sie sagte steif: »Jeder von uns macht Fehler, nehme ich an.«

»*Du* warst kein Fehler. Und Thea auch nicht. Der Fehler war ich selbst. Ich konnte mich nicht einfügen.«

Sie verstand nicht, was er meinte, und sah ihn fragend an.

»Der Krieg paßte mir«, sagte er mit einem Achselzucken.

»Ich schäme mich, es zuzugeben. Er hat Millionen Menschen das Leben gekostet. Aber es ist die Wahrheit, mir paßte der Krieg. Er bot mir ein Betätigungsfeld, das meinen Begabungen entsprach. Ich war nie so glücklich, fühlte mich nie so lebendig wie im Krieg. Zu Anfang war ich in Norwegen, später im Fernen Osten. Ich sah Dinge, die ich nie zuvor gesehen hatte, ich tat Dinge, die ich seitdem nie wieder getan habe.« Er klopfte auf seine Taschen. »Stört es dich, wenn ich rauche?«

Sie holte ihm einen Aschenbecher. Er riß ein Streichholz an und zog tief an seiner Zigarette. »Und dann«, fuhr er fort, »war der Krieg vorbei, und ich kam nach England zurück. Aber hier war kein Platz für mich. Ich war ein Übriggebliebener, ein Relikt aus einer anderen Zeit. Ich konnte mich nicht einfügen.« Er sah sie an. »Ich habe es versucht, Liv. Ich habe es wirklich versucht. Aber ich schaffte es nicht. Ich konnte nicht etwas aus mir machen, das ich nicht war.« Er seufzte. »Den Ausschlag hat für mich dann die Suezkrise gegeben, glaube ich. Wie wir uns da aufgeführt haben, nur um uns vorzumachen, wir wären noch immer eine mächtige Nation und hätten immer noch Einfluß in der Welt.«

Sie sagte: »Und da bist du ins Ausland gegangen?«

»Ja. Wir hatten oft Streit, Thea und ich. Ich weiß nicht, ob du dich daran erinnerst. Es ist schlimm für ein Kind, erleben zu müssen, wie seine Eltern sich gegenseitig anschreien.«

Sie sah sich wieder als kleines Mädchen, das am Strand entlangging, während die zornigen Worte der Eltern wie Fetzen im Wind flatterten. Sie hatte versucht, ihre Stimmen auszublenden, indem sie sich auf das Sammeln farbiger Glasstücke konzentrierte.

»Ich fand es besser«, sagte er, »einen klaren Schlußstrich zu ziehen. Besser für euch und besser für mich.«

Sie wußte, daß er um Absolution bat. Sie selbst war zweimal vor Stefan geflohen. Sie sagte mit vorsichtigem Bedacht: »Wenn man Kinder hat, ist es schwierig zu entscheiden, was das Beste ist, nicht wahr? Es ist nicht immer klar.« Sie wechselte das Thema. »Du hast deinen Kaffee nicht getrunken. Er ist inzwischen sicher kalt. Ich mache neuen.« Sie setzte Wasser auf. »Wo hast du gelebt, nachdem du uns verlassen hattest?«

»Ach, ich war überall. In Südamerika. Im Pazifik. Im Fernen Osten. Meistens hab ich auf Schiffen gearbeitet. Schiffe waren immer meine Leidenschaft.«

Sie gab Kaffee in die Tasse. »Aber du bist zurückgekommen. Warum?«

»Weil ich beinahe ertrunken wäre.«

Sie dachte an das rosarote Haus unter dem Meer und an den Traum von Freya, deren schwarzes Haar wie Seetang in den Wellen gelegen hatte. »Ertrunken?«

»Ich hatte jahrelang immer wieder Glück gehabt. Aber dann suchte ich mir das falsche Schiff aus, den falschen Captain und hab zur Strafe im Südchinesischen Meer eine Menge Wasser geschluckt. Sie haben mich rausgefischt, aber danach war ich lange krank. Ich hatte eine schwere Lungenentzündung. Ich lag wochenlang im Krankenhaus.«

Fin drückte seine Zigarette aus. »Ich bekam nie Besuch. Nicht ein einziges Mal. Bei allen anderen Patienten saß immer irgend jemand von der Familie oder der weiteren Verwandtschaft am Bett, nur ich war Tag und Nacht allein. Das hat mich nachdenklich gemacht. Es hat mir zu Bewußtsein gebracht, daß ich nicht mehr der Jüngste bin und vielleicht langsam daran denken sollte, ein ruhigeres Leben zu führen. Und es hat mir zu Bewußtsein gebracht, daß ich noch einiges zu erledigen habe, bevor ich sterbe.« Er sah sie an. »Ich hatte deinetwegen ein schlechtes Gewissen. Ich wollte sicher sein, daß es dir gutgeht.«

Sie sagte nichts, sondern drehte ihm den Rücken zu und goß kochendes Wasser auf den Kaffee. »Und da bist du nach England zurückgekommen?«

»Ja. Vor sechs Monaten.« Er lächelte. »Aus irgendeinem Grund glaubte ich, ihr würdet immer noch im selben Haus leben.«

»In dem rosaroten Haus?«

»Ja. Irgendwo war mir natürlich klar, daß ich euch dort nicht mehr finden würde, aber ich dachte, es wäre ein Anfang. Tja –«

er strich sich mit der Hand durch das graue Haar – »das Haus gab es nicht mehr.«

»Das Meer hatte es weggespült.«

»Ich konnte es nicht fassen. Im ersten Moment war ich völlig ratlos. Dann erkannte ich, was für ein Narr ich gewesen war zu erwarten, es würde alles unverändert bleiben, während ich mich in der Welt herumtrieb. Aber dann hatte ich doch noch Glück. Ich erkundigte mich auf dem Postamt nach dem Haus, und die Angestellte erinnerte sich an dich.«

Sie entsann sich noch genau: ihre Flucht an die Küste und die niederschmetternde Enttäuschung, als sie erfahren hatte, daß es das Haus nicht mehr gab.

»Ich bin ein paar Wochen in dem Ort geblieben«, erzählte sie ihm. »Das war vor ein paar Jahren, nachdem ich aus London weggegangen war.«

»Die Frau auf der Post sagte, ich wäre der zweite, der sich nach dem Haus erkundigt. Sie erinnerte sich sogar an deinen Namen. Olivia Galenski, sagte sie, aber ich wußte, daß du das sein mußtest.«

»Natürlich«, rief Liv, die sich erinnerte. »Ich hab damals dort meinen Scheck für das Kindergeld eingelöst.«

»Sie erzählte mir, du seist mit zwei kleinen Mädchen da gewesen. Aber ohne Ehemann.«

»Stefan hatte ich damals schon verlassen.« Es war immer noch schwer, seinen Namen auszusprechen.

»Ich hatte nach dieser Auskunft den Eindruck, daß es dir nicht gutging«, sagte er. »Ich machte mir Sorgen um dich. Allein mit zwei kleinen Kindern. Darum begann ich, dich zu suchen. Ich folgte dir die Küste hinauf.« Er sah sie an. »Ich dachte mir schon, daß du vor irgend etwas auf der Flucht wärst. Denn das tun wir doch alle, wenn wir im Leben Pech haben, nicht wahr? Wir kehren dorthin zurück, wo wir einmal glücklich waren. Und ich vermutete, daß du nicht viel Geld hättest, deshalb fragte ich bei den Agenturen für Ferienwohnungen und auf Wohnwagenplätzen herum.« Er zog die Mundwinkel herab. »Furchtbar, manche von diesen Campingplätzen.«

Sie lächelte, als sie sich erinnerte. »Einmal hausten wir in einem Wohnwagen, der bei jedem Windstoß fürchterlich wackelte.« Sie stellte ihm den Kaffee hin. »Und dann hast du uns also gefunden?«

»Ja, nach vielen Mühen. Ich hab ziemlich lange gebraucht.«

»Aber du hast dich nicht gemeldet, als du mich gefunden hattest. Du hast mir nicht gesagt, daß du zurück bist.«

»Ich glaubte, ich hätte nicht das Recht dazu«, sagte er. »Ich sah, daß du glücklich warst. Diese zwei niedlichen kleinen Mädchen und der Mann, der so zuverlässig wirkte. Natürlich wäre ich gern zu dir gekommen, Liv. Am liebsten hätte ich bei dir an die Tür geklopft und gesagt, ›Hallo, hier bin ich wieder‹, der verlorene Vater, und dann hätte ich dich in die Arme genommen und meine Enkelkinder kennengelernt. Eine Zeitlang machte ich mir sogar vor, daß ich das tun würde. Ich blieb eine Weile und versuchte, den nötigen Mut aufzubringen. Aber am Ende schaffte ich es doch nicht.« Sein Gesicht war traurig. »Ich habe gekniffen. Ich sagte mir, daß du mich nicht brauchst, und bin weitergezogen.«

»Wohin?«

»Nach Cornwall«, sagte er. »Da kann man sich die Boote aussuchen, in Cornwall. Ich hatte über die Jahre einiges gespart. Ich mietete ein kleines Haus und kaufte mir ein Boot. Und ich fand Eric.« Er kraulte den Hund. »Oder, genauer gesagt, er fand mich. Er folgte mir eines Tages nach Hause und wich mir nicht mehr von der Seite.«

Er schwieg einen Moment nachdenklich, dann sagte er: »Und dann hörte ich, was geschehen war. Mit deinem Mann. Ich lese nicht viel Zeitung, und Radio höre ich auch nur selten – irgendwie hatte ich mir das alles abgewöhnt –, und das Fernsehen hat mich nie interessiert. Aber eines Tages saß ich im Bus neben einem Mann, der Zeitung las, und da fiel mir dein Name ins Auge. In einem Artikel, der von der gerichtlichen Untersuchung über den Tod deines Mannes berichtete.«

Es hatte in allen Zeitungen gestanden. *Selbstmord in verlassenem Bauernhaus*, in den großen Tageszeitungen; *Eifersüchtiger Ehemann entführt Kind und erschießt sich*, in den Boulevardblättern.

»Daraufhin bin ich nach Norfolk gefahren, zu deinem Cottage, aber du warst nicht mehr da. Ich glaubte schon, nun hätte ich dich wieder verloren. Aber dann fiel mir ein, daß in der Zeitung euer Geschäft erwähnt worden war – ›Wilde Rose‹. Das war immerhin etwas. Der langen Rede kurzer Sinn, ich fand schließlich heraus, daß du in London lebst.« Fin hielt einen Moment inne. »Das muß schrecklich gewesen sein für dich«, sagte er dann. »Ich kannte mal einen Mann in Malaya, der hat es genauso gemacht. Ich wußte, daß er im Begriff war, den Verstand zu verlieren, aber ich fand keine Möglichkeit, ihm zu helfen.«

Sie wandte sich von ihm ab und schneuzte sich.

Er sagte: »Tut mir leid. Ich hätte das nicht erzählen sollen. Wechseln wir das Thema.«

Sie schüttelte den Kopf. »Bei der gerichtlichen Untersuchung sagten sie, Stefan hätte sich in einem Moment der Geistesgestörtheit das Leben genommen. Als wäre der Geist etwas Präzises wie eine Uhr oder eine Waage!«

Fin sagte behutsam: »Was war er für ein Mensch?«

»Stefan?« Tränen brannten in ihren Augen, aber sie drängte sie zurück. »Oh, er sah gut aus, er war intelligent, und es war wunderbar, mit ihm zusammenzusein. Und er war gewalttätig, kalt, besitzergreifend und mußte immer alles kontrollieren. Am Ende war mir klar, daß ich keine andere Wahl hatte, als ihn zu verlassen.«

Er klopfte auf den Stuhl neben dem seinen. »Komm, setz dich hierher.«

Sie setzte sich. »Und wie geht es deiner kleinen Tochter?« fragte er.

»Freya geht es wieder gut. Oder beinahe wieder gut. Sie hat immer noch Alpträume.«

»Und die andere, die kleine rundliche?«

»Georgie?« Sie lächelte. »Georgie wird es bestimmt immer gutgehen. Sie ist einfach so ein Mensch. Ich weiß nicht, woher sie das hat, von ihren Eltern bestimmt nicht.«

»Sie ist einfach so ein Mensch«, sagte er mit Entschiedenheit, »weil sie eine wunderbare Mutter hat.«

»Hm«, meinte sie skeptisch. »Da bin ich nicht so sicher. Die meiste Zeit hab ich den Eindruck, daß ich alles falsch mache.«

»Tja, so ist das eben, wenn man Kinder hat, Olivia«, erklärte er. »So ergeht es einem, wenn man Kinder hat.«

Sie erzählte ihm von dem Tag, an dem sie und Thea aus dem rosaroten Haus ausgezogen waren; sie erzählte ihm von Diana Wyborne, die ihnen geholfen hatte, ein neues Heim zu finden; von Katherine und Rachel, von Hector und von Alice. Sie machten einen Spaziergang im Park, und als er nach Thea fragte, erzählte sie ihm von Richard Thorneycroft. Er schob die Hände in die Manteltaschen und blieb stehen. Schweigend sah er zum kleinen Teich hinunter. Sie wartete einen Moment, dann hakte sie sich bei ihm ein und schlug vor, sie sollten in ein Café gehen und etwas zu Mittag essen.

Seltsam, dachte sie, wieder einen Vater zu haben. Sie brauchte eine Weile, um sich daran zu gewöhnen. »Mein Vater«, pflegte sie zur Übung laut vor sich hin zu sagen. Sie sah ihm zu, wenn er mit den Mädchen spielte, und fragte sich, ob er eines Tages einfach zur Tür hinausgehen und wieder verschwinden würde. Doch die Monate vergingen, und Fin und Eric reisten regelmäßig von Cornwall nach London, um über das Wochenende zu bleiben. Nach einiger Zeit erkannte sie, daß er sie brauchte. Daß er bei ihr sein wollte. Daß Träume manchmal wahr wurden.

Katherine und Hector heirateten im Frühjahr 1978. Alice, Freya und Georgie waren Blumenmädchen. Liv schneiderte ihre saphirblauen Chiffonkleider und Katherines cremefarbenes Hochzeitskleid. Der Hochzeitsempfang fand im großen Saal von Bellingford statt, und irgendwann zogen sich sämtliche Männer von den Festlichkeiten zurück, um die Kanalisation zu inspizieren, die Hector vor kurzem hatte legen lassen. Die Frauen blieben – Katherines Mutter, Thea, Freya, Georgie, Daphne, Rose, Alice und Netta – und füllten den großen düsteren Saal mit ihrem Gelächter.

Katherine setzte sich zu Liv. »Du lieber Gott, diese ganzen Frauen!« sagte sie. »Dieses Getue!«

»Du mußt eben Jungs zur Welt bringen, Katherine.«

»Tja ...« Katherine schien hochzufrieden mit sich selbst. »Heute morgen hätte ich mich beinahe übergeben. Genau an der Stelle, wo der Pfarrer fragte, ob es irgendwelche Einwände gegen die Eheschließung gibt. Ein Glück, daß ich den Mund nicht aufmachen konnte, sonst wären mir wahrscheinlich sämtliche Gründe dafür eingefallen, warum man die Finger von der Ehe lassen sollte.«

Liv, die zusah, wie Georgie versuchte, ihr Blumensträußchen an Rose Corcorans Hund zu verfüttern, vergaß das komische Schauspiel einen Moment. Sie nahm Katherine in die Arme und drückte sie an sich. »Du bekommst ein Kind! Ach, das ist doch wunderbar, Katherine. Ich gratuliere dir.«

Katherine schnitt ein Gesicht. »Ich tue so ziemlich alles, was ich nie tun wollte. Ich heirate. Ich bekomme ein Kind. Ich lebe in einem Haus mitten in der Wildnis. Ach, ich habe mich übrigens für die Fernuniversität eingeschrieben. Na ja, irgendwas muß ich doch tun, um mein Hirn in Übung zu halten, wenn ich hier draußen lebe.« Katherine nahm sich noch einen Vol-au-vent vom Büfett. Dann sagte sie: »Ich habe übrigens einen Brief von Henry Wyborne bekommen.«

Jetzt war Georgie dabei, dem Hund die Schleife von ihrem Blumenstrauß um den Hals zu binden. Liv winkte Freya und warf Katherine einen zerstreuten Blick zu. »Henry Wyborne?«

»Es ist ihm gelungen, Lucie Rolland ausfindig zu machen. Er schrieb, daß er sich um sie kümmert. Finanziell, meine ich. Er hat sich nicht etwa wieder in sie verliebt oder so was.«

»Na also«, meinte Liv, »beinahe ein Happy-End.«

»Mama«, flüsterte Freya laut, »wie lang muß ich das blöde Kleid noch anlassen?«

»Dein Overall ist im Auto, Schatz. Weißt du was, wenn du jetzt mit Georgie ein bißchen rausgehst und auf sie aufpaßt, geh ich zum Auto und hol ihn.«

Katherine hatte sich zu Netta gesetzt.

»Freya!« sagte Liv mahnend, und Freya nahm Georgie seufzend bei der Hand und zog sie mit sich in den Garten hinaus. Liv erspähte Felix, der draußen an der Tür stand. Sie stand auf und ging zu ihm.

Sie gab ihm einen Kuß in den Nacken. »Na, hast du genug von der Kanalisation?«

»Sie hat eindeutig nur einen begrenzten Unterhaltungswert«, sagte er und wandte sich ihr zu.

»Katherine ist schwanger«, teilte sie ihm mit.

»Ach!« Er sah sie an. »Und du ...?«

»Wenn ich im Geschäft nicht mehr so viel zu tun habe«, sagte sie bestimmt. »Wenn Freya und Georgie aus dem Gröbsten heraus sind. Dann ... vielleicht.«

Er sah sich um. »Wo sind Freya und Georgie überhaupt?«

»Im Park. Georgie hat sich köstlich damit amüsiert, Roses armen Hund zu quälen. Da hab ich Freya gesagt, sie soll ein bißchen rausgehen mit ihr.«

Er machte ein skeptisches Gesicht. »Kommst du mit auf einen Spaziergang?« Er bot ihr die Hand.

»Gleich.« Sie gab ihm noch einen Kuß. »Erst muß ich noch etwas erledigen.«

Sie ging durch den Korridor zu der Tür, die zum Turm hinaufführte. Als sie sie hinter sich geschlossen hatte, Stimmengewirr und Gelächter nur noch gedämpft zu ihr drangen, stieg sie die schmale Wendeltreppe hinauf. Oben angekommen, trat sie an die Brüstung, stützte die Hände auf den Stein und blickte hinaus ins hügelige Land. Dann senkte sie den Blick abwärts und sah, daß die Hochzeitsgäste aus dem großen Saal in den Park hinausgegangen waren. Drei kleine Mädchen in saphirblauen Kleidern liefen über den Rasen. Alice, die Rachels Vermächtnis war, und Freya und Georgie. Eindeutig ein Happy-End, dachte sie.

Sie trat von der Brüstung weg und breitete ihre Arme aus. Sie begann sich zu drehen. Immer schneller, bis alles rundum verschwamm – die drei kleinen Mädchen mit den dunklen Augen, Katherine und Thea. Dann hielt sie plötzlich an und sah, weit hinausblickend, am fernen Horizont das silbern schimmernde Band des Meeres.

Judith Lennox

Die geheimen Jahre

Roman. Aus dem Englischen von Angelika Felenda. 679 Seiten. Serie Piper

Erfolgsautorin Judith Lennox erzählt die Geschichte der temperamentvollen Thomasine – eingebettet in die Natur des ostenglischen Fenlands und in das Paris und London der zwanziger Jahre. Seit ihrer Kindheit in den rauhen Fens kennen sich Thomasine, die früh ihre Eltern verloren hat, Daniel, der Sohn des Dorfschmieds, und Nicholas, dessen wohlhabende Familie ein privilegiertes Leben führt. Doch als Nicholas aus dem Krieg heimkehrt und Thomasine seinem überstürzten Heiratsantrag zustimmt, ahnen sie noch nicht, wie stark die Gegensätze zwischen ihren beiden Welten tatsächlich sind …

»Eine echte Entdeckung: Schmöker für lange Abende oder kurze Ferientage.«
Norddeutscher Rundfunk

05/1654/01/L

Judith Lennox

Am Strand von Deauville

Roman. Aus dem Englischen von Mechtild Sandberg. 655 Seiten. Serie Piper

Aufregend und rastlos ist das Leben der Mulgraves, die mit ihren drei Kindern die schönsten Gegenden Europas bereisen – bis der Ausbruch des Zweiten Weltkriegs die Familie zwingt, in England seßhaft zu werden. Klug und selbständig nimmt die achtzehnjährige Faith ihr Schicksal in die Hand. In den Kriegsjahren bewährt sie sich als Ambulanzfahrerin und kümmert sich selbstlos um die Verwundeten. Doch dann trifft sie Guy wieder, den sie liebt, solange sie denken kann …
Ein großartiger und berührender Roman, der die bewegte erste Hälfte des 20. Jahrhunderts umspannt.

05/1575/01/R

SERIE PIPER

SERIE PIPER

Judith Lennox

Das Winterhaus

Roman. Aus dem Englischen von Mechtild Sandberg. 541 Seiten. Serie Piper

Der Gartenpavillon der Familie Summerhayes – genannt das »Winterhaus« – ist ein Ort der Zuflucht für drei Freundinnen, die zwischen den Weltkriegen in der idyllischen Umgebung von Cambridge aufwachsen. Da ist die idealistische, kluge Robin, die in der nahegelegenen Universitätsstadt studieren soll. Da ist Maia, die schönste und ehrgeizigste der drei, auf der Suche nach einem reichen Mann, und da ist die stille Helen, die von ihrem scheinbar gutherzigen Vater, dem Vikar der Gemeinde, mehr als vereinnahmt wird. Dramatisch, romantisch und voller Warmherzigkeit erzählt Judith Lennox, wie sich diese drei jungen Frauen in einer Welt behaupten lernen, die rauher und aufregender ist als das grüne Paradies der Kindheit.

»Judith Lennox' Winterhaus steht in bester Tradition des romantisch-realistischen Gesellschaftsromans.«
Brigitte

05/1017/01/L

Judith Lennox

Tildas Geheimnis

Roman. Aus dem Englischen von Mechtild Sandberg. 552 Seiten. Serie Piper

Die begabte junge Rebecca aus London, gerade verlassen und auch sonst nicht vom Glück verwöhnt, glaubt zu träumen: Für einen renommierten Verlag darf sie die Biographie der Tilda Franklin niederschreiben, die ihr Leben ganz in den Dienst von Waisen und unehelichen Kindern gestellt hat. Rebecca aber hat nicht geahnt, worauf sie sich einläßt: Durch ihre Besuche bei Tilda in deren malerischem Haus in Oxfordshire, durch die Gespräche mit der faszinierenden alten Dame und nicht zuletzt durch ihre Gefühle für Tildas Enkel Patrick läßt Rebecca sich immer tiefer in ein tragisches Familiengeheimis hineinziehen, dessen Wurzeln bis in die Zeit des Ersten Weltkriegs zurückreichen. Bis sie erkennt, daß der Schatten eines schrecklichen Verbrechens auf Tildas Vergangenheit lastet ... Eine bewegende Familiengeschichte, deren dramatischem Sog man sich nicht entziehen kann.

05/1018/01/R